Sarah Morgan

Die Zeit der Weihnachtsschwestern

Roman

Aus dem Englischen von
Judith Heisig

mtb

MIRA® TASCHENBUCH

2. Auflage: November 2019
Deutsche Erstausgabe

Originaltitel: »The Christmas Sisters«
Erschienen bei: HQN Books, Toronto

Published by arrangement with
Harlequin Enterprises II B.V./SÀRL

Umschlaggestaltung: zero-media.net, München
Umschlagabbildung: FinePic®, München, exxorian / Getty Images
Lektorat: Anne Schünemann
Satz: GGP Media GmbH, Pößneck
Printed in Germany
Dieses Buch wurde auf FSC®-zertifiziertem Papier gedruckt.
ISBN 978-3-7457-0035-0

www.mira-taschenbuch.de

Für die wundervolle Lisa Milton,
mit Liebe und Dank.

Kapitel 1

Suzanne

Es gibt gute Jahrestage und schlechte Jahrestage. Dieser war ein schlechter, und Suzanne beging ihn mit einem Albtraum.

Wie es in ihren Träumen häufiger vorkam, war sie begraben. Sie konnte sich nicht bewegen, war gefangen unter einer zentnerschweren Last. Sie hatte Schnee im Mund, in der Nase und in den Ohren. Sein Gewicht und der Druck lasteten auf ihr. Wie tief war sie vergraben? Wo war oben? Würde irgendjemand nach ihr suchen?

Sie versuchte zu schreien, doch da kam nichts, nichts …

»Suzanne …«

Jemand rief ihren Namen. Sie konnte nicht antworten. Konnte sich nicht bewegen. Konnte nicht atmen. Ihre Brust zog sich zusammen.

»Suzanne!«

Sie hörte die Stimme durch die Dunkelheit und die Panik hindurch.

»Du träumst.«

Sie spürte etwas an ihrer Schulter, und diese Berührung riss sie aus ihrem eisigen Grab zurück in die Realität. Sie setzte sich auf, fasste sich an den Hals und rang nach Luft.

»Ist gut«, sagte die Stimme. »Alles ist gut.«

»Ich hatte … einen Traum. Den Traum.« Er war so real gewesen, dass sie beinahe erwartete, in Schnee zu fassen und nicht in die zerwühlten Bettlaken.

»Ich weiß.« Die Stimme gehörte Stewart, der ihr sanft über den Rücken strich. »Du hast geschrien.«

Jetzt erst bemerkte sie, dass sein Gesicht ganz bleich und sein Mund sorgenvoll verzogen war.

Sie beide hatten eine Routine für diese Situation entwickelt, sie aber lange nicht mehr anwenden müssen.

»Es war so lebendig. Ich war *dort.*«

Stewart schaltete die Lampe ein. Sanftes Licht breitete sich im Schlafzimmer aus, erhellte die dunklen Ecken und wischte die letzten Ausläufer des Albtraums fort. »Du bist in Sicherheit. Sieh dich um.«

Suzanne, die in ihrer Vorstellung noch immer unter einer Schneedecke begraben war, sah sich um.

Da war kein Schnee. Keine Lawine. Nur ihr warmes, gemütliches Schlafzimmer in Glensay Lodge, wo die Überreste eines Feuers im Kamin glommen und die Dunkelheit der endlosen Winternacht durch eine Lücke zwischen den Vorhängen schimmerte. Sie hatte die Vorhänge selbst aus einem kostbaren Tartan-Stoff genäht, den sie bei ihrem ersten Besuch in Schottland entdeckt hatte. Stewarts Mutter hatte behauptet, dass es ihr Familien-Tartan wäre, doch Suzanne interessierte eher, dass diese Vorhänge in kühlen Nächten die Kälte abhielten und den Raum gemütlich wirken ließen.

Auf einem Tisch neben dem Fenster stand eine Flasche Single Malt Whisky aus der hiesigen Destillerie, daneben Stewarts leeres Glas.

Da war ihr Lieblingssessel mit den weichen, zerknautschten Kissen. Ihr Buch, ein Roman, der sie nicht wirklich fesselte, lag geöffnet neben ihrem Strickzeug. Gestern war eine neue Lieferung Wolle eingetroffen, und die Farben hatten sie begeistert. Tiefe Lila- und Blautöne, daneben weichere Schattierungen von Heidefarben und Cremetönen. Alle waren sie geeignet, die winterliche Farbpalette von Weiß und Grautönen draußen vor dem Fenster aufzufrischen. Der Gedanke daran machte sie fröhlich. Wenn es wärmer war, ging sie gerne frühmorgens spazieren und betrachtete die Heide, während sich die Sonne durch den Frühnebel kämpfte.

Und da war Stewart. Stewart mit seinen freundlichen Augen und der unendlichen Geduld. Stewart, der seit mehr als drei Jahrzehnten an ihrer Seite war.

Sie befand sich in den schottischen Highlands, Zehntausende Kilometer entfernt von den eisigen Flanken des Mount Rainier. Dennoch hing der Traum wie eine frostige Wolke über ihr und trübte ihre Gedanken.

»Ich hatte diesen Traum seit über einem Jahr nicht mehr.« Ihre Stirn war feucht vor Schweiß, und das Nachthemd klebte an ihrem Körper. Sie nahm das Glas Wasser, das Stewart ihr reichte.

Das Wasser beruhigte und kühlte ihre wunde Kehle, doch ihre Hand bebte so sehr, dass sie ein wenig davon über die Bettdecke verschüttete. »Wie kann jemand nach fünfundzwanzig Jahren immer noch Albträume haben?« Sie wollte einfach nur vergessen, doch ihr Körper ließ das nicht zu.

Stewart nahm ihr das Glas ab und stellte es auf den Nachttisch. Dann zog er sie in seine Arme. »Die Vorweihnachtszeit ist eben manchmal anstrengend.«

Sie lehnte den Kopf an seine Schulter und fühlte sich getröstet von seiner Wärme. Kein Schnee und Eis, sondern Fleisch und Blut.

Leben.

»Ich liebe diese Zeit im Jahr, weil die Mädchen zu Hause sind.« Sie schlang den Arm um seine Mitte und wünschte, sie könnte aufhören zu zittern. »Letztes Jahr hatte ich den Traum nicht ein einziges Mal.«

»Bestimmt hat der Anruf von Hannah ihn ausgelöst.«

»Es war aber ein gutes Gespräch. Sie kommt zu den Feiertagen nach Hause. Das sind die *schönsten* Neuigkeiten. Kein Grund für schlechte Träume.«

Sie hatte genug davon, nach der Schuld für ihren Albtraum zu suchen. Die arme Hannah hatte vermutlich ihre eigenen Sorgen.

Stewart hatte recht: Diese Zeit des Jahres war nie einfach.

»Es ist schon einige Jahre her, dass Hannah, Beth und Posy zusammen hier waren.«

»Und ich freue mich.« Die Aussicht hob ihre Laune. »Es wird besonders schön, weil Hannah es letztes Jahr nicht geschafft hat.«

»Was die Erwartungen hebt.« Stewart klang müde. »Setz sie nicht unter Druck, Suzanne. Es ist schwer für sie, und am Ende bist du wieder verletzt.«

»Ich werde nicht verletzt sein.« Sie wussten beide, dass das eine Lüge war. Jedes Mal, wenn sich Hannah von ihrer Familie distanzierte, schmerzte es. »Ich möchte sie glücklich sehen, das ist alles.«

»Der einzige Mensch, der Hannah glücklich machen kann, ist Hannah selbst.«

»Das hält mich nicht davon ab, ihr helfen zu wollen. Ich bin ihre Mutter.« Sie fing seinen Blick auf. »Ich *bin* ihre Mutter.«

»Ich weiß. Und wenn du meine Meinung hören willst, kann sie von Glück reden, dich zu haben.«

Glück? In den frühen Lebensjahren der Mädchen hatte es kein Glück gegeben. Erst hatte Suzanne Angst gehabt, dass die Ereignisse in Hannahs Kindheit ihr Leben ruiniert hatten. Doch dann begriff sie, dass es in ihrer Verantwortung lag, das zu verhindern.

Sie hatte alles Menschenmögliche getan, um die Vergangenheit geradezubiegen und die Zukunft zum Guten zu wenden. Sie wollte nur das Beste für ihre Töchter, doch die Bürde war groß. Sie lastete auf ihr, und an manchen Tagen zerbrach sie fast daran. Und Stewart hatte sie die Bürde ebenfalls aufgelastet.

Die Schuld der Überlebenden.

»Ich befürchte, dass ich nicht genug getan habe. Oder dass ich es nicht richtig getan habe.«

»Ich bin sicher, dass alle Eltern von Zeit zu Zeit so denken.«

Suzanne setzte die Füße auf den Boden und war erleichtert, aufstehen zu können. Zu gehen. Zu atmen. Die Sonne aufgehen zu sehen. Sie kreiste mit den Schultern und bemerkte, dass sie schmerzten. Sie war im Sommer achtundfünfzig geworden, und in diesem Moment fühlte sie jedes dieser Jahre. War der Schmerz real oder eine Erinnerung? »Der Traum war schlimm. Ich war wieder dort.«

Erstickend in einem luftlosen Grab aus Schnee.

Stewart stand ebenfalls auf. »Er wird verblassen.« Er griff nach seinem Bademantel. »Ich werde dich nicht fragen, ob du darüber sprechen möchtest, weil du das ja nie tust.«

Das war dieses Mal nicht anders.

Sie konnte die Albträume nicht verhindern, doch sie konnte dafür sorgen, dass die Dunkelheit nicht in ihre wachen Stunden drang. Das war ihre Art, die Kontrolle zurückzugewinnen. »Du solltest wieder schlafen.«

»Wir wissen beide, dass wir keinen Schlaf mehr finden, wenn du einen deiner Träume hattest. Und wir müssen sowieso in einer Stunde aufstehen.« Sein Haar stand an einer Seite ab, und seine Augen waren gezeichnet von Müdigkeit. »Es hat sich für heute Morgen eine Gruppe von zwanzig Leuten im *Adventure Centre* angemeldet. Es wird viel los sein. Da kann ich genauso gut früh starten.«

»Haben sie Vorkenntnisse?«

»Nein. Eine Outdoor-Abenteuerwoche als Schulfest.«

Angst erfasste sie. Instinktiv wollte sie ihn bitten, nicht zu gehen, doch das hätte bedeutet, der Furcht nachzugeben. Es hätte außerdem bedeutet, Stewart von etwas abzuhalten, das er liebte, und das würde sie nicht tun. »Sei vorsichtig.«

»Das bin ich immer.« Stewart küsste sie und ging zur Tür. »Kaffee?«

»Bitte.« Der Gedanke daran, im Bett zu bleiben, reizte sie nicht. »Ich dusche rasch und fange dann mit den Planungen an.«

»Mit welchen Planungen?«

»Nur ein Mann kann das fragen. Meinst du, Weihnachten feiert sich von allein?« Sie band ihren Bademantel zu. Aus Erfahrung wusste sie, dass Aktivität die beste Methode war, die Schatten aus ihrem Kopf zu vertreiben. »Es sind nur noch ein paar Wochen bis Heiligabend. Ich möchte alles fertig vorbereitet haben, damit ich so viel Zeit wie möglich mit unseren Enkelinnen verbringen kann. Ich dachte, ich kaufe noch ein paar Spiele, falls das Wetter schlecht ist. Ich möchte nicht, dass sie sich langweilen. Sie haben in Manhattan so viel zu tun.«

»Wenn sie sich langweilen, können sie bei den Tieren helfen. Sie können mit Posy die Hühner füttern oder die Schafe zusammentreiben. Und sie können auf Socks reiten.«

Socks war Posys Pony. Inzwischen achtzehn Jahre alt, erfreute es sich auf den Wiesen rund um die Lodge eines wohlverdienten, heureichen Ruhestands.

»Beth macht es nervös, wenn sie reiten.«

Stewart schüttelte den Kopf. »Beth machen eine Menge Dinge nervös. Sie ist überfürsorglich, das wissen wir beide. Kinder zerbrechen nicht so leicht.«

»Als ob du nicht der besorgteste Vater auf Erden gewesen wärst. Vor allem bei ihr.«

Er lächelte verlegen. »Posy war wie ein Hüpfball, Beth dagegen so ein zerbrechliches kleines Ding.«

»Sie war immer ein Papakind. Und wenn sie jetzt eine überfürsorgliche Mutter ist, dann wissen wir beide, warum.«

»Ich habe ja nicht gesagt, dass ich es nicht nachvollziehen kann, aber man muss den Kindern ihren Spaß lassen. Sie die Welt entdecken lassen. Fehler machen lassen. Ihr Leben leben lassen.«

»Leichter gesagt als getan.« Suzanne wusste, dass sie ebenfalls überfürsorglich war. »Ich werde versuchen, Beth davon zu überzeugen, die Mädchen reiten zu lassen. Und wenn das Wetter schlecht ist, können sie in der Küche helfen. Wir könnten zusammen backen.«

»Ich habe einen ganz verrückten Vorschlag ...« Stewart griff nach seinem leeren Whiskyglas vom gestrigen Abend. »Warum gehst du es dieses Jahr nicht ganz entspannt an, statt alles zu planen und dich verrückt zu machen? Hör auf, dich so anzustrengen.«

Suzanne blieb der Mund offen stehen. »Meinst du, das Essen zaubert sich allein auf den Tisch? Meinst du, der Weihnachtsmann liefert die Geschenke immer schon fertig eingepackt?«

Aber sein Kommentar war so typisch für ihn, dass sie lachen musste. Auf einen Außenstehenden würden sie vermutlich lächerlich altmodisch wirken, doch ihr Leben war genau so, wie sie es haben wollte.

»Ich muss dir sagen, dass der Weg zur Entspannung über gute Planung führt. Ich möchte, dass es etwas Besonderes wird.«

Sie ging zum Fenster, zog die Vorhänge zurück und lehnte die Stirn gegen das kühle Glas. Vom Schlafzimmerfenster aus konnte sie direkt hinunter auf das Glen sehen. Der Schnee, der das Mondlicht reflektierte, leuchtete hell und funkelte auf der eisigen Oberfläche des Sees, um den sich ein verschneiter Wald erstreckte, und dahinter erhoben sich die Berge, die mit ihrer gewaltigen Schönheit alles überragten.

Obwohl sie um die Gefahr wusste, die auf den schneebedeckten Gipfeln lauerte, fühlte sie sich immer noch von ihnen angezogen. Sie könnte nie an einem Ort leben, an dem es keine Berge gab. Allerdings ging sie im Winter nicht mehr klettern. Stewart und sie unternahmen in der kalten Jahreszeit kleine Wanderungen und im Frühjahr und Sommer, wenn der Schnee zurückging, längere und anspruchsvollere Touren.

»War es egoistisch von uns, hierherzuziehen? Hätten wir in einer Stadt wohnen sollen?«

»Nein. Und du musst aufhören, so zu denken.« Seine Stimme klang rau. »Es liegt am Traum. Du weißt, dass es am Traum liegt.«

Das stimmte. Sie lebte gerne hier, in diesem Land von Nebel und Bergen, von Seen und Sagen.

»Ich mache mir Sorgen um Hannah.« Sie drehte sich um. »Darum, was dieser Besuch bei uns in ihr auslöst.«

»Ich mache mir vielmehr Sorgen, was ihre Anwesenheit bei dir auslöst. Vielleicht werde ich von den Geistern der letzten Weihnacht verfolgt.« Er stellte das leere Glas ab und fuhr sich mit der Hand über die Stirn. »Du musst sie loslassen, Suzy. Du kannst nicht alles heilen, auch wenn ich weiß, dass du niemals aufhören wirst, es zu versuchen.« Das Licht milderte seine strengen Gesichtszüge und ließ ihn jünger wirken.

Seine Arbeit hielt ihn fit und schlank, und an manchen Tagen sah er kaum wie fünfzig, geschweige denn wie sechzig aus. Den einzigen Hinweis auf sein Alter gab der Hauch von Silber in seinem Haar – das gleiche Silber, das sich auch in ihrem Haar zeigen würde, hätte sie sich nicht entschieden, etwas künstliche Hilfe in Anspruch zu nehmen.

Sie hatten sich ineinander verliebt, als sie gemeinsam als Bergführer arbeiteten und das Leben ein einziges großes Abenteuer zu sein schien. Damals hatte für sie nur der nächste Aufstieg gezählt. Der nächste Gipfel. Seitdem waren sie immer zusammen gewesen, und die meiste Zeit verlief ihr Leben in einem gemütlichen Rhythmus. Einem Rhythmus, der zu dieser Jahreszeit aus der Bahn geriet.

Die Vergangenheit verschwindet nie, dachte sie. Erinnerungen verblassten, und manchmal schienen sie wenig mehr als ein Schatten zu sein, doch sie waren immer da.

»Ich werde das Haus so einladend wie möglich herrichten. Hannah arbeitet so viel.«

»Du auch. Dein Leben dreht sich nicht nur um die Kinder, Suzanne. Du betreibst ein erfolgreiches Geschäft, und zu dieser Zeit herrscht Hochsaison im Café.«

»Jetzt hast du mich daran erinnert, dass ich noch vierzig Strümpfe stricken muss, um Spenden für das Bergrettungsteam zu sammeln. Danke, dass du mich unter Stress setzt.«

Stewart grinste und nahm seine Kleidung von dem Sessel, wo er sie am Vorabend abgelegt hatte. »Oh, das würde ich gerne sehen. Wie die anderen Jungs Strümpfe tragen. Dann mache ich ein Foto und poste es auf unserer Facebook-Seite.«

Suzanne verzog das Gesicht. »Sie sind nicht zum Anziehen, du Blödmann, wir werden sie mit Geschenken befüllen und diese dann verkaufen. Und bevor du dich lustig machst, weise ich dich darauf hin, dass der Gewinn von den letzten Weihnachtsstrümpfen dem Team ein neues Lawinensuchgerät eingebracht und diese moderne Trage mitfinanziert hat, die ihr benutzt.«

»Ich weiß.«

»Warum sagst du …«

»Ich ziehe dich gern auf. Ich mag deinen Gesichtsausdruck, wenn du dich aufregst. Du machst dann einen Schmollmund und hast diese niedlichen kleinen Fältchen und – au!« Er duckte sich, als sie den Raum durchquerte und ein Kissen nach ihm warf. »Hast du das gerade wirklich getan? Wie alt bist du denn?«

»Alt genug, um perfekt zu zielen.«

Er warf das Kissen zurück aufs Bett, ließ seine Kleidung wieder auf den Sessel fallen und stürzte sich auf Suzanne.

Mit einem kurzen Aufschrei landete sie auf der Matratze.

»Stewart!«

»Was?«

»Wir haben Dinge zu erledigen.«

»Das haben wir tatsächlich.« Er senkte den Kopf, und das Letzte, was sie vor seinem Kuss sah, waren seine lachenden blauen Augen.

Als sie zum zweiten Mal aufstanden, drang das erste schwache Sonnenlicht in den Raum.

»Jetzt komme ich zu spät.« Stewart eilte ins Badezimmer. »Du bist schuld.«

»Und ich bin schuld, weil …?«

Doch er war schon unter der Dusche und summte unmelodisch, während das Wasser auf ihn herabprasselte.

Suzanne lag einen Moment da, benommen und zufrieden. Der Traum war längst vergessen.

Sie wusste, dass sie mit den Strümpfen anfangen sollte.

Stricken war die perfekte Entspannung, auch wenn sie Jahre gebraucht hatte, um das zu entdecken.

Bis zu ihren Dreißigern hatte sie nie gestrickt.

Am Anfang hatte sie mit der Handarbeit ihrer Liebe für die Mädchen Ausdruck verliehen. Sie hatte ihnen etwas zum Anziehen geschenkt und sie in warme Kleidungsstücke gehüllt. Wenn sie zu Nadeln und Wolle griff, hatte sie nicht nur einen Pullover geschaffen, sondern ihre zerbrochene Familie zusammengestrickt, hatte verschiedene Fäden aufgenommen und sie in etwas Ganzes verwandelt.

Stewart kam aus der Dusche und rubbelte mit einem Handtuch sein Haar trocken. »Möchtest du, dass ich auf dem Heimweg einen Weihnachtsbaum aussuche?«

»Posy sagte, dass sie das tun würde. Ich dachte, wir warten noch ein paar Tage. Ich möchte nicht, dass die Nadeln schon vor Weihnachten abfallen. Wie viele Bäume wollen wir dieses Jahr haben? Ich dachte an einen für das Wohnzimmer, einen für den Flur, einen für das Fernsehzimmer. Vielleicht einen für Hannahs Zimmer.«

»Bist du sicher, dass du keinen für die Stiefelkammer haben möchtest? Und wie steht es mit dem Badezimmer unten?«

Sie musterte ihn. »Hier liegen noch eine Menge Kissen auf dem Bett, mit denen ich dich bewerfen kann.«

Doch er hatte sie von ihrem Albtraum abgelenkt. Sie wusste, dass er genau das beabsichtigt hatte, und dafür liebte sie ihn.

»Ich meine nur, dass du vielleicht ein paar Bäume im Wald lassen solltest.« Er warf das feuchte Handtuch über die Sessellehne. Als er ihren Blick auffing, brachte er es stattdessen ins Badezimmer. »Jedes Jahr reißt du dir ein Bein aus, um dieses Haus in eine Mischung aus Winterwunderland und Wichtelwerkstatt zu verwandeln.« Er kleidete sich rasch an, zog sich die vielen Schichten seiner Kleidung über, die seine Arbeit erforderte. »Du hast große Erwartungen, Suzanne. Es ist nicht leicht, dem gerecht zu werden.«

»Ich bestreite ja nicht, dass die Stimmung ein bisschen angespannt sein kann, wenn die Mädchen zusammenkommen.«

»Sie sind Frauen, keine Mädchen, und ›ein bisschen angespannt‹ ist eine Untertreibung.«

»Vielleicht wird es dieses Jahr anders.« Suzanne zog das Laken vom Bett. »Beth und Jason sind glücklich. Ich kann es kaum erwarten, meine Enkeltöchter hier zu haben. Ich werde Strümpfe über den Kamin hängen und einen Haufen süßer Leckereien backen. Und Hannah wird nichts tun müssen, weil ich alles fertig haben will, bevor sie eintrifft, sodass ich Zeit mit ihr verbringen kann. Ich möchte ihre Neuigkeiten hören.« Sie hielt sich das Laken vor die Brust. »Wenn sie nur jemanden kennenlernen würde, dann würde sie …«

»Würde sie was? Ihn zum Frühstück verspeisen?« Stewart schüttelte den Kopf. »Ich bitte dich, erwähne das ihr gegenüber nicht. Hannahs Beziehungen sind ihre Sache. Ich glaube nicht, dass ihr das wichtig ist.«

»Sag das nicht.« Sie weigerte sich, das zu glauben. Hannah brauchte eine richtige Beziehung. Ihre eigene Familie. Ein beschützendes Umfeld. Jeder brauchte das.

Suzanne hatte sich danach verzehrt. Schon mit sechs Jahren hatte sie davon geträumt. Ihre ersten Jahre hatte sie mit einer Mutter verbracht, die zu betrunken gewesen war, um ihre Existenz wahrzunehmen. Später, als die inneren Organe ihrer Mutter den Kampf gegen den gnadenlosen Alkoholmissbrauch aufgegeben hatten, hatte man Suzanne in ein Kinderheim gebracht. In jedem Aufsatz, den sie in der Schule schrieb, hatte sie sich ausgemalt, wie es wäre, Teil einer liebenden Familie zu sein. In ihren Träumen hatte sie Eltern und Geschwister. Als sie zehn war, fand sie sich damit ab, dass dies niemals so sein würde.

Schließlich landete sie in einem Pflegeheim, und dort lernte sie Cheryl kennen. Sie wurde die Schwester, nach der Suzanne sich gesehnt hatte, und sie legte all ihre unerfüllte Liebe in diese Freundschaft. Sie waren einander so nah, dass andere glaubten, sie wären verwandt.

Cheryls Liebe füllte all die Lücken und Löcher in Suzannes Seele wie Klebstoff, der zerbrochene Teile zusammenfügt. Sie fühlte sich nicht länger verloren und allein. Sie sehnte sich nicht länger nach jemandem, der sie adoptierte, denn dann hätte sie das Heim verlassen müssen, und das bedeutete, Cheryl zu verlassen.

Sie teilten sich ein Zimmer. Sie teilten ihre Kleidung und lachten miteinander. Sie teilten Hoffnungen und Träume.

Die Erinnerung war so lebhaft und das Bedürfnis, Cheryls ansteckendes Lachen zu hören, so groß, dass Suzanne fast nach dem Telefon gegriffen hätte.

Der Teil von ihr, der ihre Freundin vermisste, war nie geheilt.

»Suzanne? Woran denkst du?« Stewarts Stimme brachte sie zurück in die Gegenwart.

Er hatte Cheryl für einen schlechten Einfluss gehalten.

Die Ironie lag darin, dass Suzanne Stewart niemals kennengelernt hätte, wenn Cheryl nicht gewesen wäre. Sie wäre nicht Bergführerin geworden, wenn Cheryl nicht gewesen wäre.

»Ich habe gerade an Hannah gedacht.«

»Ich garantiere dir: Wenn du ihr Liebesleben auch nur erwähnst, wird sie den ersten Flug nach Hause nehmen, und unser Weihnachtsfest ist ruiniert.«

»Ich werde kein Wort sagen. Beth soll mich auf den neusten Stand bringen. Ich bin froh, dass sie beide in New York leben. Für Hannah ist es gut, ihre Schwester in der Nähe zu haben. Und Beth ist glücklich und liebt es, Mutter zu sein. Vielleicht wird es Hannah inspirieren, ein paar Tage mit ihr zu verbringen.«

Bald würden die drei Schwestern wieder zusammen sein.

Dieses Weihnachten würde perfekt werden.

Dessen war Suzanne sich sicher.

Kapitel 2

Beth

Das Muttersein brachte sie um den Verstand.

Beth versuchte vergeblich, die Kinder aus ihrem Lieblingsspielzeugladen zu manövrieren, als der Anruf einging. Einen Augenblick lang fühlte sie sich schuldig, als ob sie bei etwas ertappt worden wäre, das sie nicht tun sollte.

Sie hatte Jason versprochen, kein Spielzeug mehr zu kaufen. Doch es fiel ihr schwer, den Mädchen etwas abzuschlagen. Jason unterschätzte die Hartnäckigkeit von Kindern. Niemand konnte die Entschlossenheit eines Menschen so aushöhlen wie ein quengeliges Kind. *Bitte, Mommy, biiiitte …*

Sie fand es besonders schwierig, weil sie eine gute Mutter sein wollte und den starken Verdacht hegte, dass sie das nicht war. Wie sie herausgefunden hatte, gab es eine gewaltige Kluft zwischen Absicht und Realität.

Sie griff nach ihrem Handy und entwand Ruby das soundsovielte Riesenfeuerwehrauto. Es hatte blinkende Lichter und einen kreischenden Alarm und war zweifellos der Einfall eines Single-Manns ohne Kinder.

Sie kannte die Nummer des Anrufers nicht, meldete sich aber trotzdem, um die Gelegenheit für ein Gespräch unter Erwachsenen nicht zu verpassen. Seit sie Kinder hatte, war ihre Welt geschrumpft, und Beth hatte den Eindruck, dass sie mitgeschrumpft war.

Inzwischen war sie bereit, sich mit jedem anzufreunden, der nicht über Probleme mit dem Essen, Schlafen oder dem Verhalten der Kinder reden wollte. In der letzten Woche hatte sie sich dabei ertappt, wie sie ein Gespräch mit jemandem, der ihr eine

Autoversicherung verkaufen wollte, absichtlich in die Länge zog, obwohl sie nicht mal ein Auto besaß. Schließlich hatte der Anrufer einfach aufgelegt, was vermutlich eine Premiere in der Geschichte der Kaltakquise darstellte.

»Hallo.« Ihr Handy fühlte sich klebrig an, und sie versuchte, nicht über die Herkunft der klebrigen Substanz an ihrem Handy nachzudenken. Mellys Lieblingssüßigkeit? Als Beth schwanger gewesen war, hatte sie sich vorgenommen, ihren Kindern niemals Zucker zu geben, doch wie so viele andere Vorsätze hatte sich auch dieser in der Hitze der Realität in Luft aufgelöst.

»Ich will das Feuerwehrauto, Mommy!«

Ihre eigenen Bedürfnisse standen ganz weit hinten.

Beth hatte immer gewusst, dass sie Kinder wollte. Sie hatte allerdings nicht gewusst, wie viel von sich selbst sie dafür aufgeben musste.

Sie wandte sich etwas ab, damit sie die Person am anderen Ende der Leitung verstehen konnte.

»Beth McBride?« Die Stimme klang frisch und geschäftsmäßig. Eine Frau mit dem Vorsatz, diesen Anruf von ihrer To-do-Liste zu streichen.

Irgendwann einmal war Beth diese Frau gewesen. Sie hatte sich im Glanz und Glamour von Manhattan gesonnt. Angetrieben von dem hochtourigen Rhythmus der Stadt, war sie aufgeblüht. Es war damals, als würde man ein Kleid anprobieren, und es passte perfekt. Man wollte es nie wieder ausziehen. Man wollte gleich zwei kaufen für den Fall, dass man es beschädigte und den perfekten Look irgendwie beeinträchtigte.

Und dann wachte man eines Tages auf und stellte fest, dass einem das Kleid nicht länger gehörte. Man vermisste es. Man sah, dass andere Frauen es trugen, und wollte es ihnen vom Leib reißen.

»Hier ist Beth McBride.«

McBride.

Seit vielen Jahren hatte sie niemand so genannt. Heute war sie Bethany Butler.

»Beth, hier ist Kelly Porter von KP Recruiting.«

Würde das Handy nicht so an ihrer Hand kleben, hätte Beth es fallen lassen.

Bevor sie die Kinder bekam, hatte Beth in der PR-Abteilung einiger Kosmetikfirmen gearbeitet. Sie hatte ganz unten angefangen, sich aber schnell hochgearbeitet, und Kelly hatte ihr mindestens zwei ihrer Jobs besorgt.

»Hi Kelly. Schön, von Ihnen zu hören.« Beth strich sich übers Haar und straffte die Schultern, auch wenn dies kein Videoanruf war.

Sie war Beth McBride, jemand, der Anrufe von einer Headhunter-Agentur bekam.

»Ich habe da etwas, das dich interessieren könnte.«

Beth war interessiert an allem, das nicht quengelte, in die Windeln machte oder Dreck auf dem Fußboden hinterließ, doch sie hatte keine Ahnung, warum Kelly sie anrufen sollte.

Jason und sie hatten darüber gesprochen, dass sie wieder arbeiten würde, wenn die Kinder älter waren. Nun, da Ruby in die Vorschule ging, wurde es Zeit, auf dieses Gespräch zurückzukommen, doch Beth war normalerweise zu erschöpft, um sich eine Argumentation zurechtzulegen.

Und dann gab es noch diesen Teil in ihr, der sich schuldig fühlte, weil sie die Mädchen verlassen wollte.

»Ich höre.«

»Soweit ich weiß, hatten Sie einen Karriereknick.« Kellys Tonfall deutete an, dass sie so etwas zu den gleichen unglücklichen Lebensereignissen zählte wie Typhus oder Gelbfieber.

»Ich habe mir eine Auszeit genommen, um mich auf meine Familie zu konzentrieren.«

Beth gebot Melly mit einem Kopfschütteln, das Prinzessinnenkleid aus der Hand zu legen. Melly hatte bereits einen ganzen Schrank voller Prinzessinnenkleider. Jason würde durchdrehen, wenn sie ein weiteres kaufte, erst recht so kurz vor Weihnachten.

»Haben Sie schon von Glow PR gehört?« Kelly ignorierte

ihren Hinweis auf die Familie. »Das Team ist jung, dynamisch und macht sich einen Namen. Sie suchen nach jemandem mit Ihrem Profil.«

Wie genau sah ihr Profil denn aus?

Sie war eine Frau, eine Mutter, eine Köchin, eine Taxifahrerin, eine Haushälterin, eine Spielleiterin und eine persönliche Assistentin. Sie konnte Spaghettisoße von den Wänden putzen und Rubys sämtliche Bilderbücher auswendig vorlesen, ohne sie überhaupt aus dem Regal zu ziehen.

An der Wand neben ihr befand sich ein Spiegel, der von so viel Pink und Glitzer umgeben war, dass es die anspruchsvollste Möchtegern-Prinzessin zufriedenstellte. Doch auch wenn der Spiegel wie aus einem Märchenbuch für Kinder aussehen mochte, war an Beths Spiegelbild überhaupt nichts Märchenhaftes.

Sie hatte dunkles Haar, und ihre früheren Versuche, es in einem helleren Ton zu färben, hatten sie überzeugt, dass manche Menschen eben brünett sein sollten. Im Moment hatte sie perfekt abgestimmte dunkle Ringe unter den Augen, als wollte die Natur unterstreichen, wie müde sie war.

Beth hatte mal geglaubt, dass sie alles über Kosmetik und den perfekten Look wusste, doch inzwischen wusste sie, dass das beste Schönheitsmittel keine Gesichtscreme oder ein Augenbalsam war, sondern ein ungestörter Nachtschlaf. Unglücklicherweise gab es den nicht in Tiegeln zu kaufen.

»Mommy!« Ruby zupfte an ihrem Mantel. »Darf ich mit deinem Handy spielen?«

Ihre jüngere Tochter wollte alles, was Beth hatte.

Sie schüttelte den Kopf und deutete auf das Feuerwehrauto, in der Hoffnung, sie damit abzulenken.

Ruby wollte Feuerwehrfrau werden, doch Beth fand, dass sie im Verkauf besser aufgehoben wäre. Sie war erst vier Jahre alt, doch sie konnte eine Person innerhalb weniger Minuten bis zur Kapitulation niederreden.

»Ms. McBride?«

»Ich bin da.« Die Worte kamen aus ihrem Mund und verdrängten, was sie eigentlich hatte sagen wollen. *Ich bin eine Mutter und derzeit Hausfrau. Danke für den Anruf, aber ich bin nicht interessiert.*

Sie war interessiert.

»Die Firma hat ihren Hauptsitz hier in der Sixth Avenue, aber sie haben ein großes Netzwerk und sind an beiden Küsten vertreten.«

An beiden Küsten vertreten.

Bethanys Fantasie flog erste Klasse an die Westküste. Heute ein Spielzeugladen, morgen Beverly Hills. Hollywood. Champagner. Eine Welt mit langen Geschäftsessen und Meetings, bei denen die Menschen tatsächlich hörten, was sie sagte. Eine Welt mit glamourösen Partys. Und eine Welt, in der sie ohne Gesellschaft auf Toilette gehen konnte.

»Mommy? Ich möchte das Feuerwehrauto.«

Beths Geist sonnte sich noch immer in Beverly Hills. »Erzählen Sie mir mehr.«

»Sie wachsen rasch und sind bereit, ihr Team zu erweitern. Sie würden gern mit Ihnen sprechen.«

»Mit mir?« Sie biss sich auf die Zunge. Das hätte sie nicht sagen sollen. Sie sollte Selbstvertrauen ausstrahlen, doch dieses Selbstvertrauen hatte sich als nicht erneuerbare Ressource herausgestellt. Ihre Kinder hatten es ihr mit ihren klebrigen Fingern nach und nach genommen.

»Sie haben die Erfahrung«, sagte Kelly, »die Medienkontakte und die Kreativität.«

Ich hatte, dachte Beth.

»Es ist eine Weile her, dass ich im Geschäft war.« Sieben Jahre, um genau zu sein.

»Corinna Ladbrooke hat speziell nach Ihnen gefragt.«

»Corinna?« Der Name ihrer Chefin rief unterschiedliche Gefühle in ihr wach. »Sie hat die Firma gewechselt?«

»Sie steht hinter Glow. Lassen Sie mich wissen, wann Sie Zeit haben. Ich kann dafür sorgen, dass Sie alle kennenlernen.«

Corinna wollte sie? Sie hatten eng zusammengearbeitet, doch Beth hatte nichts mehr von ihr gehört, seit sie gegangen war, um Kinder zu bekommen.

Corinna hatte kein Interesse an Kindern. Sie hatte keine, wollte keine, und wenn irgendjemand von ihren Leuten dumm genug war, sich in die Gefilde der Mutterschaft zu verirren, zog Corinna es vor, das zu ignorieren.

Ruby fing an zu wimmern, und Beth bückte sich, um sie auf den Arm zu nehmen, wobei sie sich reflexhaft versicherte, dass ihre Tochter noch immer Bugsy festhielt. Nichts konnte Ruby von ihrem Lieblingsstofftier trennen, und Beth achtete darauf, es nicht zu verlieren.

Würde sie sich weniger um die Kinder sorgen, wenn sie einen Job hatte?

Sie war zu ängstlich, das wusste sie. Sie hatte Angst, dass ihnen etwas Schreckliches zustieß.

»Kelly, ich werde Sie zurückrufen müssen, nachdem ich in meinen Terminkalender gesehen haben.« Das klang eindrucksvoller, als es war. Heute umfassten ihre »Termine« den Transport der Mädchen zum Ballett, zum Malen und zum Mandarin-Unterricht.

»Tun Sie das bald.« Der Anruf war beendet, und Beth stand einen Moment da, mit den Gedanken noch immer im Reich der Fantasie und mit einem tauben Arm. Wie kam es, dass Kinder immer schwerer wurden, je länger man sie trug? Sie setzte Ruby ab.

»Zeit, nach Hause zu gehen.«

»Feuerwehrauto!« Rubys Aufheulen war durchdringender als eine Feuerwehrsirene. »Du hast es versprochen.«

Melly durchwühlte die Kostüme. »Wenn ich keine Prinzessin sein kann, möchte ich eine Superheldin sein.«

Ich möchte auch eine Superheldin sein, dachte Beth.

Eine gute Mutter wäre standhaft geblieben und hätte ihre Entscheidung verständlich erklärt. Danach hätten die Kinder mit eingezogenem Kopf den Laden verlassen – mit einer besseren Vorstellung vom Wert des Geldes und vom Konzept des Belohnungsaufschubs und mit mehr Verständnis für den Zusammenhang von Verhalten und Belohnung.

Beth war keine solche Mutter. Sie gab nach und kaufte den Mädchen das Feuerwehrauto und ein weiteres Kostüm.

Beladen mit zwei glücklichen Kindern, einem Arm voller Pakete und einem nagenden Gefühl des mütterlichen Versagens, trat Beth aus dem Laden auf die Straße.

Im Dezember strahlte Manhattan in seiner ganzen winterlichen Schönheit. Die Kombination aus funkelnden Lichtern in den Schaufenstern und der frostigen Winterluft schuf eine Atmosphäre, die Menschen aus der ganzen Welt anzog. Die Gehwege waren überfüllt, zu den Einwohnern der Stadt gesellten sich die Touristen, die dem Charme der Fifth Avenue in der Weihnachtszeit einfach nicht widerstehen konnten.

Beth liebte Manhattan. Nach ihrem Studienabschluss hatte sie für eine PR-Firma in London gearbeitet. Als man sie in das New Yorker Büro versetzte, hatte sie das Gefühl, es geschafft zu haben – als ob allein das Leben in Manhattan ihr einen gewissen Status verlieh. Als sie zum ersten Mal dort ankam, war sie hin- und hergerissen gewesen zwischen Euphorie und Schrecken. Raschen Schrittes war sie die Straßen mit den bekannten Namen entlanggegangen – Fifth Avenue, Forty-second Street, Broadway – und hatte versucht, so auszusehen, als ob sie dazugehörte. Glücklicherweise hatte sie vor dem Umzug in London gelebt und gearbeitet, denn sonst hätte der Kontrast zwischen der Lautstärke in New York und der Stille in ihrer abgelegenen Heimat in den schottischen Highlands sie sowohl um den Verstand als auch um ihre Trommelfelle gebracht.

Jeden Tag war sie auf dem Weg zur Arbeit die Fifth Avenue entlanggelaufen und hatte sich wie in einem Film gefühlt. Diese Freude hatte sie für jedes Heimweh, das sie vielleicht verspürt hatte, mehr als entschädigt. Was machte es schon, dass sie sich nur ein winziges Zimmer leisten konnte, in dem sie vom Bett aus die Wände links und rechts berühren konnte? Sie war in New York, der aufregendsten Stadt der Welt.

Dieses Gefühl hatte sie in ihrer Ehe und auch mit den zwei Kindern nie verlassen.

Ihre Wohnung war jetzt größer, und sie hatten ein höheres Einkommen, doch abgesehen davon hatte sich nicht viel verändert.

Mit Ruby an der Hand rief Beth Jason an, um ihm von Kelly zu erzählen, doch seine Assistentin sagte ihr, dass er in einer Sitzung sei.

Erst jetzt erinnerte sie sich, dass er an diesem Tag eine wichtige Präsentation und zudem eine volle Woche vor sich hatte. Würde er genug Zeit haben, um auf die Kinder aufzupassen, während sie Corinna und das Team traf?

»Mommy!« Ruby hing an ihrer Hand, und das Gewicht ließ Beths Schulter schmerzen. »Ich bin müde.«

Ich auch, dachte sie. »Wenn du schneller gehst, sind wir bald zu Hause. Halt Bugsy gut fest. Wir wollen ihn hier doch nicht verlieren. Und geh nicht so dicht an der Straße.«

Sie befürchtete überall Unfälle. Die Tatsache, dass Ruby ein furchtloses und unternehmungslustiges Kind ohne einen Sinn für Selbstschutz oder Vorsicht war, machte die Sache nicht besser. Melly klebte geradezu an Beths Seite, doch Ruby wollte die Welt erkunden.

Es war anstrengend.

Beth wollte für Glow PR arbeiten. Sie wollte die Fifth Avenue entlanggehen, ohne eine mögliche Katastrophe befürchten zu müssen. Sie war nicht die erste Mutter, die sowohl einen Job als auch Familie haben wollte. Es musste einen Weg geben, das zu verwirklichen.

Jasons Mutter wohnte in der Nähe, und Beth hoffte, dass Alison bei der Kinderbetreuung half, wenn sie wieder einen Job hatte. Melly und Ruby liebten Jasons Mutter. Beth liebte sie ebenfalls. Alison trotzte allen Schwiegermutterklischees. Statt Beth abzulehnen als die Frau, die ihr den einzigen Sohn gestohlen hatte, hieß sie sie willkommen als die Tochter, die sie nie gehabt hatte.

Sie war sicher, dass Alison nur zu gerne helfen würde. So blieb nur noch das kleine Problem, eine Zusage für den Job zu erhalten.

Würde sie Corinna noch beeindrucken können, nachdem sie sieben Jahre nicht gearbeitet hatte?

Sie fühlte sich nicht gut genug gerüstet, um in die Arbeitswelt zurückzukehren. Sie war nicht sicher, ob sie noch in der Lage war, ein Gespräch unter Erwachsenen zu führen, geschweige denn, Menschen mit kreativen Ideen zu beeindrucken.

Vielleicht sollte sie ihre Schwester anrufen. Hannah würde die Verlockung einer Karriere verstehen. Sie arbeitete als Unternehmensberaterin und schien die meiste Zeit ihres Lebens damit zu verbringen, erster Klasse rund um die Welt zu fliegen und exorbitant viel Geld dafür zu kassieren, dass sie Firmen umstrukturierte, die sich nicht selbst strukturieren konnten.

Sie waren für den nächsten Abend verabredet, und Beth hatte sowieso den Termin bestätigen wollen.

Hannah meldete sich mit ihrem typisch sachlichen Ton.

»Ist das ein Notfall, Beth? Ich bin gerade beim Boarding. Ich rufe dich nach der Landung an, falls noch Zeit vor meinem Meeting ist.«

Wie geht es dir, Beth? Schön, von dir zu hören. Wie geht es Ruby und Melly?

Beth hatte ihrer Schwester immer nah sein wollen und war nicht sicher, an wem es lag, dass sie einander nicht nahestanden. Zuletzt hatte sich ihr Verhältnis verschlechtert. Die regelmäßigen Abendessen waren unregelmäßiger geworden. Trug sie die Schuld, weil sie nur die Kinder als Gesprächsthema hatte? Fand ihre Schwester sie langweilig?

»Mach dir keine Sorgen.« Beth fasste die Hand der zappelnden und sich windenden Ruby fester. Es war, als würde man einen Fisch festhalten wollen, doch sie traute sich nicht loszulassen, weil Ruby sonst womöglich unter den Rädern eines Taxis landete. »Wir können morgen beim Abendessen reden. Es ist nicht dringend.«

»Ich wollte dich schon deswegen anrufen – nein danke, keinen Champagner, ich arbeite. Mineralwasser reicht.« Hannah unterbrach sich, um mit der Flugbegleiterin zu sprechen, und Beth versuchte den Neid zu unterdrücken, der ihr einen Stich versetzte.

Sie wäre gerne mal in der Position, Champagner abzulehnen. *Nein danke, ich muss einen klaren Kopf behalten für mein Meeting, bei dem ich etwas Wichtiges sagen werde, das die Menschen hören wollen.*

»Du sagst wieder ab?«

»Ich habe einen Job, Beth.«

»Ich weiß.« Daran brauchte sie nicht erinnert zu werden. Und hier war sie, eine Mutter und Hausfrau mit einem wachsenden Minderwertigkeitskomplex, der von ihrer erfolgreicheren Schwester gefüttert und genährt wurde. Sie versuchte, nicht an das Lamm zu denken, das in ihrem Kühlschrank in Marinade lag, oder an das extravagante Dessert, das sie geplant hatte. Hannah speiste in den besten Restaurants. Würde sie sich wirklich von dem Versuch ihrer Schwester beeindrucken lassen, eine Weihnachtspavlova zuzubereiten? Geschlagenes Eiweiß würde wohl kaum die Welt verändern, oder? Und war Beth wirklich so verzweifelt, dass sie die Anerkennung brauchte? »Wohin fliegst du diesmal?«

»San Francisco. Es kam in letzter Minute dazwischen. Ich wollte dir eine SMS schreiben, wenn ich diese E-Mail fertig habe.«

Bei Hannah kam immer etwas in letzter Minute dazwischen. »Wann kommst du zurück?«

»Spätabends am Freitag, und dann fliege ich Sonntagabend nach Frankfurt. Können wir es verschieben?«

»Das ist schon eine Verschiebung«, sagte Beth. »Um genau zu sein, ist es die Verschiebung einer Verschiebung einer Verschiebung.«

Das Geräusch von raschelndem Papier legte nahe, dass Hannah während ihres Gesprächs mit Beth anderweitig beschäftigt war. »Wir finden einen anderen Termin. Du weißt, dass ich dich gerne sehen würde.«

Beth wusste es nicht.

Sie wusste nur, dass sie diejenige war, die sich um die Beziehung bemühte. Sie fragte sich oft, ob Hannah sich überhaupt melden würde, wenn Beth ihre Bemühungen aufgäbe. Doch sie würde niemals aufgeben. Auch wenn Hannah sie immer wieder verrückt machte und ihre Gefühle verletzte, wusste Beth doch, wie kostbar eine Familie war. Sie hatte vor, an ihrer Familie festzuhalten, selbst wenn das bedeuten sollte, dass ihre Fingernägel Kratzspuren in Hannahs Haut hinterließen. »Habe ich dich irgendwie gekränkt? Du hast immer irgendeine Entschuldigung, dass wir uns nicht sehen.«

Eine kurze Pause folgte. »Ich habe ein Meeting, Beth. Nimm es nicht persönlich.«

Beth hatte das furchtbare Gefühl, dass es so persönlich war, wie es nur sein konnte.

Genau wie Corinna hatte Hannah keine Kinder, aber hier ging es um mehr. Beth glaubte allmählich, dass ihre Schwester Ruby und Melly nicht mochte, und dieser Gedanke traf sie wie ein Stich ins Herz.

»Ich übertreibe nicht. Du ziehst dich zurück.« Corinna war ihre Chefin gewesen – sie hatte keinerlei Verpflichtung, Beths Kinder zu mögen. Doch Hannah war ihre Tante.

»Wir haben beide viel zu tun. Es ist schwer, Zeit zu finden.«

»Wir wohnen in derselben Stadt, aber wir sehen uns nie. Ich habe keine Ahnung, was in deinem Leben passiert! Bist du glücklich? Triffst du dich mit jemandem?« Sie wusste, dass ihre Mutter sie danach fragen würde, weshalb sie es als ihre Pflicht ansah, eine informierte Quelle zu sein. Außerdem war sie eine Romantikerin. Wenn Hannah einen Mann hatte, würden sie sich vielleicht öfter sehen. Sie könnten zu viert ausgehen.

Doch offensichtlich würde das nicht geschehen.

»Wir sind in Manhattan. Es ist viel los. Ich treffe eine Menge Menschen.«

Beth gab es auf, etwas aus ihr herauszukriegen. »Ruby und Melly vermissen dich. Du bist die einzige aus der Familie, die in der Nähe wohnt. Es gefällt ihnen, wenn du zu Besuch bist.« Sie entschied sich, eine Theorie auszutesten. »Komm doch nächstes Wochenende zu uns herüber.«

»Du meinst in eure Wohnung?«

Beth war sicher, dass sie sich den Anflug von Panik in der Stimme ihrer Schwester nicht einbildete. »Ja. Komm zum Mittagessen. Oder zum Abendessen. Bleib den ganzen Tag und die Nacht.«

Eine kurze Pause entstand. »Ich werde komplett durcharbeiten. Vermutlich ist es das Beste, wenn du und ich einfach an einem Abend essen gehen.«

Ein Restaurant. In der Stadt. Ein kinderfreier Abend.

Beth hob Ruby mit einem Arm hoch und spürte, wie Liebe und ihr Beschützerinstinkt in ihr aufwallten.

Dies waren ihre Kinder, ihre Babys, ihr Leben. Sie waren der Mittelpunkt ihrer Welt. Bestimmt würde ihre Schwester sie aus diesem Grund lieben, wenn schon aus keinem anderen?

Ironischerweise war Hannah für die Mädchen eine Figur voller Glamour und Magie, obwohl sie sie so selten sahen.

Als Hannah das letzte Mal zu Besuch gewesen war, hatte Ruby versucht, auf ihren Schoß zu krabbeln, um sie zu umarmen, und Hannah war erstarrt. Beth wäre nicht verwundert gewesen, wenn sie aufgeschrien hätte: *Holt sie runter von mir!* Schließlich hatte Beth die verwirrte Ruby auf den Arm genommen und sie abgelenkt, doch der Vorfall hatte sie gekränkt und verärgert. Sie war angespannt geblieben, bis ihre Schwester wieder fort war.

Jason hatte sie daran erinnert, dass Hannah eben Hannah war und sich niemals ändern würde.

»Gut. Dann gehen wir irgendwann abends essen. Du arbeitest zu viel.«

»Du klingst schon wie Suzanne.«

»Du meinst Mom.« Beth löste Rubys Finger von ihrem Ohrring. »Warum kannst du sie nie Mom nennen?«

»Ich ziehe Suzanne vor.« Hannahs Tonfall wurde kühl. »Es

tut mir leid, dass ich absage, aber über Weihnachten haben wir ja genug Zeit, uns auf den neuesten Stand zu bringen.«

»Weihnachten?« Beth war so überrascht, dass sie Ruby fast fallen gelassen hätte. »Du fährst über Weihnachten nach Hause?«

»Wenn du mit nach Hause Schottland meinst, dann ja.« Hannahs Stimme klang weit entfernt, als sie zu der Flugbegleiterin sagte: »Ich nehme den Räucherlachs und das Rindfleisch.«

Normalerweise hätte Beth sich gewundert, warum ihre Schwester Räucherlachs und Rindfleisch bestellte, da sie doch beide wussten, dass sie nur zwei Bissen nehmen und den Rest liegen lassen würde, aber sie war zu sehr mit der Ankündigung beschäftigt, dass ihre Schwester Weihnachten zu Hause sein würde.

»Letztes Jahr hast du es nicht geschafft.«

»Ich hatte viel zu tun.« Hannah hielt inne. »Und du weißt, wie Weihnachten bei uns zu Hause verläuft. Es ist die einzige Gelegenheit, zu der wir alle zusammenkommen, und alle stehen unter Erwartungsdruck. Suzanne macht ein Aufhebens um alles und möchte, dass alles perfekt ist, und Posy gibt mir die Schuld, wenn es das nicht ist.«

Es war ungewöhnlich für Hannah, dass sie ihre Gedanken preisgab. Beth war verblüfft. Doch bevor sie eine passende Antwort parat hatte, wechselte Hannah das Thema.

»Gibt es irgendwas Bestimmtes, das sich die Mädchen zu Weihnachten wünschen?«

Die Mädchen. Die Kinder. Hannah warf sie immer in einen Topf und machte sie damit irgendwie zu einer Sache.

Beth wusste, dass ihre Schwester den Geschenkeeinkauf an ihre Assistentin delegieren würde. Das Geschenk würde etwas Großzügiges sein, mit dem die Mädchen nach einer Woche nicht mehr spielen würden, und Beth bliebe das Gefühl, dass Hannah etwas kompensieren wollte.

Sie dachte an das Feuerwehrauto in der Einkaufstüte, die ihr beim Gehen gerade gegen die Beine schlug, und wusste, dass sie eigentlich nicht in der Position war, jemanden dafür zu kritisieren, dass er etwas überkompensierte. »Kauf nichts, was quiekt oder mitten in der Nacht einen Alarm losgehen lässt. Und gib für beide den gleichen Betrag aus.«

Sie führte im Geiste eine Liste und achtete immer darauf, dass sie keines der Mädchen vorzog, keine der beiden mehr tadelte als die andere und keiner mehr Aufmerksamkeit schenkte als der anderen.

Ihre Kinder sollten niemals das Gefühl haben, dass ihre Eltern ein Lieblingskind hätten.

»Mir brauchst du das als Letztes zu sagen.«

In diesem kurzen Moment bestand zwischen ihnen eine Verbindung. Dieser unsichtbare Faden aus der Vergangenheit knüpfte sie aneinander.

Beth wollte diese Verbindung aufgreifen und intensivieren, doch das Hupen und der allgemeine Verkehrslärm machten dies zu einer schlechten Gelegenheit für ein persönliches und intimes Gespräch. Und dann waren da noch die Ohren der Kinder, denen nichts entging.

»Hannah, vielleicht könnten wir …«

»Wofür interessieren sie sich gerade?« Mit dieser Frage kappte Hannah die Verbindung und zog sich an jenen sicheren Ort zurück, an dem sie niemand erreichen konnte.

Ein Gefühl von Verlust stach ihr in der Brust. »Melly möchte Ballerina oder Prinzessin werden und Ruby Feuerwehrfrau.«

»Prinzessin?«

Sie hörte die Missbilligung in der Stimme ihrer Schwester.

»Ich kaufe ihr gender-neutrales Spielzeug und sage ihr, dass sie Ingenieurin werden und sich bei der NASA bewerben kann, doch im Moment möchte sie einfach in einem Schloss wohnen, mit einem Prinzen an ihrer Seite und angezogen wie die Zuckerfee.« Sie fügte nicht hinzu: *Warte, bis du Kinder hast, dann wirst du wissen, wovon ich rede.*

Egal, wie sehr ihre Mutter sich wünschte, dass Hannah sich verliebte und eine Familie gründete – jeder, der auch nur ein bisschen Sinn für Realität hatte, konnte erkennen, dass das auf keinen Fall geschehen würde.

Kapitel 3

Hannah

Schwanger.

Hannah schloss die Augen und versuchte, ihre Panik unter Kontrolle zu bringen.

Es bestand noch immer eine Chance, dass sie nicht schwanger war. Sicher, sie war fünf Tage drüber, doch das konnte auch andere Gründe haben. Stress zum Beispiel. Sie stand eindeutig unter Stress.

Sie steckte das Handy wieder in die Tasche und fühlte sich schuldig wegen Beth.

Natürlich hatte sie das Abendessen nicht vergessen. Sie hatte es abgesagt, weil sie einen Abend in der chaotischen Wohnung ihrer Schwester, wo sich alles um die Kinder drehte, einfach nicht ertragen konnte.

War sie verrückt geworden, dass sie dieses Weihnachten nach Hause flog? Letztes Jahr hatte sie in letzter Minute gekniffen und vorgetäuscht, arbeiten zu müssen. Sie hatte das Telefon abgeschaltet und die Feiertage in ihrem Apartment verbracht, wo sie ihre Gefühle mit mehreren Flaschen gutem Wein und einer Leseorgie betäubte. Als sie das letzte Buch zuklappte, waren die Feiertage vorbei gewesen.

Diese Option gab es in diesem Jahr nicht.

Ihr graute vor der erzwungenen Gemeinschaft an Weihnachten und dem damit verbundenen Erwartungsdruck.

Ihre Familie hielt sie für eine Karrierefrau, die keine Zeit für Beziehungen hatte.

Das versprach ein interessantes Gespräch, wenn sie tatsächlich schwanger war.

Sie sollte einen Test machen. Gewissheit erlangen. Aber dann würde sie es wissen, und im Moment klammerte sie sich lieber an die vage Hoffnung, dass ihr perfekt organisiertes Leben nicht durcheinandergewirbelt wurde.

»Alles in Ordnung, Hannah?«

Sie öffnete die Augen. Adam stand im Gang der Erste-Klasse-Kabine und verstaute gerade seine Reisetasche.

»Alles bestens.« Hannah hatte ihre Tasche schon sorgfältig weggepackt und den Laptop auf ihrem Schoß platziert. Sie lebte in der ständigen Erwartung, dass Dinge furchtbar schiefgingen, und tat alles in ihrer Macht Stehende, das zu verhindern, indem sie sämtliche Details in ihrem Leben plante und kontrollierte.

»Bist du sicher? Das Gespräch klang angespannt.« Er setzte sich neben sie. Er war groß und langgliedrig, seine Beine füllten den leeren Raum vor seinem Sitz aus. »Probleme?«

Normalerweise blieb Hannah auf ihren Reisen für sich. Falls es ein »Nicht stören«-Schild für Passagiere gäbe, würde sie es tragen.

Doch heute reiste sie mit Adam. Er war ihr Kollege und seit ein paar Monaten ihr Liebhaber.

Wie es aussah, war er vielleicht auch der Vater ihres Kindes, was, wie sie wusste, für ihn ein ebenso großer Schock wäre wie für sie.

»Ich habe mit Beth gesprochen.«

Das Schuldgefühl nagte an ihr. Beth hatte recht damit, dass sie ihre Nichten lange nicht gesehen hatte. Die Mädchen waren hinreißend, doch mit ihnen zusammen zu sein gab Hannah das Gefühl, unfähig und unzulänglich zu sein. Es war ihr einfach nicht möglich, Märchengeschichten vorzulesen, in denen alle glücklich bis ans Ende ihrer Tage lebten. Sie konnte sich nicht überwinden, diese Lüge auszusprechen. Es gab keinen Weihnachtsmann. Es gab keine Zahnfee. Es gab keine Garantie für Liebe.

Ein einziges Mal hatte sie den Versuch unternommen, es Beth zu erklären, doch ihre Schwester hatte sich über sie lustig gemacht.

Vielleicht endet es im Leben nicht immer glücklich, Hannah, aber wenn es dir recht ist, beschütze ich meine Kinder lieber vor dieser Realität, solange sie klein sind!

Hannah hielt es für gesünder, wenn man realistische Erwartungen an das Leben hatte. Wer nicht zu viel erwartete, fiel nicht so tief, wenn sich herausstellte, dass auch die beste Planung einen nicht vor schlimmen Erlebnissen bewahren konnte.

Vor ein paar Jahren war Hannah nach einem unerwarteten Schneesturm gezwungen gewesen, über Nacht in Beths Wohnung zu bleiben. Mitten in der Nacht war Ruby in ihr Bett geklettert. Als die Kleine sich Schutz suchend an sie kuschelte, hatte Hannah das Kitzeln ihrer weichen Locken an der Haut und die Wärme ihres Körpers durch den Schlafanzug hindurch gespürt. Die Situation hatte sie so stark an jene furchtbare Nacht erinnert, in der Posy damals zu ihr ins Bett geklettert war, dass es ihr fast den Atem raubte.

Die Tatsache, dass Beth sie einfach nicht verstand, gab ihr noch mehr das Gefühl, allein zu sein.

Um den Erinnerungen zu entkommen, hatte sie sich entschieden, gegen Schneeverwehungen und schlechtes Wetter anzukämpfen, und war noch vor dem Frühstück gegangen. Seitdem hatte sie immer darauf geachtet, nie wieder in eine solche Lage zu geraten. Bis jetzt.

Sie fuhr sich mit dem Finger unter den Kragen ihres Pullovers, obwohl er nicht zu eng war.

Weihnachten würde schwierig werden, doch selbst sie konnte keine Ausrede erfinden, um dem Ganzen ein zweites Mal zu entgehen. Die McBride-Familie kam zu Weihnachten immer zusammen. Das war Tradition. Sie hatte sich damit abgefunden, dass sie das ebenso durchstehen musste wie eine schlimme Grippe. Doch nun gab es noch eine zusätzliche Komplikation.

»War sie verärgert, weil du abgesagt hast?« Adam sah sie besorgt an, und sie blickte rasch fort. Er bemerkte Dinge. Kleine Dinge, die anderen Menschen entgingen. Das war eine der Eigenschaften, die ihn in seinem Job auszeichneten. Und Teil der beunruhigenden Anziehungskraft, die Hannah seit seinem ersten Tag in der Firma spürte. Die Chemie zwischen ihnen hatte sie völlig unvorbereitet getroffen. Für gewöhnlich gelang es ihr, sämtliche Gefühle zu kontrollieren. Die Entdeckung, dass sie rebellieren konnten, war ein schlimmer Schock gewesen.

»Ich habe sie gekränkt.«

Er holte sein Handy aus der Tasche seiner Jacke und reichte sie dem Steward. »Warum sagst du ihr nicht die Wahrheit? Sag ihr, dass es schwer für dich ist, mit den Kindern zusammen zu sein.«

Oh, welche Ironie.

Wenn ich schwanger bin, werde ich einen Weg finden müssen, mit Kindern zusammen zu sein.

Sie war noch immer überrascht, dass sie ihm von ihrer Familie erzählt hatte, doch Adam gegenüber konnte sie sich bemerkenswert leicht öffnen.

Natürlich hatte sie ihm nicht alles erzählt, doch mehr als jedem anderen Menschen.

»Es ist … kompliziert.« Sie bemerkte, dass ein Paar auf der anderen Seite des Ganges ein Baby dabeihatte. Das Flugzeug war noch nicht gestartet, doch das Kind war bereits zappelig und unruhig. Hannah hoffte, dass es nicht den ganzen Flug lang schreien würde. Kindergeschrei verursachte ihr Bauchschmerzen.

»Stell mich ihr vor, und ich übernehme das für dich.«

»Was?« Verwirrt wandte sie sich wieder Adam zu.

»Ich möchte deine Schwester kennenlernen.«

»Warum?«

»Weil man das so macht in unserer Situation.«

»Unsere Situation?«

»Ich liebe dich.« Er sagte es leichthin, als wäre Liebe nicht die mit Abstand erschreckendste Sache, die einem passieren konnte. »Oder wollen wir das ignorieren?«

»Wir ignorieren es.« Jedenfalls für den Moment. Sie kontrollierte ihre Gefühle genauso wie ihren Terminkalender. Sie hatte gelernt, sie unter Verschluss zu halten. Wenn sie irgendetwas im Leben hasste, dann war es Gefühlschaos.

»Ich sollte gekränkt sein, dass du meine von Herzen kommende Liebeserklärung so geringschätzt.«

»Du warst betrunken, Kirkman.«

»Das stimmt nicht. Ich war im vollen Besitz meiner geistigen Fähigkeiten.«

»Soweit ich mich erinnere, hattest du mehrere Gläser Bourbon getrunken.«

»Es stimmt, dass ich vielleicht ein bisschen flüssige Unterstützung gebraucht habe, um mir Mut zu machen.« Er zuckte mit den Schultern. »Aber für einen Kerl, der schon so lange Single ist wie ich, ist es eine große Sache, ›Ich liebe dich‹ zu sagen.«

Sie hatte es sich nicht erlaubt, ihm zu glauben.

Für Hannah war Liebe eine emotionale Variante von russischem Roulette. Ein Spiel, das sie nicht spielte.

Ihre emotionale Sicherheit war für sie das Wichtigste auf der Welt.

Sie wollte nicht einmal daran denken, wie kompliziert es werden würde, wenn ein Baby im Spiel war.

»Hast du Angst, dass ich dich um dein Vermögen bringe?« Er lehnte sich zu ihr herüber. »Wir werden einen Ehevertrag unterzeichnen. Aber ich sollte dich warnen, dass ich im Falle des unwiderruflichen Scheiterns unserer Ehe deine Bücher beanspruchen werde. Je nach Zeit und Medikation kann ich vermutlich lernen, ohne dich zu leben, aber ich kann nicht ohne deine Bibliothek leben. Weißt du eigentlich, wie sehr es mich antörnt, zu wissen, dass eine Erstausgabe von Dickens' Roman *Große Erwartungen* in deinem Regal steht?«

Sie konnte sich auf das, was er sagte, kaum konzentrieren. *Ich sollte einen Test machen.* »Wir werden keinen Ehevertrag brauchen.«

»Da stimme ich dir zu. Eine Liebe wie unsere wird für immer dauern. Man könnte sagen, ich habe große Erwartungen.« Er zwinkerte ihr zu, doch dieses Mal lächelte sie nicht.

Liebe war wechselhaft und unzuverlässig und eindeutig nichts, was man kontrollieren konnte. Wenn jemand nicht die richtigen Gefühle hatte, konnte man sie nicht erzwingen. Sie zog es vor, ihr Leben auf einem sicheren Fundament aufzubauen.

Er lehnte den angebotenen Champagner ab und bat den Steward stattdessen um einen Bourbon. Als Hannah erneut ablehnte, sah er sie erstaunt an.

»Seit wann verschmähst du Champagner?«

Seit ich vielleicht schwanger bin. »Ich brauche einen klaren Kopf, um diese Präsentation fertigzustellen.«

»Du kannst diese Präsentation mit geschlossenen Augen halten. Ich verstehe nicht, warum du gestresst bist. Was ist aus der Frau geworden, die im Büro barfuß um einen leeren Pizzakarton herumtanzt?«

Sie streifte die Schuhe ab. »Können wir vergessen, dass das passiert ist?«

»Nein. Ich habe Fotobeweise, falls du je versuchen solltest, es abzustreiten. Und ich habe vor, sie deiner Schwester zu zeigen, um zu beweisen, welch falsches Bild sie von dir hat.« Er griff nach seinem Handy und scrollte durch die Fotos. »Hier. Das ist mein Favorit.«

Sie erkannte sich selbst kaum. Ihre Haare, die sie bei der Arbeit immer ordentlich zusammengebunden trug, waren offen, sie war barfuß und tanzte. Was am meisten ins Auge stach, war ihr Gesichtsausdruck. Hatte sie wirklich so viel preisgegeben?

»Gib mir das.« Sie versuchte, ihm das Handy wegzuschnappen, doch er hielt es außerhalb ihrer Reichweite.

»Ich werde diesen Abend nie vergessen.«

»Weil ich meine Schuhe ausgezogen und getanzt habe?«

»Ich dachte eher an die Pizza. Es war eine gute Pizza. Es gab andere Abende und andere Pizzas, doch das war die beste. Ich glaube, es lag an den Oliven.« Lächelnd beugte er sich vor und küsste sie. »Ich liebe es, wenn du lachst. Du bist im Büro immer so ernst.«

»Ich bin ein ernster Mensch.«

Adam lehnte sich zurück. »Wer hat das behauptet?«

»Mein Vater.«

Du bist so verdammt ernst, Hannah. Schau mal für fünf Minuten von dem Buch auf und hab Spaß.

Sogar heute fühlte sie sich an manchen Tagen schuldig, wenn sie nach einem Buch griff, und konnte das Gefühl nicht abschütteln, dass sie etwas Besseres mit ihrer Zeit anstellen sollte.

»Da habe ich Neuigkeiten für deinen Vater – er irrt sich.«

Adam hatte ihren Schutzwall nach und nach abgetragen, und er hatte es so geschickt getan, dass sie völlig vergessen hatte, sich zu schützen.

In ihrem Job musste sie oft bis spätabends arbeiten. Daran war nichts Bemerkenswertes, bis Adam zum ersten Mal mit einem Pizzakarton in ihr Büro geschlendert kam.

Sie hatte ihn erstaunt angeschaut.

Ich esse keine Pizza.

Es gibt für alles ein erstes Mal, McBride.

Der Abend endete damit, dass sie es sich auf dem Boden bequem machten und Pizza aus dem Karton aßen, nachdem alle längst nach Hause gegangen waren.

Bevor sie Adam kannte, hatte Hannah niemals Pizza aus dem Karton gegessen.

Sie hatte niemals ihre Schuhe abgestreift oder es sich auf dem Boden ihres Büros bequem gemacht.

Sie konnte nicht einmal sicher sagen, ob sie sich hatte entspannen können, bevor er in die Firma gekommen war. Doch diese spätabendlichen Arbeitseinheiten wurden rasch zum liebsten Teil ihres Tages. Sie freute sich darauf, mit Arbeit zugeschüttet zu werden, um eine Gelegenheit zum Bleiben zu haben, wenn alle anderen fort waren.

Sie hatten zusammen gearbeitet, gegessen und geredet. In der nächtlichen Stille im Büro, eingehüllt von den glitzernden Lichtern der Stadt, fiel es irgendwie leichter, Dinge auszusprechen, die sie unter anderen Umständen niemals ausgesprochen hätte.

An einem dieser Abende erzählte er, seine Tante habe darauf

bestanden, dass er Standardtänze lernte, weil sie das für eine wichtige Fähigkeit im Leben hielt.

Er hatte darauf bestanden, es Hannah beizubringen.

Jeder sollte Tango tanzen können, McBride.

Ich tanze nicht, Kirkman.

Doch irgendwie war sie dann doch mit ihm barfuß um den leeren Pizzakarton herumgetanzt.

Es war lächerlich, doch am Ende hatte sie so sehr lachen müssen, dass sie kaum noch Luft bekam.

Und so entstand Nähe, dachte sie, während sie beobachtete, wie er einen Schluck von seinem Drink nahm. Nicht in einem gewaltigen Sprung, sondern Schritt für Schritt, immer weiter voran, stetig wie die Flut. In der einen Minute stand man allein auf trockenem Boden, und im nächsten Moment schlug einem das Wasser über dem Kopf zusammen, und man ertrank.

Die Angst ließ ihre Haut kribbeln. Wenn diese Angst ihr Flügel verleihen würde, würde sie davonfliegen. Manche Menschen hatten Angst vor einer dunklen Gasse in der Nacht oder vor einem knurrenden Hund mit scharfen Zähnen. Sie hatte Angst vor Nähe.

Vielleicht *glaubte* er, dass er sie liebte, doch sie wusste, dass es nicht genug sein würde, was sie ihm bieten konnte.

Krachen und Fluchen rissen sie aus ihren Gedanken. Sie erblickte eine Frau, die versuchte, ihren Koffer in das Gepäckfach zu quetschen.

Adam erhob sich, um ihr zu helfen, und konnte das Gepäckstück dank seiner Körpergröße an den richtigen Platz rücken.

Hannah sah, wie der Blick der Frau auf seinem Profil ruhte und dann zu seinen Schultern wanderte. Ein leichtes Lächeln verriet, dass sie ihn als attraktiven Vertreter seines Geschlechts wahrnahm. Dann drehte sie sich um und registrierte Hannahs Anwesenheit. Ihre Miene veränderte sich von interessiert zu resigniert. Hannah konnte sie geradezu denken hören: *Alle guten Männer sind vergeben.*

»Wann wirst du Beth von uns erzählen?« Adam setzte sich

wieder auf seinen Platz. »Nicht, dass es mir etwas ausmacht, dein schmutziges kleines Geheimnis zu sein, doch es wäre viel einfacher, wenn du es ihnen erzählen würdest. Ich könnte mit dir zum Essen kommen. Ich kann gut mit Kindern umgehen.«

Hannah hoffte, dass er das auch noch sagen würde, wenn sich herausstellte, dass sie schwanger war.

Er streckte wieder die Beine aus. »Wir leben praktisch seit sechs Monaten zusammen. Du kannst mich nicht für immer verstecken.«

Sechs Monate? »Ich verstecke dich nicht.«

Vor Adam hatte ihre längste Beziehung zwei Monate gehalten. Acht Wochen. Dieser Zeitrahmen passte zu ihr. Hannah zog es vor, ihre Energie auf Dinge zu verwenden, in denen sie gut war. Beziehungen fielen nicht in diese Kategorie.

Mit Adam war es anders.

Die Chemie zwischen ihnen war so stark, dass sie nicht wusste, wie sie damit umgehen sollte. Zuerst hatten sie nur miteinander gearbeitet. Sie konnte sich nicht erinnern, wer den ersten Schritt gemacht hatte.

Den ersten Sex hatten sie in seinem Apartment gehabt. Sie hatten es nicht einmal ins Schlafzimmer geschafft. Beim zweiten Mal waren sie bei ihr und schafften es immerhin auf den Boden ihres Wohnzimmers. Sie war davon ausgegangen, dass die Begierde nachlassen würde, doch an manchen Tagen hielten sie sich nicht mal mit einem Gespräch auf. Es war, als würde alles, was sie während ihres Arbeitstages in der Öffentlichkeit zurückhielten, nach Befreiung drängen, sobald sie zu zweit waren. In der letzten Woche hatten sie sich zweimal im Flur geliebt, im Stehen, bei eingeschaltetem Licht. Ein Teil von ihr fragte sich, warum Sex mit Adam immer so dringlich, so verzweifelt erschien. Vielleicht weil sie insgeheim davon überzeugt war, dass ihre Liaison bald enden würde.

Alles hatte ein Ende, Hannah wusste das, und dennoch saßen sie hier, sechs Monate später.

Sie verlagerte ihre Sitzposition.

Wenn sie schwanger war, würde sie das sicherlich wissen, oder? Wurde Frauen nicht normalerweise übel?

Ihr war nicht übel.

Als die Flugzeugmotoren aufjaulten und die Maschine bereit war zum Abheben, trank Adam sein Glas aus. »Wenn du dieses Weihnachten nach Hause zu deiner Familie fährst, sollte ich dabei sein.«

»Um Chaos zu stiften?«

»Um dich zu beschützen.« Dieses Mal lächelte er nicht. »Es gefällt mir nicht, dich so zu sehen. Ich möchte meine Hannah zurück.«

Meine Hannah.

Ihre Familie würde die Hannah, die Adam kannte, nicht wiedererkennen, das wusste sie. Sie selbst erkannte diese Frau kaum wieder.

»Es ist nicht nötig, dass du mitkommst, aber danke für das Angebot.« Sie konnte sich Suzannes Reaktion, wenn sie mit Adam auftauchte, nur zu gut vorstellen. Noch bevor Hannah auch nur ausgepackt hätte, würde sie einen Hochzeitstermin in der Kirche reserviert und einen Hut gekauft haben.

Über ihren Köpfen erlosch das Anschnallzeichen, und Adam machte es sich ein bisschen gemütlicher. »Wenn Weihnachten stressig ist, warum willst du dann hinfahren?«

»Ich möchte Suzanne nicht enttäuschen.« Denn dieses Gefühl, dass sie Erwartungen enttäuschte, rief unangenehme Erinnerungen wach.

»Suzanne? Du nennst sie nicht Mom?«

»Sie ist nicht meine Mutter. Meine Mutter ist tot.«

Sie sah die Überraschung in seinen Augen und fragte sich, was sie veranlasst hatte, ausgerechnet in dieser unpersönlichen Umgebung damit herauszuplatzen. Sie sprach nie über ihre leiblichen Eltern, doch Adam hatte irgendetwas an sich, das jenen Teil von ihr öffnete, den sie normalerweise verschlossen hielt.

»Das wusste ich nicht.« Er sprach leise. »Tut mir leid, das zu hören.«

»Es ist lange her. Ich war acht.«

»Verdammt, Hannah. Das ist ein schwieriges Alter, um einen Elternteil zu verlieren. Warum hast du mir das nicht früher erzählt?« Er hielt ihr seine ausgestreckte Hand hin. Sie zögerte kurz und nahm sie dann. Seine Finger umschlossen ihre, stark und beschützend, und sie spürte, wie sich die Kette der Nähe enger um sie schlang.

Ich liebe dich, Hannah.

»Das ist kein Thema, auf das man in einem alltäglichen Gespräch kommt. Wir haben damals beide Eltern verloren. Sie sind bei einem Unfall gestorben.«

»Auto?«

»Lawine. Sie waren Kletterer.«

Er sah sie erstaunt an. »Dann warst du also nicht immer ein Großstadtmädchen?«

Sie hatte das Gefühl, schon immer ein Großstadtmädchen gewesen zu sein.

»Wer ist Suzanne?« Sein Ton war neutral, als hätte er begriffen, dass sie nicht bemitleidet werden wollte.

»Suzanne und Stewart haben uns adoptiert. Suzanne ist Amerikanerin. Stewart ist Schotte. Nach dem … Unglück … zogen wir zurück nach Schottland, um in der Nähe von Stewarts Familie zu wohnen.« Ihr Herz pochte. »Können wir jetzt arbeiten?«

Einen Moment zögerte er. »Sicher.« Er packte seinen Laptop aus und öffnete ihn. »Es sei denn, du möchtest unsere Partie Schach beenden?«

»Ich habe deinen Springer geschlagen.«

»Ich erinnere mich.« Er grinste jungenhaft. »Ich kann immer noch deinen König mattsetzen. Gib mir eine Chance, es zu versuchen. Du hast die letzten beiden Partien gewonnen, und mein Selbstvertrauen hat einen empfindlichen Schlag abbekommen.«

Ihr war sein Selbstvertrauen immer unzerstörbar erschienen.

»Ich glaube, wir sollten lieber das Angebot fertigstellen.«

»Du hast Angst, dass du verlieren könntest.« Er beugte sich zu ihr und küsste sie auf den Mund. »Ich habe mir deine

Präsentation angesehen. Sie ist brillant. Wir werden diesen Auftrag bekommen.«

Etwas entspannter beugte sie sich vor, um die Tabelle auf seinem Bildschirm zu überfliegen. »Das musst du ändern.« Sie deutete auf eine der Zahlen. »Hast du meine E-Mail nicht bekommen?«

»Die, die du um drei Uhr morgens geschickt hast? Ja, ich habe sie heute Morgen auf dem Weg zum Flughafen gelesen, aber wir sind nicht alle so blitzschnell wie du.« Er änderte die Zahl. »Du bist ein Superhirn, McBride, aber warum hast du nicht geschlafen?«

»Ich mag Arbeit.« Um genauer zu sein: Sie liebte Zahlen. Liebte Daten und Computercodes. Zahlen waren verlässlich und verhielten sich so, wie man es wollte. Zahlen wickelten sich nicht um dein Herz und drückten zu, bis kein Blut mehr floss. »Ich wollte dieses Projekt abschließen.«

»Und das konntest du nicht an dem Achtzehn-Stunden-Tag, den du eingelegt hast?«

»Ich hatte andere Dinge im Kopf.« Und damit meinte sie nicht nur den Umstand, dass ihre Periode überfällig war.

Sie dachte an die beiden Nachrichten, die sich seit einem Monat auf ihrer Mailbox befanden.

Im Laufe der Jahre hatte sie bereits ähnliche Anrufe erhalten, insbesondere zu dieser Jahreszeit, in der sich der Tag des Unfalls jährte. Dieses Mal hatte sie den Namen des Anrufers nicht gekannt. Sie hatte gelernt, nicht zu antworten. Dennoch lag ihr die Nachricht wie ein Stein im Magen und erinnerte sie an Dinge, an die sie nicht denken wollte.

Um ein Haar hätte sie Beth gefragt, ob sie ebenfalls einen Anruf erhalten hatte, doch dann hätte sie darüber sprechen müssen, und das wollte sie nicht.

Das hatten sie und Suzanne gemeinsam. Beide bevorzugten sie es, die Vergangenheit zu ignorieren.

Adam speicherte die Datei, die er bearbeitet hatte. »Suzanne und Stewart waren eure Verwandten?«

»Freunde meiner Eltern. Sie adoptierten uns drei.« Was ihr Schuldgefühl verstärkte, dass sie nicht der Mensch war, der sie sein sollte.

»Und deshalb meinst du, du müsstest Weihnachten dort sein. Weil du ihnen etwas schuldig bist.« Es war eine Feststellung, keine Frage, und sie widersprach ihm nicht.

Sie war ihnen etwas schuldig und wusste, dass sie diese Schuld nie würde gutmachen können. »Das ist jedenfalls ein Teil des Ganzen.«

»Nimm mich mit.«

»Meine Familie lebt in Schottland, in den abgelegenen Highlands. Ich kann mir nicht vorstellen, wie du mit schwachem WiFi und miesem Telefonempfang klarkommst.« Sie musterte seine polierten Schuhe. »Du würdest es hassen.«

»Ich würde es nicht hassen. Zum einen liebe ich Single Malt. Wohnen sie zufällig in der Nähe einer Destillerie?«

Hannah seufzte. »Tatsächlich tun sie das, aber …«

»Na, siehst du. Ich bin schon angetan. Außerdem weiß ich eine schöne Aussicht zu schätzen. Ein paar romantische Spaziergänge durch ein nebliges Tal wären eine perfekte Gelegenheit abzuschalten.«

»Ein nebliges Tal? Du hast wohl zu oft *Braveheart* gesehen. Zu dieser Jahreszeit ist das Tal vermutlich verschneit, und falls es Nebel gibt, wirst du dich verirren und an Unterkühlung sterben.«

Er zuckte demonstrativ mit den Schultern. »Ich wusste, dass es einen Grund gibt, warum ich mich für Manhattan entschieden habe. Aber ganz im Ernst: Denk drüber nach. Wenn ich mit dir hinfahre, könnten wir an der Präsentation arbeiten. Glaub es oder nicht, ich kann ohne Internetanschluss überleben. Kein Internet zu haben, ist vielleicht das beste Weihnachtsgeschenk von allen.«

Es war eine Sache, Adam von ihrer Familie zu erzählen. Sie ihm vorzustellen, war eine andere.

Champagnerkorken würden knallen.

Hannah würde von einer unkontrollierbaren Welle von Erwartungen mitgerissen werden.

»Du fliegst in die Karibik, und das, glaub mir, wird tausendmal besser als ein Weihnachten in den schottischen Highlands. Wahrscheinlich werden wir eingeschneit.« Allein der Gedanke ließ sie hyperventilieren. Gefangen. Unfähig, zu atmen. Begraben.

Sie hörte Suzannes tränenerstickte Stimme. *Sie sind tot, Hannah. Sie sind tot.*

Vielleicht hätte sie eine Geschäftsreise an irgendeinen entlegenen Winkel dieser Welt erfinden sollen, um ein weiteres Jahr aus der Sache herauszukommen. Wenn sie einen Kunden in Sydney besuchte, könnte sie fast die ganzen Feiertage im Flugzeug verbringen.

Im letzten Jahr hatte sie im letzten Moment gekniffen. Sie wusste, dass Posy ihre schwache Ausrede nicht geglaubt hatte.

Wer zum Teufel beschließt, seine Firma ausgerechnet zu Weihnachten umzustrukturieren, Hannah?

Sogar der Weihnachtsmann wartet mit der Bilanz bis zum neuen Jahr.

Früher hatte Posy sie angebetet und war ihr wie ein Schatten gefolgt. Sie war zu ihr ins Bett geklettert und hatte sich nicht vertreiben lassen. Sie hatte ihre Hand gehalten. Hatte auf ihrem Schoß gesessen. Sie hatte sich wie eine weiche und verletzliche Klette an sie geklammert.

Hannah spürte, wie ihr ganz eng um die Brust wurde, wenn sie daran dachte.

Zu sagen, dass sie sich auseinandergelebt hätten, wäre eine Untertreibung, und sie wusste, dass die ganze Sache ihre Schuld war.

Die Beziehung zu ihrer jüngsten Schwester bestärkte sie nur in ihrem Glauben, dass sie eine furchtbare Mutter wäre.

Was also sollte sie tun, wenn sie wirklich schwanger war?

Kapitel 4

Posy

Posy McBride stand in einem entlegenen Tal in den schottischen Highlands am Rand eines Lawinenfelds und wurde von einem eisigen Wind erfasst. Er gefror nackte Haut und kroch durch jedes Schlupfloch in der Kleidung. Die Luft roch nach Winter, und jeder Atemzug bildete eine Dampfwolke.

Schneeklumpen in der Größe von Felsen lagen verstreut in dem Areal, das Kletterer aus der ganzen Welt anzog. Dieser Teil der Highlands war bekannt für seine steilen Klippen, herausfordernden Routen und die Neigung zu Lawinen in den Wintermonaten.

Der Hund, der neben ihr saß, zitterte voller Erwartung und Freude.

»Such!« Posy gab das Kommando, und er stürmte hinaus auf das Lawinengelände, wo er mit der Nase im Schnee hin und her lief.

Andere Mitglieder des Bergrettungsteams hatten eine Linie gebildet und suchten mit Sonden langsam und methodisch das Gelände ab.

»Sie ist ein Champion«, murmelte Posy, während sie mit großen Schritten Bonnie folgte, die sich über die riesigen Schneeklumpen kämpfte – ein goldener Fleck inmitten des Meeres aus Weiß, während sie nach menschlichem Geruch suchte.

Rory, der Ausbildungsleiter des Teams, kam mit dem Funksprechgerät in der Hand zu ihr. »Luke ist ein paarmal hingefallen. Sein Geruch ist vermutlich über den ganzen Schnee verteilt. Das wird sie verwirren.«

»Das wird sie nicht verwirren. Sie ist darauf trainiert, einen

Geruch in der Luft wahrzunehmen und zu verfolgen.« Posy nahm ihren Blick nicht von Bonnie. »Siehst du? Sie zeigt Interesse an dem Punkt dort drüben. Sie ist ein Naturtalent.«

»Luke wird dort seinen Geruch auf der Oberfläche hinterlassen haben.«

In dem Moment fing Bonnie an zu bellen. Dann raste sie über den Schnee zurück zu Posy.

»Zeig es mir!« Posy lief mit der Hündin zu dem Ort, der ihre Aufmerksamkeit erregt hatte.

Rory folgte ihr in einem langsameren Tempo und fluchte, während er vorwärtsstolperte. »Ich habe mit Luke um einen Zehner gewettet, dass sie ihn nicht findet.«

»Für diesen Mangel an Vertrauen wirst du zahlen müssen.« Posy griff nach Bonnie, die jetzt an einem Pullover zog. »Du bist ein Wunderhund. Gutes Mädchen, gutes Mädchen.« Glücklicherweise handelte es sich hier um eine Übung, trotzdem machte sie ein großes Aufhebens um den Hund und gab Bonnie ihr Lieblingsspielzeug als Belohnung. Dann blickte sie grinsend hinunter zu dem Mann, der halb vergraben im Schnee lag. »Hallo. Wie geht es dir heute?«

Er erwiderte das Lächeln, obwohl er fror und in einer unbequemen Position verharrte, wie sie wusste. Schnee klebte an seiner Jacke, an seinem Kinn und den Wimpern. »Ich bin nicht sicher. Könnte sein, dass ich Mund-zu-Mund-Beatmung brauche.«

»Da hast du Glück.« Posy streichelte Bonnies weiches Fell. Die Arbeit mit dem Hund begeisterte sie, und sie bewunderte seine Fähigkeiten. Tiere waren zu so viel mehr fähig als Menschen. »Du bist der beste Rettungshund, den es jemals auf der ganzen Welt gab.«

Ihr »Opfer« räusperte sich. »Entschuldige – ich liege hier immer noch in diesem Loch. Willst du mich nicht wenigstens herausziehen? Behandelst du so jemanden, der von einer Lawine verschüttet wurde?«

»Sei kein Weichei. Du kannst dich selbst befreien.«

»Weichei?« Er kämpfte sich auf die Beine und verzog das Gesicht, als ihm Schnee in den Nacken geriet. »Tolles Date, Posy McBride. Als du sagtest, du willst meinen Körper, hatte ich mir das nicht so vorgestellt.«

»Nein?«

»Nein.« Er holte den Klumpen Schnee hervor, der zwischen Jacke und Nacken steckte. »Du sagtest: ›Ich will deinen Körper am Samstag‹, und ich war einverstanden. Ich mag Frauen, die wissen, was sie wollen. Ich dachte an ein Abendessen und dann einen Film. Oder vielleicht einen gemütlichen Abend im Glensay Inn und danach einen romantischen Spaziergang. Atmosphäre schaffen, bevor wir uns nackt ausziehen.« Er kletterte aus dem Schneeloch, und sie lachte schallend.

»Du siehst aus wie ein Yeti.«

»Deine Sorge wärmt mich, was nur gut ist, denn ich habe womöglich eine Unterkühlung.«

Ihr Lächeln wurde breiter. »Meinst du?«

»Das passiert normalerweise, wenn man stundenlang im Schnee begraben liegt und darauf wartet, dass man von einem Hund gefunden wird.« Er wischte sich den Schnee von den Ärmeln. »Ich habe Schnee an Stellen, von denen ich nicht einmal wusste, dass dort Schnee hinkommen kann. Wie wär's mit einem winzigen wärmenden Schlückchen?«

»Irgendwie klingt dieser Satz mit einem New Yorker Akzent nicht richtig.«

»Ich spreche mit jedem Akzent, den du dir wünschst, solange du mir nur einen Whisky einschenkst.«

»Alkohol und Unterkühlung sind keine gute Kombination.«

Sie genoss das kleine Geplänkel, vermutlich mehr, als sie sollte.

Lukes Ankunft in Glensay hatte die Ruhelosigkeit, die sie neuerdings ständig zu begleiten schien, besänftigt. Als ob er einen Teil der Außenwelt zu ihr gebracht und ihre Abenteuerlust ein bisschen gestillt hätte.

Bonnie sprang schwanzwedelnd um sie herum.

»Du hast Glück, dass sie ein Superstar ist, sonst hättest du dort noch viel länger gelegen.«

»Ich soll auch noch dankbar dafür sein, dass ich durchgefroren und durchnässt bin?«

»Wenn dies eine echte Lawine gewesen wäre, würdest du vor ihren haarigen Pfoten niederknien und lebenslange Liebe und Treue schwören.«

Er stampfte mit den Füßen, um seine Stiefel vom Schnee zu befreien. »Wenn dies eine richtige Lawine wäre, würde ich ein LVS-Gerät tragen und Schaufel und Sonde dabeihaben.«

»Das setzt voraus, dass du mit Leuten Ski gefahren oder geklettert wärst, die wissen, was man mit einem LVS-Gerät, Schaufel und Sonde tut.«

»Gibt es Menschen, die das hier freiwillig mehr als einmal machen?«

»Ja. Wir haben ein Team von Testpersonen, die uns bei unseren Übungen helfen.«

»Und sie sind immer noch am Leben?«

»Größtenteils. Wir machen das Lawinentraining nicht so oft. Manchmal liegt man einfach nur in einem feuchten Grasloch am Berghang.«

»Hör auf, oder ich werde mich nie von der furchtbaren Enttäuschung erholen, dass mir diese Erfahrung entgangen ist.« Er hatte die schlanke, athletische Figur eines Kletterers und das raue Aussehen eines Mannes, der sein Leben draußen in der Natur verbringt.

Die starke Anziehungskraft zwischen ihnen hatte sie überrascht.

Sie war vorsichtig, was Beziehungen anging. In einer kleinen Gemeinde wie der, in der sie lebte, konnte man sich nicht zurückziehen, wenn die Romanze ein Ende fand. Sehr wahrscheinlich lief man der anderen Person jeden Tag über den Weg. So war es ihr passiert, und sie hatte es nicht eilig, diese Erfahrung zu wiederholen.

Rory rief zu ihnen herüber: »Alles okay dort drüben?«

Posy drehte sich um. »Ich glaube, das Opfer ist unterkühlt.«

»Opfer?« Luke hob eine Augenbraue. »Bitte streich das. So sehe ich mich nämlich nicht.« Er beugte sich hinunter, um Bonnie zu streicheln. »Du bist das einzige Mädchen für mich. Wenn ich wirklich unter dieser Lawine begraben gewesen wäre und du mich gerettet hättest, würde ich dich heiraten müssen.«

»Mr. und Mrs. Golden Retriever. Ich prophezeie viele Jahre voller Glück.« Bevor Posy ausweichen konnte, stopfte Luke ihr eine Handvoll Schnee in den Nacken.

Eis rann ihre Haut hinunter, und sie schrie auf. »Das ist kindisch.«

»Aber sehr befriedigend. Und jetzt ist dir auch kalt, womit wir die gleichen Voraussetzungen haben. Wir sollten einander wärmen. Eine heiße Dusche. Feuer im Kamin. Eine Flasche Rotwein.«

Es wäre einfach, denn technisch gesehen, lebten sie unter einem Dach.

Auf dem Land der McBrides stand eine Scheune mit Heuboden. Ihre Eltern hatten sie klugerweise in zwei Wohneinheiten umgebaut. Posy wohnte im ehemaligen Heuboden, der nun ein Loft mit schrägen Dachfenstern war, von denen aus man die Sterne sah. Die Scheune wurde als Ferienwohnung vermietet. Das Gebäude befand sich einen knappen Kilometer entfernt von Glensay Lodge, wo ihre Eltern lebten, und war von Kiefern- und Birkenwäldchen umgeben. Ein kurzer Spaziergang führte zu dem nahe gelegenen See, der von einer Quelle gespeist wurde und reich an Forellen war.

Die einsame Lage gefiel nicht jedem. Im Sommer wurde das Apartment meist von Paaren gemietet, die eine romantische Woche in den wilden Highlands verbringen wollten. Die Lage war perfekt für Fahrradtouren, Vogelbeobachtung, Wanderungen und um im See zu schwimmen, doch den größten Vorteil bot die Nähe zu den Bergen. Im Winter wurde die Scheune oft von Kletterern gebucht.

Kurze Mietzeiten bedeuteten mehr Arbeit für Posy. Bei jedem

Mieterwechsel reinigte sie die Wohnung, wechselte das Bettzeug und kümmerte sich um die Wäsche. Schon deshalb war sie begeistert gewesen, als Luke Whittaker die Scheune für vier Monate gebucht hatte, mit der Option auf Verlängerung.

Er war Kletterer und Schriftsteller. Er brauchte Ruhe und Frieden, um sein Buch fertigzustellen, und einen Ort, von dem aus er klettern gehen konnte. Die Scheune bot beide Möglichkeiten.

Wenn sie nach einem Training spät nach Hause gekommen war, hatte sie gesehen, dass bei ihm noch Licht brannte. Daher wusste sie bereits, dass Luke Whittaker eine Nachteule war.

Sie wusste auch, dass er gut mit Tieren umgehen konnte. Wie zum Beispiel jetzt, wo er Bonnie in Verzückung versetzte, indem er sie am Bauch kraulte.

Er sah zu Posy auf. »Ich nehme an, Bonnie hat den Test bestanden?«

»Das hat sie. Sie hat deinen Geruch sofort gewittert.«

Er erhob sich. »Willst du mir sagen, dass ich rieche?«

»Sei dankbar, dass du das tust. Auf diese Weise findet sie dich. Sie ist darauf abgerichtet, menschliche Duftspuren zu finden. Wenn man Angst hat und schwitzt, riecht man noch stärker.«

»Ich war im Schnee begraben. Ich kann dir versichern, dass aus meinen Poren nicht ein Tropfen Schweiß gesickert ist.«

»Da irrst du dich. Sie hat deine Angst gerochen.« Sie genoss es, ihn aufzuziehen. »Und vermutlich hat sie die Vibrationen von deinem Zittern im Schnee gespürt. Aber im Ernst: Danke! Das war eine gute Tat von dir, und wir sind alle dankbar.«

»Sie scheint mir ein ziemlich guter Rettungshund zu sein.«

»Apportieren ist ihr Lieblingsspiel, das hilft. Man braucht einen Hund mit einem starken Drang, Dinge zurückzubringen. Und ihre Nase ist sowieso eine Superkraft für sich.«

Sie bahnten sich einen Weg durch das Schneefeld zurück zu dem Pfad, an dem Posy den Wagen geparkt hatte. Eine frische Schicht Pulverschnee war gefallen, und in der Kälte fühlten sich ihre Wangen taub an.

»Hast du schon viele festsitzende Kletterer und Wanderer gerettet?«

»Ja. Und manchmal bittet mich die Polizei bei einer Personensuche um Hilfe. Vor ein paar Wochen hat Bonnie einen älteren Herrn mit Demenz aufgespürt, der verschwunden war. Seine Familie war außer sich – offenbar hatte er es geschafft, die Haustür aufzuschließen und sich aus dem Staub zu machen. Sie waren sehr erleichtert, als wir ihn gefunden haben.«

»Warte.« Er blieb stehen. »Ich dachte, ein Fährtensuchhund ist eine andere Art von Rettungshund.«

»Meistens ist das so. Hunde sind entweder auf den Geruch von Menschen trainiert, oder sie folgen der Fährte eines speziellen Dufts. Nur wenige Hunde sind für beides ausgebildet.«

»Und sie ist das?«

»Was soll ich sagen? Sie ist ein Superstar.«

Sie gingen weiter. »Ging es dem Mann, den ihr gefunden habt, gut?«

»Er war ziemlich unterkühlt. Bonnie fand ihn versteckt hinter einer Hecke. Er verbrachte ein paar Tage im Krankenhaus, aber jetzt geht es ihm wieder gut. Bonnie und ich haben ihn besucht.«

»Gibt es irgendwas, das sie nicht kann?«

»Sie mag keine Flüge mit dem Hubschrauber.« Posy verzog das Gesicht. »Und davon haben wir einige.«

Bonnie sprang hinten in den Wagen und wedelte freudig mit dem Schwanz, während Posy ihre Stiefel wechselte und sich ihrer Schutzkleidung entledigte.

Sie streckte die Hand aus. »Einen schönen Tag wünsche ich noch.«

Luke starrte auf ihre Hand. »Ich gebe dir meinen Körper, und alles, was ich im Gegenzug bekomme, ist deine Hand? Du könntest mich zumindest auf einen Becher heiße Schokolade in dieses gemütliche Café einladen, das du mit deiner Mutter betreibst.«

»Geht nicht. Heute bin ich Angestellte, nicht Kundin.« Sie glitt auf den Fahrersitz. »Aber ich bringe dir einen Schokoladenkuchen mit nach Hause.«

»Dann ein Abendessen. Ich lade dich ins Glensay Inn ein. Prasselndes Kaminfeuer, regionales Bier, gutes Essen und großartige Gesellschaft.«

Und jede Menge Tratsch.

»Ich lebe hier schon fast mein ganzes Leben, Luke. Du musst mir nicht die Reize meines eigenen Dörfchens verkaufen. Und heute Abend habe ich zu tun.«

»Du, Posy McBride, hast immer zu tun. Wenn du nicht gerade mit deinem Hund verirrte Seelen aufspürst oder jemanden eine Eiswand hinaufführst, arbeitest du im Café, hütest die Schafe oder sammelst die Eier von den Hennen ein. Die übrigens besser schmecken als alle, die ich je zuvor gegessen habe.«

»Alles schmeckt hier besser. Das liegt an der Luft. Ich muss gehen.« Sie wusste, dass ihre Mutter gerade überrannt wurde von Gästen. »Gerade ist bei uns Hauptsaison, und Mom ist allein, weil Vicky unter dem Wetter leidet.«

Er stand breitbeinig da und hatte die Hände in die Hüften gestemmt. »Du bist gut zu deiner Mutter.«

Das schien ihr eine seltsame Feststellung zu sein. »Sie ist meine Mutter. Warum sollte ich das nicht sein?«

»Standet ihr euch immer so nahe?«

Posys früheste Erinnerung war, wie Suzanne sie in den Schlaf wiegte. Sie erinnerte sich an die Wärme, den Halt ihrer Arme, das Gefühl von Geborgenheit und Sicherheit. »Ja.«

»Und du wirst eines Tages das Café von ihr übernehmen?«

»So ist der Plan.«

Er musterte sie nachdenklich. »Und du bist damit einverstanden? Hat es dich nie gereizt, zu reisen? Etwas anderes zu tun?«

Es war, als hätte er in eine empfindliche Wunde gefasst.

Sollte sie zugeben, dass es sie reizte? Sollte sie zugeben, dass sie nachts oft darüber nachdachte und den Gedanken dann im Laufe des Tages verwarf, während sie an der Seite ihrer Mutter arbeitete, die immer für sie da gewesen war? Wie konnte sie jemals dieses schmerzhafte Verantwortungsgefühl in ihr erklären? Es war wie ein Anker, der sie am gleichen Ort festhielt. Sie war dankbar für diesen Anker, doch manchmal wollte sie ihn einholen und die Segel setzen. Dort draußen gab es hohe, schöne Berge, die nur auf sie warteten. Eine ganze Welt voller Abenteuer.

Tagsüber bediente sie lächelnd die Kunden, kochte und bereitete perfekten Cappuccino zu, doch abends, in der Zurückgezogenheit ihres Lofts, studierte sie schwierige Gipfel, Eis- und Felswände, plante Routen, sah sich unzählige Videos im Internet an, bis sie das Gefühl hatte, als hätte sie diese anspruchsvollen Wände selbst erklettert.

»Dies ist mein Zuhause. Hier ist meine Familie, und hier ist meine Arbeit. Tschüss, Luke, und danke für heute.« *Danke, dass du Gedanken aufgewühlt hast, die ich nicht haben wollte.* »Rick wird dich zurück nach Glensay Lodge bringen.« Sie ließ den Motor an. »Musst du nicht weiterschreiben?«

»Ja, aber dafür brauche ich aufgetaute Hände.«

»Bevor ich zum Training kam, habe ich heute Morgen frische Holzscheite in die Scheune gelegt. Ich gehe davon aus, dass du weißt, wie man ein Feuer entfacht?« Das war keine ernsthafte Frage. Luke Whittaker hatte ein Buch über das Überleben in der Wildnis geschrieben. Und selbst wenn es nicht in ihrem Bücherregal stünde, hätte sie gewusst, dass er jene Art Mann war, die mit den schwierigsten Bedingungen klarkam. Jene Art Mann, die mit zwei Stückchen Holz einen Funken hervorbrachte, bevor man überhaupt nur Feuer sagen konnte.

»Du könntest mein Feuer entfachen.«

»Das ist die schmalzigste Anmache, die ich je gehört habe. Ich hoffe, du bist im Feuermachen besser als im Frauenanmachen, denn sonst wirst du dir üble Frostbeulen holen.«

Sie trat aufs Gas. Das Letzte, was sie von ihm sah, war das Lächeln auf seinem Gesicht.

Die Wintertage in den schottischen Highlands waren oft grau und trübe, doch heute war ein perfekter Tag mit blauem Himmel. Die Landschaft war ganz in Weiß gehüllt, die Schneeschicht lag glatt und unberührt da wie der Guss auf einem Weihnachtskuchen. Die Oberfläche reflektierte das Sonnenlicht und funkelte wie Millionen Kristalle.

Warum sollte sie auch nur daran denken, diesen wundervollen Ort zu verlassen, wo hier doch so viele Menschen waren, die sie liebten und mochten? Hier zu sein war kein Opfer, es war eine Entscheidung. Sie war vier Jahre alt gewesen, als Suzanne und Stewart ihre Sachen gepackt und von ihrem Zuhause im Bundesstaat Washington nach Schottland gezogen waren, um in der Nähe von Stewarts Familie zu leben.

Anders als ihre Schwestern hatte Posy keine Erinnerung daran.

Sie fuhr an der Gemeindekirche vorbei und winkte Celia Monroe zu, die gerade vom Arzt kam.

Spontan hielt sie quietschend vor der kleinen Bücherei und griff nach der Tasche auf dem Rücksitz.

Dies war eine Angelegenheit, die sie schon seit Wochen vor sich herschob.

»Sie wird mich abkanzeln wie eine Sechsjährige«, murmelte sie, und Bonnie wedelte mitfühlend mit dem Schwanz.

Posy wappnete sich innerlich und betrat die Bücherei. Sie war schon viele Male von der Schließung bedroht gewesen, doch die Einheimischen hatten sie ebenso erbittert verteidigt wie ein Clan sein Land.

Die Frau hinter dem Tresen gab einen missbilligenden Laut von sich. »Du hast Nerven, hier aufzutauchen, Posy McBride. Deine Bücher sind seit mehr als einem Monat überfällig.«

Posy beugte sich vor und küsste sie. »Ich saß auf einem Berg fest und habe Leben gerettet, Mrs. Dannon.«

»Ach, hör doch auf. Mit deinen Hausaufgaben warst du genauso. Immer zu spät und immer eine Entschuldigung parat.« Eugenia Dannon war ihre Englischlehrerin gewesen und hatte viel Mühe mit ihr gehabt. Damals hatte Posy ihre Tage lieber damit verbracht, aus dem Fenster zu den Bergen zu schauen.

»Ich schulde Ihnen vermutlich eine Menge Strafgebühren.«

Die Frau wedelte mit der Hand. »Wenn du jedes Mal Strafe

zahlen würdest, wenn deine Bücher überfällig sind, wärst du längst pleite.«

»Ich liebe Sie, Mrs. Dannon, und ich weiß, dass Sie mich im Grunde Ihres Herzens auch lieben.«

»Na, da wäre ich schön dumm. Jetzt lauf und hilf deiner Mutter.«

Jetzt lauf? Sagten Leute so etwas tatsächlich noch?

Posy grinste. In Glensay taten sie es, auch wenn man fast dreißig war.

»Wenn Sie das nächste Mal im Café vorbeischauen, bekommen Sie einen extragroßen Schokoladen-Brownie.« Sie war auf halbem Weg zur Tür, als Mrs. Dannons Stimme sie aufhielt.

»Hast du eines der Bücher gelesen?«

»Jedes einzelne. Von der ersten bis zur letzten Seite.« Grinsend verließ sie die Bücherei.

Sie hatte die Bücher nicht gelesen, und Mrs. Dannon wusste das. Posy würde darauf wetten, dass die Hälfte der Leute, die in die Bücherei gingen, ihre Bücher nicht lasen. Aber Bücher auszuleihen bedeutete, dass Eugenia Dannon ihren Job behielt. Seit ihr Mann vor zwei Jahren gestorben war, brauchte sie sowohl das Geld als auch die Gesellschaft, die die Bücherei bot. Jeder im Dorf hatte plötzlich einen ausgeprägten Lesedrang entwickelt.

Wenn die Beamten der Verwaltung sich die Statistik ansahen, wären sie vermutlich erstaunt gewesen, wie belesen die Einwohner von Glensay waren.

Posy wusste hundertprozentig, dass Ted Morton das komplette Werk von Shakespeare als Türstopper benutzte, damit seine Küchentür an windigen Tagen nicht zufiel.

Noch immer lächelnd betrat sie den kleinen Laden neben der Bücherei. Glensay hatte einen Gemischtwarenladen, in dem es alles Wichtige zu kaufen gab.

»Hallo Posy.« Das Mädchen hinter dem Tresen lächelte ihr zu. »Dein Mieter war gestern hier. Er hat ein Paket Rasierklingen und Deo gekauft.«

»Aha.« Posy griff nach Zahnpasta und Seife und legte beides

auf den Tresen. Sie fragte sich oft, ob Amy und ihre Mutter eine Liste führten, was die Leute kauften, und damit Profile erstellten. »Vielleicht hilft er mir, die Schafe zu scheren.«

»Wirklich?«

»Nein, nicht wirklich. Das war ein Witz.« Sie war mit Amy zur Schule gegangen, und die hatte ihre Witze schon damals nicht verstanden. Offenbar war Posy keine Zukunft im Comedy-Bereich beschieden. »Ignorier mich einfach.«

»Ich persönlich mag Männer mit Bartstoppeln.« Amy tippte die Preise in die Kasse. »Er ist sexy. Du hast Glück, mit ihm zusammenzuwohnen.«

»Er wohnt nicht mit mir zusammen, Amy. Er ist in einem anderen Teil des Gebäudes. Unterschiedliche Einheiten. Da sind eine Treppe und zwei Türen zwischen uns.« Angesichts von Amys Tendenz, interessante Schlüsse zu ziehen und diese dann zu verbreiten, schien es wichtig, das klarzustellen.

»Trotzdem – es könnte romantisch sein.«

Könnte es, doch wenn es das wäre, würde sie es Amy nicht erzählen.

Posy stopfte die Zahnpasta und die Seife in ihre Tasche und versuchte, ihr Privatleben privat zu halten. »Danke, Amy. Schönen Tag noch.«

Draußen vor der Tür blieb sie stehen, um die Aushänge am Schwarzen Brett zu lesen. Sie boten einen faszinierenden Einblick in das Leben des Dorfes. Entlaufene und zugelaufene Haustiere, ein Traktor zum Verkauf, Protokolle von zwei lokalen Treffen und ein Aufruf für neue Mitglieder des Dorfchors. Posy liebte es zu singen. Sie wäre dem Chor vielleicht beigetreten, wenn man ihr nicht gesagt hätte, dass ihre Stimme wie die einer gefolterten Katze klang. Ihre Familie bestärkte sie, andere Wege zu finden, um ihrer Fröhlichkeit Ausdruck zu verleihen, sodass sie inzwischen nur noch im Bad und für ihre Hündin sang, die oft in perfekter Harmonie mitjaulte.

Als sie in der Ferne einen Minibus näher kommen sah, eilte Posy zurück zu ihrem Wagen.

Die älteren Mitglieder der Gemeinde, die es nicht mehr auf andere Art zum Dorfladen schafften, nutzten den Minibus-Service. Posy versuchte, seine Ankunft nach Möglichkeit zu vermeiden, weil es immer einen halben Tag dauerte, alle zu begrüßen.

Fünf Minuten später eilte sie in die einladende Wärme des Café Craft. Sie riss sich den Mantel vom Leib, während sie zum Tresen lief, wo ihre Mutter mit zwei Frauen aus dem Dorf in ein Gespräch vertieft war. Aus den Lautsprechern drang leise Weihnachtsmusik, und die Lichterketten, die sie mit ihrem Vater rund um die Fenster befestigt hatte, blinkten wie winzige Sterne. Das nackte Mauerwerk der Wände war teilweise mit Bildern von regionalen Künstlern geschmückt. Posy wechselte die Bilder regelmäßig. Für diesen Monat hatte sie winterliche Motive ausgewählt.

Neben Kunst verkauften sie auch Töpferwaren aus der Region, Stricksachen, die exklusiv angefertigt wurden, regionalen Heidehonig und Kunsthandwerk, das ihre Mutter aussuchte, weil sie ein gutes Gespür dafür hatte, was sich verkaufte.

»Tut mir leid, ich bin zu spät.«

»Kein Problem.« Die Wangen ihrer Mutter waren von der Hitze der Küche gerötet, und sie sah mindestens zehn Jahre jünger als ihre achtundfünfzig Jahre aus. »Wie ist es gelaufen?«

»Großartig. Bonnie war fabelhaft.«

Posy wollte schon Details erzählen, hielt dann aber inne. Sie wusste, dass ihre Mutter keine Details hören wollte. Es gab eine unausgesprochene Vereinbarung in der Familie, alles, was mit Schnee und Lawinen zu tun hatte, nicht zu erwähnen.

Ihr Vater hatte gesagt, dass ihre Mutter vor ein paar Nächten wieder einen Albtraum gehabt hatte.

Am liebsten würde sie diese Albträume fortwischen, doch Posy hatte keine Ahnung, wie. Es war ihr ein Rätsel, warum jemand fünfundzwanzig Jahre nach einem Ereignis noch immer schlechte Träume haben konnte, egal, wie furchtbar das Ereignis auch gewesen sein mochte.

Sie eilte in das kleine Büro und verzog das Gesicht, als sie auf dem kleinen Schreibtisch den Papierstapel erblickte, der seit ihrer letzten Schicht noch gewachsen war. Papierkram war verschwendete Lebenszeit. Irgendjemand musste den Stapel sortieren, sonst würden sie etwas Wichtiges übersehen, doch das würde nicht sie tun.

Schnell entledigte sie sich der Jacke und des Pullovers, unter dem das blaue T-Shirt mit dem Logo des Café Craft zum Vorschein kam. Dann tauschte sie die wasserdichte Hose gegen eine Jeans und zog ihre Turnschuhe an.

Wenn sie den ganzen Tag auf den Beinen war, würde sie auf keinen Fall Absätze tragen.

Sie zog sich eine saubere Schürze über den Kopf, band sie in der Taille zu und trat hinaus in die nach Zimt duftende Wärme des Cafés.

Ihre Mutter hatte eine fast schon magische Fähigkeit, egal, wo sie war, eine einladende, gemütliche Atmosphäre zu schaffen. Im Café Craft fühlte man sich aufgehoben und geschützt – nicht nur vor den eisigen Winden der Highlands, sondern auch vor dem eisigen Wind des Lebens. Die Realität musste draußen warten, bis man bereit war, sie hereinzulassen.

»Lass mich nur rasch die Bestellung fertigstellen, und dann kannst du mir von Bonnie erzählen. Zwei Cappuccinos und einen Schokoladen-Brownie zum Teilen.« Suzanne drehte sich mit entschlossener Miene zu der Kaffeemaschine um, und Posy schob sie zur Seite.

»Ich mach das.«

»Könntest du später, wenn es ruhiger wird, den Papierkram erledigen?«

Posy suchte verzweifelt nach einer Ausrede. »Du kannst das besser als ich.«

»Was der Grund ist, warum du es tun solltest«, sagte Suzanne. »Dieses Geschäft wird eines Tages dir gehören, und du musst dir alles Nötige aneignen, um es zu führen.«

Oh, welch Freude und Seligkeit.

Ein Leben voller Papierkram lag vor ihr.

»Dafür ist noch viel Zeit. Du wirst erst in vielen Jahren in Rente gehen.« *Bitte geh nie in Rente.* »Ich habe heute Morgen ein großes Stück von dem Früchtekuchen mit zum Team genommen. Sie hätten mir fast noch die letzten Krümel aus der Hand geleckt. Man könnte meinen, dass diese Kerle nie was zu essen kriegen.«

Sie schob den Gedanken an die Übernahme des Cafés beiseite, mahlte die Bohnen, presste das Pulver fest ins Sieb und stellte die Durchlaufzeit ein. Das Aroma frischen Kaffees verbreitete sich, und sie musste den Impuls unterdrücken, die erste Tasse selbst zu trinken. Wenn man aus der Kälte und dem Schnee kam, gab es für sie nichts, wirklich nichts Besseres in der Welt als einen guten Kaffee.

Sie schäumte die Milch auf und zeichnete mit dem Schaum ein Blatt auf der Kaffeeoberfläche, um ihrem künstlerischen Instinkt zu folgen.

»Nimm Platz, Jean!«, rief sie. »Ich bringe dir alles an den Tisch.«

Das Café füllte sich bereits. Das tröstliche Gemurmel von Gesprächen und ein Gefühl von Gemeinschaft und Zugehörigkeit lagen in der Luft. Im Sommer war der Laden immer voll mit Touristen, die unbedingt das »echte Schottland« erleben wollten, was für die meisten Schottenröcke und Shortbread bedeutete. Wenn sie in den Wintermonaten kämen, könnten sie das wirkliche »echte Schottland« erleben. Dies war eine Gemeinde, die in den rauen Wintermonaten all ihre Mitglieder unterstützte. Jeder kannte jeden, und alle passten aufeinander auf.

Als letztes Dorf im Tal wurde Glensay im Winter manchmal von anderen Orten abgeschnitten. Jahrzehntelang war das Glensay Inn der einzige Ort gewesen, wo man auswärts essen konnte, und es waren Stewarts Eltern gewesen, die die Idee für das Café hatten. Suzanne hatte das Geschäft schließlich übernommen, es später erweitert und den Kunsthandwerksverkauf angeschlossen. Das Café war außerdem der Ort, wo die Stücke, die Suzanne und ihre Freundinnen strickten, verkauft wurden, und an kalten Wintertagen diente es den Einheimischen als Treffpunkt.

Suzanne hatte einen Ort kreiert, über den die Touristen schrieben, wenn sie wieder daheim waren. Als Resultat kamen Besucher aus der ganzen Welt. Doch das pulsierende Herz des Café Craft waren die Einheimischen.

Drei Abende in der Woche hatte Suzanne für unterschiedliche Gruppen geöffnet – eine Art, sich die langen, dunklen Nächte zu vertreiben. Montags kam der Buch-Club, mittwochs der Kunst-Club, und freitags traf sich die Strickgruppe.

Posy fragte sich, wie sie diesen Part weiterführen sollte, wenn sie das Café irgendwann übernahm. Trotz ihrer regelmäßigen Ausflüge zur Bücherei hatte sie nie Zeit zum Lesen. Das Einzige, was sie je gemalt hatte, war der Hühnerstall, und Stricken konnte sie auch nicht.

Sie wäre prädestiniert, einen Outdoor-Club zu gründen, doch es hatte wenig Sinn, diesen drinnen abzuhalten.

Posy blickte zu ihrer Mutter und bemerkte ihren blauen Pullover. Die Wolle war ein bisschen silbrig, sodass sie im Licht funkelte. »Der ist hübsch. Neu?«

»Gestern Abend fertig gemacht. Ich sollte vermutlich eines unserer T-Shirts tragen, doch als Chefin, finde ich, darf ich tragen, was ich will.«

»Er steht dir gut.«

»Ich stricke ein paar, um sie im Café zu verkaufen. Gestern wurde ein weiteres Paket mit Wolle geliefert. Ich kann es kaum erwarten, damit anzufangen, doch zuerst muss ich diese Weihnachtsstrümpfe stricken. Wenn du möchtest, dass ich es dir beibringe …«

»Nein danke. Ich habe Angst vor Nadeln, und das betrifft auch Stricknadeln.«

Abgesehen von zwei Tischen war das Café voll besetzt. Posy wusste, dass ihre Beine später, wenn sie um fünf Uhr schlossen, heftiger schmerzen würden, als wenn sie Eisklettern gegangen wäre.

Sie platzierte die Becher auf einem Tablett und stellte noch ein Stück von dem perfekt klebrigen Brownie hinzu, der so köstlich schokoladig war, dass man ihn vermutlich samt einer Gesundheitswarnung servieren sollte. Posy benötigte ihre gesamte Willenskraft, um ihn zum Tisch zu bringen und nicht selbst zu essen.

»Bitte schön, meine Damen.«

Jean nahm einen der Becher. »Du warst heute Morgen zum Training mit dem Team draußen?«

»Ja. Wir hatten Gäste vom kanadischen Bergrettungsteam, die ein Lawinentraining mit uns absolviert haben.« Posy klemmte sich das leere Tablett unter den Arm. »Die ganze Gemeinde wird wohl gerne hören, dass wir uns nicht blamiert haben.«

»Ich hörte, dass dein Langzeitmieter sich als Testperson zur Verfügung gestellt hat.«

»Das hat er, und Bonnie hatte keinerlei Schwierigkeiten, ihn zu finden.« Posy machte sich nicht die Mühe zu fragen, von wem sie das erfahren hatte. Jean war mit dem Leiter des Bergrettungsteams verheiratet. Doch selbst, wenn sie es nicht wäre, würde sich der Klatsch verbreiten. Das war der Grund, warum es Posy widerstrebte, eine Beziehung mit jemandem aus dem Ort einzugehen. Sie hatte das einmal getan, und es hatte in einer Katastrophe geendet. Inzwischen konnten Callum und sie wieder miteinander sprechen, doch jahrelang hatten sie einander nur feindselig angestarrt, wenn sie sich begegneten, was in einem Dorf der Größe von Glensay recht oft geschah.

»Ich hätte auch keine Mühe gehabt, ihn zu finden. Es gibt Leute, die ich nur zu gern unterm Schnee liegen lassen würde, aber dieser Mann gehört nicht dazu. Den würde ich mit bloßen Händen ausbuddeln.« Moira lachte, und Posy lächelte, während sie das Geschirr am leeren Tisch nebenan abräumte.

»Moira Dodds, das ist die schmutzigste Lache, die ich je gehört habe. Schäm dich.«

Moira nahm mit der Kuchengabel ein Stück von dem Brownie. »Deine Mädchen werden dieses Jahr zu Weihnachten alle nach Hause kommen, Suzanne?«

»Das ist richtig.« Suzanne schrieb gerade ein Schild für den St.-Clements-Kuchen, den sie am Morgen gebacken hatte. »Es ist großartig, dass Hannah es einrichten kann.«

Großartig, dass ihre Schwester in ihrem geschäftigen Leben die Zeit gefunden hatte, sich doch noch an ihre Familie zu erinnern.

Posy bemerkte, wie sie die Zähne aufeinanderpresste, und versuchte, den Kiefer zu lockern. Wenn sie bei jedem Gedanken an ihre Schwester mit den Zähnen knirschte, würde sie das Weihnachtsessen lutschen müssen.

Jean strahlte sie an. »Ich wette, du kannst es kaum erwarten, deine große Schwester wiederzusehen.«

Auch wenn es sie Mühe kostete, strahlte sie zurück. Sie wusste, dass sie am Ende den Wunsch verspüren würde, ihre Schwester möglichst früh wieder zurück zum Flughafen zu fahren.

Beth würde mit Geschenken und guten willens anreisen und bei allem und jedem gerne helfen.

Hannah würde emotionales Chaos mitbringen.

Erinnerungen an vergangene Weihnachten tauchten in Posys Geist auf.

Da war das Jahr gewesen, in dem Hannah ihr Zimmer nur für das Weihnachtsessen verlassen hatte – das andere Menschen aufwendig zubereitet hatten. Und dann das Jahr, in dem sie die meiste Zeit im Café verbracht hatte. Nicht um zu helfen, wie Beth es getan hatte, sondern um das WiFi zu nutzen, das zu Hause nicht zuverlässig lief.

Posy verstand nicht genau, was ihre Schwester beruflich eigentlich tat. Die Gespräche, die sie mitgehört hatte, hätten genauso gut in einer Fremdsprache stattfinden können. Sie wusste nichts über Strategien, Volkswirtschaft oder Fünf-Jahres-Pläne, doch ihre Schwester offenbar schon, und offenbar waren Menschen bereit, viel Geld für diese Sachkenntnis zu bezahlen.

Sie fand Hannah ein bisschen einschüchternd, doch der Kern des Problems lag darin, dass ihre Schwester ihre Gefühle verletzte. Posy war von Natur aus herzlich, und Hannah verhielt sich ihr gegenüber distanziert.

Jean und Moira widmeten sich wieder ihrem Kaffee und ihrem Gespräch, während Posy in die kleine Küche schlenderte, um Duncan, ihrem Koch, bei der Zubereitung des Lunchs zu helfen.

»Heute gibt es Curry-Pastinake und Wintergemüse.« Duncan zeigte auf die Tafel, und Posy nickte.

»Verstanden.« Jeden Tag boten sie im Café zwei Suppen an und wechselten diese täglich, damit die Stammgäste nicht immer das Gleiche essen mussten.

Posy schnippelte gern Gemüse klein. Um seine Aggressionen auszuleben, gab es nichts Besseres, als etwas mit einem scharfen Messer zu zerhacken.

Verdammte Hannah, dachte sie, während sie eine hilflose Zwiebel schlachtete. Dieses Jahr würde sie sich nicht wieder auf die Palme bringen lassen. Sie würde nicht mehr so dünnhäutig sein.

Die Pastinaken ereilte dasselbe Schicksal wie die Zwiebel und ebenso die Kartoffeln.

Duncan blickte zu ihr herüber. »Falls du je sauer auf mich sein solltest, versprich mir, dass du es mir sagst, bevor du nach einem Messer greifst.«

»Darauf hast du mein Wort.« Als Teenager war sie Duncans Babysitter gewesen, weshalb sie sich immer alt fühlte, wenn sie ihn in der Küche arbeiten sah.

Ihr Leben rann ihr durch die Finger. Wenn das so weiterging, würde sie mit neunzig noch hier sein und jeden Tag mit dem Minibus zum Laden fahren.

Seufzend warf sie das Gemüse in einen Topf.

Sie würde lieber eine Felswand emporklettern, als zu kochen, doch als Bergführerin arbeitete sie nur sporadisch. Und die Tätigkeit im Café bedeutete nicht nur ein Einkommen, sondern auch, ihrer Mutter zu helfen. Es war ein Familienunternehmen, und die Familie bedeutete Posy alles. Sie war eine warme Decke an einem kalten Tag, ein Sicherheitsnetz, wenn man fiel, eine unterstützende Gemeinschaft, wenn man sich um etwas bemühte.

Das Gemüse und die Gewürze köchelten, als Suzanne in die Küche trat.

»Ich habe die heutigen Gerichte auf die Tafel geschrieben.« Sie rührte die Suppen um. »Du hättest Luke auf eine heiße Suppe mit ins Café bringen sollen. Der arme Kerl.«

»Da ist nichts ›Armes‹ an ihm«, entgegnete Posy, während sie die Tomaten wusch. »Er hat einen Kamin, einen gut gefüllten Kühlschrank und ist durchaus in der Lage, sich seine eigene Suppe heiß zu machen, wenn er das möchte.« Und abgesehen davon, waren ihre Gefühle für ihn kompliziert.

Zumindest lebte Luke nur vorübergehend im Ort. Wenn also etwas geschah zwischen ihnen, musste sie sich keine Sorgen machen, dass sie ihm für den Rest ihres Lebens immer wieder über den Weg lief.

Sie hackte Kräuter und schnitt die Tomaten klein, während ihre Mutter Duncan bei der Porree-Schinken-Pastete half.

Suzanne rollte den Teig aus und sagte: »Du und Luke scheint euch gut zu verstehen.«

Posy gab die Kräuter in den Tomatensalat. Sie wusste, was ihre Mutter wissen wollte. Doch eine Sache hatte sie mit Hannah gemein: Sie war nicht bereit, ihr Liebesleben mit ihrer Mutter zu erörtern. »Er zahlt uns eine ordentliche Miete für die Scheune. Ich achte darauf, dass wir freundschaftlich miteinander umgehen.«

Und ja, sie mochte ihn.

Man musste nur einmal an heute Morgen denken: Wie viele Männer waren bereit, unter Schnee begraben dazuliegen und geduldig darauf zu warten, dass ein Hund sie fand? Und er liebte die Berge, was ihn für sie interessant machte.

Im Moment schrieb er ein Buch über die großen Klettertouren in Nordamerika.

Posy war noch nie in Nordamerika geklettert.

Als sie für die wöchentliche Reinigung in der Scheune war, kam Luke einmal früher nach Hause, und sie hatte ihn gebeten, ihr vom Mount Rainier zu erzählen.

»Warum willst du das wissen?«

Sie war nicht bereit gewesen, es ihm zu sagen. »Wird er in deinem Buch vorkommen?«

»Der Rainier? Ja.« Er öffnete den Laptop, und seine Finger flogen über ein paar Tasten.

Auf dem Schirm erschien das Bild eines Berges mit weißem Gipfel.

Sie hatte dieses oder ein ähnliches Bild natürlich schon vorher gesehen, doch die Tatsache, dass er das Foto selbst aufgenommen hatte, ließ den Berg irgendwie realer wirken.

Sie trat näher, musterte die Gletscher auf den Berghängen. In ihrem Kopf wirbelten so viele Fragen, doch sie wusste, er würde nicht eine davon beantworten können. »Hast du ihn bestiegen?« Ihre Stimme klang fremd.

»Viele Male.«

»Und er ist ein Vulkan. Wenn auch ein schlafender.«

»Wir nennen das episodisch aktiv.« Er bemerkte ihren überraschten Blick. »Ich habe nach meinem Abschluss für den Geologischen Dienst der USA gearbeitet. Damals wohnte ich etwas außerhalb von Seattle. Den Rainier konnte ich von meinem Schlafzimmerfenster aus sehen.«

Fast hätte sie sich ihm anvertraut, doch etwas hielt sie zurück. Sie wollte nicht riskieren, dass er Suzanne auf das Thema ansprach. »Welche Route bist du geklettert?«

»Ich bin sie alle geklettert, zu unterschiedlichen Zeiten im Jahr. Im Sommer gibt es dort Wildblumenwiesen. Im Winter gerät man bis zur Hüfte in den Schnee. Bist du nie in den USA geklettert?«

»Nein. Nur in Schottland und in den Alpen.«

»Du solltest in die USA kommen.«

Eines Tages, hatte sie gedacht, auch wenn sie nicht sicher war, ob sie bereit sein würde für den Mount Rainier. Vielleicht würde sie das nie sein. Wenn sie dorthin fuhr, würde das ihre Mutter aufwühlen.

Posy erinnerte sich an das Gespräch zurück, während sie große Schüsseln voller Salat vorbereitete.

»Hannah hat mir gestern Abend gemailt«, sagte Suzanne. »Sie hat eine Liste mit Nahrungsmitteln geschickt, die sie im Moment meidet.«

Angestrengt versuchte Posy, sich auf den Salat zu konzentrieren.

»Ach ja. Am besten leitest du mir die E-Mail weiter, damit ich meine Liste anpassen kann. Worum hatte sie das letzte Mal gebeten? Wachteleier? Damals hatte ich diesen Spezialitätenhandel in Edinburgh gefunden, bei dem man auch postalisch bestellen kann.« Und sie hatte die Hälfte des Weihnachtsbudgets dafür ausgegeben. »Wenn ich das gewusst hätte, hätte ich mich erkundigt, ob man Wachteln selbst halten kann.«

»Ich habe irgendwo gelesen, dass sie sehr stressanfällig sind.«

»Und das, noch bevor sie auf Hannah treffen.« Posy fing den Blick ihrer Mutter auf und wechselte rasch das Thema: »Wo wir schon von unseren gefiederten Freunden sprechen – Martha legt keine Eier mehr.«

»Es ist Dezember.« Suzanne verzierte die Teigdecke der Pastete mit einem Messer. »Nicht genug Licht.«

»Ich setze künstliches Licht ein. Ich glaube nicht, dass es daran liegt.« Vielleicht wusste Martha, dass Hannah nach Hause kam. Vielleicht sah sie keinen Sinn darin, Eier zu legen, wenn Hannah sowieso nur das Eiweiß aß. »Ich muss Gareth anrufen. Mit dem Haus voller Leute werden wir Eier brauchen. Normale Eier«, fügte sie hinzu. *Normale Eier für normale Menschen.*

Ihre Mutter wischte sich die Hände ab. »Ich wünschte, du und Hannah, ihr würdet euch näherstehen.«

»Wünschte ich auch.« Das war keine Lüge. »Aber sie wohnt so weit weg.«

Selbstverständlich war das nur ein Teil des Problems.

Wenn ihre Schwester ein Laptop wäre, würde Posy ein Anti-

Virus-Programm starten, weil sie manchmal überzeugt war, dass Hannah von einer Malware gesteuert wurde.

Posy hielt sich selbst für robust und hasste den Umstand, dass ihre Gefühle noch immer verletzt werden konnten.

Glücklicherweise würde sie nicht allein mit Hannah zurechtkommen müssen. Beth, Jason und die Mädchen würden auch da sein.

Posy und Beth standen sich noch immer nah.

In Beths Leben gab es kein Drama.

Kapitel 5

Beth

Beth hatte die Mädchen ins Bett gebracht und räumte gerade Spielzeug aus dem Bad, als Jason nach Hause kam. Dies war ihre Lieblingstageszeit, wenn das Chaos fast hinter ihr und die Aussicht auf einen ruhigen Abend vor ihr lag. Manchmal schenkte sie sich ein Glas Wein ein und erlaubte sich, ein paar Seiten in einer Zeitschrift zu lesen, bevor sie das Abendessen zubereitete.

Heute war sie zu aufgeregt, um irgendetwas zu lesen, doch sie wusste, dass sie Jason zumindest seinen Mantel ablegen lassen musste, bevor sie ihm die Neuigkeiten verkündete.

Während sie feuchte Handtücher vom Boden aufhob, hörte Beth ihren Mann am Telefon sprechen.

»Wir haben den Auftrag. Sie waren begeistert von den Ideen. Ich werde morgen früh mit Steve reden und die Zahlen rüberschicken. Das Londoner Büro hat jetzt geschlossen, aber ich rufe morgen gleich als Erstes dort an. Um sechs werde ich im Büro sein.«

Beth schaltete das Licht aus. Sechs Uhr bedeutete, dass um fünf Uhr morgens der Wecker klingelte. Wenn die Mädchen in der Nacht zu ihr kamen, was Ruby mit enervierender Regelmäßigkeit tat, würde Beth also nicht nur dann, sondern noch vor dem Morgengrauen erneut von ihrem Mann geweckt werden.

Sie versuchte, nicht an ihre Schwester zu denken, die gerade mit eimerweise Champagner in der ersten Klasse saß, und kümmerte sich um die Handtücher. Dann ging sie ins Wohnzimmer, wo Jason sein Telefonat führte.

Sanftes Licht tauchte den Raum in warme Farben. Sie hatte alle Spuren von Spielzeug, Tutus und Tiaras beseitigt, die noch vor ein paar Stunden im ganzen Raum verstreut gelegen hatten.

Die Hochglanzmodemagazine, die sie liebte, waren sauber auf dem Tisch gestapelt. Eine Vase mit Lilien verlieh dem Ganzen einen Hauch von Eleganz, der nur minimal getrübt wurde durch die beiden Legosteine, die unter dem Sofa hervorschauten.

Beth liebte Blumen. Sie liebte ihre Zerbrechlichkeit, ihre Weiblichkeit. Sie liebte die Art, wie sie einen Raum verwandelten und die Stimmung hoben. Sie verband sie mit Glück und mit Jason.

Am Anfang ihrer Beziehung hatte er ihr jede Woche Blumen gekauft. Seit sie die Mädchen hatten und das Geld knapper war, kam es seltener vor, sodass die Gelegenheiten, zu denen er ihr einen Blumenstrauß mitbrachte, umso besonderer waren.

Für diesen kurzen Moment schien die Wohnung eine kinderfreie Zone zu sein, ein Ort ausschließlich für Erwachsene, an dem das Gespräch der Bewohner sich eher um aktuelle Nachrichten, Reisen und Restaurants in Manhattan drehte als darüber, ob das nächste Spiel »Ballerina« oder »Feuerwehr« sein sollte. Eine aufgeräumte Wohnung gab Beth das flüchtige Gefühl, alles unter Kontrolle zu haben, auch wenn sie wusste, dass dem nicht so war. Wenn es um das Chaos der Kinder ging, gab es viele Tage, an denen sie das Gefühl hatte, Wasser aus einem sinkenden Schiff zu schöpfen.

Jason beendete das Gespräch und lächelte ihr zu.

Heute trug er einen Maßanzug mit einem schwarzen Hemd, dessen Kragen er aufgeknöpft hatte. Geistesabwesend bemerkte sie, dass er wieder zum Friseur musste.

Sie witzelten oft darüber, dass sein Verständnis von Design als Creative Director bei ihm selbst anfing. *Dies ist eine kreative Branche, Liebling, und bevor ich eine Marke verkaufe, muss ich mich selbst verkaufen.*

Sie hatten sich kennengelernt, als Jason für eine der Kosmetikmarken, mit denen sie zu tun hatte, an einer Anzeigenkampagne arbeitete.

Jasons Stern war weiter aufgegangen, während ihrer so abrupt zu Boden gesunken war, dass sie noch immer über die zerbrochenen Teile stolperte.

Für einen Moment sah sie den Geschäftsmann in ihm, nicht ihren Ehemann.

So, dachte sie, sehen ihn die Kollegen bei der Arbeit. Sie sahen ihn nicht mit der aufgeschlagenen Zeitung am Kopfende des Bettes sitzend. Sie sahen den dynamischen Creative Director, der an der Spitze einer Multimedia-Agentur in Manhattan stand.

Jason hatte es gut getroffen. Sein Chef mochte ihn, und er stand vor einer weiteren Beförderung plus einer satten Gehaltserhöhung.

Beth hätte gern auf das Extrageld verzichtet, wenn er dafür häufiger zu Hause wäre. Sie wünschte sich nicht nur mehr Zeit als Familie, sie hatte zudem das Gefühl, dass sie keine Partner mehr waren. Doch das wollte sie ansprechen.

Sie hatte den ganzen Nachmittag darüber nachgedacht, wie sie das Gespräch am besten einleitete, doch schließlich hatte sie sich entschieden, direkt zu sein.

Jason zog sie an sich und küsste sie. »Wie war dein Tag?«

Beth schlang die Arme um seinen Hals. Es gefiel ihr, dass er nur wenige Zentimeter größer war als sie. Sie passten perfekt zusammen.

»Hannah hat für morgen abgesagt. Geschäftsreise.«

»Bedeutet das, ich muss mich morgen nicht abhetzen, um von der Arbeit zu einem frühen Abendessen nach Hause zu kommen?« Er ließ sie los und zog sein Jackett aus. »Was ist los? Hat dich das verärgert? Das ist Hannah, du kennst sie doch. Es ist nicht wirklich eine Überraschung, dass sie absagt, oder?«

Es war keine Überraschung, doch das hieß nicht, dass sie nicht enttäuscht war.

Sie wollte ihm gerade erzählen, wie sie sich fühlte, als das Kreischen der Mädchen ertönte, gefolgt von dem Gepolter nackter Füße auf dem Boden, als die Mädchen aus ihrem Zimmer hereinstürzten.

»Daddy, Daddy.« Sie freuten sich so sehr, dass Beth ihnen kaum böse sein konnte, auch wenn sie wusste, dass sie sie wieder zu Bett bringen musste. Und das hieß mindestens eine weitere

Stunde, bevor sie das Gespräch führen konnte, das sie unbedingt führen wollte.

»Hey.« Jason schloss Ruby in die Arme und hob sie in die Höhe, bis sie quietschte. »Wie geht es meinem Mädchen?«

»Mommy hat mir ein neues Feuerwehrauto gekauft.«

»Hat sie das? Noch eines? Ich schätze, du musst jetzt schon einen ganzen Fuhrpark haben.« Sein Blick traf Beth, und sie spürte, wie sie rot wurde.

Ruby drückte ihn fest. »Ich möchte Feuerwehrfrau werden.«

»Du wirst eine fantastische Feuerwehrfrau sein. Kein Feuer wird es wagen, in deiner Nähe zu brennen.«

»Spielst du mit mir? Darf ich dich aus einem brennenden Gebäude retten?«

»Nicht jetzt, denn jetzt sollst du schlafen. Vielleicht morgen.«

Melly, die schüchterner war als ihre Schwester, drückte sich dicht an sein Bein. Er setzte Ruby ab und hob sie hoch. »Wie geht es meinem anderen Mädchen?«

Melly lehnte den Kopf an seine Schulter. »Ruby will immer bestimmen, was ich machen soll.«

Jason lachte. »Sie hat Führungsqualitäten, nicht wahr, Ruby? Und du auch.«

»Ich mag Schreien nicht.«

»Führung hat nichts mit Schreien zu tun, Liebes.« Er strich ihr übers Haar. »Eines Tages wirst du einen sehr wichtigen Job haben, und jeder wird dir zuhören. Du wirst nicht schreien müssen.«

Beth gefiel es, dass er keines der Kinder vorzog. Sie mochte es, wie er mit den Mädchen umging, obwohl sie wusste, dass er den guten Teil abbekam. Wenn Elternschaft ein Dinner war, dann kam Jason direkt zum Dessert und übersprang alle anderen Gänge, inklusive des Gemüses. Die Wutanfälle, die Kämpfe beim Essen und die ewigen Streitereien ließ er einfach aus. Er kannte auch nicht das einzigartige Gefühl des Alleinseins, das sich einstellte, wenn man mit kleinen Kindern zu Hause war. Nicht dass sie allein war, natürlich nicht. Mit zwei kleinen Kindern war sie selten allein, doch das hinderte sie nicht daran, sich allein zu fühlen. Sie hatte festgestellt, dass es völlig unmöglich war, dies Menschen zu erklären, die sich nicht in der gleichen Situation befanden.

»Wenn du sie wieder ins Bett bringen willst, könnte ich das Essen fertig machen.«

»Daddy, liest du uns eine Geschichte vor?«

»Ja.« Jason fing Beths Blick auf. »Warum siehst du mich so an? Was habe ich getan?«

»Ich habe ihnen schon zwei Geschichten vorgelesen und sie ins Bett gebracht. Sie brauchen Schlaf.« Außerdem war Beth den ganzen Tag mit ihnen zusammen gewesen und hätte sich jetzt gern mit einem Glas Wein hingesetzt. Sie fühlte sich hirntot, was keinen Sinn ergab, weil ihr Gehirn neuerdings nicht mehr stark beansprucht wurde.

Jason runzelte die Stirn. »Eine Geschichte wird doch nicht schaden, oder? Ich habe sie den ganzen Tag nicht gesehen.«

»Sie brauchen ihre Routine, Jason.«

»Ich weiß, aber dieses eine Mal.« Er beugte sich vor und küsste sie, was im Grunde bedeutete, dass sie überstimmt war. Dann breitete er die Arme für die Mädchen aus und trug sie zurück ins Bett.

Rubys Stimme drang aus dem Zimmer: »Daddy, darf ich mit meinem neuen Feuerwehrauto einschlafen?«

Beth ging in die Küche und sah nach dem Schmortopf. Sie rührte kurz um, würzte nach und sog den Zimtduft des wärmenden Wintergerichts ein. Es war eines der Rezepte ihrer Mutter und erinnerte sie an zu Hause.

Sie liebte diese Jahreszeit. Die Vorweihnachtszeit war für sie fast so schön wie Weihnachten selbst. Sie liebte die hell erleuchteten Schaufenster der Läden, genoss das Schlittschuhlaufen im Central Park und den jährlichen Ausflug zum Rockefeller Center, wenn die Lichter des Weihnachtsbaums entzündet wurden. Im vergangenen Jahr hatten sie die Mädchen zu der »Nussknacker«-Aufführung des New York City Ballet mitgenommen. Ruby war so gebannt gewesen von den Tänzern, die auf der Bühne Pirouetten drehten, dass sie ausnahmsweise mal nicht herumzappelte. Auch Melly war begeistert und fasziniert gewesen von dieser Welt aus Zuckerfeen und Schneeflocken. All ihre Prinzessinnenfantasien wurden hier zu Tschaikowskys romantischer Musik Wirklichkeit.

Sogar Jason, der kurz zuvor erklärt hatte, er würde lieber splitterfasernackt am Times Square stehen, als ins Ballett zu gehen, hatte zugegeben, dass der Abend bezaubernd gewesen war. Womit er natürlich meinte, dass die Gesichter seiner Kinder bezaubernd gewesen waren.

Ich liebe diese Augenblicke, hatte er gesagt, während sie die schneebedeckten Straßen entlang zu einem kleinen Bistro schlenderten. Mit den beschlagenen Fenstern und den Lichterketten verströmte es so viel Weihnachtsatmosphäre, dass Ruby fragte, ob gleich der Weihnachtsmann kommen würde.

Beth liebte diese Augenblicke ebenfalls. Der Unterschied lag nur darin, dass Jason lediglich diese Augenblicke kannte.

Er erlebte nur die frisch gebadete, freudige, geschniegelte Fantasieversion von Elternschaft.

Sie erlebte die Realität.

War es falsch von ihr, dass sie mehr wollte?

Sie hatte bereits den Tisch gedeckt und die Teller vorgewärmt, als Jason zu ihr kam.

»Sie werden schnell groß.« Er hatte sich rasch geduscht und seinen Anzug ausgezogen. In seinen Jeans und dem schwarzen Pullover wirkte er jünger. Weniger wie der ehrgeizige Kreative und mehr wie der Mann, den sie geheiratet hatte. »Das riecht hervorragend. Was gibt es?«

»Lamm. Ich wollte es morgen für Hannah kochen, doch da sie nicht kommt …« Sie zuckte mit den Schultern und nahm einen der Teller.

»Hannahs Pech, mein Glück.«

Beth löffelte Reis auf einen Teller, fügte eine großzügige Portion des Eintopfs hinzu und reichte ihn Jason. Sie wollte nicht an Hannah denken.

»Wie war dein Tag? Wie war die Präsentation?« Für den Augenblick hielt sie ihre Neuigkeiten noch zurück, weil sie genau den richtigen Moment abpassen wollte.

»Es lief gut.« Er wartete, bis sie sich selbst aufgefüllt hatte, und griff dann zu seiner Gabel. »Sam hat mich heute in sein Büro gerufen.«

Sam war Jasons Chef. »Was wollte er?«

»Conrad Bennett verlässt uns.«

»Verlässt euch?« Beth rührte in ihrem Essen herum. Es war nicht so, dass sein Büro-Klatsch sie nicht interessierte, aber gerade konnte sie nur an das Telefongespräch denken, das sie tagsüber geführt hatte. »Aber er ist Chief Creative Director. Warum sollte er euch verlassen?«

»Er gründet seine eigene Agentur, und du weißt, was das bedeutet …«

»Er nimmt dich mit?«

»Nein. Besser als das.« Jason griff nach seinem Weinglas und erhob es zu einem Toast. »Man hat mir den Job angeboten.«

Beth entfuhr ein kleiner Aufschrei. »Du wurdest befördert?« Sie ignorierte die leise Stimme in ihrem Kopf, die sagte, dass sich dieses Gespräch um ihre Karriere drehen sollte, nicht um Jasons.

»Im letzten Jahr habe ich mehr Kunden gewonnen als jeder andere in der Agentur.«

Sie fragte sich, was die Beförderung für sie selbst bedeuten würde, und fühlte sich dann schuldig, weil das egoistisch war. »Chief Creative Director. Ich bin stolz auf dich.« Und das stimmte. Aber war es falsch, dass sie zugleich ein bisschen eifersüchtig war?

Ein freudiges Leuchten lag in seinen Augen. »Ja. Das ist das beste Weihnachtsgeschenk. Und wo wir schon bei Weihnachtsgeschenken sind: Sag mir, was du möchtest, und es gehört dir. Ein neues Kleid? Ein Mantel? Sexy Stiefel? Denk drüber nach und schreib Santa einen Brief.«

Ich möchte gern wieder arbeiten gehen.

Sie hatte damit gerechnet, dass Jason seinen Zeitplan so anpassen konnte, dass er ein paar Tage in der Woche früher von der Arbeit kam. Sie hatte damit gerechnet, dass er für die Mädchen da wäre. Es war, als hätte er einen Zukunftsplan ausgearbeitet und sie dabei vergessen.

»Es war eine Überraschung, wenn auch eine gute.« Er lud eine Portion Reis auf seine Gabel. »Und sie ließ mich an dich denken. An uns und unsere Zukunft.«

Das diffuse Gefühl von Groll verflog und machte einer tiefen Wärme Platz.

»Ich habe auch über uns nachgedacht.« Sie nahm einen Schluck Wein. »Es gibt etwas, das ich dir sagen muss, und ich möchte, dass du mich anhörst, bevor du was sagst. Wir haben vor einer Weile darüber gesprochen, aber nicht in letzter Zeit.« Ihr war flau im Magen. Sie hatte keine Ahnung, wie er reagieren würde.

»Halt.« Jason streckte seine Hand aus und legte sie auf ihre. »Ich weiß, was du sagen willst.«

»Tust du das?«

»Ja. Solange die Mädchen klein waren und so viel Arbeit gemacht haben, schien es nicht wert, es wieder zu erwähnen. Aber jetzt sind sie größer, und du hast mehr Zeit.«

Sie war gar nicht auf die Idee gekommen, dass es so einfach werden könnte. »Du hast auch darüber nachgedacht?«

»Es ist der perfekte Zeitpunkt für die Familie.« Er widmete sich wieder seinem Essen. »Das hier ist übrigens köstlich. Du bist eine hervorragende Köchin, Beth. Tatsächlich bist du in vielem ziemlich hervorragend.«

Begriff er tatsächlich, was das für Folgen haben würde? »Wenn wir das tun, werde ich unter deutlich mehr Druck stehen. Ich dachte, deine Mutter könnte uns vielleicht unterstützen. Und du müsstest auch mehr helfen. Würde dir das etwas ausmachen?«

»Wir sind ein Team, Beth. Und natürlich wird meine Mutter uns helfen. Versuch nur, sie davon abzuhalten. Sie wird sich ebenso freuen wie ich.« Er nahm sich Reis nach. »Das Timing für solche Dinge ist nie perfekt, aber jetzt ist es so perfekt, wie es sein kann. Wir sollten es tun.«

Sie spürte, wie Euphorie in ihr hochstieg.

Sie hätte früher mit ihm sprechen sollen. Sie hätte erwähnen sollen, wie allein sie sich fühlte und dass sie das Gefühl hatte, all ihre Fähigkeiten und ihr Selbstvertrauen würden versickern. Es rührte sie, dass er offenbar bemerkt hatte, dass sie mehr brauchte. »Wie würde das mit deiner Beförderung zusammenpassen?«

»Sam kennt die Umstände. Ich bin ein Vater. Manchmal muss ich für meine Familie da sein. Ich kann mit der Arbeit und unserem Leben zu Hause jonglieren. Das mache ich seit Jahren. Und es ist einer der Gründe, warum ich die Firma nicht verlassen würde. Sie hat eine großartige Firmenkultur.«

War »jonglieren« das richtige Wort? Wenn sie ebenfalls arbeiten wollte, würden sie beide mehr Jonglier-Künste beweisen müssen als gestandene Zirkusartisten.

»Das wird eine große Veränderung für die Familie, aber ich weiß, dass wir das schaffen. Ich freue mich.«

»Ich mich auch. Ich liebe dich, Baby.«

»Ich liebe dich auch.« Tränen standen ihr in den Augen. Sie hatte so ein Glück, mit ihm verheiratet zu sein. »Meinst du, die Mädchen werden damit klarkommen? Ich fühle mich schuldig.« Sie wünschte sich verzweifelt eine Bestätigung, dass sie keine schlechte Mutter war. »Ich mache mir Sorgen, dass sie glauben könnten, sie sind nicht genug.«

»Es wird großartig für die Mädchen. Dann haben sie zwar ein bisschen weniger von dir ...« Er griff nach dem Wein und zuckte mit den Schultern. »Es geht um Qualität, nicht um die Quantität, oder?«

Beth rutschte unbehaglich auf ihrem Stuhl hin und her.

Hatten die Mädchen eine gute Zeit mit ihr?

An manchen Tagen hatte sie das Gefühl, dass sie es nur knapp schaffte, alles zusammenzuhalten, doch im Moment fühlte sie sich zu sehr in Jubelstimmung, um sich einem Anfall mütterlicher Selbstgeißelung zu ergeben.

Jason erhob sich und räumte die Teller ab. Sie folgte ihm in die Küche und holte das Dessert.

War es zu spät, um Kelly noch heute Abend zurückzurufen?

»Ich muss einen Termin verabreden, um sie zu treffen. Gibt es einen Tag in der Woche, an dem du von zu Hause arbeiten könntest?«

Er stapelte die Teller auf der Arbeitsplatte über dem Geschirrspüler. »Wen zu treffen?«

»Das Team.« Beth brachte das Dessert zum Tisch. Statt der extravaganten Baiserspeise, die sie für Hannah geplant hatte, hatte sie in Rum gebackene Pflaumen mit braunem Zucker gemacht. Normalerweise aß sie fast nie ein Dessert, doch sie hatte sich damit umstimmen können, dass dies ja Früchte waren.

»Du möchtest jemanden konsultieren, bevor du überhaupt schwanger bist?« Jason setzte sich wieder. »Ist das üblich?«

Beth starrte ihn an. »Was?«

Jason füllte Pflaumen in die tiefen weißen Schüsseln, die seine Mutter ihnen letztes Jahr zu Weihnachten geschenkt hatte. »Ich schätze, es schadet nie, dich von einem Arzt durchchecken zu lassen. Du siehst ziemlich müde aus. Vielleicht hast du eine Anämie. Aber wenn du jemanden aufsuchst, möchte ich mitkommen. Ich möchte für dich da sein.« Er schob ihr eine Schüssel mit Pflaumen zu. »Willst du überhaupt welche? Oder trinkst du schon keinen Alkohol mehr?«

Beth hatte das Gefühl, als würde sie von einer Klippe fallen. Ihr Magen hob und senkte sich, und in ihrem Kopf drehte sich alles. »Schwanger? Wovon redest du?«

Jason erstarrte mit dem Löffel auf dem Weg zum Mund.

»Davon, ein weiteres Baby zu bekommen. Wovon hast du geredet?«

»Arbeit.« Ihre Kehle war trocken. Die Situation hätte komisch sein sollen, doch ihr war nie weniger zum Lachen zumute gewesen. Ein weiteres *Baby*? Bei dem Gedanken raste ihr Herz vor Panik.

Eine lange, spannungsgeladene Pause entstand. »Arbeit?«

Beth ließ sich auf den Stuhl fallen. »Ja. Darüber wollte ich mit dir reden. Und ich dachte, dass wir genau darüber reden.«

Jason ließ den Löffel zurück in die Schüssel fallen, wobei Saft und Rum spritzte. Keiner von beiden bemerkte es. »Ich dachte, du redest davon, unsere Familie zu vergrößern. Mehr Kinder zu haben.«

»Jason, das Letzte, was ich möchte, sind mehr Kinder. Wie kannst du das überhaupt für eine gute Idee halten?« Sie hyperventilierte fast. Er sah ebenso fassungslos aus, wie sie sich fühlte, wenn auch offenbar aus anderen Gründen.

»Aber wir sind vernarrt in die Mädchen.« Er klang verwirrt.

»Natürlich sind wir das. Ich sage nicht, dass ich die Kinder nicht liebe. Ich sage, dass ich mehr nicht schaffe.«

»Unterschätz dich nicht. Du bist unglaublich. Ich meine, sieh dir das an …« Er wedelte mit der Hand in Richtung des Tisches und der Küche. »Du bist den ganzen Tag mit ihnen zusammen und schaffst es immer noch, so etwas zustande zu bringen. Du bist ein Superstar.«

»Lass es mich anders sagen, Jason – ich möchte nicht mehr schaffen. Jedenfalls nicht in der Elternrolle. Ich möchte wieder arbeiten gehen. Ich möchte mehr vom Leben als die häusliche Plackerei.«

Die Wärme in seinen Augen wich der Gekränktheit. »Ich wusste nicht, dass die Mädchen und ich unter häusliche Plackerei fallen.«

Wie hatte sich dieses Gespräch so schnell so ungünstig entwickeln können?

Es war, als sähe man zu, wie eine Spule Garn abgewickelt wurde, und man konnte nichts dagegen tun.

»Es ist schwer, die ganze Zeit mit Kindern zu Hause zu sein, Jason.«

»Ich weiß, dass du hart arbeitest.« Er hatte die Kiefer zusammengepresst. Unbeweglich. So wie immer, wenn sie ein schwieriges Gespräch führten. »Wir arbeiten beide hart.«

»Das hier ist kein Wettbewerb. Es geht nicht darum, wer am härtesten arbeitet. Der Unterschied besteht darin, dass du tust, was du liebst, während ich alle Fähigkeiten verliere, die ich je hatte.«

Er stand so abrupt auf, dass der Stuhl zu Boden fiel.

Beth war im Nu auf den Beinen. »Du weckst die Mädchen. Es dauert Ewigkeiten, sie wieder zu beruhigen.«

»Und das wäre schlecht, nicht wahr«, sagte er, »weil du für heute genug von ihnen hast, oder?«

Die Ungerechtigkeit in seinen Worten traf sie wie ein Stich. Sie wusste, dass sie nicht gut erklären konnte, was sie fühlte, doch sie wusste auch, dass er nicht richtig zuhörte. Er dachte an seine eigenen Gefühle, nicht an ihre. »Ich liebe die Mädchen, und das weißt du.«

»Wir haben über drei Kinder gesprochen. Vielleicht sogar vier.«

»Das war, als wir noch keines hatten. Mir war nicht klar, wie viel sie von mir aufzehren würden.«

»Aufzehren? Bei dir klingen sie wie Monster.«

»Nein! Ich …« Wie konnte sie erreichen, dass er sie verstand? Egal, wie sie es ausdrückte, er schien sie nicht zu hören. Oder vielleicht wollte er sie nicht hören. Er wollte nicht, dass seine Welt einstürzte. »Ich bin gern mit ihnen zusammen, aber ich war in den letzten sieben Jahren jeden Tag bei ihnen, und jetzt bin ich bereit für mehr. Ich kann nicht nur ein Anhängsel für alle anderen in der Familie sein.«

Jason hob den Stuhl auf und setzte sich wieder. »Du sagtest, es sei das, was du willst.«

»Als ich das erste Mal schwanger war, ja.« Sie dachte an Mellys erste Schritte und an das erste Mal, das Ruby sie angelächelt hatte. »Ich hätte das um nichts auf der Welt verpassen wollen. Ich weiß, dass ich mich glücklich schätzen kann, die ersten Jahre zu Hause verbracht zu haben, doch die Dinge verändern sich.«

»Familie war immer die oberste Priorität für dich.« Er fuhr sich über die Stirn. »Du warst so jung, als du deine eigenen Eltern verloren hast.«

»Ich möchte nicht darüber sprechen.«

»Ich weiß. Keiner in deiner Familie spricht darüber, doch es ist von Bedeutung, Beth!«

»Etwas, das vor fünfundzwanzig Jahren geschehen ist, hat keine Bedeutung für mein heutiges Leben.« Sie versuchte, nicht an die Nachricht zu denken, die sie von ihrem Handy gelöscht hatte. Hatte Hannah den gleichen Anruf erhalten? Natürlich hätte sie danach fragen können, aber niemals würde sie so weit gehen, das Thema bei ihrer Schwester anzuschneiden. Weder Hannah noch Suzanne sprachen gern über den Unfall, und Beth verstand das.

Sie hatte sich ein paar Nachrichtenausschnitte von damals angesehen und das Gefühl gehabt, das Trauma hautnah mitzuerleben.

Ein besonders erschütternder Filmausschnitt zeigte, wie Suzanne von der Presse gejagt wurde. Er hatte Beth so sehr verstört, dass sie ihn nie wieder anschaute.

Zweifellos hatte Hannah ihre eigenen Erinnerungen an diese Zeit, doch wenn es darum ging, unwillkommene Dinge aus ihrer Vergangenheit zu entfernen, ging Hannah wie eine Chirurgin mit dem Skalpell vor: Sie schnitt es heraus und nähte die Wunde.

»Ich bin langweilig, Jason. Ich bin ein langweiliger Mensch. Das letzte Mal, als ich meine Schwester gesehen habe, sprach sie davon hier- und dorthin zu fliegen – was habe ich zum Gespräch beigetragen?«

»Wenn sie dir das Gefühl gegeben hat, minderwertig zu sein, dann …«

»Sie hat mir nicht das Gefühl gegeben, minderwertig zu sein. Das gebe ich mir ganz allein.«

»Du willst Hannahs Leben?« Ein Muskel zuckte an seiner Wange. »Du möchtest ihr kinderloses, bindungsloses Leben? Ein Leben, von dem du übrigens kürzlich sagtest, es würde kalt und einsam wirken.«

»Ich will ihr Leben nicht.« Obwohl es stimmte, dass ihr Teile von Hannahs Leben gefielen – die Erste-Klasse-Flüge und die Kommunikation mit Erwachsenen, der Umstand, dass sie von ihren Kollegen respektiert wurde und kommen und gehen konnte, ohne sich Gedanken über Babysitter machen zu müssen.

Doch sie beneidete Hannah nicht um die Isolation in ihrem Leben.

Hannah hatte eine Mauer um sich errichtet. Sie wollte keine innigen Bindungen.

Selbstverständlich war sie nicht immer so gewesen.

Es hatte eine Zeit gegeben, da hatten sie, Beth und Posy sich nahegestanden. Sie waren einander so nahe gewesen, dass ihre Mutter sich gar nicht die Mühe gemacht hatte, Freunde zu ihnen einzuladen, weil sie sich zu dritt völlig genügten.

Doch das war so lange her, dass Beth sich kaum daran erinnern konnte. Gelegentlich wanderten ihre Gedanken dorthin zurück, und Erinnerungen an Wärme und Gelächter, an Spiele, belanglose Streitereien und Angebereien tauchten auf. An ihre Kindheit.

Sie verspürte einen Anflug von Schuld, dass sie ihre Schwester heute so angefahren hatte.

Sobald Hannah von ihrer Reise zurück war, würde Beth sie anrufen und sich entschuldigen. Sie würde ihrer Mutter ein Geschenk von ihnen beiden kaufen. Sie würden sich in einem Restaurant treffen oder wo auch immer Hannah ein Treffen bevorzugte. Beth wollte nicht die wenige Verbindung, die sie zu ihrer Schwester hatte, auch noch verlieren. Familie war wichtig.

Doch jetzt war nicht der richtige Zeitpunkt, sich um ihre Schwester zu sorgen. Sie hatte genug eigene Sorgen.

»Ich war ein Einzelkind«, sagte Jason. »Und ich wollte das nie für unsere Kinder.«

»Weshalb wir Ruby bekommen haben.«

Sie hatte immer gewusst, wie sehr Jason sich Kinder wünschte. Kaum hatte Melly angefangen, nachts durchzuschlafen, hatte er vorgeschlagen, ein weiteres zu bekommen. Ihm war wichtig, dass Melly jemanden zum Spielen hatte und an den sie sich später im Leben wenden konnte.

Beth, die in ihrer Beziehung zu Hannah Höhen und Tiefen erlebt hatte, war nicht sicher, ob ein Geschwisterkind automatisch Unterstützung und Freundschaft bedeutete, doch sie wollte ebenfalls mehr als ein Kind. Also versuchte sie die Erinnerung an die traumatische Geburt beiseitezuschieben – erste Geburten waren oft die schlimmsten, oder? –, und als Melly drei war, wurde sie wieder schwanger.

Ruby kam acht Wochen zu früh als Notfall zur Welt, und das ganze Drama und die schreckliche Angst hatten Beth überzeugt, dass zwei Kinder genug waren. Da Jason das Thema nicht angesprochen hatte, war sie davon ausgegangen, dass er zustimmte.

Sie war einfach nicht gut darin, Babys zu bekommen, und das war nichts, was man bis zur Perfektion üben konnte. Allein der Gedanke, das noch einmal zu durchleben, erfüllte sie mit Grauen.

»Ich spüre, wie mein Selbstvertrauen schwindet, Jason. Wenn ich nicht bald wieder arbeite, werde ich unvermittelbar sein.«

Vielleicht war sie das schon. Sie fragte sich, wie schwer es werden würde, wieder ins Arbeitsleben zurückzukehren. Konnte sie Selbstvertrauen vorspielen, auch wenn sie es nicht empfand? Was, wenn man ihr den Job nicht einmal anbot? War sie emotional stabil genug, um eine Absage hinzunehmen? »Ich möchte es gern, und jetzt ist ein guter Zeitpunkt dafür. Melly ist in der ersten Klasse, und Ruby geht drei Vormittage in der Woche in die Vorschule.«

»Aber du bringst sie hin und holst sie ab. Du unternimmst etwas mit ihnen. Wer soll das tun?«

Sie hatten den Jonglier-Teil erreicht. »Ich dachte, du könntest vielleicht ein paar Tage die Woche früher nach Hause kommen, und ich dachte, dass Alison helfen könnte.«

»Ich bin sicher, dass meine Mutter helfen würde, doch ich habe einen Job. Es macht keinen wirtschaftlichen Sinn für mich, ihn aufzugeben, damit du wieder arbeiten kannst.«

»Ich bitte dich ja auch nicht, ihn aufzugeben. Vielleicht ein bisschen zurückzuschalten. Hier geht es nicht um Wirtschaftlichkeit, sondern um meine geistige Gesundheit. Ich habe mich verloren, Jason. Ich habe keine Ahnung mehr, wer ich bin. Und ich bin allein.«

»Du beklagst dich immer, du hättest keine fünf Minuten für dich. Dass du nicht einmal auf die Toilette kannst, ohne dass Melly an die Tür klopft oder Ruby etwas anstellt. Du hast die Mädchen. Wie kannst du da allein sein?«

Sie spürte eine Welle der Verzweiflung und dann ein anderes Gefühl, das sie nicht benennen konnte.

»Ich möchte sie treffen, Jason. Ich möchte mehr über den Job erfahren.«

»Wer ist ›sie‹? Du hast mir noch keine Einzelheiten verraten.«

Sie atmete tief ein. »Corinna hat ihre eigene Firma gegründet.«

»Corinna?« Der Name explodierte fast aus seinem Mund. »Ist das dieselbe Corinna, die dein Leben zur Hölle gemacht hat, als du für sie gearbeitet hast?«

»Sie hat mein Leben nicht zur Hölle gemacht.«

»Nein? Du warst krank vor Stress. In den sechs Monaten, bevor du gegangen bist, hat sie drei Leute entlassen.«

»Es war eine anstrengende Zeit in der Firma. Wir standen alle unter Druck.«

»Und Corinna war die Quelle dieses Drucks. Sie hat dich immer morgens um drei Uhr angerufen und angeschrien. Es gab nicht einen einzigen Moment am Tag, den sie als dein Privatleben respektiert hat. Wenn du nach Solidarität suchst und nach Frauen, die andere Frauen unterstützen, wirst du das nicht in einer Firma finden, in der sie arbeitet. Sie wird kein bisschen Rücksicht darauf nehmen, dass du Kinder hast, Beth.«

»Das würde ich auch nicht wollen.«

Er musterte sie einen Augenblick. »Gut. Geh und triff dich mit ihnen. Sprich mit Corinna. Lass mich wissen, wann das stattfindet, und ich kümmere mich um die Kinderbetreuung.«

Sie entspannte sich etwas. »Das würdest du tun?«

»Ja. Wenn du wieder daran erinnert wirst, wie Corinna ist, wirst du vermutlich entscheiden, lieber mit den Mädchen zu Hause zu bleiben.«

Er glaubte, dass sie den Job nicht bekommen würde.

Sogar ihr eigener Ehemann glaubte, dass sie nichts mehr zu bieten hatte.

Was sagte das über ihn aus?

Und was sagte es über sie aus?

Es bedeutete, dass sie den Job unter allen Umständen bekommen musste, und sei es nur, um zu beweisen, dass sie es konnte.

Kapitel 6

Suzanne

»Kannst du die ein bisschen höher hängen?« Suzanne kniff die Augen etwas zusammen. »Sie sind zu niedrig.«

Stewart stieg eine weitere Stufe auf der Leiter hoch und hob die Leine mit den Sternen. »Hier?«

»Zu hoch.« Der Mann ist so geduldig, dachte sie. *So geduldig.*

Er seufzte. »Suzy …«

Vielleicht doch nicht so geduldig.

»Eine Winzigkeit tiefer.« Sie sah zu, wie er die Leine tiefer hängte. »Perfekt. Findest du sie nicht auch großartig?«

»Lichterketten stehen ganz oben auf meiner Weihnachtsliste. Wenn der Weihnachtsmann nicht mindestens zehn Stück bringt, breche ich zusammen und weine wie ein Baby.«

»Sarkasmus ist unattraktiv. Andererseits – da ich jetzt weiß, was du dir wünschst, sorge ich dafür, dass Santa das perfekte Geschenk, das er dir bereits gekauft hat, wieder zurückgibt und stattdessen Lichterketten besorgt.«

»Tu das nicht!« Er sah sie voller Panik an. »Ich weiß, dass du dazu imstande wärst.«

Er befestigte die Lichterketten mit übertriebener Vorsicht. »Hab Erbarmen. Ich bin ein Mann. Ich kann mich nicht über Lichterketten freuen, egal, wie sie aussehen. Sie fallen in die gleiche Rubrik wie Dekokissen. Mit anderen Worten: Sie sind nutzlos.«

»Meinst du?« Suzanne betätigte den Schalter, und die Sterne leuchteten auf. »Sie sehen gut aus. Lass uns noch eine über den Kamin hängen.« Bei allem, was sie tat, vom Kochen im Café bis zum Pulloverstricken, ging es im Grunde darum, Gemütlichkeit zu schaffen. Als ob ein Teil von ihr die Kälte und Einsamkeit, die sie in ihrer frühen Kindheit verspürt hatte, ausradieren wollte. Sie hatte niemanden gehabt, der sich um sie kümmerte, also hatte sie gelernt, sich um sich selbst zu kümmern. Sie hatte Angst im Dunkeln gehabt, doch Nachtlichter waren verboten gewesen. Heute entschädigte sie sich dafür. Warmes Licht, weiche Kissen, Familie – alles, was sie nie gehabt hatte, besaß sie nun im Überfluss.

»Noch eine?« Stewart kletterte die Leiter hinunter. »Wie viele hast du denn?«

»Zehn. Ich habe sie für das Café gekauft, und diese waren übrig. Andererseits würden Kerzen auf dem Kamin vielleicht besser aussehen.« Suzanne legte einen Überwurf über das Fußende des Betts und drapierte sorgfältig ein paar Kissen. »Sag jetzt nichts.«

Stewart blickte zu den Kissen. »Meine Lippen sind versiegelt, aber nur, weil ich schwach bin und mir mein Weihnachtsgeschenk nicht verderben will.«

»Ich habe Posy gebeten, ein paar zusätzliche Holzscheite für den Korb zu holen, sodass wir ein Feuer anzünden können, wenn sie kommt. Ich möchte nicht, dass Hannah friert.«

»Sie lebt in New York. Hast du eine Ahnung, wie kalt es im Winter in New York ist?«

»Es gibt einen Unterschied zwischen Manhattan und den schottischen Highlands.«

»Deshalb leben wir ja in den Highlands.«

Suzanne richtete ein Lämpchen aus und ließ ihren Blick durch den Raum wandern. Die Vorhänge waren von demselben tiefen Grün wie das Moos, das im Sommer den Berg bedeckte. Der Stoff war dick und samtig und fiel fließend auf den polierten Eichenboden. Sie waren schwer genug, um in den Wintermonaten den kalten Wind abzuhalten, der durch kleine Ritzen hereindrang und an den Fenstern rüttelte.

So idyllisch die Lage von Glensay Lodge im Sommer war, im Winter war es dem Wetter erbarmungslos ausgesetzt. Deshalb sorgte Suzanne dafür, dass die Einrichtung Wärme ausstrahlte.

Sie hatte alles selbst gefertigt, von den Vorhängen bis zu dem weichen Überwurf über dem Fußende des Bettes.

Sie hatte sich nach einem eigenen Zuhause gesehnt, und es gab nicht einen Tag, an dem sie nicht dankbar für ihr Heim war.

Stewart nahm sein Zuhause als selbstverständlich hin, aber das lag daran, dass er immer eines gehabt hatte. Sie wusste, dass er ebenso zufrieden war, wenn er auf einem verschneiten Felsvorsprung oben auf dem Berg schlief.

Dank Cheryl hatte sie das ebenfalls erlebt.

Das erste Mal, dass ihre Freundin sie zum Klettern mitgenommen hatte, war ihr noch sehr lebhaft in Erinnerung. Hätte sie es ohne Cheryl getan? Vermutlich nicht. Zu ihrer Überraschung hatte sie das Knirschen des Schnees unter den Stiefeln und den eisigen Wind in ihrem Gesicht genossen. Sicher, sie teilte nicht Cheryls unbeirrbare Leidenschaft fürs Klettern, doch sie genoss die körperliche Herausforderung und die Schönheit des Sonnenaufgangs über den schneebedeckten Gipfeln. Am meisten von allem genoss sie die Freundschaft und die Teamarbeit, die mit dem Klettern verbunden war.

»Das ist alles, was ich vom Leben will.« Cheryl lag in ihrem Schlafsack und sah hinauf zu den Sternen. In der Stille der Nacht hörten sie, wie der Gletscher knackte und ächzte. »Kein Anwesen in den Hollywood Hills oder ein protziges Apartment an der Fifth Avenue. Wer will schon zwischen Wänden gefangen sein, wenn man all das hier haben kann? Dies ist das Beste.«

Suzanne war kalt, und sie wünschte, Cheryl hätte nicht darauf bestanden, außerhalb des Zeltes zu schlafen. »Möchtest du nicht eines Tages eine Familie haben?«

»Vermutlich schon.« Cheryl zuckte mit den Schultern. »Ich habe nie darüber nachgedacht.«

Suzanne dachte die ganze Zeit darüber nach. »Du kannst eine Familie nicht im Schlafsack wohnen lassen. Du wirst ein Zuhause brauchen.«

»Nein, werde ich nicht. Ich werde herumreisen. Einen Van kaufen. Wir können alle hintendrin schlafen oder draußen campen.«

Für Suzanne klang das anstrengend und unsicher. Bevor sie Cheryl kennengelernt hatte, war sie zwischen so vielen Pflegeheimen hin- und hergeschoben worden, dass es sie schwindlig gemacht hatte. In einem Van zu leben klang nicht so viel anders, außer dass es in den Wintermonaten vielleicht kälter war. »Ist das ihnen gegenüber fair?«

»Kinder gewöhnen sich an jedes Leben, egal, wie es aussieht. Das ist ihre Normalität.«

Suzanne hatte sich damals nie an ihr Leben gewöhnt. »Was, wenn sie nicht glücklich damit sind?«

»Das werden sie sein. Ich bringe ihnen bei, dass man keinen Besitz haben muss, um das Leben zu genießen.«

Suzanne runzelte die Stirn. »Es geht nicht um Besitz, sondern um Sicherheit.«

»Du meinst Vorhersehbarkeit.«

Meinte sie das? Suzanne glaubte es nicht. »Sicherheit ist nicht das Gleiche wie Vorhersehbarkeit. Es wäre schön, am Tag rauszugehen und zu wissen, dass die Dinge, die du liebst, auf dich warten, wenn du wieder nach Hause kommst.«

»Wenn du dich an Dinge bindest, schmerzt es nur umso mehr, wenn du sie verlierst. Besser, man lässt all das los. Ich brauche keine Bilder für meine Wände, weil ich Aussichten wie diese haben werde.«

»Wie soll das praktisch funktionieren? Du wirst deinen Lebensunterhalt verdienen müssen. Du musst immer noch was essen.«

»Daran habe ich gedacht.« Cheryl setzte sich plötzlich auf, als könnte sie im Liegen keine wichtige Ankündigung machen. »Ich werde Bergführerin. Auf diese Weise kann ich tun, was ich liebe, und werde dafür bezahlt. Wie cool ist das?«

Es war das erste Mal, dass Suzanne von dem Plan hörte. »Die Ausbildung und die Prüfung werden dich ein Vermögen kosten.«

»Ich finde einen Weg.« Wie immer setzte sich Cheryl über die praktischen Angelegenheiten hinweg, als ginge es nur um eine Unannehmlichkeit. »Was ist mit dir? Du wirst zur Uni gehen und Jura oder so etwas studieren. Du wirst ein Haus mit einem gepflegten Garten haben, einen attraktiven Ehemann, zwei Komma vier höfliche Kinder und einen wohlerzogenen Hund.«

Das Lachen in ihrer Stimme hielt Suzanne davon ab zuzugeben, dass sie mit all dem glücklich wäre, abgesehen vielleicht von dem Jura-Teil. Doch wie würde ihr Leben ohne Cheryl aussehen? Ihre Freundschaft war das Allerwichtigste in ihrem Leben. »Ich werde auch Bergführerin.«

»Du machst Witze.« Cheryl drehte sich zur Seite, um sie anzusehen. »Ich dachte, du machst das alles hier nur, weil ich es tue.«

»Ich liebe es ebenfalls.« Auch wenn sie bis zu diesem Augenblick niemals in Erwägung gezogen hätte, Bergführerin zu werden. Aber warum nicht? Sie musste irgendwas mit ihrem Leben anstellen. »Wir könnten die Ausbildung zusammen machen. Könnten unsere Prüfung zusammen ablegen.«

»Das würde mir gefallen.« Cheryl umarmte sie. »Wir werden immer Freundinnen sein. Versprich mir, dass wir immer Freundinnen sind.«

»Ich verspreche es.«

Suzanne sah sich im Zimmer um. »Ich bin nicht sicher wegen des Teppichs. Meinst du, wir sollten ihr das Schaffell aus unserem Schlafzimmer geben?«

»Ich meine«, sagte Stewart, »dass du aufhören solltest.« Er schaltete die Lichter aus und streckte die Arme nach ihr aus. »Komm her.«

»Warum?«

»Brauche ich einen Grund, um meine Frau zu umarmen?« Er senkte den Kopf, um sie zu küssen, und sie vergaß Hannah. Sie war wieder achtzehn und verliebt in einen Mann, der all das wollte, was sie wollte.

»Wo wollt ihr die hier hinhaben?« Schritte und Posys Stimme unterbrachen sie.

Sie hielt Holzscheite unter einem Arm und bedeckte mit dem anderen ihre Augen. »Oh, tut mir leid. Wenn ich gewusst hätte, dass ihr beschäftigt seid, hätte ich laut gesungen, um meine Ankunft anzukündigen.«

Stewart löste sich von Suzanne. »Sing nicht. Ich flehe dich an, sing nicht.«

Posy verzog das Gesicht. »Vielleicht solltet ihr euch ein privates Plätzchen suchen. Ich bin viel zu jung, um das mitanzusehen.«

Suzanne trat einen Schritt zurück. »Leg sie in den Korb neben dem Kamin. Danke, Liebes.« Sie sah zu, wie Posy die Scheite in den Korb fallen ließ. Zwei ihrer drei Töchter hatten sich niedergelassen und waren glücklich, und dafür war sie dankbar. Sowohl Beth als auch Posy hatten das Leben gefunden, das sie wollten.

Posy straffte sich und sah sich im Zimmer um. »Es ist hübsch, Mom. Fast würde ich selbst einziehen wollen. Dieses Turmzimmer ist großartig. Ich wette, wir könnten es bei Airbnb vermieten und ein Vermögen machen.« Sie bemerkte den Weihnachtsbaum in der Ecke. »Was macht Eric hier?«

»Eric?« Stewart richtete die Lämpchen aus. »Ich kann gerade so damit leben, dass du den Hühnern, den Schafen und den Schweinen Namen gibst, aber seit wann geben wir den Bäumen Namen?«

»Bäume sind Lebewesen. Darf ich vorstellen, Eric, der Öko-Baum. Er kommt komplett mit Wurzeln. Ich habe ihn dieses Jahr umgetopft und gehegt und gepflegt, und sieh nur, wie er gewachsen und gediehen ist. Normalerweise stelle ich ihn in die Scheune, wenn wir über Weihnachten Gäste haben.«

Suzanne legte ein paar Bücher auf den Nachttisch. Hannah

hatte Bücher immer geliebt. »Wird Luke einen Baum wollen? Er kommt mir nicht wie der Typ Mann vor, der von glitzernder Dekoration umgeben sein möchte.«

»Jeder muss zu Weihnachten einen Baum haben.« Posy wickelte einen Nussriegel aus und biss hinein.

»Weshalb Hannah ebenfalls einen haben soll. Krümel hier nicht rum. Ich habe gerade sauber gemacht.« Suzanne warf ihrer jüngsten Tochter einen warnenden Blick zu und bemerkte einmal mehr, wie ähnlich sie Stewart war – immer auf dem Sprung. Es überraschte sie gelegentlich, wenn ihr wieder einfiel, dass Posy nicht sein Kind war.

Aber sie hätte es sein können. Stewart war der einzige Vater, an den sie sich erinnerte.

»Ich bin um fünf Uhr aufgestanden und hatte noch kein Frühstück.« Posy nahm einen weiteren Bissen und fing dabei die Krümel in der Hand auf. »Hannah wird nicht daran denken, ihn zu gießen. Eric wird sterben. Und ich wette, sie kommt nicht mal zu seinem Begräbnis.«

Suzanne wusste, dass sie lächeln sollte, brachte es aber einfach nicht fertig.

Ihr lag ein Klumpen im Magen. Es war zwei Jahre her, dass Hannah zu Hause gewesen war. Würde es schwierig werden?

»Ich hoffe, sie vermisst Manhattan nicht. Es ist wunderschön in der Weihnachtszeit.« Sie ging zum Fenster und sah zu der zerklüfteten Bergkette in der Ferne. Dort lag bereits mehr Schnee, als sie gewöhnlich zu dieser Jahreszeit hatten. Wie würde Hannah reagieren? Würde sie einen Lagerkoller bekommen? Würden Kaminfeuer und Backorgien ausreichen, um sie hierzuhalten, oder würde sie sich wünschen, sie hätte eine Ausrede erfunden, wie sie es letztes Jahr getan hatte?

Hinter ihr tauschte Posy besorgte Blicke mit ihrem Vater. »Du warst zu Weihnachten nie in New York.«

»Beth hat mir alles darüber erzählt.« Suzanne drehte sich um. »Sie geht mit den Mädchen in den Central Park zum Schlittschuhlaufen.«

Stewart räumte die leeren Schachteln zusammen. »Das Stück Land vor dem Hühnerstall friert oft zu. Das würde als Eislaufbahn funktionieren.«

»Du müsstest erst den Hühnermist beseitigen.« Posy stopfte sich die leere Verpackung ihres Riegels in die Hosentasche. »Meinst du, ich sollte Schlittschuhe für Martha kaufen? Sie könnte das erste Schlittschuh laufende Huhn der Welt sein. Oh, und große Neuigkeiten. Sie hat heute Morgen gelegt! Ich war morgens bei ihr, um ihr Liebe und Aufmerksamkeit zu geben. Warum steht der Schreibtisch aus dem Arbeitszimmer hier oben?«

»Weil Hannah vielleicht arbeiten muss. Wenn irgendwas Wichtiges ist, möchte ich nicht, dass sie das Gefühl hat, gehen zu müssen.«

»Sie ist nicht die Anführerin der freien Welt. Ich bin sicher, dass man sie für ein paar Tage entbehren kann, ohne dass die Weltwirtschaft zusammenbricht.« Posy lächelte. »Entspann dich. Und jetzt muss ich los.«

»Arbeitest du heute Nachmittag?«

Posy tauschte einen Blick mit ihrem Vater. »Ich gehe mit Luke zum Eisklettern.«

Suzanne spürte, wie sie bleich wurde. Ihre Fingerspitzen kribbelten. »Hast du die Wettervorhersage geprüft? Hinterlass eine Notiz mit deiner Route. Und sag uns, wann ihr wieder zurück sein werdet.«

»Ich gehe meine Route mit Dad durch, aber du weißt, wie es um diese Jahreszeit ist – die Dinge ändern sich, während wir dort sind. Bitte mach dir keine Sorgen. Ich bin gut in dem, was ich tue. Das ist der Grund, warum sie mich dafür bezahlen.«

»Kein Geld der Welt ist es wert, dass du ein Risiko eingehst.«

Posy lief durch das Zimmer auf sie zu und umarmte sie. »Wir kommen klar. Luke kennt die Gegend nicht, aber wenn es ums Eisklettern geht, hat der Mann eindeutig Fähigkeiten. Nicht dass ich ihm das sagen werde, denn seinem Ego geht es auch so recht gut.«

Sie ging zur Tür, und Suzanne rief ihr hinterher: »Danke für die Holzscheite, Liebes!«

»Gern geschehen. Jetzt geh und leg die Füße hoch und mach dir eine Tasse Tee. Ho, ho, ho, und schon bin ich fort.« Posy verließ das Zimmer. Sie hörten ihre Schritte auf der Treppe und wie sie nach Bonnie rief.

Suzanne sank auf die Bettkante. »Hast du gewusst, dass sie Eisklettern geht?«

»Ja.«

»Aber du hast es mir nicht gesagt.«

»Ich wollte dich nicht beunruhigen. Und sie auch nicht.«

»Ich bin offiziell beunruhigt. Wie könnte ich es nicht sein?«

Wenn Posy in die Berge aufbrach, fühlte sie sich immer so. Sie konnte sich nicht konzentrieren, bis ihre Tochter wieder sicher zu Hause war.

Stewart setzte sich neben sie. »Posy ist eine gute Kletterin, und sie ist vorsichtig.«

»Sie ist zu sehr wie ihre Mutter.«

»Sei dankbar, dass sie nicht wie ihr Vater ist.« Stewart erhob sich. »Dann wären wir wirklich in Schwierigkeiten.«

Suzanne widersprach ihm nicht. Sie hatte sich um Cheryls willen bemüht, Rob zu mögen, doch es war nicht einfach gewesen. Und Stewart hatte den Mann abgelehnt.

Würde Cheryl heute noch leben, wenn sie Rob nicht begegnet wäre?

Es war lächerlich, solche Überlegungen anzustellen, denn ohne Rob gäbe es keine Hannah, Beth oder Posy.

»Diese ganze Geschichte mit Hannah …« Sie nahm seine Hand. »Ich übertreibe es, oder?«

»Ja, aber ich verstehe dich.«

Sie wusste, dass er das tat. Sie wusste auch, dass der Verlust nicht nur sie getroffen hatte. Stewart hatte das Leben verloren, das sie sich zusammen ausgemalt hatten, die Zukunft, die sie so sorgfältig geplant hatten.

Und dann fühlte sie sich schuldig, denn egal, wie viele Kompromisse oder Veränderungen sie durchstehen mussten, sie lebten und hatten eine wunderbare Familie.

»Hannah schützt sich selbst. Schließt jeden aus. Und ich kann ihr keinen Vorwurf machen. Kein Kind sollte durchmachen, was sie durchgemacht hat.«

»Sie haben es alle durchgemacht, Suzy, nicht nur Hannah.«

»Ich weiß, aber Posy war so klein, dass sie sich kaum daran erinnert. Beth erinnert sich daran, doch ihre Reaktion war wie erwartet. Hannah war älter. Es war anders. Komplizierter. Und etwas davon hat mit ihrer Beziehung zu Rob zu tun.« Es tat ihr im Herzen weh, wenn sie daran dachte. »Ich möchte einfach nur, dass wir eine normale Familie sind. Aber das sind wir nicht, oder? Sind wir nie gewesen. Da ist so viel Leid.« Und nicht nur in ihrer Familie. Sie atmete tief ein. »In dieser Woche sind es fünfundzwanzig Jahre.«

Sie erinnerte sich, dass es ein Tag wie dieser gewesen war. Wechselhaftes Wetter. Die Berge versteckten sich hinter den Wolken.

Und dann das Unglück.

Fünf Menschen waren auf den Berg gegangen, doch nur einer hatte überlebt.

Das war ein Jahrestag, den sie nicht feiern würde.

Kapitel 7

Posy

Das Glensay Inn war ein traditionelles Highland-Gasthaus mit Steinboden, rustikalen Holztischen und einer Balkendecke. Ein Feuer prasselte im Kamin, und an jeder Seite der Bar hingen Sturmlaternen. Im Sommer verteilten sich die Gäste bis in den Garten, doch an einem kalten Winterabend wie heute war die Gaststätte voll besetzt, und in der Luft lag der Geruch von Whisky und frisch gebrautem Bier. Ein Fremder, der sich aus der Kälte hereintraute, wurde nicht nur von einem warmen Feuer, sondern auch von einem warmen Gefühl des Willkommenseins empfangen.

Posy und Luke bahnten sich ihren Weg zu einem leeren Tisch dicht am Kamin.

Sie brauchten fast fünf Minuten, um den Raum zu durchqueren, weil sie fast jeden kannte und alle mit ihr sprechen wollten – über ihren Dad, ihre Mom, das Bergrettungsteam und die Wettervorhersage.

Als sie endlich den Tisch erreichten, drang lautes Gelächter von der Bar zu ihnen.

»Da hat jemand Spaß.« Luke zog seine Jacke aus und hängte sie über die Stuhllehne.

»Ich hoffe, du hast nichts Privateres erwartet.« Sie wickelte ihren Schal ab und winkte Geoff zu, dem Besitzer des Inn, der wiederum zurückwinkte. Er ignorierte die vielen Gäste, die nach seiner Aufmerksamkeit verlangten, und kam mit zwei Flaschen Bier zu ihnen.

»Hier ist schon mal ein Anfang.«

»Danke, Geoff. Du bist mein Held. Wie geht's deinem Knie?«

Posy küsste ihn auf die Wange, und Geoff errötete bis zu den Haarwurzeln.

»Macht Ärger, aber das liegt am kalten Wetter. Ich sollte mich nicht beklagen, tue es aber trotzdem, da mir meine Gäste nicht entkommen können. Ich habe gehört, sie hat dich mit zum Eisklettern genommen, Luke.«

»Das hat sie.« Luke machte es sich neben dem Feuer gemütlich. »Wir sind drei lange Steigungen mit durchgängiger Eisschicht hochgeklettert. Meine Muskeln schreien vor Schmerzen. Und wenn man gesehen hat, wie sie den Eispickel in das Eis schlägt – also ich werde mich ab jetzt sehr bemühen, sie nicht zu verärgern.«

Geoff stellte die Flaschen auf den Tisch. »Wenn man einen Bergführer braucht, gibt es niemand Besseren als unsere Posy.«

Unsere Posy. Als wäre sie das Eigentum der ansässigen Gemeinde, wie die Bücher in der Bibliothek.

»Danke für dieses Treuebekenntnis, Geoff.«

»Sie kennt die Wege in den Bergen genauso, wie ich meinen Weg um ein Bierfass kenne. Gab mal ein paar Kerle, die sie nicht ernst nahmen, als sie ins Team kam.« Er stützte sich von hinten auf Posys Stuhllehne, um seine Geschichte weiterzuerzählen. »Damals waren das fast alles große Männer, und dann war da Posy, dieses kleine Ding mit ihren Zöpfen.«

»Ich trage nie Zöpfe.« Posy schüttelte ihren Mantel ab, wobei der Schnee darauf zu Boden fiel. »Und das ›kleine Ding‹ würde gern an sein Bier kommen, wenn du erlaubst.«

Geoff trat zur Seite und ließ sie sich setzen. »Sie ist die beste Bergführerin in dieser Gegend.«

»Hey! Könnte uns hier mal jemand was zu trinken geben?«, rief ein Mann an der Bar, worauf sich Geoffs gutmütige Miene zu einem finsteren Blick verzog.

»Ihr müsst Callum entschuldigen. Warum warst du je mit ihm zusammen, Posy?«

»Geschmacksverirrung.« Und man würde ihr nie erlauben, das zu vergessen.

Das ist der Hauptnachteil, wenn man in einer kleinen Gemeinde lebt, dachte sie. *Man kann seinen Fehlern nicht entkommen, und Callum ist eindeutig mein größter Fehler gewesen.*

»Du warst mit dem Kerl zusammen?«

»Was soll ich sagen? Ich war zweiundzwanzig. Ich wusste es nicht besser. Wir haben uns nach sechs Monaten getrennt.« Es war beschämend, daran zu denken. Und noch beschämender, darüber zu reden.

Luke hob die Augenbrauen. »Es dauerte sechs Monate?«

»Schon nach der Hälfte der Zeit habe ich nach einem Weg gesucht, es zu beenden, ohne dass ich woanders hinziehen muss.«

»Ich kann mir vorstellen, dass Beziehungen in einer Gemeinde dieser Größe ein bisschen schwierig sein können.«

»Du hast keine Ahnung. Callum war das erste und einzige Mal, dass ich jemanden aus dem Ort gedatet habe.«

»Und wen datest du jetzt?«

»Meist verführe ich die Gäste, die die Scheune mieten, und wenn ich sie satthabe, versenke ich sie im See. *Slàinte!*« Sie stieß ihre Flasche gegen seine. Sie war nicht bereit zuzugeben, wie öde ihr Liebesleben war. »Auf einen großartigen Tag in den Bergen. Du bist kein schlechter Kletterer, Luke Whittaker.«

»Danke. Du bist selbst nicht schlecht für so ein kleines Ding.«

Sie hielt in ihrer Bewegung mit der Flasche zum Mund inne und sah ihn scharf an. »Wirst du mir Probleme machen?«

»Vielleicht.«

»Danke für die Warnung.« Sie nahm einen Schluck. Das Bier war kühl und köstlich. Im Großen und Ganzen war sie in guter Stimmung. Das lag am Klettern. Die Liebe dazu hatte sie von ihren Eltern geerbt.

Die Aufmerksamkeit, die es erforderte, erinnerte fast an Meditation. Dort draußen in den Bergen gab es jenseits der Gefahr des Eises keine Angst oder Stress. Da war nur das Hacken ihres Eispickels, das Geräusch des Steigeisens unter ihrem Schuh, die Bewegung der Muskeln. Nur sie und die Herausforderung. Der Fels. Der Berg.

Und – heute – der Mann, der vor ihr saß.

In der Mitte des Tischs flackerte eine Kerze in einem Glas und tauchte Lukes Gesichtszüge in ein sanftes Licht.

Er griff nach seinem Bier. »Das Eisklettern ist hier unglaublich. Herausfordernder, als ich es erwartet habe.«

»Ich bin froh, dass du nicht gestürzt und gestorben bist.«

»Schön zu wissen, dass es dir nicht egal ist, Winzling.« Er hob die Flasche und trank.

»Wir brauchen dich, damit du die Miete für die Scheune zahlst, das ist alles. Und nenn mich nicht Winzling.«

Sie bestellten etwas zu essen und unterhielten sich, während sie darauf warteten. Er erzählte von seinen Klettertouren im Yosemite-Nationalpark, im Kaskadengebirge und in der Teton Range in den Rocky Mountains. Sie hörte zu und löcherte ihn dann wissbegierig mit Fragen. Welche Routen war er gegangen? Wie unterschied sich das Klettern dort von den Alpen?

Das Gespräch belebte sie und weckte ihre Abenteuerlust.

»Du bist eine gute Kletterin.« Luke leerte sein Bier. »Es überrascht mich, dass es dich nicht reizt, deine Flügel auszubreiten und einige dieser Touren selbst zu wagen.«

Es reizte sie.

»Keine Flügel. Nur meine Stiefel und mein Eispickel.« Und ein großer, schwerer Anker, der sie am Platz hielt.

Er stellte die Flasche ab. »Du würdest gern fortgehen, oder?«

»Ich weiß nicht, wovon du redest.«

»Ich habe deinen Gesichtsausdruck gesehen, als wir neulich darüber sprachen. Und ich habe dich beobachtet.«

Sie fühlte sich, als hätte er sie nackt überrascht. »Bist du so eine Art Stalker?«

»Nein.«

»Dann interessierst du dich für menschliches Verhalten.«

Er lächelte. »Ich interessiere mich für dich, Posy McBride.« Sein Geständnis ließ ihr Herz schneller schlagen.

Flirtete er? Und was sagte es über sie aus, dass sie das nicht einschätzen konnte?

»So interessant bin ich nicht.«

»Dem widerspreche ich. Und mich fasziniert, warum eine Frau mit deinen Gaben ihr ganzes Leben an einem Ort bleibt.«

»Bei dir klingt es, als würde ich niemals das Dorf verlassen. Du solltest wissen, dass ich mich oft über die schottische Grenze hinausgewagt habe.« Sie fuchtelte mit der Flasche in ihrer Hand herum. »Ich bin glücklich.«

»Aber das hält dich nicht davon ab, dich zu fragen, wie es wäre, an anderen Orten zu klettern. Und irgendwo zu leben, wo die Bevölkerung nicht alles über dich weiß.«

»Sie wissen nicht alles. Das ist lächerlich.«

In dem Moment kam Geoff und servierte ihr Essen. »Ich habe deine Karotten gegen Erbsen getauscht, Posy, ich weiß ja, dass du Karotten nicht magst.«

Na, großartig!

»Danke.« Sie wartete, bis Geoff wieder gegangen war, und zuckte mit den Schultern. »Also weiß er, dass ich keine Karotten mag. Das beweist gar nichts.«

Luke beugte sich vor und schnappte sich eine ihrer Pommes. »Es ist nicht falsch, dein Leben zu hinterfragen, Posy. Es ist verständlich, wenn jemand wie du die Welt erkunden möchte.«

»Ich weiß nicht, warum du meine Pommes isst, wenn du doch selbst eine Schüssel davon hast.« Sie griff nach der Gabel, legte sie aber gleich wieder nieder. »Es würde Mom umbringen, wenn ich ginge. Und außerdem werde ich sowieso eines Tages das Café übernehmen.«

Sie schuldete Suzanne und Stewart alles.

Die beiden hatten ihre eigenen Zukunftspläne geopfert, ihre Träume, um die drei Waisenmädchen zu sich zu nehmen.

Welch ein Leben hätte sie ohne sie gehabt? Nicht dieses, das stand fest.

Luke machte sich über sein Essen her. »Vielleicht solltest du darüber mit ihr reden.«

Mom, ich denke darüber nach, Glensay zu verlassen.

Mom, ich würde gern einige Zeit in Nordamerika klettern gehen.

Mom, ich möchte das Café nicht übernehmen.

»Ich glaube nicht.«

Sie starrte kläglich auf ihren Teller und fühlte sich in die Enge getrieben.

Luke beugte sich vor und legte eine Hand auf ihre. »Ich wollte dich nicht ärgern.«

»Ich bin es nicht gewohnt, darüber zu reden, das ist alles. Übrigens: Bis morgen wird sich im ganzen Dorf herumgesprochen haben, dass du meine Hand gehalten hast.« Doch sie ließ ihre Hand, wo sie war. Sie wusste nicht genau, warum, denn sie würde mit Sticheleien dafür bezahlen müssen, doch es fühlte sich richtig an.

Er drehte ihre Hand um. »Deine Hände sind ziemlich glatt für die einer Kletterin.« Er fuhr mit dem Daumen über ihre Fingerspitzen.

»Ich klettere nicht so viel wie du. Außerdem habe ich eine Geheimwaffe.«

»Du vermeidest es, dich zu waschen und in heißen Badewannen zu liegen?«

»Das auch, aber ich benutze eine Honigcreme, die wir im Café verkaufen. Sie ist gut. Und du?«

»Traubenkernöl. Und ich vertraue auf Tapeband.« Er ließ ihre Hand los und lehnte sich zurück.

Sie verspürte ein deutliches Bedauern. »Hast du Angst vor dem Getratsche?«

Er lächelte. »Ich dachte an dich. Du bist diejenige, die hier weiterleben muss, wenn ich fort bin.«

Das war eine Erinnerung daran, dass er weiterziehen würde und sie hierblieb und die Dinge tat, die sie immer tat. Sie würde mit denselben Menschen reden, mit denen sie immer redete. Würde in denselben Bergen klettern, in denen sie immer kletterte. Würde das Café leiten.

Sie griff nach ihrem Bier und nahm einen weiteren Schluck.

Die Jahre erstreckten sich vor ihr, und sie warf einen Blick in eine Zukunft, die genauso aussah wie ihre Gegenwart. Keine

Überraschungen. Kein Abenteuer. Die einzige Veränderung waren die Milchschaummuster auf den Cappuccinos. Ihr Leben war deprimierend vorhersehbar.

Und wessen Schuld war das?

Sie stellte die Flasche ab. »Ich glaube, ich sollte dich warnen, dass ich kurz davor bin, dich zu küssen.«

Seine Miene veränderte sich nicht. »Interessant. Aber wenn Händchenhalten schon Gerüchte in Gang setzt, was passiert dann beim Küssen?«

»Wir werden es herausfinden. Es ist meine Bürgerpflicht, der Gemeinde etwas Neues zu liefern, worüber sie reden kann.«

Eine kurze Stille folgte. »Und du bist einverstanden damit?«

»Ich werde lernen, mich nicht darum zu kümmern. Das ist eine gute Gelegenheit, damit anzufangen.« Sie stand auf, legte ihre Hände um sein Gesicht und presste ihren Mund auf seinen, bevor sie es sich anders überlegen konnte.

Zunächst war der Kuss sanft und langsam. Sie kontrollierte ihn, er reagierte, und obwohl sein Mund warm und zweifellos kundig war, blieb er zugleich vorsichtig und verhalten, als ob er sich zurückhielt. Und dann veränderte sich etwas.

Sie hatte den Kuss als Spaß geplant. Vielleicht als Statement oder eher ein Experiment. Sie war nicht darauf vorbereitet, dass er in diesem Experiment einen aktiven Part übernehmen könnte.

Er legte eine Hand um ihren Hinterkopf und zog sie fester an sich, während sein Kuss dringlicher und intensiver wurde. Sie spürte, wie sein Mund und seine Zunge sie erkundeten, und verlor jedes Gefühl für Raum und Zeit. Der Kuss war unglaublich erotisch, und ihre Reaktion auf ihn schockierend direkt und triebhaft. Für einen Beobachter hatte sich nichts verändert, doch für sie hatte sich alles verändert. Ihr Herz hämmerte in der Brust. Die Lust explodierte in ihr, und ihr Körper bebte vor Verlangen. Sie legte ihre Hände auf seine Schultern, weil sie nicht länger sicher war, ob ihre Beine sie trugen.

Als er schließlich seinen Mund von ihrem löste, verstand sie nicht, warum sie etwas beenden sollte, was sich so gut anfühlte.

Er sah sie an, die Augen verhangen und dunkel vor Verlangen.

Das Herz schlug ihr bis zum Hals. Das laute Stimmengewirr im Hintergrund verblasste. Erst als sie allmählich wieder zu sich kam, bemerkte sie die Anfeuerungsrufe.

Warum? Warum nur hatte sie etwas so Persönliches an einem öffentlichen Ort getan?

Den Kuss beenden zu müssen brachte sie fast um. Sie war nicht sicher, ob sie es getan hätte, wenn er sich nicht von ihr gelöst hätte.

Sie starrte ihn mit großen Augen an. »Du … hast mich geküsst.«

»Das habe ich. Meine Erinnerung ist gerade ein bisschen vernebelt, aber ich meine mich zu erinnern, dass du damit angefangen hast.«

Ihr Blick fiel auf seinen Mund. »Du hast verborgene Talente.«

Er stand auf. »Zieh deinen Mantel an, Posy McBride.«

»Warum? Wo gehen wir hin?«

»Nach Hause, damit ich dir weitere meiner Talente zeigen kann, ohne verhaftet zu werden.« Er warf ein paar Geldscheine auf den Tisch, und sie blinzelte.

»Was tust du?«

»Ich zahle unser Essen.« Er umfasste ihr Handgelenk und zog sie zum Ausgang. Den unvermeidlichen Kommentaren begegnete er mit einem selbstsicheren Lächeln und ein paar wohlgesetzten Worten, die zeigten, dass ihn die zweideutigen Sprüche kein bisschen scherten.

Posy taumelte nach draußen in die Kälte. »Ich glaube, du hast gerade viel zu viel bezahlt.«

»Sehe ich so aus, als ob mich das kümmert?«

»Du siehst aus, als hättest du es eilig.«

Er zog sie an sich und küsste sie fordernd, ehe er sich von ihr löste. »Du hast recht, das habe ich. Welches ist der schnellste Weg nach Hause?«

Sie war außer Atem und ebenso voller Verlangen wie er. »Ich kenne vielleicht eine Abkürzung.«

Posy wusste, dass ihre Familie sie für mutig und abenteuerlustig hielt, und in mancherlei Hinsicht stimmte das, doch in puncto Beziehungen hatte sie noch nie etwas so Leichtsinniges getan.

Das, dachte sie, ändert sich heute.

Das hier war ein Abenteuer, das sie direkt hier zu Hause erleben konnte.

Kapitel 8

Hannah

»Ich habe Geschenke für Ihre Nichten gekauft, Miss McBride.« Zwar war Angie von ihr gebeten worden, sie Hannah zu nennen, doch sie war zu eingeschüchtert, das zu riskieren.

Als sie ihre Chefin am Telefon sah, stellte sie die Taschen auf dem Boden des Eckbüros ab und schlich zur Tür.

Nicht dass Hannah jemals grob oder unhöflich gewesen wäre. Weit davon entfernt. Es lag eher daran, dass sie wie eine Maschine agierte. Bei einem wichtigen Meeting am Tag zuvor hatte Hannah eine komplizierte Kalkulation im Kopf erledigt, während die anderen im Raum noch immer nach Taschenrechnern suchten und sich Notizen machten. Sie war so klug, dass Angie sich demütig fühlte. Wie musste es sein, ein solches Gehirn zu haben?

Die bodentiefen Fenster, die zwei Seiten von Hannah McBrides Eckbüro ausmachten, boten einen beneidenswerten Blick auf Manhattan.

Hannah saß mit dem Rücken zu diesem Blick.

Angie hatte den Eindruck, dass sie vielen Dingen den Rücken zukehrte.

Es hatte Gerüchte über sie und Adam Kirkman gegeben, doch Angie konnte sich das nicht vorstellen. Sie war sicher, dass jedem Mann, der Hannah McBride zu nahe kam, Frostbeulen drohten.

»Angie?« Hannah unterbrach ihren Anruf. »Würden Sie einen Moment warten?«

Hannah sah, wie ihre Assistentin erstarrte, und verspürte einen Anflug von Schuldgefühlen. Sie wusste, dass die Leute sie unnahbar fanden, denn das war Thema bei ihrem letzten Jahresgespräch gewesen. Glücklicherweise glänzte sie in anderen Bereichen ihrer Arbeit. Ihre herausragende Leistung im Finanzwesen sowie der Respekt ihrer Kunden bedeuteten, dass ihr Job wohl kaum in Gefahr war.

Doch als ein von Natur aus konkurrenzbewusster Mensch nagte das Feedback an ihr, und sie wusste, dass sie das Thema angehen musste. Es war nicht so, dass sie die Leute herumkommandierte, weit gefehlt. Es war eher so, dass sie an Menschen genauso heranging wie an alles andere – analytisch. Ihr war die persönliche und berufliche Entwicklung ihres Personals sehr wichtig, doch sie war nicht gut darin, sich auf einer zwischenmenschlichen Ebene mit ihren Mitarbeitern auseinanderzusetzen.

Sie wusste, dass Adam da gefühlsbetonter war.

Was erwartete man von ihr? Dass sie die Mitarbeiter jeden Morgen umarmte?

Sie wandte sich kurz wieder ihrem Telefongespräch zu. »Ich brauche diese Zahlen bis zum Feierabend.« Dann legte sie auf und lächelte Angie an. »Danke, dass Sie die Geschenke für die Mädchen gekauft haben.«

»Bitte, Miss McBride – ich meine, Hannah. Es muss schwer für Sie sein, die richtigen Geschenke auszusuchen, wenn Sie selbst keine Kinder haben. Ich hoffe, sie freuen sich.«

Wenn Sie selbst keine Kinder haben …

Sieben Tage drüber, dachte Hannah.

Sie hatte noch immer nicht den Mut gefunden, den Test zu machen, um Klarheit zu erlangen. Wenn sie so weitermachte, würde sie erst Gewissheit über die Schwangerschaft haben, wenn man sie in den Kreißsaal schob.

Oh Gott.

»Sie haben ein Kind, oder, Angie?«

Angie strahlte. »Ja, Miss Mc… – Hannah. Ich habe ein kleines Mädchen.«

War es ein Unfall?

Wollten Sie schwanger werden, oder sind Sie ausgerastet und hatten Angst?

»Ich nehme an … nun, das hat wohl Ihr Leben verändert, als Sie sie bekamen.«

»Das ist eine Untertreibung.« Angie durchquerte den Raum und nahm zwei leere Becher von Hannahs Schreibtisch. »Es heißt, man wüsste nicht, was Sorgen sind, bis man Kinder hat, und das stimmt. Nehmen Sie die letzten zwei Wochen – sie ist krank, und wir waren dreimal in der Notaufnahme. Furchtbar. Das eine Wort, das man als Mutter niemals hören möchte, ist Meningitis. Glücklicherweise war es das nicht, doch wir hatten alle ein paar schlaflose Nächte. Sie ist jetzt zu Hause, bekommt aber noch Medikamente. Sie ist ein bisschen quengelig, und es ist nicht leicht, damit umzugehen. Die halbe Nacht ist sie wach und hustet, sodass ich ebenfalls wach bin und mir Sorgen mache, wissen Sie?«

Nein, sie wusste es nicht. Und die Tatsache, dass sie es auch nicht wissen wollte, war der Grund, warum sie keine Kinder hatte. Dieses Ausmaß an purer Angst und existenzieller Sorge war etwas, mit dem sie nicht gut leben konnte.

Einen kurzen Moment erinnerte sie sich daran, wie Posy sich an sie geklammert hatte, ein durchnässtes Häufchen untröstlichen Elends und Verwirrung.

Wo ist Mommy? Ich will Mommy. Wann kommt Mommy nach Hause?

Gefühle durchbrachen die Mauer, die sie um sich errichtet hatte, überrannten ihre innere Abwehr und fluteten jede einzelne Zelle in ihr. Sie wich zurück und versuchte, die Gefühle einzufangen und zu kontrollieren, wie sie es immer getan hatte.

Angie musterte sie. »Alles in Ordnung mit Ihnen?«

»Mir geht es gut.« Ihr Mund war trocken, und ihre Hände zitterten. »Und ich hoffe, Ihrem kleinen Mädchen geht es bald besser.«

»Danke. Manchmal denke ich, dass Elternsein die schwierigste Sache auf der ganzen Welt ist.«

Das war genau das, was sie nicht hören wollte.

Hannah spürte, wie ihr die Angst die Kehle zuschnürte. Ihr Körper kribbelte, und Schwindel überkam sie. Die Wände ihres Büros schienen näher zu kommen, und sie konnte Angie nicht mehr klar erkennen. Kleine Punkte flackerten vor ihren Augen.

Panikattacke, dachte sie. Sie hatte eine Panikattacke, direkt hier an ihrem Schreibtisch, wo sie doch in wenigen Minuten in einem wichtigen Kundenmeeting erwartet wurde. Schlimmer aber war die Angst, dass ihre Kollegen entdecken könnten, dass Hannah McBride nicht der Frau entsprach, als die sie sich der Außenwelt präsentierte.

Angie sah sie besorgt an. »Ich hole Ihnen ein Glas Wasser.«

Hannah zwang sich, langsamer zu atmen.

»Hannah? Oh, hallo, Angie.« Adams Stimme durchdrang die Wolke von Panik. »Wie geht es der kleinen Emma? Besser?«

»Ja, danke. Miss Mc… – Hannah fühlt sich nicht so gut. Ich hole ihr ein Glas Wasser. Würden Sie einen Moment bei ihr bleiben?«

Hannahs Puls stieg in gefährliche Höhen. Adam musste nicht bei ihr bleiben. Sie brauchte die paar Minuten bis zum Meeting, um die Fassung zurückzugewinnen.

Sie sah, dass Angie ihm zulächelte, wie alle Frauen Adam zulächelten, sogar die verheirateten. Dann verließ sie das Büro.

Adam schloss die Tür hinter ihr. »Hannah? Geht es dir nicht gut?«

Sie krallte sich an ihrem Stuhl fest. Sie musste antworten, konnte aber nicht atmen.

Mit Mühe presste sie die Worte hervor. »Brauche eine Minute – fangt ohne mich an.«

»Genau wie ›Ich liebe dich‹ habe ich dich diesen Satz noch nie im Leben sagen hören: ›Fangt ohne mich an.‹« Adam kam zu ihr. »Was ist passiert?«

»Nichts. Bin beschäftigt.«

Er ging um ihren Schreibtisch herum, drehte ihren Stuhl zu sich, sodass sie ihm gegenübersaß, und ging vor ihr in die Hocke. »Du zitterst.«

Ihre Finger kribbelten. Ihre Brust schmerzte.

Wie durch einen Nebel spürte sie, dass er ihre Hände in seine nahm.

»Es kommt alles in Ordnung, Liebling. Atme langsam. Das ist alles.« Er hielt ihre Hände fest, und seine Daumen streichelten sanft über ihre Handgelenke. »Das sieht dir gar nicht ähnlich.«

Es sah ihr ähnlich, doch natürlich hatte er diese Seite von ihr noch nie erlebt. Er kannte die Bei-der-Arbeit-Hannah und die Barfuß-Pizza-aus-der-Schachtel-essen-Hannah. Die Panikattacke-Hannah hatte er nie kennengelernt.

Langsam, ganz allmählich verlor die schreckliche Angst ihre Kraft und ließ sie schwach und wund und mit einem völlig neuen Problem zurück.

Sie hatte immer gedacht, sie könnte sich aus allem rausreden, doch sie hatte keine Ahnung, wie sie es diesmal anstellen sollte.

Ihre Finger waren eiskalt, und selbst der sanfte Druck seiner Hände konnte sie nicht wärmen.

Sie spürte das sanfte Streicheln seiner Daumen auf ihrer Haut und die beruhigende Wärme seiner Finger.

Kann eine Panikattacke einem Baby schaden?

Sie musste den Test machen, damit sie wusste, woran sie war.

»Mir ist nicht gut. Ein Virus – er geht rum.« Sie wusste, dass das, was sie hatte, nicht ansteckend war, und doch hatte sie nicht die Absicht, darüber zu reden.

»Irgendwas hat dich aufgewühlt. War es Angie?« Er legte eine Hand an ihre Wange, und sie erlaubte sich einen Moment der Nähe und schmiegte sich dagegen.

Mit erschreckender Klarheit wusste sie, dass es nach dem Test nicht möglich sein würde, das Ergebnis vor ihm zu verbergen. Sie würde nicht genug Zeit haben, darüber nachzudenken. Er konnte immer hinter ihre Fassade schauen.

Vorsichtig stand sie auf und testete ihre Standfestigkeit. »Wir müssen zu unserem Meeting.«

Adam erhob sich ebenfalls. »Du bist nicht in der Verfassung für ein Meeting. Ich werde ihnen sagen, dass du nicht teilnimmst.«

»Nein.« Sie griff nach ihrem Handy. Ihre Beine waren wie Gummi und fühlten sich nicht so an, als könnten sie sie tragen. »Ich schaffe das.«

»Wir sind Freunde, Hannah. Du kannst mir vertrauen. Du kannst dich auf mich verlassen.«

Sie hatte sich schon zu viel auf ihn verlassen. Zu viel gelacht, geredet und getanzt.

Zu viel von allem.

Sie blickte zur Tür. »Das hier ist nicht angemessen.«

»Du arbeitest zu viel. Vergiss Weihnachten in Schottland. Komm mit mir in die Karibik. Wir schwimmen im Meer und lieben uns am Strand.«

Sie brauchte Abstand von Adam, um zu überlegen, was sie tun sollte. Also sagte sie, was ihr als Erstes in den Sinn kam: »Ich muss morgen nach Schottland.«

Er sah sie erstaunt an. »Ich dachte, du fliegst am Weihnachtstag.«

»Meine Schwester ist krank.«

»Seit wann?« Seine Verwirrung verwandelte sich in Besorgnis. »Warum hast du das nicht gleich gesagt? Kein Wunder, dass du gestresst bist. Was fehlt ihr?«

Hannah suchte nach einer Antwort. »Sie sind nicht sicher. Deshalb muss ich hin.«

»Natürlich. Kein Wunder, dass du so erschrocken aussiehst. Ich weiß, dass du deiner Schwester nicht sehr nahestehst, aber du machst dir sicherlich Sorgen.« Er schaltete sofort um auf forsche Tatkraft. »Wie kann ich helfen? Willst du lieber heute Abend fliegen? Soll ich jemanden zu deiner Wohnung schicken, um dir einen Koffer zu packen? Soll ich dir einen Flug buchen?«

Hannah hätte fast aufgejault. Jetzt würde sie entweder zugeben müssen, gelogen zu haben, oder früher nach Schottland fliegen müssen. »Morgen reicht. Es tut mir leid. Ich weiß, dass wir die Präsentation fertigstellen müssen, aber ich werde von dort arbeiten.«

»Mach dir keine Gedanken deswegen.« Er atmete tief durch. »Lass mich wissen, welchen Flug du nimmst, und ich bringe dich zum Flughafen.«

»Ich nehme ein Taxi.« Vielleicht war es keine schlechte Idee, nach Schottland zu fliegen. Zumindest würde sie dort die Möglichkeit haben nachzudenken. Sie nahm ihre Jacke von der Rückenlehne ihres Stuhls. »Wir sollten zu dem Meeting gehen.«

Sein Gesicht war undurchdringlich. »Ich liebe dich, Hannah.«

Ein Kloß bildete sich in ihrem Hals, und ihre Brust schien sich zu verengen.

Dies war nicht der Weg, den sie einschlagen wollte. Liebe, Hochzeit und Kinder – das war nicht ihr Leben. Liebe machte verletzlich, und sie war entschlossen, nie wieder verletzlich zu sein.

Nur dass sie jetzt vielleicht schwanger war.

Wenn sie zu Hause ankam, würde sie als Erstes einen Test kaufen.

Kapitel 9

Beth

Am anderen Ende der Stadt war Beth ebenfalls auf dem Weg zu einem Meeting. Wie ihre Schwester vertraute auch sie auf ihre schauspielerischen Fähigkeiten.

Sie hatte Jason schon zweimal eine Nachricht geschickt, dass er nachsehen sollte, ob es den Mädchen gut ging. Ein Teil von ihr wollte alles ihm überlassen, doch ihr Mutterinstinkt – oder war es Angst? – zwang sie, sich zu vergewissern, dass alles in Ordnung war.

Sie hatte den Mädchen versprochen, dass sie später mit ihnen basteln würde, wenn sie brav waren. Normalerweise reichte allein der Gedanke an Klebstoff, Farben und Glitzer in ihrer Küche, um ihre Gute-Mommy-Absichten zu zerstören, doch sie war verzweifelt genug gewesen, um alles zu versprechen.

Sie versuchte sich wieder auf den Job zu konzentrieren, betrat den Fahrstuhl und strich ihren Rock glatt.

Ich bin eine kompetente Geschäftsfrau.

Auch wenn ich Expertin in der Zubereitung von Kindergerichten bin, ist das nicht meine Kompetenz.

Die Büros von Glow PR befanden sich im dreißigsten Stock eines Hochhauses in Midtown, die riesige Glasfront hinter dem elegant geschwungenen Empfangstisch bot einen atemberaubenden Blick über Manhattan.

Beth hatte vergessen, wie es war, die Stadt von oben zu sehen.

Wenn man sich unten inmitten der Menschenmenge befand, war ihre Schönheit manchmal unsichtbar, doch hier oben lag sie vor einem wie ein Buffet voller Chancen und Hoffnungen.

»Wie kann ich Ihnen helfen?« Die Rezeptionistin lächelte.

Ihre Lippen bildeten einen perfekten Bogen aus schimmerndem Rot.

Beth widerstand dem Drang nachzusehen, ob sich auch keine klebrigen Fingerabdrücke auf ihrem neuen Kleid befanden.

»Ich bin Bethany Butler. Ich habe einen Termin mit Corinna.«

Die Rezeptionistin sah in ihrem Computer nach. »Ich habe hier eine Beth McBride.«

»Das bin ich.« Sogar nach der Hochzeit mit Jason hatte Corinna sie weiter als Beth McBride vorgestellt und sich geweigert, die Änderung in Beths Familienstand zu akzeptieren.

Die Miene der Rezeptionistin schien zu sagen, dass es an der Zeit war, dass Beth ihren eigenen Namen festlegte. »Setzen Sie sich. Sie kommt gleich zu Ihnen.«

Zu nervös, um sich hinzusetzen, schlenderte Beth zum Fenster und starrte auf die Aussicht.

Sie hoffte, dass Jason Rubys Handschuhe gefunden hatte, bevor sie die Wohnung verließen. Sie hatte ihm einen Zettel hinterlassen. Würde er ihn lesen?

Vermutlich war er zu beschäftigt gewesen, die Kinder rechtzeitig aus dem Haus zu bekommen. Sie hätte ihm eine Nachricht schreiben sollen.

Sie hörte das forsche Klappern von Stilettos auf Marmor und drehte sich um. Corinna kam auf sie zu.

»Bewunderst du unseren Blick? Die ganze Welt liegt dir hier zu Füßen. Es ist lange her, Beth.« Sie beugte sich zur Begrüßung vor, und Beth wurde von einer Wolke teuren Parfums eingehüllt. Das brachte so viele Erinnerungen zurück. Gelächter, Arbeit im Team, Stress, lange Nächte, harte Arbeit, Erschöpfung, mehr Stress, Stolz, Glamour, Erfolg und mehr Gratisproben, als sie jemals verbrauchen konnte.

In den letzten sieben Jahren hatte sie ihre Kreativität nur beim Fingermalen ausleben können.

»Ich freue mich, hier zu sein.« Sie spürte, wie Energie sie durchströmte, als hätte sie jemand an eine Kraftquelle angeschlossen.

Durch eine gläserne Innenwand sah sie vier tadellos angezogene Frauen in einem Meeting und fühlte förmlich die Aufregung und Energie, die in dem Raum herrschte. Hier kümmerten sich die Leute um anderes als darum, was es zum Abendessen gab und ob die Kinder saubere Wäsche hatten.

Sie wollte so sehr ein Teil dieser Welt sein.

Was, wenn Jason es mit dem Wunsch nach mehr Kindern ebenso ernst war wie ihr mit dem Wunsch, wieder zu arbeiten? Wo stünden sie dann?

»Ich hatte viel zu tun, seit wir uns zuletzt gesehen haben.« Corinna trat zurück und musterte sie von oben bis unten. »Mir gefällt dieser Look, Bethany. Hast du das selbst zusammengestellt?«

Nein, meine siebenjährige Tochter hat mir Tipps gegeben.

Nach sechzehn verschiedenen Outfits, die Melly alle geduldig vom Bett aus beobachtet hatte, hatte Beth sich für ein kurzes schwarzes Kleid zu ihren Lieblings-Overknee-Stiefeln entschieden. Sie trug sie nur selten, da sie nicht gerade ideal waren, um zwei kleinen Mädchen im Central Park hinterherzujagen.

»Du musst deine Haare hochstecken«, hatte Melly gesagt. »Aber lass ein paar Strähnen an den Seiten. Und roter Lippenstift.«

Beth war zufrieden mit dem Ergebnis.

Melly mochte ihr Ziel, Prinzessin zu werden, nicht erreichen, aber sie würde eine großartige Stylistin abgeben.

»Komm, ich führe dich herum. Wir sind erst seit drei Wochen in diesen Räumlichkeiten und leben uns selbst noch ein.« Corinna führte sie den lichtdurchfluteten Korridor entlang. An den Wänden hingen Fotografien von dünnen, ernst aussehenden Models. Seit Beth sie das letzte Mal gesehen hatte, hatte Corinna offenbar mit einigen renommierten Marken zusammengearbeitet.

»Das ist eindrucksvoll.«

»Ich wollte schon immer meine eigene Agentur. Ich war nie gut darin, das zu tun, was andere Leute von mir verlangen.«

Corinna zeigte ihr ein Lächeln, das keinerlei Humor oder Wärme zeigte. »Wir haben wichtige Kunden, aber ich will mehr. Ich bin hungrig, und jeder in meinem Team ist ebenso hungrig. Bist du hungrig, Beth?«

Beth wusste, wie hungrig Corinna war. Sie hatte schon zuvor für sie gearbeitet.

Sie versuchte, nicht an Jasons Warnung zu denken.

»Im Moment pitchen wir gerade um eine der ganz großen Kosmetikmarken.« Corinna deutete auf die Gruppe Menschen, die sich in dem gläsernen Büro über eine Auswahl von Storyboards beugten. »Sie haben eine Reihe von Looks kreiert, die ganz einfach umzusetzen sind. Selbst wenn man nichts von Make-up versteht, kann man auf diese Weise gepflegt aussehen. Sobald wir den Auftrag haben, stellen wir Leute ein.«

Beth bemerkte, dass sie »sobald« und nicht »falls« sagte. Corinna erwog niemals die Möglichkeit, dass das Leben nicht nach ihren Wünschen verlief. Hatte sie schon immer so viel Selbstvertrauen gehabt? »Klingt großartig.«

»Die wichtigste Qualität, die ich bei einem Teammitglied suche, ist Loyalität. Ich will hundertfünfzig Prozent.«

Beth machte sich nicht mal die Mühe zu überschlagen, wie viel Zeit dann noch für ihre Familie übrig blieb.

»Du kennst mich, Corinna«, sagte sie. »Ich bin loyal.«

Sie war außerdem Ehefrau und Mutter, doch sie würde später darüber nachdenken, wie sie diese Gleichung ausbalancieren sollte.

»Ich würde gern deine Ideen dazu hören.«

Ein elektrisierender Ruck durchfuhr Beth. »Bietest du mir einen Job an?«

»Lass uns zuerst sehen, was du hast. Wenn es mir gefällt, machst du bei unserem Pitch mit. Und danach sprechen wir.« Corinna öffnete eine weitere Glastür und trat in ein großes Büro. »Setz dich. Ich mache dir eine Kopie vom Briefing – du musst natürlich eine Verschwiegenheitserklärung unterzeichnen. Dann kannst du es mit nach Hause nehmen und ein paar Ideen entwickeln. Schreib die Vorschläge auf, von denen du denkst, dass sie mich umhauen. Komm nächste Woche wieder.«

Und da war er. Der Druck. Die Erwartung.

Beth hatte nicht gedacht, dass es so schnell gehen würde. Sie fühlte sich ein bisschen wie auf einem Laufband, dessen Geschwindigkeit plötzlich auf »Sprint« hochgedreht wurde. Sie stand kurz davor, voll aufs Gesicht zu fliegen, und das würde nicht schön werden.

Sie setzte sich auf einen Stuhl und verspürte sofort Erleichterung in den Füßen. Die Stiefel sahen großartig aus, doch wie sich herausstellte, fühlten sie sich nach fünf Minuten grauenhaft unbequem an. »Ich bin nächste Woche nicht hier. Ich fliege nach Hause nach Schottland.«

»Ein Todesfall in der Familie?« Corinnas Ton legte nahe, dass nur ein Todesfall einen Menschen dazu bringen konnte, Manhattan zu verlassen.

»Es ist Weihnachten.«

Offenbar hatte jemand vergessen, das in Corinnas Kalender einzutragen.

»Der Pitch liefert dir die perfekte Entschuldigung, diesem schrecklichen Familienkram zu entkommen.«

Beth entschied, dass dies vermutlich kein guter Moment war, um zuzugeben, dass sie diesen Familienkram liebte.

Ihr fiel auf, dass Corinna sich nicht ein einziges Mal nach den Kindern erkundigt hatte. »Wann ist der Pitch?«

»Im Januar. Wir müssen eine Eins-a-Vorstellung hinlegen.« Corinna berichtete ihr von der Kosmetikfirma und skizzierte die grundlegende Marketing-Strategie für die neue Make-up-Produktlinie. »Wir haben Dutzende Proben. Nimm welche mit. Deine Ideen sind mir sehr wichtig. Als wir das Briefing bekommen haben, dachte ich gleich: Beth McBride.«

Beth fühlte sich tatsächlich geschmeichelt. Sie vergaß den Stress, den Druck und die Hindernisse.

Corinna fand ihre Ideen wichtig.

Sie hatte etwas beizutragen.

Sie setzte sich ein bisschen aufrechter hin. »Ich kann es kaum erwarten, das Briefing zu lesen.«

»Erzähl mir, was du seit unserer letzten Begegnung gemacht hast.« Auf Corinnas gläsernem Schreibtisch stapelten sich fein säuberlich die Hochglanzmagazine. *Vogue, Cosmopolitan, Elle* und *Harper's Bazaar*, daneben der *New Yorker*. Wohin Beth auch sah, blitzten Glas und blendendes Weiß. Der ganze Ort roch nach Erfolg.

»Ich war mit den Kindern zu Hause.«

Angesichts von Corinnas Gesichtsausdruck fragte sie sich, ob sie besser hätte lügen sollen.

»Das habe ich gehört, und es hat mich überrascht. Du warst so gut in deinem Job, dass ich dachte, du wärst wieder bei der Arbeit, bevor man das Wort Windel auch nur aussprechen kann.« Corinna griff nach ihrem Telefon. Ihre Fingernägel glitzerten im Licht, während sie wählte. »Annabelle? Bring uns was zu trinken.«

Beth widerstand der Versuchung, ein »sag bitte« einzuwerfen. Sie war zu lange Mutter gewesen. Als Nächstes würde sie Corinna noch das Essen klein schneiden. »Das ist nett. Ich hätte gern einen …« Sie hatte Kaffee sagen wollen, als eine junge Frau, vermutlich die leidensfähige Annabelle, den Raum mit einer Flasche Champagner und zwei Gläsern betrat. »Champagner. Köstlich.«

»Wir arbeiten hart, und wir feiern hart. Annabelle, bitte Dan und Sylvia, uns Gesellschaft zu leisten.«

Als Beth ging, schwebte sie geradezu, und dieses Gefühl hatte nicht nur mit der Menge an Champagner zu tun, den sie auf leeren Magen getrunken hatte.

Voller Selbstzweifel hatte sie das Gebäude betreten, doch jetzt fühlte sie sich glamourös und selbstbewusst. Sie war nicht mehr nur die Mutter von Ruby und Melly. Sie war Beth McBride, PR-Expertin für Mode und Kosmetik. Sie war der Typ Frau, der wusste, was man wo tragen sollte.

Sie fühlte sich, als hätte sie in einem Stau festgesteckt, und plötzlich wäre die Straße vor ihr frei. Sie war bereit, Gas zu geben.

Sie befand sich wieder auf der Überholspur.

Ihr wurde fast schwindlig vor Aufregung. Kaum zu Hause angekommen, griff sie als Erstes zu ihrem Notizblock und fing an, Ideen zu notieren. Sie war nicht nur entschlossen, Corinna zu beeindrucken, sondern musste vor allem sich selbst beweisen, dass sie ihr Handwerk noch immer beherrschte.

Als Jason mit den Mädchen heimkam, war sie in die Arbeit vertieft. Auf dem Küchentisch stapelten sich die Kosmetikproben und vollgekritzelte Seiten. Ihr Laptop war aufgeklappt, der Bildschirm glühte.

Ruby und Melly kamen mit Jason in die Küche, ihre Wangen schimmerten rot vor Kälte.

Rubys Wangen waren außerdem braun verschmiert.

Schokolade.

Beth war zu berauscht vom Champagner und vom Leben, um sich daran zu stören, dass Jason offenbar Schokolade als Bestechung eingesetzt hatte.

»Hi! Hattet ihr eine tolle Zeit mit Daddy?«

»Melly war zu spät in der Schule«, sagte Ruby. »Und sie hat geweint. Sie hat gesagt, dass sie Daddy hasst und dass er alles falsch macht.«

Röte zeichnete sich auf Jasons Wangenknochen ab. »Sie übertreibt. Und wir waren nicht zu spät. Wir konnten weder Rubys Schuhe noch ihre Handschuhe finden.«

»Sie versteckt sie.« Beths Euphorie verebbte ein bisschen. Wollte er sie nicht einmal fragen, wie ihr Meeting war?

»Ich möchte mit dir malen.« Ruby kletterte auf den Stuhl und griff nach Beths sorgfältig sortierten Papieren.

»Fass die nicht an!« Beth stürzte Richtung Tisch und hob Ruby hoch, bevor diese Schokoladenabdrücke hinterlassen konnte. »Das ist Mommys Arbeit.«

Ruby sah sie aus tellergroßen Augen an. »Du arbeitest nicht.«

Das wird sich ändern, dachte Beth.

»Doch, das tue ich. Ich sammele Ideen für eine neue Kampagne.«

»Was ist eine Kampagne?«

»Warte …« Jasons Stimme klang fremd. »Du hast den Job angenommen? Ohne vorher mit mir zu sprechen?«

Sie wies nicht darauf hin, dass er seine Beförderung angenommen hatte, ohne vorher mit ihr zu sprechen.

Wie ist es gelaufen, Beth? Mochtest du sie? Mochten sie dich? Erzähl mir alles.

Sie fand ein Papiertaschentuch in ihrer Tasche und wischte Ruby den Mund ab. »Geh und wasch dir Hände und das Gesicht, Baby. Ich möchte mit Daddy sprechen.«

»Ich bin kein Baby. Können wir Feuerwehr spielen?«

»Vielleicht. Wir werden sehen. Du auch, Melly.« Sie wartete, bis ihre beiden Töchter im Badezimmer verschwunden waren, bevor sie sich wieder Jason zuwandte. »Willst du nicht wissen, wie es gelaufen ist?«

»Ich bin gerade erst zur Tür reingekommen. Gib mir ein bisschen Zeit.«

»Um die Frage zu beantworten, die du nicht gestellt hast: Es ist gut gelaufen. Sie pitchen im neuen Jahr um eine wichtige Marke, und sie wollen, dass ich dabei bin. Wenn wir gewinnen, habe ich den Job.«

»Wenn ihr gewinnt.« Er atmete langsam aus. »Muss ich dich daran erinnern, wie Corinna ist, Beth? Sie ist eine Maschine, und sie erwartet von ihrem Team das Gleiche.«

»Sie ist engagiert. Darum ist sie gut in ihrem Job.« Sie war sich nicht sicher, ob sie Corinna oder ihre eigene Entscheidung verteidigte.

»Sie ist gut in ihrem Job, weil sie kein Leben hat. Und sie erwartet von den Menschen, die für sie arbeiten, dass diese auch kein Leben haben. Ist das wirklich das, was du willst? Denk drüber nach, Beth. Was passiert, wenn eines der Kinder krank ist? Corinna ist keine dieser Chefinnen, die dann nett lächeln und dich zur Tür ziehen. Sie hat nicht einmal die Existenz deiner Kinder wahrgenommen! Sie hat keine Karte zur Geburt geschickt, und du warst wütend deswegen. Sie hat dich verletzt.«

»Ich hatte gerade ein Baby bekommen. Ich war voller Hormone. Und wenn eines der Kinder krank ist, könntest du vielleicht früher nach Hause kommen. Warum muss ich es sein?« Erst jetzt bemerkte sie, dass Jason erschöpft aussah. Hatte das dieser eine Vormittag bewirkt, an dem er sich um die Kinder gekümmert hatte? »Du versuchst es schlechtzumachen, weil du nicht willst, dass ich zusage.«

Er fuhr sich mit den Fingern durchs Haar. »Das ist es nicht. Und wenn du denkst, dass Corinna sich geändert hat, machst du dir was vor. Wenn überhaupt, ist sie noch schlimmer geworden, wo es doch jetzt ihre eigene Firma ist. Jeder Augenblick, den du deiner Familie widmest, ist ein Augenblick, den du nicht ihr widmest, und das wird ihr nicht gefallen.«

»Du wolltest, dass sie mich abweist, oder?«

Sein Zögern war minimal. »Ich befürchte, dass die Arbeit mit ihr dich nicht glücklich machen wird.«

»Oh bitte. Warum bist du nicht wenigstens ehrlich und gibst zu, dass du nicht willst, dass ich für sie arbeite?«

»Habe ich eine Wahl? Wir haben uns noch nicht geeinigt, dass du wieder arbeiten gehst, aber es sieht so aus, als hättest du den Job bereits angenommen.«

»Mir ist der Job nicht einmal angeboten worden. Zuerst muss ich einige Ideen liefern und mit ihnen zu dem Pitch gehen.«

»Was beabsichtigt sie?«

»Was meinst du?«

»Warum will sie dich?« Seine unverblümte Frage legte all ihre Selbstzweifel bloß.

»Kann es nicht sein, dass sie denkt, dass ich die Beste für den Job bin? Danke, dass du mir so viel zutraust, Jason.«

»Das ist nicht …«

»Sag nichts mehr.« Sie hätte nicht gedacht, dass sie sich so verletzt fühlen könnte. Zielstrebig lief sie in Richtung Schlafzimmer. Er folgte ihr und schloss die Tür, damit die Mädchen sie nicht hören konnten.

»Ich sage nur, dass du seit geraumer Zeit nicht mehr im Geschäft bist. Es muss einen Grund geben, warum sie unbedingt dich haben will.«

»Hör auf, Jason. Hör einfach auf! Und mach die Tür auf. Ich muss hören, was die Mädchen machen.«

Er breitete die Arme aus. »Beth, bitte – sie wird dich unglücklich machen.«

»Du willst nicht, dass ich wieder arbeiten gehe. Du willst ein weiteres Kind, aber die zwei, die du hast, siehst du kaum.« Sie bemerkte, wie seine Miene sich veränderte, doch es war zu spät, die Worte zurückzunehmen.

»Ich nehme die Mädchen sonntagmorgens, damit du Zeit für dich hast.«

»Und du gehst mit ihnen in den Park und hast eine gute Zeit. Und weil du sie unter der Woche kaum siehst, ist ihr Daddy für sie etwas Besonderes. Es ist etwas ganz anderes, wenn du sie jeden Tag hast, wenn du versuchst, sie morgens aus dem Haus zu kriegen und sie nicht anziehen wollen, was sie anziehen sollen, oder nicht essen wollen, was sie essen sollen. Wenn du mit den Kindern zusammen bist und einen Anruf annehmen musst, gibst du sie mir. Ich muss Anrufe annehmen, während die Mädchen an mir rumzerren und mit mir sprechen.«

»Meine Anrufe sind wichtig.«

»Während alles, was ich tue, nicht wichtig ist? Das ist genau der Grund, warum ich wieder arbeiten gehen will.«

»Weißt du eigentlich, wie viele Frauen gern in deiner Lage wären?« Er machte sich nicht die Mühe, die Bitterkeit in seiner Stimme zu unterdrücken. »Du hast ein großartiges Leben, Beth.«

Einen Augenblick lang war sie so perplex, dass sie sich nicht rühren konnte. »Du weißt nichts über mein Leben. Du bist nicht hier.«

»Weil ich Tag und Nacht arbeite, um das Geld zu verdienen,

dass du für ein weiteres Feuerwehrauto und ein Prinzessinnenkleid ausgibst.« Sein Ton wurde härter. »Vielleicht müsste ich nicht so viel arbeiten, wenn du ab und zu Nein sagen könntest. Ich bin doch derjenige, der sich im Dunkeln aus dem Bett quält, um genug Geld für uns alle zu verdienen. Ich bin derjenige, der tagein, tagaus taktieren muss, um den Job nicht zu verlieren, der genug Geld einbringt, damit du zu Hause bleiben kannst! Man braucht kein Genie zu sein, um zu sehen, wer hier den leichteren Part hat.«

Sie war so wütend, dass sie nicht antworten konnte.

Das konnte nicht wahr sein. Sie konnten doch nicht so miteinander reden.

In ihrem Inneren kochte es, und sie spürte, wie ihr Tränen der Wut und der Frustration in die Augen schossen.

»Richtig.« Schließlich fand sie ihre Stimme wieder. »Nun, wenn es so leicht ist, mit den Kindern zu Hause zu sein, dann solltest du es vielleicht eine Zeit probieren. Nimm dir eine Pause davon, dich aus dem Bett zu quälen und zur Arbeit zu gehen, und quäl dich zur Abwechslung für die Kinder aus dem Bett. Nimm dir eine Pause vom Taktieren und spiel Feuerwehr. Lass Ruby fünf Sekunden aus den Augen, und du wirst sehen, was passiert.« Sie ging quer durchs Schlafzimmer und griff nach ihrem Mantel.

Jason sah ihr zu. »Was tust du?«

»Ich gebe dir die Gelegenheit, dich auf die Erziehung zu konzentrieren, die du ja offenbar für den leichteren Part hältst.« Sie zog eine der Kommodenschubladen so heftig auf, dass die Lampe auf dem Möbelstück umkippte. Beth fing sie auf, bevor sie auf den Boden fiel. Durch den Schleier aus Tränen und vor lauter Wut konnte sie kaum etwas sehen, doch irgendwie fand sie ihren Reisepass. »Du kannst auf die Mädchen aufpassen und die schönen Stunden genießen.«

»Ach, um …« Er presste Daumen und Zeigefinger auf den Nasenrücken. »Ein Drama ist das Letzte, was wir jetzt brauchen, Beth.«

»Drama?« Sie knallte die Schublade zu. Noch nie war sie so wütend gewesen. Nie. »Das hier ist kein Drama, Jason. Das hier bin ich, die klare Meinungen und Gefühle zu einem Thema hat, und du hörst nicht zu. Der Terminplaner für die Kinder liegt unten in der Küche.« Sie leerte den Inhalt ihrer Handtasche in eine größere Tasche. Ihre Hände zitterten. Ihr Herz schlug so heftig, dass es fast aus der Brust zu springen schien. Noch nie hatten sie sich so gestritten. Nie. »Die Nummer des Kinderarztes ist in der Schublade, zusammen mit der Nummer des Zahnarztes und den Nummern von Mellys Schule. Vergiss den Ballettunterricht nicht. Er beginnt eine halbe Stunde früher als gewohnt. Achte darauf, rechtzeitig da zu sein. Melly muss sich umziehen und wird unleidlich, wenn sie spät dran ist. Und sie hasst die schwarzen Leggings, denk also an die pinkfarbenen. Und pack eine zur Reserve ein, falls ein Malheur geschieht.«

»Warte ...« Sein Gesicht hatte jede Farbe verloren. »Du verlässt mich? Und die Kinder?«

»Ich verlasse dich nicht. Und ich verlasse auch die Kinder nicht. Ich würde nie, niemals unsere Mädchen verlassen. Ich tue nur das, was du jeden Tag tust: Aus der Tür zu gehen und einen anderen Menschen mit der vollen Verantwortung für unsere Familie zurückzulassen. Wenn ich sicher bin, dass du das Ausmaß deines Wunsches nach einem weiteren Kind verstanden hast, können wir uns wieder unterhalten.«

»Das kann nicht dein Ernst sein. Die Situation ist gerade vollkommen aus dem Ruder gelaufen, du musst dich beruhigen.«

Das war das Schlechteste, was er hatte sagen können.

»Ich bin ruhig.« Wenn man von der Tatsache absah, dass sie ihn wie durch einen roten Schleier sah. »Vielleicht solltest du anfangen zuzuhören.«

»Was willst du tun? Ums Viertel gehen und irgendwo einen Kaffee trinken, bis ich dir per SMS eine Entschuldigung schicke?«

»Ich nehme mir eine Woche für mich, um über mein Leben nachzudenken.«

»Eine Woche? Aber – du hast ja nicht einmal eine Tasche gepackt. Du reist doch nie ohne mindestens zwei Koffer.«

»Ich kann kaufen, was ich brauche. Das ist doch das, was ich tue, Jason, oder? Ich verschwende dein Geld.«

Er atmete tief ein und breitete seine Arme zu einer entschuldigenden Geste aus. »Ich wollte das nicht sagen. Ich habe es nicht so gemeint.«

»Ich glaube, das hast du doch.«

»Aber – wo willst du hin?« Als er begriff, dass sie wirklich gehen wollte, schien ihm die Luft zu entweichen. Er wirkte so verstört und verwirrt, dass ihr Ärger etwas nachließ. Doch nicht genug, um ihre Meinung zu ändern.

»Ich gehe nach Hause.«

»Du bist zu Hause. Dies ist dein Zuhause, Beth. Unsere Wohnung. Manhattan. Deine Familie. Die Familie, an der du momentan kein Interesse zu haben scheinst.«

Sie verspürte ein stechendes Schuldgefühl, wollte sich aber nicht von Jason manipulieren lassen. »Ich gehe nach Schottland. Zu meinen Eltern.«

Seine Haut verlor die letzte verbliebene Farbe. »Du willst Weihnachten nicht mit uns verbringen?«

»Natürlich will ich das. Ich will kein Weihnachten ohne die Mädchen. Du kannst ein paar Tage früher als geplant fliegen. Du hast die Tickets. Wenn es so einfach ist, sich um die Kinder zu kümmern, wie du glaubst, wirst du sicher keine Probleme haben. Die Geschenke habe ich schon in Tüten verstaut. Denk daran, sie mitzubringen.« Sie griff nach ihrem Handy und rief die Fluggesellschaft an. Bevor sie ihre Meinung noch ändern konnte, hatte sie einen Flug gebucht und bezahlt, der am selben Abend vom JFK-Flughafen startete.

»Aber …« Er murmelte etwas Unverständliches. »Ich habe morgen Meetings.« In seiner Stimme lag ein Anflug von Panik, die sie noch nie zuvor gehört hatte.

»Ich bin sicher, du findest eine Lösung.«

»Beth.«

»Du musst begreifen, dass die Entscheidung, ein weiteres Kind zu bekommen, nicht das Gleiche ist, wie ein neues Sofa oder eine Vase zu kaufen. Ganz abgesehen davon, dass zwei Geburten mein Inneres und meine Nerven zerstört haben, erfordert es Hingabe und Kompromissfähigkeit.«

»Das ist doch verrückt.« Er fuhr sich mit der Hand den Kiefer entlang. »Lässt du mir wenigstens eine Liste da, was sie essen? Und ich weiß nicht, welche Kleidung ich ihnen einpacken soll für den Weihnachtsurlaub.«

»Kriegst du schon raus. Du hast die volle Kontrolle, auch wenn ich vorschlagen würde, dass du Melly im Park nicht ihr bestes Kleid tragen lässt, denn sie wird traurig sein, wenn sie es ruiniert.«

»Ich kann nicht glauben, dass du das tust.«

Sie ebenfalls nicht. »Du machst das schon, Jason.«

»Was ist mit meiner Beförderung?«

»Du hast gesagt, Sam versteht, dass du eine Familie hast. Lass uns das testen. Wenn er dich unbedingt will, wird er bereit sein, ein paar Wochen zu warten. Vergiss nicht, immer Rubys Inhalator mitzunehmen, wenn ihr rausgeht. Das kalte Wetter löst manchmal einen Asthmaanfall aus. Gib ihnen keine Pommes, egal, wie sehr sie betteln, denn sie brauchen Obst, Gemüse und gesundes Essen. Und was auch immer du tust, verlier auf keinen Fall Bugsy, denn Ruby kann ohne ihn nicht schlafen.«

Als sie an all die Dinge dachte, die schiefgehen konnten, hatte sie einen Moment Angst, doch ihr Zorn war zu groß, um nachzugeben. Und sie wusste sowieso, was passieren würde.

Sobald sie aus der Tür war, würde er seine Mutter anrufen.

Kapitel 10

Posy

Die Sonne fiel durch die Dachfenster in das Loft und warf Lichtstrahlen auf das Bett.

Posy lag nackt da, verschwitzt und mit pochendem Herz. »Normalerweise mache ich keine Mittagspause.«

Luke zog sie an sich. »Da keiner von uns etwas gegessen hat, zählt das nicht als Mittagspause.«

»Gutes Argument. Bist du hungrig? Wir sollten etwas essen, bevor wir wieder zur Arbeit gehen.«

»Ist das die Wahl zwischen Sex und Essen? Dann wähle ich Sex.« Er rollte sich auf sie und küsste sie lange und voller Begehren.

Sie spürte sein Gewicht auf ihrem Körper, seine Oberschenkel an den ihren und dann das langsame Streicheln seiner Finger, die ihre erogenen Zonen erkundeten.

Sie schlang die Arme um seinen Hals und fragte sich, wie es möglich war, sich jemandem so nahe zu fühlen, den man erst seit zwei Monaten kannte. Es überraschte sie. Mehr als das: Es schockierte sie.

Er war nicht ihr erster Liebhaber, doch in der Vergangenheit hatte sich Sex eher wie ein vergnügliches Workout anstatt wie etwas Besonderes angefühlt. Einem Teil von ihr war immer bewusst gewesen, dass ihre Gefühle nicht allzu sehr beteiligt waren. Mit Luke hatte sie entdeckt, wie anders Sex sein konnte, wenn die Gefühle, die man teilte, über die körperliche Ebene hinausgingen. Sie vertraute diesen Gefühlen. Sie hatte ihnen vertraut, als sie ihr sagten, dass Callum völlig falsch für sie war, und sie vertraute ihnen jetzt, da sie ihr sagten, dass es mit Luke richtig war.

Seit dem Abend in dem Pub hatten sie nicht nur jede Nacht miteinander verbracht, sondern auch jede Mittagspause und die gelegentliche freie Stunde am Nachmittag. Sie hatte nicht geahnt, dass das Leben so aufregend sein konnte.

Nie hatte sie das Bedürfnis gehabt, ihr Herz schützen zu müssen, doch nun verspürte sie einen flüchtigen Moment der Angst – nicht davor, dass sie verletzt werden könnte, sondern dass diese intime Verbindung, dieses Glück enden könnte. Emotional ließ sie sich immer tiefer auf ihn ein und sah keinen Grund, etwas zurückzuhalten.

Sie schlang die Beine um ihn und bog sich ihm in einer unverhohlenen Einladung entgegen.

»Luke Whittaker«, schnurrte sie. »Ich glaube, du solltest …« Ihr Handy piepte und schnitt ihren unzüchtigen Vorschlag mitten im Satz ab.

»Was wolltest du sagen?« Seine Stimme war belegt, und sie seufzte.

»Ich sehe besser nach, falls das etwas Wichtiges sein sollte. Kannst du es mir reichen?«

Er küsste sie erneut, griff dann über sie hinweg und nahm das Handy. Er brauchte einen Moment, um klar sehen zu können. »Es ist eine Nachricht von Beth.«

»Was schreibt sie?«

»Nichts Wichtiges.« Er legte das Telefon zurück und schmiegte sich wieder an sie. »Du hast tolle Beine. Habe ich dir das schon gesagt?«

»Nein. Doch. Ich weiß nicht. Ich kann nicht gut nachdenken, wenn du das tust, was du gerade tust.« Sie strich mit der Hand über seinen Rücken. »Was wollte Beth?«

»Nichts.« Er arbeitete sich küssend von ihrem Hals bis zu den Schultern vor. »Irgendwas, dass sie sich Sorgen macht wegen des Wetters.«

Posy erstarrte. »Wegen des Wetters?«

»Ja.«

»Waren das ihre genauen Worte? Mist.« Posy wand sich unter ihm hervor und sprang aus dem Bett. Sie fluchte, als sie über ihre am Boden liegende Kleidung stolperte. »Ich muss mit ihr sprechen. Tut mir leid. Schlechtes Timing, aber das hier ist ein Notfall.« Sie ignorierte den Teil ihrer Selbst, der sie aufforderte, wieder zu ihm ins Bett zu schlüpfen.

»Seit wann ist schlechtes Wetter ein Notfall?« Luke stemmte sich auf die Ellenbogen. Sein Haar war zerzaust und sein verhangener Blick unglaublich sexy. »Könnte es sein, dass du überreagierst? Es schneit oft in New York, auch wenn der Schnee zugegebenermaßen normalerweise erst nach Weihnachten kommt.«

»Die Nachricht hat nichts mit dem Wetter zu tun. Das ist ein Code.« Posy hob ihr Shirt und ihre Socken auf. »Wir haben ihn als Teenager verwendet, wenn unsere Eltern nicht wissen sollten, was wir tun. Er bedeutet, dass sie in Schwierigkeiten steckt.«

»Schwierigkeiten?« Luke runzelte die Stirn und setzte sich auf. »Welche Art von Schwierigkeiten?«

»Ich weiß es noch nicht.« Posy zog ihre Socken an, sah in den Spiegel und schrak zurück. »Ich sehe aus, als wäre ich in einen Sturm geraten.« Sie fuhr sich mit den Fingern durchs Haar, dann gab sie auf und band es zu einem Pferdeschwanz.

Luke lehnte sich gegen die Kissen. »Ich finde, du siehst aus wie jemand, der gerade großartigen Sex hatte. Dreimal. Ich wollte gerade ein viertes Mal starten, aber …«

Ihr Handy piepte, und Posy griff selbst danach, während sie versuchte, nicht an das vierte Mal zu denken, das nun nicht stattfinden würde.

»Sie ist am Flughafen. Nicht am JFK, sondern an unserem lokalen Flughafen.« Sorge erfasste sie. »Warum ist sie am Flughafen?«

»Weil Fliegen der normale Weg ist, um aus den USA hierherzukommen?«

»Sie sollte erst in einer Woche nach Hause kommen. Und normalerweise …« Sie hielt inne und starrte voller Bestürzung auf die Uhrzeit. »Es ist halb vier! Wie kann es halb vier sein?«

»Ich weiß nicht. Ich kann nicht behaupten, dass ich an die Zeit gedacht habe. Dich nackt zu sehen beeinträchtigt meine Fähigkeit, an irgendetwas anderes zu denken.«

»Ich werde mir hierfür ein paar gute Ausreden einfallen lassen müssen. Und noch mehr Ausreden dafür, dass ich meine Schwester abhole.« Posy beugte sich zu ihm und küsste ihn mit einem Anflug von Bedauern. »Ich weiß nicht, wie lange das hier dauert. Du solltest wahrscheinlich ...«

Er umfasste ihr Gesicht mit beiden Händen und küsste sie, bis ihr schwindlig war.

Das aufwallende Begehren ließ sie beinahe wieder zu ihm ins Bett schlüpfen.

Sie stöhnte. »Ich kann nicht. Darf nicht. Ich muss ...« Sie machte sich los, änderte dann ihre Meinung und küsste ihn erneut. Es brauchte eine ganze Minute, bis sie die Willenskraft fand, den Kuss zu beenden. »Ich würde ja sagen, bleib, wo du bist, aber das hier könnte eine Weile dauern.« Sie machte sich ein zweites Mal los und sah sich im Zimmer um. Wo waren ihre Jeans? Sie erinnerte sich nicht einmal, dass Luke sie ihr ausgezogen hatte, doch sie war am Ende nackt gewesen, also musste es irgendwann geschehen sein.

»Das ist keine raffinierte Ausrede, um mein Bett zu verlassen?«

Sie fand ihre Jeans auf dem Boden neben dem Sofa. »Es ist mein Bett, also nein. Solche Spielchen spiele ich nicht. Wenn ich dich aus meinem Bett haben wollte, würde ich sagen: Raus aus meinem Bett.«

»Ich weiß. Das gehört zu den vielen Dingen, die ich an dir mag. Ich gehe wieder nach unten an die Arbeit, aber klopf einfach, wenn du wieder zurück bist.« Er zögerte. »Und wenn du irgendwas brauchst – falls sie in Schwierigkeiten steckt und ich irgendwie helfen kann –, dann ruf mich an.«

»Danke.« Gerührt von seinem Hilfsangebot zog sie sich zu Ende an, griff nach ihrem Mantel und den Autoschlüsseln und warf ihm einen letzten bedauernden Blick zu. »Das hat Spaß gemacht.«

Er lächelte schief. »Geh. Ich leiste Bonnie Gesellschaft. Und fahr vorsichtig.«

Posy stieg vorsichtig die vereisten Stufen hinunter, die von ihrem Heuboden nach unten führten, und rannte dann zum Wagen. Gedanken an Luke vermischten sich mit Sorge um ihre Schwester.

Was war los mit Beth?

Warum kam sie eine Woche früher nach Hause?

Sie legte die Strecke zum Flughafen in Rekordzeit zurück und erspähte ihre Schwester sofort. Sie stand allein vor dem Ankunftsbereich und wirkte verloren. Von Jason und den Kindern keine Spur.

Posy konnte sich nicht daran erinnern, wann Beth das letzte Mal allein nach Hause gekommen war.

Was war hier los?

Sie fuhr rechts ran und drückte auf die Hupe. Beth starrte weiter ins Leere.

Posy sprang aus dem Wagen und lief zu ihr hinüber, wobei sie Ausschau nach der Flughafenpolizei hielt. Die waren nicht erbaut, wenn Leute hier ihren Wagen parkten.

»Hey Beth!« Sie war nur wenige Schritte von ihrer Schwester entfernt, als Beth sie endlich bemerkte.

»Posy! Du bist gekommen.«

Sie hatte selten solche Erleichterung gesehen. »Natürlich bin ich gekommen.« Sie blickte hinter ihre Schwester. »Haben sie deine Koffer verloren? Wo ist dein Gepäck?«

»Das ist alles.« Beth schlang sich ihre mittelgroße Tasche über die Schulter.

»Aber du reist immer mit mindestens zwei Koffern.«

»Fang damit gar nicht erst an. Können wir gehen? Mir ist eiskalt.« Sie schwankte leicht, und Posy entschied, dass die Fragen bis später warten konnten.

Ihre Schwester war offenbar müde und hatte zudem recht, was die Temperatur anging. Vor dem Terminalgebäude blies ein eisiger Wind und hielt die Leute davon ab, sich länger dort aufzuhalten.

Sie dirigierte Beth zu ihrem Auto. Es war viel los am Flughafen, und der Fahrer im Wagen hinter ihr ließ den Motor aufjaulen, weil er wartete, dass der Platz frei wurde. Er drückte auf die Hupe, und sie widerstand der Versuchung, mit einer obszönen Geste zu antworten. »Ihnen auch frohe Weihnachten, Mr. Scrooge. Frohe Weihnachten alle zusammen.« Es sollte die Zeit der Nächstenliebe sein, doch vor allem schien es die Zeit der Ungeduld zu sein.

Sie schlüpfte wieder auf den Fahrersitz und wartete, bis Beth es sich neben ihr bequem gemacht hatte.

Posy drehte die Heizung auf. »Dein Anruf war eine Überraschung. Wir haben dich nicht vor nächster Woche erwartet.«

»Danke, dass du so kurzfristig gekommen bist. Habe ich dich bei irgendwas unterbrochen?«

»Wie es der Zufall will, war ich gerade mit einem großen, attraktiven dunkelhaarigen Mann im Bett und hatte den besten Sex meines Lebens. Aber ich vergebe dir.«

Beth lachte. »Du bist so witzig.«

Was sagte es über ihr Leben aus, dass ihre Schwester davon ausging, sie würde einen Witz machen?

War ihr Leben wirklich so langweilig und vorhersehbar, dass ihre Familie sich nicht vorstellen konnte, dass sie ein aktives Sexualleben hatte?

»Ehrlich gesagt, war ich tatsächlich …«

»Beim Hühnerfüttern. Ich weiß. Für mich musst du dein Leben nicht aufpeppen. Ich weiß zufällig, dass es keine großen dunkelhaarigen, attraktiven Fremden in Glensay gibt.« Beth gähnte. »Ich bin froh, dass du nicht draußen bei einer Rettung warst. Das hatte ich nämlich befürchtet. Du bist eine tolle Schwester.«

»Ich weiß. Die beste.« Vielleicht war dies sowieso nicht der richtige Moment, um Luke zu erwähnen. Posy wollte Beth erzählen lassen. »Ist alles in Ordnung?«

»War niemals besser.« Beth kicherte und versuchte vergeblich, ihren Sicherheitsgurt einzuklinken.

Irritiert half Posy ihr. »Bethany McBride Butler, bist du betrunken?«

»Nein. Es braucht mehr als ein paar Gläser Champagner, um mich betrunken zu machen.«

»Ein paar?« Posy legte ihren eigenen Sicherheitsgurt an und ignorierte das Hupen des Wagens hinter ihr. »Wie viele sind ein paar?«

»Ich habe den Überblick verloren. Wer lehnt schon kostenlosen Champagner ab? Du solltest hier besser rausfahren, bevor du Opfer eines cholerischen Anfalls wirst. Der Kerl hinter uns sieht aus, als ob er gleich einen Herzinfarkt bekommt.«

»Das kann passieren, wenn man sein Herz an einen Parkplatz hängt. Hast du die Kinder nicht mitgebracht?«

»Würde ich hier allein sitzen, wenn ich die Kinder mitgebracht hätte? Glaubst du, ich habe sie am Schalter für verlorenes Gepäck zurückgelassen? Zum ersten Mal in meinem Leben reise ich mit leichtem Gepäck. Keine Kinder. Keine Koffer.«

Posy tastete sich behutsam weiter vor: »Du hast beschlossen, früher nach Hause zu kommen?«

»Genau. Und die Fluggesellschaft hat mir ein Upgrade gegeben. Ich habe mich wie Hannah gefühlt. Hast du auch nur die leiseste Ahnung, wie kultiviert es da zugeht?« Beth schloss genießerisch die Augen. »Filme, Liegesitze, eine Trennwand zwischen mir und dem Rest der Welt, dazu Menschen, die mich fragen, ob sie etwas für mich tun können. Das passiert sonst nie! Ich bin diejenige, die anderen irgendwas holt, und da ist nie eine Trennwand zwischen mir und den anderen. Zum ersten Mal seit sieben Jahren war ich auf der Toilette, ohne dass jemand an die Tür hämmert, weil er meine Aufmerksamkeit will. Ich konnte Schokolade essen, ohne sie teilen zu müssen.«

Posy schloss daraus, dass hinter Beths früher Ankunft mehr stecken musste als der Wunsch, Zeit mit ihrer Familie zu verbringen. »Nun, du wirst dir diese Weihnachten ein Badezimmer mit Hannah teilen, insofern musst du dich auf viel Hämmern einstellen, wenn du zu lange drinbleibst.«

Beth ließ die Augen geschlossen. »Sie wird absagen. Sie sagt immer ab. Abendessen, Hannah? ›Tut mir leid, ich muss absagen.‹ Treffen am Wochenende? ›Ich habe zu viel Arbeit.‹ Deine Nichten besuchen? ›Oh, tut mir leid, das schaffe ich nicht.‹«

Posy dachte an die viele Zeit, die ihre Mutter schon in der Küche verbracht hatte. »Wenn sie absagt, bringe ich sie um.«

»Vielleicht wäre es sogar besser, wenn sie absagt. Zumindest muss ich den Kindern dann nicht die ganze Zeit sagen, dass sie ruhig sein sollen.«

»Warum solltest du das tun? Es ist Weihnachten. Aufgedrehte Kinder sind Teil des Spaßes.«

»Hannah mag meine Mädchen nicht.«

Posy war überrascht. »Wovon redest du?«

»Nichts. Ignorier mich. Ich nehme an, es gibt keine Möglichkeit, bei dir zu wohnen statt in der Lodge?«

Posy dachte an Luke. »Absolut keine.«

»Danke, ich liebe dich auch.«

»Es hat nichts mit Schwesternliebe zu tun, sondern damit, dass ich auf dem umgebauten Heuboden wohne. Das ist nicht gerade ein familienfreundlicher Ort. Es gibt nur ein Bett, und darin schlafe ich.«

Sie erwähnte nicht, dass dieses Bett in letzter Zeit viel erlebt hatte.

»Hannah wird erst in letzter Minute nach Hause kommen, sodass ich das Badezimmer eine Weile für mich habe. Ich brauche mein eigenes Bett«, sagte Beth. »Und ich werde genau in der Mitte schlafen, allein. Kein Aufstehen mehr, um Ruby zu beruhigen, während Jason neben mir schnarcht. Keine unterbrochenen Nächte mehr. Kein verfrühtes Aufwachen. In der nächsten Woche geht es nur um mich.«

In Posys Kopf schrillten die Alarmglocken. Beth klang langsam wie Hannah, und auf keinen Fall war sie in der Lage, zwei Hannahs an Weihnachten zu ertragen.

Sie fädelte sich auf die Straße ein, um den Flughafen zu verlassen. Der Verkehr war dicht, doch in einer Woche würde er noch dichter sein, wenn noch mehr Menschen für die Feiertage anreisten.

Sie wartete, bis sie eine übersichtliche Straße erreicht hatten, um das Gespräch fortzuführen.

»Was ist los, Beth?«

Ihre Schwester schüttelte den Kopf. »Das muss ich nicht beantworten.«

»Du hast mich mitten am Nachmittag angerufen und dabei einen Geheimcode benutzt, den wir seit Teenagerzeiten nicht mehr verwendet haben. Du hast mich gebeten, dich vom Flughafen abzuholen, ohne dass Mom davon erfährt. Du schuldest mir zumindest eine Erklärung.«

»Kann das warten? Und könntest du langsamer fahren? Ich fühl mich nicht gut.«

»Das passiert, wenn du die Menge deines Körpergewichts in Form von Champagner zu dir nimmst.«

»Wenn du mich verurteilen willst, muss ich darauf hinweisen, dass wir den Geheimcode zum letzten Mal an deinem siebzehnten Geburtstag benutzt haben, als du so viel getrunken hattest, dass du nicht gehen konntest und ich dich an Dad vorbeischmuggeln musste.«

Posy grinste. »Daran erinnere ich mich. Ich verurteile dich nicht, aber ich werde irgendwo halten und dich mit Kaffee abfüllen. Ich kann nicht zulassen, dass Mom und Dad dich so sehen. Und während du Kaffee trinkst, kannst du mir erzählen, was los ist.« Inzwischen befanden sie sich auf einer Landstraße. Am Straßenrand lag hoher Schnee, und Posy verlangsamte das Tempo. Die Straße war glatt, und sie war sich nicht sicher, wann dort das letzte Mal gestreut worden war.

»Ich habe Jason verlassen – das ist los.«

Posy schaffte es gerade so, das Steuer nicht zu verreißen. »Für einen Moment habe ich geglaubt, gehört zu haben, dass du Jason verlassen hast.«

»Genau das habe ich gesagt.«

»Aber du bist betrunken und deshalb nicht du selbst.«

»Ich weiß nicht mehr, wer ich bin. Bin ich Beth McBride, Königin der Lippenstifte, oder bin ich Beth Butler, Ehefrau und Mutter?«

Posy fand das Gespräch allmählich zu kompliziert für die Straßenverhältnisse. »Kannst du nicht beides sein?«

»Offenbar nicht. Laut Jason sollte ich mein Leben dem puren Vergnügen der Mutterschaft widmen. Ich war mal eine Überfliegerin, bin dann aber vor langer Zeit abgestürzt, und niemand hat das Wrack bemerkt.«

Okay, genug!

Sie fuhren durch ein Dorf. Posy sah in den Rückspiegel und bog scharf in einen Parkplatz ein, während Beth sich am Sitz festklammerte, um nicht das Gleichgewicht zu verlieren.

»Was auch immer du da tust, geht das auch sanfter? Mein Magen ist gerade mit Überschallgeschwindigkeit durch meinen Körper geflogen. Was machst du denn?«

»Ich halte, um meiner Schwester Kaffee einzuflößen, damit wir ein vernünftiges Gespräch führen können.«

»Ich bin nicht betrunken. Und ich möchte hier nicht halten. Es sieht traurig und elend aus.« Sie sah aus dem Fenster. »Wo sind wir?«

»An einem Ort, an dem uns niemand kennt. Ein Ort, an dem die Tatsache, dass du betrunken bist, Mom nicht schon am nächsten Morgen zugetragen wird.«

»Ich will nach Hause. Ich brauche Aufheiterung, und dieser Ort sieht deprimierend aus.« Beths Stimme zitterte. »Können wir nicht ins Glensay Inn? Das ist Tradition. Mittagessen im Café, Abendessen im Pub. Ich möchte neben einem gemütlichen Kaminfeuer sitzen und über Gott und die Welt reden, wie wir es damals getan haben. Ich möchte Geoff sehen und all die anderen, die ich kenne.«

Posy hatte keine Lust, über Gott und die Welt zu reden. Sie wollte wissen, warum ihre Schwester so früh und noch dazu allein nach Hause gekommen war. Und sie wollte weder Geoff sehen noch sonst jemanden, den sie kannte. Seit sie Luke in der

Öffentlichkeit geküsst hatte, war sie nicht mehr im Glensay Inn gewesen. Sie war noch nicht bereit, mit den Folgen umzugehen.

Doch irgendwann musste sie sich den Leuten ja stellen, also konnte sie es ebenso gut mit Beth an ihrer Seite tun.

Wie befürchtet, wurde ihr Eintritt in die einladende Wärme des Pubs von Pfiffen und Johlen begleitet. Mindestens fünf Mitglieder des Bergrettungsteams lehnten an der Bar. Ihrem Grinsen nach zu urteilen, hatte sich die Neuigkeit so schnell wie immer verbreitet.

Vielleicht war es keine so gute Idee gewesen, Luke in aller Öffentlichkeit zu küssen. Auf der anderen Seite war das nichts im Vergleich zu dem, was sie taten, wenn sie zu zweit waren.

Der Gedanke daran brachte sie zum Lächeln.

Beth lächelte ebenfalls, wenn auch aus anderen Gründen. »Diese Art von Empfang habe ich nicht erwartet. Es ist schön, zu Hause zu sein. Du hast Glück, hier zu leben, zwischen all den Menschen, die dich lieben.«

Und die über dich tratschen. Und dir zuzwinkern. Und dich so lange aufziehen, bis du ihnen eine runterhauen willst.

»Setz dich.« Posy ertrug alle Reaktionen gelassen und führte ihre Schwester an denselben Tisch, an dem sie ein paar Abende zuvor mit Luke gesessen hatte.

Der Geruch des Kaminfeuers vermischte sich mit dem Eichenfass-Aroma von Whisky. Es stellte sich heraus, dass gerade eine Verkostung stattfand und die lokale Destillerie Flaschen zur Verfügung gestellt hatte, damit die Einheimischen den Whisky probierten und hoffentlich kauften.

Posy hatte schon eine Flasche für ihren Dad gekauft. Vielleicht nicht das originellste Geschenk, aber sie wusste, dass es ihm gefallen würde.

»Sie haben einen Weihnachtsbaum!« Beth ließ sich auf einen Stuhl fallen und starrte auf die glitzernden Lichter am Baum. »Ich liebe Weihnachten.«

Es war Geoffs freier Abend, und sein Sohn Aidan kam von der Bar herüber. »Schön, dich zu Hause zu sehen, Beth.« Er beugte sich vor und küsste sie auf die Wange. Er hatte wilde dunkle Haare und war eine lokale Berühmtheit, weil er bei den hiesigen Highland Games ein Haggis-Essen gewonnen hatte. »Wie geht es den Kindern?«

Tränen traten in Beths Augen. »Es geht ihnen gut. Sie sind im Moment nicht bei mir, und ich vermisse sie bereits, was keinen Sinn ergibt, weil …«

»Einen starken Kaffee bitte, Aidan.« Posy wünschte, sie hätten stattdessen an einem seelenlosen Café an der Straße gehalten.

»Ich hätte gern einen Wein«, sagte Beth. »Ein sehr großes Glas gekühlten Weißwein. Vielleicht einen Sauvignon Blanc. Oder findest du, wir sollten uns etwas leisten und Champagner bestellen?«

»Keinen Champagner und keinen Weißwein, ob gekühlt oder nicht.« Posy zog ihren Mantel aus. Sie konnte sich nicht daran erinnern, ihre Schwester je so erlebt zu haben. »Kaffee. Stark. Viel. Und etwas zu essen.«

Aidan wartete. »Ich könnte euch eine Speisekarte bringen, aber das hat nicht viel Sinn, da ihr ja sowieso wisst, was draufsteht.«

»Ist das nicht toll?« Beth lächelte unsicher. »Wir müssen nicht einmal auf die Speisekarte schauen. Den Baum liebe ich übrigens. Sag Geoff, dass nur der Mistelzweig fehlt.«

»Deine Schwester schien neulich Abend auch ohne gut zurechtzukommen.« Aidan zwinkerte Posy zu, die keine Miene verzog.

»Wir nehmen zwei Burger, danke, Aidan.«

»Kommt sofort.« Er sah Beth an. »Du isst doch keine Tomaten, oder?«

»Das stimmt. Ach, Aidan.« Sie stand auf und schlang die Arme um ihn. »Ich finde es großartig, dass du das über mich weißt, und ich finde es großartig, zu Hause zu sein.«

Aidan wirkte nervös, als er ihr den Rücken klopfte. Er hatte ein süßes schiefes Lächeln, das dafür sorgte, dass es ihm nie an weiblicher Gesellschaft fehlte. »Okay. Na ja, Kundenzufriedenheit ist wichtig für uns, also ist das toll. Immer schön, dich zu sehen, Beth.« Er zog sich in die Küche zurück, um dort zweifellos zu erzählen, dass bei den McBride-Schwestern merkwürdige Sachen passierten.

Beth ließ sich wieder auf ihren Stuhl fallen. »Findest du das nicht großartig, dass jeder um dich herum alles über dich weiß?«

»Nein, mich macht es verrückt.« Posy wünschte allmählich, sie hätte etwas anderes bestellt als Kaffee. War es heuchlerisch, wenn sie ein Bier trank, während sie ihrer Schwester Kaffee einflößte?

»Was meinte er damit, dass du auch ohne Mistelzweig gut zurechtgekommen bist?«

»Keine Ahnung.« Sie beobachtete, wie Rory Wilson, der Trainingsleiter des Teams, sich von den anderen löste und zu ihnen herübergeschlendert kam. Er begrüßte Beth herzlich und schlug Posy auf die Schulter. »Wie ich höre, hast du Amerika entdeckt.«

»Sehr lustig. Ich sitze hier mit meiner Schwester, die ich lange nicht mehr gesehen habe, Rory. Wir sehen uns nächste Woche beim Training.«

»Ich hoffe, du hast die Energie teilzunehmen.«

Es war eindeutig ein Fehler, Luke im Glensay Inn zu küssen.

Sie wollte nicht, dass der Tratsch das verdarb, was sie miteinander teilten. Auf der anderen Seite war sie nicht ganz sicher, was genau sie teilten. War es für Luke nur Sex? Oder war es mehr als Sex? Führte es irgendwohin oder nicht?

»Ich habe jede Menge Energie. Und du kannst den Jungs ausrichten, dass sie sich abregen sollen, denn die Anspielungen nerven mich, und ich werde gefährlich, wenn ich genervt bin. Außerdem neigt Bonnie dazu, die Menschen zu beißen, die mich ärgern.«

»Wir freuen uns für dich. Es war höchste Zeit, dass du jemanden kennenlernst.« Er ging wieder zu der Gruppe an der Bar. Beth sah Posy fragend an.

»Du hast jemanden kennengelernt?«

Sie beugte sich vor. »Erzähl mir von Jason. Was hat er getan?«

»Nichts. Darum bin ich gegangen.«

»Man verlässt einen Mann nicht, weil er nichts getan hat.«

»Nichts zu tun kann falsch sein.« Beth ließ sich gegen die Stuhllehne fallen. »Ich meine, er tut buchstäblich nichts mit den Mädchen. Er kommt am Abend hereinstolziert, vernichtet all meine Mühe, sie zur Ruhe zu bringen, genießt gut gelaunte zehn Minuten mit ihnen, bis sie so aufgekratzt sind wie sonst nur zu Weihnachten, und überlässt es dann mir, sie wieder zu beruhigen.«

»Du hast deinen Mann verlassen, weil die Mädchen sich freuen, ihn am Abend zu sehen?«

»Verurteilst du mich wieder? Denn wenn du das tust, gehe ich einfach.«

Posy entschied sich, nicht darauf hinzuweisen, dass ihre Schwester nirgendwo hingehen konnte, bis sie zumindest einen Teil ihres Blutalkohols abgebaut hatte. »Ich versuche, es zu verstehen, das ist alles. Du und Jason wirkt perfekt zusammen. Ihr seid so ein harmonisches Paar.« Und sie war erschrocken. Sie hatte geglaubt, dass Beth glücklich war. Sie hatte keine Ahnung gehabt, dass irgendetwas nicht stimmte. »Weiß es Hannah? Hast du mit ihr gesprochen?«

»Glaubst du wirklich, ich würde mich mit Beziehungsproblemen an Hannah wenden? Ihre längste Beziehung ist die zu ihrem Laptop. Sie weiß nicht, wie man sich fühlt, wenn man liebt, geschweige denn, wie man sich fühlt, wenn man Probleme hat.«

»Du hättest mich anrufen sollen. Wann hat das angefangen, dass du unglücklich bist? Ist irgendwas passiert?«

»Wir hatten einen schrecklichen Streit.« Beth schlug die Hände vors Gesicht. »Ich will kein weiteres Baby.«

»Baby?«

Posy blickte sich nervös um, doch der Lärmpegel hatte wieder das normale Niveau erreicht, und niemand schien sie zu beachten.

Beth hob den Kopf. »Ich will es nicht. Es fühlt sich falsch an.« Sie legte den Kopf gerade wieder in ihre Hände, als Aidan mit dem Essen kam.

Er sah verwirrt drein. »Wenn du den Burger nicht willst, dann können wir …«

»Sie will den Burger. Danke, Aidan.« Posy nahm ihm die Teller ab und stellte sie auf den Tisch. »Mach dir keine Gedanken, ich kümmere mich darum.«

»Mein Problem ist nicht der Burger«, sagte Beth mit erstickter Stimme, »sondern das Baby.«

Aidan erstarrte und hätte wohl am liebsten ebenfalls die Hände vor den Kopf geschlagen.

»Ignorier sie.« Posy machte eine wedelnde Handbewegung und stupste Beth gegen den Arm. »Setz dich auf. Ich kann nicht mit dir sprechen, wenn dein Kopf in deinen Händen liegt und die Leute uns anstarren.«

»Es ist mir egal, ob die Leute uns anstarren.«

»Mir nicht, und ich muss hier leben, wenn du wieder weg bist. Ich muss schon mit genug Tratsch umgehen. Willst du mir sagen, dass du schwanger bist?«

»Schwanger?« Beth hob den Kopf. »Nein, ich bin nicht schwanger. Zumindest sollte ich besser nicht schwanger sein.«

»Aber was – ach, vergiss es.« Posy schob ihr den Kaffee zu. »Trink. Je eher du trinkst, desto eher wird das Ganze Sinn ergeben.«

Beth nippte an dem Kaffee und begann dann zu erzählen. Es strömte nur so aus ihr heraus in einem Wirrwarr unzusammenhängender Äußerungen. *Jason will mehr Kinder, ich will wieder arbeiten gehen, muss Zeit für mich selbst haben, schrecklicher Streit, fühle mich wie eine schreckliche Mutter, vielleicht verlässt Jason uns, vielleicht bringt er die Mädchen um.*

»Er wird die Mädchen nicht umbringen. Er ist ihr Vater! Er vergöttert sie.« Posy bemerkte, wie blass und müde Beth aussah, und war voller Mitgefühl. Sie war ihre Schwester, und trotz der geografischen Distanz hatten sie einander immer nahegestanden. Sie sahen sich nicht oft, doch sie schrieben E-Mails und telefonierten über Skype. Wie hatte sie nicht bemerken können, wie unglücklich sie war?

Sie ignorierte, dass sie sich ihrer Schwester ebenfalls nicht anvertraut hatte.

»Ich meinte unabsichtlich. Was, wenn er Rubys Inhalator vergisst?«

»Wenn sie einen Asthma-Anfall hat, bringt er sie in die Notaufnahme und vergisst ihn danach nie wieder. Aber ich glaube nicht, dass er ihn überhaupt vergessen wird.«

»Wenn es um die Kinder geht, bin ich diejenige, die an alles denkt.«

»Das bedeutet nicht, dass er das nicht auch kann, wenn er es muss.« Sie dachte über das Gehörte nach. »Also Jason möchte mehr Kinder, aber du möchtest wieder arbeiten gehen?«

»Ja. Er glaubt, dass meine Tage vor allem aus Maniküre und gemütlicher Lektüre auf dem Sofa bestehen.« Beth stellte den Kaffee ab und griff nach ihrem Burger. »Macht es dir was aus, Mom nichts von all dem zu erzählen? Ich möchte, dass es unter uns bleibt. Sie ist immer so beschäftigt an Weihnachten. Ich hoffe, sie bemerkt nicht, dass etwas nicht stimmt.«

»Nun, sie wird bemerken, dass du ohne Jason und die Kinder hier bist. Ganz zu schweigen von dem nebensächlichen Umstand, dass du kein Gepäck dabeihast.«

»Ich will ihr sagen, dass ich früher angereist bin, um mehr Zeit mit ihr zu verbringen und mitzuhelfen, bevor die Kinder kommen. Ich weiß, wie viel Arbeit wir verursachen.«

Das stimmte wohl, doch Posy wusste, dass ihre Mutter nicht darauf hereinfallen würde. »Warum bist du nicht einfach ehrlich zu ihr?«

Mom, ich will das Café nicht übernehmen.

Heuchlerin, Posy. Heuchlerin.

»Ich möchte nicht, dass sie sich Sorgen macht. Sie zerbricht sich schon genug den Kopf wegen Hannah. Möchtest du einen Bissen von meinem Burger?«

»Warum sollte ich einen Bissen von deinem Burger wollen? Ich habe meinen eigenen.«

»Entschuldige, ich bin es nicht gewohnt, ein Essen für mich

allein zu haben. Zu Hause muss ich alles teilen. Frühstücksflocken. Smoothies. Was auch immer. Das ist so selbstverständlich für mich, dass ich im Flugzeug sogar dem Kerl neben mir die Hälfte von meinem Räucherlachs angeboten habe. Er hat mich vermutlich für verrückt gehalten.«

»Ich bin sicher, er hat dich für großzügig gehalten.« Posy entschied, das Problem mit ihrer Mutter später anzugehen. »Hast du versucht, Jason deine Gefühle zu schildern, statt zu gehen?«

»Glaubst du wirklich, ich wäre hier, wenn es einen leichteren Weg gäbe? Er kapiert es nicht. Darum habe ich ihn mit den Mädchen allein gelassen. Aber so wie ich Jason kenne, ruft er seine Mom an.«

»Du liebst seine Mom.«

»Darum geht es nicht. Das bedeutet, dass die Kinder nicht hungern werden oder ihre Ballettstunde verpassen, aber es bedeutet auch, dass sich nichts ändern wird.«

»Warum willst du wieder arbeiten gehen?«

»Weil ich langweilig bin, keine normalen Gespräche führe und alles verlernt habe, außer Feuerwehr und Prinzessin zu spielen.«

»Du bist nicht langweilig.« Posy biss von ihrem Burger ab. »Ehrlich gesagt, bist du in diesem Moment gerade langweilig. Aber normalerweise nicht.«

»Danke.«

»Ich bin deine Schwester. Ich habe die Aufgabe, dir die Wahrheit zu sagen. Dein Plan war also, hier allein und ohne Gepäck aufzukreuzen und zu entscheiden, ob du wieder arbeiten gehen willst?«

»Ich wollte ein Leben anprobieren, das nicht meins ist, um zu sehen, wie es passt. Ich wollte den Lachs und das Steak bestellen.«

»Ich habe keine Ahnung, wovon du redest.«

»Hannah fliegt überall erster Klasse hin. Sie hat diesen unglaublichen Job und ein Apartment, für dessen Aussicht man sterben würde.«

»Die sie aber nie sieht, weil sie ständig im Flugzeug sitzt.« Posy legte ihren halb gegessenen Burger auf dem Teller ab. »Beneidest du ernsthaft Hannah?«

»Sie muss sich vor niemandem rechtfertigen. Die Leute hören ihr zu und bezahlen sie gut für ihre Expertise. Sie kann bei Bloomingdale's einkaufen gehen, ohne ihr Kind davon abhalten zu müssen, alles anzufassen oder wegzulaufen. Sie muss nie etwas teilen. Ja, ich beneide sie. Ist das wirklich so überraschend?«

Posy, die Hannah niemals beneidet hatte, war sprachlos. »Du möchtest Hannahs Leben?«

»Ich hätte gern die Freiheit, die sie hat. Ergibt das einen Sinn?«

»Nicht besonders, aber das liegt vermutlich daran, dass du betrunken bist und ich nüchtern. Iss deinen Burger.«

»Ich kam von meinem Vorstellungsgespräch zurück, und er hat nicht einmal gefragt, wie es lief.« Beth pflückte den Salat aus dem Burger. »Wir haben schreckliche Dinge zueinander gesagt, und dann saß ich schon im Taxi zum Flughafen. Was ist mit mir los? Warum kann ich mit meinem Leben nicht so glücklich sein wie du und Hannah?«

Posy rutschte unbehaglich hin und her. »Jeder stellt ab und zu mal sein Leben infrage.«

»Du liebst, was du tust. Meine früheste Erinnerung ist, wie du kletterst. Erst war es der Küchentisch, dann kamen die Schränke, und danach nahm dich Dad mit zum Bouldern. Weißt du noch?«

Undeutliche, diffuse Bilder wirbelten durch Posys Kopf. »Ich glaube, ich erinnere mich an den Boulderfelsen, aber nicht an Dad.«

»Ich weiß es so genau, weil Suzanne dabei war und sie sich gestritten haben.« Beth starrte ins Feuer. »Sie sagte: ›Rob, du darfst eine Dreijährige nicht da hochklettern lassen. Es ist gefährlich.‹ Und er hat gelacht und dich trotzdem auf den Felsen gehoben.«

Posy runzelte die Stirn. »Unsere Mutter war nicht dabei?«

»Doch, aber sie hielt Dad für eine Art Klettergott. Wenn er sagte, es sei sicher, dann musste es sicher sein. ›Hör auf deinen Vater‹, sagte sie immer.«

Es enttäuschte Posy, dass sie sich selbst nicht an ihre Eltern erinnern konnte. Ihr blieben nur die Fotos. »Wo war Hannah?«

Beth spielte mit ihrem Kaffeebecher. »Sie haben sie mit einem Buch im Van gelassen. Suzanne blieb oft bei ihr, weil sie es nicht gut fand, dass unsere Eltern sie allein ließen. Ich habe mir damals nichts dabei gedacht, weil es für uns normal war. Aber heute sehe ich manchmal meine Mädchen an und frage mich, wie sie das damals haben tun können. Niemals würde ich mein achtjähriges Kind auf einem einsamen Campingplatz zurücklassen. Der Gedanke daran, was passieren könnte, lässt mir das Blut gefrieren. Ich erinnere mich, wie Dad dich Freunden präsentierte und damit prahlte, was für eine gute Kletterin du bist. Du warst immer sein Liebling, und er hat sich nie bemüht, das zu verbergen.«

Posy wand sich innerlich. Es war ihr unangenehm, das zu hören. »Ich kann dir versichern, ich habe mich nicht um die Position beworben.«

»Es war seine Schuld, nicht deine. Erst wenn man selbst Kinder hat, erkennt man, was für schlechte Eltern sie in manchen Punkten waren. Ich achte darauf, beide Mädchen gleich zu behandeln. Ich möchte nicht, dass sie jemals glauben, Jason oder ich würden eine von ihnen bevorzugen.« Beth nahm den letzten Bissen ihres Burgers. »Kann sein, dass ich mir einen Schlafanzug von dir leihen muss.«

»Sicher.« Posy zog Geld aus der Hosentasche. »Du kannst zwischen Lamas und Einhörnern wählen.«

»Ich mag es, wenn meine Nachtwäsche sexy ist. Ich sollte zahlen.«

»Ich übernehme das.« Posy bahnte sich ihren Weg zur Bar und gab Aidan das Geld. »Danke.«

»Ist mit Beth alles okay, Posy?«

»Es geht ihr gut.«

Aidan blickte über ihre Schulter und sah Beth zur Tür wanken. »Das ist gut. Und übrigens finde ich es sehr solidarisch von dir, auch beim Kaffee zu bleiben, wenn sie keinen Alkohol mehr trinkt.«

»Was lässt dich glauben, dass sie keinen Alkohol mehr trinkt?«

»Ich habe gehört, wie sie von dem Baby geredet hat.«

Posy schloss kurz die Augen. »Aidan …«

»Ja?«

»Ich muss dich um einen Gefallen bitten.«

Er grinste. »Gut. Wow, Posy. Ich bin ein bisschen überwältigt. Du bist in letzter Zeit sehr nett.«

»Nicht diese Art von Gefallen. Komm näher.« Sie beugte sich zu ihm vor.

Er sah sie überrascht an. »Wirst du mich in aller Öffentlichkeit küssen?«

»Nein. Ich werde dir etwas ins Ohr flüstern, weil ich nicht möchte, dass es jeder hört. Ich weiß, das ist vermutlich Zeitverschwendung, weil man in diesem Dorf einfach kein Geheimnis bewahren kann, aber ein Mädchen kann ja träumen.«

Aidan beugte sich zu ihr. »Was ist das Geheimnis?«

»Beth ist nicht schwanger. Und ich wüsste es sehr zu schätzen, wenn du nicht erzählen würdest, dass du das Wort Baby aus ihrem Mund gehört hast.«

»Sie ist nicht schwanger?«

»Nicht schwanger.«

»Warum dann der Kaffee? Normalerweise trinkt sie Weißwein.«

»Vergiss, was sie normalerweise trinkt.« Posy wollte ihm nicht sagen, dass ihre Schwester schon mehr als genug getrunken hatte. »Danke für den Burger und das Gespräch, Aidan.«

»Jederzeit. Und wenn du mich küssen willst, ist das auch jederzeit okay.«

»Du hast recht. Der Kundenservice hier ist wirklich außergewöhnlich.« Sie tätschelte seine Wange. »Gute Nacht.«

Sie riss Beth aus einem Gespräch mit einer Gruppe von Leuten, die sie nicht kannte, und schob sie aus dem Pub.

Beth torkelte zum Wagen. »Ich freue mich auf Mom und Dad. Sind sie zu Hause?«

»Nein. Dad hält einen Vortrag zu Überlebensmaßnahmen am

Berg, und Mom hat den Strickclub im Café. Und wenn du meine ehrliche Meinung hören willst, könnte es besser sein, wenn sie dich erst morgen zu Gesicht bekommen, nachdem du deinen Champagner-Lifestyle ausgeschlafen hast.«

»Du könntest recht haben. Ich habe übrigens eine Zahnbürste dabei.«

»Gut zu wissen.«

»In der ersten Klasse bekommst du alles, was du brauchst. Außer natürlich einen Schlafanzug. Und ein neues Leben.«

»Du brauchst kein neues Leben.« Posy verfrachtete ihre Schwester auf den Beifahrersitz und beugte sich vor, um den Sicherheitsgurt zu schließen. »Du musst nur das alte umgestalten.«

»Darf ich mich über deinen Kleiderschrank hermachen?«

»Du sagst doch immer, mein Kleidungsstil sei abscheulich.«

»Er passt zu deinem Lebensstil.«

»Jemanden zu beleidigen ist nicht der beste Weg, um einen Gefallen zu erbitten.« Posy startete den Motor. »Solange du keine Couture erwartest, bin ich sicher, dass wir dir aushelfen können. Mom wird dir zu Weihnachten einen Pullover gestrickt haben. Du kannst das Paket ja früher aufmachen.«

Beth verzog das Gesicht. »Ist es einer von der kratzigen, juckenden Sorte?«

»Die Leute zahlen ein Vermögen für ihre Pullover, und nein, ich glaube, im Moment strickt sie nichts Kratziges, Juckendes.«

»Ein lächelndes Rentier? Debil aussehende Weihnachtsmänner?«

»Sie hat so etwas schon seit mindestens zwanzig Jahren nicht mehr gestrickt. Ihre Sachen sind wunderschön. Als ich sie das letzte Mal stricken sah, machte sie etwas aus einer weichen lilafarbenen Kaschmirwolle.« Sie verließ den Parkplatz des Pubs und fuhr vorsichtig, weil die Straßen vereist waren.

»Erinnerst du dich an das Jahr, in dem sie uns identische Schneemann-Pullover strickte?«

»Ja. Hannah hat ihren der Ziege angezogen, weil sie Angst hatte, dass sie frieren könnte.« Posy fragte sich, ob diese frühen

Weihnachtsfeste wirklich so sorgenfrei verlaufen waren, wie sie es in Erinnerung hatte, oder ob sie die Spannungen einfach nicht wahrgenommen hatte, als sie jünger war.

»Das war ein gutes Jahr. Du hast recht. Ich sollte wahrscheinlich mit Mom reden.« Beth lehnte sich in ihrem Sitz zurück. »Ich weiß zwar nicht, was ich will, aber ich weiß, was ich nicht will.«

»Lama-Schlafanzüge?«

»Nein.« Beth sah zum Fenster hinaus. »Ich will kein weiteres Baby. Doch Jason tut es, was bedeutet, dass wir ein Problem haben.«

Kapitel 11

Suzanne

Suzanne saß mit ihren Freundinnen am Tisch und lauschte dem sanften Geplätscher des Gesprächs und dem rhythmischen Klicken der Stricknadeln.

Das Café war geschlossen, doch es wirkte ebenso warm und belebt wie tagsüber. Vielleicht war die Atmosphäre noch intimer, da nun Freunde und nicht Fremde hier zusammenkamen.

Ihre Lichterketten umrahmten die Fenster, und der glühende Holzofen in der Ecke verlieh dem Ort eine warme, festliche Stimmung.

Suzanne wusste, dass sowohl die Atmosphäre als auch die Freundschaft Trost spendeten.

»Diese blauen Mützen verkaufen sich gut, Rhonda. Das Regal war im Nu leer.« Sie griff nach einem weiteren Wollknäuel und vergewisserte sich dabei rasch, dass jeder etwas zu trinken und zu essen hatte.

Für die Handarbeitsabende schoben sie und Posy die einzelnen Tische zu einem großen zusammen, an dem sie gesellig sitzen konnten.

»Das liegt an dem kalten Wetter. Ich mache bis Freitag weitere zwanzig für dich fertig.«

»Du bist großartig.«

»Dann habe ich was zu tun, solange das Wetter schlecht ist«, sagte Rhonda. »Und du bist großartig, dass du uns einen Ort zur Verfügung stellst, wo wir unsere Sachen verkaufen können. Du hast dieses Café zu einem Touristenziel gemacht. Ich bin fast umgefallen, als ich am Sonnabend vorbeikam und den Reisebus auf dem Parkplatz sah. Wie viele Leute sind bei dir eingekehrt?«

»Fünfundvierzig. Es waren Amerikaner auf einer Rundreise durch Schottland. Ich musste noch Reservestühle hereinholen, und das Shortbread ist uns ausgegangen, doch wir haben es geschafft.« Ihr machte es nichts aus, von Menschen umgeben zu sein. Je mehr, desto besser. »Zum Glück hatten sie vorher reserviert.«

»Bist du jetzt Teil einer Reiseroute?«

»Scheint so, was ja gut ist, denn sie haben den Laden leer gekauft. Ich habe keinen Tartan mehr, sie haben ein Vermögen für Kaffee und Kuchen ausgegeben und jede Menge gebrauchter Bücher gekauft. Vor allem die Highland-Romanzen mit einem halb nackten Mann im Kilt auf dem Cover.«

»Ich würde ja gern mal Männer mit freiem Oberkörper mitten im Highland-Winter herumlaufen sehen.« Maggie hatte das unanständigste Lachen, das Suzanne je gehört hatte.

Sie hatten sich im ersten Monat nach Suzannes und Stewarts Umzug nach Glensay kennengelernt.

Bevor sie Stewart heiratete, hatte Suzanne nie länger als ein paar Monate an einem Ort gewohnt. Sie hatte als Bergführerin gearbeitet. Sie hatte in Zelten und Campingwagen gelebt und war herumgereist.

Und dann hatte sich alles verändert.

Sie musste ein Versprechen einlösen und sich um drei trauernde Kinder kümmern.

Keine Reisen mehr durch die Berge und Nächte im Zelt oder hinten in einem Wagen. Keine trockenen Ramen-Nudeln mehr als Mahlzeit und keine Kleiderwäsche im Bergfluss. Sie musste ein Zuhause erschaffen, etwas, das sie noch nie getan hatte.

Du musst nicht dein ganzes Leben verändern, Suzanne.

Doch Suzanne wollte es.

Das Leben, für das sie sich entschieden hatte, passte nicht zu Kindern. Es mochte für Cheryl funktioniert haben, doch für sie funktionierte es nicht.

Sie konnte den Mädchen nicht ihre Eltern zurückgeben, doch sie konnte ihnen Stabilität und Verlässlichkeit bieten.

Manchmal hatte sie sich gefragt, ob Stewarts Liebe zu ihr dieser neuen, unvorhergesehenen Belastung ihrer Beziehung standhalten würde, doch er hatte die Situation genauso gemeistert, wie er Stürme in den Bergen meisterte – mit ruhiger Gelassenheit.

Suzanne war ohne Zögern bereit gewesen, von Washington State nach Schottland zu ziehen, wo sie in der Nähe von Stewarts Familie wohnen konnten. Am Anfang hatten sie ein kleines Cottage anderthalb Kilometer außerhalb von Glensay gemietet, wo Stewarts Eltern ein kleines Café betrieben.

Mit seinen Fähigkeiten als Kletterer und Bergführer hatte Stewart sofort einen Job bekommen und beim Glensay Adventure Centre angefangen, während Suzanne alles in ihrer Macht Stehende tat, um mit kleinem Budget ihr Zuhause einzurichten. Während Stewart draußen an der frischen Luft war, brachte sie sich das Kochen bei und suchte nach Möglichkeiten, ihr kleines Miet-Cottage gemütlich zu gestalten.

Sie fühlte sich hoffnungslos überfordert und unzureichend ausgerüstet für die Herausforderung, die vor ihr lag. Die meisten Menschen hatten neun Monate Schwangerschaft Zeit, um sich auf die Elternrolle vorzubereiten. Sie war eines Tages aufgewacht und hatte plötzlich die Verantwortung für drei Kinder unterschiedlichen Alters, für die es keine Gebrauchsanleitung gab.

Einen Monat nach ihrer Ankunft in Schottland war Suzanne vor der Kälte draußen in einen kleinen Laden geflüchtet, in dessen Schaufenster ein schöner Pullover ihre Aufmerksamkeit erregt hatte.

Sie bewunderte ihn gerade, als die Eigentümerin sich näherte. »Die Farbe würde Ihnen wunderbar stehen.«

Mit drei Kindern hatte Suzanne kein Geld für hübsche Pullover.

»Er liegt vermutlich außerhalb meines Budgets.«

»Der Pullover selbst ist nicht zu verkaufen. Ich habe ihn dort ausgestellt, damit die Leute sehen, wie er aussieht, wenn er fertig ist.«

»Sie haben ihn gestrickt?« Erst jetzt bemerkte Suzanne die Wollknäuel in allen möglichen Farben, die eine Wand des kleinen Ladens einnahmen. Das Geschäft verkaufte keine Pullover, sondern Wolle.

»Stricken Sie nicht? Sie sollten es lernen. Es ist eine gute Beschäftigung, um sich den Highland-Winter zu vertreiben.« Die Frau lächelte. »Sie sind Elsie McBrides Schwiegertochter, nicht wahr? Sie und Stewart ziehen diese armen kleinen Mädchen auf, die ihre Eltern verloren haben.«

Suzanne fragte sich, ob die Frau Mitleid mit den Mädchen hatte, weil sie bei einer Frau lebten, die nicht stricken konnte. »Ich bin Suzanne.«

»Und ich bin Margaret Cameron.« Sie streckte die Hand aus. »Meine Freundinnen nennen mich Maggie.«

Suzanne wurde rasch zu einer dieser Freundinnen.

Maggie lud sie zu der Strickgruppe ein, die sich einmal pro Woche bei ihr zu Hause traf. Zuerst war es Suzanne nicht um das Stricken gegangen. Sie genoss die Gespräche und die Gesellschaft. Die Gelegenheit, sich von anderen Frauen Rat zu holen. Aber mit der Zeit stellte sie fest, dass das Stricken therapeutische Wirkung hatte. Als sie das erste Mal einen Pullover für Posy gestrickt hatte, verspürte sie ein Erfolgserlebnis. Es spielte keine Rolle, dass der Saum nicht ganz gerade war und einige Maschen ungleichmäßig ausfielen. Sie hatte ihn selbst gemacht. Noch befriedigender war, dass Posy ihn gar nicht mehr ausziehen wollte. Suzanne erinnerte sich, dass sie in dem Pullover schlief, bis er ein Loch bekam.

Schließlich hatte Maggie den Wollladen aufgegeben und sich nur aufs Stricken konzentriert.

Nach einigen Jahren übernahm Suzanne das Café von Stewarts Eltern und teilte einen kleinen Bereich ab, wo sie handgestrickte Kleidung aus der Region verkaufte. Die Sachen waren so beliebt, dass sie den Bereich vergrößerte. Dann erweiterte sie das Sortiment, um andere Geschenkartikel aufzunehmen, inklusive selbst gemachter Whisky-Marmelade und Heidehonig. Sie konnte die Nachfrage kaum abdecken und verwendete einen Teil der Einnahmen, um das Café zu erweitern. Gäste erlagen fast immer der Versuchung, die zwei Stufen hinunter in den Laden zu gehen, und Besucher des Ladens gingen selten, ohne einen von Suzannes Kuchen und einen cremigen Cappuccino zu probieren.

Obwohl sie schon an vielen Orten gelebt hatte, war Glensay Suzannes erstes richtiges Zuhause.

Sie war mit Stewart und drei verstörten, traurigen Kindern am Anfang eines harten schottischen Winters hier angekommen, und die Gemeinde hatte sie mit offenen Armen empfangen.

Die Menschen waren wie eine Familie für sie. Suzanne konnte sich nicht vorstellen, je irgendwo anders zu leben.

»Wie geht es Dougs Bein, Rhonda?«

»Macht Ärger bei dem kalten Wetter. Aber meinst du, er würde mal zum Arzt gehen?«

»Ich weiß nicht, was das ist mit den Männern«, sagte Maggie. »Mein Pete würde nicht zum Arzt gehen, selbst wenn ihm das Bein abfiele. Du bist so still, Suzy. Erzählst du uns, was los ist? Geht es um Hannah?«

Trotz all der Klischees vom Tratsch in kleinen Gemeinden konnte Suzanne sich sicher sein, dass nichts von dem, was sie sagte, diesen Kreis verlassen würde.

Sie hatten einander durch Krankheit, Arbeitslosigkeit und Tragödien begleitet und gegenseitig unterstützt.

Suzanne wusste nicht, wie ihr Leben ohne diese Frauen aussehen würde. Von Anfang an hatte sie bei Problemen keine Bücher mehr zurate gezogen, sondern stattdessen ihre Freundinnen gefragt. Aus ihrem reichen Schatz an Erfahrungen hatten sie Vorschläge zum Umgang mit Wutausbrüchen, Schlafproblemen und Freundschaftsdramen geteilt.

Sie waren die Ersten, an die sie sich bei Problemen wandte, und jetzt hatte sie ein Problem.

»Ausnahmsweise ist es mal nicht Hannah.« Sie griff nach einem weiteren Wollknäuel. »Beth ist zu Hause. Kam vor ein paar Stunden an. Was natürlich schön ist, aber wir haben sie erst nächste Woche erwartet.« Und Beth war verlässlich. Sie rief an, wenn sie gesagt hatte, dass sie anrufen würde, sie vergaß niemals einen Geburtstag und war eine hingebungsvolle Mutter.

»Ich habe sie gesehen.« Rhonda stand auf und streckte sich. Sie rollte die Schultern, um die Steifheit vom Stillsitzen zu lösen. »Sie und Posy sind auf dem Weg hierher an mir vorbeigefahren.«

»Posy hat sie vom Flughafen abgeholt. Sie rief mich an und sagte, dass es Beth gut geht und dass sie zusammen in den Pub fahren, um zu quatschen.«

»Da freust du dich sicher, dass deine Enkelinnen bei dir sind.«

»Die Mädchen sind noch in New York bei Jason. Sie fliegen erst später rüber.« Zumindest hoffte sie das.

»Vielleicht möchte sie ein bisschen Zeit für sich selbst, das kann ihr niemand verübeln.« Rhonda setzte sich wieder und nahm ihr Strickzeug auf. »Mit Kindern in dem Alter kommt man kaum einen Moment zur Ruhe.«

»Das stimmt, und ich bin sicher, dass du recht hast. Vermutlich steckt nicht mehr dahinter.« Suzanne legte ihr Strickzeug auf den Tisch. Sie versuchte, Stewart anzurufen, doch es meldete sich nur die Mailbox. Also hinterließ sie eine Nachricht, dass er nach Beth sehen möge, falls er vor ihr nach Hause kommen sollte. »Beth ist meine Zuverlässige. Keine Probleme.«

»So ist das immer mit Kindern. Gerade wenn du glaubst, du könntest durchatmen, tun sie etwas, das du nicht erwartet hast. Ich erinnere mich noch, wie meine Alice plötzlich verkündete, dass sie sich von Will scheiden lässt.«

Suzanne verspürte einen Anflug von Sorge. Hatten Beth und Jason Probleme? Nein, sicherlich nicht. Die beiden wirkten glücklich miteinander. Sie hatte an ihrer Beziehung nie etwas bemerkt, das ihr Sorge bereitet hätte. »Ich glaube nicht, dass es so etwas ist.«

»Wir brauchen Wein.« Maggie legte ihr Strickzeug beiseite, ging zum Kühlschrank und kam mit einer Flasche Sauvignon Blanc und vier Gläsern zurück. Sie stellte das Tablett auf den

Tisch. »Hier geht es um Beth, nicht um Hannah. Kannst du sie nicht einfach fragen? Oder kann Stewart mit ihr reden? Sie standen sich doch immer nahe.«

»Er ist unterwegs und hält einen Vortrag bei einer Jugendgruppe. Wenn er nach Hause kommt, ist sie vermutlich schon im Bett.«

»Wann kommt Hannah?«

»Nicht vor einer Woche.« Suzanne öffnete die Weinflasche. »Letztes Jahr ist sie gar nicht gekommen. Ich werde mir Mühe geben, sie nicht zu belagern.«

»Du solltest aufhören, dir Mühe zu geben, Suzanne, und dein Weihnachten einfach genießen.«

»Ich möchte sie glücklich sehen.« Sie schenkte den Wein ein, und jede nahm sich ein Glas.

»Du hast getan, was du konntest. Keine Mutter hätte mehr tun können.«

Rhonda schüttelte den Kopf. »Manchmal denke ich, dass uns die Kinder geschenkt wurden, um uns Sorgen zu bereiten. Meine Rose hat sich entschieden, ihren sicheren und gut bezahlten Job als Ärztin aufzugeben, um Grundschullehrerin zu werden.«

Elaine blickte von ihrem Strickzeug hoch. »Sie wird eine ausgezeichnete Lehrerin abgeben.«

»Aber die ganze Ausbildung.«

»Spielt es eine Rolle? Am Ende wollen wir, dass sie glücklich sind.«

War Beth glücklich?

Suzanne war davon ausgegangen, dass sie es war, doch nun fragte sie sich, ob das stimmte.

Was auch immer sie verfrüht nach Hause geführt hatte – Suzanne hoffte, dass es nichts Ernstes war.

Vielleicht sollte Stewart mit Beth sprechen. Wenn irgendjemand herausbekommen konnte, welchen Grund ihre frühe Heimreise hatte, dann war er es.

Kapitel 12

Beth

Beth erwachte im hellen Wintersonnenlicht und wusste, dass es schon spät war. Auf dem Nachttisch neben ihr stand ein großes Glas Wasser, daneben lagen Schmerztabletten und ein Zettel mit der unordentlichen Handschrift ihrer Schwester.

Trink das Wasser, nimm die Tabletten und komm zum Frühstücken ins Café. Ein schottisches Frühstück ist das perfekte Mittel gegen einen Kater.

Bei dem Gedanken an Frittiertes drehte sich ihr der Magen um, doch sie schluckte die Tabletten und setzte sich auf.

Sie konnte sich nicht daran erinnern, wann sie das letzte Mal von selbst aufgewacht und nicht von einem Kind geweckt worden war.

Mommy, spielst du mit mir?
Mommy, Melly ist gemein zu mir.
Mommy, Ruby hat meine Lieblingspuppe kaputt gemacht.
Ich habe Hunger.
Ich bin durstig.
Ich muss auf Toilette …

Das Haus war ruhig. Aus der Küche drang kein Klappern. Keine lauten Schritte auf der Treppe. Sonnenstrahlen schienen durch den schmalen Spalt zwischen den Vorhängen.

Beth sah sich in ihrem Zimmer um. Die Wände, die sie einst mit Bildern von Models gepflastert hatte, waren jetzt in neutraler Farbe gestrichen. Ansonsten sah alles fast genauso aus wie zu ihren Kinderzeiten. Ihre Lieblingsbücher standen im Regal neben ihrer Puppe Betsy, von der sie sich nie hatte trennen wollen, als sie klein war. Es spielte keine Rolle, dass Betsy nur noch ein Auge und nur einen Teil ihrer Haare besaß. Diese Puppe hatte sie durch die schwerste Zeit ihres Lebens begleitet. Vermutlich wusste Suzanne das, weshalb Betsy auch nicht mit den anderen Hinterlassenschaften aus Beths Kindheit auf dem Dachboden gelandet war.

Melly vergötterte Betsy. Das Erste, was sie nach ihrer Ankunft in Schottland immer in die Hand nahm und nicht wieder losließ, war diese Puppe.

Wenn die Kinder hier wären, würden sie jetzt mit ihr im Bett liegen und sich an sie kuscheln – ein Durcheinander von Wärme, Lachen und Zankerei.

Ihre Abwesenheit machte die Stille irgendwie lauter. Es sollte sich herrlich anfühlen, doch stattdessen erschien es ihr leer und hohl, als ob etwas fehlte.

Hatte Jason angerufen, während sie schlief?

Sie griff nach ihrem Handy, doch sie hatte keine Nachricht erhalten.

Was bedeutete das?

Es klopfte an der Tür, und ihre Mutter erschien mit einem Becher Tee.

»Du hast lange geschlafen. Du musst erschöpft gewesen sein.«

Beth hatte ihre Mutter am Abend zuvor kurz gesehen, doch sie war zu müde gewesen und hatte sie nur rasch umarmt.

Sie stopfte den Zettel ihrer Schwester rasch unter das Kissen. »Danke, Mom. Ich dachte, alle wären fort.« Sie bemerkte einen Stapel säuberlich gefalteter Kleidung auf dem Stuhl und dankte ihrer Schwester insgeheim.

»Dein Vater hatte gehofft, dich noch zu sehen, doch er musste früh los und wollte dich nicht wecken. Ich gehe gleich.« Suzanne reichte ihr den Becher und trat ans Fenster, um die Vorhänge aufzuziehen. »Es hat wieder geschneit.«

Beth legte die Hände um den Becher und versuchte, den pochenden Kopfschmerz zu ignorieren. Am Morgen danach fühlte sich der kostenlose Champagner nicht mehr so gut an. »Es sieht hübsch aus, aber vermutlich bedeutet der Schnee für dich und Posy viel mehr Arbeit.« Warum hatte Jason keine Nachricht hinterlassen?

»Beth?«

»Entschuldige. Was hast du gesagt?«

»Ich war überrascht, dich schon so früh zu Hause zu sehen und ohne die Mädchen. Ist alles in Ordnung?«

»Alles ist bestens.« Sie fragte sich, ob ihre Mutter sie darauf ansprechen würde, dass sie einen Pyjama von Posy trug.

»Draußen ist ein herrlicher Tag. Allerdings kalt. Was möchtest du heute gern tun?«

Ihre pochenden Kopfschmerzen loswerden.

Ihr Leben sortieren.

Mit ihrer Schwester sprechen.

»Ich dachte, ich gehe hinüber ins Café und helfe Posy.«

»Das wäre schön. Wir haben dort viel zu tun, und ich bin heute Nachmittag auf dem Weihnachtsmarkt, sodass sie dann allein ist. Vicky sollte aushelfen, doch sie hat die Grippe. Sie kann nicht mal aufstehen. Ich habe Hühnersuppe gekocht und werde sie ihr auf dem Weg zum Markt vorbeibringen und nach ihr sehen.«

In der Weihnachtszeit verkaufte Suzanne ihre Geschenkartikel auf mehreren Weihnachtsmärkten.

»Solltest du sie besuchen, wenn sie die Grippe hat?«

»Sie ist allein. Jemand muss ein Auge auf sie haben. Und ich werde nie krank, das weißt du. Ich habe frische Handtücher ins Badezimmer gelegt. Wenn du in einer halben Stunde fertig bist, kann ich dich mitnehmen und beim Café absetzen. Du wirst Stiefel brauchen. Wir hatten viel Schnee in der letzten Woche. Wie geht es den Mädchen?«

Beth wusste es nicht, und das ließ sie beinahe hyperventilieren. Es war das erste Mal seit Mellys Geburt, dass sie keine

Ahnung hatte, was ihre Kinder machten. Warum hatte Jason sie nicht kontaktiert? Sollte sie seine Mutter anrufen? »Es geht ihnen gut. Sie freuen sich, euch besuchen zu kommen.« Was, wenn Jason sie nicht herbrachte? Was, wenn er so wütend war, dass sie gegangen war und ihn mit den Mädchen allein gelassen hatte, dass er sich entschied, nicht zu kommen? Auf der anderen Seite hatte er ebenfalls schreckliche Dinge gesagt. Und die hatten zu dieser Situation geführt.

»Dein Dad und ich können es kaum erwarten, sie zu sehen. Ich bin sicher, dass sie sich sehr verändert haben. Das tun sie in dem Alter immer.« Suzannes Blick fiel auf den Stapel mit Posys Kleidung auf dem Stuhl. »Wo ist dein Gepäck?«

Beths Gehirn lief auf Hochtouren. »Die Airline hat es verloren.«

Sie wollte ihre Mutter nicht beunruhigen, indem sie zugab, dass sie und Jason sich gestritten hatten.

»Das ist furchtbar.« Suzanne runzelte die Stirn. »Können sie es nicht wiederfinden?«

»Sie rufen mich an, wenn es aufgetaucht ist. Ich komme klar. Posy hat mir ein paar Sachen geliehen.«

»Vermutlich liegen deine alten Stiefel noch irgendwo herum. Soll ich sie für dich ausgraben?«

»Danke, Mom. Das wäre großartig.« Beth zwang sich aus dem Bett und griff nach ihrem Handy. »Ich gehe ins Badezimmer.«

»Du nimmst dein Handy mit unter die Dusche? Ihr Mädchen und eure Handys. Aber es ist schön, dass du nicht eine Nacht ohne Jason sein kannst, ohne mit ihm sprechen zu wollen.«

Der Blitz würde sie treffen, weil sie ihre Mutter angelogen hatte.

Und der Weihnachtsmann würde ihr Kohle in den Strumpf stecken, weil sie nicht brav gewesen war.

Sie duschte und zog Posys Sachen an.

Auf dem Weg nach unten sah sie wieder aufs Handy und fand eine Nachricht von ihrem Vater. Sie lächelte, weil sie wusste, dass Stewart nur im äußersten Notfall eine SMS schrieb.

Schön, dich zu Hause zu haben. Ich freu mich, dich später zu sehen.
Dad. xx

Bei den beiden Küssen bildete sich ein Kloß in ihrem Hals.

Sie sehnte sich so sehr nach ihrem Dad, dass ihre Brust schmerzte.

Beth räusperte sich und riss sich zusammen. Was war nur los mit ihr? Sie war eine erwachsene Frau, kein kleines Kind. Die Zeiten, in denen sie bei Problemen ihren Dad brauchte, sollte sie hinter sich gelassen haben. Doch jetzt wünschte sie, sie hätte sich den Wecker gestellt, sodass sie ihn zumindest kurz hätte umarmen können, bevor er zur Arbeit gegangen war.

Noch immer keine Nachricht von Jason.

Zum ersten Mal in ihrer Ehe waren sie sich in einer so wichtigen Sache uneinig. Und diese Sache war existenziell. In einer Ehe ging es immer um Kompromisse, doch wie sollte hier ein Kompromiss aussehen? Bei dem Wunsch nach einem weiteren Baby gab es keinen Kompromiss. Entweder man bekam eines oder eben nicht.

Einer von ihnen würde einen Traum aufgeben müssen.

Könnte sie es? Könnte sie ein weiteres Baby bekommen, um ihre Ehe am Leben zu halten?

Zum ersten Mal, seit Jason das Thema aufgebracht hatte, legte sie die Hand auf ihren Bauch und stellte es sich vor. Mit geschlossenen Augen erinnerte sie sich an diese ersten wundersamen Zuckungen, mit denen sich das Baby bewegte. *Unseres, Jason. Unser Baby. Unsere kleine Familie.*

Dann dachte sie an die Geburt. Wenn andere Mütter von ihren leichten Wehen und ihrer Bilderbuch-Entbindung erzählten, hielt sich Beth zurück. Für sie bestand eine Geburt aus Schmerzen, blutigen Verletzungen, Stichen und Kinderärzten, die sich mit besorgter Miene über ihre Babys beugten.

Bei dem Gedanken daran, das noch einmal zu durchleben, fing ihr Puls an zu rasen. Und dabei hatte sie noch gar nicht an die schlaflosen Nächte gedacht und die pure Anstrengung, kleine Kinder zu haben.

Wie konnte Jason das auch nur einen Moment für eine gute Idee halten?

Elend, müde und verkatert griff sie nach ihrem Mantel und setzte sich zu ihrer Mutter ins Auto.

»Schnall dich an. Die Straßen sind vereist.« Suzanne fuhr vorsichtig los, und Beth streckte die Beine aus, um ihre Zehen unter der Heizung zu wärmen. Die Straßen waren geräumt, doch auf den Feldern und den Bergen lag der Schnee in dicken Schichten.

»Wie geht es dir, Mom?« Sie verspürte einen Anflug von Schuldgefühl. »Tut mir leid, dass ich in letzter Zeit kaum angerufen habe. Ich war höllisch beschäftigt mit den Mädchen.«

»Du musst dich nicht entschuldigen.« Suzanne konzentrierte sich auf die Straße. »Ich erinnere mich, wie es war, kleine Kinder zu haben. Ich habe so viele Pläne für den Tag gemacht, und dann war die Zeit immer irgendwie weg, und ich hatte nicht eines der Dinge auf meiner Liste erledigt.«

»Das kommt mir bekannt vor.« Beth unterdrückte ein Gähnen. »Wie bist du überhaupt damit fertiggeworden?« In der einen Minute war Suzannes Leben noch eine kinderfreie Zone gewesen und in der nächsten hatte sie sich um drei verwaiste Kinder kümmern müssen.

Ihre Mutter lächelte. »Ich hatte euren Dad. Wir waren ein Team.«

Beim Gedanken an ihren Vater fühlte sich Beth lächerlich emotional.

Um sich abzulenken, sah sie aus dem Fenster, während die vertraute Gegend an ihr vorbeizog.

Dort war die Farm der McAllisters, und dahinter erhoben sich die Berge.

Sie erinnerte sich, dass sie in der ersten Zeit nach ihrem Umzug verschreckt gewesen war. Doch mit der Zeit waren sie allmählich in die Gemeinschaft aufgenommen worden.

Wann genau sie den Ort als ihre Heimat akzeptiert hatte, konnte Beth gar nicht mehr sagen. Es war nach und nach geschehen, während sie auch allmählich Suzanne immer mehr als ihre Mutter betrachtet hatte.

Hatte sie je wirklich darüber nachgedacht, wie schwer es für Suzanne gewesen sein musste? Und welches Glück es für sie und ihre Geschwister bedeutete, Suzanne zu haben? Sie und Stewart hatten Posy, Hannah und Beth durch dick und dünn begleitet.

»Wie geht es Dad?«

»Ihm geht es bestens. Du kennst deinen Vater …« Suzanne verlangsamte das Tempo, als sie sich einer Kreuzung näherten. »Immer auf dem Sprung. Sagt bei allem zu, weshalb er auch nicht da war, als du gestern Abend nach Hause gekommen bist, und heute früh wieder fort war. Wenn wir gewusst hätten, dass du kommst, hätte er …«

»Es war eine spontane Entscheidung.«

Suzanne löste eine Hand vom Steuer und drückte ihre Hand. »Wir sind immer für dich da, das weißt du.«

»Danke.« Beth fühlte wieder Tränen in sich aufsteigen und blinzelte sie fort. Offenbar hatte sie sich über Nacht in einen Springbrunnen verwandelt. Nie wieder würde sie trinken.

Ihre Mutter fuhr langsamer und kurbelte die Scheibe herunter, als sie an einem Paar vorbeikamen, das einen Weihnachtsbaum zu seinem Wagen zog. »Fiona! Wir haben den Buch-Club auf Dienstag verschoben.«

»Ich habe es schon gehört.« Fiona trat an den Wagen heran. »Bereiten wir etwas zu essen vor, weil es das letzte Mal vor Weihnachten ist?«

»Das ist der Plan.«

Fiona und Suzanne sprachen eine Minute miteinander. Beth versuchte, sich einen ähnlichen Austausch in Manhattan vorzustellen, doch es gelang ihr nicht.

Wenn ihr Yoga-Kurs verlegt wurde, schickte ihr jemand eine SMS. Man hielt sie nicht mitten auf der Fifth Avenue an.

Sie lächelte, als ihre Mutter Fiona zuwinkte und wieder weiterfuhr. »Es ist schön, zu Hause zu sein.«

»Vermisst du nicht den Trubel der Großstadt? Wie geht es Jason? Läuft im Job weiterhin alles gut?«

»Ja. Sie haben ihm noch eine Beförderung angeboten.«

»Beförderungen bedeuten meist noch längere Arbeitszeiten, und das wäre schwer für dich mit den beiden Kleinen.«

Wie kam es, dass ihre Mutter immer sofort verstand, worum es ging?

»Du hattest drei kleine Kinder.« *Und wir waren nicht mal deine Kinder.* Aus irgendeinem Grund kam ihr Gehirn nicht von diesem Gedanken los. Das Gespräch mit Jason ließ sie über die Realität von drei Kindern nachdenken.

»Und das war ein Glück für mich.«

War es das? Sie hatte mit ihrer Mutter nie ausführlicher über jene Zeit gesprochen, über die Entscheidung, die sie getroffen hatte. Hatte sie je erwogen, Nein zu sagen? Hatte sie wie Beth jemals gedacht: Das ist zu viel?

Bevor sie entscheiden konnte, ob sie ihr die Frage stellen sollte, hielt Suzanne schon vor dem Café.

»Viel Spaß mit deiner Schwester. Ich hoffe, es ist nicht zu voll.«

Beth hoffte das ebenfalls. Sie wusste nicht, ob ihr Kopf so viel Lärm verkraften konnte.

Sie öffnete die Tür zum Café und genoss die plötzliche Wärme.

Posy stand hinter dem Tresen und schnitt großzügige Stücke vom Schokoladenkuchen ab, die sie auf Tellern platzierte. Ihre Locken umrahmten ihr von der Wärme gerötetes Gesicht.

Sie lächelte, als sie Beth erblickte. »Wie geht es dir?«

»Ehrlich? Ich habe das Gefühl, als ob das Rentier des Weihnachtsmanns mir gegen den Kopf getreten hätte. Und ich möchte die ganze Zeit weinen.«

»Wenn du den Champagner-Lifestyle lebst, musst du auch den Preis dafür zahlen.«

»Danke für das Mitgefühl. Und für das Wasser und die Schmerztabletten.«

»Bitte, gern geschehen. Du kannst dich revanchieren, indem du deinen Mantel ausziehst und das hier zu Tisch zwei bringst.«

Beth unterdrückte ein Gähnen. »Welcher ist Tisch zwei?«

»Der beim Kamin. Das ist der Tisch, den alle wollen.« Posy stellte Tassen und eine Teekanne aufs Tablett. »Wie geht es Mom?«

»Gut, denke ich. Sie wollte wissen, wann du den Baum holen wirst.«

»Ich fahre mit Luke morgen in den Wald. Wir holen einen für uns und einen für die Scheune.«

Luke?

Beth servierte den Tee mit einem Lächeln und ein paar netten Worten. Dann ging sie hinter den Tresen und begutachtete die Kaffeemaschine. Mit ihren blinkenden Lichtern und Anzeigen sah sie aus wie das Cockpit eines Jumbojets. »Wer ist Luke?«

»Unser derzeitiger Mieter. Er hat die Scheune für drei Monate gemietet. Fass das nicht an!« Posy schob sie zur Seite. »Ich kann es mir nicht leisten, dass du ausgerechnet jetzt die Kaffeemaschine kaputt machst.«

»Danke für das Vertrauen.« Beth lehnte sich gegen den Tresen und sah zu, wie Posy einen Espresso zubereitete, der auch den anspruchsvollsten Barista in New York beeindruckt hätte. »Kein Wort von Jason. Ich mache mir Sorgen.«

»Sorge ist dein zweiter Name.« Posy reichte ihr den Kaffee und begrüßte ein Paar, das zur Tür hereinkam und ein paar Schneeflocken und einen eisigen Luftzug mitbrachte. »Kalt da draußen heute. Was kann ich für Sie tun?«

Die beiden bestellten, und Beth nippte an ihrem Kaffee, während sie an all die Stunden dachte, die sie als Kind hier zugebracht hatte.

Als kleine Mädchen waren sie nach der Schule hierhergekommen und hatten an einem der Tische ihre Hausaufgaben gemacht, während sie darauf warteten, dass ihre Mutter Feierabend hatte. Es gab immer eine Süßigkeit. Manchmal war es ein süßes, buttriges Stück Shortbread, das noch warm war, und manchmal machte ihre Mutter ihnen eine heiße Schokolade mit Sahne und Schokoflocken.

Suzanne hatte die förderlichen Eigenschaften einer gemütlichen Umgebung erkannt, bevor daraus ein globaler Trend geworden war.

»Hey …« Posy schubste sie sanft zur Seite. »Du bist mir im Weg.«

»Vielleicht hast du es noch nicht bemerkt, aber ich stecke hier gerade in einer persönlichen Krise.«

»Doch, habe ich. Ich war diejenige, die dich vom Flughafen abgeholt, dich ausgenüchtert und dir meinen Lieblingspyjama geliehen hat. Ich fühle mit dir, aber deine Krise wird sich meinen Essensbestellungen anpassen müssen. Du sagtest, du willst wieder arbeiten – du kannst direkt anfangen.« Posy reichte ihr eine Schürze, und Beth seufzte.

»Was soll ich machen?«

»Du kannst servieren. Und vergiss nicht das Lächeln und ein großes schottisches Willkommen.«

»Ich wohne in Manhattan und wurde in Seattle geboren.«

»Und du hast deine prägenden Jahre hier in Schottland verbracht, also hör auf, so zu tun, als wärst du eine Großstadtpflanze.« Posy deutete in Richtung der Tafel. »Heute haben wir zwei Suppen im Angebot – Kartoffel-Lauch- und eine Champignonrahmsuppe. Dazu gibt es warmes Rosmarin-Meersalz-Brot. Für Vegetarier haben wir eine Ziegenkäse-Zwiebel-Quiche, die mit Salat serviert wird. Und für hungrige Fleischesser gibt es Moms Wild-Pie mit Champignons.«

Beth verspürte sofort Hunger. »Mein Lieblingsessen.«

»Du servierst und isst nicht. Aber wenn etwas übrig bleibt, kannst du es haben.«

»Bleibt denn je etwas über?«

»Nein, nie.«

Beth entschied, dass ihre Schwester eine Sadistin war. Sie nahm die Bestellung von ein paar australischen Touristen auf und verschwand in der Küche.

Die nächsten zwei Stunden hatte sie alle Hände voll zu tun und kaum Zeit, mit ihrer Schwester zu sprechen, geschweige denn, auf ihr Handy zu sehen.

Das Café war voll und der Geschenkeladen ebenso.

Während Beth Suppen servierte, verkaufte Posy vier von Suzannes blauen Pullovern mit Glitzer, acht Mützen und zwei Paar fingerlose Handschuhe.

Beth gähnte. »Hier ist ja unglaublich viel zu tun. Wie schaffst du das?«

»Normalerweise hilft Vicky uns, aber sie hat die gefürchtete Grippe.«

»Was, wenn das Bergrettungsteam zu einem Einsatz gerufen wird?«

»Dann lasse ich alles fallen, und du musst den Laden übernehmen.« Posy steckte drei Stapel handgemalte Weihnachtskarten von einem lokalen Künstler in eine Tüte und fügte noch einen liebevoll eingepackten selbst gebackenen Lebkuchenmann hinzu. »Der geht aufs Haus.« Sie überreichte die Tüte mit einem strahlenden Lächeln, und eine weitere Gruppe glücklicher Kunden verließ das Café.

»Du hast Glück.«

»Wie bitte?«

»Du hast dein Leben geordnet. Du hast dein gemütliches Loft, deine Tiere, die Berge und dieses Café. Du weißt, was du willst, und tust es. Darum beneide ich dich.«

Posy sah sie nicht an. »Es scheint, als würdest du im Moment jeden beneiden. Ist dir schon mal in den Sinn gekommen, dass wir dich beneiden könnten?«

Beth nahm sich ein Stück Shortbread. »Warum bist du so bissig?«

»Ich bin nicht bissig. Es ist nur …«

»Was?«

Posy schüttelte den Kopf. »Nichts. Ich finde, du triffst viele Annahmen über das Leben anderer Menschen, das ist alles.«

»Zutreffende Annahmen. Hannah will keine Familie, und du willst nicht in Manhattan leben.«

»Der letzte Teil ist wahr.«

Die Klingel an der Tür ertönte, und ein großer dunkelhaariger Mann kam ins Café geschlendert. Er hatte etwas Grüblerisches, leicht Gefährliches an sich, und Beth straffte sich.

»Attraktiver Typ voraus«, murmelte sie. »Krieg seinen Namen und seine Nummer raus. Alternativ könntest du ihn als Geisel nehmen und dich an ihm wärmen, bis der Schnee schmilzt.«

»Ich kenne seinen Namen und seine Nummer schon. Er ist mein Mieter.« Posy nickte dem Mann zu. »Produktiver Vormittag?«

»Ich habe mehr gelöscht als geschrieben. Berufsrisiko, aber nichts, was ein guter Brownie nicht richten könnte.« Der Mann zog seinen Mantel aus, und Beth sah, wie ihre Schwester ihm zulächelte.

»Der Brownie kommt gleich. Kaffee wie immer?«

»Bitte.«

»Brauchst du noch etwas?«

»Tatsächlich ja.« Er zog Posy an sich und küsste sie, als ob die Welt untergehen würde und dies ihr Abschied wäre.

Es war, als würde man die Schlussszene eines romantischen Films sehen.

Beth rang nach Luft. Sie war verblüfft, und ja, vielleicht ein bisschen neidisch.

Sie hatte gedacht, sie wüsste alles über Posys Leben, doch dem war offenbar nicht so. Dieser Mann war eindeutig mehr als nur der Untermieter ihrer Schwester. Und jetzt erinnerte sie sich auch an Posys Bemerkung im Auto. *Wie es der Zufall will, war ich mit einem großen dunkelhaarigen, attraktiven Mann im Bett und hatte den besten Sex meines Lebens.*

Beth hatte es für einen Scherz gehalten.

Sie blickte sich im Café um, sah aber nur wohlwollendes

Lächeln und kam sich vor, als wäre sie die Einzige, die man nicht in ein Geheimnis eingeweiht hatte.

Als Luke sich schließlich von ihrer Schwester löste, tauschte er mit Posy einen so persönlichen und intimen Blick, dass Beth das Gefühl hatte, als wäre sie in ihr Schlafzimmer eingedrungen.

Wann hatten sie und Jason einander das letzte Mal so angesehen?

Wann waren sie das letzte Mal spontan gewesen?

Ihrer beider Leben war bis auf die Minute durchgeplant, und meistens drehten sich diese Pläne um die Mädchen.

Luke ließ Posy schließlich los, doch für Beth war klar, dass er das nur tat, weil sie sich in der Öffentlichkeit befanden.

Sie wartete darauf, dass ihre Schwester sie einander vorstellte, doch Posy starrte verträumt ins Leere.

Da brauche ich sie wohl kaum zu fragen, ob er gut küsst, dachte Beth und übernahm die Initiative.

»Wir kennen uns noch nicht.« Sie streckte die Hand aus. »Ich bin Posys Schwester. Die mittlere, die verheiratete Schwester. Beth.« *Die langweilige mit dem vermodernden Hirn.* »Schön, Sie kennenzulernen.«

Er schüttelte ihr die Hand, sein Griff war fest. »Luke Whittaker. Kletterer, Autor und schlechter Einfluss. Ebenfalls schön, Sie kennenzulernen.« Er wandte sich wieder Posy zu: »Ich setze mich rasch an einen Tisch, solange einer frei ist. Wie wir wissen, wird das nicht ewig so bleiben.«

Luke Whittaker. Schlechter Einfluss.

Beth sah ihm nach, während er zum Tisch ging.

Posy füllte frische Kaffeebohnen in die Mühle und verschüttete dabei ein paar. »Ups.«

»Nur zu verständlich«, sagte Beth. »Wenn man mich gerade so geküsst hätte, würden meine Hände auch zittern.«

»Würde es dir etwas ausmachen, meine Kunden nicht so anzustarren?«

»Ich starre nur einen Kunden an.« Beth wandte den Blick nicht ab. »Hat er gesagt, dass er Luke Whittaker heißt?«

»Das hat er.« Posy schob die verschütteten Kaffeebohnen zusammen. »Du starrst ihn übrigens immer noch an.«

»Der Name kommt mir bekannt vor.«

»Er hat ein Buch geschrieben und ist öfter im Fernsehen zu sehen. Er ist der Abenteurer. Derjenige, der all diese Überlebenstipps gibt. Du weißt schon, wie du nicht von Haien gefressen wirst, wenn dein Schiff im Atlantik untergeht. Solche Sachen. Besonders nützliche Informationen, wenn man in den schottischen Highlands lebt.« Posy stieß versehentlich eine Packung Milch vom Tresen, die Beth gerade rechtzeitig auffing.

»Du solltest einmal kurz durchatmen, bevor du noch etwas kaputt machst.« Sie sah, wie Luke auf dem Weg zu einem Tisch innehielt und ein paar freundliche Worte mit Mrs. Chappell wechselte, die ein paar Ferienwohnungen im Dorf besaß. »Der Abenteurer. Ich habe die Sendung nie gesehen, aber … ich schätze, daher kenne ich den Namen. Seit wann küsst er dich so?«

»Noch nicht lang genug.« Posy schnitt einen großen Brownie ab und legte ihn auf einen Teller.

»Jetzt verstehe ich, warum du ständig diese Anspielungen machst über Dinge, die auch in deinem Leben passieren.« Beth beobachtete, wie Luke seine wetterfeste Jacke ablegte. Darunter kamen seine breiten Schultern zum Vorschein und ein Pullover mit Zopfmuster. »Er sieht wie ein Model für hochwertige Outdoor-Mode aus. Stark genug, um Stürmen, Regen und Eis zu trotzen.«

»Er ist attraktiv, das stimmt.« Posy verteilte den cremigen Milchschaum auf dem Kaffee in Form eines Tannenbaums. Sie stäubte Zimt darüber und brachte Kaffee und Brownie an den Tisch.

Beth wartete, bis sie zurückkehrte. »Dann hast du also keinen Witz gemacht, als du sagtest, du wärst mit einem großen dunkelhaarigen, attraktiven Mann im Bett.«

»Das war kein Scherz. Und ich muss sagen, es kränkt mich ein bisschen, dass dir allein der Gedanke, ich könnte ein Sexleben haben, so lächerlich erschien.«

»Das hatte nichts mit dir zu tun, sondern nur mit dem Umstand, dass nicht gerade viele attraktive Fremde durch das Dorf ziehen.« Beth musterte Luke. »Und du hast ihn verlassen, um mich vom Flughafen abzuholen.«

»Das habe ich. Was bedeutet, dass du tief in meiner Schuld stehst.« Posy sah Beth an. »Deine Augen glänzen. Weinst du gleich wieder?«

»Ich bin heute Morgen ziemlich emotional.«

»Das passiert, wenn man zehn Flaschen Champagner trinkt.« Doch Posy strich ihr über den Arm. »Alles wird gut. Du musst dich entspannen.«

»Ich bin kein sehr entspannter Mensch.«

»Dann geh und roll dich im Schnee herum oder so etwas, aber hör auf zu weinen, sonst beunruhigst du Mom und Dad.«

»Hast du je über die Opfer nachgedacht, die sie beide gebracht haben, als sie uns aufnahmen?«

Posy sah sie skeptisch an. »Nicht mitten bei der Arbeit, nein. Was ist los mit dir?«

»Ich denke nur über ein paar Sachen nach, das ist alles.«

»Nun, dann hör auf zu denken. Es tut dir nicht gut und macht rote Augen. Trink einen starken Kaffee, und leg ein bisschen Make-up auf, oder was auch immer du tust, um dich wieder normal zu fühlen. Und hör auf, dich im Elend zu suhlen.«

»Ich suhle mich nicht im Elend.« Aber Beth holte ihren Lipgloss heraus und fuhr damit über ihre Lippen. Tatsächlich hatte Posy recht. Sie suhlte sich im Elend, und damit musste sie aufhören. »Gut zu wissen, dass dein Liebesleben gerade aufblüht, denn meines tut das definitiv nicht.« In dem Moment klingelte ihr Telefon. Sie zog es erleichtert aus der Tasche. »Endlich! Das muss Jason sein. Ich habe mir schon Sorgen gemacht. Ich gehe kurz ran, ja?«

»Geh.« Posy gab ihr einen sanften Stoß. »Nimm es mit in die Küche. Ich möchte nicht, dass deine emotionale Make-up-Session meine Kunden von ihrem Essen abhält.«

Da Beth wusste, dass Duncan in der Küche war, ging sie lieber nach draußen.

Erst als sie den Anruf entgegennahm, sah sie, dass nicht Jason dran war, sondern Corinna.

»Hallo Corinna.« Sie sollte begeistert sein, von Corinna zu hören, doch sie konnte nur daran denken, wie sehr sie sich wünschte, dass es Jason wäre.

»Ich möchte dich heute Nachmittag hier haben. Wir haben ein Teammeeting.«

Kein Small Talk. Kein »Wie geht's dir?«. Kein »Bist du bereit für die Feiertage?«. Keine Frage danach, ob es Beth überhaupt passte.

Immerhin, zumindest war Corinna noch immer erpicht darauf, sie im Team zu haben.

»Ich bin nicht in Manhattan, Corinna. Ich bin in Schottland. Ich habe mich entschieden, früher zu fahren.«

Eine kurze Pause entstand. »Beth, ich frage mich, ob du das hier ernst nimmst. Wenn du wirklich dabei sein möchtest, muss ich mir deiner Loyalität und deines Einsatzes sicher sein.«

Als sie das erste Mal für Corinna gearbeitet hatte, war sie mit der gleichen Art emotionaler Erpressung bombardiert worden. Sich das anzuhören war jetzt noch genauso unangenehm, wie es damals gewesen war. »Das kannst du, Corinna. Ich arbeite hart daran, Ideen zusammenzutragen.«

»Schick sie rüber. Ich sehe es mir an.«

»Ich schicke sie dir im Laufe des Tages per E-Mail.« Sie hatte während des Fluges über die Kampagne nachdenken wollen, sich aber stattdessen auf den Champagner konzentriert und das ungewohnte Gefühl, einen Sitz für sich allein und volle Kontrolle über die Fernbedienung zu haben.

»Wenn du sie mir bis 14 Uhr zukommen lässt, kann ich sie mit ins Meeting nehmen. Wir senden dir einen Link, und du schaltest dich dazu.«

»Das kann ich nicht.« Beth krümmte sich innerlich, als sie es sagte. Würde sie diese Chance vermasseln, weil sie früher nach Hause gefahren war? »Der Empfang ist hier nicht gut genug. Ich werde dir mailen.«

»Ich warte.« Corinnas Missbilligung war über Tausende von Kilometern spürbar.

»Danke. Ich ...« Aber Corinna hatte aufgelegt, und Beth stand da mit dem Handy in der Hand und dem schleichenden Gefühl, dass nichts, was sie tat, jemals gut genug sein würde.

Die eisige Luft drang durch ihre Kleidung. Sie schauderte und ging wieder ins Café.

Scheinbar hatte sie vergessen, wie viel Druck und Unerbittlichkeit Arbeit bedeuten konnte.

Posy sah sie an. »Lasst ihr euch scheiden?«

Schwestern konnten so direkt sein. »Es war nicht Jason. Es war meine alte Chefin Corinna, von der ich gehofft habe, dass sie auch meine neue Chefin wird.« Scheidung? Auf keinen Fall würden sie und Jason sich scheiden lassen. Sie hatten eine Meinungsverschiedenheit – das war alles. So etwas gab es in allen Ehen.

»Corinna?« Posy zog die Augenbrauen hoch. »Corinna, die fiese ... Ich sage das Wort nicht, weil meine Kunden sensibel sind, aber du weißt am besten, was sich auf Muh reimt.«

Beth hasste es, an Corinnas schlechte Seite erinnert zu werden, vor allem so kurz nach einem Anruf, der diese schlechte Seite so deutlich zum Ausdruck gebracht hatte. »Ich muss ihr bis 14 Uhr ein paar Ideen schicken, was bei dem Zeitunterschied bedeutet, dass ich bis 17 Uhr einen Geistesblitz brauche, der sie aus ihren Stilettos haut. Ist es für dich in Ordnung, wenn ich nach Hause gehe und arbeite?«

»Ich komme zurecht.« Posy blickte auf, als sich die Tür öffnete und Suzanne hereineilte. »Mom. Ist alles in Ordnung? Wie geht es Vicky?«

»Schlechter. Ich habe Dr. Burn angerufen und ihn gebeten, nach ihr zu sehen. Ich gehe morgen noch einmal hin.«

»Ich dachte, du wärst inzwischen auf dem Weg zum Weihnachtsmarkt.«

»Das war ich, aber dann bekam ich eine E-Mail von Hannah. Sie muss sie gestern Abend geschickt haben, aber ich checke meine E-Mails nur einmal am Tag.«

Beth sann über eine Welt nach, in der die Menschen nur einmal am Tag ihre E-Mails abriefen. »Was stand drin?«

»Sie kommt früher als geplant.«

Posy balancierte ein Tablett mit Kaffee. »Wie viel früher?«

»Heute.«

»Alle kommen früher nach Hause«, sagte Posy. »Da muss was in der Luft liegen.«

Suzanne runzelte die Stirn. »Ich gebe zu, dein Dad und ich sind besorgt. Warum sollte sie früher nach Hause kommen? Beth, hast du kürzlich mit ihr gesprochen? Weißt du, ob irgendwas los ist?«

»Als ich das letzte Mal mit ihr gesprochen habe, schien es ihr gut zu gehen. Sie hatte viel zu tun. Hat das Abendessen abgesagt.« Wieder verspürte Beth Schuldgefühle, weil sie ihre Schwester angefahren hatte. Sie war nicht auf die Idee gekommen, dass irgendetwas in Hannahs Leben nicht perfekt sein könnte.

Suzanne sah auf die Uhr. »Sie landet in einer Stunde. Ich werde anrufen und Bescheid geben, dass ich später zum Markt komme.«

»Ich hole Hannah ab.« Posy lief rasch zu einem der Tische, servierte mit strahlendem Lächeln den Kaffee und riss sich dann die Schürze vom Leib. »Du fährst zum Weihnachtsmarkt, und Beth kann hier die Stellung halten.«

Beth schüttelte den Kopf. »Kann ich nicht! Ich weiß nicht, wie die Kaffeemaschine funktioniert, und muss heute Nachmittag ein paar Ideen für Corinna entwickeln.« Sie musste wettmachen, dass sie nicht an der Konferenz teilnehmen konnte. Sie musste Corinna zeigen, dass sie loyal und einsatzbereit war.

»Duncan kann die Kaffeemaschine bedienen, und du hast zwei Kinder, insofern gehe ich davon aus, dass du multitaskingfähig bist. Glücklichen Menschen Kaffee und Kuchen zu servieren wird deine Kreativität ankurbeln.« Posy hängte ihre Schürze auf und griff nach ihrem Mantel. »Du fährst zum Markt, Mom.«

»Aber Hannah denkt, dass ich sie abhole.«

Posy lächelte. »Dann wird sie freudig überrascht sein, ihre jüngste Schwester zu sehen.«

Oh Gott, dachte Beth. Was hatte sie nur auf die Idee gebracht, dass es entspannend sein könnte, früher nach Hause zu fahren? Und wie sollte sie eine hochkarätige Werbekampagne entwickeln, während sie Shortbread und Lebkuchenmänner servierte?

Kapitel 13

Hannah

Hannah wartete im Ankunftsbereich.

Menschen strömten an ihr vorbei, ungeschickt und achtlos in ihrer Eile. Ellbogen streiften sie, scharfe Ecken von Paketen bohrten sich in ihre Seite. Zähneknirschend rückte sie näher an die Glastür, um geschützter zu sein.

Sie fühlte sich verletzlich und nicht genügend gewappnet, um Suzanne gegenüberzutreten. Die Fahrt nach Hause würde von einem fröhlichen und wohlmeinenden Dauergespräch begleitet werden, in dem Suzanne all jene Fragen ausließ, die ihr unter den Nägeln brannten.

Hannah wusste, dass Suzanne Antworten von ihr erwartete, und sie würde nicht eine einzige geben können.

Wenn sie Glück hatte, würde Stewart heute früh nach Hause kommen. Seine gleichmütige Anwesenheit schien Suzanne zu beruhigen, und Hannah hatte ihn immer als angenehme Gesellschaft empfunden.

Ihr kam der Gedanke, dass er vielleicht nachfragen würde, was in ihrem Leben geschah.

Sie hatte ihr Handy nach dem Flug wieder eingeschaltet und eine Nachricht von Adam vorgefunden.

Ruf mich an. Lass mich wissen, wie es deiner Schwester geht.

Was war nur in sie gefahren, ihn anzulügen?

Am Flughafen war viel los, und sie überlegte gerade, ob sie Suzanne anrufen sollte, um zu hören, wie lange sie noch brauchte, als ein vertrauter Wagen vor der Eingangshalle hielt.

Hannah nahm ihre zwei Koffer und ihre Laptoptasche und stemmte sich gegen den pfeifenden Wind. Doch nicht Suzanne, sondern Posy stieg aus dem Wagen.

Ihre Schwester trug ausgeblichene Jeans und Wanderschuhe. Ihre leuchtend blaue Outdoor-Jacke war nicht geschlossen, als hätte sie es zu eilig gehabt, um den Reißverschluss zuzuziehen. Alles an ihr verströmte Energie. Wie sie ging, wie sie lächelte, wie sie den Kopf drehte. Sogar ihr Pferdeschwanz wippte voller Begeisterung. Sie war nicht in der Lage, sich langsam zu bewegen.

Sie trug kein Make-up, doch ihre Wangen leuchteten rosa, und ihr dichtes schokoladenbraunes Haar glänzte wie poliert. Sie hätte in einer Werbung für Vitamine oder vollwertige Frühstücksflocken auftreten können. Bei ihrem Anblick fühlte sich Hanna blass und ungesund. Sah sie jemals so strahlend und quicklebendig aus? Die Antwort lautete nein, zumindest nicht ohne beträchtliche Hilfe teurer Kosmetika.

»Na, wenn das nicht meine verlorene Schwester ist.« Posy trat auf sie zu und umarmte sie.

Die Umarmung überrumpelte Hannah.

Sie spürte das weiche Haar ihrer Schwester an ihrer Wange und roch den Duft frischer Zitronen. Etwas regte sich in ihrer Brust, ein Gefühl, das sie lange nicht mehr verspürt hatte.

Die eisige Kühle, die sie in den letzten Wochen im Griff gehabt hatte, schmolz angesichts dieser Warmherzigkeit, und eine Schicht ihres sorgfältig errichteten Schutzwalls schien sich aufzulösen.

Das fühlte sich so beängstigend an, dass sie einen Schritt zurücktrat und prompt mit ihren Wildlederstiefeln in einer Pfütze aus Sulzschnee landete.

Eisiges Schmelzwasser drang durch das empfindliche Material.

Es sagte einiges über ihre Bindungsangst aus, dass sie bereitwillig ein Paar teurer Stiefel opferte und noch dazu erfrorene Zehen in Kauf nahm.

»Ich habe Suzanne erwartet.«

»Sie hat heute einen Stand auf einem der Weihnachtsmärkte. Du bekommst stattdessen mich. Ich finde, ich bin der Jackpot, aber vielleicht bin ich parteiisch.«

Hannah wünschte, sie hätte sich nicht so eilig aus der Umarmung gelöst, was aber keinen Sinn ergab.

Man konnte nicht in dem einen Moment Liebe zurückweisen und sie sich im nächsten Moment herbeiwünschen.

Glücklicherweise schien ihrer Schwester nichts Merkwürdiges an ihr aufzufallen.

»Sei vorsichtig mit den Koffern. Der blaue ist neu.«

Posy straffte die Schultern und warf mit einer Kopfbewegung ihr Haar zurück. »Wenn du dich beschweren willst, kannst du deine Koffer selbst schleppen. Sind ja genug da. Du reist nicht gerade mit leichtem Gepäck, oder?«

»Das Haus ist meist nicht besonders warm. Ich habe Extrasachen eingepackt.«

»Wenn du körperlich arbeitest, ist es warm genug.« Posy nahm die Koffer und warf sie schwungvoll in den Kofferraum. »Wenn du nicht nur herumsitzt, fühlst du die Kälte nicht.«

Und schon zickten sie einander an. Das zumindest fühlte sich vertraut an.

Auch wenn sie auf dem Weg zu einer Spitzenposition in ihrem Job war, ihre jüngste Schwester vermittelte ihr immer das Gefühl, unzulänglich zu sein. Als ob all ihre Fähigkeiten nichts wert wären. »Ich bin kaum zwei Minuten hier, also könntest du mich bitte noch verschonen?« Frustration legte sich wie ein feiner Nebel über sie und drang allmählich in die verbliebenen Schutzschichten. »Es tut mir leid. Und ich bin dankbar fürs Abholen.«

»Gern. Es tut mir auch leid.« Posy lächelte kurz. »Was da die Ecken deines Koffers strapaziert, ist hoffentlich mein riesiges Weihnachtsgeschenk.«

Hannah setzte sich in den Wagen und schlug die Tür zu. Sie war erleichtert, dem Chaos des Flughafens entkommen zu sein, auch wenn sie wusste, dass all ihre Sorgen mit ihr im Wagen waren und sie begleiteten.

Teure Weihnachtsgeschenke waren kein Problem für sie. Ihre Kreditkarte zu zücken war der einfache Teil, auch wenn das Gewicht ihres Koffers vor allem den Büchern zuzuschreiben war, mit denen sie reiste. Manchmal hatte sie nur Platz für ein oder zwei, doch für diese Reise hatte sie Kleidung geopfert, um Raum für sechs ihrer Lieblingsbücher zu schaffen.

Das war, als würde man mit Freunden reisen. Allein das Wissen, dass sie da waren, gab ihr ein gutes Gefühl. Später würde sie sie hervorholen und Trost suchen in den Welten, die sich zwischen den Buchdeckeln entfalteten.

Sie sah ein Paar, das auf ein Taxi zueilte und dabei mit Koffern, Päckchen und zwei kleinen Kindern jonglierte.

Weihnachten zu Hause.

Die meisten Menschen fanden diese Aussicht tröstlich und beruhigend. Hannah gehörte nicht zu ihnen.

Posy öffnete die Fahrertür und ließ einen Schwall eiskalte Luft herein. »Warum die dunkle Brille? Du bist in den Highlands und nicht in Hollywood.«

Es sagte viel über ihre Beziehung aus, dass ihre Schwester vermutete, sie wolle mit der Brille anonym bleiben, und nicht auf die Idee kam, dass Hannah verbergen wollte, wie mies sie sich fühlte.

Posy wusste fast nichts über ihr Leben, und wessen Fehler war das wohl? Hannah hatte zugelassen, dass sich die Fehlinterpretationen wie Ziegel in einer Mauer stapelten, die sie von den anderen Menschen entfernte.

»Du bist gestresst. Deine Schwester vom Flughafen abzuholen, hast du vermutlich als Letztes gebraucht. Ich hätte mir ein Taxi genommen, doch beim letzten Mal war Suzanne sauer deswegen.«

»Du meinst Mom.« Posy drückte auf die Hupe, als vor ihnen jemand ausscherte. »Und ich bin nicht gestresst. Sie freut sich sehr, dass du Weihnachten zu Hause bist. Ich bin froh, dass du gekommen bist.«

Hannah wusste, dass die Worte ihrer Schwester ihrer Liebe zu

Suzanne geschuldet waren. Sie beneidete Posy um die Fähigkeit, so furchtlos und vollständig zu lieben. Ihre Schwester ging an die Liebe genauso heran wie an einen schwierigen Berg – direkt und ohne Angst vorm Fallen.

Für Hannah war Liebe eine wahre Mutprobe.

Posy gab ihr das Gefühl, feige zu sein.

Sie lehnte den Kopf gegen die Stütze und schloss die Augen, doch das ließ sie an Adam denken, wodurch sie sich noch feiger fühlte. Also öffnete sie wieder ihre Lider. »Erzähl mir, wie alles läuft. Ich habe das Gefühl, dass ich nichts mitbekomme.«

»Eine E-Mail oder ein Anruf könnten da Abhilfe schaffen.« Posy umklammerte das Lenkrad. »Tut mir leid. Beachte mich nicht. Zu viel zu tun, zu wenig Zeit – du weißt, wie das ist. Martha hat eine Weile keine Eier mehr gelegt, aber ich kann mir nicht vorstellen, dass dir das schlaflose Nächte bereitet. Moms Geschäft läuft bestens. Das Café ist unglaublich voll, aber das ist ebenfalls gut. Bonnie und ich sind beschäftigt mit dem Bergrettungsteam, und ich klettere viel im Eis. Ich denke, das verschafft dir einen groben Überblick.«

»Eisklettern?« Hannah schauderte und zog den Kragen ihres Mantels enger um sich. Der Stoff war feucht und kalt. »Ich hoffe, du bist vorsichtig.«

»Jetzt klingst du wie Mom.«

»Wie geht es ihr?«

»In Anbetracht der Umstände nicht schlecht. Diese Jahreszeit ist immer schwierig für sie.«

»Ja.« Hannahs Magen zog sich zusammen. Auch für sie war diese Jahreszeit schwierig. In der Ferne erblickte sie schneebedeckte Berge und wünschte sich für einen Moment, sie wäre in Manhattan geblieben. Sie hätte eine Ausrede erfinden und sich in ihrem Apartment verschanzen können. Sie musste das hier nicht durchstehen. Berge machten ihr ihre Fehler und Schwächen bewusst. Als Kind hatte sie sich immer gefragt, was mit ihr nicht stimmte, dass sie nicht die gleiche Leidenschaft fürs Klettern aufbringen konnte wie ihre Eltern. Was auch immer ihr fehlte, es hatte bedeutet, dass sie von dem Club all der Menschen, die sie liebte, ausgeschlossen geblieben war.

»Sie hat immer noch Albträume.« Posy blickte in den Rückspiegel. »Fünfundzwanzig Jahre, und sie hat sie noch immer. Ich verstehe das nicht.«

Hannah verstand es.

Sie hatte ihre eigenen Albträume, auch wenn sie sicher war, dass sich die ihren von Suzannes unterschieden.

»Es liegt an der Jahreszeit.« Sie hoffte, dass ihre Schwester auf diesem Thema nicht länger herumreiten wollte.

Posy fuhr sicher, die Augen auf die Straße gerichtet. »Ich habe dich nicht so früh zu Hause erwartet. Ist was passiert?«

Ich glaube, ich könnte schwanger sein.

»Ich hatte ein Fenster in meinem Terminkalender.«

»Da bin ich erleichtert, denn ich weiß nicht, ob ich mit zwei Schwestern umgehen könnte, die in einer Krise stecken.«

»Zwei Schwestern?«

»Beth ist zu Hause.«

»Oh.« Also blieb keine Zeit, um sich zusammenzureißen, bevor sie mit ihren Nichten konfrontiert wurde. Andererseits: Wenn Beth auch zu Hause war, konnte Hannah sie vielleicht einspannen, ihr beim Kauf eines Schwangerschaftstests zu helfen. »Ich dachte, sie kommen erst in ein paar Tagen.«

»Es war spontan. Hat sie dir gegenüber nichts erwähnt?«

»Wann sollte sie das getan haben? Wir haben beide zu tun. Beth und ich laufen uns nicht gerade jeden Tag über den Weg, weißt du.« Schuld bildete ein konstantes Grundgefühl in ihrem Leben, doch gelegentlich explodierte dieses Schuldgefühl und geriet außer Kontrolle. So wie jetzt, da sie daran erinnert wurde, wie schlecht sie darin war, mit ihrer Familie in Kontakt zu bleiben. Wenn sich bei jemandem etwas veränderte, wusste sie nichts davon.

Posy sah zu ihr hinüber. »Es war eine einfache Frage. Kein Grund, überzureagieren.«

Neuerdings reagierte sie bei allem über. Eine unangenehme

Erfahrung. »Wie kann Beth so früh zu Hause sein? Muss Jason nicht arbeiten?«

»Er ist nicht mitgekommen. Die Kinder ebenfalls nicht. Sie wollte ein bisschen Zeit für sich.«

»Steckt sie in einer Krise?«

Hatte Beth deshalb angerufen? Weil sie Schwierigkeiten hatte?

Hannahs Schuldgefühl wuchs. Sie hatte angenommen, dass sie mit dem Anruf das Abendessen bestätigen wollte. Ihr war nicht in den Sinn gekommen, dass irgendetwas nicht stimmen könnte.

Sie rief sich das Gespräch zurück ins Gedächtnis und suchte nach Hinweisen, konnte sich jedoch nur daran erinnern, dass Adam das Flugzeug betreten hatte und sie versucht hatte, den Anruf so schnell wie möglich zu beenden, damit die verschiedenen Teile ihres Lebens nicht zusammenprallten.

»Weißt du, was los ist?«

Posy zögerte. »Du solltest sie am besten selbst fragen.«

Sie war die Letzte, die irgendjemandem in persönlichen Angelegenheiten einen Rat erteilen konnte. Und sie konnte wohl kaum um Beths Unterstützung bitten, wenn sie selbst nicht in der Lage gewesen war, Hilfe anzubieten.

Sie traf eine Entscheidung. »Posy, könnten wir an einer Apotheke haltmachen?«

Ihre Schwester zog die Augenbrauen hoch. »Bist du krank? Champagner-Kopfschmerzen? Dagegen habe ich was zu Hause.«

»Ich bin nicht krank.«

»Dann …«

»Ich muss einen Schwangerschaftstest kaufen.«

»Bist du schwanger?« Posy trat auf die Bremse, und Hannah war dankbar für den Sicherheitsgurt.

»Ich weiß es nicht. Darum brauche ich den Test.«

»Richtig.« Posy sah stur geradeaus, ihre Hände umklammerten immer noch das Lenkrad. »Nun – lass mich nachdenken.«

»Was gibt es da nachzudenken?«

»Wir brauchen einen Ort, an dem wir einen Schwangerschaftstest kaufen können, ohne dass das ganze Dorf davon erfährt. Warum hast du keinen am Flughafen gekauft?«

Hannah seufzte. »Ich hab's versucht. Sie waren ausverkauft.«

»Und in Manhattan verkaufen sie keine Schwangerschaftstests?«

Hannah wandte den Kopf ab und sah aus dem Fenster. »Ich habe es vor mir hergeschoben. Vermutlich bin ich nicht schwanger. Mir ist weder übel noch sonst irgendwas.«

»Aber du bist überfällig.«

»Ja.«

»Und – triffst du dich mit jemandem?«

Hannah drehte den Kopf zu ihrer Schwester. »Hat dich nie jemand aufgeklärt?«

»Tut mir leid. Natürlich triffst du dich mit jemandem. Ich habe mich ein bisschen von diesem ganzen Esel-im-Stall-Weihnachtsthema ablenken lassen.« Posy wendete den Wagen und fuhr in die Richtung, aus der sie gekommen waren. »Nicht weit von hier gibt es eine Apotheke. Soll ich für dich reingehen?«

Hannah war gerührt von dem Angebot. »Danke, aber ich mache das. Falls wir jemandem über den Weg laufen, wird es dann wenigstens kein Gerücht geben, dass du schwanger wärst.« Dennoch fühlte sie sich peinlich berührt und beobachtet, als sie den Test entgegennahm und bezahlte.

Wenn sie ihn machte, war kein Verdrängen mehr möglich.

Sie würde Gewissheit haben, und sie würde entscheiden müssen, was zu tun war.

Sie setzte ihre Sonnenbrille auf und kam sich ein bisschen lächerlich vor.

Als sie den Test in die Tasche steckte, wurde ihr zum ersten Mal übel.

Posy fuhr zurück Richtung Dorf, doch jetzt hatte sich die Atmosphäre im Wagen verändert. »Willst du darüber sprechen?«

»Nein.«

»Okay.« Eine Pause entstand. »Ich meine, du siehst nicht gerade glücklich aus, deshalb sollst du nur wissen, dass du dich immer an mich …«

»Es geht mir gut, aber danke.«

»Gut.«

Posy bog von der Hauptstraße in eine enge Straße ab, die zur Glensay Lodge führte. Sie rumpelten über Furchen und Schlaglöcher und hielten schließlich im Hof.

Das Haus sah genauso aus, wie Hannah es in Erinnerung hatte: umrahmt von hohen Gipfeln und dem Wald. Ursprünglich ein viktorianischer Jagdsitz, war es von den Vorbesitzern neu ausgestattet worden. Sie hatten alles modernisiert und auf den neuesten Stand gebracht. Abgesehen vom WLAN und dem Handy-Empfang, der aufgrund der Umgebung ebenso sporadisch auftauchte wie die Sonne.

Im Sommer bildeten die Hänge hinter dem Haus ein Meer von lilafarbener Erika, doch der Winter hatte sie mit dicken Schneeschichten bedeckt. Die Landschaft war gleichermaßen schön und trostlos. Hanna wusste, dass dies für viele Leute den besonderen Reiz ausmachte. Wenn man der modernen Welt entkommen wollte, war das hier der richtige Ort.

Sie steckte ihre Sonnenbrille in die Tasche und stieg aus dem Wagen. Eisiger Wind erfasste sie. Die Kälte drang durch ihre Kleidung und an ihre Füße in den feuchten Stiefeln. Der Boden war vereist, sie spürte, wie sie rutschte. Es war fast, als würde der Ort sie warnen wollen: *Du gehörst hier nicht her.*

»Lass uns reingehen. Du bist für das Wetter nicht richtig gekleidet. Und rutsch nicht aus! Nur für den Fall … du weißt schon …«

Posy holte einen Koffer aus dem Wagen und hielt dann inne. »Was ist mit deinem Gesicht passiert?«

»Meinem Gesicht?« Ihre Schwester sah so geschockt aus, dass Hannah fast nach einem Spiegel gegriffen hätte.

»Hast du geweint? Hast du deshalb die Sonnenbrille aufgehabt?«

»Was? Nein, natürlich nicht.«

»Deine Augen sind rot.«

Sie hatte tatsächlich geweint, doch es war Stunden her, dass sie ihr Gesicht unter der dünnen, kratzigen Decke der Fluggesellschaft verborgen hatte. »Es war ein langer Flug. Und ich habe viel gearbeitet. Es könnte eine Allergie sein. Und ich habe eine Erkältung.« Sie sollte nicht so viele Erklärungen anbieten. Eine reichte. Vier klangen nach Verzweiflung. Genau das schien Posy zu denken, denn sie musterte sie eindringlich.

»Wenn du verzweifelt bist ...«

»Bin ich nicht.«

Posy zögerte, als würde sie noch etwas sagen wollen. »Okay, lass uns die Koffer reinbringen. Ich trage sie. Du solltest nichts Schweres heben, nur für den Fall. Und es tut mir leid, dass ich nicht bleiben kann, aber ich muss zurück zum Café.«

Hannah war erleichtert, Zeit für sich zu haben. Als Erstes würde sie eine Schicht Make-up auftragen. Nur weil sie innerlich zusammenbrach, musste man ihr das nicht äußerlich ansehen. Ihr wahres Selbst zu verbergen nahm einen großen Teil ihres Lebens ein.

»Wenn du hungrig bist, findest du Suppe im Kühlschrank und Kuchen in der Dose.«

Hannah hatte seit fast einem Jahr keinen Zucker mehr angerührt. Sie hatte gehofft, dass sie dadurch besser schlafen konnte, aber es machte keinen Unterschied. Sie schlief nur, wenn Adam bei ihr übernachtete. »Ich habe auf dem Flug gegessen.«

»Dann mach ein Nickerchen oder so was. Du siehst müde aus.«

»Ich schlafe nicht gut.« Warum sprach sie mit ihrer Schwester über ihre Schlaflosigkeit?

Posy ging zur Eingangstür der Lodge, öffnete sie und stellte Hannahs Koffer auf den Boden. »Hast du es mit Schäfchenzählen probiert?«

»Was?«

»Schafe. Du sollst sie zählen. Das machen Leute, um einzuschlafen.«

»Ich wüsste nicht mal, wie.«

»Du siehst aus dem Fenster«, sagte Posy. »Da draußen warten jede Menge Schafe darauf, gezählt zu werden. Du bist im Turmzimmer. Apropos – ich sollte deine Koffer hinauftragen.« Scheinbar mühelos brachte sie Hannahs Gepäck nach oben und kam kurz darauf zurück. »Im Korb liegen frische Holzscheite, also mach ein Feuer, wenn dir kalt ist. Mom hat das ganze Haus mit Lichtern geschmückt, sieh zu, dass du keinen elektrischen Schlag bekommst. Ich sehe dich später und kontrolliere, dass du Eric Wasser gibst.«

»Eric?«

Doch Posy war schon fort und auf halbem Weg zu ihrem Wagen.

Hannah schloss die Eingangstür und zog die durchnässten Stiefel aus.

Der Schiefersteinboden war warm, sodass sie einen Moment bewegungslos dastand und die Wärme in sich aufsteigen ließ.

Ein bisschen erholter lief sie nach oben in das Turmzimmer.

Das Schlafzimmer hatte eine hohe, konische Decke und große Fenster, die einen atemberaubenden Blick auf den See und die Berge dahinter boten. Entlang der runden Wand mit den Fenstern verlief eine durchgehende Sitzbank, die mit vielen weichen Kissen dazu einlud, es sich gemütlich zu machen.

Mit seiner frischen weißen Bettwäsche und dank des geschmackvollen Einsatzes von Plaids und Tweedstoffen wirkte der Raum sehr heimelig.

Hannah hätte auch ohne Posys Warnung gewusst, wer für die Lichter verantwortlich war, die das Fenster und den Kamin umrahmten. Suzanne hasste die Dunkelheit. Sie hängte Lampen an Orte, wo andere Menschen gar nicht auf die Idee kommen würden, und machte Licht in Räumen, in denen sie sich nie aufhielt.

Hannah blickte auf ihre Koffer und entschied sich, später auszupacken.

Stattdessen ging sie zum Fenster, um das letzte Tageslicht zu genießen, bevor die Sonne unterging.

Gleich würde sie mit dem Test ins Badezimmer gehen und ein Ergebnis erhalten, doch jetzt wollte sie diesen letzten Moment des Nichtwissens auskosten.

Sie kniete sich auf die Sitzbank und blickte über das Tal hinweg.

Der Himmel schimmerte in einem rosigen Pink, die Sonne stand tief am Horizont.

Dieser Ort sollte keine Erinnerungen bei ihr auslösen, und doch tat er es. Es liegt an den Bergen, dachte sie. Ihre zerklüfteten Gipfel glühten im Licht der untergehenden Sonne, und dieser Anblick erinnerte sie an jenen Tag, als sie am Fenster stehend hinausgesehen und gewartet hatte.

Das hier waren nicht einmal dieselben Berge. Hier war nichts Böses geschehen, doch allein die Möglichkeit befeuerte ihre Fantasie.

Hannah wandte sich ab und setzte sich mit ihrem Laptop an den kleinen Tisch neben dem Kamin.

Auf dem Tisch stand eine Lampe, und es lagen dort neue Notizblöcke und Stifte. Zweifellos eine Aufmerksamkeit von Suzanne, die an alles dachte.

Ausnahmsweise war die Internetverbindung sofort hergestellt, sodass sie, eher aus Gewohnheit als aus dem Wunsch nach Arbeit, ihre Mails überprüfte. Sie konnte sich nur schwer konzentrieren und brachte keine Begeisterung für die hundert Nachrichten auf, die während des Fluges in ihrem Postfach eingegangen waren. Lediglich Selbstdisziplin und Gewohnheit sorgten dafür, dass sie alle methodisch durcharbeitete, dabei einige beantwortete und andere an die zuständigen Kollegen im Team weiterleitete.

Nur eine Mail ignorierte sie.

Sie stammte von Adam und war eine halbe Stunde alt. In der Betreffzeile stand: *Ruf mich an!*

Sie klappte den Laptop zu und stand auf, wobei sie zum ersten Mal den Weihnachtsbaum bemerkte.

Eric.

Sie lächelte ein bisschen. Nur Posy konnte einem Baum einen Namen geben.

Doch sie wusste, dass Suzanne dafür gesorgt hatte, dass der Baum in ihrem Zimmer aufgestellt worden war.

Es war jedes Jahr das Gleiche. Suzanne erfüllte das ganze Haus mit einem Übermaß an Fröhlichkeit, als ob Lichter, Dekorationen und betonte Heiterkeit für das entschädigen konnten, was fehlte. Was Hannah betraf, fehlten ihre Eltern.

Sie waren vier Tage vor Weihnachten klettern gegangen und niemals zurückgekehrt.

Und Hannah hatte nicht einmal die Gelegenheit gehabt, sich zu verabschieden.

Kapitel 14

Suzanne

Es hatte Unwetterwarnungen gegeben, doch das war nicht ungewöhnlich. Dies war der Mount Rainier, der höchste Berg im Kaskadengebirge des Pazifischen Nordwestens, und das Wetter wechselte hier rasch.

Sie begannen ihren Aufstieg am White-River-Trail und wanderten durch dichten Wald. Das laute Rauschen des vom Gletscher gespeisten Flusses begleitete sie. Sie hatten sich angeseilt und den Winthrop-Gletscher sicher überquert, und letzte Nacht hatten sie auf Curtis Ridge kampiert.

Jetzt stand Suzanne im Schnee und sah zu, wie die Morgensonne die zerklüfteten, schneebedeckten Berge vor ihnen in rosiges Licht tauchte. »Der Sturm hat über Nacht mehr als einen halben Meter Schnee gebracht.«

»Hallo, tiefe Schneedecke, weißt du, wie sehr ich dich liebe?« Rob klopfte Suzanne auf die Schulter, als er heranstapfte und sich neben sie stellte. »Das wird die beste Klettertour, die wir seit Langem hatten. Ich kann dir gar nicht sagen, wie begeistert ich bin.«

»Ich auch.« Cheryl gesellte sich zu ihnen. »Und es wird hoffentlich eine großartige Tour, denn dieser kleine Ausflug kostet uns eine Menge Geld fürs Babysitting.«

»Ich habe doch gesagt, wir sollten die Kinder mitbringen«, erwiderte Rob, und Cheryl lachte.

»Abgesehen davon, dass sie keine Klettererlaubnis an Dreijährige vergeben – meinst du nicht, dass Posy ein bisschen zu klein ist, um im Winter auf den Rainier zu steigen?«

»Irgendwo muss man anfangen, und das Mädchen hat alles,

was es braucht. Klettert überall. Letzte Woche habe ich sie auf dem Dach erwischt. Kannst du dir das vorstellen? Ich schrie sie an: ›Komm verdammt noch mal von dem Dach runter, Posy!‹ Weißt du, was sie sagte? ›Warum?‹« Er lachte dröhnend. »Der Apfel fällt nicht weit vom Stamm. Ich nehme sie nächstes Wochenende mit zum Bouldern.«

Suzanne stellte sich vor, wie die zierliche, strahlende Posy an einem Felsen hing. Sie wartete auf Cheryls Protest, dass ihre kaum den Windeln entwachsene Tochter so bald nicht bouldern würde, doch ihre Freundin lachte noch immer.

Seit Cheryl sich in Rob verliebt hatte, teilte sie nicht nur sein Haus, sondern auch seinen Hang zum Risiko.

Suzanne dachte an das Gespräch, das sie an dem Abend vor der Tour mit Stewart geführt hatte.

»Mir gefällt es nicht, dass du mit den beiden klettern gehst, Suzanne.«

Suzanne hatte ihre Ausrüstung auf dem Boden ausgebreitet, ihr Rucksack war offen. »Cheryl ist meine beste Freundin. Wir klettern zusammen, seit wir fünfzehn sind.«

»Aber jetzt ist sie mit Rob verheiratet.«

Mehr sagte er nicht. Mehr brauchte er nicht zu sagen.

Suzanne wusste, dass Rob das schwache Glied war. Jähzornig, unüberlegt, extrem wettbewerbsorientiert. Am Berg gegen sich selbst anzutreten war eine Sache, doch gegen andere Kletterer? Robs Haltung sorgte für ständige Spannungen zwischen ihr und Cheryl.

Du magst ihn nicht, Suz. Ich weiß, dass du ihn nicht magst.

Das ist nicht wahr …

Doch es stimmte.

Was sollte man tun, wenn die beste Freundin einen Mann heiratete, den man nicht mochte?

»Sie werden kein Risiko eingehen. Sie haben drei Kinder.«

Stewart knurrte. »Seit wann hat das einen Unterschied gemacht? Rob ist egoistisch und von Ehrgeiz getrieben, das war er immer schon.«

Aber das gilt für viele Kletterer, dachte Suzanne. Es war genau diese Unbeirrbarkeit, die sie antrieb, über ihre Grenzen zu gehen und das fast Übermenschliche zu vollbringen.

Und es stimmte auch, dass die Wahl des Kletterpartners über Leben und Tod entscheiden konnte. Es ging nicht nur darum, jemanden auszusuchen, der den Aufstieg schaffen konnte, sondern darum, wie jemand bei einem Notfall reagierte und handelte. Ein schwaches Teammitglied konnte das ganze Team in Gefahr bringen.

»Wir sind nicht anders«, sagte sie. »Wir alle wollen diese Erstbesteigung. Die schwierigste Route.«

Stewart sah zu, wie sie ihre Ausrüstung für die Tour sortierte. »Ich liebe dich. Pass auf die Schneedecke auf. Ich wünschte, ihr würdet nicht Liberty Ridge klettern.«

»Es ist der beste Aufstieg an dem Berg.«

»Verlasst das Camp früh«, warnte er. »Seid vorsichtig am Carbon-Gletscher, und wenn ihr den Gebirgskamm kreuzt, klettert an der Westseite.«

»Ich weiß, Stewart.«

»Ihr klettert in steilem Eis mit schwerem Gepäck.«

»Das weiß ich ebenfalls.« Sie verdrängte ihr eigenes Unbehagen. Die Route, die sie gewählt hatten, war nicht extrem, doch Stewart hatte recht damit, dass sie steil und exponiert war, und schließlich hatten sie Winter. »Ich bin dort oft geklettert. Und habe dort Touren geführt.«

»Du bist nicht mit Rob dort geklettert. Du weißt, wie viele Gletscherspalten es zwischen dem Camp und dem Gipfel gibt.«

Sie wusste es. Die Gletscherspalten auf dem Rainier waren riesig. Schließlich handelte es sich um den Berg mit der größten Gletscherfläche auf dem Festland der USA. »Ich bin vorsichtig, Stewart.«

»Ich wünschte, ich könnte dasselbe von deinen Kletterkameraden sagen.« Er umfasste ihr Gesicht und küsste sie. »Wenn Rob nicht auf dich hört, werde ich ihn eigenhändig in eine Gletscherspalte werfen. Und ich werde ihn nicht herausziehen.«

»David und Lindsey werden auch dabei sein.«

Sie kannte das andere Paar nicht gut, doch ihr gefiel, was sie von ihnen wusste. Für einen Freund von Rob war David bemerkenswert kultiviert.

Sie löste sich von Stewart. »Ich wünschte, du würdest mitkommen.« Das war nicht ganz ehrlich. Rob und Stewart mochten einander nicht, und mit jemandem, den man nicht mochte, eine technisch anspruchsvolle Winterroute zu klettern, sorgte für Spannungen. Spannungen verdarben den Spaß am Klettern. »Alles wird gut.«

Suzanne dachte an das Gespräch zurück, während sie ein Loch grub, um die Schneedecke zu prüfen, und Robs verärgerte Blicke ignorierte.

»Wenn du alle fünf Minuten anhältst, um das zu machen, sind wir länger hier draußen, als es sein muss, und das ist noch gefährlicher.«

»Du weißt genauso gut wie ich, dass die meisten Lawinen innerhalb von vierundzwanzig Stunden nach dem Sturm abgehen.« Ein heftiger Schneefall erhöhte das Risiko. Der rasch aufgetürmte Schnee übte Druck auf die untere Schneedecke aus. Normalerweise brauchte es nur diesen Druck – und einen kleinen menschlichen Auslöser –, um eine tödliche Lawine zu verursachen.

»Rob hat recht«, sagte Cheryl. »Ich weiß, dass du Bergführerin bist, doch diesmal wirst du nicht bezahlt. Die Vorhersage ist gut. Und wir kennen den Berg ebenso gut wie du, Suz.«

Die Kritik fühlte sich wie eine Ohrfeige an.

Einst waren sie und Cheryl sich in allem einig gewesen. Das war der Grund, warum sie großartige Kletterpartnerinnen waren.

Suzanne ermahnte sich, dass sie für ihre eigene Sicherheit ebenso verantwortlich war wie für die ihrer Kameraden. Sie beendete den Schneetest und erhob sich.

Dies war das letzte Mal, dass sie mit ihnen kletterte. Wenn diese Entscheidung ihre Freundschaft gefährdete, dann war das bedauerlich.

Sie würde andere Möglichkeiten finden, Zeit mit Cheryl zu verbringen.

Rob war bereits vorangegangen – vermutlich, um der Versuchung zu widerstehen, Suzanne umzubringen. Doch Cheryl stand da und beobachtete sie, hin- und hergerissen zwischen ihrem Mann und ihrer Freundin. »Dieser Ausflug soll Spaß machen. Ich sitze die meiste Zeit mit den Kindern zu Hause fest. Du ahnst gar nicht, wie verzweifelt ich mir gewünscht habe, wieder auf einem Berg zu sein.«

Suzanne wusste das. Sie wusste auch, dass Verzweiflung nicht kompatibel war mit Sicherheit.

Als Bergführerin wurde sie bezahlt, um harte Entscheidungen zu treffen. Um beispielsweise mit einem Kunden umzukehren, wenn sich das Wetter änderte und sie die veränderten Bedingungen als gefährlich einstufte.

Dass sie hier mit Freunden kletterte, machte das Ganze nur komplizierter.

Rob arbeitete sich rasch voran, doch Suzanne wusste, dass der Berg schon in kurzer Zeit einen Teil dieser Energie verschlungen haben würde. Er würde an ihnen zehren, sie auf die Probe stellen, sie an ihre Grenzen bringen.

Normalerweise fühlte sie sich in dieser Phase eines Aufstiegs immer beschwingt. Dann stellte sich ein Gefühl des Wohlseins und des Friedens ein, das sie nur in den Bergen empfand.

Heute fehlte dieses Gefühl.

Suzanne schulterte ihren Rucksack. »Machst du dir keine Sorgen um die Kinder, wenn du in den Bergen bist?«

»Warum?« Cheryl sah sie erstaunt an. »Sie sind gut untergebracht.«

»Ich meine, falls dir und Rob etwas passiert. Ich hätte gedacht, dass dich das vorsichtiger werden lässt.«

»Uns passiert gar nichts. Mit deiner Paranoia verdirbst du uns nur eine schöne Klettertour. Du hast nicht mal Kinder, was weißt du also schon von Elternschaft?« Verärgert wandte Cheryl sich ab, und Suzanne war verletzt.

»Warte«, rief sie ihr nach. »Cheryl, es tut mir leid. Sei nicht sauer.«

»Du hast mich eine schlechte Mutter genannt!«

»Das habe ich nicht.« Vielleicht hatte sie nicht diese Worte verwendet, doch es stimmte, sie war voreingenommen gewesen. »Du hast recht, dass ich nichts über Elternschaft weiß. Können wir noch mal von vorn anfangen? Dieser Ausflug sollte eine Belohnung sein. Entspannung.«

»Du bist diejenige, die unter Spannung steht.« Cheryl ging weiter und ließ sie elend und frustriert zurück. Suzanne spürte einen Schmerz hinter ihren Rippen, und ihr wild pochendes Herz hatte nichts mit der Höhe oder körperlicher Aktivität zu tun.

Sie bemerkte, dass Lindsey und David auf sie zukamen. Gott sei Dank waren sie langsamer und hatten den Wortwechsel nicht mitbekommen.

Auf dem Carbon-Gletscher seilten sie sich an und bahnten sich vorsichtig ihren Weg um die Gletscherspalten. Als Rob die Lawinen filmte, die die Willis-Wand hinunterdonnerten, biss Suzanne sich auf die Zunge.

Sie kletterten durch Wolkenfelder, durch tiefen Schnee, der an ihren Stiefeln klebte, sodass ihre Muskeln schmerzten.

Gelegentlich ließ Rob sich zurückfallen und gab ein paar obszöne Worte von sich.

Als sie schließlich ihr letztes Camp bei Thumb Rock erreichten, lächelte Cheryl wieder.

Sie bauten ihre Zelte auf, füllten einen Topf mit Schnee und kochten Wasser, während sie ihre langweiligen Proviantrationen aßen. Es war bitterkalt, und der Wind rüttelte an den Zelten.

»Tut mir leid wegen vorhin.« Cheryl drehte die Flamme unter dem Topf höher. »Ich schätze, wir haben da einfach unterschiedliche Meinungen.«

Suzanne verkniff sich zu sagen, dass sie neuerdings bei fast allem unterschiedlicher Meinung zu sein schienen. »Vergiss es.«

»Rob findet nicht, dass man sein Leben ändern sollte, nur weil man Kinder hat, und ich stimme ihm zu.«

Suzanne bemerkte, wie müde ihre Freundin aussah. »Wie geht es den Kindern?«

»Posy ist unglaublich.« Ein Lächeln huschte über Cheryls Gesicht. »Rob hat recht. Sie hat es, Suz. Sie ist furchtlos und geschickt. Wir nehmen sie nächsten Sommer mit zum Wandern. Rob findet, wir könnten zusammenpacken und uns ein paar Monate freinehmen. Das ist Erziehung.«

Rob findet, Rob findet …

»Wird Hannah das nicht hassen?«

Cheryl drehte die Flamme runter und bereitete den Tee zu. »Rob glaubt, dass es gut für sie wäre. Er hat Posy diese kleinen Wanderschuhe gekauft. Du solltest sie sehen. Sie sieht entzückend aus. Ich habe ein Bild auf meinem Handy. Erinnere mich daran, es dir zu zeigen.«

Sie haben drei Kinder, und sprechen immer nur über Posy, dachte Suzanne. »Gefielen Hannah die Bücher, die ich ihr geschickt habe?«

»Welche Bücher?« Cheryl runzelte die Stirn. »Ach ja. Danke, aber bitte schick ihr keine mehr. Rob sagt, dass sie ihr nur einen Vorwand liefern, um Training und körperliche Aktivität zu vermeiden.«

Suzanne verkniff sich eine Antwort. »Und Beth?«

»Beth ist ein typisches Mädchen. Sie möchte andere schminken und zum Ballett. Du kannst dir ja vorstellen, was Rob davon hält.«

Suzanne fragte sich, warum Rob glaubte, er müsse die Kinder nach seinen Vorstellungen formen.

Cheryl stellte ihren Becher auf den Zeltboden. »Können wir aufhören, über die Kinder zu reden? Heute bin ich einmal ich und nicht ihre Mom.«

»Tut mir leid. Ich liebe deine Mädchen und bekomme sie in letzter Zeit nicht oft zu sehen, also freue ich mich, wenigstens etwas über sie zu hören.« Sie dachte häufig darüber nach, welche Ironie doch darin lag, dass sie, die sich immer eine Familie gewünscht hatte, noch immer kinderlos war, wohingegen Cheryl, die das Thema nie zu kümmern schien, jetzt sogar drei Kinder hatte.

»Ich weiß, dass du sie liebst. Und wo wir schon davon reden …« Cheryls Ton klang ganz beiläufig, während sie sich vorbeugte, um ihre Stiefel lockerer zu schnüren. »Du würdest sie nehmen, oder?«

»Sie wann nehmen?« Vor ihnen ging die Sonne unter und ließ Schnee und Eis aufglühen.

»Wenn uns irgendwas passieren sollte. Ich möchte, dass du dann die Kinder nimmst.«

Suzanne vergaß schlagartig den Sonnenuntergang. »Ich?«

»Ich habe keine Familie und Rob auch nicht. Du bist wie eine Schwester für mich.«

Schwestern entzweiten sich, oder?

Sie näherte sich dem Thema ebenso vorsichtig, wie sie sich dem Gletscher unter ihnen genähert hatte, und sprach den Haken behutsam an: »Was denkt Rob darüber?« Sicher wäre sie der allerletzte Mensch, den Rob sich als Elternersatz für seine Kinder wünschte.

»Rob glaubt, dass wir unbezwingbar sind.« Cheryl griff wieder nach ihrem Becher Tee. »Sieh dir diesen Blick an.«

Suzanne betrachtete ihre Freundin. »Du möchtest, dass ich ihr Vormund bin?«

»Sie lieben dich.«

»Und ich liebe sie.« *Drei Kinder.* »Aber wie du richtig gesagt hast: Ich habe keine Ahnung von Elternschaft.«

»Das ist alles nur hypothetisch. Es wird uns nichts passieren. Vor allem nicht mit dir, wenn du weiter die Schneedecke und jede Gletscherspalte prüfst.«

»Richtig.« Mit Rob zu klettern machte sie nervös. Sein Mangel an Vorsicht gab ihr das Gefühl, besonders wachsam sein zu müssen.

Cheryl drehte sich zu ihr. »Also würdest du es tun?«

»Die Kinder nehmen? Natürlich.«

Hypothetisch.

Sie wiederholte das Wort, als sie in jener Nacht dalag und dem Wind lauschte, der am Zelt rüttelte.

Um drei Uhr in der Früh kochten sie Kaffee und prüften das Wetter. Wenn sie den Gipfel erreichen wollten, mussten sie rechtzeitig aufbrechen, denn sie hatten noch eintausend Höhenmeter mit Tiefschnee und Eis an der nördlichen Gletscherseite des Mount Rainier vor sich.

»Sieht gut aus«, sagte Rob, als er seinen Rucksack aufsetzte. »Lasst uns die Sache durchziehen.«

Suzanne ging voraus. Das Eis war hart, und ihre Wadenmuskeln schmerzten vor Anstrengung.

Der Berg war still, was sie nur wenig beruhigte. Ein schlafender Drache war noch immer gefährlich.

Als sie eine Pause einlegten, schaute sie zum Gipfel.

»Lenticularis-Wolken.«

Rob genoss seinen Energieriegel. »Sieht aus wie ein Ufo, das dort schwebt. Kein Lüftchen geht.«

»Sie sind unbeweglich.« Suzanne kniff die Augen zusammen. »Ein Sturm kommt auf.«

»Hörst du dir eigentlich zu? ›Ein Sturm kommt auf.‹« Rob verdrehte die Augen. »Wir sind in den Bergen, Kleines. Da kommt immer ein Sturm auf, die Frage ist nur, wann. In diesem Fall werden wir schon auf dem Gipfel gewesen und wieder zurück im Tal sein und dort ein Bier trinken, wenn er zuschlägt.«

Suzanne spürte, wie der Ärger in ihr aufflackerte. *Nenn mich nicht Kleines.* »Lies das Wetter, Rob.«

»Ich war nie ein großer Leser.« Er nahm einen Schluck Wasser und verstaute dann seine Flasche. »Wenn ein Sturm aufkommt, sollten wir besser aufbrechen.«

Lindsey erreichte sie keuchend. »Denkt ihr, wir sollten umkehren?«

Rob fluchte. »So dicht vorm Gipfel? Bist du verrückt?«

Lindsey errötete. »Es ist nicht verrückt, vorsichtig zu sein, Rob.«

»Wenn du Sicherheit brauchst, bleib zu Hause und strick Pullover.«

Cheryl legte ihre Hand auf Robs Arm und versuchte, ihn zu beruhigen. »Ich schlage vor, wir klettern bis zur Kante und sehen uns dann erneut das Wetter an. Wenn es bedrohlich wirkt, können wir immer noch umkehren.«

Suzanne fragte sich, ob sie auf das Offensichtliche hinweisen sollte: Wenn Rob hier nicht umkehren wollte, würde er noch weniger umkehren wollen, wenn der Gipfel in Griffweite lag.

Und sie mussten noch den Gletscher überqueren.

»Ist es okay, wenn ich das nächste Stück führe?« Rob zog seine Handschuhe über und korrigierte den Sitz seines Rucksacks.

Suzanne nickte widerstrebend, und sie stiegen weiter auf.

Sie wollte den verdammten Tag möglichst bald hinter sich haben. Sie wollte ihn hinter sich haben, damit sie zu Stewart heimkehren konnte. Er würde einen seiner wärmenden Eintöpfe gekocht haben, ein schottisches Rezept seiner Mutter, der so herzhaft war, dass er als vollwertige Mahlzeit durchging.

Um sich von Rob und dem Aufstieg abzulenken, stellte sie sich ihre Heimkehr vor.

Sie dachte an den Tag, an dem sie beide vielleicht auch drei Kinder hätten. Sie würde ihre Individualität fördern und sie alle gleich behandeln.

Hoch über ihnen verklumpten die Schneeflocken, die während der Nacht so weich und zart gefallen waren, und erhöhten so das Gewicht und den Druck. Die kleinen Eiskristalle verschmolzen und verhärteten und drückten auf den darunterliegenden Schnee.

Tief unten in diesem Schnee löste sich allmählich die Verbindung einzelner Schneeschichten, bis es nur noch eine Erschütterung durch Robs Stiefel brauchte, damit sich dreihunderttausend Kubikmeter Schnee lösten.

Es war nicht einmal mehr genug Zeit für einen Warnruf.

Kapitel 15

Posy

Drei Tage nach Hannahs Ankunft war Posy kurz davor, mit Luke durchzubrennen und keine Nachsendeadresse zu hinterlassen. Alles schien sich zu der Sorte Weihnachten zu entwickeln, die sie fürchtete, nur dass es diesmal nicht Hannah, sondern Beth war, die sie in den Wahnsinn trieb.

Ihre Schwester war wie besessen von dem Job in Manhattan.

Corinna hatte am Abend zuvor während des Abendessens dreimal innerhalb einer Stunde angerufen.

Jedes Mal hatte Beth gesagt: »Da muss ich rangehen«, und war aufgestanden, um das Gespräch zu führen, bis sogar Suzanne mit ihrer schier unendlichen Geduld verärgert reagierte.

Hannah hatte nichts gesagt, was Posy ebenfalls beunruhigte.

Nicht weil Hannah still war, denn das war sie häufig. Es lag eher daran, dass sie verletzlich wirkte, und Posy hatte ihre Schwester nie zuvor verletzlich erlebt. Sie konnte die roten Augen und den Schwangerschaftstest nicht vergessen, doch Hannah hatte seitdem nichts davon erwähnt, und Posy wagte nicht, das Thema anzusprechen.

War sie schwanger oder nicht? Zufrieden oder nicht?

Sie wusste, dass ihre Eltern ebenfalls beunruhigt waren, denn sie sah die Blicke, die sie tauschten. Keiner von ihnen wusste, warum Hannah früher nach Hause gekommen war, und als sie Posy fragten, hatte sie angemessen neutral geantwortet. Wenn Hannah schwanger war, dann oblag es ihr, die Neuigkeit zu erzählen.

Sie hätte ihr vorgeschlagen, mit Beth zu sprechen, doch Beth schien an nichts anderes als Lippenstifte denken zu können.

Posy war erleichtert, dass sie sich abends in die friedliche

Ruhe ihres Lofts zurückziehen konnte. An diesem Morgen fuhr sie als Erstes zur Lodge in der Hoffnung, noch schnell mit ihrer Mutter frühstücken zu können, bevor sie zum Café aufbrachen.

Luke plante für den kommenden Sommer eine Expedition zum Denali und hatte sie eingeladen mitzukommen. Posy freute sich auf die Aussicht, den höchsten Berg Nordamerikas zu besteigen und Alaska zu sehen. Sie war entschlossen, mit ihrer Mutter darüber zu reden. Wie konnte sie sich eine solche Gelegenheit entgehen lassen?

Sie war sich nicht sicher, ob es der Aufstieg zum Denali war, der sie begeisterte, oder die Aussicht darauf, mehr Zeit mit Luke zu verbringen. Es war ihr auch egal. Sie wusste nur, dass sie dabei sein wollte.

Und wenn sie für den Sommer eine Aushilfe im Café einstellten, konnte sie das auch.

Als sie die Lodge erreichte, war sie entschlossen, ein aufrichtiges Gespräch zu führen.

Unglücklicherweise war ihre Mutter spät aufgestanden und ihre Schwester früh, was jede Chance auf die erhoffte ruhige Zeit zu zweit zunichtemachte.

»Wonach wählst du einen bestimmten Lippenstift aus?« Beth kam mit Notizblock und Stift in die Küche. In dem Versuch, ihre neue Rolle auszufüllen, hatte sie Posys Garderobe zugunsten von Hannahs verworfen. Heute trug sie ein schwarzes Wollkleid mit hochhackigen Stiefeln. Ihr Haar hatte sie zu einem eleganten Knoten aufgesteckt, das Make-up war makellos. Für ein Meeting in London oder New York war sie absolut perfekt gekleidet. Für einen Wintertag in den eisigen Highlands wäre ihr Outfit ein Witz, würde sie etwas anderes tun, als im Haus hin und her zu laufen.

Dieser Anblick verbesserte Posys Laune nicht gerade.

Ihr Arbeitspensum hatte sich mehr als verdoppelt, seit ihre beiden Schwestern zu Hause waren. Sie hatte so viel zu tun, dass sie kaum Zeit zum Duschen oder für eine Frisur hatte, geschweige denn dafür, einen Lippenstift auszuwählen.

Sie war seit halb sechs Uhr in der Früh auf den Beinen und musste noch das Bettzeug in der Scheune wechseln, die Hühner füttern und einen Ballen Stroh zu Socks fahren, bevor ihre Schicht im Café begann.

Als sie begriff, dass Beth auf eine Antwort wartete, zuckte sie mit den Schultern. »Den Schafen ist meist egal, ob ich Lippenstift trage. Kannst du die Geschirrspülmaschine ausräumen?«

»Gleich. Meine Nägel müssen noch trocknen, ich kann also gerade nichts anfassen. Aber ich möchte gern deine Meinung hierzu hören.« Trotz der Gefahr für ihre Nägel hielt Beth inne, um sich etwas zu notieren. »Ich liebe dieses Projekt übrigens. Liebe es. Ich habe das Gefühl, als würde ich endlich das tun, was ich will, statt mich immer um andere zu kümmern und selbst als Letzte an die Reihe zu kommen. Weißt du, was ich meine?«

»Nicht wirklich. Ich kümmere mich immer um andere und bin als Letzte an der Reihe.« Posy widmete sich selbst dem Geschirr und sortierte klirrend Teller in den Schrank.

Beth entging die Ironie. »Könntest du damit kurz aufhören? Ich möchte dir ein paar Fragen stellen.«

»Nein, ich kann nicht aufhören, und ich bin nicht deine Zielgruppe.«

»Du bist genau meine Zielgruppe. Diese neue Produktlinie, für die ich arbeite, ist für Frauen, die normalerweise kein Makeup tragen.« Beth ging durch die Küche und goss sich einen Kaffee ein. »Und wer sind diese Frauen?«

Posy straffte die Schultern. »Vielleicht sind es Frauen, in deren Leben viel los ist. Wahrscheinlich eine Frau, die allein ein Familienweihnachten vorbereitet, während ihre Schwester das Ganze als Wellness-Urlaub betrachtet.«

Beth hob die Augenbrauen. »Kein Grund, zickig zu sein.«

»Ich bin nicht zickig. Nur beschäftigt. Und räum das Makeup vom Tisch. Ich versuche, Frühstück zu machen.«

»Ich bin auch beschäftigt. Corinna möchte zum Dienstbeginn im Büro mehr Ideen haben, womit mir nur wenige Stunden für das hier bleiben. Ich muss meine Zielgruppe verstehen. Warum greift eine Frau morgens zu Make-up? Das ist die Schlüsselfrage, die ich mir stelle.«

Posys Ärger kochte über wie Milch, die zu lange auf dem Herd stand. »Ernsthaft? Beth, du hast keine Ahnung, wie es deinen Kindern geht, deine Ehe ist in Gefahr, und das ist es, was du dich fragst?«

Beth stellte abrupt den Becher auf den Tisch, wobei Kaffee überschwappte. »Du glaubst, meine Ehe ist in Gefahr?«

»Ich weiß nicht, aber du und Jason scheint ein ernsthaftes Kommunikationsproblem zu haben, und ich schätze, das liegt daran, dass er dort ist und du hier bist.«

»Ich weiß.« Beth ließ sich auf den nächstbesten Stuhl plumpsen. »Was glaubst du, warum ich um diese Uhrzeit wach bin? Ich kann nicht schlafen. Ich vermisse die Mädchen. Ich vermisse Jason, und ich weiß nicht, wie wir das hinbekommen sollen. Bei der Frage nach einem weiteren Kind gibt es einfach keine Kompromisslösung.«

Posy nahm ein Tuch und wischte den verschütteten Kaffee auf, wobei sie sich zur Ruhe zwang. Was war los mit ihr? Sie war normalerweise nie gereizt. »Indem ihr schweigt, werdet ihr es nicht hinbekommen. Wie oft hast du seit deiner Ankunft mit ihm gesprochen? Immer wenn dein Handy klingelt, ist es Corinna.« Es bedrückte sie, dass die scheinbar unerschütterliche Ehe ihrer Schwester erschüttert worden war. Es bedrückte sie mehr, als es ihre Schwester zu bedrücken schien. Jetzt, da die anfängliche Was-habe-ich-getan-Krise vorbei war, schien Beth nur noch an Corinna und die Kampagne denken zu können.

»Mit Jason habe ich nicht gesprochen.« Beths Stimme zitterte ein wenig. »Ich habe diese eine Nachricht von ihm bekommen, dass alles okay liefe. Ich rufe jeden Abend an, doch er sagt nur: ›Hi Beth‹, und gibt das Telefon dann gleich an die Mädchen weiter. Er hat unseren Streit nicht einmal erwähnt. Ich glaube, dass er wütend ist, weil ich einfach so gegangen bin, und ich bin noch wütend, weil er diese Dinge gesagt hat. Außerdem ist der

Empfang nicht zuverlässig. Gestern Abend musste ich dreimal zurückrufen. Das ist einem ehrlichen, tief gehenden Gespräch nicht gerade zuträglich.«

Posy hörte nur halb zu. Sie fragte sich, wer der Vater von Hannahs Kind war, wobei sie davon ausging, dass sie tatsächlich schwanger war. War es ein One-Night-Stand gewesen? Sie hätte gern mit Beth darüber gesprochen, doch offensichtlich hatte Hannah ihr nichts von dem Schwangerschaftstest erzählt, und Posy fand, dass es nicht an ihr war, das zu tun. »Du musst das lösen, Beth.«

»Ich weiß nicht, wie. Ich bekomme vielleicht nie wieder eine Gelegenheit wie diese. Zum ersten Mal seit Jahren will mich jemand wegen etwas anderem als meinen mütterlichen Qualitäten. Und nicht nur irgendjemand, sondern Corinna! Weißt du, wie schmeichelhaft das ist? Sie ist nicht leicht zufriedenzustellen.«

»Das ist offensichtlich, wenn man bedenkt, wie oft sie dich gestern Abend beim Essen angerufen hat.«

»Ja, und sie will mich. Ich werde diejenige sein, die für ein Mittagsmeeting an die Westküste fliegt und dort nicht das Essen von jemandem klein schneiden muss.«

Posy verstand den Reiz daran nicht, aber sie wusste, wie es war, wenn man etwas anderes wollte. »Bist du sicher, dass du das möchtest?«

»Ja. Es wird mich zunächst einmal interessanter machen.«

Posy fragte sich, ob sie darauf hinweisen sollte, dass sie das ganze Gerede von Lippenstiften todlangweilig fand.

Sie sah zu, wie Beth aufstand, um sich Kaffee nachzuschenken.

»Lass welchen für Mom übrig.«

Doch Beth war mit ihrem Kopf schon wieder bei dem Job, den sie noch nicht hatte und für den sie noch nicht bezahlt wurde. »So wie ich es sehe, besteht mein Zielpublikum aus zwei unterschiedlichen Gruppen: den Frauen, die noch nie Make-up getragen haben, und den Frauen, die es getragen haben, aber aus irgendeinem Grund damit aufhörten. Diese Frauen sind eine Schlüsselzielgruppe, weil sie das größere Potenzial bieten. Ich habe ein paar tolle Ideen und bin fast so weit, sie dem Team zu präsentieren. Aber dafür brauche ich einen zuverlässigen Empfang. Die Verbindung darf nicht ständig unterbrochen werden wie bei den Gesprächen mit Melly und Ruby.«

»Auf dem Dach des Hühnerstalls ist er ziemlich gut.« Posy fielen die Stiefel ihrer Schwester ins Auge. »Oder du könntest dich an die weiter entfernte Seite des Feldes stellen, auf dem Socks ist. Aber dafür müsstest du wohl das Schuhwerk wechseln.«

»Weißt du was? Vielleicht tue ich das.« Beth nippte an ihrem Kaffee. »Alles, um den Job zu erledigen, nicht wahr? Ich werde beweisen, dass ich das hier kann. Es wird Corinna umhauen.«

Wenn sie auf dem Hühnerstall steht, dachte Posy bei sich, wird es vermutlich eher sie umhauen. »Ich finde es großartig, dass du bei den Mädchen zu Hause bist. Die Glücklichen, würde ich sagen. Und du Glückliche, dass du das tun kannst.«

»Ich weiß, aber bevor ich Melly bekommen habe, war meine Karriere gleichauf mit Jasons. Wir haben das Gleiche verdient. Und jetzt zieht er davon.«

»Ist das denn ein Rennen? Ich dachte, ihr wärt ein Team und nicht in einem Wettbewerb.«

»Er hat es besser als ich.«

»Das hängt davon ab, wie du ›besser‹ definierst. Du bist eine gute Mutter.«

»Bin ich das? Wie misst man eine gute Leistung in Sachen Elternschaft? Man kriegt keine Lohnerhöhung oder Beförderung. Meine Mädchen sind nicht gerade Engel.«

»Aber sie fühlen sich geliebt und sicher.« Posy errötete. »Tut mir leid.«

»Muss es nicht. Familie ist für dich das Allerwichtigste auf der Welt, das wissen wir. Das und das Klettern sind die Gründe, warum du nie fortgegangen bist und es auch nicht tun wirst. Und ich verstehe das, aber ich brauche mehr.«

Posy atmete tief ein. »Wo wir schon bei dem Thema sind …«

»Du musst es nicht erklären oder dich dafür rechtfertigen. Wir alle wünschen uns unterschiedliche Dinge, und das ist in Ordnung. Auch ich verstehe die Wichtigkeit von Familie. Man ist da für all diese besonderen Momente. Man ist da, um sie aufzufangen, wenn sie ihre ersten Schritte machen, um zuzuhören, wenn sie ihre ersten Worte sprechen.«

Posy gab auf. Im Moment war es unmöglich, ihre Schwester dazu zu bringen, irgendjemand anderem zuzuhören als sich selbst.

»Wenn es so wichtig ist, da zu sein, warum hast du es dann so eilig, wieder arbeiten zu gehen?«

»Ich bin bereit für mehr. Ich habe so eine unglaubliche Begeisterung, das ist fast schon körperlich.«

»Es ist körperlich. Man nennt das Koffein.« Posy nahm ihrer Schwester den Becher aus der Hand. »Es reicht.«

»Es ist so großartig, wieder zu arbeiten.«

Zu arbeiten?

Soweit Posy sehen konnte, hatte ihre Schwester bislang nichts anderes getan, als Make-up aufzutragen, hochhackige Schuhe anzuziehen und mit ihrem Block im Haus herumzuspazieren, während sie vor sich hin murmelte.

Waren die Menschen dazu verdammt, sich das Leben zu wünschen, das sie nicht lebten? War es normal, seine Entscheidungen zu hinterfragen?

Beth neigte den Kopf und musterte Posy. »Darf ich dich schminken?«

»Nur wenn ich mich dabei bewegen kann. Ich habe jede Menge zu tun.«

»Kein Problem. Du musst los und hast keine Zeit fürs Make-up.« Beth griff nach ihrer Tasche. »Das ist der USP dieser Produktpalette.«

»USP? Was heißt das?« Posy stellte die Milch zurück in den Kühlschrank. »Unnötiges, sauteures Produkt?«

»*Unique Selling Point* – Alleinstellungsmerkmal.« Beth

schürzte die Lippen. »Du nimmst das nicht ernst, aber ich werde nicht mit dir streiten. Nichts kann meinen Tag verderben.«

»Es ist erst sieben, der Tag ist noch jung. Wenn dir nichts den Tag verderben kann, ist dies ein guter Zeitpunkt, dir zu sagen, dass du das Abendessen machst. Die Zutaten sind im Kühlschrank.«

»Ich nehme mir eine Auszeit vom Kochen. Ich koche jeden Abend für Jason und die Mädchen.«

»Gut. Das bedeutet, dass du genug Übung hast. Und denk dran, ich mag keine Karotten.«

»Wenn ich dich nicht schminken darf, mache ich Karottensuppe, gefolgt von Karottenauflauf und Karottenkuchen zum Dessert.«

»Also gut, schmink mich.« Posy schlug die Geschirrspülmaschine zu. »Aber denk dran, ich bin ein einfaches Mädchen vom Land, das sein einfaches Landleben lebt.« Das einzige Leben, das sie je haben würde. Vielleicht sollte sie mit Luke durchbrennen. Eine Hütte in Alaska mieten, tagsüber Elchen und Bären ausweichen und nachts heißen Sex haben. »Du hast zwei Minuten.«

Sie versuchte nicht rumzuzappeln, während Beth sie schminkte. »Lass mich nicht wie einen Clown aussehen.«

»Es wird aussehen, als wärst du gar nicht geschminkt.«

»Wenn es so aussieht, als wäre ich gar nicht geschminkt, warum soll ich es dann tun?«

»Hör auf zu reden. Ich kann nicht arbeiten, wenn sich dein Gesicht bewegt. Als du klein warst und ich versucht habe, dich zu schminken, warst du genauso.«

»Es ist auch immer noch so schlimm, wie ich es in Erinnerung habe. Außerdem wird es keine fünf Minuten halten.«

»Ha! Dieser Lippenstift ist genau das, was du brauchst. Laut den Bewertungen verschmiert er niemals. Du kannst jeden Mann küssen, der an der Bar im Glensay Inn auftaucht, und hast immer noch den Lippenstift drauf.«

»Ich möchte im Glensay Inn niemanden küssen.«

»Posy!«

Posy presste die Lippen zusammen und versuchte, nicht die Nase zu verziehen, wenn sie das Streichen und Tupfen von Beths Fingern spürte, gefolgt vom Kitzeln verschiedener Pinsel. Sie folgte den Anweisungen, ihre Augen zu schließen, sie zu öffnen, nach unten zu schauen, einen Kussmund zu formen …

»Wenn mich das Team aufzieht, räche ich mich an dir.« Als ihr Vater in die Küche kam, drehte sie den Kopf. »Hallo Dad.« Sie schob Beth und ihre Make-up-Pinsel beiseite. »Wo ist Mom?«

»Dad!« Beth lief durch die Küche und umarmte ihn.

Stewart erwiderte die Umarmung und sah Posy über Beths Schulter hinweg überrascht an. »Was ist mit deinem Gesicht passiert?«

»Meine Schwester ist meinem Gesicht passiert. Stimmt mit Mom irgendwas nicht?«

»Sie fühlt sich nicht gut.« Er ließ Beth los. »Sie hat hohes Fieber. Ich habe sie überredet, im Bett zu bleiben.«

»Oh nein. Ist es die Grippe?«

Beth stellte das Make-up zurück auf den Tisch. »Sie hätte nicht die Hühnersuppe zu Vicky hinüberbringen sollen.«

»Auf keinen Fall würde Mom eine Freundin in der Not im Stich lassen.« Posy nahm ein Tablett vom Tresen. »Ich mache ihr etwas zu essen und bringe es rauf.«

»Ich glaube nicht, dass sie etwas essen will.«

»Dann etwas zu trinken.« Posy füllte Eiswürfel in eine Kanne mit Wasser und fügte Zitronenspalten hinzu. Ihre Mutter war nie krank. Vielleicht hatte die Sorge um Beth und Hannah das Immunsystem ihrer Mutter geschwächt. Konnte so etwas passieren? »Sollen wir den Arzt rufen?«

»Noch nicht.«

»Du siehst erschöpft aus. Setz dich hin.« Posy schob ihren Vater sanft zu einem Stuhl. »Beth wird dir Frühstück machen. Wie wäre es mit Rührei auf Toast? Martha hat heute Morgen ein Ei gelegt, was ich schon für dich reserviert habe.«

Ihre Schwester notierte etwas in ihrem Block. »Ich muss nur gerade …«

»Du musst Dad ein Omelett machen. Hier ist die Pfanne.« Posy drückte sie ihr zusammen mit einer Schachtel Eier vor die Brust. Wenn Beth jetzt nicht gleich aufstand, würde sie die Eier über ihrem Kopf aufschlagen, und das nicht, weil ihre Schwester mal gesagt hatte, dass das gut für die Haare sei.

Sie stampfte nach oben und traf Hannah im oberen Stockwerk.

»Hallo Posy. Du könntest vermutlich nicht …«

»Nein, könnte ich nicht. Meine To-do-Liste ist sowieso schon länger als die des Weihnachtsmanns.« Schuldgefühle erfassten sie und ließen sie innehalten. Sie hatte sich gewünscht, dass Hannah mit ihr sprach, doch das Timing konnte nicht schlechter sein. »Es tut mir leid. Der Morgen hat es in sich. Geht es dir gut? Was wolltest du?«

»Nichts. Vergiss es.« Hannah ging zurück in ihr Zimmer. Genervt von ihrer Schwester und sauer auf sich selbst, starrte Posy ihr nach. Sie hätte sie nicht so anfahren sollen. Das wäre die perfekte Gelegenheit gewesen, anteilnehmend und mitfühlend zu sein, um das Ergebnis des Tests zu erfahren.

Als sie ein Husten hörte, eilte sie in das Schlafzimmer ihrer Eltern.

Ihre Mutter war doppelt zugedeckt.

Posy war im Nu bei ihr und stellte das Tablett ab. Sie vergaß alles andere, als sie ihrer Mutter über den Rücken rieb. »Ich mache dir heiße Zitrone mit Honig, vielleicht hilft das gegen den Husten.« Sie legte die Hand auf die Stirn ihrer Mutter und war alarmiert, wie heiß sie sich anfühlte.

»Komm mir nicht zu nah.« Suzannes Stimme war heiser. »Du steckst dich sonst an. Und du brauchst mir nichts zu trinken zu machen. Ich stehe auf und kann mir selbst etwas kochen.«

»Du bleibst, wo du bist. Und keine Sorge, ich stecke mich nicht an. Ich halte nicht lange genug still, als dass Viren auf mir landen könnten.«

»Aber ich kann nicht im Bett bleiben. Es gibt zu viel zu tun.« Suzanne versuchte sich aufzusetzen, fiel aber sofort zurück ins Kissen. »Ich fühle mich schrecklich schwach. Ausgerechnet jetzt, so kurz vor Weihnachten.«

Posy fühlte mit ihr, doch sie wusste, dass ihre Mutter sich am besten erholen würde, wenn sie im Bett blieb. »Du kannst mir eine Liste der Dinge geben, die noch zu tun sind.« Sie versuchte nicht an die Liste zu denken, die sie bereits hatte. Wenn sie einiges im Schnellverfahren erledigte, würde sie es schon schaffen.

»In Ordnung.« Suzanne hatte einen erneuten Hustenanfall. »Dort auf dem Tisch liegen Block und Stift.«

Posy griff danach. Sie hatte nicht erwartet, dass ihre Mutter ihr tatsächlich eine richtige Liste diktieren würde. »Okay, schieß los.« *Bitte lass es nicht zu viele Dinge sein.*

»Du musst die Cranberry-Sauce machen und sie einfrieren. Die Cranberrys sind im Kühlschrank, und in der Schüssel liegen frische Orangen. Die Kinder lieben meine Zimt-Gewürzkekse, also solltest du zwei Bleche backen …« Die Liste wurde länger und länger, bis Posys Hand fast ebenso schmerzte wie ihr Kopf.

Wie sollte sie all das schaffen? Würde ihre Mutter es bemerken, wenn sie Cranberry-Sauce aus dem Glas verwendete?

»Kein Wunder, dass du krank bist. Allein bei der Länge dieser Liste bekomme ich Grippe-Symptome, und ich war vor fünf Minuten noch gesund.«

»Ich muss noch zehn Strümpfe für die Team-Spendensammlung stricken. Das kannst du nicht, ich weiß. Bring mir meine Wolle und die Nadeln, dann mache ich es hier.«

»Du musst schlafen.«

»Ich kann nicht schlafen, wenn ich weiß, dass noch so viel zu tun ist. Du siehst hübsch aus.« Suzannes Stimme war heiser. »Ich sehe dich nicht oft mit Make-up. Gehst du aus?«

»Nur ins Café.« Das sie jetzt allein betreiben musste, weil sowohl Vicky als auch ihre Mutter der Grippe zum Opfer gefallen waren. »Beth hat mich geschminkt.«

»Wie schön, dass ihr Mädchen Spaß miteinander habt. Und ich bin froh, dass du Hilfe hast.«

Hilfe? Bisher war Beth so hilfreich gewesen wie ein Ventilator in einem Schneesturm.

Nichts war so, wie es sein sollte.

Beth, normalerweise ihre zuverlässige und berechenbare Schwester, war ohne ihre Kinder hier und hing stattdessen alle zwei Minuten am Telefon. Hannah, die der zugeknöpfteste Mensch war, den sie kannte, war ausgesprochen derangiert gewesen, als sie sie vom Flughafen abgeholt hatte. Nicht einmal ihr gekonntes Make-up konnte die Schatten unter ihren Augen verbergen. Ein Hauch von Verzweiflung umwehte sie, als wäre sie kurz davor, vor allem und jedem wegzulaufen, inklusive sich selbst.

»Ich schicke Beth später mit Zitrone und Honig hoch.«

»Nein! Sie sollte mir nicht zu nahe kommen.«

»Warum nicht?«

Suzannes Augen wurden schmal. »Wenn sie sich ansteckt, könnte es dem Baby schaden.«

»Welchem Baby?«

»Du musst mir nichts vormachen. Das Gerücht hat sich im Dorf schon verbreitet. Natürlich hätte ich es gern gesehen, dass sie es mir als Erste erzählt, aber ich freue mich, dass sie wieder schwanger ist.«

Posy dachte kurz, dass sie Aidan umbringen würde, wenn sie ihn sah. »Mom, sie ist nicht schwanger.« *Aber Hannah könnte es sein.*

»Warum sollten die Menschen dann glauben, dass sie es ist?«

»Ein Missverständnis. Das geschieht an Orten, wo sich die Leute nicht um ihre eigenen Angelegenheiten kümmern. Wir haben über etwas Allgemeines gesprochen, und jemand hat es mitgehört. Jetzt schlaf und mach dir keine Sorgen. Ich werde mich um alles kümmern.«

»Ich bin ganz offiziell besorgt. Ich mache mir Sorgen um Beth, ich mache mir Sorgen um Hannah, und jetzt mache ich mir auch um dich Sorgen.« Sie hielt inne, weil ein Hustenanfall sie fast aus dem Bett warf. »Du wirst das alles nicht allein schaffen. Es ist so viel zu tun, bevor Jason mit den Mädchen kommt.«

»Beth und Hannah können sich um sich selbst kümmern, und wir haben noch ein paar Tage, bis Melly und Ruby kommen. Das verschafft uns eine Menge Zeit. Überhaupt kein Grund, in Panik auszubrechen.«

»Ich hatte mir so sehr ein perfektes Weihnachten für uns alle gewünscht.«

»Und es wird ein perfektes Weihnachten.«

Eher ein perfektes Desaster.

Es klingelte an der Tür, und Posy strich das Bettzeug ihrer Mutter glatt. »Ich muss zur Tür gehen. Vermutlich ist es die Wolllieferung, die du erwartest.«

Beth war vor ihr an der Tür, und Posy hörte einen erstaunten Aufschrei, dem vertraute Stimmen folgten. Sie blickte nach unten.

Es waren Jason und die Mädchen, zusammen mit genug Gepäck, um ein ganzes Flugzeug zu füllen.

Posy ließ sich auf die oberste Treppenstufe fallen und schlug die Hände vors Gesicht.

Es gab eindeutig einen Grund, in Panik auszubrechen.

Kapitel 16

Beth

Das Letzte, womit Beth gerechnet hatte, war, dass Jason und die Mädchen früher auftauchen würden.

Sie hätte verärgert sein sollen, weil er ihre Auszeit störte, doch sie war in ihrem ganzen Leben noch nie so erleichtert gewesen, jemanden zu sehen.

»Wir wollten dich überraschen.« Jason stand an der Schwelle der Haustür, als sei er nicht sicher, ob er willkommen war. »Brauchst du mehr Zeit für dich allein? Ich wollte mal spontan sein.«

Melly zupfte an seinem Mantel. »Jetzt, Daddy.«

»Meinst du?«

»Jetzt.«

Jason zog seine Hand hinter dem Rücken hervor und brachte einen Strauß weißer Tulpen zum Vorschein.

Beth schnappte nach Luft. »Wo hast du die denn gefunden?«

»Wir haben den Taxifahrer gebeten, einen Abstecher zu machen.«

Beth liebte Blumen, und im Moment liebte sie auch ihren Mann. »Danke. Sie sind wunderschön.«

»Ich habe dir ja gesagt, dass ihr diese am besten gefallen«, flüsterte Melly, und Jason zwinkerte ihr zu.

»Großartiger Tipp, Mel.«

Sein Haar war zerzaust, sein Mantel zerknittert und er selbst unrasiert, doch Beth hatte ihn niemals mehr geliebt. Selbst jetzt, nach so vielen Jahren, hob sein Anblick ihre Stimmung.

Das euphorische Gefühl hielt an, bis sie sich daran erinnerte, dass sie nicht gerade im Guten auseinandergegangen waren und keiner ihrer Streitpunkte geklärt war.

Sie trat vor und küsste ihn. Seine Wange fühlte sich kalt und stoppelig an unter ihren Lippen. »Du musst dich rasieren.«

»Ich weiß, aber sich zu rasieren erfordert eine gewisse Zeit allein im Badezimmer.«

»Mommy!« Nachdem sie nun lange genug gewartet hatte, schob Ruby ihn beiseite, um sich in Beths Arme zu werfen, und Melly folgte ihr. Ihre geräuschvolle Begrüßung erinnerte Beth daran, dass es in absehbarer Zeit keine Gelegenheit für ein Gespräch unter Erwachsenen geben würde.

Beth schloss die Haustür, legte die Blumen auf den Konsolentisch, den ihr Vater aus Recyclingholz gebaut hatte, und ging in die Knie, um die Mädchen richtig umarmen zu können.

Mellys Mantel war nicht zugeknöpft, und Beth bemerkte, dass sie darunter ihr bestes Kleid anhatte – offenbar war Jason ebenfalls nicht gut darin, Nein zu sagen. Außerdem trug Ruby ihren Pullover verkehrt herum und hatte unterschiedliche Socken an den Füßen.

Es spielt keine Rolle, sagte sie sich. Sie lebten, sie waren ihre Kinder, und sie waren hier. Vor lauter Wiedersehensfreude hätte sie am liebsten geweint.

Sie umarmte ihre Mädchen so fest, dass Ruby protestierend quietschte.

»Es ist schön, euch alle zu sehen!« Beth küsste zuerst das eine, dann das andere Kind.

»Das ist ein hübsches Kleid, Mom.« Melly nickte zustimmend, und Beth zog sie an sich, um den vertrauten Duft ihrer Tochter einzuatmen.

Sie hatte sie so sehr vermisst. »Wie war eure Reise?«

Ruby brach in Tränen aus. »Daddy hat Bugsy im Flugzeug vergessen.«

Beth blickte zu Jason hoch und bemerkte, wie erschöpft er aussah. »Du hast Bugsy verloren?«

Sie war nicht sicher, wer bestürzter aussah, ihre Tochter oder ihr Mann.

Eigentlich hatte sie erwartet, dass er das Problem zusammen

mit den Kindern und dem Gepäck auf sie abwälzen würde, doch stattdessen ging er vor Ruby in die Hocke, während diese sich an Beth klammerte.

»Ich habe dort angerufen, Liebes. Sie sehen im Flugzeug nach, ob Bugsy noch auf dem Sitz ist.«

»Was, wenn nicht?« Ruby sah so untröstlich aus, wie sie es nur sein konnte, wenn sie Bugsy verloren hatte.

»Dann versuchen wir uns zu erinnern, wo du ihn zuletzt bei dir hattest.«

»Ich weiß nicht, wo ich ihn zuletzt hatte!«

»Sie hatte ihn in dem Café«, sagte Melly hilfsbereit. »Dort, wo du ihr die Pommes bestellt hast.«

Beth hob eine Augenbraue. »Du hast ihnen Pommes gegeben?«

»Danke, Mel.« Jason wurde puterrot, blieb mit seiner Aufmerksamkeit jedoch bei Ruby. »Wir finden ihn, das verspreche ich.«

Beth zuckte zusammen. Auch wenn sie nachvollziehen konnte, warum er das gesagt hatte, wusste sie doch, dass es nicht klug war, Versprechungen zu machen, die man nicht halten konnte.

Auch Ruby schien das zu wissen. »Was, wenn nicht? Melly hat gesagt, dass Bugsy jetzt vielleicht irgendwo anders hinfliegt. Er könnte sogar in Hong Pong sein.«

»Hong Kong«, verbesserte Melly, und Rubys Gesicht verzog sich weinerlich.

»Ich kann ohne Bugsy nicht leben.« Ihre Stimme wurde gerade zu einem schrillen Jaulen, als Posy unten an der Treppe erschien.

»Warte …« Sie legte eine Hand hinters Ohr und blickte sich um, wobei sie so tat, als sähe sie die anderen nicht. »Ich dachte, ich hätte Rubys Stimme gehört, aber das kann nicht sein, weil Ruby erst in ein paar Tagen kommt.«

Ruby hörte auf zu weinen und atmete bebend ein. »Ich bin hier, Tante Posy.« Ein Schluckauf folgte. »Ich bin hier.«

Posy suchte weiter. »Das ist merkwürdig, denn ich kann ihre Stimme hören, aber ich sehe sie nicht.«

»Ich bin hier!« Mit lautem Gekicher zwischen den Schluchzern lief Ruby zu Posy.

»Du bist tatsächlich hier.« Posy fing Ruby auf und hob sie in die Luft. »Aber hallo! Und ist das Melly, die ich da sehe? Nein, das ist nicht Melly. Das ist eine wunderschöne Prinzessin. Aber was sollte eine wunderschöne Prinzessin in meinem Haus tun?« Sie hielt Ruby mit einer Hand auf ihrer Hüfte und streckte die andere nach Melly aus, die mit einem schüchternen Lächeln zu ihr kam.

»Was ist mit deinem Gesicht passiert, Tante Posy?«

Posy berührte mit der freien Hand ihre Wange. »Ist etwas mit meinem Gesicht passiert?«

»Du bist geschminkt, und du bist sonst nie geschminkt.«

»Ach so, das. Dieser aufgehübschte Look, den ihr da bewundert, ist die Arbeit eurer klugen Mutter, die herausbekommen will, welche Lippenstiftfarbe Socks am besten gefallen wird. Vielleicht könnt ihr mitkommen, und wir fragen ihn gemeinsam.«

Ruby kicherte. »Das ist albern. Socks ist es egal, ob du Lippenstift trägst.«

»Ja? Versuch das deiner Mommy zu sagen.«

»Du siehst hübsch aus«, sagte Melly schüchtern. »Wenn du möchtest, kann ich dir jeden Tag beim Schminken helfen, solange wir hier sind. Und ich kann dir die Nägel machen.«

Posy zuckte nicht einmal, was ihr hoch anzurechnen war. »Das wäre großartig. Danke, Melly.«

Ruby zupfte an ihrem Ärmel. »Wo sind Grandpa und Grandma?«

»Ihr habt Grandpa gerade verpasst«, sagte Beth. »Er war spät dran und ist vor ein paar Minuten gegangen …« Sie fing den Blick ihrer Schwester auf. »Nachdem er das köstliche Omelett gegessen hat, das ich ihm gemacht habe.«

Posy grinste und setzte Ruby auf ihre andere Hüfte. »Und

eure Großmutter liegt krank im Bett, sodass ihr sie jetzt nicht sehen könnt. Vielleicht später.«

Ruby verzog das Gesicht. »Ich wollte Grandpa sehen. Und ich habe extra ein Bild für Grandma gemalt.«

»Hast du? Das ist toll. Wir finden einen Weg, es ihr später zu geben. Ich bin so froh, dass du hier bist, denn Socks hat dich vermisst.«

Rubys Miene hellte sich auf. »Können wir auf ihm reiten?«

»Das entscheidet eure Mutter.« Posy sah zu Beth, in der die Angst hochstieg.

Jeder wusste, dass Reiten gefährlich war.

Jason legte ihr die Hand auf die Schulter. »Lass sie reiten. Du weißt, dass sie es lieben. Sie können einen Helm tragen.«

»Es geht nicht nur um den Kopf, Jason. Auch um das Rückgrat.« Beth biss sich auf die Lippen. »Wir hätten ihnen Brustprotektoren kaufen sollen. Ich hätte daran denken sollen. Heutzutage produzieren sie sogar Airbags, bei denen man an einem Band zieht, wenn man fällt, und weich aufgefangen wird. Vielleicht ist es noch nicht zu spät, sie vor Weihnachten geschickt zu bekommen.«

Warum starrten alle sie an?

Posy ließ Ruby auf ihrer Hüfte auf und ab hüpfen. »Ich glaube, ein Helm reicht. Ich werde Socks führen. Da kann nichts passieren.«

Natürlich konnte etwas passieren! Kein Wunder, dass es so viele Unfälle gab. Die Menschen waren zu nachlässig, was Sicherheit anging. Gewiss, das hatte jeder selbst zu verantworten, aber sie wollte nicht, dass man bei ihren Kindern nachlässig war.

Ruby hielt den Atem an, die Arme um Posys Hals geschlungen, und sah Beth bittend an. »Bitte.«

Sie befand sich in einer unmöglichen Situation. Wie konnte sie Nein sagen?

»In Ordnung. Aber du trägst auf jeden Fall einen Helm und tust alles, was Tante Posy dir sagt. Sprich in der Nähe von Socks nicht so laut, und wenn du ihn fütterst, streck die Hand aus oder …«

»Beth.« Jason legte den Arm um ihre Schulter. »Es wird alles gut gehen.«

»Ich weiß, ich sage nur, dass …«

»Du möchtest, dass sie vorsichtig sind. Und das werden sie sein. Lass sie mit Posy gehen. Das gibt uns die Gelegenheit, miteinander zu reden.«

Das stimmte.

Beth nickte. »Ab mit euch. Viel Spaß.«

Posy übernahm. »Habt ihr was Warmes zum Anziehen?«

»Ja!« Ruby drehte sich zu Beth um. »Wird Mommy wieder weggehen?«

»Sie wird nirgendwo hingehen. Es ist Weihnachten.« Posy küsste Ruby auf die Wange. »Wir sind hier alle zusammen. Nachdem wir Socks gefüttert haben, hängen wir die Weihnachtsstrümpfe auf, und ihr könnt mir helfen, Plätzchen zu backen. Doch zuerst müsst ihr euch umziehen. Dann holen wir Futter für Socks, denn draußen ist es kalt, und er braucht Extrafutter.«

Beth sah sie dankbar an. »Musst du nicht im Café sein?«

»Ich werde Duncan bitten, früher hinzugehen und für mich aufzumachen.«

»Hier …« Jason griff einen der Koffer. »Hier sind die ganzen Outdoor-Sachen der Mädchen. Handschuhe, Mützen, all so etwas. Ich bringe ihn für dich rauf.«

»Nicht nötig, aber danke.« Noch immer mit Ruby auf dem Arm, griff Posy mit der freien Hand nach dem Koffer. »Ruby und Melly sind für den Glamour zuständig und ich für die Muskeln. Auf geht's, Mädchen. Wir bringen das hier in euer Zimmer und suchen etwas Warmes zum Anziehen raus. Wir müssen ganz leise sein, damit wir Grandma nicht stören. Sie braucht ihren Schlaf.«

»Du musst sie küssen, damit sie gesund wird«, sagte Ruby, und Posy nickte.

»Guter Plan.«

»Was ist mit Tante Hannah?«, fragte Ruby hoffnungsvoll. »Wo ist Tante Hannah?«

»Sie arbeitet im Moment, aber sie wird sich freuen, euch zu sehen.«

Ruby nickte. »Tante Hannah arbeitet viel. Sie hat einen wichtigen Job.«

»Den hat sie.«

Ruby tätschelte ihr mitfühlend die Schulter. »Dein Job ist es, Socks zu füttern.«

»Das ist richtig. Und das ist auch ein wichtiger Job, denn Socks zu füttern bedeutet den Unterschied zwischen Leben und Tod. Nicht für alle Jobs bekommt man ein sechsstelliges Gehalt.« Sie warf Beth einen bedeutungsvollen Blick zu, bevor sie ihre Aufmerksamkeit wieder auf die Mädchen richtete. »Habt ihr Stiefel dabei? Denn das Feld ist matschig.«

Ruby schlang die Arme um Posys Hals. »Wie oft am Tag muss Socks essen? Daddy konnte nicht glauben, dass wir so oft essen müssen. Er sagte, ich esse wie ein Pferd.«

»Na ja, Pferde essen eigentlich die ganze Zeit«, sagte Posy, woraufhin Melly schnaubte.

»In dem Fall isst Ruby tatsächlich wie ein Pferd.«

Ihre Stimmen verklangen, während sie die Treppe hochgingen und Beth und Jason zurückließen, die einander ansahen.

Sie fühlte sich unbehaglich und unsicher. Sie wusste, dass sie einiges zu besprechen hatten, doch sie wusste nicht, wo sie anfangen sollte und ob dies der richtige Zeitpunkt war. Sie wusste nicht, warum er so früh hergekommen war. »Kinderlose Zeit. So selten, dass wir vermutlich gar nicht wissen, was wir damit anfangen sollen.«

»Ja.« Er fuhr sich mit der Hand über den Nacken. »Es tut mir leid wegen Bugsy.«

»So etwas passiert einfach.«

»Dir ist es nie passiert.«

»Ich hatte mehr Übung als du.« Sie bemerkte, wie das klang, und errötete. »Das tut mir leid. Ich wollte nicht …«

»Ist in Ordnung. Es stimmt ja. Du siehst übrigens großartig aus. Melly hatte recht damit.« Sein Blick wanderte über ihren Körper und blieb an ihren Beinen hängen. »Ist das Kleid neu? Du bist ohne Gepäck abgereist.«

»Ich habe es von Hannah geliehen. Du wiederum siehst nicht großartig aus. Hast du im Flugzeug überhaupt geschlafen?«

»Machst du Witze? Mit diesen beiden? Glücklicherweise hat sich die Frau im Sitz neben uns meiner erbarmt, ansonsten hätte ich nicht mal auf die Toilette gehen können.«

Ihr Gespräch fühlte sich gestelzt und unnatürlich an.

Keiner von ihnen hatte eine Idee, wie sie die tiefe Kluft überwinden sollten, die sich in ihrer Beziehung aufgetan hatte.

Beth entschied, dass man mit der Situation umgehen musste wie mit kaltem Wasser. Einfach hineinspringen. »Diese Dinge, die ich gesagt habe …«

»Nicht jetzt.« Er schüttelte den Kopf. »Ich weiß, dass wir reden müssen, doch nach zwei Taxifahrten, zwei Flügen und nachdem ich mich ununterbrochen mit den Mädchen beschäftigt habe, funktioniert mein Gehirn nicht mehr so gut, dass ich sicher sein kann, das zu sagen, was ich sagen möchte. Das Gespräch ist zu wichtig, um es zu vermasseln. Lass uns warten, bis ich geduscht und ausgepackt und ein bisschen Schlaf bekommen habe.«

Sie wollte nicht warten. Sie kannte Paare, deren Streits sich wochenlang hinzogen, doch sie und Jason waren nicht so. Wenn sie uneins waren, was nur selten vorkam, sprachen sie darüber und klärten die Sache. Sie hatten nie ein großes Problem gehabt.

Bis jetzt.

»Warum gehst du nicht unter die Dusche, während ich die Blumen in eine Vase stelle und etwas zu essen mache? Später helfe ich dir beim Auspacken.« Sie blickte auf den Rest des Gepäcks. »Du hast mehr Koffer als Hannah dabei.«

»Ich hatte keine Ahnung, was ich für die Mädchen einpacken soll, also habe ich alles mitgenommen. Und ich habe einiges für dich eingepackt, weil ich wusste, dass du nichts dabeihast. Ich habe vor meinem geistigen Auge gesehen, wie du diese sexy Stiefel ruinierst, indem du über ein matschiges Feld läufst.«

»Geh duschen. Ich mache Kaffee und etwas zu essen.« Sie verschwand in der Küche und sah durchs Fenster, wie Posy und die Mädchen, eingepackt in Mänteln und Schals, über das Feld zu Socks stapften.

Sie stellte die Tulpen in eine Vase und stand eine Weile da, um zuzusehen, wie die Kinder am Gatter hochkletterten und den stets geduldigen Socks mit Zuneigung und frischem Heu überschütteten.

Dann wandte sie sich ab, goss frischen Kaffee in einen Becher und bestrich einen Stapel Toastscheiben mit Butter. Das Brot schnitt sie von dem frischen Laib ab, den ihre Mutter am Tag zuvor gebacken hatte.

Sie stapelte alles auf einem Tablett und trug es nach oben.

Die Tür zu ihrem Schlafzimmer stand weit offen, und dort, ausgebreitet auf dem Bett, lag Jason.

Als sie das Tablett auf dem Nachttisch absetzte, regte er sich. »Beth?«

»Ich dachte, du wolltest duschen, bevor du dich ausruhst?«

»Ich muss mich vorm Duschen ausruhen, sonst besteht die große Wahrscheinlichkeit, dass ich ertrinke. Es ist noch nicht offiziell bestätigt, aber ich glaube, ich könnte bereits tot sein.«

»Es tut mir leid, dass du erschöpft bist.«

»Nein, tut es nicht. Das ist genau das, was du beabsichtigt hast.«

Er sah so erbärmlich aus, wie er da lag, dass es schwer war, nicht zu lächeln.

»Willst du nicht wenigstens deine Schuhe ausziehen?«

Als Antwort gab er nur ein Knurren von sich, und diesmal lächelte sie tatsächlich. »Bist du wirklich so müde?«

»Müde?« Er öffnete ein Auge. »Müde fühle ich mich abends nach der Arbeit, nachdem ich mich mit Pendlern, meinem Chef und einem Haufen pingeliger Kunden herumgeschlagen habe. Das hier ist anders. Das hier ist so viel mehr. Ich habe kein Wort dafür, aber ich weiß, dass ›müde‹ auf keinen Fall ausreicht, um den Zustand zu beschreiben.«

Beth erbarmte sich seiner und zog ihm die Schuhe aus. »Welchen Teil fandest du denn ermüdend?«

»Jeden.« Er schloss das Auge wieder. »Da ist zum einen das Essen. Das ist anstrengend, weil sie ständig essen. Drei Mahlzeiten am Tag, und dann die Snacks. Keine Auszeit. Ich könnte ebenso gut ein Restaurant betreiben.«

»Die Auszeit ist zwischen den Mahlzeiten und den Snacks.«

»Nein, das war die Zeit, in der ich die Mahlzeiten und Snacks vorbereitet habe oder losgerannt bin, um irgendetwas zu kaufen, das sie wollten und das ich vergessen hatte. ›Mommy hat das immer da.‹« Er öffnete wieder die Augen. »Weißt du, wie oft ich den Satz in dieser Woche gehört habe? Grinst du etwa? Ist das ein selbstzufriedenes Grinsen, Bethany McBride Butler?«

»Vielleicht ein kleines.« Es tat gut zu wissen, dass er sich ihr Leben nun besser vorstellen konnte. »Hast du mich ein bisschen vermisst?«

»Nein. Ich habe dich sehr vermisst. Und nicht nur, weil ich keine Ahnung habe, wie man Eierbrot so zubereitet wie du. Melly sagte, es sei glitschig, was auch immer sie meint, und Ruby sagte, es schmecke merkwürdig. Als sie Eierbrot sagten, nahm ich an, dass die Zutaten Eier und Brot wären, doch offenbar fügst du noch ein Zauberpulver hinzu.«

»Hast du Zimt genommen?«

»Nein, ich habe keinen Zimt genommen. Wo, bitte schön, kommt in dem Wort Eierbrot das Wort Zimt vor?«

»Ich füge Zimt und ein bisschen Zucker hinzu, damit die Eier knusprig und nicht glitschig werden.« Sie setzte sich neben ihm auf das Bett. »Also das Eierbrot war eine Sache. Was noch?«

»Ich habe die falschen Strumpfhosen mit zum Ballett genommen.«

»Ich sagte dir doch …«

»Du sagtest mir, ich solle die pinkfarbenen nehmen, ich weiß. Aber ich habe die pinkfarbenen in der Schublade nicht gefunden, weshalb ich die schwarzen nahm, denn ansonsten wäre ich zu spät gewesen, und du sagtest mir, ich solle nie zu spät kommen. Ich habe das, wie ich glaubte, kleinere von zwei Übeln gewählt, doch offenbar kann Melly in der schwarzen Strumpfhose nicht tanzen. Irgendetwas geschieht mit ihren Beinen, und sie kann sie nicht bewegen, außer sie stecken in pinkfarbenen Strumpfhosen. Es ist ein medizinisches Wunder. Und fang gar nicht erst damit an, zwei Kinder morgens rechtzeitig aus der Wohnung rauszubekommen.«

»Warum hast du mir nicht erzählt, wie schwierig es für dich ist? Wenn ich anrief, hast du das Telefon immer gleich an die Mädchen weitergereicht. Ich dachte, du wärst so sauer, dass du nicht mit mir sprechen wolltest.«

»Die zehn Minuten, die sie mit dir am Telefon sprachen, waren die einzige Zeit, in der ich Dinge erledigen konnte. Außerdem hattest du klargestellt, dass du Zeit für dich wolltest, und die wollte ich nicht stören.« Er musterte sie. »Vielleicht war auch ein wenig Stolz dabei. Ich wollte nicht, dass du mitbekommst, wie inkompetent ich bin.«

Sie konnte kaum glauben, dass er die Situation allein gemeistert hatte. »Ich bin davon ausgegangen, dass du deine Mutter anrufst, sobald ich aus der Tür raus bin.«

»Das hätte ich auch fast getan. Ich hatte sogar schon das Telefon in der Hand. Dann ging mir auf, dass der Anruf bei meiner Mutter gleichbedeutend mit dem Eingeständnis wäre, dass ich mit der Situation nicht umgehen kann. Du sagtest, ich hätte keine Ahnung, wie dein Leben aussieht, und dass ich keine echte Zeit mit meinen Töchtern verbringe. Das hat wehgetan. Ich wollte beweisen, dass du unrecht hast und dass ich damit fertigwerde. Sicher, ich übernehme die Sonntagvormittage im Park, aber ich wusste, dass ich die anderen Teile auch schaffen würde. Ich wusste, dass ich kein so schlechter Vater bin, wie du zu denken schienst, und ich war bereit, das zu beweisen.«

Anspannung erfasste sie. »Jason …«

»Nur dass sich herausstellte, dass du recht hattest.«

»Ich hatte nicht recht. Du bist ein wundervoller Vater.«

»Weil du es mir leicht machst, anzukommen und die guten Zeiten zu erleben. Wenn ich nach Hause komme, hast du die Kinder gefüttert und gebadet, und sie liegen mit ihren Büchern im Bett, und die Wohnung ist aufgeräumt und sauber. Wie zum Teufel machst du das übrigens? Es war schon eine Herausforderung, ihnen dreimal am Tag was zu essen zu machen, und an zwei Abenden haben wir das mit der Badewanne aufgegeben. Die Wohnung sieht aus, als wären wir ausgeraubt worden. Ich habe mich niemals im Leben so inkompetent gefühlt.« Er griff nach ihrer Hand. »Womit ich sagen will, dass du recht hattest und ich unrecht. Was du tust, ist nicht leicht. Ich gebe hiermit offiziell zu, dass das eine unglaublich taktlose und nicht den Tatsachen entsprechende Äußerung von mir war, und ich hoffe, du kannst mir vergeben.«

»Nur so aus Interesse, was war am schwierigsten für dich?«

»Ohne dich zu sein. Nicht weil du unsere tobenden Kinder und unsere chaotische Wohnung in eine Familie und ein Zuhause verwandelst, sondern weil ich es vermisst habe, mit dir zu sprechen und zu lachen.« Er umfasste ihre Hand fester. »Du bist meine beste Freundin, Beth. Es tut mir leid, was ich an jenem Abend sagte. Es überrascht mich nicht, dass du gegangen bist.«

»Mir tut auch leid, was ich sagte.« Sie war so erleichtert, dass sie am liebsten geweint hätte. Sie wusste noch immer nicht, wie die Lösung ihres Problems aussah, doch sie war zuversichtlich, dass sie eine finden würden. Sie mussten eine finden. »Es tut mir leid, dass ich einfach so gegangen bin.«

»Muss es nicht.« Er rollte auf die Seite und zog sie neben sich. »Das war genau das, was ich gebraucht habe. Und tatsächlich hat es mir gefallen, mit den Mädchen zusammen zu sein. Es war anstrengend und beängstigend, aber ich habe Dinge über sie erfahren, die ich nicht wusste. Wie ist es mit dir?« Er strich ihr das Haar aus dem Gesicht. »Hast du Spaß daran, wieder kreativ zu sein?«

»Ja.« Sie war nicht bereit zuzugeben, dass sie genug hatte von Corinna mit ihren endlosen Forderungen und der emotionalen Erpressung. »Es ist schön, wieder mein Hirn zu benutzen. Gehst du jetzt unter die Dusche und ziehst dich um?«

»Ja, aber lass mich für fünf Minuten genießen, dass ich auf dem Bett liegen kann, ohne dass Ruby mir in die Augen pikt. Das Mädchen glaubt, sie sei ein Seestern. Ich habe immer gedacht, unser Bett sei groß genug, aber inzwischen tue ich das nicht mehr.«

Beth zuckte zurück. »Warte – du hast Ruby im Bett schlafen lassen?«

»Nicht von Anfang an. Am Anfang bin ich jedes Mal aufgestanden, wenn sie nach mir rief, so wie du es tust. Aber es stellte sich heraus, dass ich nicht aus dem gleichen harten Holz geschnitzt bin wie du, denn ich war ziemlich schnell mürbe. Wenn ich zu müde war, um aufzustehen, musste sie zu mir kommen, und ich hatte nicht die Energie, sie wieder zurückzubringen.«

»Sie hat dich getestet, Jason. Den Vorteil ausgenutzt.«

»Ja, Kinder sind wie Raubtiere. Sie wittern Schwäche und schlagen dann zu.«

Beth seufzte, als sie daran dachte, wie viel Mühe es kosten würde, diese spezielle Nachgiebigkeit auszubügeln. »Diese Gewohnheit wieder zu brechen wird schwer. Du hättest sie nicht in deinem Bett schlafen lassen sollen.«

»Ich weiß, aber sie hat einfach den stärkeren Willen von uns beiden.« Er hob den Kopf und sah ihr in die Augen. »Es ging ums Überleben.« Sein Kopf fiel wieder zurück, und sie straffte die Schultern.

»Ab unter die Dusche, Jason Butler, und dann geh schlafen. Ich wecke dich in einer Stunde.«

»Könntest du mich bitte erst in einer Woche wecken?«

»Nein. Es ist Weihnachten und Familienzeit. Beweg dich.«

Sie ging wieder hinunter und räumte in der Küche auf. Durch das Fenster sah sie, wie die Kinder abwechselnd auf Socks rund um das Feld ritten, wobei Posy das Pony am Halfter führte.

Beth nutzte die Gelegenheit, ein paar Minuten für sich zu haben, und tippte rasch ein paar Ideen in ihren Laptop, um sie Corinna zu schicken. Immerhin funktionierte das WLAN, dafür konnte man dankbar sein.

Und sie war zufrieden mit dem, was sie geschafft hatte. Zumindest hatte sie sich selbst bewiesen, dass sie noch in der Lage war, an etwas anderes zu denken als Kindererziehung.

Als die Mädchen wieder ins Haus kamen, hatten sie gerötete Wangen und strahlten.

Ruby hüpfte mit windzerzaustem Haar im Flur herum, Bugsy war offenbar vergessen. »Ich möchte ein Pony haben, Mommy.«

Nicht einmal Beth war schwach genug, um dem ihre Zustimmung zu geben. »Das wird nicht passieren, solange wir in Manhattan leben.«

»Dann möchte ich hier leben, bei Grandma und Grandpa und Tante Posy, und dann kann ich jeden Tag auf Socks reiten.«

Beth zog Ruby den Mantel und die Stiefel aus. »Deine Hände sind ja eiskalt. Komm rein und wärm sie auf.«

Melly zitterte vor Kälte. »Können wir bitte eine heiße Schokolade bekommen?«

Melly – immer die Prinzessin und immer mit guten Manieren.

»Könnt ihr. Wascht euch die Hände und setzt euch an den Küchentisch. Heiße Schokolade kommt gleich!« Beth sah zu Posy, die gerade durch die Tür getreten war und einen Wirbel von Schneeflocken mit hereingebracht hatte. »Danke. Du bist eine großartige Tante.«

»Es macht Spaß, Zeit mit ihnen zu verbringen. Und jetzt muss ich rasch ins Café, bevor Duncan kündigt. Ich bin sowieso schon spät dran. Ist bei dir alles in Ordnung?«

Beth bemerkte, dass ihre Schwester abgelenkt schien. »Warum sollte es das nicht?«

»Ich weiß, dass du und Jason etwas zu klären habt.«

»Es wird alles gut.«

»Du könntest Hannah bitten, auf die Kinder aufzupassen.«

»Das wird sie nicht wollen.«

Posy klopfte den Schnee von ihren Stiefeln. »Hast du den Eindruck, dass es ihr gut geht?«

»Ja. Warum sollte es nicht? Was meinst du?«

»Nichts.«

Beth blickte zur Tür. »Ich weiß, sie ist in ihrem Zimmer, aber das ist nicht ungewöhnlich.«

»Nein.« Posy zog die Stiefel aus. »Du hast sicher recht. Okay, Mädchen, dann passt für mich gut auf Bonnie auf, und wir sehen uns später. Sagt Mommy, sie soll euch ins Café fahren, dann bekommt ihr dort die zwei größten Stücke Schokoladenkuchen, die ihr je gesehen habt.«

Die Mädchen jubelten, und Bonnie wedelte bellend mit dem Schwanz.

Später, viel später, nach einem Tag mit heißer Schokolade, Geschichten am Kamin und einem Ausflug zum Café Craft, der beide Kinder fast schwindlig machte vor Aufregung, versuchte Beth, die Mädchen zur Ruhe zu bringen. Sie waren gebadet, hatten gegessen, und sie hoffte, vor dem Abendessen noch einen Moment allein mit Jason zu haben.

Aus Gewohnheit putzte sie das Badezimmer. Sie räumte die Badeenten und Rubys quietschenden Alligator fort, hängte die Handtücher über die Heizung und schloss die Tür.

Sie wollte gerade in das Zimmer der Mädchen gehen, als sie Rubys Stimme hörte: »Ich will nicht, dass Mommy uns jemals wieder verlässt.«

Beth erstarrte. Das Schuldgefühl traf sie, als hätte sie jemand in die Brust getreten.

Sie fühlte sich, als würde sie in zwei Teile zerrissen. Wer hatte noch mal gesagt, man könne nicht alles haben? Das war richtig. Wie sagte man einer Vierjährigen, die man abgöttisch liebte, dass sie nicht genug war? Dass ihre Mutter mehr wollte? Und wie sollte sie sich auf die Arbeit konzentrieren, wenn sie sich ständig schuldig fühlte wegen der Mädchen?

Sie schlug die Hand vor den Mund. Sie musste zu ihnen ins

Zimmer gehen, lächeln wie die Mommy, die Ruby kannte, und ihnen versichern, dass alles in Ordnung war. Sie durfte ihre Gefühle nicht zeigen. Im Idealfall würde sie sich eine Minute nehmen, um ihre Fassung zurückzugewinnen, doch dazu blieb keine Zeit. Jason würde nicht in der Lage sein, mit einer solch schwierigen Situation allein fertigzuwerden.

Und dann hörte sie seine Stimme: »Setz dich, Ruby.«

»Ich will zu Mommy.«

»Mommy ist im Moment beschäftigt, und du musst jetzt aufhören zu zappeln und mir zuhören. Erinnerst du dich, was du diese Woche in der Schule gelernt hast? Wir haben darüber gesprochen. Zuzuhören. Genau das sollst du jetzt tun.« Er war ruhig, aber bestimmt, und nicht nur Beth war überrascht von der Strenge in seinem Ton.

Ruby war es ebenfalls.

Durch den Türspalt sah Beth, wie ihre Tochter sich auf den Boden fallen ließ und mit großen Augen wartete.

»Braves Mädchen.« Jason setzte sich neben sie auf den Boden zwischen Bett und Wand. »Du möchtest, dass Mommy jede Minute des Tages für dich da ist, und das verstehe ich.«

Rubys Locken hüpften auf und ab, als sie nickte, und Beth fühlte Verzweiflung in sich aufsteigen.

Niemand wollte, dass sie das hier tat. Ihre Kinder wollten es nicht, und ihr Ehemann wollte es auch nicht.

Sie wartete und wappnete sich dafür, Jason sagen zu hören, er wolle sie ebenfalls zu Hause haben.

»Du weißt doch, dass Daddy jeden Morgen zur Arbeit geht, oder?«

»Du nimmst deinen Mantel und deine Tasche. Du hast wichtige Sachen zu tun. Und du sprichst immer am Handy.«

»Richtig. Und wenn wir wieder in New York sind, wird Mommy auch arbeiten, so wie Daddy das tut.«

Ruby sah verwirrt aus. »Warum?«

»Weil Mommy nicht nur gut darin ist, sich um euch zu kümmern, sondern auch viele andere Dinge gut kann. Mommy liebt euch sehr, doch es gibt auch andere Sachen, die sie gerne machen möchte. Dinge, die ihr wichtig sind.«

»Wir sind wichtig.« Rubys Stimme klang weinerlich, doch Jason blieb ruhig und unerschütterlich.

»Das seid ihr. Aber im Leben eines Menschen kann es mehr als eine wichtige Sache geben. Wir sind eine Familie, was bedeutet, dass wir nicht nur an uns denken, sondern auch an die anderen Personen in der Familie.«

»Wird sie immer noch mit mir spielen?«

»Natürlich wird sie mit dir spielen. Sie spielt doch gerne mit dir. Sie wird nur nicht jede Minute des Tages mit dir spielen, das ist alles. Und du wirst mehr Zeit in der Schule mit deinen Freundinnen verbringen.«

Ruby dachte darüber nach. »Aber wer wird mich von der Schule abholen?«

»Das müssen wir uns noch überlegen, aber irgendjemand wird es tun, sodass du dir deswegen keine Sorgen machen musst. Wenn Mommy nicht kann, werden Nana Butler oder ich da sein.«

»Du hast Bugsy verloren.« Rubys Ton machte deutlich, dass sie ihn für die am wenigsten verlässliche Option hielt.

»Das stimmt. Ich habe Bugsy verloren. Und wenn das hier ein Mitarbeitergespräch wäre, würde ich die Hand heben und zugeben, dass ich einen Fehler gemacht habe.«

»Was ist ein Mitarbeitergespräch?«

»Das ist, wenn der Chef einem sagt, ob man seine Arbeit gut macht. Und wenn es darum geht, mich um dich und Melly zu kümmern, weiß ich, dass ich manche Dinge hätte besser machen können.«

»Wie zum Beispiel Bugsy nicht zu verlieren.«

»Bugsy nicht zu verlieren steht ganz oben auf der Liste. Ein Teil des Problems besteht darin, dass deine Mommy die Dinge so gut macht, dass ich sie niemals ebenso gut hinbekommen kann wie sie, egal, wie sehr ich es versuche.«

Tränen stiegen Beth in die Augen.

»Aber hier ist der springende Punkt.« Jason zog Ruby auf seinen Schoß und umarmte sie. »Was auch immer du im Leben tust, ob du Feuerwehrfrau, Astronautin oder eine Mommy wirst – wenn du übst, kannst du immer besser werden. Und das werde ich machen. Ich werde üben, sodass du mir beim nächsten Mitarbeitergespräch nur Gutes sagst.«

Ruby dachte darüber nach. »Du bist in manchen Sachen nicht so gut wie Mommy, aber ich hab dich trotzdem lieb.«

Eine kurze Pause entstand. »Das ist gut …« Jasons Stimme klang heiser. »Denn ich hab dich auch lieb.«

Beth lehnte den Kopf an die Wand und schloss die Augen. Der Kloß in ihrem Hals war so groß, dass sie nicht wusste, ob sie sprechen konnte.

An welchem Punkt würde sie zugeben, dass ihr die Arbeit doch nicht so gefiel, wie sie anfangs gedacht hatte?

Sie hatte sich diese Sache so sehr gewünscht, doch jetzt war sie nicht mehr sicher, ob es das Richtige für sie war.

Kapitel 17

Suzanne

»Fünf Tage! Seit fünf Tagen liege ich im Bett.« Suzanne schwang die Beine von der Matratze und hielt inne, als sich das Zimmer um sie herum zu drehen schien.

»Und du musst noch mindestens einen weiteren Tag liegen bleiben.« Stewart stellte einen Becher auf den Nachttisch. Der Tee hatte die Farbe von Eichenholz, was bedeutete, dass er vergessen hatte, den Teebeutel rechtzeitig rauszunehmen.

Sie nahm einen vorsichtigen Schluck und versuchte, nicht zu würgen. »Köstlich, danke.« Sie stellte den Becher ab. »Ich lasse ihn erst mal abkühlen.« Und dann würde sie ihn im Waschbecken auskippen, wenn Stewart es nicht sah.

Sie hasste es, sich so hilflos zu fühlen. Hasste es, dass sie nicht die Kraft hatte, nach unten zu gehen und sich selbst einen Tee zu kochen.

Und es machte sie nervös, daran zu denken, was alles zu tun war.

Stewart hatte geholfen, doch er erledigte die Dinge nicht so, wie sie es gern sah, und ihr machte es Spaß, sie zu erledigen.

Sie hatte vorgehabt, alle zu verwöhnen. Zu bemuttern. Sie hatte sich auf Familienessen und gemütliche Abende vor dem Kamin gefreut. Stattdessen hatte sie ihre Abende allein verbracht. Ihren Enkelinnen hatte sie nur vom Bett aus zuwinken können, damit sie die Viren nicht weiterverbreitete.

Die gute Neuigkeit lautete, dass sie eindeutig über den Berg war. Sie hatte kein Fieber mehr, schlief endlich wieder und fühlte sich zumindest halb menschlich.

»Ich werde heute aufstehen.«

»Das musst du nicht. Posy und ich haben alles im Griff. Wir arbeiten deine Liste ab.« Stewart schüttelte das Bett auf und strich das Laken glatt, wobei er es schaffte, dass es nun noch zerknitterter aussah als vorher. »Heute ist Punkt neun dran. Ich mache die Cranberry-Sauce.«

»Du hast noch nie in deinem Leben Cranberry-Sauce gemacht.«

»Mann gegen Cranberry – wie schwer kann das schon sein?«

»Denk dran, frischen Orangensaft zu nehmen.«

»Verstanden.«

Sie wusste, dass er nicht zuhörte. »Orangen, Stewart.«

»Ich weiß, was Orangensaft ist! Wir haben eine Packung im Kühlschrank. Die habe ich gestern gekauft.«

»Ich presse die Orangen aus.«

»Wirklich?« Stewart musterte sie. »Kein Wunder, dass du erschöpft bist.«

Sie seufzte. Es war unmöglich, ihm zu vermitteln, dass die Weihnachtsvorbereitungen keine Last, sondern ein Vergnügen für sie waren. »Wie geht es den Mädchen? Bring mich auf den neuesten Stand.«

»Alles ist unter Kontrolle. Ich halte die Stellung.« Stewart ließ seine Muskeln spielen und zwinkerte ihr zu. »Ich bin Superman. Ich schaffe alles.«

Suzanne musterte ihn. »Du trägst deinen Pullover auf links.«

Er griff sich in den Nacken, fühlte das Etikett und grinste verlegen. »Ich schaffe alles, außer mich selbst anzuziehen.«

Er brachte sie immer zum Lachen. Selbst wenn sie sich dem Tode nahe fühlte.

Sie liebte ihn so sehr, dass es schmerzte. Es gab keinen Tag, an dem seine Anwesenheit nicht ihre Stimmung hob.

»Was ist mit Beth los? Hast du herausfinden können, warum sie früher angereist ist?«

»Ihr geht es gut.« Er sah sie nicht an, und sie suchte in seiner Miene nach einem Hinweis auf das, was er verbarg.

»Aber du sorgst dich um sie.«

»Ich bin nicht der Sorgen-Typ.« Er räumte ihr Strickzeug zusammen und schlug mit der Handkante in ein Kissen auf dem Sessel.

»Warum schlägst du das Kissen?«

»Ich schlage es nicht, ich bringe es in Form. Du bringst die Kissen immer so in Form.«

»Du hast fast ein Loch hineingemacht. Wenn das ein lebendes Objekt wäre, hättest du es bewusstlos geschlagen.« Ganz abgesehen davon hatte sie ihn in all den Jahren, die sie zusammen waren, noch nie ein Kissen in Form bringen sehen. Normalerweise warf er sie auf den Boden. »Du sorgst dich, und ich sorge mich ebenfalls. Ich möchte wissen, was los ist.«

Sie fühlte sich hilflos, und sie hasste dieses Gefühl.

Stewart entfernte eine Feder, die aus dem Kissen ragte. »Vielleicht sorge ich mich, aber wir können nichts tun. Sie sind keine Kinder, Suzanne, sondern Erwachsene. Es ist nicht unsere Aufgabe, ihre Probleme zu lösen. Es ist unsere Aufgabe, sie zu unterstützen, komme, was da wolle.«

»Beth und Hannah sind beide verfrüht nach Hause geflogen. Das ist nicht normal. Was, wenn es da etwas gibt, worüber sie sprechen wollen?«

»Dann würden sie sich mit uns hinsetzen und reden. Sie wissen, dass sie das können. Das wussten sie schon immer, Liebes.«

Suzanne reichte das nicht. »Wenn Beth reden möchte, würde sie mit dir reden.«

»Und ich habe ihr die Gelegenheit dazu gegeben. Wir haben ein paarmal gefrühstückt. Sind gestern spazieren gegangen. Sie hat nichts erwähnt.«

»Sie ist ohne Gepäck hierhergekommen. Dabei reist sie nie ohne Gepäck, was bedeutet, dass sie Hals über Kopf aufgebrochen ist. Ich glaube keinen Moment an diesen Unsinn, dass die Airline ihre Koffer verloren hat. Verhalten sie und Jason sich normal? Hatten sie einen Streit, was meinst du?«

Stewart saß auf dem Stuhl und schüttelte den Kopf. »Ich weiß es nicht. Und selbst wenn sie den hatten, bedeutet das nichts.

Sie sind jetzt beide hier und schlafen im selben Zimmer und lachen zusammen. Beth ist ständig mit ihrem Haar und ihrem Make-up beschäftigt, was mir ziemlich normal vorkommt. Mehr kann ich dir nicht sagen.«

Suzanne griff nach ihrem Bademantel. »Warum machst du die Cranberry-Sauce? Beth könnte es tun.«

»Sie ist ziemlich beschäftigt mit diesem Job. Diese verdammte Frau ruft ständig während der Mahlzeiten an. Wenn du mich fragst, ist eher sie das Problem als Beths Ehe.«

»Corinna? Mir gefällt die Idee nicht, dass Beth wieder für sie arbeitet.«

»Mir auch nicht, aber das geht uns nichts an.« Stewart klang müde. »Es ist ihre Entscheidung.«

»Vielleicht, aber ich sage dir, es ist ein Fehler.«

»Wenn es das ist, dann ist es ihr Fehler, und wir müssen sie ihn machen lassen.«

Das war eine der schwierigsten Aufgaben des Elternseins: danebenzustehen und zuzusehen, wie die eigenen Kinder einen Fehler begangen. Suzanne wollte aufspringen und sie davor bewahren. Sie wollte sie vor jedem Schmerz beschützen.

»Es war leichter, als sie klein waren.« Sie schlüpfte in die Ärmel des Bademantels und stand vorsichtig auf.

Stewart war im Nu bei ihr und schlang einen Arm um sie.

»Langsam. Ich möchte nicht, dass du zusammenklappst.«

Sie lächelte ihn an. »Weil du mich liebst.«

»Das auch, aber ich habe außerdem keine Ahnung, wie ich das Blut aus dem Teppich kriege.«

»Ach du.« Sie wollte ihm einen spielerischen Schlag versetzen und verlor dabei das Gleichgewicht. Wenn er sie nicht aufgefangen und an sich gezogen hätte, wäre sie gefallen.

»Du bist die sturste, nervigste …«

»Ich denke, du vergisst hier die Adjektive schön, talentiert, intelligent.«

Er küsste sie. »Das auch. Geh zurück ins Bett. Ruh dich noch einen Tag aus.«

Es klopfte leise an der Tür, und Stewart wartete, bis Suzanne sich wieder auf das Bett gesetzt hatte, bevor er zur Tür ging und öffnete.

Melly und Ruby standen da.

»Wir haben Karten für Grandma gebastelt«, sagte Melly. »Damit es ihr bald besser geht.«

Ruby drückte sie ihm in die Hand, wobei jede Menge Glitzerstaub auf den Teppich regnete.

Die Mädchen sahen hinreißend aus, Ruby mit ihren wilden Löckchen und Melly mit ihren Zöpfchen.

»Habt ihr Spaß?« Suzanne legte sich wieder unter die Bettdecke. »Seid ihr auf Socks geritten?«

»Jeden Tag. Gibt es einen Job, bei dem man reitet? Vielleicht möchte ich das machen, wenn ich größer bin.« Ruby lief zu ihr und wich dabei Stewarts Versuchen, sie aufzuhalten, aus. »Stehst du bald auf und spielst mit mir?«

»Das mache ich. Sehr bald. Auf jeden Fall morgen.«

»Gut.«

Ruby kletterte aufs Bett, und Suzanne rückte zur Seite. »Ich will dir diesen Virus nicht anhängen, Liebes.«

»Wenn du ihn mir anhängst, hast du ihn nicht mehr.« Ruby tätschelte ihr Bein. »Mir macht es nichts aus, ihn eine Zeit lang zu nehmen.«

Was die Mädchen sagten, brachte sie immer wieder zum Lachen, so wie es damals auch mit Hannah, Beth und Posy gewesen war.

Suzanne widerstand der Versuchung, sie fest zu umarmen. »Geh zurück zu deiner Schwester, Liebes. Und danke für die Karten. Sie sind wunderschön, und wenn ich sie ansehe, geht es mir gleich viel besser.«

»Ich habe extra viel Glitzer genommen.«

Suzanne betrachtete den glitzernden Teppich. »Das sehe ich.«

Beth erschien im Türrahmen. »Ruby!« Sie klang gereizt. »Ich habe dir gesagt, dass du Grandma nicht stören sollst. Tut mir leid, Mom. Hat sie dich aufgeweckt?«

»Nein. Ich habe nicht geschlafen, und sie stört mich nicht. Tatsächlich geht es mir schon viel besser.« Suzanne sah zu, wie Stewart vorsichtig die Karten auf dem Nachttisch aufstellte. Er war vielleicht nicht gut im Bettenmachen und im Teekochen, doch er wusste, wie wichtig es war, die Basteleien der Enkelinnen zu würdigen.

»Wenn du irgendwas brauchst, ruf einfach.« Beth streckte die Hand nach Ruby aus und nahm sie auf den Arm. »Lass uns spielen gehen.«

Sie schlossen die Tür, und Stewart blickte auf den Glitzer am Boden.

»Mir gefällt es. Ich finde, es sollte bleiben.«

»Du meinst, du hast keine Ahnung, wie du es aus dem Teppich rausbekommst.«

»Das auch. Du musst zugeben, es sieht festlich aus.« Er schaute auf die Uhr. »Brauchst du noch irgendetwas? Ich muss in einer Stunde im Adventure Centre sein. Ich könnte dir noch einen Becher Tee bringen.«

»Nein! Das reicht.« Sie wollte auf keinen Fall noch einen Tee. »Maggie kommt später vorbei, um nach mir zu sehen. Wenn ich etwas brauche, holt sie es. Danke für alles. Du würdest eine wunderbare Krankenschwester abgeben.«

»Ich fand schon immer, dass meine Beine in der Uniform gut zur Geltung kommen würden.«

Sie lächelte. »Ich bin so froh, dass ich dich geheiratet habe.«

»Natürlich bist du das. Ich bin unwiderstehlich. Du konntest dich gegen meine Verführungskünste nicht wehren.« Stewart stolzierte demonstrativ durch das Zimmer und ruinierte den Effekt, als er über einen ihrer Hausschuhe stolperte.

Sie verdrehte die Augen. »Du hast ein furchtbares Gedächtnis. Ich war es, die dich verführt hat.«

»Das ist nicht wahr.«

»Du warst einfach zu langsam für mich, Stewart McBride.«

»Das habe ich anders in Erinnerung. Ich war wie ein feuriger Hengst.«

»Ein feu…« Sie lachte, bis sie husten musste.

Stewart reichte ihr ein Glas Wasser. »Das ist die Strafe dafür, dass du meine Männlichkeit verunglimpfst.«

»Ich verunglimpfe deine Männlichkeit nicht. Ich sage nur, dass ich es war, die dich verführt hat.« Sie trank einen Schluck. »Erzähl mir von Hannah, bevor du gehst.«

Stewart zog seinen Pullover aus, um ihn auf rechts zu drehen. »Was ist mit ihr?«

»Wirkt sie glücklich?«

»Sie verbringt viel Zeit in ihrem Zimmer, aber das ist nicht ungewöhnlich. Sie hat einen wichtigen Job, Suzy. Wir sollten stolz auf sie sein.«

»Natürlich bin ich stolz auf sie. Aber ich mache mir auch Sorgen, weil sie andere Menschen ausschließt. Ihnen nicht traut.« Suzanne rückte ihre Kissen zurecht. »Würdest du mit ihr reden, wenn sich die Gelegenheit ergibt?«

Er fand seine Schuhe. »Ja, aber du weißt, dass Hannah sich nicht so schnell öffnet. Ich habe keine Ahnung, was ich zu ihr sagen soll.«

»Nichts. Mach dir keine Gedanken. Ich bin morgen wieder auf den Beinen und spreche dann mit ihr.«

Wenn sie wissen wollte, was in ihrer Familie vor sich ging, würde sie es selbst herausfinden müssen.

Kapitel 18

Hannah

Hannah nahm die letzten Änderungen an dem Dokument vor und schickte es dann per E-Mail ins Büro.

Sie musste sich mit dem Team unterhalten, doch in den letzten Tagen war der Empfang besonders schlecht gewesen. Seit fast einer Woche hatte sie nicht mit Angie gesprochen.

Ihre Hand schwebte über der Tastatur, und dann klickte sie rasch auf »Unsere Mitarbeiter«, woraufhin Adams Bild und Biografie erschienen.

Hannah wusste, dass sie mit ihm reden musste, doch sie hatte keine Ahnung, was sie sagen sollte.

Sie vermisste ihre gemeinsamen Gespräche, sein Lächeln, seinen scharfen Verstand und seinen Humor.

Sie vermisste *ihn*.

»Hannah? Hannah!«

Die Tür ging auf, und Hannah versuchte noch, den Laptop zuzuklappen. Sie war nicht daran gewöhnt, dass Menschen einfach in ihr Zimmer platzten, doch das schien zu den Nachteilen zu gehören, wenn man zu Hause war. Privatsphäre gab es nicht.

»Was?«

Beth stand in ein Handtuch gewickelt vor ihr, das Haar fiel ihr auf die nackten Schultern. »Hast du das ganze heiße Wasser verbraucht?«

Hannah fühlte sich sofort in ihre Kindheit zurückversetzt, als Beth im Badezimmer zu wohnen schien und ihr dann durchs ganze Haus folgte, um sie zu schminken.

»Ich habe geduscht, wenn du das meinst.«

»Dann dusch das nächste Mal nicht so lange. Das Wasser ist eiskalt.«

»Gut, aber wo wir schon bei persönlichen Angewohnheiten sind. Könntest du dein Make-up nicht überall herumliegen lassen? Es ist, als hätte jemand eine ganze Kosmetikabteilung geplündert.«

Beth drehte sich um, besann sich dann aber und kam ins Zimmer herein. »Geht es dir gut?«

»Natürlich. Warum sollte es nicht?«

»Ich weiß nicht. Du warst gestern Abend beim Essen so still, und du verbringst viel Zeit in deinem Zimmer. Ich hoffe, es liegt nicht an den Kindern. Sind sie zu laut?« Beth blickte zu Hannahs Laptop. »Wer ist denn dieser Typ?«

»Welcher Typ?«

»Dieser heiße Typ auf deinem Bildschirm, den du vor mir verbirgst. Ein Schauspieler?«

»Ein Kollege. Wir arbeiten für dieselbe Firma.« Sie wollte den Laptop ganz zuklappen, doch das hielt Beth nicht auf, denn dies war ja schließlich ihre Familie, und sie war offenbar nicht der Ansicht, die Privatsphäre anderer Familienmitglieder respektieren zu müssen.

Beth schob Hannahs Hand beiseite und öffnete den Laptop. »Wow. Ich weiß nicht, ob ich mich bei einem Meeting konzentrieren könnte, wenn er dabei ist. Ist er verheiratet?«

»Nein.« Hannah klappte den Laptop endgültig zu, doch statt zu gehen, blieb Beth im Zimmer.

»Darf ich dich etwas fragen?«

Hannah hoffte, dass dies nicht das übliche Kreuzverhör zu ihrem Liebesleben werden würde. Sie fühlte sich wirklich nicht in der Lage, mit solchen Fragen umzugehen. »Was?«

»Würdest du eine Stunde auf die Mädchen aufpassen? Ich möchte ein bisschen Zeit mit Jason haben. Sie sehen unten im Wohnzimmer fern, sodass sie nicht stören sollten.«

Das konnte sie als Letztes gebrauchen, jetzt auf die Mädchen aufzupassen. Melly und Ruby um sich zu haben machte die ganze Baby-Sache ein bisschen zu real. »Ich habe ziemlich viel zu tun, Beth.«

Ihre Schwester hob das Kinn. »Sie sind deine Nichten. Ich hätte gedacht, du würdest dich freuen, Zeit mit ihnen zu verbringen.«

»Ich muss arbeiten. Hast du Posy gefragt?«

»Ich kann sie nicht finden. Ich glaube, sie ist draußen, bei den Schafen oder so. Bitte, Hannah. Ich brauche ein bisschen Zeit mit Jason.«

Am Telefon war es viel einfacher, Nein zu sagen. »Lass die Tür offen und sag ihnen, dass sie mich rufen sollen, wenn sie etwas brauchen.«

»Es reicht nicht zu warten, dass sie sich melden. Du musst nach ihnen sehen. Bei Ruby bedeutet Stille nie etwas Gutes. Oft heißt das, dass sie an irgendwas hochklettert, und es kümmert sie normalerweise kein bisschen, ob dieses Etwas auch fest im Boden verankert ist.«

Erinnerungen flackerten in Hannahs Gedächtnis auf wie ein Film im Schnelldurchlauf. »Ich sehe nach ihnen.«

»Danke. Wir sind nur eine Stunde lang weg.« Beth verschwand, und Hannah wandte sich wieder ihrem Laptop zu. Doch sie konnte sich nicht mehr auf die Zahlen auf dem Bildschirm konzentrieren.

Eine weitere E-Mail traf ein, die diesmal besagte, dass Angie sie dringend sprechen musste.

Mit einem Seufzer griff sie nach ihrem Handy, doch sie hatte keinen Empfang.

Die einzige Möglichkeit, mit Angie zu reden, bestand darin, nach draußen in die Kälte und den Schnee zu gehen und von dort anzurufen.

Also nahm sie ihren Mantel und einen Extrapullover und ging aus dem Zimmer.

Sie hielt kurz an, als sie am Schlafzimmer von Suzanne und Stewart vorbeikam. Sollte sie an die Tür klopfen und fragen, ob Suzanne etwas brauchte?

Wenn sie das tat, würde Suzanne reden wollen. Hannah war noch nicht bereit für das Gespräch, von dem sie wusste, dass sie es führen musste.

Sie redete sich selbst ein, dass sie Suzanne nicht stören wollte, auch wenn sie wusste, dass dies nicht ganz der Wahrheit entsprach. Sie schlich sich nach unten und ins Wohnzimmer, wo die Kinder aneinandergekuschelt auf dem Sofa lagen und einen Film sahen.

»Tante Hannah!« Rubys Locken hüpften wie Fragezeichen um ihr Gesicht. »Komm und guck dir den Film mit uns an. Er ist lustig. Er wird dir gefallen.«

Hannah blickte zu den Cartoon-Figuren auf dem Bildschirm. In einer Minute vielleicht. »Mädchen, ich muss einen Anruf machen.«

Rubys Augen wurden groß. »Rufst du wegen Bugsy an?«

»Ich – nein, nicht wegen Bugsy.« Sie sah, wie Rubys Gesicht in sich zusammenfiel, und bekam sofort Herzrasen. »Jedenfalls nicht nur wegen Bugsy. Aber wenn ich schon telefoniere, werde ich auch die Airline anrufen und fragen, ob es Neuigkeiten gibt. Könnt ihr hierbleiben, während ich das tue?«

Beths Worte hallten in ihren Ohren nach: *Es reicht nicht zu warten, dass sie sich melden. Du musst nach ihnen sehen.*

Aber sie würde nur fünf Minuten fort sein. Suzanne war oben, und beide Kinder waren mit ihrem Film beschäftigt.

»Versprecht mir, dass ihr hierbleibt und euch nicht rührt, bis ich zurückkomme.«

»Wir versprechen es, Tante Hannah«, sagte Melly, ohne den Blick vom Fernseher zu wenden. »Ich passe auf Ruby auf.«

Ruby zog die Brauen zusammen. »Ich brauche niemanden, der auf mich aufpasst.«

»Du brauchst sehr wohl jemanden, der auf dich aufpasst.« Melly sagte es mit schwesterlicher Überlegenheit. »Du hast Bugsy im Flugzeug vergessen.«

»Und jetzt werden wir ihn finden.« Mit einem letzten prüfenden Blick, ob die Mädchen auch alles hatten, zog Hannah ihren

Mantel an, streifte sich ein altes Paar Schneestiefel über, die Suzanne ihr rausgestellt hatte, und ging hinaus in den Garten.

Jemand hatte den Schnee zu einer Seite geschoben, doch der Nachtfrost hatte den Weg in eine Schlitterbahn verwandelt.

Während sie vorsichtig zu der Seite mit dem tieferen Schnee ging, wedelte Hannah mit dem Handy in der Luft herum, um ein Signal zu bekommen.

Es war lächerlich. Sie hatte vergessen, wie unzuverlässig Kommunikationstechnik sein konnte. Wie konnte hier überhaupt irgendwas funktionieren? Erst wenn man darauf verzichten musste, erkannte man, wie sehr man auf die Technik angewiesen war.

Ihre Zehen waren eisig, und sie bahnte sich vorsichtig ihren Weg durch den schneebedeckten Garten in Richtung der Weide, die leicht anstieg.

Sie fragte sich, was sie bloß auf den Gedanken gebracht hatte, Schottland könnte irgendeine Art von Entkommen sein, kletterte unbeholfen auf das Gatter und sah wenige kostbare Empfangsbalken auf ihrem Handy. *Endlich.*

Angie meldete sich sofort.

»Miss Mc – Hannah! Gut, Ihre Stimme zu hören. Wie ist es in Schottland?«

»Kalt.« Sie war erleichtert, dass ihre Assistentin nicht sah, wie sie sich an ein matschiges Gatter klammerte. »Haben Sie den Bericht bekommen, den ich geschickt habe?«

»Ja. Das Team sitzt jetzt im Meeting. Adam wird Sie anrufen, wenn sie fertig sind mit …« Ihre Stimme verschwand, und Hannah runzelte die Stirn.

»Hallo? Angie? Sind Sie noch da?« Sie prüfte die Verbindung und kletterte auf dem Gatter eine Strebe höher, wobei sie versuchte, nicht abzurutschen. »Angie?«

»Hannah? Die Verbindung ist furchtbar.«

»Ich weiß, aber es ist die einzige, die wir haben, also arbeiten wir damit. Als Erstes werde ich Ihnen etwas per E-Mail zuschicken, das Dringlichkeit hat. Das ist kein leichter Auftrag, aber wenn jemand das erledigen kann, dann Sie. Machen Sie es zur Priorität.« Ihre Finger waren so kalt, dass ihr fast das Telefon entglitt. Wie lange dauerte es, bis Erfrierungen einsetzten? »Fragen Sie Adam, ob er die Coaching-Sitzung mit Michael Barnet übernehmen kann, die ich für morgen geplant hatte. Ich wollte das Meeting von hier aus telefonisch leiten, aber das wird nicht funktionieren.« Sie konnte einem Geschäftsführer wohl kaum vermitteln, wie er die Performance seines Teams verbesserte, während sie zitternd auf einem Gatter kauerte und mit einem unzuverlässigen Empfangssignal Verstecken spielte. »Irgendwelche Probleme mit den anderen Klienten?« Sie lauschte, während Angie sprach, und machte die üblichen Einwürfe. »Na ja, das ist ein Schlüsselelement bei organisatorischen Veränderungen …« Sie verlagerte ihr Gewicht auf dem Gatter, als ihre eine Hand taub wurde. »Wir müssen den Projektplan anschauen und Prioritäten für den Januar besprechen. Ist das alles?«

»Ja. Wir haben morgen früh ein Teammeeting. Wenn da etwas herauskommt, rufe ich Sie an. Außer Sie wollen in das Meeting mit zugeschaltet werden?«

»Ich glaube nicht, dass das funk… Ah!« Hannah schrie auf, als etwas Warmes und Feuchtes ihre eisigen Finger berührte. Sie zog die Hand zurück und ließ damit auch das Gatter los. Dadurch verlor sie neben dem Handy auch die Balance und landete rücklings in dem aufgewühlten gefrorenen Matsch hinter dem Gatter.

Erschöpft lag sie einen Moment da, bis ein großer, zotteliger Kopf über ihr erschien.

Hannah kreischte.

Das Pony riss erschrocken den Kopf hoch.

»Socks.« Von Weitem erklang Posys Stimme. »Socks!«

Das Pony wandte sich in Richtung ihrer Stimme. Mit einem entzückten Schnauben lief Socks zum Gatter und vergaß seine Erforschung des merkwürdigen Wesens, das da auf seiner Weide lag.

Als Posy sich über das Tor schwang, hatte Hannah sich bereits aufgesetzt.

»Bist du in Ordnung? Bist du verletzt? Dein Schrei lässt einem übrigens das Blut gefrieren.« Posy legte den Ballen Heu ab, den sie trug, und hockte sich neben ihre Schwester. »Hast du dir wehgetan? Sag etwas! Du machst mir Angst.«

»Du gehörst zum Bergrettungsteam. Du solltest keine Angst haben.«

»Es ist was anderes, wenn es um die eigene Schwester geht. Zumal du sagtest, du könntest schwanger sein.« Posy errötete. »Ich weiß, dass es mich nichts angeht. Du musst nicht darüber sprechen, wenn du nicht willst. Ich mache mir Sorgen, das ist alles.«

»Ich bin schwanger.« Oh Gott, hatte sie das Baby verletzt? Es war noch nicht einmal geboren, und schon hatte sie es verletzt. Instinktiv legte sie die Hand auf den Bauch, auch wenn sie wusste, dass es keinen Unterschied machte. »Glaubst du, ich werde es verlieren?« Und erst jetzt, da diese Möglichkeit sich auftat, erkannte sie, wie wenig sie das wollte.

»Natürlich nicht. Du bist nicht tief gefallen, und die Landung war weich. Aber ich glaube nicht, dass es gut für dich ist, in Schnee und Matsch zu sitzen, also lass uns das ändern.« Posy hielt ihr die Hand hin und half ihr auf. »Was machst du hier draußen? Beth und Jason sind vor zehn Minuten an mir vorbeigegangen und sagten, du würdest auf die Mädchen aufpassen.«

»Ich musste einen kurzen Anruf erledigen.« Hannah hatte sich schon lange nicht mehr so nutzlos und beschämt gefühlt. Beim letzten Mal war sie ebenfalls in den Bergen gewesen. »Ich habe nicht geahnt, dass ich angegriffen werde.«

»Socks hat sich mehr erschrocken als du.«

»Ich habe ihn erschreckt? Ich habe ihm nicht mein Gesicht entgegengeschoben und ihn fast angefallen.«

»Er hat dich nicht angefallen.«

»Was hat er hier gemacht?«

»Er lebt hier. Du bist diejenige, die sich am falschen Ort aufgehalten hat. Er war nur freundlich.« Posy schlang ihre Arme um den Hals des Ponys und gab dem Tier einen aufmunternden Klaps. »Brauchst du eine Therapie? Armer Socks.«

»Armer Socks? Was ist mit mir?« Hannah klapperte mit den Zähnen und konnte kaum sprechen. Sie wagte es nicht, sich den Zustand ihres Mantels anzusehen. Und dann erinnerte sie sich an Angie und verspürte einen Anflug von Panik. Sie wollte nicht, dass ihr Team etwas anderes zu sehen bekam als ihr hochprofessionelles Auftreten, doch dieses Mal war ihre Tarnung dahin. »Ich habe keine Ahnung, was mit meinem Handy passiert ist. Ich war mitten im Gespräch.«

Posy blickte um sich. »Ich sehe es.« Sie deutete mit dem Kopf in die Richtung. »Dort drüben. Das gibt dem Ausdruck ›Mist reden‹ eine ganz neue Bedeutung.«

»Hör auf!« Hannah stakste über den unebenen, gefrorenen Boden und holte ihr Handy, das zum Glück noch funktionierte. Angie hatte jedoch lange aufgelegt, und Hannah wusste nicht, was sie mitangehört hatte. Sie verstaute es in der Manteltasche und bemerkte, wie die Schultern ihrer Schwester bebten. »Könntest du wenigstens versuchen, nicht zu lachen?«

»Ich lache vor Erleichterung. Ich war besorgt, dass du dich verletzt haben könntest. Ach Hannah, Hannah …« Posy krümmte sich und erstickte fast vor Lachen. In Hannah stieg Gereiztheit auf, aber auch Neid darauf, dass ihre Schwester fast jeder Situation eine lustige Seite abgewinnen konnte. Sie hätte ihr gern ein bisschen dieser Leichtigkeit stibitzt und damit ihr ernstes Selbst geschmückt.

»Da bin ich ja froh, dass ich für Erheiterung sorge.« Sie wusste, wie steif sie klang, aber sie konnte nicht anders. »Und bitte mach dir keine Gedanken, ob mein Anruf wichtig war oder meine Karriere jetzt vorbei sein könnte.«

»Mache ich nicht.« Posy wischte sich mit den Ärmeln die Augen. »Nur ein Spaß. Haben die Leute, mit denen du arbeitest, denn keinen Sinn für Humor?«

»Ich habe einen ernsten Job. Mir ist es lieber, wenn die Leute nicht über mich lachen.« Vor allem nicht über die eine Sache in ihrem Leben, in der sie ihrer Meinung nach gut war. »Meinst du, wir könnten jetzt zurück ins Haus gehen?«

»Ja, aber ich sollte dich vorwarnen, dass du die nächste Zeit damit verbringen wirst, rote Streifen von der Küchenwand abzuwaschen.«

»Wie bitte?«

»Beth hat das ganze Make-up auf dem Küchentisch liegen lassen, trotz meiner ständigen Bitten, es wegzuräumen. Und du hast Ruby allein gelassen. Diese beiden Umstände zur selben Zeit hatten verheerende Konsequenzen. Wie hat Beth die eine Farbe genannt? Everyday Red? An der Wand sieht es weniger attraktiv aus, das kann ich dir sagen, aber ich kann bestätigen, dass Ruby es einfach in der Handhabung fand.«

Hannah erstarrte vor Schreck. »Ich habe sie nur fünf Minuten allein gelassen.« Voller Angst um die Kinder stolperte sie mit ihrer Schwester zurück in Richtung Haus. »Und ich habe nach ihnen gesehen. Es ging ihnen gut, sie hatten alles. Fünf Minuten.«

»Ruby braucht nicht mehr als fünf Minuten und einen Lippenstift, um zu entscheiden, dass sie Michelangelo ist und die Küchenwand die Decke der Sixtinischen Kapelle. Beruhige dich. Alles wird gut.«

Wie konnte ihre Schwester so entspannt sein? »Sie hatten ferngesehen!«

»Ruby ist ein Kind, das nie lange still sitzt. Sie ist immer auf dem Sprung.«

Schuld nagte an ihr. Es war Jahre her, dass sie für ein Kind verantwortlich gewesen war. Dennoch, sie hätte daran denken sollen. »Du warst genauso. Ich musste ständig auf dich aufpassen.«

Posy sah sie fragend an. »Du hast auf mich aufgepasst?«

»Ja.«

»Wann? Wie alt war ich da?«

»Vergiss es. Vergiss, dass ich etwas gesagt habe.« Warum hatte sie das getan? Sie hatte Gefühle, die sie sonst nicht hatte, und sagte Dinge, die sie normalerweise nicht sagte.

»Ich möchte es nicht vergessen.« Posy hielt an. »Du hast Babysitterin für mich gespielt? Wo waren unsere Eltern?«

»Klettern. Sie haben uns normalerweise zu Hause gelassen.«

»Sie haben sich keinen Babysitter genommen?«

»Manchmal, und manchmal kam Suzanne, doch normalerweise gab es immer ein paar Stunden, in denen wir nur zu dritt waren.«

Posy stellte den Kragen ihrer Jacke auf. »Also – du bist schwanger. Wirst du …«

»Es behalten? Ja.« Sie war überrascht, wie entschieden sie war. Wie entschlossen. Nicht einen Moment sollte ihr Kind glauben, dass es nicht erwünscht war.

Und sie wusste jetzt, dass es sehr erwünscht war.

»Ich wollte fragen, ob du dich freust.« Posys Stimme war sanft. »Möchtest du reden?«

Der Wind war eisig, und Hannahs Finger fühlten sich taub an. Es war kaum der Ort für ein vertrauliches Gespräch, und doch gaben ihr die Worte ihrer Schwester ein wärmeres Gefühl, als sie lange verspürt hatte. »Nein, aber ich weiß das Angebot zu schätzen.«

Posy nahm ihren Schal ab und wickelte ihn Hannah um den Hals. »Hast du es dem Typ gesagt, der – ich meine, dem Vater?«

Gerührt von der Geste, kuschelte Hannah sich in den Schal. »Nein. Ich schätze, ich sollte froh sein, dass es hier keinen Empfang gibt, da ich nicht weiß, was ich ihm sagen soll. Ist ja nicht gerade ein Alltagsgespräch.«

Sie hatte keine Ahnung, wie er reagieren würde.

Hannah plante gern, und für das hier hatte sie keinen Plan. Und sie hatte auch keine Zeit, einen zu schmieden.

Außerdem war sie müde, so müde. War das normal? Sie wusste es nicht.

»Übrigens bin ich eine sehr engagierte Tante und stehe immer fürs Babysitting zur Verfügung.«

»Gut. Ich werde die Hilfe brauchen, denn ich möchte keine schlechte Mutter sein.« Irgendwie fiel es Hannah leichter, Posy ihre Gefühle zu offenbaren, die sowieso keine besonders hohe Meinung von ihr zu haben schien.

»Warum solltest du eine schlechte Mutter sein?« Posy zog sich die Mütze über die Ohren. »Ich glaube, du wirst eine großartige Mutter.«

»Weshalb? Weil ich vom Gatter gefallen bin und möglicherweise einem Kind geschadet habe, das noch nicht mal geboren ist? Oder weil ich meine Nichten unbeaufsichtigt gelassen habe und dachte, es geht ihnen gut?«

»Es geht ihnen gut.« Posy zuckte mit den Schultern. »Mach mal halblang. Das Haus braucht vielleicht den einen oder anderen Anstrich, aber niemand ist umgekommen.«

»Irgendwie glaube ich nicht, dass Beth das Ganze so entspannt sieht. Sie wird sauer sein, und das kann ich ihr nicht verübeln. Es war fahrlässig von mir.«

»Du hast keine Kinder. Ich bin sicher, Beth wusste auch nichts von diesen Dingen, bevor sie Kinder hatte. Wir lernen durch Erfahrung. Es wird so viele Dinge geben, in denen du großartig sein wirst.«

»Meinst du?« War es armselig, dass sie die Bestätigung brauchte?

»Ich weiß es. Nimm zum Beispiel, wie effizient du bist. Du wirst vermutlich eine Tabelle haben, in der Bugsys Aufenthaltsorte jederzeit verzeichnet sind. Und es ist ja nicht so, dass du keine Erfahrung hast. Wie du sagst, hast du auf mich aufgepasst, und ich bin schließlich immer noch hier. War es schwer mit mir?«

Hannah erinnerte sich an die Herausforderung, auf ihre kleine Schwester aufzupassen. »Es war, als würde man Flöhe hüten. Du warst ein Energiebündel, unmöglich zu bändigen und entschlossen, überall hinaufzuklettern. Unglücklicherweise war ich keine gute Kletterin, sodass es zur Herausforderung wurde, dich vom Küchenschrank herunterzuholen.«

»Wie alt war ich da? Wann konnte ich laufen?«

Der Wind war eisig, und sie standen in Erinnerungen schwelgend bei der Weide?

Hannah schauderte. »Ich erinnere mich nicht daran, wie du gelaufen bist. Ich erinnere mich nur an dein Klettern. Dad redete die ganze Zeit davon. Er war so stolz auf dich. Wenn wir im Sommer herumreisten und im Van lebten, nahm er dich immer mit zu seinen Kletterfreunden, um mit dir anzugeben. Ich hörte ihn immer prahlen: ›Habt ihr meine Posy gesehen? Sie ist eine Granate. Sie kann alles erklettern. Ja, sie ist meine Tochter, und wie.‹«

Posy starrte sie an. »Das ist das erste Mal, dass ich dich über unseren Vater reden höre.« Sie sah ebenso überrascht aus, wie Hannah sich fühlte.

Normalerweise mied sie dieses Thema. Sie war nicht sicher, warum sie es jetzt angesprochen hatte, außer dass sie in letzter Zeit viele Dinge zu tun schien, die sie normalerweise nicht tat. Schwanger zu sein schien sich auf ihr Gehirn auszuwirken. »Wir sollten zurück – Ruby und Melly könnten …«

»Gleich. Mom ist da, und es geht ihr besser, sodass sie einschreiten wird, wenn sie schreien.« Posy legte ihr eine Hand auf den Arm. »Er hat uns alle drei mit zum Klettern genommen?«

»Nein. Nur dich.«

»Du und Beth kamt nie mit?«

Hannah spürte, wie Anspannung in ihr hochstieg. »Nur ein einziges Mal. Danach ließ er uns immer im Van und nahm dich mit.«

»Was passierte bei diesem einen Mal? Warum hat er dich nicht auch mitgenommen?«

»Ich war keine gute Kletterin. Und Klettern war das Einzige, was Dad wirklich wichtig war.«

Hannah? Nein, sie hat es nicht. Manchmal frage ich mich, wo zum Teufel sie eigentlich herkommt!

Hannah hatte nicht einmal gewusst, was »es« war. Sie hatte nur verstanden, dass es ihr an etwas fehlte, und dass sie das zu einer tiefen Enttäuschung für ihren Vater machte.

Sie tat ihr Bestes, um ihm zu gefallen, doch er blieb eine einschüchternde Figur für sie, ein Löwe von einem Mann mit einem lauten Lachen und ruheloser Energie. Er rasierte sich selten und fluchte viel.

Hannah fühlte sich nervös und unbeholfen in seiner Gegenwart, und Gespräche mit ihm erschienen ihr wie in einer Fremdsprache. Abends versammelte sich ihr Vater mit seinen Freunden und vielen Bierflaschen um das Lagerfeuer, während Hannah in ihrer Koje lag und Worten und Sätzen lauschte, die zu ihr drangen. Die Gespräche drehten sich um Überhänge, das Yosemite Dezimalsystem zur Bewertung von Klettertouren, freies Klettern, Gurte, Bohrhaken, Bergseile und Karabinerhaken.

Sie wartete immer darauf, dass sich das Gespräch anderen Dingen zuwandte, die sie verstand, doch das tat es nie. Kletterer, stellte sie damals fest, sprechen über das Klettern und über nichts anderes. Immer wenn sie auf irgendeine Kletterlegende zu sprechen kamen, die einen unglaublichen ersten Aufstieg geschafft hatte, begann ihr Vater ebenfalls mit der Planung einer Tour. Sie hörte, dass Leute ihn einen taffen Kerl und Adrenalin-Junkie nannten. Sie hörte auch das Wort Kiffer, wusste aber nicht, was das bedeutete. Sie wusste nur, dass er sein ganzes Leben einer Sache widmete, von der sie kein bisschen verstand. Sie hatte Angst vor der Höhe und sah keinen Sinn im Klettern.

Beth mochte das Klettern ebenfalls nicht, doch ihre Vorliebe für Make-up und alles Mädchenhafte amüsierte ihre Mutter.

Für Hannah war klar, dass sie nichts hatte, was sie in den Augen ihrer Eltern besonders liebenswürdig machte.

»Aber du warst in anderen Dingen gut«, sagte Posy. »Du bist klug. Das muss sie stolz gemacht haben. Ich wette, sie haben auch mit dir angegeben.«

Niemals würde sie zugeben, wie sehr ihre Eltern ihr Selbstvertrauen zerstört hatten oder wie sehr sie sich verbogen hatte, um sie stolz zu machen, bevor sie schließlich aufgab und die Wahrheit akzeptierte … dass nicht alle Eltern ihre Kinder gleich liebten.

»Wir müssen zurück zu den Mädchen.« Sie machte einen Schritt vorwärts, doch Posy trat ihr in den Weg.

»Du hattest nicht das Gefühl, dass sie stolz auf dich waren?«

»Ich weiß, dass sie es nicht waren.« Wenn sie verkündete: *Ich habe eine Eins in Mathe, Daddy*, hätte sich ihr Vater über das Kinn gestrichen und versucht, etwas dazu zu sagen, wie: *Das ist toll, nehme ich an.* »Die Menschen schätzen unterschiedliche Dinge. Unsere Eltern schätzten athletisches Können, und wie du eben gerade gesehen hast, als ich vom Gatter fiel, fehlt mir das leider. In jenem letzten Sommer vor dem Unglück habe ich dir das Lesen beigebracht.«

»Wirklich?« Posy hakte sich bei Hannah unter, und gemeinsam gingen sie weiter in Richtung Lodge, wobei der Schnee unter ihren Stiefeln knirschte. »Du warst acht Jahre alt und hast mir das Lesen beigebracht? Das muss unsere Eltern doch stolz gemacht haben, oder?«

Vergeude nicht deine Zeit. Sie wird schon früh genug lesen lernen. Sie soll nicht so werden wie du!

»Dad fand, dass noch Zeit genug dafür sei, wenn du in die Schule gehst. Er befürchtete, dass ein interessantes Buch dich vom Klettern abhalten würde.«

Sie hatten die Hintertür erreicht und betraten den Windfang. Hannah zog ihre Stiefel aus und fragte sich, warum man die Stimme eines Menschen fünfundzwanzig Jahre in seinem Kopf mit sich herumtragen konnte.

Weil sie wusste, dass ihre Liebe zu Büchern ihren Vater ärgerte, hatte Hannah immer mit einer Taschenlampe unter der Decke gelesen. Am schlimmsten waren für sie die Sommer, wenn die ganze Familie ihr kleines gemietetes Haus in den Bergen verließ, sich in den Van quetschte und zwischen den Rocky Mountains und dem Kaskadengebirge hin und her fuhr, um verschiedene Klettertouren zu absolvieren.

Der Platz war begrenzt, und jedes Kind durfte nur eine kleine Tasche mitnehmen.

Die von Hannah war stets vollgestopft mit Büchern gewesen.

Posy zog ebenfalls ihre Stiefel aus. »Erzähl mir von diesem einen Mal.«

»Welches eine Mal?«

»Du sagtest, sie nahmen dich nur einmal mit zum Klettern.«

In diesem Sommer hatte sie sich gezwungen, das Klettern auszuprobieren, statt im Van zu bleiben und sich in ausgedachten Welten zu verlieren, die ihr alle reizvoller schienen als die eigene.

Sie war entschlossen, sich zu beweisen und im Gesicht ihres Vaters den gleichen Ausdruck von Stolz hervorzurufen, mit dem er Posy betrachtete.

Am Ende hatte sie nur bewiesen, dass sie weder das nötige Talent noch den Willen besaß.

»Es war kein durchschlagender Erfolg.«

Sie war am Felsen erstarrt, voller Angst vor dem Abhang, zähneklappernd, und jeder qualvolle Moment wurde durch die Ungeduld ihres Vaters verstärkt.

Um Gottes willen, klettere! Wie kannst du überhaupt mein Kind sein?

Komisch, wie unterschiedlich Kinder sein können, hatte er zu einem Kletterfreund gesagt, ohne sich die Mühe zu machen, leise zu sprechen.

Seine offensichtliche Beschämung und die mitleidige Miene seines Freundes hatten ihre eisigen Hände gelöst. Entschlossen, so zu sein wie ihre Schwester und zu klettern, hatte sie alle Vorsicht abgeschüttelt und versucht, einen Halt an dem glatten Felsen zu finden.

Posy schloss die Hintertür, sodass die Kälte draußen blieb. »Was passierte dann?«

»Ich bin abgestürzt.« Sie erinnerte sich noch immer an das Gefühl in ihrem Bauch, als sie den Halt verlor und durch die Luft flog.

»Und Dad fing dich auf?«

»Nein. Er war zu sehr damit beschäftigt, meine mangelnde Athletik bei seinen Freunden zu entschuldigen.«

Sie war so hart auf den Boden geprallt, dass sie dachte, sie hätte sich jeden Knochen im Körper gebrochen. Wie sich herausstellte, war es nur einer.

Ihr Arm stand in einem merkwürdigen Winkel ab, der Knochen hatte sich durch die Haut gebohrt.

In Posys Augen flackerte etwas auf. »Du warst verletzt?«

»Ja, aber es stellte sich heraus, dass das gut war. Den Rest des Sommers durfte ich im Van verbringen.« Unter dem Gips war es heiß gewesen, und es hatte gejuckt, sie war gekränkt und gedemütigt, doch in Sicherheit mit ihren Büchern.

»Du musst mich gehasst haben.«

»Was? Nein! Ich habe dich geliebt.« Die Worte kamen ihr über die Lippen, bevor sie sie aufhalten konnte. »Jeder hat dich geliebt. Du warst frech und bezaubernd und hast immer gelächelt. Dad erzählte allen, dass du sein Liebling bist.«

Es dauerte einen Moment, bis Posy mit leiser Stimme antwortete: »Das muss deine Gefühle furchtbar verletzt haben.«

»Es ist lange her.« Aber nicht so lange, dass sie das Leid vergessen hätte. »Wir sollten nach den Mädchen sehen.«

»Ich möchte reden. Warum reden wir sonst nie so?«

Weil es sich anfühlt, als würde mein Inneres mit einem scharfen Gegenstand ausgekratzt?

»Ich weiß es nicht. Aber ich muss jetzt die Wände säubern, bevor Beth und Jason nach Hause kommen, oder ich werde das noch ewig zu hören bekommen.« Sie hatte bereits mehr gesagt, als sie es je hatte tun wollen. »Ich bin nicht in der Stimmung für einen Clinch mit Beth. Und du auch nicht. Ich weiß, dass du gestresst bist und viel zu tun hast. Sag mir, was für Weihnachten noch gemacht werden muss. Wir erledigen das zusammen.«

»Kannst du einen Truthahn rupfen?«

»Nein. Und ich weiß, dass du mich gerade aufziehst. Auf der Liste muss es etwas geben, das ich erledigen kann.«

Posy öffnete ihre Jacke. »Am Tag, als sie starben – waren wir da allein?«

»Die Liste …«

»Warst du allein mit uns?«

Hannah seufzte. Ihre Schwester besaß die gleiche Sturheit, die sie schon als Kind gehabt hatte, wenn sie unbedingt auf den Kühlschrank klettern wollte. »Wir hatten eine Babysitterin, doch als sie sich verspäteten, ist sie einfach gegangen und sagte, sie würden sicher bald kommen. Sie war sauer, weil sie ihr nicht genug Geld dagelassen hatten. Aber sie tauchten nicht auf. Du warst krank, hattest Fieber. Ich wusste nicht, was ich tun sollte. Ich versuchte sie anzurufen, doch sie gingen nicht ans Handy.«

»Du musst Angst gehabt haben.«

Zu der Zeit hatte sie noch keine Angst gehabt, war nicht einmal besorgt gewesen – das kam später. Stattdessen war sie wütend gewesen. Wütend, dass das Klettern immer wichtiger war als die Familie. Wütend, dass sie ihrer Verantwortung nicht nachkamen, sondern einen weiteren Berg erklommen. Wütend, dass sie nicht einmal ans Handy gingen, wenn sie anrief. Sie hatte sogar eine Nachricht hinterlassen mit den Worten »Es geht um Posy, nicht um mich«, falls das ihren Rückruf beschleunigte.

Ich bin in der falschen Familie, hatte sie wieder und wieder gedacht und sich mit geschlossenen Augen vorgestellt, beim Aufwachen andere Eltern zu haben.

Und natürlich war genau das geschehen.

Kapitel 19

Beth

»Du glaubst, dass der Wunsch nach einer Arbeit mich zu einem schlechten Elternteil macht.« Beth hakte sich bei Jason unter, als sie in Richtung See spazierten. Ein schmaler Rundweg führte direkt am Wasser entlang. Im Sommer brüteten dort Vögel, und im See schwammen Forellen. Jetzt im Winter lag das Gewässer in eisiger Ruhe unberührt da. Hinter ihnen erstreckten sich wie im Fantasieland Narnia die Wälder mit schneebeladenen Bäumen, und dahinter erhoben sich die verschneiten Gipfel der Berge.

»Das stimmt nicht. Ja, ich habe nicht verstanden, warum du wieder arbeiten willst, aber das lag daran, dass ich zu wissen glaubte, wie dein Tag aussieht. Und ich habe festgestellt, wie sehr ich mich geirrt habe.«

»Aber du möchtest ein weiteres Kind. Und bei der Frage gibt es keinen Kompromiss.«

Jason hielt an. Sein Atem formte Wölkchen in der eisigen Luft, als er sie an sich zog. »Ich leugne nicht, dass ich gern ein weiteres Kind hätte, doch das ist eine emotionale Sache, keine logische. Deine Beziehung mit deinen Schwestern hat ihre Höhen und Tiefen, aber ich weiß, dass du sie gern in deinem Leben hast. Es ist, als ob ihr drei einem exklusiven Club angehört.«

»Manchmal machen sie mich wahnsinnig.«

»Ich weiß, aber selbst in deinen schwächsten Momenten – hast du dir je gewünscht, du hättest keine Schwestern?«

»Nein.« Sie musste nicht einmal darüber nachdenken. »Sie verstehen mich. Wir haben Erfahrungen und Erlebnisse geteilt, das verbindet einen auf eine Weise wie nichts anderes.«

»Obwohl keine von euch darüber spricht.«

»Wir wollen nicht darüber sprechen, und jede von uns versteht das. Es bedarf keiner Erklärung oder Entschuldigung. Und nicht nur der Unfall verbindet uns. Es sind Hunderte andere kleine Dinge, die für sich allein nichts zu sein scheinen, aber zusammen eine Geschichte ergeben.«

Jason nickte. »Ich beneide euch. Ich beneide euch, dass ihr drei eine Geschichte teilt. Wir kommen nur an Weihnachten zusammen, aber ich spüre das immer bei euch. Selbst wenn ihr streitet, hat das eine Vertrautheit. Und ja, Freunde können wie Familie sein, doch sie sind keine Familie, und mit Familie gibt man sich mehr Mühe. Sieh Hannah und dich an – sie macht dich verrückt, aber warst du je versucht, sie aufzugeben?«

Beth schluckte. »Nein. Ich bin unglaublich stolz auf sie. Sie ist so klug. Und selbst wenn sie nicht klug wäre, wäre ich stolz auf sie. Sie ist meine Schwester.«

Er strich ihr eine Haarsträhne aus dem Gesicht und zurück unter die Mütze. »Und das wünsche ich mir auch für unsere Mädchen. Wenn wir mal alt und runzelig sind und Probleme machen, dann sollten sie in der Lage sein, einander täglich anzurufen und zu sagen: ›Weißt du, was unsere Eltern heute gesagt haben?‹ Ich möchte, dass sie einander unterstützen.«

»Das möchte ich auch. Und ich glaube, dass sie das tun werden. Auch wenn sie sehr verschieden sind und manchmal streiten, sind sich die Mädchen nahe.«

»Du ermunterst sie, nett zueinander zu sein, sich umeinander zu kümmern. Du hast unsere Familie zu einer Einheit zusammengeschmiedet.« Er atmete tief durch. »Und diese Einheit wird nicht auseinanderfallen, nur weil du wieder arbeiten gehst. Wenn du das also möchtest, dann solltest du das tun.«

»Was ist mit einem weiteren Kind?«

»Seit ich die zwei, die ich bereits habe, betreut habe, denke ich etwas anders darüber. Wie du den freimütigen Enthüllungen unserer Töchter entnehmen kannst, bin ich ein Versager, wenn es um Elternschaft geht. Du solltest mich feuern.«

»Ich glaube nicht, dass du ein Versager bist.«

»Ich habe Bugsy verloren.«

»Das ist ein Vergehen, aber kein Verstoß, der dich deines Amts enthebt. Ach Jason …« Sie stellte sich auf die Zehenspitzen und schlang die Arme um seinen Hals.

»Ich denke daran, wie es damals im Kreißsaal war.« Auch er legte seine Arme fest um sie. »Die ganze Angst. Ich weiß nicht, ob ich das alles noch mal durchmachen will. Ich schätze, ich habe meine eigene kleine Midlife-Crisis. Wenn man sich entscheidet, dass man kein weiteres Kind bekommt, weiß man vermutlich, dass das eigene Leben in eine andere Phase eintritt, und ich war noch nicht bereit, das zu akzeptieren.«

»Und jetzt?«

»Ich liebe unserer Familie, wie sie ist. Ich liebe dich. Ich möchte nichts anderes.«

Beth spürte eine überwältigende Erleichterung. »Ich liebe dich auch.« Sie löste sich sanft von ihm. »Ich werde übrigens nie runzlig sein. Das wird nicht geschehen. Auch keine grauen Haare.«

»Ich glaube, ich habe gerade eins gesehen.« Jason zog ihr die Mütze vom Kopf, woraufhin Beth aufschrie und danach griff.

»Meine Ohren erfrieren. Und wenn du meine grauen Haare raussuchst, lasse ich mich scheiden.«

»Lass dich bitte nie von mir scheiden.« Er zog sie in seine Arme und küsste sie. »Ich liebe dich, Beth McBride.«

»Ich heiße Butler.«

»Das stimmt.« Er lächelte an ihren Lippen. »Und das bleibt auch so.« Er nahm ihre Hand, und sie gingen weiter einträchtig um den See.

»Wir verbringen einfach nicht genug Zeit zu zweit.«

»Dem stimme ich zu.« Seine Hand umfasste die ihre fester. »Wir werden das öfter machen.«

Es fühlte sich wie ein Neustart an, umgeben von atemberaubender Schönheit und mit Plänen für die Zukunft.

»Es ist schön, die Kinder bei der Familie zurücklassen zu können und zu wissen, dass es ihnen gut geht. Und dafür müssen wir zu Hause als Erstes sorgen. Eine vertrauenswürdige Kinderbetreuung. Wenn deine Mutter uns hilft, könnte ich mich bei der Arbeit auf meine Aufgaben konzentrieren, ohne mich um die Kinder zu sorgen.«

Sie würde keine dieser Mütter sein, die sich ständig hin- und hergerissen fühlten. Es bedurfte nur einer guten Organisation. Des Jonglierens. Sie würde klare Arbeitszeiten und klare Familienzeiten haben. Sie malte sich bereits aus, wie sie Hochglanzmagazinen Interviews gab und erklärte, wie sie Karriere und Familie unter einen Hut bekam. In ihrem Kopf sah sie schon die Bilder. Die Kinder würden am Küchentisch sitzen und Geschichten schreiben oder malen, neben ihnen ein Teller mit gesunden Snacks. Aufgeschnittene Äpfel und Karotten. Vielleicht Selleriestangen. Beths Laptop würde auf dem Tresen liegen, geschlossen, um zu beweisen, dass es ausschließlich um ihre Kinder ging, wenn sie im Familienmodus war. Sollte das Telefon klingeln, würde sie die Mailbox drangehen lassen, um ihren Kindern die volle Aufmerksamkeit zu schenken.

Sie malte sich die Details aus, als sie zurück zum Haus gingen.

Beth sonnte sich noch in der Vorstellung ihres perfekten Lebens, als sie die Tür zur Küche öffnete. Sie schrie erschrocken auf und blieb wie angewurzelt stehen, sodass Jason in sie hineinlief.

»Tut mir leid! Was zum …« Nun sah auch er, was sie hatte erstarren lassen.

Es sah aus wie eine Szene aus einem Horrorfilm.

»Ist das … Blut?« Beth bebte so sehr, dass sie fast zusammenbrach. Ihre Beine zitterten vor Panik. Es hatte einen Unfall gegeben. Einen schlimmen Unfall. »Ruby? Wo ist Ruby?« Erst später sollte ihr auffallen, dass sie nur den Namen ihrer jüngeren Tochter gerufen hatte, als hätte sie instinktiv gewusst, dass man nur sie mit einem solchen Gemetzel in Verbindung bringen konnte. »Ist sie verletzt? Tot?« Kein Anzeichen von den Kindern. Ihre beiden Schwestern knieten auf dem Boden und schrubbten die Wände. »Was ist passiert? Habt ihr sie ins Krankenhaus gebracht? Lebt sie?«

»Würdest du dich bitte beruhigen?« Posy blies sich die Haarsträhnen aus dem Gesicht. »Wenn diese ganze PR-Geschichte nicht funktioniert, könntest du eine Karriere als Schauspielerin ins Auge fassen. Nicht für Shakespeare. Für einen dieser billigen Horrorfilme, in denen die Mädchen in dunkle Gebäude gehen, fragen, ob jemand da ist, und dann die ganze Zeit schreien. Niemand ist im Krankenhaus. Und das ist kein Blut. Das ist Lippenstift, auch wenn ich zugeben muss, dass die Farbe passen würde. Ich glaube, sie sollten es *Vampir* nennen und nicht *Everyday Red*. Übrigens kann ich die Behauptung bestätigen, dass kein Kuss diesen Lippenstift verschmieren wird. Wir haben es mit Wasser und Seife probiert, und gleich gehen wir mit reinem Bleichmittel dran. Nichts scheint ihn von der Wand runterzubringen.«

Beths Beine zitterten so sehr, dass sie sich an die Wand lehnen musste.

Sie war sicher gewesen, dass es sich um Blut handelte.

Jason ging an Beth vorbei in die Küche und begutachtete das Ausmaß des Schadens. »Mist.«

Genau in dem Moment schoss Ruby in die Küche und kreischte entzückt auf. »Daddy hat ›Mist‹ gesagt.«

Warum hörten Kinder nie zu, wenn man es wollte, bekamen aber alles mit, wenn es um etwas ging, das sie nicht hören sollten? »Daddy hat ›musst‹ gesagt«, korrigierte Beth. »Musst du nicht noch die Tür schließen, wollte er sagen. Draußen ist es kalt.«

Ruby sah wenig überzeugt aus. »Aber …«

»Geh und such deine Schwester, Ruby. Daddy kommt in einer Minute. Wir sprechen später über diese Sache.« Sie wartete, bis Ruby sich davongeschlichen hatte, und wandte sich dann wieder den anderen zu.

Jason starrte mit einer fast schon ehrfürchtigen Miene auf die Wand. »Ruby hat das gemacht? Sie hat Talent. Es ist großartig. Es erinnert mich an einen frühen Picasso …«

»Jason!« Beth spürte Ärger in sich aufwallen. »Die Tür, bevor wir alle erfrieren.«

Er zuckte zusammen. »Sicher. Kann ich einfach draußen bleiben?«

»Nein. Du kannst Ruby folgen und sie nicht eine Sekunde aus den Augen lassen. Ich bin auch gleich da.«

Bonnie kam in die Küche getrottet, und Beth atmete scharf ein, als sie rote Striche im goldenen Fell des Hundes sah. »Sie – oh nein.«

»Ja.« Posy schaute den Hund an. »Bonnie trägt *Sexy Scarlet*. Und es steht ihr, meinst du nicht? Ich werde sie einsperren müssen, oder wir werden im neuen Jahr garantiert Welpen bekommen.« Sie küsste Bonnie, und Jason verließ still die Küche.

Beths Ärger und Sorge entluden sich. »Wie konntet ihr das zulassen? Ihr solltet auf sie aufpassen. Wenn ich daran denke, was hätte passieren können ...« Sie bekam kaum Luft. »Ruby hätte hinausgehen und sich in den Bergen verirren können. Sie hätte in einer Schneewehe stecken bleiben und erfrieren können! Sie hätte auf die Straße gehen und von einem Auto überfahren werden können. Hätte sich mit einem Messer in der Küche schneiden können ...«

»Es tut mir leid. Ich musste einen dringenden Anruf erledigen.« Hannah sah sie schuldbewusst an, während Posy den Lappen in das Seifenwasser tauchte und wieder die Wand scheuerte.

»Hätte das nicht warten können? Es war nur eine Stunde! Eine Stunde.« Beth vergaß, dass sie vor nur zehn Minuten zu Jason gesagt hatte, dass sie ihre Schwestern für nichts in der Welt eintauschen würde. Jetzt hätte sie alle beide mit einem kalten Lächeln erwürgen können. »Arbeit sollte nicht vor der Familie stehen.«

»Ach ja?« Posy warf ihr einen Lappen zu. »Sagt die von ihrem Job besessene Frau, die gestern Abend mindestens achtmal vom Abendessen aufgestanden ist, um einen Anruf von ihrer Psycho-Chefin anzunehmen. Schmink dir diese Selbstgerechtigkeit ab, Bethany Alice McBride, und fang an sauber zu machen. Oder du kannst meinen Hund baden. Was dir lieber ist, Hauptsache, du tust etwas. Steh nicht nur da und halt uns Vorträge.«

Beth verschlug es die Sprache. Wann hatte sie das letzte Mal erlebt, dass Posy für Hannah eintrat? Sie konnte sich nicht erinnern. Und auch wenn sie tatsächlich mit der Familie und ihrer neuen Rolle jonglierte, war sie nicht besessen. Wie konnten sie so wenig mitfühlend sein, wo doch sie beide die Schuld traf. »Ihr hättet sie nicht allein lassen sollen.«

»Und du hättest nicht dein Make-up auf dem Tisch liegen lassen sollen«, schnappte Posy zurück. »Wenn du aufgeräumt hättest, worum ich dich gebeten habe, wäre das hier nicht passiert. Also gib wenigstens zu, dass du einen Teil der Schuld trägst.«

Beth wollte keinen Teil der Schuld tragen. »Sie hätten einen Unfall haben können.«

»Hatten sie aber nicht, also ist alles in Ordnung.« Posy wechselte einen Blick mit Hannah. »Ich kriege das Rot nicht weg. Du?«

»Nein. Mit dem Violett geht es besser. Das ist nicht ganz so hartnäckig.«

»Was ist in diesem Zeug?« Posy warf Beth einen finsteren Blick zu. »Du solltest die Inhaltsstoffe prüfen, denn wenn es das hier mit der Wand macht, möchte ich nicht, dass du noch irgendwas davon auf meinem Gesicht verteilst.«

Hannah untersuchte die hartnäckigen Striche. »Wir sollten im Internet nach einer Lösung suchen. Vielleicht Zitronensaft oder so etwas?«

Beth fühlte sich überfordert. »Ich muss nach den Mädchen sehen.«

Posys Wangen waren gerötet von der Anstrengung des Schrubbens. »Kurz bevor ihr kamt, hatte ich nach ihnen gesehen. Sie waren im Wohnzimmer und schrieben ihre Wunschliste für den Weihnachtsmann. Und bevor du wieder in Panik ausbrichst: Ich habe den Glitzer konfisziert.«

»Sie haben bereits Wunschzettel an den Weihnachtsmann geschrieben. Das haben wir schon vor Wochen gemacht.«

»Nun, sie schreiben eben noch einen.« Posy schrubbte angestrengt an einem roten Strich herum. »Du hast uns das Kommando überlassen, also wählen wir die Beschäftigung, und du darfst uns nicht kritisieren.«

Beth legte ihren Mantel über einen Stuhl. »Was, wenn sie den Weihnachtsmann um etwas anderes bitten? Die Geschenke sind schon gekauft und eingewickelt.« Sie konnte die Vorstellung nicht ertragen, dass ihre Töchter an Weihnachten enttäuscht wurden. »Die Mädchen sollen ihre Meinung nicht ändern.«

»Nun, sag ihnen ...« Posy wusste nicht weiter. »Ich weiß nicht. Sag ihnen, der Weihnachtsmann mag Überraschungen.«

»Glauben sie das alles noch immer?« Hannah setzte sich auf ihre Fersen. »Du könntest ihnen einfach sagen, dass der Weihnachtsmann nicht kommt, weil ...«

»Der Weihnachtsmann kommt nicht?« Rubys Stimme erklang von der Tür. »Warum kommt er nicht? Weil ich die Wände bemalt habe? Weiß er, dass ich ungezogen war?« Ihre Stimme brach, und die Unterlippe bebte.

Beth nahm sie auf den Arm. Konnte dieser Tag noch schlimmer werden? »Tante Hannah meint nur, dass sie nicht daran glaubt, dass der Weihnachtsmann zu ihr kommt.«

»Warum? War Tante Hannah ungezogen?«

Beth versuchte, Ruby aus der Küche zu bringen, doch sie zappelte herum, bis Beth sie auf den Boden ließ.

»Tante Hannah!« Ruby rannte zu Hannah, wobei sie den tropfenden Lappen und die Schmiererei an der Wand ignorierte. »Warum wird der Weihnachtsmann nicht zu dir kommen? Was hast du getan?«

Beth war so angespannt, dass sie das Gefühl hatte, ihre Wirbelsäule könnte jeden Moment zerbrechen.

Wenn ihre Schwester die Kleine dieses Mal zurückwies, wäre das der Tropfen, der das Fass zum Überlaufen brachte.

Sie würde sich nicht zurückhalten.

Misstrauisch verfolgte sie, wie Ruby auf Hannahs Schoß kletterte und die Arme um sie schlang.

So vertrauensvoll, dachte Beth voller Angst um ihre Tochter, die zum Glück keine Ahnung von der Zurückweisung hatte, die einer solch uneingeschränkten Zuneigungsbekundung folgen konnte.

Sie wollte schon einschreiten, damit die kleine Ruby ihr Vertrauen in die Menschen noch länger behielt, als sie sah, dass Hannah die Arme um sie legte.

Wie erstarrt beobachtete sie, wie Hannah Ruby auf die Wange küsste.

»Hast du ihm einen Brief geschrieben, Tante Hannah?«

»Ich … nein«, erwiderte Hannah. »Ich habe ihm keinen Brief geschrieben.«

»Dann kann er nicht wissen, was du dir wünschst. Du solltest ihm schreiben. Es ist nicht zu spät. Ich könnte dir helfen, den Brief zu schreiben.« Ruby rutschte von Hannahs Schoß und zupfte sie am Ärmel. »Du darfst meine Glitzerstifte benutzen, wenn du möchtest.«

»Glitzerstifte«, murmelte Posy. »Ich habe den Glitzer beseitigt, aber die Glitzerstifte vergessen. Überall lauert Gefahr.«

»Glitzerstifte.« Hannah erhob sich langsam und ergriff Rubys ausgestreckte Hand. »Das klingt nach Spaß.«

Spaß? Hatte Hannah wirklich gesagt, dass das nach Spaß klang?

Beth konnte sich nicht erinnern, wann ihre Schwester zuletzt freiwillig mit den Mädchen gespielt hatte.

»Warte!« Posy kam auf die Füße und warf den Lappen in den Eimer. »Ich schrubbe diese Wand nicht allein, während ihr loszieht, um dem Weihnachtsmann mit Glitzerstiften einen Brief zu schreiben.«

»Es ist wichtig, Tante Posy. All meine Stifte sind im Wohnzimmer.« Ruby zog Hannah aus der Küche, nur ihre Stimme drang noch zu ihnen. »Was wünschst du dir zu Weihnachten, Tante Hannah?«

»Ich weiß nicht.«

»Das musst du wissen. Denk nach. Jeder hat etwas, das er möchte. Wenn du einen Wunsch hättest und alles in der Welt haben könntest, was würdest du haben wollen?«

Die Stimmen verklangen, sodass Beth Hannahs Antwort entging.

Sie sah Posy an. »Was ist mit Hannah passiert?«

Ihre Schwester starrte ins Leere.

»Posy?«

Der entrückte Ausdruck in Posys Augen verschwand. »Was?«

»Woran denkst du?«

»Hast du gewusst, dass Hannah sich den Arm gebrochen hat?«

Beth blickte zur Tür. »Auf mich wirkt sie gesund.«

»Als wir Kinder waren. Dad hat sie mit zum Klettern genommen. Sie fiel von einem Felsen. Erinnerst du dich daran?«

»Nein.« Beth strich sich über die Stirn. »Vielleicht. Vage. Ich habe etwas auf ihren Gips gemalt. Und es war ihr rechter Arm, den sie dann wochenlang nicht bewegen konnte. Erinnerst du dich nicht?«

»Ich habe gar keine Erinnerungen an diese Zeit, außer dass Suzanne mich umarmt hat.«

»Warum fängst du jetzt damit an? Ich muss hier eine Krise bewältigen, und du schwelgst in Erinnerungen?«

»Die Krise besteht nur in deiner Vorstellung, aber du hast recht, vergiss es«, sagte Posy. Beth verspürte einen Anflug von Missmut.

»Hannah glaubt nicht an Happy Ends. Wenn sie Ruby sagt, dass es den Weihnachtsmann nicht gibt, bringe ich sie um.«

»Das wird sie nicht sagen, aber nur für den Fall, dass ihr etwas entschlüpft, lass uns nachsehen. Wir können den Lippenstift später von der Wand schrubben. Komm schon. Zeit für schwesterliches Teamwork. Lass uns Spaß haben.«

Es klang überraschend reizvoll. Beth entspannte sich ein bisschen. »Wir alle?«

»Es ist Weihnachten. Wenn wir uns an Weihnachten nicht alle mit Glitzerstiften amüsieren können, wann dann?«

Beth war einen Schritt in Richtung Tür gegangen, als ihr Handy klingelte. Sie holte es hervor, und ihre Entspannung war dahin. »Es ist Corinna. Ich sollte …«

»Du solltest nicht. Bitte sag mir, dass du diesen Anruf nicht annimmst. Wir haben jetzt Schwesternzeit. Gott weiß, wie selten das vorkommt. Corinna kann warten.« Posy stand an der Tür, und Beth war hin- und hergerissen.

Sie wollte diesen Anruf nicht entgegennehmen, doch sie hatte das Gefühl, dass sie es sollte.

Sie wusste, dass man es von ihr erwartete.

Mit schlechtem Gewissen meldete sie sich. »Hallo Corinna …«

Posys Lächeln erlosch. »Weil nichts über die Familie geht, richtig?« Kopfschüttelnd verließ sie den Raum.

Kapitel 20

Posy

»Das hier ist nicht einfach zu sagen, deswegen sage ich es ganz frei heraus. Und wenn es dir recht ist, wäre es mir lieber, wenn du mich nicht unterbrichst, bis ich fertig bin.« Posy setzte sich bequem hin. Nach so vielen Versuchen, jemandem zu erzählen, was sie fühlte, war sie nun entschlossen, es zu sagen. »Luke hat mich gefragt, ob ich nächsten Sommer mit ihm klettern gehe. Ja, du hast richtig gehört. Er stellt ein Team zusammen, um den Denali in Alaska zu besteigen. Keine Panik. Es wird alles gut gehen, das verspreche ich dir, und ich werde trainieren und alles. Er glaubt offenbar, dass eine der großen Firmen für Outdoor-Ausrüstung mich sponsern würde, was ziemlich cool wäre. Dann werde ich bezahlt dafür, Klamotten zu tragen, die ich sowieso trage.« Sie holte kurz Luft. »Ich merke, dass du überrascht bist, und das kann ich verstehen. Schließlich bin ich diejenige, die abgesehen von der College-Zeit immer zu Hause gewohnt hat. Aber die Sache ist die: Ich möchte das hier unbedingt. Ich schätze, wir wissen, woher ich dieses Kletter-Gen habe. Aber ich möchte nicht, dass du es persönlich nimmst. Es hat nichts mit dir zu tun. Es geht um mich. Verstehst du das?« Sie schloss die Augen, weil sie mit ihren Gefühlen kämpfte. »Warum fühle ich mich schuldig? Weil ich alles hier liebe. Und ich liebe dich. Ich gehe nicht, weil ich dich nicht liebe. Ich hoffe, das weißt du.«

»Du liebst ein Huhn?«

Posy öffnete die Augen.

Luke lehnte an der Tür zum Hühnerstall, seine Augen funkelten belustigt.

Sie spürte, wie ihr Gesicht ganz heiß wurde. »Was machst du hier? Du solltest schreiben.«

»Erst einmal solltest du über Schriftsteller wissen, dass sie fast alles tun, um das Schreiben zu vermeiden.«

»Das ergibt keinen Sinn.«

»Für einen Schriftsteller ergibt es absolut Sinn. Schreiben bedeutet nicht immer, auf der Tastatur herumzutippen. Ich nenne das Denkzeit. Ich laufe herum und tue so, als sei es Arbeit. In diesem Fall habe ich nach dir gesucht. Und ich hasse es, die offensichtliche Frage zu stellen, aber warum sprichst du mit einem Huhn?«

»Das ist nicht irgendein Huhn. Das ist Martha.« Unsicher rappelte Posy sich auf. Es war neu für sie, mit jemandem so vertraut zu sein wie mit Luke. Sie wusste nicht, wie ihre Beziehung genau aussah oder was sie für ihn fühlte. Sie wusste nicht, was er fühlte. War sie für ihn ein netter Zeitvertreib, bis er abreiste? Oder war da mehr zwischen ihnen? Sie war so unerfahren, dass es peinlich war. Vielleicht sollte sie mit Hannah reden und sich beraten lassen, wie man mit lockeren Beziehungen umging. »Ich habe nachgedacht, was ich wegen dieser Sache mache, über die wir gesprochen haben.«

»Du meinst die Reise zum Denali?«

»Ja. Ich dachte, wenn ich es laut ausspreche, hilft mir das, eine Entscheidung zu treffen. Martha ist ein hervorragendes Publikum, weil sie nicht unterbricht und auch nicht meint, sie wüsste schon alles über mich. Außerdem kann ich schon mal proben, was ich meiner Mutter später sagen werde.«

Vermutlich hielt er sie für verrückt. Er schlief mit einer Frau, die mit Hühnern sprach.

»Warum musst du es proben?«

»Diese Frage zeigt, dass du meine Familie nicht sehr gut kennst. In den letzten Wochen habe ich ein paarmal Anspielungen fallen lassen, dass ich mich vielleicht für ein Leben außerhalb dieses Tales interessiere, doch niemand hört zu. Sie glauben bereits zu wissen, was ich will. Also ja, deshalb muss ich es proben. Ich muss klar und bestimmt sein, damit den Leuten nicht entgeht, was ich sage. Sie sollen sehen, wie ich wirklich bin, und nicht ihre Version von mir. Obwohl ich vermute, dass mir das ebenso geht …« Sie runzelte die Stirn, als sie an Hannah dachte. »Wenn du jemanden gut kennst, ist es schwer, ihn mit anderen Augen zu sehen.«

Luke vergrub die Hände in den Taschen. »Hatte Martha einen Rat für dich? Oder hielt sie die Situation für ein Henne-Ei-Problem?«

»Machst du dich über mich lustig?«

»Nein. Ich lache dich auf eine freundliche und liebenswürdige Art an.«

»Ach ja? Denn es klang sehr nach sich lustig machen.«

Sein Lächeln erlosch. »Warum hast du nicht mit mir darüber gesprochen?«

Sie spürte, wie ihr Herz einen Satz machte. »Du bist Teil des Problems.«

»Wieso das?«

»Bevor ich dich traf, habe ich immer nur vage daran gedacht, mal wegzugehen. Es war mir nicht ernst. Ein kleines Störgefühl, das ich leicht ignorieren konnte. Und dann bist du aufgetaucht und … und … du gabst mir einen Grund zu gehen. Du hältst mir diesen glitzernden Diamanten vor die Nase …«

Er sah sie fragend an. »Diamanten?«

Sie errötete. *Dämlich, Posy. Dämlich, dämlich, dämlich.* »Nicht die Art Diamant, die man trägt. Die Art, von der man träumt. Die man begehrt. Ich rede von der Reise. Denali …«

»Du willst keinen echten Diamanten?«

Zog er sie auf? Nicht einmal das wusste sie. »Können wir das Thema wechseln, bevor ich mich komplett zur Idiotin mache?«

»Du machst dich nicht zur Idiotin. Warum glaubst du das?«

»Weil ich nicht gut bin in so was!« Sie erhob die Stimme, und Martha gackerte verschreckt. »Wenn es um Beziehungen geht, bin ich mehr oder weniger Anfängerin.«

Er verzog den Mund zu einem anspielungsreichen Lächeln. »Tatsächlich? Das würde ich nicht sagen.«

Sie erwiderte seinen Blick. »Das ist körperlich. Ich bin gut in körperlichen Sachen – von Natur aus athletisch.«

»Das habe ich bemerkt.«

»Ich rede von den anderen Dingen. Von der emotionalen Seite. Ich habe nicht gerade viel Erfahrungen. Sex ist der leichte Teil. Das ist nicht schwer. Als ob man eine Eiswand hochklettert – man tut, was man tut. Aber der Rest …« Sie atmete tief durch. »Der ist kompliziert. Ich weiß nicht, wo das hier hinführt oder wie du dich fühlst mit dem Weggehen oder wie ich mich fühle, wenn du weggehst, oder wie ich mich fühle, wenn ich weggehe, oder was das bedeutet oder …« Sie brach mit einem Aufschluchzen ab, als er sie in den Arm nahm und küsste.

Er küsste sie, bis jede Faser ihres Körpers vibrierte, ihr Herz raste und ihre Gedanken wirrer waren als zuvor.

Als er sie schließlich freigab, blickte sie ihn benommen an. »Ich weiß nicht, warum du das getan hast, und ich bin nicht sicher, ob es geholfen hat.«

»Ich habe es getan, weil ich wusste, dass es sich gut anfühlt.«

»Ich nehme an, du hältst dich für unwiderstehlich.«

»Ich bin ein Mann. Dieser Kuss reduziert meine Fähigkeit, an irgendetwas zu denken, das nicht mit deinem nackten Körper zu tun hat.« Er umfing ihr Gesicht mit seinen Händen. »In deinem Kopf scheint einiges los zu sein. Statt mit Martha zu sprechen, solltest du wirklich mit mir sprechen.«

Sie war sich nicht sicher, ob sie dazu bereit war.

»Ich denke darüber nach.« Posy beugte sich hinunter und streichelte Marthas dichtes Gefieder. »Danke fürs Zuhören, meine kleine gefiederte Freundin.«

Sie sah kurz nach den anderen Hühnern und ging zur Tür, wobei ihre Füße im dichten Stroh raschelten.

Luke legte ihr die Hände auf die Schultern. »Posy …«

»Was?« Sie fand seinen Blick beunruhigend. Dabei war sie sowieso schon beunruhigt.

»Nichts. Nicht so wichtig.« Er löste sich von ihr. »Es gibt tausend Dinge, die ich sagen will, aber ein Hühnerstall ist nicht der richtige Ort dafür, und ich fürchte um die Auswirkungen auf Martha.«

Posy schloss die Tür ab und folgte Luke zu dem Weg, der zwischen Scheune und Lodge verlief.

»Ich sollte gehen.« Sie war plötzlich verlegen. »Ich habe tausend Sachen im Haus zu tun und möchte nach Mom sehen. Ich will sichergehen, dass sie vernünftig isst. Sie möchte übrigens, dass du morgen zum Abendessen zu uns kommst. Es wird das erste gemeinsame Abendessen, seit alle nach Hause gekommen sind. Früher ging es nicht, weil Mom im Bett war und niemanden anstecken wollte, sodass sie meistens in ihrem Zimmer blieb. Wirst du kommen?«

»Bist du sicher, dass ich willkommen bin, wenn es ein Familienessen ist?«

»Sie hat mich extra gebeten, dich einzuladen. Sie mag dich.« Posy bemerkte sein Zögern und fragte sich, ob sie ihn in eine peinliche Situation gebracht hatte. »Du kannst dich entspannen. Das ist kein ›Ich stell dich meinen Eltern vor‹ oder so etwas.«

»Ich kenne deine Eltern bereits.«

»Ich weiß, aber ich habe dich zögern sehen.«

»Der Grund dafür hat nichts mit dir und mir zu tun.« Er hielt wieder inne. »Geht es deiner Mutter besser?«

War das der Grund, warum er gezögert hatte? Weil er sich Sorgen um ihre Mutter machte? »Es geht ihr besser, danke. Und sie wird nichts tun müssen. Meine Schwestern und ich kochen, auch wenn ich ihnen diese Neuigkeit noch nicht überbracht habe.«

»In dem Fall werde ich kommen. Danke.« Er blickte zurück zur Scheune. »So gerne ich auch weiter prokrastinieren möchte, ich muss meinen Entwurf weiter ausarbeiten. Wir sehen uns später.«

Als er ging, war sie immer noch nicht klüger, was ihre oder seine Gefühle betraf.

In ein paar Monaten war sein Buch fertig, und er würde abreisen. Sie konnte ihn ziehen lassen oder mit ihm fortgehen.

Sie dachte darüber nach, während sie zurück zum Haus ging, und auch später noch, als sie die Suppe aufwärmte und ihrer Mutter nach oben brachte.

Als sie am Badezimmer vorbeikam, hörte sie das Rauschen der Dusche und wie jemand würgte. Hannahs Tür stand offen, also war vermutlich sie diejenige im Badezimmer.

Posy war besorgt und blieb vor der Tür stehen. Sie wollte ihre Unterstützung anbieten, war aber nicht sicher, ob ihre Schwester diese wollte. Sie erinnerte sich, wie Hannah Beth nach ihrer ersten Alkohol-Erfahrung das Haar zurückgehalten hatte, doch das war nicht das Gleiche, oder?

Während sie das Tablett mit einer Hand balancierte, klopfte sie mit der anderen an die Tür, doch niemand antwortete.

Ein Weihnachtslied vor sich hin trällernd, um Hannahs Würgegeräusche zu übertönen, betrat sie das Schlafzimmer ihrer Eltern. »Wie geht es dir?«

»Besser, danke, aber das hält vielleicht nicht lange an, wenn du weitersingst.« Suzanne saß im Bett, ihr Strickzeug auf dem Schoß. »Ist jemand krank und muss sich übergeben?«

»Nein. Das ist die Dusche.« Posy schloss mit einem Hüftschwung die Tür. Wenn Hannah es Suzanne erzählen wollte, dann war das ihre Sache, doch Suzanne würde es nicht von Posy erfahren. »Du bist nicht mehr so blass. Das ist gut.«

»Du allerdings siehst erschöpft aus. Musst du die ganze Zeit deinen Schwestern hinterherräumen?«

»Nein. Sie helfen mit.«

»Sogar Hannah?«

»Vor allem Hannah, und hier ist der Beweis.« Posy stellte ihrer Mutter das Tablett auf den Schoß. »Geröstete Tomatensuppe mit rotem Pfeffer. Hannah hat sie für dich gemacht.«

»Ich wusste nicht, dass sie kochen kann.«

»Sie selbst war ebenfalls überrascht.« Posy fragte sich, was ihre Mutter sagen würde, wenn sie erfuhr, dass Hannah schwanger war. Soweit sie wusste, war sie die Einzige, die Hannahs Geheimnis kannte, was ihr Verantwortungsgefühl noch steigerte. Sie war nicht sicher, ob sie eine große Hilfe war. »Kann ich deinen Wasserkrug ausleihen? Während Hannah unter der Dusche ist, gehe ich kurz in ihr Zimmer und gieße Eric. Bin gleich zurück.«

Sie zog die Schlafzimmertür hinter sich zu und legte ein Ohr an die Badezimmertür.

Die Dusche lief noch immer.

»Hannah?« Sie klopfte leise an die Tür. »Ist alles in Ordnung?«

Sie erhielt keine Antwort. Abgesehen vom Aufbrechen der Tür schien sie nicht viel tun zu können. Also ging sie mit dem Wasserkrug in Hannahs Zimmer.

Als Erstes fiel ihr auf, wie aufgeräumt es dort war. Posys Loft sah manchmal wie verwüstet aus, doch in Hannahs Zimmer war alles sauber und sortiert. Es lagen keine Kleidungsstücke auf den Stühlen verstreut, keine Schuhe auf dem Boden. Sogar die Bücher auf dem Nachttisch waren säuberlich in einer Reihe aufgestellt.

Auf dem Schreibtisch stand ein geöffneter Laptop. Der Bildschirm zeigte eine so komplizierte Tabelle, dass Posy schon beim bloßen Anblick schielen musste. Sie starrte einen Augenblick darauf und erinnerte sich, was Hannah darüber gesagt hatte, dass ihre Eltern nur körperliche Fähigkeiten geschätzt hatten.

Dann richtete sie ihre Aufmerksamkeit auf den Weihnachtsbaum. »Hallo Eric.« Sie prüfte die Feuchtigkeit der Erde mit den Fingern und goss Wasser nach. »Na, wer hat Durst, mein Junge?«

Sie sammelte ein paar herabgefallene Nadeln auf, als Hannahs Handy klingelte.

Posy hätte den Krug beinahe fallen lassen. In diesem Teil des Hauses hatte man nur selten Empfang. Typisch, dass der Anruf einging, während Hannah im Badezimmer war.

Sollte sie ihn ignorieren? Nein, Hannah betonte immer, wie wichtig ihre Arbeit war. Posy konnte ihrer Schwester vielleicht nicht den Rücken reiben, während sie vor der Toilette hockte, doch zumindest konnte sie eine Nachricht entgegennehmen.

Mit dem Gedanken, dass ihr die neue Rolle als unterstützende Schwester gut gefiel, griff sie nach dem Handy und meldete sich. »Hallo?«

»Hey, ist da das tanzende Pizza-Mädchen?«

Posy wollte schon »Falsche Nummer« sagen, doch der Mann sprach weiter, und da er eine samtige, tiefe Stimme hatte, die einen wie ein Fellhandschuh streichelte, hörte sie weiter zu.

»Angie sagte, dass du mit ihr gesprochen und geschrien hättest, bevor die Leitung unterbrochen wurde. Jetzt fragen wir uns natürlich alle, was passiert ist. Bist du von Highlandern entführt worden? Hat dich ein Mann im Kilt weggetragen?«

»Ähm …«

»Ich mache mir Sorgen, du antwortest nicht auf meine Mails. Ich liebe dich, erinnerst du dich? Wie geht es Posy? Ist sie immer noch krank? Es muss etwas Ernstes gewesen sein, dass du alles hast stehen und liegen lassen, um nach Schottland zu reisen.«

Krank?

Posy ließ sich überrascht aufs Bett fallen. »Wer ist da?« Und wer, dachte sie, ist das tanzende Pizza-Mädchen?

»Wer ist dort?«

»Hannah isst keine Pizza. Sie rührt keine Kohlenhydrate an.«

Eine lange Pause entstand. »Welche der Schwestern bist du? Beth oder Posy?«

»Posy.«

»Geht es dir besser? Hannah hat sich Sorgen um dich gemacht. Sie hat gleich den nächsten Flug genommen.«

Posy wusste, dass sie nicht der Grund gewesen sein konnte, weshalb Hannah gleich den nächsten Flug genommen hatte. »Es geht mir viel besser, danke der Nachfrage.«

»Das ist gut.«

Sie setzte sich bequemer aufs Bett und fragte sich, welche Krankheit oder welchen Unfall sie angeblich erlitten hatte. Sollte sie versuchen, heiser zu klingen? Schwach? »Du scheinst mehr über mich zu wissen als ich über dich.« Offenbar war Hannahs

Schwangerschaft nicht das Ergebnis eines One-Night-Stands, wie sie angenommen hatte. Sie sah durch die offene Zimmertür über den Flur zum Bad und horchte, ob die Dusche noch lief.

»Ihr seid schon eine Weile zusammen?«

»Sechs Monate. Ich bin Adam.«

Adam, mit dem ihre Schwester seit sechs Monaten zusammen war. Adam, der ihre Schwester liebte.

Sie war davon ausgegangen, dass ihre Schwester nur flüchtige Beziehungen hatte. Sie hatte keine Ahnung gehabt, dass ihre Schwester eine so tiefe Bindung zu einem Mann hatte.

Tanzendes Pizza-Mädchen?

Posy wollte diese Version ihrer Schwester kennenlernen. Und sie wollte den Mann kennenlernen, der offenbar eine Seite an Hannah zum Vorschein brachte, die die anderen nicht sahen.

»Schön, dich kennenzulernen, Adam.«

»Wie geht es ihr? Vor dem Abflug war sie ziemlich gestresst.«

Posy starrte hinüber zur Badezimmertür. Vermutlich wusste er nicht, dass Hannah schwanger war. »Sie ist immer noch ziemlich gestresst.«

»Es ist so frustrierend, nicht mit ihr sprechen zu können.«

»Ja, der Empfang in Glensay Lodge ist noch wechselhafter als das Wetter, und das will was heißen. Wahrscheinlich wäre es einfacher, sich ins Flugzeug zu setzen und das Gespräch persönlich zu führen. Im Ernst: Warum tust du das nicht? Wir feiern hier ein großes Familienweihnachten, je mehr, desto besser. Aber so oder so brauchst du dich nicht um sie zu sorgen. Es scheint ihr gut zu gehen, und sie hat Eric, der ihr Gesellschaft leistet.«

»Eric? Ist er ein Outdoor-Typ?«

Posy musterte den Weihnachtsbaum. »Das könnte man sagen. Er ist groß, recht breit gebaut und kann den ein oder anderen Drink vertragen.« Sie hörte, wie die Badezimmertür geöffnet wurde. »Sie kommt! Wenn du also dranbleibst, gebe ich … Hallo?« Doch die Leitung war tot, der Empfang weg.

Posy legte das Telefon aus der Hand und stand auf, als Hannah ins Zimmer kam.

Mit nassem Haar und ohne Make-up wirkte sie jünger als sonst.

»Mit wem hast du gesprochen?«

»Dein Handy hat geklingelt – da bin ich rangegangen.« Wie viel sollte sie erzählen? Zum ersten Mal seit Ewigkeiten kamen sie und ihre Schwester miteinander aus. Posy wollte diesen fragilen Waffenstillstand unter keinen Umständen gefährden.

Hannah rieb sich mit einem Handtuch das Haar trocken. »Mein Handy? Aber in diesem Zimmer gibt es gar keinen Empfang.«

»Manchmal schon. Nervig, ich weiß. Die Ungewissheit bringt einen um.«

»Wer war es?«

»Es war Adam.« Posy bemerkte die Veränderung an ihrer Schwester. Ihre Schultern strafften sich leicht, ihre Miene wurde undurchdringlich. Als ob sie die Jalousien heruntergelassen hätte, damit niemand ihre Gedanken erahnen konnte.

Hannah hielt mit dem Haaretrocknen inne. »Hat er eine Nachricht hinterlassen?«

»Nein, die Leitung wurde mitten im Gespräch getrennt.«

»Warum hast du mich nicht gerufen?«

Weil ich unter Schock stand. »Du warst unter der Dusche. Ich wollte dir das Telefon geben, als der Empfang plötzlich weg war. Adam klang nett.« Vorsichtig tastete sie sich vor. »Ich nehme an, er ist der Vater.«

Hannah sah sie panisch an. »Du hast es ihm nicht gesagt, oder?«

»Natürlich nicht. Ich bin deine Schwester. Ich bin wie ein Wall zwischen dir und der Welt.«

Hannah entspannte sich. »Das ist gut.«

»Dir ist übel?«

»Ganz plötzlich. Wahrscheinlich psychosomatisch.«

Und mehr, dachte Posy, werde ich nicht erfahren.

Um ihr Glück nicht überzustrapazieren, wechselte sie das Thema: »Ich plane gerade Moms Abendessen morgen Abend.

Du weißt, wie sehr sie sich ein perfektes Weihnachten wünscht, und bislang war es das nicht, weil sie krank ist. Es tut mir so leid für sie.«

»Ja, mir auch.« Hannah griff nach dem Föhn und wirkte abgelenkt.

»Ich finde, du, Beth und ich sollten uns ins Zeug legen, damit das Fest ganz besonders für sie wird, und wir sollten mit dem Abendessen morgen anfangen.«

»Was würde das bedeuten? Ich fülle keinen Truthahn, und ich kann nicht stricken.«

»Ich dachte mehr daran, dass wir uns bemühen, uns gut zu verstehen. Kein Zickenkrieg. Wir sind uns einig. Sind nett zueinander. Wir hören zu und sind aufmerksam. Sind perfekte Schwestern.« Selbst für sie klang das anstrengend, und sie war diejenige, die es vorschlug. Es überraschte sie nicht, dass Hannah belustigt aussah.

»Klingt nach dem anstrengendsten Abendessen, das wir seit langer Zeit hatten, aber klar. Ich bin dabei. Du wirst Beth sagen müssen, dass sie ihr Handy oben liegen lassen soll, denn wenn diese Frau anruft, kannst du dein Leben darauf verwetten, dass sie rangeht. Sie kann nicht anders. Und sobald sie anruft, fängst du an zu schimpfen, und das wäre das Ende der schwesterlichen Harmonie.«

»Du schimpfst auch.«

»Weil diese Frau ein Monster ist und ich nicht ertragen kann, wie sie Beth herumschubst.«

Posy starrte sie an. »Du findest das auch?«

»Natürlich. Das ist eine Tatsache.«

Posy seufzte. »Sie wird eine harte Chefin sein.«

»Ich bin eine harte Chefin«, sagte Hannah. »Auch wenn ich immer sage, dass ich fair bin, klar und berechenbar in meinen Erwartungen. Corinna ist keine harte Chefin. Sie ist eine Tyrannin. Das ist etwas anderes. Einer der Gründe, warum Beth wieder arbeiten will, ist, Selbstsicherheit zu gewinnen. Für eine tyrannische Chefin zu arbeiten hat normalerweise den gegenteiligen Effekt.«

Posy hatte keine Ahnung von der Geschäftswelt, doch Hannahs Worte klangen nachvollziehbar. »Beth hält es für ein riesiges Kompliment, dass diese Frau sie in ihrem Team haben will.«

Hannah runzelte die Stirn. »Ich glaube nicht, dass es darum geht.«

»Was meinst du?«

»Nichts. Vergiss es.«

Posy wollte es nicht vergessen. »Du berätst Unternehmen. Du hast ein Gehirn in Planetengröße. Kannst du Beth nicht helfen?«

»Was bringt dich auf die Idee, dass sie meine Hilfe will?«

»Nun, sie braucht sie jedenfalls. Du bist ihre Schwester. Das gibt dir das Recht, dich ohne Erlaubnis einzumischen. Und denk an die Alternative – wenn du ihr nicht hilfst, arbeitet sie wieder für diese Frau, und das wird schrecklich.«

»Ich bin nicht sicher, dass das passieren wird.«

»Du glaubst, Beth wird ihr Angebot ablehnen?«

»Nein. Ich glaube …« Hannah schüttelte den Kopf und nahm eine Haarbürste zur Hand. »Egal. Lass uns morgen darüber sprechen. Was wollen wir kochen? Was ist Suzannes Lieblingsessen?«

Posy musste zugeben, dass sie ihre Schwester manchmal enervierend fand. »Ich bin noch nicht fertig mit dem Thema, Hannah. Du machst diese vagen Andeutungen und sagst dann nicht, was los ist.«

»Weil ich noch nicht alle notwendigen Fakten habe, um zu einem fundierten Schluss zu kommen.«

»Kannst du nicht spekulieren und tratschen wie andere Leute auch?«

»Nein, Posy.«

»Wie dein Gehirn arbeitet, ist echt unheimlich. Ich war immer so eingeschüchtert von dir.«

Hannah sah sie überrascht an. »Ich habe dich eingeschüchtert?«

»Du hast immer auf ein Muster von Zahlen geguckt, das für mich überhaupt keinen Sinn ergab, und wusstest, worum es geht.

Ich habe es gehasst, dass ich das nicht auch konnte. Ich fühlte mich unzulänglich. Warum lachst du?«

»Weil du mich ebenfalls einschüchterst.«

Das war lächerlich. »Wie könnte ich dich einschüchtern?«

»Willst du eine Liste?«

Posy stellte zu ihrer Überraschung fest, dass sie tatsächlich eine wollte. »Leg los.«

»Nun, da ist zum einen deine Sportlichkeit, um mal damit anzufangen.« Hannah fuchtelte mit der Bürste herum. »Du bist stark und hast ein exzellentes Koordinationsvermögen. Du würdest niemals von einem Gatter fallen.«

»Das würdest du auch nicht, wenn du die richtigen Schuhe tragen würdest.«

»Du erklimmst Berge.«

»Jeder kann einen Berg erklimmen. Die Leute, die wir retten, haben unterschiedliche Lebensstile und unterschiedliche Fähigkeiten.«

Hannah lächelte schief. »Genau. Du bist diejenige, die sie rettet. Du bist mutig und patent. Du gibst mir das Gefühl …« Sie hielt inne. »Das Gefühl, feige zu sein.«

Posy ließ sich zurück auf das Bett plumpsen. »Das ist verrückt.«

»Du kannst alle möglichen praktischen Dinge – vom Dachdecken bis zum Lämmer-auf-die-Welt-Bringen.«

»Lämmer kommen meist von selbst zur Welt.«

»Du weißt, was ich meine.«

Posy wusste es nicht. Sie hätte nie gedacht, dass sie jemanden einschüchtern könnte, schon gar nicht ihre Schwester. »Ich nehme an, wir haben unterschiedliche Fähigkeiten.«

»Das stimmt. Ich bin ein Tatsachen-Typ.« Hannah sah in den Spiegel und schaltete den Föhn ein.

»Vertraust du auf Tatsachen, um dir über Beziehungen klar zu werden?«

Hannah schaltete den Föhn wieder aus und erwiderte ihren Blick im Spiegel. »Wie bitte?«

»Beziehungen.« Posy spürte, wie sie rot wurde. »Ich bin nicht gut darin.« Wenn sie sich öffnete, würde ihre Schwester das vielleicht auch tun.

Hannah lächelte schwach. »Du fragst mich um Rat? Soll das ein Witz sein?«

»Nein. Aber du bist klug und logisch, und ich dachte, du könntest …«

»Beziehungen trotzen jeder Logik. Deshalb bin ich ebenfalls nicht gut darin.«

Posy schnaubte und erhob sich vom Bett. »Du bist ja eine Hilfe. Um deine Frage wegen morgen zu beantworten: Maggie hat uns ein Wildgulasch gekocht. Sie hat es gestern vorbeigebracht, als sie Mom besuchte. Wir machen Kartoffeln dazu. Kannst du Kartoffelbrei zubereiten? Ich röste ein paar Pastinaken in Ahornsirup. Und ich koche eine Suppe. Beth macht tolle Desserts, also bitte ich sie, eins zuzubereiten. Was auch immer passiert, wir lassen keine Streitereien zu.« Posy hielt inne und fragte sich, wie viel das neue Verhältnis zwischen ihnen zuließ. »Deswegen dachte ich, wir machen heute Abend etwas Einfaches.«

»Das kommt mir entgegen. An was dachtest du?«

Posy entschied, ins kalte Wasser zu springen. »Was hältst du von Pizza?«

»Ich esse keine Pizza, aber die Mädchen werden sich freuen. Also leg los, und ich mache mir einen Salat.«

»Du isst keine Pizza? Nie?«

Hannah runzelte die Stirn. »Du weißt, dass ich das nicht tue. Kann ich jetzt meine Haare föhnen?«

Tanzendes Pizza-Mädchen.

»Klar. Mach deine Haare.«

Es hatte sie nie gestört, dass sie und Hannah einander nicht wirklich nahestanden, doch plötzlich störte es sie sehr.

Was musste sie tun, um ihre Schwester dazu zu bringen, mit ihr zu reden?

Kapitel 21

Suzanne

Noch nie hatte sie erlebt, dass ihre Familie so bemüht war, sich von ihrer besten Seite zu zeigen.

Suzanne saß am Küchentisch und fühlte sich schwächer, als sie zugeben wollte. Der Arzt meinte offenbar, dass sie nicht länger ansteckend war, doch sie wusste, dass sie noch einige Zeit brauchte, um ganz wiederhergestellt zu sein. Sie hätte vermutlich noch im Bett bleiben sollen, doch es gab so wenige Gelegenheiten, zu denen die ganze Familie zusammen war, dass sie möglichst viel miterleben wollte. Außerdem übernahmen ihre Töchter die ganze Arbeit. Sie versuchten ihre Aufgaben abzustimmen wie ein Synchronschwimmerteam, dessen Mitglieder sich nicht kannten und ihren Rhythmus nicht fanden. Es rührte sie, dass sie offenbar glaubten, sie würde ihre angestrengten Bemühungen nicht bemerken, und sie fragte sich, wer von ihnen wohl als Erste die Beherrschung verlor.

Ausnahmsweise zickte niemand herum. Die Atmosphäre war nicht angespannt.

Zumindest nicht sehr.

Posy sah in die Schüssel, während Hannah den Kartoffelbrei zubereitete. »Du nimmst Olivenöl, keine Butter? Warum?«

»Ich mag Olivenöl.«

»Aber du isst nie Kohlenhydrate.« Posy wollte etwas hinzufügen, ließ es aber. »Großartig. Köstlich. Gute Wahl. Falls du Butter …«

»Möchte ich nicht.«

Sie bewegten sich unbeholfen in der Küche, klapperten mit Tellern und Töpfen, deckten den Tisch, gaben Eiswürfel in Wasserkaraffen und rempelten einander gelegentlich an.

Hätte Suzanne nicht solche Kopfschmerzen gehabt, hätte sie gelacht.

Sie hatte immer gewusst, wie unterschiedlich ihre Töchter waren. Ihre Persönlichkeiten hatten sich seit den Kinderzeiten nicht sehr verändert. Da war Hannah, die Organisierte, Beth, die vor sich hin träumte, während sie Sahne schlug, und Posy, die durch das Leben hüpfte wie auf einem Trampolin.

Warum nur hatte sie geglaubt, sie könnte ihre Beziehung zueinander kontrollieren? Sie hatte ihnen höchstens die Gelegenheit bieten können, eine Beziehung aufzubauen, und das hatten sie getan.

Beth öffnete den Kühlschrank. »Posy, hast du von der Schlagsahne genommen?«

»Ich habe ein wenig in die Suppe getan.«

»Das war meine Sahne. Für meinen Nachtisch. Ich muss sie schlagen.«

»Dann wirst du ein bisschen weniger schlagen müssen.« Posy rührte frische Petersilie in die Suppe, und Beth atmete tief durch.

Suzanne wartete auf die Explosion, doch stattdessen lächelte Beth. »Die Sahne ist sicher perfekt in der Suppe.«

Suzanne fing Stewarts Blick auf. Er zuckte mit den Schultern, um zu zeigen, dass er mit dem, was hier los war, nichts zu tun hatte.

Dann stand er auf und holte ihr ein Glas Wasser. »Bist du sicher, dass du nicht hättest im Bett bleiben sollen? Wir könnten dir das Essen auf einem Tablett bringen.«

»Ich habe es satt, im Bett zu sein. Es geht mir gut hier.«

Sie merkte, dass er widersprechen wollte, doch er wusste, wie viel es ihr bedeutete, dass alle zu Hause waren.

Er setzte sich neben sie. »Wenn du ohnmächtig wirst, sag Bescheid, dann fang ich dich auf.«

»Bin ich je ohnmächtig geworden?«

Er nahm sich ein Stück Brot. »Als du mich das erste Mal gesehen hast, wäre es beinahe so weit gewesen. Aber das kann man dir natürlich nicht verdenken.«

Normalerweise hätte sie über eine perfekte Retourkutsche nachgedacht, doch heute verweigerte ihr Gehirn die Funktion.

Mitten in die aufgeladene Familienatmosphäre platzte Luke.

Posy fiel sofort der Löffel aus der Hand.

»Es schneit wieder.« Luke trampelte sich den Schnee von den Schuhen und hängte seinen Mantel auf. »Ein Sturm zieht auf. Perfektes Schreibwetter.«

Posy hob den Löffel auf, und Suzanne bemerkte, dass sie gerötete Wangen hatte.

Sie bemerkte außerdem, dass ihre jüngste Tochter die Einzige war, die Luke nicht sofort begrüßte. Da Posy normalerweise unbefangen und wortreich mit ihrem Mieter umging, lag es für Suzanne nahe, dass sich irgendetwas zwischen den beiden verändert hatte.

Anziehung? Zuneigung? Liebe?

Was auch immer es war, es gefiel ihr.

Das Desaster mit Callum hatte Posy sehr mitgenommen. Es war nicht leicht, in einer kleinen Gemeinschaft eine Beziehung zu führen, und Callum war mit der Trennung sehr ungeschickt umgegangen.

Soweit Suzanne wusste, hatte Posy seitdem keine ernsthafte Beziehung mehr gehabt.

»Kommen Sie rein, Luke.« Sie deutete auf einen leeren Stuhl. »Ich habe Sie lange nicht mehr gesehen. Hoffentlich haben Sie es drüben ausreichend warm. Genug Feuerholz? Ist der Kühlschrank gefüllt?«

In mancherlei Beziehung erinnerte er sie an Stewart, als er damals so jung gewesen war. Luke hatte die gleiche athletische Statur und Kraft. Die gleiche ruhige Ausstrahlung und Leidenschaft für das, was er tat. Doch es war eine Leidenschaft, hatte sie festgestellt, die nicht zu einer Obsession wurde.

Sie mochte ihn.

»Die Scheune ist sehr gemütlich. Posy sorgt für mich. Das riecht lecker. Kann ich helfen?«

Dass er seine Hilfe anbot, reichte Suzanne aus. »Sie haben Wein mitgebracht. Mehr Hilfe brauchen wir nicht.«

»Setzen Sie sich, Luke.« Stewart erhob sich und deutete auf einen leeren Stuhl. »Willkommen im Irrenhaus. Wie läuft es mit dem Schreiben?«

»Oh, die Frage, die jeder Autor fürchtet.« Luke setzte sich und sah dabei zu Posy. »Es geht langsam voran. Ich bin in dem Stadium, in dem ich nicht glauben kann, dass das Buch jemals fertig wird. Ich muss mir meine vorherigen Bücher ansehen, um mich zu überzeugen, dass es möglich ist.«

Beth sah von ihrer Schüssel Schlagsahne auf. »Wie viele Bücher haben Sie schon geschrieben?«

»Das hier ist das dritte.«

»Geht es um Überlebenstraining?«

»Das war Buch Nummer zwei.« Luke schüttelte den Kopf. »Das hier handelt von den besten Klettertouren in Nordamerika.«

Posy servierte die Suppe, wobei sie Luke eine besonders große Portion auftat.

Das Gespräch drehte sich um Essen und um Weihnachten, und dann räumte Hannah die Teller ab, damit sie mit dem Gulasch weitermachen konnten.

Suzanne überlegte, ob Stewart recht hatte und sie im Bett hätte bleiben sollen. Ihr war ein wenig schwindlig.

»Der Kartoffelbrei schmeckt komisch«, sagte Ruby und stocherte in dem Essen auf ihrem Teller herum.

»Er ist köstlich«, sagte Beth. »Iss.«

»Aber …«

»Wie geht es Vicky, Mom?« Beth reichte die Schüssel mit Pastinaken herum. »Besser?«

Posy aß mit Appetit. »Sie arbeitet morgen einen halben Tag im Café.«

»Der Kartoffelbrei schmeckt komisch«, wiederholte Ruby.

»Iss, was du kannst, und lass den Rest liegen.« Jason war das Verhalten seiner Tochter offenbar peinlich. Er beugte sich zu ihr und sprach leise mit ihr. Suzanne sah, wie Rubys Wangen rot wurden und ihre Augen schimmerten.

Ihre Enkelin zu beobachten lenkte Suzanne von ihren Kopfschmerzen und den müden Gliedern ab.

Posy war ebenfalls eine wählerische Esserin gewesen. Cheryl und Rob hatten sie essen lassen, was sie wollte, doch Suzanne hatte das so abgeschreckt, dass sie es sofort änderte – ohne zu zögern und ohne Schuldgefühle.

Das Einzige, was Posy nie hatte essen wollen, waren Mohrrüben.

»Ich weiß nicht, warum mir Ihr Nachname bekannt vorkommt«, sagte Beth zu Luke. »Aber ich muss Ihnen sagen, dass ich keins Ihrer Bücher gelesen habe, also kann das nicht der Grund sein.«

»Seine Bücher sind überall.« Posy griff nach der Wasserkaraffe und schenkte sich nach. »Selbst wenn du sie nicht gelesen hast, wirst du sie gesehen haben. Vermutlich kennst du deshalb seinen Namen.«

Beth runzelte die Stirn. »Vielleicht.«

Suzanne bemerkte, dass Hannah still blieb.

Ihre Haare waren glatt wie ein Seidentuch, und ihr kunstvoll aufgetragenes Make-up verlieh ihr eine elegante Ausstrahlung.

Sie erinnerte sich, wie Hannah an dem Abend von Cheryl und Robs Tod ruhig im Haus gewartet und Posys fiebrige Haut mit feuchter Kleidung gekühlt hatte.

Die Polizei hatte angeboten, mit den Mädchen zu sprechen, doch Suzanne hatte darauf bestanden, es selbst zu tun.

Obwohl sie fast verging vor Trauer, zwang sie sich zum Leben, um den Kindern ihrer besten Freundin ein Rettungsring zu sein.

Hannah hatte ins Leere gestarrt, bis Suzanne sich fragte, ob sie das Gehörte verstanden hatte. Die Therapeutin, mit der sie kurz sprach, hatte betont, wie wichtig es sei, in dem Gespräch das Wort tot zu verwenden. Also hatte sie das getan und war jedes Mal zusammengezuckt, weil sie das Gefühl hatte, diesen sowieso schon verstörten Kindern jedes Mal einen Schlag zu versetzen.

Sie hatte nicht gewusst, um welches Kind sie sich zuerst hatte kümmern sollen. Jedes hatte unterschiedliche Bedürfnisse, zudem besaß auch sie ihre eigenen Bedürfnisse, doch diese waren zuletzt an der Reihe.

Ohne Stewart wäre sie zusammengebrochen. Wäre sie das wirklich? Sie war alles, was diesen Kindern geblieben war, und sie hätte sie nie im Stich gelassen. Die Mädchen waren ihr Mittelpunkt. Ihr Grund, jeden Morgen aufzustehen, gegen das Schuldgefühl und die Depression anzukämpfen, jeden Tag mit einem Gefühl von Sinn zu beginnen.

Suzanne begriff, dass sie umgekehrt auch für sie ein Rettungsring gewesen waren. Sich um sie kümmern zu müssen hatte sie gezwungen, sich um sich selbst zu kümmern.

»Moment!« Beth ließ klirrend ihre Gabel fallen, und das Gespräch verstummte. »Luke.«

Luke saß ruhig da. Er strahlte eine Wachsamkeit aus, die vorher nicht da gewesen war. »Ja?«

»Luke Whittaker?«

Posy sah genervt aus. »Beth, ich weiß nicht, was mit dir los ist, aber …«

»Ich weiß, warum mir Ihr Name bekannt vorkommt. Sie haben mir vor ein paar Monaten eine Nachricht auf dem Anrufbeantworter hinterlassen. Sie wollten mit mir sprechen über …« Beth hielt mitten im Satz inne, ihr Blick schweifte zu Suzanne und dann wieder zurück.

Suzanne kannte diesen Blick. Es war der spezielle Blick, wenn sie versuchten, das Unglück nicht zu erwähnen. Sie mochte es nicht, darüber zu sprechen, und das respektierten sie.

Aber warum sollte Beth glauben, dass Luke sie angerufen hatte? Und warum sprach sie in diesem Ton? Sie hatte noch nie einen so scharfen Ton von Beth gehört.

Sie erwartete, dass Luke den Anruf abstritt und wegen des Irrtums lachte.

Er legte seine Gabel ebenfalls nieder. »Sie haben mich nicht zurückgerufen.«

»Sie haben es nicht erwähnt«, sagte Beth. »Als ich Sie neulich im Café traf, haben Sie nicht gesagt, wer Sie sind.«

»Ich habe mich vorgestellt.«

»Aber Sie wussten, dass ich Ihren Namen nicht mit dem Telefonanruf in Verbindung gebracht habe.« Beth stand abrupt auf, und ihr Stuhl kratzte über den Küchenboden. Ihre Stimme klang erstickt. Ob vor Wut oder vor Schmerz konnte Suzanne nicht sagen.

Ihr Gehirn schien zu langsam zu arbeiten, als würde sie hinter allen herlaufen und sich bemühen, sie einzuholen. Sie hatte ein schlechtes Gefühl bei dieser Sache. Ein sehr schlechtes Gefühl.

»Mich hat er auch angerufen.« Hannah legte ihre Serviette auf den Tisch, obwohl ihr Teller noch halb voll war. Sie wirkte ruhiger als Beth, doch ihre Stimme klang eisig. »Was machen Sie hier, Luke?«

»Jetzt wartet mal eine Minute.« Posy stellte ihr Glas so abrupt ab, dass etwas Wasser überschwappte. »Sprechen wir jetzt so mit Gästen? Und warum sollte Luke euch angerufen haben? Er kennt euch nicht.« Wie eine kleine Tigerin war sie bereit, Luke gegenüber ihren Schwestern zu verteidigen.

Das war etwas, was Suzanne auch nur selten sah. Normalerweise war Posy umgänglich und ausgeglichen, doch gerade schien sich niemand von seiner besten Seite zu zeigen.

Sie hatte die drei noch nie so aufgebracht erlebt.

Die harmonische Atmosphäre bekam Risse. Ihre Träume von einem perfekten Weihnachten zerplatzten vor Suzannes Augen.

Welchen Grund auch immer Luke gehabt hatte, die Mädchen zu kontaktieren, sie musste der Sache auf den Grund gehen. Sie musste sie beschützen.

»Sie schreiben über den Unfall!« Beth schlug mit der flachen Hand auf den Tisch. »Das machen Sie doch, oder? Sie schreiben über alles, was mit Bergen zu tun hat. Sie sind ein Journalist.«

»Ich bin kein Journalist. Ich bin Kletterer und Autor.«

»Journalisten sind Autoren. Oder ist es einfacher, sich in das Leben anderer Menschen zu schleichen, wenn Sie diesen Umstand verschweigen?« Beth wandte sich an Hannah. »Er hat dich auch angerufen? Ich wünschte, das hätte ich gewusst. Wir hätten unsere Notizen vergleichen können.«

»Beth!« Posy sah ihre Schwester böse an, doch die ignorierte sie.

»Und als keine von uns auf Ihren Anruf reagierte, sind Sie direkt hierhergefahren und haben Posy ins Visier genommen. Sie haben vielleicht Nerven. Wir hatten in all den Jahren eine Menge Anrufe von Leuten wie Ihnen, aber niemand ist so weit gegangen, mit meiner Schwester zu schlafen, um an Informationen zu gelangen.«

»Oh danke.« Posy klang den Tränen nahe. »Immer nett, wenn die eigene Schwester die Details deines Intimlebens beim Familienessen ausposaunt. Erinnere mich daran, dir nie wieder etwas zu erzählen.«

»Beth!« Jasons Stimme war eine dringliche Erinnerung, dass Kinder mit am Tisch saßen.

Einen Moment schien es, als hätte Beth ihn nicht gehört.

Er rief ihren Namen noch einmal. Sie drehte den Kopf zu ihm und blinzelte wie jemand, der aus einem tiefen Schlaf aufwacht.

Sie sah Rubys ängstliches Gesicht und Jasons angespannte Miene.

»Es tut mir leid.« Beth wirkte hin- und hergerissen. Schuldbewusst. »Jason …«

»Ich möchte bei Tante Posy schlafen.« Ruby sagte es kleinlaut. »Seit ich Bugsy verloren habe, mag ich die Dunkelheit nicht.«

Melly beruhigte sie, weil sie den Ärger zwischen den Erwachsenen spürte. »Du kannst heute Abend in meinem Bett schlafen.«

»Versprochen?« Ruby war die Einzige am Tisch, die glücklich aussah.

Ohne den Blick von Beth zu wenden, stand Jason auf. »Ich bringe die Mädchen ins Wohnzimmer. Wir drehen den Ton vom Fernseher lauter.« Er nickte Beth kurz zu und senkte die Stimme. »Seid leise.«

»Ich darf meinen Kartoffelbrei auf dem Teller lassen?« Ruby dachte offenbar, dass Weihnachten schon früher angefangen hatte, und hüpfte ohne weiteren Protest aus dem Zimmer.

Suzanne wünschte, sie wäre nur halb so entspannt. Ihr Herz pochte. Ihr war ein bisschen übel, und sie hatte nicht den Eindruck, dass das an den Nachwirkungen ihrer Grippe lag. Als sie nach ihrem Glas griff, zitterte ihre Hand leicht. Hatte Luke über den Unfall sprechen wollen? Warum? »Ihr hattet andere Anrufe von Journalisten? Warum habt ihr mir nichts davon erzählt?«

»Weil du nicht gern über das Geschehene sprichst, und das respektieren wir.«

Sie hatten sie beschützt?

Suzanne sah zu Luke, doch seine Miene war ausdruckslos.

»Ich kann euch versichern, dass ich ganz anders bin als jeder andere, der euch in der Vergangenheit kontaktiert hat.«

Beth sah ihn abschätzig an. »Ich nehme an, dass Sie Ihre Art von Journalismus für etwas Besseres halten.« Nun, da die Kinder aus dem Raum waren, kehrte ihre Schärfe zurück.

»Das ist nicht der Grund.«

Suzanne fragte sich, warum ihre Töchter nicht einfach nach dem Grund fragten, statt irgendwelche Annahmen zu treffen, doch Beth schien zu glauben, dass sie bereits alle Fakten kannte. »Haben Sie die Informationen, die Sie wollten, bekommen? Gute Zitate? Wann wird die Story veröffentlicht?«

Schrieb er wirklich eine Story? Der Gedanke daran machte ihr Angst. Sie wollte die Sache nicht erneut durchleben, wie sie sie in den letzten Jahren wieder und wieder durchlebt hatte.

Sie hatte gedacht, die Albträume wären die einzige Erinnerung an jenen Tag, doch offenbar lag sie falsch. Es würde nie vorüber sein. Die Fragen. Die Spekulationen. Die Schuld.

Ihre Handflächen waren feucht, und ihr Herz pochte.

Dann spürte sie, wie sich Stewarts Hand um ihre legte, stark und beruhigend. Er konnte dieses ganze Gespräch beenden, doch offenbar dachte er, dass es um etwas ging, was sie hören sollten. Und natürlich hatte er recht.

Was auch immer es war, sie würde es überstehen. Sie alle würden es überstehen.

Posy erhob sich halb, kampfbereit. »Beth …«

»Für wen schreiben Sie?« Hannah übernahm das Verhör. »Eine Zeitung? Einen Blog? Und was ist der Anlass? Der fünfundzwanzigste Jahrestag? Oder wollen Sie so tun, als wären Sie zufällig hier? Wir werden es nicht zulassen, dass Sie Suzanne belästigen – damit es da keine Missverständnisse gibt.«

Hannah verteidigte sie? Trotz der Spannung war sich Suzanne der Ironie bewusst. Ihre Mädchen verbündeten sich, um sie zu verteidigen. So viel Teamwork und Schwesterlichkeit hatte sie seit Jahren nicht bei ihnen gesehen. Und das war authentischer als das gekünstelte Miteinander, mit dem der Abend begonnen hatte. Wenn der Anlass nicht wäre, hätte sie es als Durchbruch bezeichnet.

Doch musste es ausgerechnet dieses Thema sein, das sie zusammenbrachte?

Mussten sie es wirklich wieder ausgraben?

Luke straffte die Schultern. »Es ist kein Zufall.«

Posy ließ sich wieder auf ihren Stuhl plumpsen, ihre Kampfbereitschaft war offenbar erloschen. »Ist es nicht?« Offenkundig war sie ebenso verwirrt und bestürzt wie Suzanne. »Ich verstehe es nicht. Du bist hier, weil … Was ist hier los?«

Suzanne stellte sich dieselbe Frage.

Warum wollte Luke mit ihr über das Unglück sprechen? Welches Interesse hatte er daran, wenn er kein Journalist war?

»Ich bin nicht hier, um die Story zu schreiben, und ich bin nicht hier, um jemanden zu interviewen. Und es ist ganz bestimmt nicht der Grund, warum du und ich zusammengekommen sind.« Er hielt Posys Blick stand. »Das weißt du.«

»Tue ich das?« Posys Stimme bebte. Offensichtlich war sie hin- und hergerissen zwischen dem, was sie glaubte, und dem, was sie glauben wollte. »Hast du meine Schwestern angerufen?«

Suzanne war ebenfalls hin- und hergerissen. Sie mochte Luke, doch nun machte sie sich Sorgen, dass ihre Tochter mit einem Mann zusammen war, der nicht aufrichtig zu ihr war.

»Das hat er«, sagte Beth. »Seine Nachricht lautete: ›Ich möchte mit Ihnen über das Unglück und Ihre Eltern sprechen.‹«

»Und was ich gerne wissen würde«, schaltete Hannah sich ein, »wenn Sie kein Journalist sind und ganz anders als die anderen Leute, die uns in all den Jahren kontaktiert haben, warum sind Sie dann daran interessiert?«

Es folgte eine lange Pause atemloser Stille.

»Weil eure Eltern nicht die Einzigen waren, die bei dem Unfall ums Leben kamen«, sagte Luke schließlich. »Meine sind auch gestorben.«

Suzanne hatte den Eindruck, alles um sie herum wie durch Watte wahrzunehmen.

Seine Eltern waren auch gestorben?

Aber das würde bedeuten …

Ein kleiner Aufruhr entstand, als alle plötzlich durcheinandersprachen. Dann folgte eine Stille, als sich alle Köpfe ihr zuwandten, um einzuschätzen, welchen Schaden diese unerwartete Enthüllung angerichtet hatte.

Ihr Mund war trocken. »Lindsey und David, das andere Paar, das an jenem Tag mit uns kletterte, hatte einen Sohn.«

»Das bin ich.« Luke erwiderte ihren Blick. »Ich bin ihr Sohn.«

Sie spürte, wie sich Stewarts Finger enger um ihre Hand schlossen, doch sie sah ihn nicht an. Sie zwang sich, an jene Zeit zurückzudenken. »Ihr Nachname war Palmer. Ihrer ist Whittaker.«

»Ich wurde von Trudy, der Schwester meiner Mutter, adoptiert. Sie war unter dem Namen Whittaker verheiratet. Es gab viel Interesse an dem Unfall. Meine Tante und mein Onkel wollten, dass ich eine möglichst normale Kindheit habe und das Unglück hinter mir lasse. Sie zogen mich als ihr eigenes Kind auf. Gaben mir ihren Namen und ihr Zuhause. Sie lebten in Manhattan, und das hätte nicht weiter entfernt sein können von meinem früheren Leben. Ich verschwand von der Bildfläche. Ich war nicht die Person, für die sich die Welt interessierte.«

»Das war ich.« Suzanne formte die Worte mühsam zwischen ihren trockenen Lippen. Sie wusste, dass ihr erhöhter Puls nichts mit ihrer Krankheit zu tun hatte. »Ich war die einzige Überlebende. Ich war die diejenige, an der sie interessiert waren. Ich wusste von dir, aber ich kannte deinen Namen nicht. Ich habe nach dir gefragt. Ich fragte Trudy, aber ...«

Sie war plötzlich schweißdurchtränkt, und das lag nicht an ihrer Grippe.

Sie hörte noch immer Trudy Whittakers gramerfüllte Stimme, die ihr Vorwürfe machte.

Wie kommt es, dass nur Sie überlebten? Wie konnten Sie sich selbst retten, nicht aber meine Schwester?

Sie hatte sich das Gleiche oft genug gefragt, doch das machte es nicht einfacher, es zu hören.

Ein Blick in Lukes Augen ließ keinen Zweifel daran, dass er die Details kannte. »Trudy starb vor ein paar Jahren.«

Suzanne atmete tief ein. »Sie hat mir die Schuld gegeben. Sie dachte, es wäre meine Schuld.«

»Was nicht stimmt.« Stewart rückte näher und legte ihr einen Arm um die Schultern. »Du weißt, dass es nicht stimmt.«

»Meine Tante wusste das auch.« Luke blieb ganz ruhig. »Jahre später sprach sie darüber. Dass sie vor Trauer so zerrissen war, dass sie alles auf Sie schob. Sie wollte jemandem die Schuld geben, und Sie waren die Einzige, die noch am Leben war.«

»Wenn jemand Schuld hatte«, sagte Stewart, »dann am ehesten Rob.«

Luke nickte. »Ich weiß.«

Das war nicht die Reaktion, die Suzanne erwartet hatte. »Woher kannst du das wissen?«

»Weil ich in all den Jahren mit vielen Leuten gesprochen habe. Ein bisschen recherchiert habe. Es gibt Menschen dort draußen, die ihn kannten. Die mit ihm kletterten. Rob eilte der Ruf voraus, dass er immer weiter ging, als es sicher war. Er war nicht nur risikobereit, er war rücksichtslos. Er ging lebensgefährliche Risiken ein. Es gab viele, die nicht mit ihm geklettert wären.«

Stewart schob seinen Teller beiseite. »Wenn Cheryl nicht gewesen wäre, wäre Suzanne auch nicht mit ihm geklettert.«

»Eigentlich sagst du also, dass unser Dad deinen Dad umgebracht hat«, sagte Beth leise. Statt wütend klang sie jetzt unsicher.

»Genug.« Suzanne löste sich von Stewart. Sie musste diese Sache regeln und sie erledigen. »Rob war ihr Vater. Wir sollten nicht darüber sprechen.«

»Ich möchte darüber sprechen.« Posys Wangen waren so weiß wie der Schnee, der hinter dem Fenster lag. »Ist das wahr?«

»Es ist wahr.« Dieses Mal ergriff Hannah das Wort, und alle drehten sich zu ihr. »Ich hörte sie öfter reden. Mom sagte immer: ›Du musst mir versprechen, dass du umkehrst, Rob, wenn das Wetter umschlägt.‹ Und er wehrte sie dann ab und weigerte sich, irgendwas zu versprechen. Sie sagte: ›Du bist jetzt ein Vater‹, und er entgegnete: ›Ich bin der Mann, den du geheiratet hast.‹«

Das, dachte Suzanne, klingt ganz nach Rob.

»Also hat Beth recht. Er hat sie alle umgebracht«, sagte Posy tonlos, und Suzanne beugte sich vor.

»Nein, Liebes. Tatsache ist, dass diese Dinge manchmal geschehen. Es gab keine roten Flaggen an jenem Tag. Hätte es sie gegeben, wäre ich umgekehrt. Es gab Irritationen, das ist alles. Kleinigkeiten, die sich nicht richtig anfühlten, aber ehrlicherweise lag das wohl eher daran, wie wir uns miteinander fühlten. Es gab Spannungen in der Gruppe. Aber ich glaube nicht, dass diese Spannungen bei dem Unglück eine Rolle spielten. Letztlich waren wir zur falschen Zeit am falschen Ort.«

»Aber wenn unser Vater nicht gewesen wäre, wärt ihr nicht zur falschen Zeit am falschen Ort gewesen.«

Hannah straffte die Schultern. »Neunzig Prozent aller Lawinen werden durch Menschen ausgelöst.«

Dass Hannah diese Statistik kannte, obwohl sie keinerlei Interesse an Bergen hatte, sagte viel über das erlittene Trauma aus.

Beth wandte sich an Luke. »Es tut mir leid, dass du deine Eltern verloren hast. Aber warum bist du hergekommen und hast nicht gesagt, wer du bist? Warum warst du nicht von Anfang an offen?«

»Ich wusste nicht, wie ich es angehen sollte. Das ist auch der Grund, warum ich zuerst dich kontaktierte und nicht Suzanne. Ich wollte dich fragen, was das richtige Vorgehen wäre. Dieser Unfall hat viele Menschen traumatisiert, eingeschlossen meine Tante. Sie hat sich schrecklich verhalten. Sie hat Sie verletzt, und ich wollte hier nicht reinmarschieren und diese Verletzung noch verstärken.« Er sah zu Suzanne. »Ich weiß, dass diese Entschuldigung Jahrzehnte zu spät kommt, doch sie hat sich dafür geschämt, wie sie an jenem Tag mit Ihnen gesprochen hat. Sie wollte selbst den Kontakt aufnehmen und sich entschuldigen, aber sie wusste nicht, wie. Ihr war bewusst, dass sie Sie tief verletzt hatte, und fürchtete, mit dem Kontakt die alte Wunde wieder aufzureißen und alles noch schlimmer zu machen. Aus diesem Grund wollte ich hier nicht ohne Vorwarnung erscheinen. Ich wollte mir Zeit nehmen und abschätzen, wie viel Schaden ich eventuell damit anrichte, nach all diesen Jahren plötzlich hier aufzutauchen. Als ich kam, ging ich davon aus, höchstens eine Woche zu bleiben, aber ich habe mich in die Scheune verliebt, in den ganzen Ort und …« Er hielt inne. »Und in das Leben, das ihr hier habt.«

Suzanne beschlich der Eindruck, dass er hatte sagen wollen: *Ich habe mich in Posy verliebt.*

Es schien Stunden und nicht erst Minuten her, dass sie sich gefragt hatte, was zwischen den beiden lief.

Sie sah hinunter auf das Essen, das auf ihrem Teller kalt wurde.

Da tat man alles Menschenmögliche, um die Vergangenheit zu begraben, und dann geschah etwas, und man erkannte, dass sie nur darauf wartete, ausgegraben zu werden. »Es tut mir leid, das von Trudy zu hören, und es tut mir leid, dass wir keine Gelegenheit hatten, miteinander zu sprechen. Ich habe sie nicht kontaktiert, weil ich wusste, dass sie mir die Schuld gab, und damals fand ich diese Schuldzuweisung berechtigt.«

Stewart wollte etwas sagen, doch sie legte ihm die Hand auf den Arm, um ihn zum Schweigen zu bringen.

»Nach dem Unfall habe ich mich wieder und wieder gefragt, was ich anders hätte machen können. Hätten wir eine andere Route nehmen sollen? Hätte ich mich mehr bemühen sollen, Rob zur Umkehr zu bewegen? Ich habe jede Möglichkeit erwogen. Ich habe mich immer wieder gefragt, ob ich das Geschehen irgendwie hätte verhindern können. Würden vier Menschen noch leben, wenn ich etwas anders gemacht hätte?«

Hannah erhob sich. »Die Tatsachen deuten darauf hin, dass dem nicht so wäre, und wir sollten uns an die Tatsachen halten. Und hier ist noch eine Tatsache: Mein Vater war ein Tyrann.« Ihre Stimme bebte, als ob sie all ihren Mut zusammennehmen musste, um diese Worte auszusprechen. »Er wollte, dass alles nach seinem Willen läuft, und wenn Menschen sich nicht fügten, wurde er wütend. Mach dir keine Vorwürfe, Suzanne. Ich weiß nicht, ob es Dads Schuld war, aber ich bin sicher, dass es nicht deine war.«

»Dessen bin ich auch sicher.« Posy ging um den Tisch herum und umarmte Suzanne. »Und wir müssen nicht weiter darüber sprechen. Ich weiß, wie sehr du das hasst. Luke, ich denke, du solltest jetzt gehen.«

Luke zögerte. »Posy …«

»Ich verstehe, dass es auch dich persönlich betrifft, aber es wühlt Suzanne auf, deshalb solltest du gehen.«

»Ich stimme Posy zu«, sagte Hannah. »Ich verstehe, dass du ebenfalls in frühen Jahren ein Trauma erlitten hast, aber was immer du dir davon erhofft hast, nach all den Jahren herzukommen – es war egoistisch von dir, nicht zu bedenken, was das Aufrühren dieser Sache bei meiner Mutter anrichten kann. Ich lasse es nicht zu, dass du sie aufregst.«

Meine Mutter.

Suzanne bewegte sich leicht. Hatte sie richtig gehört? Zum ersten Mal sprach Hannah von ihr als »meine Mutter«.

Ihr Herz schien aufzugehen. Es drückte gegen ihre Brust, gegen die Rippen und erschwerte ihr das Atmen.

Dann bemerkte sie Lukes Miene und begriff, dass sie diesen Moment der Freude verschieben musste.

»Luke …«

»Sie haben recht. Ich hätte nicht kommen sollen. Es fühlte sich richtig an, aber ich erkenne jetzt, dass es das nicht war.« Er schob seinen Stuhl nach hinten und erhob sich. »Ich zahle die Miete bis Ende Februar, wie wir es vereinbart haben, doch ich werde heute abreisen.«

»Setz dich, Luke. Ich möchte mit dir sprechen.« Das wollte sie wirklich, auch wenn es offensichtlich war, dass sie erst mit ihrer Familie reden musste, bevor das möglich war.

Beth sah aus, als wollte sie einschreiten. »Mom, du musst nicht mit ihm sprechen. Diese Jahreszeit ist schon schwer genug für dich, ohne daran zu denken.«

»Ich stimme Beth zu«, sagte Posy, und Suzanne seufzte. Jahrelang hatte sie sich gewünscht, dass sie sich vertrugen, und dann wählten sie ausgerechnet diesen Moment.

»Mädchen …« Sie löste sich aus Posys Umarmung und stand ebenfalls auf. Ihre Beine zitterten, und sie war nicht sicher, ob dies eine Nachwirkung der Grippe oder die Reaktion auf das Geschehene war. »Es ist nun an mir, ein paar Dinge zu sagen. Zuerst einmal: Es stimmt, dass ich normalerweise nicht gern über das Lawinenunglück spreche. Das ist mein Weg, damit es mein Leben nicht dominiert. Doch irgendwann auf diesem Weg habt ihr die Überzeugung gewonnen, dass ich zerbrechlich bin, und das entspricht nicht der Wahrheit.«

Beth runzelte die Stirn. »Mom …«

»Ich weiß es zu schätzen, dass ihr mich beschützen wollt, aber wenn ihr das nächste Mal von einem Journalisten angerufen werdet, gebt mir die Nummer, damit ich direkt mit ihm sprechen kann. Ist das klar?«

»Aber …«

»Ist das klar?«

Beth und Hannah tauschten einen Blick. »Ja.«

»Gut. Und jetzt möchte ich, dass ihr alle geht, damit Luke und ich uns ungestört miteinander unterhalten können.«

Posy vergrub die Hände in den Taschen ihrer Jeans. »Auf keinen Fall. Ich werde hier nicht weggehen. Du wirst mich rauszerren müssen.«

Suzanne sah zu Stewart. Er war still, nachdenklich und nahm alles in sich auf.

Er sorgte sich um sie – das wusste sie. Aber er war der einzige Mensch, der verstehen konnte, warum sie das tun musste.

Er stand auf. »Ich glaube, wir sollten eure Mutter allein mit Luke reden lassen.«

Offenbar hatte seine Stimme mehr Gewicht als ihre, denn die drei Mädchen sahen einander an und gingen dann widerstrebend zur Tür.

Beth hielt auf der Türschwelle inne. »Wir sind hier ganz in der Nähe.«

»Das seid ihr nicht.« Unter anderen Umständen hätte Suzanne vielleicht gelächelt. »Ihr nehmt eure Mäntel und geht spazieren.«

Hannah sah sie irritiert an. »Es schneit.«

»Dann geht ins Glensay Inn und setzt euch auf einen Drink an den Kamin. Ihr seid nur einmal im Jahr zusammen. Ich bin sicher, ihr habt viel, worüber ihr sprechen könnt.«

Die drei verschwanden und ließen sie mit Luke und Stewart allein.

Sie sah zu ihrem Mann, der sie in all den schweren Zeiten nach dem Unglück unterstützt hatte. »Bleib«, sagte sie, woraufhin Stewart die Tür von innen schloss.

»Ich dachte auch nicht daran zu gehen.« Er griff nach einer Flasche Single Malt und stellte sie zusammen mit drei Gläsern mitten auf den Tisch.

Luke schob seinen Teller beiseite und lehnte sich zurück.

Er hätte gehen können, dachte Suzanne. Man hatte ihn angefeindet, beschuldigt und verhört, doch er saß noch immer hier.

Er besaß nicht nur eine physische, sondern auch eine moralische Stärke.

Seine Eltern wären stolz gewesen.

Luke rollte die Ärmel seines Pullovers zu den Ellbogen hoch und beugte sich vor. »Sie haben Fragen, dessen bin ich sicher. Da sind Dinge, die Sie wissen wollen.«

»Ich möchte mehr von dir wissen.« Suzanne konnte kaum glauben, dass er an ihrem Küchentisch saß, ihr gegenüber. »Ich habe in den vielen Jahren oft an dich gedacht. Ich habe mich gefragt, wie es dir geht und ob dein Leben durch das Geschehene zerstört wurde.« Sie hatte sich viele Sorgen gemacht, und in die Sorge hatte sich Schuld gemischt. Immer wieder die Schuld. Sie hatte an ihr gefressen wie Säure.

Stewart schenkte Whisky in die Gläser. »Mir sieht das nicht nach einem zerstörten Leben aus. Einen Drink, Luke?«

»Glauben Sie etwa, ich sage Nein zu einem Single Malt? Vor allem zu diesem bestimmten Single Malt?«

Es war alles so normal. So entspannt.

Suzanne sah zu, wie Luke das Glas hob und trank. Beobachtete, wie er schluckte und seine Augen aufleuchteten.

Sie erkannte, dass sie immer das Bild eines kleinen Jungen vor sich gesehen hatte, wenn sie an ihn gedacht hatte. Verwaist. Verletzlich. Gebrochen.

Doch der Mann, der ihr gegenübersaß, hatte nichts Gebrochenes. Er hatte sich vor dem Leben nicht versteckt, sondern jede Sekunde umarmt. Er strahlte Kraft und Energie aus, war vital und lebendig. Ihn so gesund und unbeschädigt zu sehen schloss ein paar Risse in ihrem Herzen.

»Posy sagt, du warst auf dem Rainier.« Sie konnte es sich nicht vorstellen. Nach dem, was geschehen war, hatte sie den Berg nie wieder betreten wollen.

»Oh ja.« Sein Lächeln war ein helles Licht in einem dunklen Tunnel. »Das Gespenst habe ich besiegt, als ich achtzehn war.«

Keine Furcht, nicht einmal Narben. Unversehrt.

»Erzähl mir von dir«, sagte sie. »Ich möchte wissen, wie du in Manhattan aufwachsen konntest und trotzdem ein Kletterer wurdest wie deine Eltern. Ich möchte alles wissen.«

Es war an der Zeit, dass sie sich sein Leben nicht länger vorstellte. Es war Zeit für die Realität.

Zeit für die Wahrheit.

Kapitel 22

Posy

»Okay«, sagte Beth, als sie sich an dem Tisch in der Nähe des Kamins auf einen Stuhl plumpsen ließ.

»Okay«, sagte Hannah, die sich vorsichtiger setzte.

»Wir haben versucht, sie zu beschützen, und sie hat uns rausgeworfen.« Posy winkte in Richtung Bar zu Aidan. »Ist das zu glauben?«

»Was ich einfach nicht glauben kann«, sagte Beth, »ist der Umstand, dass Luke Palmer mit dir geschlafen hat. Das ist niederträchtig.«

»Whittaker«, schnappte Posy. »Und du gehst davon aus, dass sein Interesse an mir Teil eines geheimen Plans war.« Sie hatte noch keine Zeit gehabt, die Enthüllungen der letzten Stunden zu verdauen, und war definitiv nicht bereit, mit irgendjemandem über Luke zu sprechen. Sie war verwirrt, wütend, fühlte sich verraten und beleidigt und ja, vielleicht ein bisschen lächerlich. Es war das erste Mal seit langer Zeit, dass sie wieder mit jemandem intim war, und mit Luke hatte sie mehr geteilt als mit irgendjemand anderem. Und jetzt fragte sie sich dank Beth, ob das, was sie geteilt hatten, überhaupt echt war. »Ehrlich gesagt wünschte ich, ich hätte es euch nie erzählt. Schwestern sollten etwas Vertrauliches auch so behandeln. Und sie sollten einem kein mieses Gefühl geben.« Das Gefühl, als wäre man Müll.

»Das waren besondere Umstände«, murmelte Beth kleinlaut. »Ich wollte dir nicht wehtun. Ich habe dich beschützt. Ich werde nicht rumsitzen und zusehen, wie irgendein Typ meine kleine Schwester reinlegt.«

»Erstens bin ich nicht klein. Zweitens verstehe ich nicht,

warum etwas Einverständliches und Lustvolles unter ›reinlegen‹ fällt, und drittens brauche ich dich und Hannah nicht, um mich zu beschützen. Auch wenn ich zugeben muss, dass ihr beide zusammen bei der Küchenarbeit mir mehr Angst macht als jeder Felsen, den ich je erklommen habe.«

Aidan näherte sich mit seinem üblichen Lächeln. »Bier für Posy, Weißwein für Beth.« Er stellte die Drinks auf den Tisch. »Was kann ich dir bringen, Hannah?«

»Mineralwasser«, sagte Hannah. »Danke, Aidan.«

Posy sah mürrisch ins Feuer.

Wann genau hätte Luke ihr die Wahrheit gesagt? Hätte er es ihr vor der Expedition gestanden? Vielleicht hätten sie eines Nachts ein Zelt geteilt und er hätte sich zu ihr herumgedreht und gesagt: *Übrigens …*

Sie hatte gedacht, dass sie einander nahstånden. Dass es eine spezielle Verbindung zwischen ihnen gab.

Sie war eine Idiotin.

»Wir sollten darüber sprechen«, sagte Beth, »statt unsere Sorgen zu ertränken.«

»Es sind meine Sorgen.« Posy lehnte sich zurück. »Und im Moment möchte ich nur Luke ertränken.«

War es bei dem Ganzen nur um Sex gegangen? Und falls ja, wie fühlte sie sich damit?

Es war ja nicht so, dass einer von ihnen irgendwelche Versprechungen gemacht hätte.

»Es tut mir leid. Ich hätte am Tisch nichts sagen sollen, aber kann es sein, dass du deine Wut auf Luke jetzt auf mich projizierst?«

»Nein. Du kriegst die Wut ab, die du verdienst.«

Beth wirkte betroffen. »In dem Fall ertränke ich ebenfalls meine Sorgen.« Sie sah Hannah an. »Warum trinkst du Wasser? Musst du so eine Spaßbremse sein? Kannst du mal für fünf Minuten aufhören, perfekt zu sein?«

»Ich bin nicht perfekt. Und ich schreibe dir nicht vor, was du trinkst, also wüsste ich nicht, warum ich eine Spaßbremse sein sollte.« Hannah wickelte ihren Schal ab, wobei Schneeflocken zu Boden schwebten.

Posy fragte sich, wann sie Beth erzählen wollte, dass sie schwanger war. Bei diesem Tempo kam das Baby auf die Welt, bevor Hannah irgendjemandem davon erzählte. Angesichts von Beths Neigung, Geheimnisse je nach Laune auszuplaudern, konnte sie es Hannah andererseits nicht verübeln, dass sie die Neuigkeit für sich behielt.

Aidan kehrte mit einer Flasche Wasser und einem Glas mit Eis und Zitrone zurück. »Möchtet ihr Ladys auch etwas essen?«

»Danke, aber wir haben schon gegessen.«

»Wenn ihr noch etwas von diesem leckeren Sticky Toffee Pudding habt, würde ich den vermutlich hinunterkriegen.« Beth stellte ihre Tasche neben den Stuhl und sah ihre Schwestern verteidigend an. »Dank unserer kleinen Familienkrise konnte ich nicht aufessen. Natürlich kann das auch am Olivenöl-Brei gelegen haben, der, wie meine Tochter richtig bemerkte, komisch schmeckte.«

Hannah schlug eines ihrer schlanken Beine über das andere. »Weißt du eigentlich, was Butter in deinen Arterien anrichtet?«

»Sie bereitet sie auf Sticky Toffee Pudding vor. Bring ihn her, Aidan. Am besten mit drei Löffeln.«

»Zwei Löffeln«, sagte Hannah. »Ich esse keine Kohlenhydrate.«

Posy dachte an ihr Gespräch mit Adam. »Du isst Pizza.« Sie griff nach ihrem Bier und nahm mehrere große Schlucke. »Du tanzt mit Pizza.«

Hannah starrte sie an. »Wie bitte?«

»Nichts. Vergiss es.« Sie konnte sich jetzt nicht auf Hannah konzentrieren, sie war zu sehr damit beschäftigt, sich selbst zu bemitleiden.

Hannah beugte sich vor und nahm ihr die Flasche aus der Hand.

»Zum ersten Mal in unserem Leben müssen wir ein ernsthaftes Gespräch führen, und wenn du zu schnell trinkst, wirst du nicht mal mehr gehen können.«

»Falls du es nicht bemerkt hast, gibt es gerade eine Krise in meinem Liebesleben. Und deshalb darf ich zu jedem Trost greifen, den ich brauche, zumal ich ihn von meinen Schwestern nicht bekomme.«

Beth zog die Brauen zusammen. »Was meintest du damit, sie würde mit Pizza tanzen?«

Posy schüttelte den Kopf. »Nichts. Und ich kann nur sagen, dass keine von euch sonderlich mitfühlend mit meiner Misere umgeht.«

»Ich sehe keine Misere.« Beth nahm einen Schluck Wein. »Du hast Sex mit einem superheißen Typen. Und du sagtest, wir sollen dich nicht beschützen.« Doch sie beugte sich vor und umarmte Posy.

»Oh.« Die Umarmung rührte sie. »Ich dachte, du wärst wütend.«

»Nicht auf dich. Du konntest nicht wissen, dass er eine Ratte ist. Es gab vorher keine Anzeichen von rattenähnlichem Verhalten.«

»Wir wissen nicht, ob er eine Ratte ist.« Hannah drehte den Verschluss der Wasserflasche auf und schenkte sich ein. »Seine Zuneigung für Posy könnte aufrichtig sein.«

»Warum hat er ihr dann nicht die Wahrheit gesagt?«

»Weil das Leben nie so einfach ist, wie du es offenbar glaubst.« Hannah legte ihre Handschuhe auf den Tisch, sodass die Finger exakt übereinanderlagen und sie von oben wie ein einzelner Handschuh aussahen. »Ich denke, wir sollten uns innerlich darauf einrichten, dass Suzanne sehr aufgewühlt sein wird, wenn wir nach Hause kommen. Dieses Gespräch wird alles zurückbringen. Sie sah nicht sehr wohl aus, als wir gingen.«

Posy hasste den Gedanken, dass Suzanne aufgewühlt sein könnte. Und noch mehr hasste sie den Gedanken, dass Luke der Grund dafür war.

Aidan stellte einen Teller Sticky Toffee Pudding vor Beth. »Kann ich euch Ladys noch etwas bringen?«

Posy nahm ihm die Löffel ab. »Nein, das ist in Ordnung. Danke, Aidan.« Sie wartete, bis er außer Hörweite war, bevor sie wieder das Wort ergriff. »Ich gebe zu, dass ich ziemlich wütend bin auf Luke, weil er es mir nicht gleich gesagt hat. Das ist ein merkwürdiges Gefühl, mit jemandem im Bett gewesen zu sein, der jemand anderes ist, als du dachtest. Ich habe das Gefühl, als hätte ich mit zwei verschiedenen Männern geschlafen. Macht mich das untreu?«

»Wie konntest du das nicht wissen? Hast du seinen Namen nicht im Internet recherchiert?« Beth nahm ihre Haarklammer ab, beugte sich vor, holte einen Lippenstift aus ihrer Tasche und trug ihn auf die Lippen auf.

Posy war kurz abgelenkt. »Wie machst du das ohne Spiegel? Und warum ist er nicht verschmiert?«

»Weil ich weiß, wo mein Mund ist. Das Erste, was man macht, wenn man einen neuen Mann datet, ist doch eine Internet-Recherche. Er hätte ein Serienkiller sein können.«

»Weil Serienkiller ja auch all ihre Taten im Internet posten, damit ihre Opfer gewarnt sind. Und ich habe recherchiert. Ich habe nach Luke Whittaker gesucht und bekam Informationen über Luke Whittaker. Merkwürdigerweise ploppte da keine Nachricht auf: Hey Posy, Luke Whittaker ist tatsächlich Luke Palmer, und seine Eltern kamen zur gleichen Zeit um wie deine. Ich schätze, das Internet ist nicht so verlässlich, wie die Menschen glauben. Und als Schwester solltest du mich übrigens unterstützen und mir nicht das Gefühl geben, ich wäre eine Idiotin. Auch ich bin verletzt, weißt du?«

Beth steckte den Lippenstift wieder in die Tasche. Ihre Wangen waren gerötet. Sie sah betreten und schuldbewusst aus. »Wir wollten dich nicht verletzen, aber du musstest die Wahrheit erfahren. Du warst diejenige, die meinte, dass Schwestern einander die Wahrheit sagen sollten.«

»Wenn dir die Wahrheit so wichtig ist, warum hast du mir dann nicht von den Anrufen erzählt?«

»Wir beide haben auch nicht miteinander gesprochen.« Hannah, logisch wie immer, versuchte die Situation zu entschärfen. »Wir sprechen nie über das Unglück.«

Posy wusste, dass sie vermutlich überreagierte, aber sie fühlte sich angegriffen und, ja, auch ein bisschen dumm.

Sie nahm einen Löffel von Beths Pudding. Auf diese Weise mit ihren Schwestern zu reden, war neu für sie. Sie war nicht sicher, wie ihr das gefiel. Im Moment fühlte sie sich nicht besonders wohl. Andererseits war es gut, ihre Schwestern auf ihrer Seite zu wissen, auch wenn sie die Sache falsch angegangen waren.

»Wir wussten nicht, dass er hier auftauchen würde«, sagte Beth. »Wir dachten, wenn wir seinen Anruf ignorieren, würde sich die ganze Sache von allein regeln. Diese Jahreszeit macht mich immer nervös.«

Hannah nippte an ihrem Wasser. »Sie macht uns alle nervös. Was glaubt ihr, warum ich es letztes Jahr habe ausfallen lassen?«

»Du sagtest, du müsstest geschäftlich unbedingt irgendwo anders sein.«

»Ich habe gelogen.« Hannah stellte ihr Glas ab. »Ich wollte kommen. Als der Check-in für den Flug begann, habe ich gekniffen.«

Posy fragte sich, warum es Mut erforderte, nach Hause zu fahren. »Was ist passiert?«

Hannah senkte den Kopf, und ihre silbernen Ohrringe funkelten im Schein des Feuers. »Ich konnte es nicht ertragen, dass alle dermaßen angestrengt so tun, als würden sie Weihnachten lieben.«

»Ich liebe Weihnachten«, sagte Posy. »Ich liebe Weihnachten wirklich. Ich liebe den Geruch von Tannenbäumen und Zimtkeksen, aufgeregte Kinder …«

»Wenn du Weihnachten so sehr liebst, warum bist du dann immer so gestresst?«

»Das bin ich nicht immer. Ich weiß, wie schwer diese Jahreszeit für Mom ist, und sie bemüht sich immer sehr, Weihnachten zu etwas Besonderem zu machen, also wünsche auch ich mir ein perfektes Weihnachten. Aber das ist schwieriger, als es in all diesen Magazinen und Fernsehwerbungen aussieht, und am Ende fühle ich mich wie eine Versagerin. Im Fernsehen hat nie jemand eine fünf Kilometer lange To-do-Liste. Mein Truthahn glänzt nie so wie in den Werbespots, und bei uns zu Hause sitzt niemand dümmlich lächelnd herum und sieht nachsichtig zu, wie Kinder mit untadeligem Benehmen Weihnachtsgeschenke auspacken. Und wo wir schon dabei sind: Wie kommt es, dass der Weihnachtsbaum im Fernsehen nie seine Nadeln verliert?«

Hannah goss sich das restliche Wasser nach. »Weil diese Bilder gefälscht sind. Der Truthahn wurde vermutlich mit irgendwas eingesprüht, und die Nadeln wurden an dem verdammten Baum festgeklebt. Diese Spots sind das Ergebnis von überbezahlten Werbemanagern, die in einem Raum zusammensitzen und überlegen, wie man leichtgläubige Menschen wie dich davon überzeugen kann, dass man für die richtige Geldsumme ein perfektes Weihnachten kaufen kann.«

»Entschuldige bitte«, sagte Posy, »aber ich bin nicht leichtgläubig.«

»Entschuldige bitte«, sagte auch Beth. »Willst du sagen, dass mein Werbemanager-Gatte überbezahlt ist? Und bevor du antwortest, solltest du vermutlich über dein eigenes Gehalt nachdenken.«

»Ich werde nicht dafür bezahlt, jemandem weiszumachen, dass ein bestimmter Lebensstil mit dem Erwerb bestimmter Produkte zu erkaufen ist. Das ist eine besondere Form der Unehrlichkeit.«

»Ach bitte.« Beth wandte sich Posy zu. »Hör auf, meinen Pudding zu essen! Es ist nur noch ein Bissen übrig.«

»Ich rette dich vor dir selbst. Und wie sind wir auf das Thema von Jasons Gehalt gekommen? Wir sprachen doch über Weihnachten.«

»Mom möchte, dass es perfekt wird, weil sie überkompensiert«, sagte Beth. »Aber ich weiß nicht, wie unsere Entschuldigung lautet.«

»Ich brauche keine Entschuldigung. Ich bin von Natur aus ein Weihnachtsmensch.«

»Stachelig, meinst du? Wie eine Tanne?«

»Das meine ich nicht. Für mich hat Weihnachten etwas mit Wärme, Gemütlichkeit und Familienzeit zu tun.« Posy dachte über das nach, was Beth gesagt hatte. Es stimmte, dass ihre Mutter sich zu sehr anstrengte, Weihnachten perfekt zu machen. Und es stimmte auch, dass Überkompensation ein wichtiger Grund dafür war.

»Für mich geht es Weihnachten um die Kinder.« Beth legte ihren Löffel nieder. »Ich möchte ihnen perfekte Erinnerungen mitgeben. Ich möchte, dass sie es mit Schlittenglocken und funkelnden Lichtern und all diesem Drumherum verbinden, das skrupellose Werbemanager wie mein Mann anpreisen.«

Hannah starrte ins Feuer. »Ich denke bei Weihnachten nur an das Unglück. Suzanne wählt die Überkompensation, doch wenn ich die Wahl hätte, würde ich dem Ganzen aus dem Weg gehen. Ich wünsche mir jedes Jahr nur, dass es vorbeigeht.«

Posy bemerkte das Leid in ihren Augen und vergaß plötzlich Luke und ihre Sorge darum, was als Nächstes geschehen würde.

Hannah war älter gewesen. Von ihnen dreien hatte sie der Tod ihrer Eltern am meisten getroffen.

Sie hatte Hannah nie als verletzlich betrachtet, doch in den letzten Tagen hatte sie erfahren, wie falsch sie damit lag. Sie dachte an die Hannah mit den geröteten Augen, die Hannah, die Angst hatte, eine schreckliche Mutter zu sein, die Hannah mit feuchtem Haar, die sich fragte, warum Adam angerufen hatte.

Und jetzt die Hannah, die zugab, wie schwierig diese Jahreszeit für sie war.

Posy hatte ihre Schwester nie so reden gehört. Sie wusste, dass das eine große Sache für sie war, und wollte es irgendwie anerkennen, doch sie hatte Angst, etwas Falsches zu sagen.

Ausnahmsweise blieb auch Beth still.

Posy erinnerte sich an das Gefühl von Beths Umarmung und streckte die Hand aus, um Hannah über die Hand zu streicheln. »Wie können wir helfen?«

Hannah schien sich wieder zu fassen. »Das könnt ihr nicht. Ich komme damit klar. Das tue ich immer.«

»Aber du versuchst, allein damit klarzukommen«, sagte Posy, »und der Gedanke gefällt mir nicht.«

Beth nickte. »Mir gefällt er auch nicht. Wir sind ein Team. Eine Einheit. Und jetzt gerade fühlt es sich gut an. Wir sollten das hier öfter machen.« Sie sah sich im Pub um und sog die Atmosphäre auf. »Ich bin fast froh, dass Mom uns rausgeworfen hat. Ein loderndes Kaminfeuer, ein warmer schottischer Empfang und Familie. Wir schaffen es selten, so miteinander zu sprechen. Warum?«

»Weil wir nur Weihnachten zusammen sind.«

»Aber selbst dann nutzen wir es normalerweise nicht. Das hier sollte eine neue Tradition werden. Jedes Weihnachten gehen die drei McBride-Schwestern in den Pub und reden Tacheles über ihr Leben. Mir gefällt diese Ehrlichkeit. Wir sind die Weihnachtsschwestern. Vergesst Weihnachtspullover, ich bestelle uns einheitliche T-Shirts für den Weihnachtstag.«

»Solange du nicht erwartest, dass ich es anziehe.« Hannah strich über ihren weichen Kaschmirpullover, als hätte sie Angst, dass Beth ihn ihr vom Leib reißen wollte.

Posy überlegte, wie weit diese neue Ehrlichkeit wohl reichte. Konnte sie es wagen, nach Adam zu fragen? Nach dem, was er am Telefon erzählt hatte, war Hannah bei ihm eine andere Frau, und diese Frau wollte sie kennenlernen.

Sie entschied, es zu riskieren. »Erzähl uns von Adam mit der sexy Stimme.«

»Adam ist ein Kollege.« Hannah blickte beide an und musste etwas in ihren Gesichtern gesehen haben, denn sie seufzte. »Okay, ich gebe zu, er ist ein bisschen mehr als ein Kollege. Wir sind zusammen.«

Beth fuchtelte mit ihrem Löffel herum. »Ist er der Typ auf dem Foto?«

»Ja.«

»Warum nennt er dich tanzendes Pizza-Mädchen?« Posy ignorierte Beths überraschten Seitenblick.

»Manchmal arbeiten wir bis in die Nacht, und er bestellt

Pizza, und ja, es mag den seltenen Fall gegeben haben, dass ich ein Stück gegessen habe. Und einmal alberten wir herum, und er brachte mir Tango bei.«

Ihre Schwester alberte herum? Sie konnte Tango tanzen?

Beth blinzelte irritiert. »Bist du verliebt?«

»Ich bin nicht verliebt.« Hannah starrte ins Feuer. »Solche Gefühle habe ich nicht.«

»Wenn du um eine Pizza herumtanzt, fühlst du auf jeden Fall etwas.« Posy sah Beth an. »Übrigens gebe ich dir die Schuld. Warum hast du uns nicht erzählt, dass sie sich mit jemandem trifft?«

»Weil ich es nicht wusste. Sie erfindet lieber Entschuldigungen, als sich mit mir zu treffen. Vermutlich, weil ich langweilig bin.«

Hannah sah sie verblüfft an. »Du bist nicht langweilig.«

»Ich bin langweilig. Ich rede immer nur über die Kinder.«

»Weil du sie liebst und stolz auf sie bist. Und warum solltest du auch nicht? Du bist eine tolle Mutter, Beth. Ich verstehe das Problem nicht.«

»Das Problem ist, dass du sie nicht magst.«

Posy erstarrte. *Ups.* Auf der Fahrt vom Flughafen nach Hause hatte Beth das Gleiche gesagt, doch Posy hatte angenommen, dass es dem Übermaß an Champagner geschuldet war.

Hannah sah Beth erstaunt an. »Das ist lächerlich.«

»Du kommst nie zu uns. Du flüchtest dich in Entschuldigungen, damit wir uns nicht treffen müssen, und wenn wir es tun, bestehst du darauf, dass wir uns in Restaurants sehen. Ich versuche, nicht gekränkt zu sein, weil ich weiß, dass Kinder nicht dein Ding sind, aber sie sind deine Nichten, und in Wahrheit fällt es dir schwer, sie um dich zu haben.«

Posy hatte das unbehagliche Gefühl, dass ihr Moment schwesterlicher Verbundenheit eine Grenze überschritten hatte und etwas ungleich Gefährlicheres drohte.

»Vielleicht sollten wir …«

»Das ist nicht wahr.« Hannah war kreidebleich.

»Du vermeidest es nicht, zu uns zu kommen?«

»Der Teil ist vielleicht wahr, doch das hat nichts damit zu tun, dass ich die Mädchen nicht liebe. Ich kann nicht glauben, dass du so etwas glaubst.«

»Du hast sie heute Nachmittag allein gelassen.«

»Das liegt an meiner Ungeschicklichkeit, aber nicht daran, dass ich die Mädchen nicht liebe.«

Etwas an Hannahs entschlossener Aufrichtigkeit rührte Posy zutiefst, doch sie fühlte auch mit Beth, weil sie wusste, dass dies ein sensibles Thema für sie war.

»Meint ihr, wir könnten zurück nach Hause …«

»Nein«, sagte Beth. »Wenn wir schon einen Schwesternabend haben, dann werden wir auch ehrlich sein.«

»Wir haben ja nicht wirklich einen Schwesternabend«, sagte Posy. »Mom hat uns hinausgeworfen und …«

»Es ist zu einem Schwesternabend geworden. Und das hier beschäftigt mich schon lange, weshalb ich gern darüber sprechen möchte, wenn das okay für dich ist. Sag mir die Wahrheit, Hannah.«

Posy fragte sich, ob sie versuchen sollte, diesen Streit zu beenden. Mit anzusehen, wie ihre Schwestern einander wehtaten, fand sie belastender als die Situation mit Luke.

Hannah saß ganz ruhig da. »Die Wahrheit ist, dass es mir schwerfällt, mit den Kindern zusammen zu sein, weil Ruby mich an Posy erinnert.«

Posy starrte sie an. »Es ist meine Schuld?«

»Es katapultiert mich direkt zurück zu jenem Abend, an dem unsere Eltern verunglückten. Du warst so verzweifelt, als sie nicht wieder nach Hause kamen, und hast immer gerufen: ›Mommy, ich will Mommy, wo ist Mommy?‹ Und ich wusste nicht, wie ich dich trösten konnte.« Hannahs Augen schimmerten feucht, und Posy spürte ihre Not geradezu.

Es war schwer mit anzusehen.

Sie rutschte auf ihrem Stuhl hin und her.

Die Bargespräche um sie herum verblassten zu einem unbestimmten Rauschen. »Ich erinnere mich nicht daran.«

»Aber ich erinnere mich, und es war schrecklich. Ich fühlte mich unzulänglich und war verzweifelt. Dein Schmerz war so groß, dass er mich auffraß. Zu sehen, wie du nach unseren Eltern schriest, und zu wissen, dass ich nichts tun konnte, um deinen Schmerz zu lindern, fühlte sich an, als ob man mein Innerstes herausriss. Von jenem Abend an hatte ich in jeder Nacht, die du geweint hast, beinahe eine Angstattacke.« Hannah atmete tief ein, als ob sie sich selbst daran erinnern wollte, dass es in der Vergangenheit lag. »Später passierte das bei fast jedem Kind, das weinte. Ich war ein paarmal bei einer Therapeutin, aber das hat für mich nicht funktioniert. Also mied ich stattdessen Kinder.«

»Eingeschlossen Ruby.« Beth sagte es ruhig, ihre Abwehrhaltung war verschwunden.

Hannah rieb sich über die Stirn. »Ja. Egal, du hast gefragt, und ich habe geantwortet.«

Posy schluckte. »Du sagst, ich habe dir die Freude an der Liebe genommen?« Sie fühlte sich verantwortlich, auch wenn sie wusste, wie lächerlich das war.

»Ich weiß es nicht. Ich bin keine Psychologin.«

»Was ist mit mir?« Beth beugte sich vor. »Wo war ich bei all dem?«

»Du hast dich an Stewart geklammert. Du warst immer ein Papa-Kind.«

»Und ich habe mich an Suzanne geklammert«, sagte Posy. »Das ist meine früheste Erinnerung. Ich lag im Bett, warm und geborgen und eingekuschelt. Sie war großartig.«

»Das war nicht Suzanne.« Hannah spielte mit ihrem Glas. »Das war ich.«

»Nein, es war Suzanne. Ich erinnere mich, dass sie mir im Bett vorgelesen hat. Das ist meine früheste Erinnerung.«

»Ich war es, die dir im Bett vorgelesen hat. Nach dem Tod unserer Eltern hast du jede Nacht bei mir geschlafen. Du und dein Kaninchen, dessen Namen ich vergessen habe, aber seine pummelige Form ist mir in Erinnerung geblieben.«

Posy war fassungslos. Sie fühlte sich, als hätte ein starker Windstoß sie umgeworfen.

Die Wärme, die Sicherheit, das Liebevolle, das Kuscheln …

»Das warst du?«

»Ja. Danke übrigens, dass du dich daran erinnerst. Da lohnt sich das Trauma doch.« Oberflächlich betrachtet, schien Hannah wieder alles unter Kontrolle zu haben. Posy hätte vielleicht sogar gedacht, sich ihr Unwohlsein nur einzubilden, wäre da nicht das rhythmische Klopfen ihrer Schuhe unter dem Tisch gewesen.

Sie versuchte noch immer, diese neue Information zu verarbeiten. »Aber …«

»Du hast dich sechs Monate an mich geklammert. Bis wir hierherzogen. Dann schienst du dich einzuleben und einfach dein Leben weiterzuleben. Als hätte dein altes Leben nie existiert.«

»Wenn wir uns so nah waren, was ist passiert?«

»Ich schätze, ich habe mich zurückgezogen«, sagte Hannah. »Es schien der einfachere und weniger schmerzliche Weg zu sein.«

Stille entstand. Beth war diejenige, die sie schließlich brach. »Es kam mir nicht in den Sinn, dass dies der Grund sein könnte, weshalb du dich von den Mädchen fernhältst. Ich … Es tut mir leid, dass ich diese Dinge gesagt habe.«

»Muss es nicht. Ich bin froh, dass wir es richtiggestellt haben.« Hannah lächelte schwach. »Ich habe ein paar Probleme. Und ich bin die Erste, die das zugibt. Du hast ebenfalls welche.«

Beth sah sie verwirrt an. »Ich habe keine Probleme.«

Posy nahm einen weiteren großen Schluck von ihrem Bier. »Du hast Probleme.«

»Habt ihr euch verbündet?«

»Nein. Es ist einfach die Wahrheit. Du hast Probleme.« Vielleicht war es nicht der richtige Zeitpunkt, es anzusprechen, doch er schien so gut wie jeder andere. »Du bist überbehütend mit deinen Kindern.«

»Jede Mutter behütet ihre Kinder.«

Hannah trank ihr Wasser aus. »Du beschützt sie nicht auf die gleiche Art, wie andere Mütter es tun. Du bist überängstlich. Du siehst überall Gefahren und malst dir die schlimmsten Katastrophen aus.«

Beth versteifte sich. »Das ist nicht wahr.«

Posy blickte Hannah an. »Lass es uns vergessen. Es ist verständlich.«

»Verständlich«, echote Hannah.

Beth setzte sich noch gerader hin. »Ich will es nicht vergessen. Und falls ihr andeuten wollt, dass ein Unglück, das vor fünfundzwanzig Jahren geschah, Einfluss darauf hat, wie ich meine Kinder erziehe, kann ich euch nur sagen, dass das nicht stimmt. Gebt mir ein Beispiel, wann ich übervorsichtig war.«

Posy zögerte. »Du hyperventilierst praktisch, sobald die Mädchen auf Socks reiten wollen.«

»Jeder weiß, dass man beim Reiten einen Helm tragen sollte. Das ist üblich.«

»Ja.« Wie konnte sie das jetzt so freundlich wie möglich ausdrücken? »Aber wenn du die Chance hättest, würdest du noch Brustprotektoren und Airbags bestellen.«

»Viele Reiter schützen sich vor einem Sturz.«

»Vielleicht auf Turnierniveau, aber wenn sie mein uraltes Pony im Kreis reiten? Ich glaube nicht.«

Beth verschränkte die Hände im Schoß. Ihre Handknöchel waren weiß. »Socks ist ein großes Tier. Jedes Pferd kann durchgehen.«

»Ich glaube, es braucht mehr, damit ein Pferd durchgeht, und Socks hat Arthritis. Ihm tut es schon weh, zu traben. Davonzugaloppieren liegt jenseits seiner Möglichkeiten.«

Beth wurde rot. »Ich sage ja nur, dass es passieren könnte.«

»Und das«, entgegnete Posy, »ist eben mein Punkt. Du reagierst auf alles, was passieren könnte. Nicht auf das, was tatsächlich passiert. Schwarzmalerei.«

»Ich sehe Unglücke im Vorweg, das ist alles. Auf diese Weise verhindere ich, dass sie geschehen.«

»Ich glaube, du erlebst jedes mögliche Unglück«, sagte Hannah langsam. »Du erlebst es in deinem Kopf, und das versetzt dich in Panik.«

Beth sah aus, als wollte sie es abstreiten, und schluckte dann schwer. »Ihr habt recht, das tue ich. Ich habe immer die Vorstellung, dass etwas Schreckliches geschehen wird, wie es bei uns der Fall war. Ich habe Angst, und die bekämpfe ich, indem ich alles Menschenmögliche tue, damit keine schlimmen Dinge geschehen. Ich versuche, alles zu kontrollieren. Es ist erschöpfend.« Sie starrte ins Feuer. »Ich habe Probleme.«

»Vielleicht ist es an der Zeit, dass wir unsere Probleme angehen«, sagte Hannah.

»Ja. Ich muss mich mehr bemühen, mich zu entspannen. Ich möchte keine neurotischen Kinder aufziehen.« Beths Handy klingelte, und sie wühlte panisch in ihrer Handtasche, wobei sie ihnen einen schuldbewussten, flehenden Blick zuwarf. »Es könnte ein Notfall ein. Ich will versuchen, entspannter zu sein, aber ich fange morgen damit an. Jetzt muss ich rangehen, falls Ruby im Bad ertrunken ist oder durch die Hintertür fortlaufen konnte oder …« Sie sah die Nummer. »Es ist Corinna.«

»Das ist tatsächlich eine Katastrophe.« Hannah griff über den Tisch, entwand ihr das Telefon und stellte es aus.

»Was machst du da? Ich muss rangehen!« Beth erhob sich und versuchte, sich das Handy zurückzuholen. »Du sorgst noch dafür, dass ich gefeuert werde!«

»Sie kann dich nicht feuern. Sie hat dich noch gar nicht angestellt.« Hannah legte das Telefon auf den Tisch. »Wenn es Jason oder eines der Mädchen wäre, könnte ich verstehen, dass du rangehen möchtest, aber da dies ein Abend voller Wahrheiten ist, möchte ich darauf hinweisen, dass Corinna dich benutzt. Sie benutzt dich als kostenlose Arbeitskraft, und du lässt das zu.«

»Das ist eine Geste des guten Willens. Ich muss sie beeindrucken.«

Posy dachte über das nach, was Hannah gesagt hatte. Wie konnte es sein, dass sie sich an all die Liebe erinnerte, aber nicht an die Person, die sie ihr gegeben hatte? Sie sah auf die schmalen Schultern ihrer Schwester und ihre elegante Silhouette und versuchte sich daran zu erinnern, wie sie im Bett mit ihr gekuschelt hatte. Wann und warum hatte ihr Erinnerungsvermögen entschieden, dass es Suzanne war?

Hannah war auf Beth konzentriert. »Möchtest du wirklich für diese Frau arbeiten?«

»Ja. Sie ist klug, sie ist kreativ, sie ist engagiert.« Beth hielt inne. »Und sie glaubt, dass ich genau die richtigen Fähigkeiten mitbringe, die sie für diesen Kunden braucht.«

»Und welche Fähigkeiten sind das?« Hannah hielt ihrem Blick stand. »Warum, glaubst du, will sie unbedingt dich?«

»Willst du andeuten, ich hätte keine Fähigkeiten? Ich bin diejenige, die die Zielgruppe definiert hat. Ich verstehe die Frau, die früher Make-up trug, aber jetzt zu viel zu tun hat, und vielleicht hat sie auch ein bisschen Selbstvertrauen verloren und … oh …« Beths Stimme versiegte. »Sie wollte mich nicht, um die Zielgruppe zu definieren. Sie will mich, weil ich die Zielgruppe bin.«

Hannah sagte nichts, doch in ihrem Blick lag Mitgefühl.

»Das ist jetzt der Teil, wo ihr mir sagen solltet, dass ich mich irre«, sagte Beth leise.

»Du irrst dich nicht.«

Posy versuchte, die Nachricht abzumildern. »Sie könnte falschliegen. Sie weiß es nicht mit Sicherheit.«

»Ich weiß es mit Sicherheit«, sagte Hannah, und Posy fühlte Mitleid.

Dieser Abend entwickelte sich schlimmer als ihre aufreibendsten Rettungsaktionen in den Bergen. Sie fühlte sich zerschlagen und verletzt.

Beth hatte sich so über den Job gefreut. Sie wollte sie nicht verletzt sehen. »Sieh die gute Seite daran – du hast all diese Proben umsonst bekommen. Wenn auch nicht Everyday Red, denn das meiste davon befindet sich auf der Küchenwand.« Da Humor vielleicht doch nicht der richtige Weg war, tätschelte sie aufmunternd Beths Arm. »Es gibt andere Jobs. Bessere Jobs.« Gab es die? Sie wusste es nicht, aber sie fand, dass es ermutigend klang.

Beth starrte auf ihr Handy, ohne es anzurühren. »Sie hat mich eingeladen, weil ich seit sieben Jahren mit den Kindern zu Hause bin. Ich bin nicht ihre Top-Kandidatin für ihr neues Team, ich bin ihr Marktforschungsprojekt. Ich bin eine Laborratte.«

»Ich sehe dich nicht als Ratte.« Posy warf Hannah einen verzweifelten Blick zu. Sie hatte das hier angefangen, und nun sollte sie es auf eine Weise beenden, bei der sich Beth nicht schrecklich fühlte.

Beth steckte das Handy zurück in die Tasche. »Tschüss, Traumjob.«

»Für Corinna zu arbeiten ist für niemanden ein Traumjob.« Hannah war direkt. »Sie hat keine Ahnung, wie man mit Menschen umgeht. Arbeite nie für eine Tyrannin, vor allem, wenn ihr die Firma gehört.«

Dieses Mal widersprach Beth nicht. »Du hast recht. Sie ist eine Tyrannin. Ich wusste es, aber ich habe versucht, es zu vergessen, weil es ein leichter Weg zurück ins Arbeitsleben zu sein schien. Und dass sie mich für ihre neue Firma wollte, schenkte mir Selbstvertrauen in einer Zeit, als ich mich minderwertig fühlte. Dabei gibt sie einem gar kein Selbstvertrauen – sie zerstört es, weil man ihren Ansprüchen nie genügt.« Beths Stimme zitterte. »Mit ihrer Art gibt sie einem das Gefühl, dass man versagt hat, wenn man nicht in jedem Gespräch in Bestform ist. Als ich früher für sie arbeitete, habe ich die ganze Zeit darauf gewartet, dass sie mich feuert. Sie vermittelt einem das Gefühl, so nutzlos zu sein, dass man überzeugt ist, niemand anderes würde einen je wollen. Und wenn jemand den Mut hatte zu gehen, stellte sie ihm oder ihr ein mieses Zeugnis aus.«

»Also frage ich dich noch einmal«, sagte Hannah. »Möchtest du wirklich für sie arbeiten?«

»Nein, aber niemand anders wird jemanden mit meinem Profil nehmen. Ich war sieben Jahre lang zu Hause. Mein Selbstvertrauen ist ganz unten, weil ich nicht gearbeitet habe.« Sie sah Hannah an. »Warum siehst du mich so an?«

»Dein Selbstvertrauen ist ganz unten, weil du als Letztes für Corinna gearbeitet hast und sie dir das Gefühl gab, du wärst ihr nicht gewachsen. Wieder für sie zu arbeiten ist das Schlimmste, was du tun kannst. Du möchtest ein schwungvolles, positives Arbeitsumfeld, in dem deine Fähigkeiten geschätzt werden.«

»Habe ich Fähigkeiten?«

Ein Lächeln breitete sich auf Hannahs Gesicht aus. »Die hast du. Alle Qualitäten, die dich vor den Kindern in deinem Job gut sein ließen, sind immer noch da. Du hast dich auf andere Dinge fokussiert, das ist alles. Also musst du deinen Fokus wieder ändern.«

»Ich habe keine Kontakte mehr.«

»Die hast du beim ersten Mal auch aus dem Nichts aufgebaut, was du zweifellos wieder tun kannst. Du brauchst ein Coaching, um herauszubekommen, was du möchtest und wie du deine Fähigkeiten am besten einsetzt.«

Beth starrte frustriert ins Feuer. »Und wer wird das für mich tun?«

»Ich tue das.«

»Du würdest mich coachen?«

»Ja.«

»Wirst du mir das in Rechnung stellen?«

Hannah verdrehte die Augen. »Darauf werde ich nicht einmal antworten.«

»Ich weiß, wie viel du zu tun hast«, murmelte Beth. »Ich stünde tief in deiner Schuld.«

»Zwischen Schwestern gibt es keine Schuld. Und ich bin sicher, dass es in der Zukunft eine Zeit geben wird, in der ich auch deine Hilfe brauche.«

Posy fragte sich, ob Hannah dabei an ihr Baby dachte und an das, was vor ihr lag.

»Du bringst mich zum Weinen, und mein Mascara ist nicht wasserfest.« Beth suchte nach einem Taschentuch. »Glaubst du wirklich, dass mich jemand anderes will?«

»Ich weiß, dass es so ist.«

Posy verspürte eine Wärme, die nichts mit der Nähe zum Kaminfeuer zu tun hatte. Hannah würde Beth helfen. Bis heute Abend hatte sie das Gefühl gehabt, dass sie drei ihr Leben lang auf verschiedenen Bahnen geschwommen waren, doch jetzt waren sie alle auf derselben Bahn und achteten aufeinander. »Das ist gut.« Sie hob ihre halb volle Flasche. »Auf die Weihnachtsschwestern.«

Sie versprach sich selbst, ihren eigenen Teil beizutragen. Sie würde verständnisvoller sein. Wenn Hannah nur das Eiweiß wollte, würde Posy ihr das Eiweiß aufschlagen. Sie konnte mit den Eigelben immer noch Mayonnaise machen.

Eingehüllt in das warme Gefühl schwesterlicher Verbundenheit, verließen sie den Pub Arm in Arm.

»Es ist kalt«, sagte Hannah. »Warum sind wir gelaufen?«

»Weil wir etwas getrunken haben. Außerdem sind es nur zehn Minuten.«

»Zehn Minuten können wie zehn Jahre erscheinen, wenn deine Zehen erfroren sind. Und ich gehe in der Dunkelheit nicht gern auf Landstraßen.«

Posy dirigierte sie um eine Eisplatte herum. »Du bist so ein Stadtmädchen.«

»Das bin ich. Wir sollten ein Taxi rufen.«

»Das hier ist nicht Manhattan. Hier gibt es nur Pete, und der saß an der Bar, sodass wir ihn wohl nicht als Fahrer wollen.«

»Warum war er an der Bar, wenn er der einzige Taxifahrer ist?«

»Weil das ganze Dorf im Pub ist und er also weiß, dass ihn niemand brauchen wird.«

Auf der Suche nach Wärme und Halt klammerten sie sich aneinander und stolperten über die Straße zur Lodge, wobei sie die Taschenlampen-App auf Posys Handy nutzten, um zu sehen, wo sie langgingen.

Beth fing an, Weihnachtslieder zu singen, und Posy stimmte ein, bis Hannah drohte, sie in den Seitengraben zu schubsen.

Als sie die letzte Kurve hinter sich gelassen hatten, sahen sie einen Wagen mit laufendem Motor vor der Tür.

»Das ist ein Taxi«, sagte Hannah. »Du sagtest, es gäbe keine Taxis.«

Posy musterte das Logo auf der Seite.

»Es ist nicht von hier. Das ist ein Flughafen-Taxi.«

Während sie dastanden, stieg hinten ein Mann aus und reichte dem Fahrer ein paar Geldscheine.

Er trug einen langen dunklen Mantel und hatte den Kragen gegen die Kälte aufgestellt.

Posy schätzte ihn auf etwa einen Meter neunzig. Er hatte eine Eleganz an sich, mit der er in dieser Umgebung eigentlich fehl am Platze wirken sollte, doch irgendwie tat er das nicht.

Seine Kleidung sieht teuer aus, dachte sie. Falls sie sich kurz gefragt hatte, wer er war, musste sie nicht lange rätseln, denn Hannah neben ihr gab einen erstickten Laut von sich.

»Adam?«

Adam? Der teuer gekleidete Typ war Adam?

Posys erster Gedanke war, dass er so gut aussah, wie seine Stimme klang. Ihr zweiter Gedanke war, dass Hannah Überraschungen nicht mochte.

Würde sie sich freuen, ihn zu sehen?

Sie spürte, wie sich Hannahs Finger in ihren Arm bohrten.

»Was macht er hier? Es gibt überhaupt keinen Grund, weshalb er hier sein könnte, außer …« Hannah hielt einen Moment inne. Ihr Atem bildete Wölkchen in der Luft, und dann wandte sie sich an Posy, wobei ihre eisige Miene jede Wärme vertrieb. »Hast du ihm gesagt, dass er kommen soll?«

»Nein! Ich meine …« Posy dachte zurück, und das Herz rutschte ihr in die Hose. »Nicht direkt. Ich könnte es erwähnt haben, als wir wegen des schlechten Empfangs gescherzt haben. Ich sagte, dass es einfacher sei, hier persönlich herzukommen, um mit jemandem zu sprechen, aber ich glaubte ja nicht … New York ist weit weg … Warum sollten wir … Er sagte, er liebt dich.«

Hannah sah getroffen aus und riss ihre Hand von Posys Arm, als könnte sie es nicht ertragen, sie zu berühren. »Was hast du getan?«

Die empfindlichen Knospen ihrer neuen Beziehung erfroren und brachen ab.

Wenn Posy gehofft hatte, dass der Abend einen Neustart und eine neue Nähe mit ihrer Schwester eingeläutet hatte, war diese Hoffnung jetzt dahin.

»Hannah, ich habe nur versucht ...«

»Was versucht? Dich einzumischen, wie ihr alle es tut? ›Trifft Hannah jemanden? Wann findet Hannah jemanden?‹ Was geht euch das an? So viel dazu, dass du ein Schutzwall zwischen mir und der Welt bist. Oder wolltest du mein Leben ruinieren?«

»Nein.«

Ich liebe dich. Du bist meine Schwester. Ich habe es vermasselt, und es tut mir so leid.

Posy wusste nicht, was sie sagen sollte. Und sie hatte das Gefühl, dass keines ihrer Worte einen Unterschied machen würde.

Kapitel 23

Hannah

Die Haustür öffnete sich, und ihre ganze Familie stand dort versammelt. Suzanne und Stewart mit Melly und Ruby, die hinter ihren Beinen hervorlugten. Zweifellos befand sich auch Jason irgendwo dahinter.

Flankiert von ihren Schwestern, hatte Hannah den Eindruck, als ob alle sie anstarrten und auf ihre Reaktion warteten.

Panik ergriff sie.

Sie hatte sich noch nicht an den Gedanken gewöhnen können, dass sie schwanger war. Hatte noch keinen Plan, wie sie damit umgehen würde. Sie wusste nicht, welche Rolle Adam dabei spielen sollte und ob er überhaupt eine Rolle würde spielen wollen, und sie wusste auch nicht, wie sie damit umgehen sollte.

Zudem mochte sie es eindeutig nicht, wenn Männer unangekündigt vor ihrer Tür standen.

Sie hatte vorgehabt, in den Wochen über Weihnachten darüber nachzudenken, was sie wollte und wie viel Risiko sie bereit war einzugehen. Sie hatte einen Plan entwickeln und ihn dann vorsichtig Schritt für Schritt umsetzen wollen. Stattdessen hatte sie das Gefühl, von einer Flutwelle davongetragen zu werden, keuchend und kurz vorm Ertrinken, unfähig, sich zu retten.

Wie hatte Posy das nur tun können?

Und was hatte Adam geritten, hier aufzutauchen, ohne vorher mit ihr zu sprechen? Warum war er nicht wie geplant in der Karibik?

Ob sie es wollte oder nicht, er war hier. Sie hatte keine andere Wahl, als ihn hereinzubitten und zu akzeptieren, wie enthusiastisch er von ihrer Familie empfangen werden würde. Sie konnte förmlich sehen, wie es in ihren Gehirnen arbeitete. Sie würden sich Fragen stellen. Sie würden *ihr* Fragen stellen.

Es war, als ob seine Ankunft sie irgendwie entblößen würde.

Sie suchte tief in sich nach jenem Teil ihrer selbst, der normalerweise alles unter Kontrolle hielt, und ging dann zu Adam, wobei sie versuchte, nicht auf dem eisigen Boden auszurutschen.

Posy griff nach ihr. »Möchtest du meinen …«

»Nein, möchte ich nicht.« Sie verließ sich auf niemanden. Der einzige Mensch, dem sie auf dieser Welt wirklich trauen konnte, war sie selbst. Und glücklicherweise ließ sie sich diesmal nicht im Stich. Ihre Füße setzten fest auf, und sie rutschte nicht aus. »Das ist eine Überraschung.« Seinem skeptischen Blick nach zu urteilen, ahnte er, dass es nicht unbedingt eine gute war.

»Ich bin das Risiko eingegangen.«

Und das, dachte sie, ist der Unterschied zwischen uns.

Hannah ging keine Risiken ein. Sie sprang nur, wenn die Landung sicher war. Sie ging nie auf eine Reise, ohne das Ziel zu kennen.

Das Taxi fuhr weg, und sie bemerkte den kleinen Koffer neben Adams Füßen.

»Kommt herein!« Suzanne öffnete die Tür weiter. »Ihr müsst doch alle frieren.«

Hannah wollte nicht ins Haus gehen. Sie wollte weglaufen. Es war ihr egal, ob sie auf dem Eis ausrutschte und bäuchlings hinfiel.

Erst als sie die Lodge betrat, erinnerte sie sich wieder an Luke und den Grund, warum sie überhaupt in den Pub gegangen waren. Es schien eine Ewigkeit her zu sein, dass sie mit ihren Schwestern gesprochen hatte. Sie hatte sich unbeschwerter gefühlt, als sie es je gewesen war, seit sie sich zurückerinnern konnte. Jener Teil von ihr, den sie so lange in sich eingeschlossen hatte, hatte begonnen, sich zu öffnen. Nachdem Beth ihre eigenen Unsicherheiten offenbart hatte, war Hannah kurz davor gewesen, ihr von dem Baby zu erzählen und ihr eigenes Gefühl von Verletzlichkeit und Unzulänglichkeit einzugestehen. Sie hatte erwogen, Beth um Rat zu fragen.

Jetzt spürte sie, wie sie sich wieder zurückzog, um sich zu schützen.

Suzanne reichte Adam die Hand. »Ich bin Suzanne. Schön, Sie kennenzulernen. Ich entschuldige mich für diesen ziemlich verrückten Haushalt.«

Hannah konnte sich vorstellen, was Suzanne dachte: *Hannah hat ein Liebesleben! Endlich.*

Sie verspürte den gleichen erstickenden Druck, der sie zu Hause immer verfolgte.

Adam, voller Charme und Selbstvertrauen, schüttelte Suzanne die Hand. »Ich bin derjenige, der sich entschuldigen sollte für mein unangekündigtes Auftauchen. Ich habe ein Zimmer im Pub reserviert.«

Na großartig, dachte Hannah. Also würde jetzt das ganze Dorf erfahren, dass Hannah McBride endlich einen Mann hatte. Er hätte genauso gut eine Anzeige in die Lokalzeitung setzen lassen können.

»Sie müssen dort nicht übernachten. Wir haben viel Platz. Ich rufe im Pub an und storniere Ihre Reservierung.« Suzanne empfing ihn mit der gleichen Warmherzigkeit und Gastfreundschaft, die dafür sorgten, dass das Café Craft aus allen Nähten platzte.

Es kränkte Hannah, dass es Suzanne gar nicht in den Sinn kam, es könnte ihr nicht recht sein.

Niemand achtete darauf, was sie wollte oder brauchte. Niemanden schien es zu kümmern. Ihnen war nur wichtig, dass sie in ihre Welt hineinpasste. Dass ihr Leben so war, wie sie es wollten.

Mellys Augen wurden groß vor Staunen. »Bist du ein Prinz?«

Adam lachte. »Ach, warum glaubst du das denn?«

»Du bist so groß, und du hast dunkle Haare, und du siehst ein bisschen aus wie Prince Charming.«

»Es tut mir leid, dich enttäuschen zu müssen, aber ich bin kein Prinz.«

»Bist du Tante Hannahs Freund?«

Adam zögerte. »Ja, ich bin ein Freund.«

Ruby trat vor. »Bist du in einem Flugzeug geflogen?«

»Ja, das bin ich.«

»Hast du Bugsy gesehen?«

»Okay, ich mach das.« Beth trat vor und nahm Ruby auf den Arm. »Ihr Mädchen solltet im Bett sein! Warum seid ihr so spät noch auf?«

»Weil Daddy eine Ausnahme gemacht hat. Er dachte, du findest es nicht heraus.«

»Verräterin«, murmelte Jason. »Los, Mädchen. Ab nach oben.«

»Liest du uns noch eine Geschichte vor?«

Hannah fühlte sich eingesperrt und am Rande einer Panik. Sie ging verschiedene Szenarien im Kopf durch. Sollte sie es Adam gleich sagen? Oder erst später?

In dem Moment meldete sich Beth zu Wort: »Soll Tante Hannah euch als besondere Belohnung heute eine Geschichte vorlesen?«

Melly sah aus, als wäre schon Weihnachten. »Heute? Ja!«

»Ja!«, echote Ruby. »Wenn sie es mit verschiedenen Stimmen macht.«

Jasons Blick wanderte von Hannah zu Adam. »Aber Hannah will vermutlich …«

»Es wäre so eine schöne Belohnung für die Mädchen«, sagte Beth rasch.

»Ich bin sicher, dass es Adam nichts ausmacht. Im Wohnzimmer brennt ein Kaminfeuer, und Dad hat einen ganz besonderen Single Malt. Wir unterhalten Adam, während sie den Kindern vorliest. Danke, Hannah.« Sie ließ es klingen, als würde Hannah ihr einen großen Gefallen tun, und Hannah spürte, wie sich ein Kloß in ihrem Hals bildete.

Beth drängte sie nicht. Sie verschaffte ihr die Gelegenheit, ihre Gedanken zu sammeln.

Sie drehte sich zu Adam um. »Macht es dir was aus? Fühl dich wie zu Hause, und ich komme runter, sobald ich die Kinder ins Bett gebracht habe.« Sie sagte es so, als wäre »die Kinder ins Bett bringen« etwas, das sie öfter tat. Ein kaum merkliches Heben seiner Braue war das einzige Anzeichen, dass er ihre Vermeidungstaktik durchschaute.

Adam war vieles, aber nicht langsam oder begriffsstutzig.

»Klar.« Sein Tonfall war neutral. »Einen guten Single Malt würde ich nie ablehnen.«

Hannah folgte den Mädchen nach oben, wobei sie Rubys aufgeregtem Geplapper nur halb zuhörte.

Die Aussicht auf das folgende Gespräch mit Adam und das Verhör durch ihre Familie motivierten sie nicht gerade, sich mit dem Vorlesen zu beeilen.

Sie schlüpfte aus ihren Schuhen und legte sich neben Ruby ins Bett, während Melly sich in dem anderen Bett einkuschelte.

»Was sollen wir lesen?«

Sie las noch lange, nachdem Ruby aufgehört hatte, jede Seite umzublättern und auf die Zeichnungen zu deuten, und lange nachdem Mellys Augen sich geschlossen hatten.

Als ihr klar wurde, dass sie sich nicht länger im Zimmer der Mädchen verstecken konnte, löschte sie das Licht und ging still in ihr eigenes Zimmer. Von unten hörte sie das Gemurmel von Gesprächen und Gelächter.

Sie stand am Fenster und überlegte, was sie tun sollte, als es an der Tür klopfte.

Sie wappnete sich für ein schwieriges Gespräch mit Adam und war überrascht, Stewart vor sich zu sehen, als sie öffnete.

»Darf ich reinkommen?«

»Selbstverständlich.« Hannahs Anspannung wuchs. Sie war unhöflich gewesen, das wusste sie. Sie hatte alle Regeln der Gastfreundschaft verletzt, und Suzanne und Stewart waren vermutlich beschämt. Es war nicht das erste Mal, dass Weihnachten stressig verlief, und es würde sicher nicht das letzte Mal sein, doch das hielt sie nicht davon ab, sich schuldig zu fühlen. »Ich wollte gerade herunterkommen.«

Stewart zog den Stuhl vom Schreibtisch zu sich und setzte sich. »Das musst du nicht.«

»Ich hätte nicht nach Hause kommen sollen. Suzanne möchte, dass wir Weihnachten alle fröhlich sind, und das habe ich verdorben. Ist sie sehr aufgebracht? Machst du dir Sorgen um sie?«

Warum konnte sie nie so sein, wie die Menschen sie haben wollten?

Und jetzt hatte sie sogar Stewart enttäuscht. Den freundlichen, unerschütterlichen, durch nichts aus der Fassung zu bringenden Stewart.

»Du hast gar nichts verdorben. Und ich bin nicht wegen Suzanne besorgt, sondern wegen dir.«

»Wegen mir?«

»Du hast noch nie einen Mann mit nach Hause gebracht, und mir scheint ziemlich klar zu sein, dass du Adam nicht eingeladen hast. Und dann gibt es da noch den Umstand, dass du früher als geplant nach Hause gekommen bist und ziemlich elend aussiehst.«

Es war peinlich, dass sie so leicht zu durchschauen war, nicht nur für sie, sondern auch für Adam.

»Ich hatte nicht erwartet, dass er hier auftaucht. Du hast sicher Fragen.« Die ganze Situation war ihr furchtbar unangenehm.

»Nur eine Frage.« Stewart beugte sich vor. »Was soll ich tun?«

»Tun?«

»Wegen Adam. Es spielt für mich keine Rolle, wer er ist oder wer was dachte. Für mich zählt nur, was du möchtest.« Er saß einen Moment still da und sah auf seine Hände, als ob er nicht wüsste, was er damit anstellen sollte. »Was auch immer ich für dich tun soll, ich tue es. Ich kläre die Situation so, wie du es möchtest. Wenn du möchtest, dass er geht, dann sag es, und ich kümmere mich darum. Du musst ihm nicht begegnen, wenn du das nicht willst. Er kann heute im Pub übernachten, und ich fahre ihn morgen zum Flughafen.«

»Du denkst, ich bin nicht fähig, mich selbst darum zu kümmern?«

»Du bist mehr als fähig, dich selbst darum zu kümmern, aber ich bin dein Dad und biete dir an, es für dich zu tun. Jeder braucht ab und zu ein bisschen Hilfe. Ich biete dir meine an. Manchmal ist es im Leben ganz okay, den einfachen Weg zu nehmen. Ich sehe, dass das hier schwer für dich ist, also lass mich dich beschützen.«

Hannah war so gerührt, dass sie einen Moment lang kaum atmen konnte.

Ein Kloß saß in ihrem Hals, der immer größer wurde.

Stewart war zu ihr gekommen, nicht um sie über Manieren zu belehren, sondern um sie zu beschützen.

Sie wandte sich rasch ab, damit er die Tränen in ihren Augen nicht sah. Sie brannten und drohten überzufließen.

Ich bin dein Dad.

»Es ist kompliziert. Wir treffen uns und – nun, ich bin schwanger.« Sie hatte keine Ahnung, was sie bewogen hatte, damit einfach so herauszuplatzen. Falls Stewart von der Enthüllung überrascht war, zeigte er es jedenfalls nicht.

»Wie geht es dir damit?«

Sie rieb sich die Arme, um sich aufzuwärmen. »Adam ist der Vater, aber ich habe es ihm noch nicht gesagt.«

»Ist das der Grund, warum du früher gekommen bist?«

»Ja. Ich schätze, ich habe Panik bekommen. Du weißt, ich habe immer einen Plan, und dies gehörte nicht zu meinem Plan.« Sie lehnte sich ans Fenster und wünschte, sie wäre mutiger. Sie sollte es Adam direkt sagen und ihn fragen, was er tun wollte, doch ihre Beziehung war so eine neue und fragile Sache, die sie nicht richtig verstand. Er sagte, dass er sie liebte, doch Liebe war nichts Verlässliches, wie sie sehr wohl wusste. Ebenso wie Weihnachten war sie mit Erwartungen verbunden. Was, wenn sie nicht die sein konnte, die er haben wollte? Sie mochte es, wenn Dinge logisch waren, und Liebe hatte nichts Logisches.

»Liebst du ihn?« Die Güte in Stewarts Stimme war wie Balsam für ihre aufgewühlte, wunde Seele.

»Ich weiß nicht. Ich glaube ja, aber ich dachte immer, das wäre ein glückliches Gefühl, und tatsächlich macht es mir nur Angst. Ich nehme an, das klingt verrückt für dich.«

»Das klingt nicht verrückt. Gefühle sind etwas Beängstigendes.«

Hannah rang sich ein Lächeln ab. »Du hast vor nichts Angst.«

»Ich habe vor vielen Dingen Angst.«

Sie blickte ihn an. »Du kletterst beruflich an senkrechten Felswänden hoch.«

»Felsen, die du sehen und berühren kannst und über die du etwas lernst. Sie sind greifbare Dinge, doch Gefühle ...« Er schüttelte den Kopf. »Die sind wie das Wetter. Sie sind der Teil, den du nicht kontrollieren kannst. Wenn dir alles egal ist, bist du unverletzlich, doch wenn dir etwas am Herzen liegt – nun, dann kannst du verletzt werden. Menschen können dich enttäuschen und dich im Stich lassen.«

»Ich weiß. Ich habe schon mehr Menschen enttäuscht, als ich zählen kann.« Und sie hatte die Beziehung zu Posy wieder verschlechtert, nachdem sie gerade ein neues Verständnis füreinander entwickelt hatten. Der Gedanke deprimierte sie mehr, als sie für möglich gehalten hätte. Sie hatte den kurzen Moment der Verbundenheit wirklich genossen. Für einen Augenblick hatte sie eine Zukunft vor Augen gehabt, in der sie und ihre Schwestern einander nahestanden. Sie hatte angefangen zu glauben, dass sie das schaffen könnten.

Stewart erhob sich und ging zu ihr. »Du hast nie jemanden enttäuscht, Hannah.«

Sie wusste, dass das nicht stimmte.

»Ich bin nicht ganz so, wie Leute mich haben wollen.« Und sie wusste, dass die meisten Menschen nicht das sahen, was sich unter der Oberfläche verbarg. Außer Adam. *Tanzendes Pizza-Mädchen.* »Ich mag Dinge, die sicher sind. Zahlen, Tatsachen, Unternehmensgewinne – all das sind Dinge, die mir logisch erscheinen. Die sich auf eine Weise verhalten, die ich vorhersagen kann. Liebe verstehe ich nicht. Sie scheint so willkürlich. Man kann sie nicht messen, und man kann sie nicht kontrollieren. Man kann jemanden von ganzem Herzen lieben, aber das bedeutet nicht, dass die Liebe erwidert wird. Und das ist nichts, an dem man arbeiten oder wofür man sich mehr anstrengen kann – das weiß ich, weil ich es versucht habe.« Sie fühlte Stewarts Hand auf ihrer Schulter, warm und tröstlich.

»Ich denke, dass du hier nicht über Adam sprichst, sondern über deinen Vater.«

Es überraschte sie nicht, dass er es verstand. Sie wusste, dass zwischen Stewart und ihrem biologischen Vater keine große Sympathie geherrscht hatte. »Ich denke nicht oft an ihn. Ich möchte nicht, dass du das glaubst. Es ist nur …«

»Diese Zeit des Jahres.« Er streichelte sanft ihre Schulter. »Ich weiß. Es holt uns alle auf die eine oder andere Weise ein. Wunden heilen, aber sie hinterlassen Narben. Und dieses Gespräch mit Luke hat alles wieder aufgerührt.«

»Ich bedaure immer, dass sie gestorben sind, bevor ich die Gelegenheit hatte, sie stolz zu machen. Dad wollte mich auf eine bestimmte Weise haben, und so war ich nicht.«

»Das ist nicht wahr. Dein Dad war stolz auf dich, doch er hatte einen komplizierten Charakter.« Stewart löste die Hand von ihrer Schulter. »Ich bin kein Psychologe, aber ich nehme an, dass er nicht wusste, wie er sich dir gegenüber verhalten sollte. Alles, was Rob kannte, war das Klettern. Ich bezweifle, dass er je ein Buch in seinem Leben gelesen hat. Und du warst so klug. Beängstigend klug. Ich erinnere mich, dass Suzanne vom Babysitten bei dir zurückkam und lauter Geschichten von dir erzählte: Hannah hat das gesagt, Hannah liest dieses.«

»Ich habe mich so sehr bemüht, dass er mich liebt.«

»Du wolltest seine Liebe und Anerkennung. Das ist ganz natürlich. Vermutlich hilft dir das nicht, aber ich bin sicher, dass er dich geliebt hat, auch wenn er schlecht darin war, es dir zu zeigen.« Stewart legte ihr den Arm um die Schulter. »Als du zu uns kamst, warst du so misstrauisch. Du hast uns niemals richtig an dich herangelassen.«

»Ich wusste nicht, wie ich mich verhalten sollte. Ich wusste nicht, was ich tun sollte. Wenn meine eigenen Eltern mich nicht geliebt hatten, warum sollte irgendjemand anders das tun?

Warum solltet ihr das tun? Was waren wir schon anderes als eine Last?« Sie wischte sich die Tränen aus dem Gesicht, und im nächsten Moment zog Stewart sie an seine Brust. Sie spürte seinen weichen Pullover an ihrer Wange und die Geborgenheit seiner Umarmung.

»Ihr wart nie eine Last. Ihr wart das Beste, was uns passiert ist.«

»Wie kannst du das sagen?« Ihre Stimme klang erstickt an seiner Schulter. »Du und Suzanne konntet wegen uns nicht einmal eigene Kinder haben.«

»Wir hatten drei wunderbare Mädchen.« Er löste sich ein wenig von ihr, um sie anzusehen. »Du bist meine Tochter. Seit dem Tag, an dem Suzanne dich zum ersten Mal mit deinem Koffer voller Bücher und einem verschreckten Gesichtsausdruck in unsere Wohnung brachte.«

»Das ist peinlich.« Hannah schniefte. »Ich bin zu alt, um an deiner Schulter zu weinen.«

»Man ist nie zu alt, um an der Schulter seines Dads zu weinen, auch wenn ich zugeben muss, dass ich es hasse, dich weinen zu sehen.« Er wischte ihr mit dem Daumen die Tränen aus dem Gesicht. »Vermutlich hätten wir dieses Gespräch schon vor zwanzig Jahren führen sollen, aber ich denke, dass wir beide genug Zeit damit verschwendet haben, über die Vergangenheit nachzudenken. Also lass uns einfach nur klarstellen, dass wir es von jetzt an richtig machen. Ich musste noch nie einen deiner Freunde verprügeln. Ich weiß nicht, wie das geht, aber ich bin bereit, es auszuprobieren, wenn ich das für dich tun soll.«

Sie lächelte unter Tränen. »Er ist stärker, als er aussieht.«

»Er sieht ziemlich stark aus, aber ich habe Muskeln. Deine Mutter hat mich wegen meiner Muskeln geheiratet. Und wegen meines guten Aussehens und meines Charmes.« Stewart drückte sie noch einmal an sich und ließ sie dann los. »Was möchtest du, Liebes?«

»Ich weiß nicht. Ich wollte Zeit, darüber nachzudenken, um herauszufinden, wie ich damit umgehen soll. Ich wollte einen Plan machen.«

»Vielleicht könntet ihr es zu zweit herausfinden. Mir jedenfalls gefällt es, dass er persönlich hergekommen ist.«

Sie fand ein Taschentuch und putzte sich die Nase. »Du meinst nicht, dass ihn das zu einem Stalker macht?«

»Ich denke, es macht ihn zu einem Mann, der nicht leicht aufgibt und dem du wichtig genug bist, um es zu versuchen. Und vielleicht auch zu einem Mann, der dich besser kennt, als du denkst.«

»Er sagt, er kennt mich ziemlich gut.« Sie zerknüllte das Taschentuch. »Und dass er mich liebt.«

»Ich vermute, ein Mann wie Adam meint, was er sagt. Er scheint mir nicht der Typ zu sein, der Spielchen spielt.«

»Wahrscheinlich glaubt er es wirklich, aber Liebe ist nichts Verlässliches. Liebe versagt immer wieder, oder? In der einen Minute sind die Menschen glücklich und in der nächsten geschieden. Liebe ist das am wenigsten berechenbare und verlässliche Gefühl.«

»Manchmal geht es schief, das stimmt, doch oft klappt es. Suzanne und ich sind seit einer langen Zeit zusammen.«

»Das ist anders. Ihr seid perfekt zusammen.«

»Wir sind nicht perfekt, und wir hatten wie jedes Paar unsere schweren Zeiten. Aber ich glaube nicht, dass eine Beziehung nur aus Rosen und Küssen bestehen muss, um echte Liebe zu sein. Zumindest hoffe ich das nicht.« Er kratzte sich am Kiefer. »Gut, dass Suzanne mich nicht hört, denn sie würde die Augen verdrehen. Wo ich gerade daran denke, ich glaube, ich habe ihr nie Rosen gekauft. Obwohl ich bei den Küssen alles richtig gemacht habe …«

Sie musste lächeln. »Du warst an ihrer Seite, als sie Vormund von drei Kindern wurde. Du warst sofort für sie da, obwohl du das nicht musstest. Ihr wart nicht einmal verheiratet. Du hättest fortgehen können.« Es erstaunte sie noch immer, dass er das nicht getan hatte.

»Ich wollte mit Suzanne zusammen sein. Euch zu bekommen war ein Bonus, aber wenn sie einen Zoo geerbt hätte, wäre ich ebenfalls geblieben.«

Hannah hatte einen Kloß im Hals. »Ich bin keine Expertin, aber ich schätze, das bedeutet mehr als Rosen.«

»Ich bin auch kein Experte, doch mir scheint, dass kein Mann so weit reist, um eine Frau zu sehen, wenn seine Gefühle nicht stark sind. Natürlich solltest du besser mit Suzanne oder einer deiner Schwestern über diese Sache sprechen. Oder du könntest mit Adam sprechen. Das scheint mir am sinnvollsten zu sein. Wenn du das tun möchtest, schicke ich ihn rauf. Wenn nicht, schicke ich ihn fort.«

»Schick ihn nicht fort.« Er war den ganzen weiten Weg gekommen, sie schuldete ihm zumindest ein Gespräch.

»Wenn du deine Meinung ändern solltest, bin ich unten.«

Sie hielt ihn auf, als er an der Tür war. »Stewart? Geht es Suzanne nach dem Gespräch mit Luke gut?«

»Mehr als gut. Es war unerwartet, doch das Leben ist voller Überraschungen, und es hat ihr gutgetan, endlich darüber zu reden. Ich war mir nie sicher, ob ihr Entschluss, niemals darüber zu reden, gut war.« Er hielt mit der Hand auf der Klinke inne. »Wir freuen uns, dass du nach Hause gekommen bist. Das ist das schönste Weihnachtsgeschenk, das du uns machen konntest. Ich werde dir jetzt Adam hinaufschicken.«

Hannah fragte sich, ob sie Zeit hatte, ins Badezimmer zu eilen und sich das Gesicht zu waschen, doch am Fuß der Treppe hörte sie bereits männliche Stimmen und dann Adams feste Schritte.

Da er nicht wissen konnte, welches ihr Zimmer war, ging sie zur Tür.

Ihre Blicke trafen sich.

Sie verspürte dieses kleine elektrische Kribbeln, das sie immer fühlte, wenn Adam in der Nähe war. Es war eine Mahnung, dass sie nicht alles unter Kontrolle hatte, und das machte sie nervös.

Sie konnte kaum glauben, dass er tatsächlich hier war, in der Wildnis Schottlands.

Er trat ins Zimmer und zog die Tür fest hinter sich zu, als wolle er sicherstellen, dass alles privat blieb, was sie sagten.

»Ich schulde dir eine Entschuldigung.«

Damit hatte sie als Letztes gerechnet.

Sicher war sie diejenige, die ihm eine Entschuldigung schuldete. »Ich habe nicht erwartet, dich zu sehen. Ich habe nicht erwartet, dass du kommst.«

Er lächelte schief. »Wir waren mitten in einem Schachspiel, und du warst am Zug. Ich bin jemand, der bis zum Ende geht.«

Sie musste trotz allem lächeln. »Du bist den ganzen Weg gekommen, damit ich dich schlage?«

»Was soll ich sagen? Ich bin außerdem Masochist.«

Ihr Lächeln erlosch. »Ich war unhöflich.«

»Nein.« Er trat auf sie zu, ließ aber die Hände in den Hosentaschen. Weder umarmte noch berührte er sie. »Ich weiß nicht, was in mich gefahren ist, hierherzufliegen, ohne dich vorher anzurufen. Normalerweise bin ich nicht so impulsiv. Oder unsensibel.«

»Posy ist in dich gefahren. Sie hat es vorgeschlagen.«

Er schüttelte den Kopf. »Gib nicht ihr die Schuld. Ich war es, der auf den Vorschlag angesprungen ist.«

»Du hast ihr von der Pizza und dem Tanzen erzählt.«

Er fuhr sich über die Stirn. »Sie ging an dein Telefon. Ich nahm an, dass du es wärst, weil ich dich nie ohne dein Telefon gesehen habe. Ich war mitten im Gespräch, als ich begriff, dass das nicht du am anderen Ende bist. Es ist meine Schuld, nicht ihre. Und ich hätte dich fragen sollen, bevor ich hergeflogen bin. Aber ich hatte Angst, dass du mich aufhalten würdest, wenn ich dich anrufe, und ich wollte dich so gerne sehen.«

»Warum?«

»Weil ich dich vermisst habe.« Dieses Mal berührte er sie, ganz sanft. Zögernd. Er strich ihr das Haar aus dem Gesicht und musterte sie. »Hast du geweint? Verdammt, Hannah!« Er zog die Hand zurück und trat einen Schritt von ihr fort. »Ich habe dich nie weinen sehen. Ich will dich nicht zum Weinen bringen.«

»Ich weine nicht.«

»Lüg mich nicht an. Ich gehe, jetzt gleich. Versprich mir nur, dass du aufhörst zu weinen.«

Sie hatte ihn nie so unsicher erlebt. »Das will ich nicht.«

Was wollte sie? Sie hatte keine Ahnung.

Das wäre jetzt der perfekte Zeitpunkt, ihm zu sagen, dass sie schwanger war.

Aber wie sollte sie es sagen?

Sie hatte vorgehabt, sich zu erkundigen, wie man einem Mann am besten eröffnete, dass er Vater wurde. In ihrem Kopf befand sich ein kompliziertes Drehbuch mit verschiedenen Versionen. Wie sie sich verhalten würde, falls er ausrastete, falls er nichts mehr mit ihr zu tun haben wollte, falls er das für die beste Nachricht überhaupt hielt …

Ihr Plan hatte nicht vorgesehen, dass er hier unangekündigt auftauchte, bevor sie ihre Strategie festgelegt hatte.

»Geh nicht.« Sie würde das Ganze einen Schritt nach dem anderen angehen. Wenn er jetzt nicht ging, bestand keine Eile.

»Bist du sicher?« Er stand still da, machte keinen Schritt auf sie zu. »Ich möchte nicht, dass du dich unter Druck gesetzt fühlst.«

»Ich möchte, dass du bleibst.«

Dieses Mal trat er auf sie zu und zog sie in seine Arme. Er küsste sie und umarmte sie fest. Dann schaute er sich im Zimmer um, wobei sein Blick auf den Weihnachtsbaum fiel. »Das ist ein schönes Zimmer. Ich mag den Baum.«

»Das ist Eric«, sagte Hannah. »Posy hat ihn so genannt. Meine Schwester gibt allem einen Namen, von Schweinen über Hühnern bis hin zu Weihnachtsbäumen.«

Adam straffte sich. »Eric? Der Baum heißt Eric?«

Sie nickte, und er fluchte leise.

»Sie sagte zu mir, es ginge dir gut, weil du ja Eric hättest. Ich dachte … Ich nahm an, Eric sei ein Mann.«

Hannah starrte ihn mit offenem Mund an. »Deshalb bist du den ganzen Weg hierhergeflogen?«

»Es spielte zumindest eine Rolle.« Röte breitete sich auf seinen Wangenknochen aus. »Auch wenn es mir peinlich ist, das zuzugeben, könnte ich ein kleines bisschen eifersüchtig gewesen sein. Auf einen Tannenbaum. Wenn es dir recht ist, bleibt das lieber unter uns.«

Sie konnte nicht an sich halten und musste lachen. »Oh, Adam …«

»Lachst du mich aus? Denn ich muss dir sagen, ich hatte den stressigsten Flug meines Lebens, als ich mir dich mit Eric vorstellte. Deine Schwester sagte, er wäre mehr der Outdoor-Typ, und ich stellte mir breite Schultern vor und …« Er hielt inne. »Würde es unsere Beziehung gefährden, wenn ich deine Schwester umbringe?«

»Überhaupt nicht. Ich wollte sie schon selbst umbringen. Das war der Grund, warum ich nach oben gegangen bin.«

»Ich dachte, der Grund dafür bestand darin, mir zu entkommen.« Er küsste sie erneut. »Deine Schwester hat dich beschützt, was mir gefällt. Auch wenn mir der Gedanke, dass sie dich vor mir beschützen wollte, ziemlich missfällt.«

Hannah schluckte. »Es ist kompliziert.«

»Nicht von meinem Standpunkt aus.« Er zog sie an sich. »Eric sollte wissen, dass ich den Kampf mit ihm aufnehme.«

»Einfach aus Interesse: Was hättest du getan, wenn er eine Person gewesen wäre?«

»Ich weiß nicht. Du vermutest Logik hinter meinem Handeln, aber die Wahrheit ist, dass ich einfach zum Neandertaler wurde und den nächsten Flieger genommen habe.«

»Vor zweihunderttausend Jahren hatten sie noch keine Flieger.«

»Ich glaube auch nicht, dass Neandertaler Eric hießen. Du ahnst gar nicht, wie erleichtert ich bin, dass du dein Zimmer nicht mit einem Kilt tragenden muskelbepackten Highlander teilst.« Er küsste sie innig, und sie spürte den vertrauten Kick des Begehrens, den sie nur bei ihm empfand. Ihr Körper schmolz dahin, und die köstliche Süße der Lust breitete sich in ihr aus. Bevor sie Adam kannte, hatte sie nicht gewusst, dass ein Kuss so intim sein konnte. Gleichzeitig waren seine Küsse so persönlich, so wissend, als hätte er einen Plan, der ihm zeigte, wo ihre einzelnen Nervenenden lagen. Er hielt mit sanftem Druck ihren Hinterkopf, während er mit der Zunge ihren Mund erkundete. Sie fühlte sich schwindlig und benebelt, als hätte sie einen Whisky zu viel getrunken oder Pirouetten gedreht wie eine dieser Balletttänzerinnen, die Melly so gern sah.

Ohne seinen Mund von ihrem zu lösen, schob er sie zum Bett und landete mit ihr auf der Matratze.

Hannah keuchte kurz auf. Wenn sie mit ihm zusammen war, verlor sie nicht nur ihre Balance, sondern auch einen Teil von sich selbst. Den Teil, der sie schützen sollte. »Wir sollten nicht … Ich bin nicht sicher.« Wenn er sie küsste, konnte sie den Gedanken nicht lange genug festhalten, um den Satz zu beenden. »Es ist kompliziert.«

»Dieser Teil ist nicht kompliziert.« Er fuhr mit den Händen durch ihr Haar, während seine Lippen über ihren Kiefer, ihren Hals und ihre Schulter glitten. Mit sanfter Zielgerichtetheit zog er ihren Pullover aus und knöpfte ihre Bluse auf, sodass er ihre bloße Haut liebkosen konnte. »Dieser Teil ist überhaupt nicht kompliziert.«

Sie versuchte zu antworten, brachte jedoch nur ein schwaches Murmeln hervor. Er hob langsam und widerwillig den Kopf, als zöge ihn etwas von ihr fort.

Er fixierte sie. »Möchtest du, dass ich aufhöre?«

Angesichts dessen, was er gerade mit seinen Händen tat, hielt sie das für eine unfaire Frage.

Er lächelte leicht, während er seine Hände an ihrem Körper nach unten wandern ließ, bis Hannah sicher war, dass er auf keinen Fall aufhören sollte. Sie wollte auch nicht, dass er nach Hause flog oder im Pub übernachtete.

Sie wollte, dass er hier bei ihr blieb. Sie wollte es so sehr, dass sie bereit war, ihre zerbrechliche Beziehung der Prüfung durch ihre Familie preiszugeben. Sie wollte es so sehr, dass sie bereit war, mit Suzannes Erwartungen umzugehen.

In einem kleinen Winkel ihres Bewusstseins, vergraben unter den köstlichen Empfindungen und Endorphinen, lauerte das Wissen, dass sie ihm noch immer sagen musste, dass sie schwanger war.

Aber nicht heute.
Der Tag war lang gewesen. Der Abend noch länger.
Die Nacht würde hoffentlich auch lang werden.
Sie hatten noch viel Zeit für dieses Gespräch.

Kapitel 24

Posy

Nachdem sie das Schlummertrunk-Angebot ihrer Mutter abgelehnt hatte, stürmte Posy aus dem Haus und hinüber zur Scheune. Ihre Schritte knirschten in dem frischen Schnee. Er bedeckte die Bäume, lag schwer auf den Ästen und dämpfte die Geräusche. Er reflektierte das Mondlicht, sodass keine Taschenlampe nötig war.

Normalerweise beruhigte die Landschaft Posy, doch das Gefühl der Trostlosigkeit war überwältigend. Nicht wegen Luke. Sondern weil sie Hannah verärgert hatte. Zum ersten Mal seit Ewigkeiten hatten sie miteinander gelacht und sich Dinge anvertraut. Sie hatte heute Abend viel Neues erfahren. Neues über ihre bisherige Beziehung zueinander. Neues über ihre Schwester. Die Atmosphäre hatte sich verändert, und einen flüchtigen Moment lang hatte sie eine Nähe verspürt, die sie von früher nicht kannte.

Doch sie hatte sie zunichtegemacht.

Warum hatte sie nur so vorlaut sein müssen und Adam vorgeschlagen, herzukommen?

Auf der anderen Seite hatte sie es als Scherz gemeint. Wie hatte sie wissen können, dass er es tatsächlich tun würde? Sie kannte nicht viele Männer, die es ernst meinten.

Callum war zur Hälfte ihrer Dates gar nicht aufgetaucht, und er wohnte ein Stück die Straße hinunter. Er wäre niemals über den Atlantik geflogen.

Und was Luke anging …

Luke hatte ihr nicht die Wahrheit gesagt.

Was verbarg er noch vor ihr?

Schneeflocken schwebten träge zu Boden und legten sich als neue Schicht auf den bereits dichten Schneeteppich. Rund um die Scheune formte er frische Hügel und erstreckte sich bis zu den Bergen. Über den Gipfeln hing der Mond und beleuchtete die Berghänge.

Posy hätte den Anblick vielleicht bewundert, doch ihre Sicht war verschleiert.

Tränen stiegen ihr in die Augen, und sie hielt an, weil sie einfach nicht mehr sehen konnte, wohin sie ging.

Sie blinzelte, fuhr sich mit der behandschuhten Hand über das Gesicht und sog den Duft von Heimat ein.

Diesen Ort zu verlassen schien plötzlich keine gute Idee mehr zu sein.

Wollte sie das wirklich? Vielleicht nicht, und definitiv nicht mit jemandem, der sie angelogen hatte. Ihr Verstand, der so sicher gewesen war, hatte jetzt nur noch Zweifel. Schlimmer noch, sie traute ihrem eigenen Urteil nicht mehr.

Hatte Beth recht? Hätte sie mehr über ihn in Erfahrung bringen sollen? War sie auf naive Weise gutgläubig, weil sie in den Menschen diejenigen sah, die sie zu sein behaupteten?

Licht schimmerte hinter den Fenstern der Scheune, und sie spürte Ärger in sich aufwallen, als sie daran dachte, wie Luke die Bombe in ihrer Familie hatte platzen lassen. Dann fühlte sie sich schuldig, dass sie nicht einmal lange genug gewartet hatte, um ihre Mutter zu fragen, worüber sie gesprochen hatten und wie sie sich damit fühlte. Ihre eigenen Gefühle waren zu groß, um Platz für irgendetwas anderes zu lassen. Sie hatte Hannah hinterherlaufen und ihr erklären wollen, dass es nicht ihre Schuld war, doch sie kannte ihre Schwester gut genug, um zu wissen, wann Worte nutzlos waren.

Stattdessen hatte sie in stumpfer Freundlichkeit danebengestanden, als Suzanne Adam ins Haus einlud. Ihr warmer Empfang hatte in direktem Kontrast zu der Kühle gestanden, die von ihrer ältesten Tochter ausgegangen war. Man hatte ihm Whisky in die Hand gedrückt und Holzscheite im Kamin nachgelegt.

Weit weg davon, aufgewühlt zu sein, hatte Suzanne sogar ungewöhnlich fröhlich gewirkt. Sicher konnte das daran liegen, dass ein großer dunkelhaariger, gut aussehender Mann vor der Tür stand und nach Hannah suchte. Suzanne dachte vermutlich, dass bereits Weihnachten war.

Posy stampfte die Treppe zu ihrem Loft hoch.

Es würde wieder eines dieser Familienweihnachten voller Anspannung werden.

Was hast du getan?

Die Anschuldigung ihrer Schwester klang ihr noch in den Ohren. Nicht auf eine gute Weise wie die Kirchenglocken am Weihnachtstag, sondern eher wie eine Totenglocke.

Posy war nicht geblieben, um zu sehen, was als Nächstes passierte.

Adam konnte bereits auf dem Weg zurück zum Flughafen sein.

Würde Hannah ihm überhaupt sagen, dass sie schwanger war?

Sie ermahnte sich, dass sie das nichts anging, und suchte nach ihrem Schlüssel, als sie vor ihrer Tür stand. Nie, nie wieder würde sie sich in die Beziehung von anderen einmischen. Es war schließlich nicht so, dass sie Expertin wäre.

»Posy?« Vom unteren Ende der Treppe erklang Lukes Stimme. »Können wir reden?«

»Nein. Ich habe für heute genug von zwischenmenschlichem Miteinander.« Sie rammte den Schlüssel so fest ins Schloss, dass die Tür zitterte.

Bonnie sprang auf und hieß sie mit jener unbändigen Freude willkommen, die einer der Gründe war, warum Posy niemals ein Leben ohne Hund führen wollte.

Sie ging auf die Knie und umarmte die Hündin lächelnd, wobei Bonnies ganzer Körper gemeinsam mit dem Schwanz hin und her schwang. »Ich möchte in deine Hundewelt ziehen und nie wieder einem Menschen begegnen.«

»Ich nehme an, dass ich der Grund für diese neue Lebensentscheidung bin.« Luke stand im Türrahmen, und Bonnie sprang ihm entgegen, um ihn verzückt zu begrüßen.

Posy sinnierte kurz über diesen Verräterinstinkt, bis Luke die Tür schloss und die Kälte aussperrte.

Der Heuboden war ihr persönlicher Rückzugsort und so eingerichtet, dass er an kalten Winterabenden maximal behaglich war. Verschiedene Lampen verbreiteten weiches Licht, dicke Läufer auf dem Holzboden und warme Überwürfe verwandelten das Loft in einen gemütlichen Kokon. Die originalen Eichenbalken waren noch vorhanden, und die gewölbte Decke bewirkte einen geräumigen Eindruck, obwohl die Wohnung nicht groß war. Im Sommer war der Blick über die Bäume und den See atemberaubend, doch im Winter hatte der Ort seinen ganz eigenen Zauber.

Luke blieb an der Tür stehen, als würde er damit rechnen, dass sie ihn wieder rauswarf. »Fünf Minuten deiner Zeit. Um mehr bitte ich nicht.«

»Das sind fünf Minuten mehr, als ich bereit bin, dir zu geben.«

»Du bist wütend.«

»Ach, meinst du? Was hat mich verraten? Liegt es daran, dass meine Miene normalerweise zu meiner Stimmung passt? Was du hier also siehst …«, sie fuhr mit dem Finger um ihr Gesicht, »ist das wütende Gesicht. Nicht das glückliche, verwirrte oder besorgte Gesicht. Wenn ich ein Belogen-Gesicht hätte, würde ich das aufsetzen, aber das habe ich nicht. Du wiederum gibst nichts preis. Als wir miteinander im Bett waren, hatte ich keine Ahnung, dass du nicht der bist, der du vorgabst zu sein.«

»Aber der bin ich.«

»Du hast eine gewisse Biografie, die du vergessen hast zu erwähnen.«

»Ich habe sie anfangs nicht erwähnt, weil ich nicht sicher war, wie ich damit umgehen sollte. Das ist eine sensible Sache, und ich wollte euch nicht alle aus der Fassung bringen. Ich bin nicht hier, um über das Unglück zu schreiben. Das war ich nie.«

»Vielleicht nicht, aber du bist wegen des Unglücks hier. Du hast uns nicht zufällig auf der Karte ausgesucht. Ich verstehe nicht, warum du uns nicht einfach angerufen und gesagt hast: ›Hallo, erinnert ihr euch an meine Eltern? Ich würde gern mit euch allen sprechen.‹«

»So einfach ist das nicht. Du warst zu jung, um dich daran zu erinnern, doch direkt nach dem Unfall herrschten ziemlich starke Spannungen.«

»Du meinst, dass deine Tante sich wie eine Verrückte aufführte, auch wenn mir schleierhaft ist, wie sie sich überhaupt eine Meinung über das Geschehene bilden konnte, während sie in einem Hochhaus in Manhattan arbeitete.« Sie wusste, dass sie ungerecht war, doch das Gefühl hintergangen worden zu sein, machte es ihr unmöglich, ruhig und überlegt zu reagieren. Stattdessen konnte sie nur daran denken, wie es für Suzanne gewesen sein musste, die physisch und psychisch mitgenommen war von ihrer Begegnung mit dem Tod und sich selbst mit Fragen quälte, ob sie das Geschehene irgendwie hätte verhindern können.

Posy war sich bewusst, dass es bei ihrer Reaktion um mehr als Luke ging. Es ging um Hannah. Es ging um die Komplexität von Beziehungen.

»Trudy war ihrer Schwester sehr nah.« Er zögerte. »Meiner Mutter. Sie war verzweifelt.«

»Ich habe die Bilder gesehen. Deine Tante war wie ein wildes Tier und kreischte hysterisch.«

Besonders an ein Bild konnte sie sich gut erinnern, auf dem Lukes Tante Suzanne in die Ecke gedrängt hatte und sie offenbar anschrie. Suzanne sah darauf aus wie ein gejagtes Tier. Posy war übel geworden, als sie das Foto gesehen hatte.

Luke zog seine Stiefel aus und kam zu ihr herüber. »Ich verteidige sie nicht. Und du hast recht, ein Teil ihrer Reaktion ist darauf zurückzuführen, dass meine Tante nichts vom Klettern verstand. Sie lebte in der Stadt und arbeitete in einem Büro. Sie liebte Kunst und die Oper. Sie verstand nicht, warum ihre Schwester kletterte, sie verstand den Reiz nicht und warum jemand ein Risiko einging. Wir wissen beide, dass es zwei Arten von Menschen auf der Welt gibt – die, die Kletterer verstehen, und die, die es nicht tun. Beantworte mir eine Frage – wenn du an einer Rettungsaktion teilnimmst, bist du dann wütend auf die Leute, weil sie sich den Elementen ausgesetzt haben?«

Posy starrte ihn überrascht an. »Nein.«

»Du gehst in die Berge, manchmal bei fatalen Wetterbedingungen, und findest dort jemanden vor, der sich freiwillig in diese Lage gebracht hat. Niemand hat ihn gezwungen, dort hinzugehen. Es war freier Wille. Aber du und Bonnie müsst seinetwegen hinaus in den Schnee und das schlechte Wetter. Ihr könntet beide umkommen. Das macht dich nicht wütend und frustriert?«

Posy starrte ihn an. »Natürlich nicht.«

»Richtig. Doch jemand von außen, der diese Liebe zu den Bergen und die Leidenschaft fürs Klettern nicht empfindet oder der diesen Reiz des Outdoor-Lebens nicht nachvollziehen kann, versteht das nicht. Du erlebst es genauso oft wie ich, dass Leute als egoistisch verurteilt werden. Weil sie das Leben anderer Menschen aufs Spiel setzen. Und dennoch fühlen die Retter nicht so. Sie verstehen, was die Menschen in die Berge zieht.«

»Also willst du sagen, dass man deiner Tante ihre Reaktion vergeben sollte, weil sie diese Bergsteigersache nicht verstanden hat.«

»Ich schildere dir nur den Hintergrund für ihre Reaktion. Und das Bedürfnis, jemandem die Schuld zu geben, ist ein verbreitetes Phänomen der Trauer.«

»Und sie entschied sich, Suzanne die Schuld zu geben, die sowieso schon traumatisiert war. Wusstest du, dass sie die Arbeit als Bergführerin danach aufgegeben hat? Sie ist nie wieder geklettert. Sie fühlte sich verantwortlich.«

Er nahm den Schlag hin, ohne das Gesicht zu verziehen. »Und meine Tante hat dazu beigetragen.«

»Ja. Und auch zu den Albträumen und dem ständigen Schuldgefühl als Überlebende, das sowieso niemals vorbeigeht. Du hast keine Ahnung.« Posy stand auf und zog ihren Mantel aus. Sie würde sich nicht beschwatzen lassen. So einfach würde sie es ihm nicht machen.

»Ich habe das auch mitgemacht, Posy.« Ausnahmsweise lächelte er nicht. »Ich habe an jenem Tag meine Eltern verloren.«

Alles Kämpferische in ihr verpuffte.

Erschöpft und verwirrt ließ sie sich aufs Sofa fallen.

Sie fühlte etwas Feuchtes an ihrer Hand und sah, dass Bonnie ihr die Finger leckte.

»Dein Hund sorgt sich um dich.« Er hielt kurz inne. »Und ich mich auch.«

»Es ist ein bisschen spät, dir Sorgen um mich zu machen.«

»Diese Sache zwischen uns – ich hatte nicht erwartet, dass das passiert.«

Sie ebenfalls nicht, und sie wusste nicht, was sie tun sollte. »Du solltest gehen. Ich gehe morgen mit einer Gruppe aus Edinburgh klettern, und ich muss ein bisschen Schlaf bekommen.« Sie erhob sich vom Sofa. »Mach die Tür hinter dir zu.«

Er zögerte und ging dann zur Tür.

Erst als offensichtlich war, dass er tatsächlich gehen würde, spürte sie, dass sie das nicht wollte.

Als er sich bückte, um seine Schuhe anzuziehen, hielt sie ihn auf. »Ich habe eine Frage. Wenn Beth dich heute nicht geoutet hätte, wann hättest du es mir gesagt? Hättest du es mir gesagt?«

»Selbstverständlich. Was den Zeitpunkt angeht …« Er zuckte mit den Schultern. »Ich habe genossen, was wir hatten, und befürchtet, es zu ruinieren. Ich wollte etwas sagen, sobald ich das Gefühl habe, dass die Zeit reif ist, doch je länger ich gewartet habe, desto schwerer war es, diesen Zeitpunkt zu finden.«

»Nun, das ist zumindest ehrlich.«

Auch er hatte seine Eltern verloren.

Und er hatte kein Wort gegen Suzanne gerichtet, auch wenn er kaum alt genug gewesen war, um sich sein eigenes Urteil zu bilden, als seine Eltern starben. Es musste Zeiten gegeben haben, in denen er sich gefragt hatte, ob Suzanne Schuld trug.

Zudem hatte er auch seine Tante verloren, die vermutlich wie eine Mutter für ihn gewesen war.

Posy stellte fest, dass sie keine Wut mehr empfand. Sie wusste, dass das Leben kompliziert war. Außerdem unvorhersehbar und für einige viel zu kurz, was es noch viel wichtiger machte, aus jedem Moment das Beste herauszuholen.

Ihre Schwestern würden das nicht verstehen, doch das war ihr Problem.

Sie traf eine Entscheidung und stand auf. »Es tut mir leid, dass du deine Eltern verloren hast. Es tut mir leid, dass auch du damit leben musstest, und es tut mir leid, dass ich dich angeschrien habe. Ich bin sicher, dass deine Tante ein guter Mensch war.« Sie ging zu ihm. Der geschmolzene Schnee an der Tür drang durch ihre Socken.

»Sie war ein guter Mensch. Gute Menschen benehmen sich manchmal schlecht.«

Sie hatte den Eindruck, dass sie das gerade selbst getan hatte.

Vermutlich beschützte er seine Familie ebenso wie sie ihre.

Posy schlang die Arme um seinen Hals und stellte sich auf die Zehenspitzen.

»Küss mich.«

Sein Mund näherte sich ihrem. »Heißt das, mir wurde verziehen?«

»Ich lasse es dich wissen.« Sie zog seinen Kopf zu sich und verspürte ein Begehren, das so stark war, dass sie an seinen Lippen aufkeuchte.

»Triffst du die Entscheidung auf der Basis dessen, was als Nächstes passiert?« Er fummelte an dem Reißverschluss ihrer Jeans. »Denn das könnte mich unter Leistungsdruck setzen.«

Sie zerrte an seiner Jacke, zog am Saum seines Pullovers und stolperte fast, als sie aus ihrer Jeans schlüpfte. »Ich glaube, du kommst damit klar.« Sie hatte es noch nie so eilig gehabt wie jetzt, doch ausnahmsweise teilte Luke diese Hast nicht.

Seine Wangenknochen waren gerötet, und sein Atem ging unregelmäßig, doch er hielt sie an den Schultern eine Armeslänge von sich weg.

»Da ist noch etwas, das ich dir sagen muss.«

Sie konnte sich kaum konzentrieren. »Kann das nicht warten?«

»Nein, denn ich möchte nicht, dass du mich beschuldigst, ich würde Dinge vor dir verbergen.«

Na und? »Was auch immer es ist, sag es mir. Ich sollte dich allerdings warnen. Falls du jetzt nicht gerade eine Serie von Kapitalverbrechen gestehst, die dir eine lange Haftstrafe einbringen, wird das nichts an dem ändern, was als Nächstes geschieht.«

»Im Sinne der Ehrlichkeit und Aufrichtigkeit sollte ich gestehen, dass ich glaube, Gefühle für dich zu haben.«

Erleichterung vermischte sich mit schwindelerregender Freude. »Du glaubst es nur?«

»Das ist alles neu für mich.«

Sie hatte ebenfalls Gefühle für ihn, und sie war nicht sicher, ob diese Gefühle etwas Gutes oder eine Komplikation bedeuteten, doch im Moment war ihr das egal.

Sie zog das Shirt aus seiner Jeans. »Lass mich wissen, wenn du dir darüber im Klaren bist, aber in der Zwischenzeit halte ich es für das Beste, dass ich dich ablenke.« Sie nahm seine Hand und zog ihn durchs Wohnzimmer in Richtung Schlafzimmer.

Ungeschickt in ihrer Eile, entledigten sie sich ihrer restlichen Kleidung und fielen aufs Bett, wo er sie unter sich gefangen hielt.

Sein Mund war heiß und fordernd, und sie reagierte sofort darauf, um ihren Hunger nach ihm zu stillen. Auch wenn ihre Beziehung noch vergleichsweise jung war, fühlten sich die Berührungen seiner Zunge und seiner Finger schon sehr vertraut an. Es lag Begierde in der Art, wie sie den anderen forderten, und Großzügigkeit in der Art, wie sie sich einander hingaben.

Sie rollten herum, sodass sie oben lag und ihre Finger in seinem Haar vergrub, während sie die Hitze seines Mundes einsog.

Der Kuss war unglaublich, elektrisch aufgeladen und voller Begehren. Als ihr schwindlig wurde und sie in dem Kuss zu ertrinken meinte, rollte er sie noch einmal herum, sodass sie wieder unter ihm lag.

Er umfasste ihr Gesicht mit beiden Händen und sah sie unverwandt an.

Seine Augen waren von einem Blaugrau, das sie an Berge und Nebel und ruhige Wintermorgen denken ließ. Sie hatte gesehen, wie seine Augen vor Lachen strahlten und vor Entschlossenheit leuchteten, doch jetzt glühten sie vor Verlangen.

Er hatte gesagt, dass er Gefühle für sie habe, auch wenn er nicht erwähnt hatte, welcher Art diese Gefühle waren. Doch sie erkannte sie in seinem Blick und spürte sie in seinen Berührungen.

Später konnten sie diese Gefühle in Worte fassen, doch jetzt zählte nur der Augenblick.

Sie hörte, wie der Wind an den Fenstern rüttelte, doch in ihrem Loft war es warm und gemütlich, und hier in ihrem Bett stieg die Temperatur noch mehr an.

Er senkte wieder seinen Kopf und küsste sich diesmal zu ihrer Schulter hinunter und dann noch weiter, sodass er mit seiner Zunge ihre Brustwarzen liebkoste, bis sie sich unter ihm aufbäumte. Sie spürte, wie seine Hand über ihren Oberschenkel wanderte und dann mit erotischer Präzision ihr Intimstes erkundete.

Ihr Körper war schwer, ihr Geist träge, ihre Gedanken diffus. Sie fragte sich, woher er immer wusste, wie er sie berühren musste. »Hör nicht auf.«

»Ich höre nicht auf.« Stattdessen verlagerte er sein Gewicht, sodass er komplett über ihr war. Er drang tief in sie ein und erstickte ihren lustvollen Aufschrei mit seinen Lippen.

Einen Moment blieben sie so miteinander verbunden und gaben sich dem puren Genuss hin.

Dann begann er sich langsam zu bewegen. Sie schlang die Beine um ihn und hob ihre Hüften, um seinem Rhythmus zu folgen. Ihre Hände umklammerten seine muskulösen Schultern. In ihrem Bedürfnis, als Gegensatz zu der benommenen Leichtigkeit, die sie in seiner Gegenwart empfand, etwas Festes und Sicheres zu fühlen, hielt sie sich an ihm fest.

Er küsste ihren Mund, ihren Kiefer, ihren Hals und bewegte sich dabei die ganze Zeit in dem gleichen unermüdlichen Rhythmus, der sie mit jedem Stoß der Erfüllung näher und näher brachte.

Sie ließ los und gab sich hin, flüsterte, dass sie ihn wollte, ihn brauchte. Ihr Herz hämmerte, ihre Muskeln zogen sich zusammen, und dann erreichte sie den unbeschreiblichen Höhepunkt ihrer Lust. Sie rief seinen Namen, und die Zuckungen ihres Körpers rissen ihn mit zum Gipfel.

Danach lag sie da, mit dem Kopf auf seiner Brust, und fühlte das unregelmäßige Heben und Senken seiner Atmung. Sie fühlte sich schwach und völlig unfähig, einen Finger zu rühren, und auch er schien keinerlei Intention zu haben, sich zu bewegen.

Er hielt sie fest an sich gepresst, als wollte er sie nie wieder gehen lassen.

Schließlich ergriff er als Erster das Wort: »Ich habe eine Frage.«

Sie lächelte an seiner Brust. »Du musst fragen?«

»Meine Frage hat nichts mit meiner Leistung zu tun.« Er küsste sie auf den Kopf und strich ihr das Haar glatt. »Kommst du mit mir, wenn ich abreise?«

Sie hob den Kopf und wünschte, er hätte nicht diesen Moment gewählt, um seine Abreise anzusprechen. »Du hast die Scheune bis März gebucht.«

»Ist das der erste Gedanke, der dir dabei einfällt? Dass du dann einen Leerstand hast?«

Ihr Herz pochte in der Brust. »Du hast dich nützlich gemacht bei unseren Bergrettungstrainings. Es ist nicht einfach, Freiwillige zu finden, die sich in einem eisigen Loch verstecken und darauf warten, gefunden zu werden.«

»Ich frage mich, warum.« Er hob die Hand und wickelte eine verirrte Haarsträhne um seinen Finger. »Also du wirst deinen

Mieter und deine Lawinen-Testperson vermissen. Sonst nichts? Denn während mir scheint, dass ich hier alles auf den Tisch lege, habe ich den Eindruck, dass du nicht das Gleiche tust.«

»Ich weiß.« Sie rückte von ihm weg und starrte auf die Holzbalken an ihrer Zimmerdecke.

»Liegt das daran, dass du glaubst, ich sei nicht ehrlich zu dir gewesen? Ich hatte ein gutes Gespräch mit Suzanne, nachdem ihr gegangen seid. Ich wünschte, ich hätte sie früher kontaktiert.«

»Das ist nicht das Problem.«

»Was ist es dann?«

Frustration stieg in ihr auf und etwas, das fast schon an Verzweiflung grenzte. »Ich kann nicht einfach gehen, Luke. Ich kann nicht einfach aus meinem Leben hinausspazieren.«

»Ich dachte, du wolltest Abenteuer.«

»Das will ich.«

Doch die ganze Sache war viel komplizierter geworden, weil sie jetzt auch ihn wollte.

Und was bedeutete das jetzt für sie?

Kapitel 25

Beth

»Ich wusste nicht einmal, dass Hannah sich mit jemandem trifft.« Beth saß am folgenden Morgen im Schlafzimmer auf dem Fußboden und packte die letzten Geschenke ein, während Jason an der Tür nach neugierigen Kindern Ausschau hielt. Sie hatte die Geschenke der Mädchen in unterschiedliche Taschen gepackt, damit sie nicht durcheinandergerieten. »Warum hat sie es nicht erwähnt, was meinst du?«

»Vermutlich wollte sie nicht darüber sprechen.«

»Aber sie hat über andere Dinge geredet.« Beth war noch immer verblüfft, wie ungewöhnlich offen ihre Schwester über die Vergangenheit und ihre Gefühle bezüglich der Kinder gesprochen hatte. Ihre Miene, als Adam aus dem Wagen stieg, ließ allerdings darauf schließen, dass vieles noch unerwähnt geblieben war. »Wir haben über das Unglück geredet.«

»Du machst Witze.« Jason lehnte sich gegen die Tür. »Ihr habt nie über das Unglück gesprochen. Hat das mit Luke zu tun?«

»Ich denke, dass er der Auslöser für unsere Unterhaltung war.«

»Hat es dich aufgewühlt, Liebes?«

Gerührt von seiner Sorge sah sie zu ihm auf. »Nein. Es war eher erleichternd, weil ich endlich verstehe, was Hannah gedacht und gefühlt hat. Außerdem habe ich erkannt, dass das Unglück ein Grund dafür ist, warum ich übervorsichtig mit den Kindern bin.«

»Ich weiß.«

»Warum haben wir nie darüber gesprochen, wenn du das weißt?«

»Weil du es hasst, über das Unglück zu sprechen. Es stresst dich.« Er hob eine Rolle Klebeband auf, die neben seinen Füßen gelandet war. »Aber du machst dir viele Sorgen, und ich hasse es, das mit anzusehen.«

»Meinst du, dass ich die Kinder übervorsichtig mache?« Das war das Letzte, was sie wollte.

»Wenn du heute Morgen gesehen hättest, wie Ruby auf den Tisch geklettert ist, würdest du dir keine Gedanken darüber machen. Ich mache mir mehr Sorgen um dich. Wenn du jemanden konsultieren möchtest … mit jemandem sprechen möchtest…«

Beth nahm ihm das Klebeband ab und riss ein Stück ab. »Das habe ich auch schon überlegt. Ich werde darüber nachdenken.«

»Es freut mich, dass du ein gutes Gespräch mit deinen Schwestern hattest. Ist das der Grund, warum du Hannah gestern Abend aus der Situation gerettet hast?«

»Sie sah aus, als müsste sie gerettet werden. Ich habe mir Sorgen um sie gemacht.« Genauso hatte sie sich um Posy gesorgt, doch die war davongestürmt, bevor Beth mit ihr sprechen konnte.

Vermutlich hatte sie nach Hannahs Ausbruch Abstand gebraucht. Er musste sie verletzt haben.

Während sie über die Komplexität von Familien sinnierte, klebte Beth das letzte Geschenk zu. »Fertig. Bereit, alles in die Strümpfe zu stopfen. Ich kann es kaum erwarten, am Weihnachtsmorgen die Gesichter der Kinder zu sehen.«

»Ruby will nur Bugsy. Immer wenn ich Empfang habe, bin ich im Internet, aber ich finde nichts, das auch nur ansatzweise wie Bugsy aussieht. Auf Ebay verkaufen sie ein Kaninchen, aber es sieht verstört aus und hat die falsche Farbe.«

»Sie hat Bugsy seit Babyzeiten. Wahrscheinlich gibt es das Modell nicht mehr.«

Jason war entsetzt. »Sie stellen die Produktion beliebter Stofftiere einfach ein? Wo ist ihr Verantwortungsbewusstsein? Ich fühle mich schrecklich. Melly sagt, dass Ruby nicht gut schläft.

Ich bin der schlechteste Vater auf der Welt. Wir hätten fünf Bugsys als Reserve kaufen sollen.«

»Ersatz?« Beth stopfte die Tasche unter das Bett. »Ich bin beeindruckt. Das ist etwas für fortgeschrittene Eltern. Vor einigen Wochen hättest du noch nicht daran gedacht.«

»Vor einigen Wochen war ich ein anderer Mensch. Oder vielleicht war ich derselbe Mensch, aber mit anderen Prioritäten. Wenn wir etwas kaufen, was den Mädchen wichtig ist, kaufen wir ab jetzt immer eine Reserve. Das hätten wir mit Bugsy auch tun sollen.«

»Habe ich getan.«

»Du …« Jason starrte sie an. »Was?«

»Ich habe Reserve-Bugsys gekauft, wenn auch nicht fünf. Ich habe insgesamt drei gekauft.«

»Drei?« Er atmete erleichtert aus. »Dann hast du noch zwei zu Hause? Das ist die beste Nachricht des Tages. Du bist eine unglaubliche Mutter, Beth.«

Es war an der Zeit für ein Geständnis.

Beth streckte die Beine aus und wand sich. »Ich bin nicht unglaublich.«

»Aber du hast noch zwei Reserve-Bugsys zu Hause.«

»Ich sagte nicht, dass ich sie zu Hause habe.«

»Aber …«

»Dies ist nicht das erste Mal, dass Bugsy eine ungeplante und unbegleitete Reise antritt, ohne eine Nachsendeadresse zu hinterlassen.«

Es folgte eine lange Pause. »Du meinst, du hast Bugsy auch verloren? Wann?«

»Beim ersten Mal war ich …«

»Warte – es war nicht nur einmal?«

Beth wand sich. »Ich habe ihn in dem Diner beim Park vergessen. Wir wollten dort Milchshakes trinken, und Ruby bekam einen Trotzanfall – ich weiß nicht mehr, warum. Alle sahen mich auf diese spezielle Art und Weise an, wie sie es tun, wenn deine Kinder sich danebenbenehmen. Als würden sie alle in Gedanken durchgehen, wie sie die Situation meistern würden und was du alles falsch machst.«

»Ich kenne diesen Blick.« Er sah sie an. »Ja, es stimmt, ich kannte den Blick nicht, bevor ich Zeit mit ihnen verbracht habe. Aber jetzt kenne ich ihn.«

»Ich wollte nur noch so schnell wie möglich aus dem Diner raus, sodass ich ein paar Geldscheine auf den Tisch warf und …« Sie atmete tief durch. »Und Bugsy vergaß. Direkt auf dem Stuhl. Ich habe später dort angerufen, doch er war weg. Also nahm ich einen der Reserve-Bugsys.«

»Sie hat es nicht bemerkt?«

»Ich habe ihn ein bisschen zerzaust und beschmutzt, damit er echt wirkt.«

Jason wirkte verblüfft. »Und das zweite Mal?«

»Da habe ich ihn in der U-Bahn vergessen.«

Er rieb sich nachdenklich das Kinn. »Du hast Bugsy also zweimal verloren und nie etwas gesagt? Ich dachte, du wärst perfekt.«

»Niemand ist perfekt, Jason. Wir sind menschlich. Wir tun unser Bestes, und mehr kann niemand tun. Du hast mich auf diesen Sockel gehoben, und das war schmeichelhaft, doch ich fühlte mich dadurch gleichzeitig wie eine Versagerin, weil ich wusste, dass ich diese Frau nicht bin.« Sie schluckte. »Erst als ich das Gefühl hatte, dass du die Kinder gar nicht kennst, erkannte ich, dass du auch mich nicht kennst.« So ehrlich war sie ihm gegenüber noch nie gewesen.

»Ich liebe dich. Es spielt keine Rolle, dass du auch Fehler machst. Du hast keine Ahnung, wie viel besser es mir geht mit dem Wissen, dass auch du Bugsy verloren hast.« Jason zog sie auf die Füße. »Übrigens glaube ich noch immer, dass du in jeder Beziehung eine unglaubliche Mutter bist.«

»Ich habe keinen Reserve-Bugsy mehr.«

Er zog sie in seine Arme, und Verlangen stieg in ihr auf. »Ich liebe dich.«

»Ich liebe dich auch.«

»Mommy? Darf ich auf Socks reiten?« Ruby kam herein, und sie lösten sich voneinander.

Mit dem Fuß kickte Jason die Tasche mit den Geschenken weiter unter das Bett. »Nein, Liebling. Es schneit draußen.«

»Aber ich mag den Schnee.«

»Vielleicht später, wenn das Wetter besser wird, aber im Moment ist Tante Posy beschäftigt, und außerdem wurde ein Sturm vorhergesagt.«

Beth sah, wie Rubys Unterlippe zitterte, und nahm sie auf den Arm. »Das Beste, was man bei diesem Wetter machen kann, ist Kuchenbacken mit Grandma. Was meinst du? Wir backen gemeinsam, zu dritt.«

Ruby dachte nach. »Okay. Aber später möchte ich auf Socks reiten.«

Beth ging mit ihr nach unten und öffnete die Küchentür.

Es roch nach Zimt und Nelken, und Suzanne siebte Mehl in eine Schüssel.

Beth nahm erleichtert wahr, dass ihre Mutter entspannt und zufrieden wirkte.

Ruby entwand sich Beths Griff und kletterte auf einen Stuhl. »Darf ich helfen?«

»Natürlich, aber wie lautet unsere erste Regel, wenn wir kochen oder backen?«

»Wir waschen die Hände.« Ruby glitt wieder vom Stuhl, spülte hastig ihre Hände ab und kehrte mit tropfenden Fingern zurück an den Tisch.

Suzanne gab ihr den Löffel und zog die Schüssel dichter zu ihr. »Mach es vorsichtig, damit du das Mehl nicht über den Tisch verstreust.«

Beths Handy klingelte. Es war Corinna. Ihr Herz begann zu hämmern, und ihr Magen knotete sich zusammen. Gestern Abend hatte sie den Anruf ignoriert, doch sie hatte nicht das Gefühl, dass sie das noch einmal tun sollte. Warum fühlte sie sich genötigt, den Anruf anzunehmen, obwohl sie wusste, dass Corinna sie nur benutzte? Ihr Puls raste bei dem Gedanken, was passieren würde, wenn sie den Anruf wieder ignorierte. »Ich muss rangehen.«

Rubys Gesicht verzog sich. »Du hast gesagt, wir würden backen. Du hast es versprochen.«

Sie fühlte sich schuldig. »Fang mit Grandma an, ich komme gleich zurück.« Beth fing den Blick ihrer Mutter auf. »Es dauert nur eine Minute. Es ist wichtig.«

Suzanne sagte nichts. Stattdessen lenkte sie Ruby ab, indem sie Figuren in das Mehl malte.

Beth ging aus der Küche und hielt dann inne.

Was tat sie hier? Das war verrückt.

Hannah hatte recht, was Corinna anging. Sie war eine Tyrannin. Beth wollte nicht für eine Tyrannin arbeiten.

Und es bestand keinerlei Verpflichtung für sie, diesen Anruf entgegenzunehmen. Sie würde zu einem Zeitpunkt zurückrufen, der ihr passte, und nicht, wenn sie an Weihnachten gerade Zeit mit ihrer Familie verbrachte.

Statt abzuheben, leitete sie den Anruf an die Mailbox weiter.

Vielleicht sollte sie einfach gar nicht mehr zurückrufen.

Wenn sie Internet-Empfang hatte, würde sie Corinna später einfach eine Mail schreiben, dass sie an dem Job nicht mehr interessiert war.

Und bis dahin würde sie mit ihrem Kind Weihnachtsplätzchen backen.

Ihre Hände zitterten, als sie das Handy in die Gesäßtasche ihrer Jeans schob und zurück in die Küche ging.

Ihre Mutter sah sie an. »Ist der Empfang abgebrochen?«

»Nein. Ich habe mich entschieden, sie ein anderes Mal zurückzurufen.« Ihre Hände zitterten noch immer ein bisschen. »Vermutlich eine verrückte Entscheidung.«

Ihre Mutter lächelte. »Für mich klingt es nach einer guten Entscheidung.«

Beth wollte sich gerade zu Ruby an den Tisch setzen, als die Hintertür aufging und Posy eintrat.

Sie stapfte den Schnee von den Schuhen und öffnete ihren Mantel. »Draußen ist es wie in der Arktis.«

Beth suchte nach einem Anzeichen, dass ihre Schwester die ganze Nacht geweint hatte. Hatten sie und Luke eine Auseinandersetzung gehabt?

Ruby vergaß die Kekse und rannte zu Posy hinüber. »Dürfen wir auf Socks reiten?«

»Nicht jetzt.« Posy hob sie auf den Arm und wirbelte sie herum. »Er ist auf dem Feld, das am weitesten weg liegt, und es ist eiskalt. Außerdem schneit es wieder.«

»Ich will nicht, dass er stirbt.«

»Sterben?« Posy strich Ruby übers Haar. »Warum sollte er sterben?«

Ist das meine Schuld, fragte sich Beth. *Habe ich ihr beigebracht, das Schlimmste anzunehmen?*

»Weil es so doll kalt ist«, sagte Ruby, doch Posy schüttelte den Kopf.

»Er wird nicht sterben. Er hat ein sehr dickes Fell, tonnenweise Heu, und dann gibt es noch einen Unterstand, wo er jederzeit hingehen kann.« Posy drehte sich um, als Luke hinter ihr eintrat. Er trug einen Rucksack über der Schulter und einen Stapel Holzscheite in seinen Armen.

»Was machst du hier?« Beth sah von ihm zu ihrer Mutter, ihr Beschützerinstinkt wallte auf. Wollte sie Luke in ihrer Küche haben?

Suzanne sah von dem Teig auf, den sie gerade ausrollte. »Bethany Butler, dies ist mein Haus, und jeder ist hier willkommen.« Sie lächelte Luke an. »Danke für die Holzscheite. Posy wird sie in den Korb im Wohnzimmer legen. Warum setzt du dich nicht und wärmst dich auf? Ich koche Kaffee, und du kannst einen von den Keksen haben, die Ruby und ich backen. Hast du die Fotos mitgebracht, die du mir zeigen wolltest?«

»Ich habe sie hier.« Er zog einen Laptop aus dem Rucksack und stellte ihn in sicherer Entfernung von Ruby auf den Tisch.

Posy verließ die Küche, um die Scheite nach nebenan zu bringen, und Beth folgte ihr.

Hannah saß mit angezogenen Knien und einem Buch auf dem Sofa, und Beth fragte sich, warum sie allein war.

»Wo ist Adam?«

Ihre Schwester sah nicht von ihrem Buch auf. »Er musste eine Sache für die Arbeit fertigstellen.«

Posy ließ die Holzscheite in den Korb neben dem Kamin fallen. »Ich weiß, dass du ihn nicht hierhaben wolltest, und es tut mir leid. Aber der Typ ist den ganzen Weg von New York hierhergeflogen, also meinst du nicht, dass du zumindest mit ihm sprechen solltest, Hannah?«

Beth sah, wie Hannah errötete, und schaltete sich ein. »Du bist nicht gerade in der Position, Kommentare zu anderen Beziehungen abzugeben. Du schläfst mit dem Feind.«

Nun wurde Posy rot. »Er ist nicht mein Feind. Können wir uns vielleicht darauf einigen, dass wir alle unsere eigenen Entscheidungen treffen?«

»Du hast Sex mit einem Mann, der dich angelogen hat. Und der Mom angelogen hat.«

»Falls du es nicht gemerkt hast: Mom hat ihn eben willkommen geheißen.«

»Das ist Mom. Sie ist der großzügigste Mensch, den man sich vorstellen kann. Diese Sache regt sie auf, Posy!«

»Im Normalfall ja, aber das hier regt sie nicht auf. Und du hast kein Monopol darauf, sie zu beschützen. Ich sorge mich auch um sie. Wir alle tun das.« Posy straffte die Schultern. »Meinst du etwa, Dad würde Luke überhaupt ins Haus kommen lassen, wenn sich Mom dadurch schlechter fühlen würde?«

Sie wussten beide, wie groß Stewarts Beschützerinstinkt war.

»Vermutlich nicht. Aber das heißt nicht, dass du eine Beziehung mit ihm haben musst. Ich mache mir auch um dich Sorgen.«

»Da hat sie nicht ganz unrecht«, sagte Hannah. »Luke hat dich verletzt.«

»Ich habe mir letzte Woche beim Klettern einen Kratzer an der Hand geholt. Das lässt mich das Klettern nicht aufgeben.« Posy sah genervt aus. »Ihr könnt euer Leben nicht in der ständigen Angst verbringen, dass ihr verletzt werdet. Wenn ihr verletzt werdet, heilt das wieder. Und während man darauf wartet, dass es heilt, kann man daran zurückdenken, wie viel Spaß man hatte.«

Hannah runzelte leicht die Stirn und wandte sich dann wieder ihrem Buch zu.

Beth starrte ins Leere. *Wenn ihr verletzt werdet, heilt das wieder.*

Ihre Schwester ging so lässig damit um. Anders als Hannah und Beth verbrachte sie ihr Leben nicht damit, Verletzungen aus dem Weg zu gehen. Sie hatte sich freiwillig auf eine Beziehung mit Luke eingelassen, offenbar ganz entspannt, was den Ausgang betraf. Posy tat, was sie tun wollte, und hatte das Selbstvertrauen, mit allem fertigzuwerden, was ihr über den Weg lief.

Beth wäre gern mehr wie sie.

Sie wollte gerade etwas sagen, als Ruby ins Zimmer gerannt kam.

»Mommy, hast du noch mal wegen Bugsy angerufen?«

Beth wurde schwer ums Herz. »Das habe ich, doch bisher haben sie ihn nicht gefunden.«

Sie musste ihrer Tochter sagen, dass sie lernen musste, ohne Bugsy zu leben.

Die neue Version ihrer selbst musste gleich jetzt aktiv werden, indem sie ein schwieriges Thema ansprach.

»Ruby …«

»Ich habe eine Idee!« Ruby konnte kaum an sich halten. »Ich könnte an den Weihnachtsmann schreiben!«

»Liebling, das ist …«

»Ich glaube, das ist eine tolle Idee.« Hannah legte ihr Buch zur Seite. »Ich helfe dir, den Brief zu schreiben und deinen Namen darunterzusetzen. Wir können deine hübschen Glitzerstifte benutzen.«

Als Ruby aus dem Zimmer lief, um ihre Glitzerstifte zu suchen, stieg in Beth Ärger auf.

»Ich wollte ihr gerade die Wahrheit sagen.«

»Sie glaubt an den Weihnachtsmann.« Hannah erhob sich. »Du sagtest, du möchtest ihr das nicht verderben.«

»Aber jetzt verschiebst du das Elend auf den Weihnachtsmorgen. Wenn ich sie schon beruhigen muss, würde ich das lieber heute als am Weihnachtsmorgen tun, aber du hast dafür gesorgt, dass ich das nicht kann.«

Hannah hielt an der Tür inne. »Beth …«

»Wenn du mir jetzt sagen willst, dass ich mich beruhigen soll, dann tu es nicht. Ich weiß, du meinst es gut, aber tatsächlich weißt du nichts über Kinder.«

Ein furchtbares Schweigen folgte, dann drehte Hannah sich um und folgte Ruby, ohne noch etwas zu sagen.

Beth biss sich auf die Lippe. »Jetzt habe ich sie gekränkt.«

»Du hast ihr das Selbstvertrauen genommen.« Posy klang matt. »Sie glaubt, dass sie nicht gut mit Kindern umgehen kann, und du hast ihr das Gefühl gegeben, dass sie damit recht hat. Du solltest nicht so streng mit ihr sein.«

»Ich bin diejenige, die Ruby am Weihnachtsmorgen erklären muss, dass der Weihnachtsmann uns nicht immer das gibt, was wir uns wünschen, auch wenn wir brav waren.«

»Und ist das eine so furchtbare Lektion? Wir bekommen nicht immer, was wir uns wünschen – das ist eine Wahrheit im Leben.« Posy sah in das flackernde Feuer im Kamin. »Ich verstehe, dass du diese ganze Weihnachtsmannsache am Leben halten möchtest, das ist ganz natürlich. Weihnachten ist eine zauberhafte Zeit, wenn man kleine Kinder hat. Aber du kannst deine Mädchen nicht in dem Glauben groß werden lassen, dass das Leben immer gut ist. Manchmal wirft das Leben Steine auf einen, und sie müssen lernen, ihnen auszuweichen und wieder aufzustehen, wenn sie getroffen wurden. Du musst ihnen beibringen, mit den Steinen umzugehen.«

»Du willst sagen, dass ich keine gute Mutter bin.«

»Das will ich nicht sagen. Ich will sagen, dass es für eine gute Mutter nicht nur darum geht, ihre Kinder vor Verletzungen zu bewahren, sondern ihnen zu zeigen, wie sie mit Verletzungen fertigwerden. Es geht darum, ihnen Widerstandskraft beizubringen und sie seelisch so auszustatten, dass sie mit allem, was ihnen widerfährt, klarkommen.« Mit diesen Worten ging sie aus dem Zimmer, und Beth sah ihr nach.

Tief in sich spürte sie das unbehagliche Gefühl, dass Posy recht hatte.

Sie musste aufhören, ihre Kinder vor jedem kleinen Kratzer beschützen zu wollen.

Wäre sie dazu in der Lage?

Kapitel 26

Hannah

Der Sturm schlug am späten Vormittag zu. Er rüttelte an den Fenstern und toste um die Bäume. Einige fielen um, andere bogen sich und ächzten unter dem Druck.

Es hörte sich an, als würde jemand vor dem Fenster jaulen.

Hannah fragte sich, ob nur sie den Eindruck hatte, dass es wie ein schreiendes Baby klang. Vielleicht war es dem Umstand geschuldet, dass sie nur noch an ihre Schwangerschaft denken konnte.

Beths Worte hatten sie verletzt.

Du weißt nichts über Kinder.

Und doch war sie schwanger. Ihr blieben siebeneinhalb Monate, um damit klarzukommen.

Schlechte Eltern konnten ein Kind wirklich fürs Leben schädigen. Niemand wusste das besser als sie, und sie wollte auf keinen Fall diejenige sein, die das Leben eines Kindes ruinierte.

Sie wusste, dass sie Adam von der Schwangerschaft erzählen sollte, doch sie hatte sich selbst noch nicht an den Gedanken gewöhnt. Sie hatte keine Zeit gehabt, es zu durchdenken, geschweige denn zu entscheiden, was sie ihm sagen wollte.

Und wie sollten sie ein solches Gespräch führen, wenn ihre ganze Familie sie beobachtete? Es war unerträglich.

Hannah hatte das Gefühl, als würden alle sie im Blick haben und verurteilen.

Zum Mittagessen versammelten sie sich um den Tisch, und erleichtert sah sie, dass auch Luke dabei war.

Das minderte das Risiko, dass man sie etwas Persönliches fragte.

Adam saß an ihrer rechten Seite, und Ruby hatte auf den Platz links neben ihr bestanden.

Hannah war dankbar für die Gelegenheit, dem heiklen Gespräch noch ein bisschen länger ausweichen zu können.

»Der Weihnachtsmann kommt, oder, Tante Hannah? Was, wenn die Rentiere es nicht durch den Schneesturm schaffen?«

Hannah fing den Blick ihrer Schwester auf. »Ich … nun …« Sie konnte das einfach nicht. »Er wird es schaffen.«

»Aber wie?«

Hannah war bewusst, dass vermutlich alles, was sie sagte, falsch war. »Er hat jede Menge Übung – ich denke, er weiß, was er tut.« Was sie von sich nicht behaupten konnte. Sie hatte keine Ahnung.

»Ich hoffe es, denn er bringt Bugsy.«

Beth rammte einen Löffel in die Schüssel mit gerösteten Pastinaken, sagte aber nichts.

Suzanne schnitt gerade das Fleisch, als Posys Handy piepte.

Gleichzeitig piepte auch Stewarts Telefon.

Posy holte ihres aus der Tasche und war wenige Sekunden später auf den Füßen. »Tut mir leid, wir müssen los. Einige Wanderer stecken bei dem Unwetter in tausend Metern Höhe fest.«

Suzanne hielt mit dem Messer in der Hand inne. »Aber ihr habt noch nicht gegessen …«

»Wir kommen zurecht.«

»Können sie nicht den Hubschrauber rufen?«

»Kein Flugwetter.« Posy griff nach einem Kanten Brot und bestrich ihn dick mit Butter. »Dichter Nebel und zu viel Schnee.« Sie nahm sich ein Stück Huhn von der Platte. »Kein Hubschrauber kann starten, um ihnen zu helfen, was bedeutet, dass wir es zu Fuß tun müssen.« Sie kaute, während sie zur Tür ging. »Wartet nicht auf uns.«

Suzanne legte das Messer beiseite. »Meinst du, es wird so lange dauern?«

»Vielleicht.« Stewart nahm seinen Mantel und griff nach seinen Stiefeln. »Wir nehmen das Raupenfahrzeug, um so nah wie möglich heranzukommen. Falls wir Schutz vor dem Sturm brauchen, ist es auch ganz praktisch.«

Hannah spürte, wie sich ihr Magen zusammenzog. Sie fing Suzannes Blick auf.

Beide erinnerten sie sich an jenen Abend.

Posy pfiff nach Bonnie, die ihren Platz neben Rubys Stuhl aufgab und schwanzwedelnd zur Tür sprang. »Immerhin eine geht gern im Blizzard auf die Suche.«

Luke erhob sich ebenfalls. »Könnte das Team Hilfe gebrauchen?«

Posy drehte sich zu ihm um. »Erfahrene Hilfe wie dich – klar. Du hast bereits dreimal mit uns trainiert. Bist du sicher, dass du deinen Nachmittag auf einem ausgesetzten Berggipfel verbringen willst, wo der Wind mit hundertvierzig Kilometern pro Stunde weht und die gefühlte Temperatur bei minus fünfundzwanzig Grad liegt?«

»Ich kann mir kein besseres Date vorstellen.«

Hannah war verblüfft. Sie verstand ihre Schwester nicht, aber Luke schien es zu tun. Vielleicht passten sie doch gut zusammen.

Hektik brach aus. Stewart küsste Suzanne, und dann gingen sie. Der Wind riss ihnen die Tür aus der Hand, bevor sie hinter ihnen zuschlug.

Einen Augenblick später hörten sie einen Motor starten.

»Ich möchte mich entschuldigen, Adam.« Suzanne schnitt das Hühnchen weiter auf. »Familienessen sind normalerweise nicht so verrückt wie dieses.«

Adam stand auf und reichte ihr die Teller. »Ich finde es nicht verrückt.«

Er wirkte ungezwungen, wodurch sich Hannah irgendwie noch schlechter fühlte.

Beth sah zu Suzanne. »Wie kannst du ihn gehen lassen, wenn du dir so viele Sorgen machst?«

»Weil er das tut, was er liebt. Und Posy ebenfalls. Ich möchte sie nicht davon abhalten, etwas zu tun, das sie lieben. Sorge ich mich? Ja, natürlich. Kann ich mich auch nur einen Moment entspannen, wenn ich weiß, dass sie da draußen in den Bergen sind und das Wetter schlecht ist? Nein. Aber ich sage mir, dass sie wissen, was sie tun. Und sie gehen beide keine unnötigen Risiken ein. Sie suchen nicht die Gefahr.«

Sie aßen zu Mittag, und dann griff Ruby nach Hannahs Hand. »Willst du mit mir spielen?«

Verunsichert, dass sie etwas tun könnte, das ihre Schwester missbilligte, rang sich Hannah ein Lächeln ab. »Ich bin nicht so gut im Spielen, Ruby.«

»Ich zeige es dir«, sagte ihre Nichte großzügig. »Das kannst du lernen. Du brauchst nur Übung. Wir spielen Bücherei. Ich wette, du bist gut im Bücherei-Spielen, weil du Bücher magst.«

Hannah stand auf. Warum hatte sie bei einer so einfachen Aussage einen Kloß im Hals? »In Ordnung, ich komme mit und spiele mit dir. Wir können spielen, was du magst.« Sie wusste, dass sie mit Adam sprechen sollte, doch das Wetter war zu schlecht für einen Spaziergang, und sie wollte sich nicht mit ihm in ihrem Zimmer verstecken, wo jeder, der vorbeiging, zuhören konnte.

Adam stand auf. »Ich muss noch ein Angebot fertig machen. Danke für das köstliche Essen.«

Hannah spielte einige Stunden mit Ruby. Sie saßen zu zweit im Arbeitszimmer, und sie spürte, wie sie sich entspannte.

Zuerst bastelten sie für Weihnachten und benutzten dabei reichlich Klebstoff und Glitzer, wovon das meiste auf Hannahs Jeans landete.

Nach einer Stunde gesellte sich Melly zu ihnen. »Darf ich dich schminken, Tante Hannah?«

Hannah saß pflichtbewusst auf dem Boden, während Melly sie sorgfältig schminkte. Sie war bereits mit Glitzer übersät, wie viel schlimmer konnte sie aussehen?

»Du bist sehr hübsch, Tante Hannah.« Melly richtete ihre Aufmerksamkeit auf Hannahs Haar. »Du würdest hübsch aussehen mit Schleifen.«

Hannah, die sich nie für einen Schleifentyp gehalten hatte, saß still da, während Melly ihr Haar bürstete und mit einer pinken Schleife verzierte.

Sie wagte es nicht, in den Spiegel zu sehen.

»Jetzt bin ich dran, mit Tante Hannah zu spielen.« Ruby griff ihre Hand und zog sie durch den Raum. »Du musst dich auf den Boden legen. Ich werde dich begraben und dann retten. Du darfst schreien, wenn du möchtest, denn du hast große Angst. Ich werde dich beruhigen.«

Hannah wurde gerade zum vierten Mal unter einem Haufen Sofakissen begraben, als Adam ins Zimmer trat.

Ruby war entzückt über das Eintreffen weiterer potenzieller Opfer. »Willst du mein Rettungsspiel mitspielen? Ich bin eine Feuerwehrfrau, und du bist verschüttet.«

»Das ist eins der verlockendsten Angebote seit langer Zeit«, erwiderte Adam ernst. »Aber eigentlich habe ich gehofft, Hannah entführen zu können. Ich brauche ihre Hilfe bei einigen Zahlen.«

Ruby war verständnisvoll. »Sie ist sehr klug.«

»Das ist sie.«

Hannah kroch unter den Kissen hervor. Auf ihrer Hose klebte Glitzer und in ihrem Haar steckte eine Schleife – sie brauchte keinen Spiegel, um sich vorzustellen, wie sie aussah. Tatsächlich wäre jetzt vermutlich ein guter Zeitpunkt, um zu schreien.

Adams Mundwinkel zuckte, und sie stand verlegen auf. Sie fühlte sich unbehaglich, vor Publikum mit Kindern zu spielen, weil sie wusste, dass sie nicht gut darin war. Obwohl man sagen musste, dass Ruby angesichts ihres mangelnden Talents bewundernswert geduldig war.

Das ist okay, Tante Hannah. Ich weiß, dass du es nicht falsch machen wolltest.

Dennoch war es kein gutes Timing, dass Adam ausgerechnet jetzt, bevor sie ihm von ihrer Schwangerschaft erzählte, Zeuge ihres Unvermögens in puncto Kinderbetreuung wurde.

Oder vielleicht war es das doch. Zumindest sollte ihm dann klar sein, warum sie so nervös war.

Sie folgte ihm ins Schlafzimmer und schloss die Tür hinter ihnen. »Du arbeitest an dem Angebot?«

»Es ist fertig. Ich dachte, du würdest noch mal draufschauen wollen.« Er sah sie an. »Ich wette, wenn wir das Licht ausschalten, würdest du im Dunkeln leuchten. Mir gefällt besonders die pinke Schleife. Ich hoffe, dass du diesen Look mit nach New York nimmst.«

»Mein Gesicht brennt von all dem Make-up, aber ich will es nicht abwischen.«

»Warum nicht?«

»Weil ich Melly nicht kränken möchte. Sie ist sehr stolz auf ihre Arbeit.«

Er musterte sie einen Moment. »Ich versuche mir einzureden, dass du mit deinen Nichten spielst, weil du das möchtest, und nicht, weil du versuchst, mir aus dem Weg zu gehen. Du hast mir immer noch nicht gesagt, warum du früher nach Hause gefahren bist oder warum du wegen Posys Krankheit gelogen hast.« Er umfasste ihre Schultern. »Liegt das daran, dass ich zu viel Druck ausgeübt habe? Fühlst du dich unbehaglich, weil ich dir gesagt habe, dass ich dich liebe?«

Es war so viel komplizierter als das.

Er ließ sie wieder los. »Ich hätte nicht kommen sollen. Es war nicht fair dir gegenüber. Ich hätte erst anrufen sollen, doch immer, wenn ich anrief, gab es entweder keinen Empfang oder du hast nicht abgehoben. Ich bin ein Mensch, der einen anderen Weg sucht, wenn ihm etwas im Weg steht. Das weißt du. Es hat mich an den Rand des Wahnsinns gebracht, dich nicht sehen und nicht mit dir sprechen zu können. Deswegen schien es das Richtige zu sein, nachdem ich mit Posy gesprochen hatte.« Er ging zum Fenster und starrte hinaus in den sonnenlosen Himmel und das bedrohliche Grau. »Sieht übel aus draußen. Wird deine Schwester zurechtkommen?«

Im Moment dachte sie nicht an Posy, sie dachte an ihn.

War es wirklich fair, ihm hier, umgeben von ihrer Familie, von ihrer Schwangerschaft zu erzählen? Hier gab es keine Neutralität. Keine bequeme Möglichkeit, aus einer Situation, die furchtbar unangenehm werden konnte, zu flüchten.

»Posy ist gut in ihrem Job. Sie ist vorsichtig. Und Stewart ebenso.« Dennoch blieb ein Rest Sorge. Suzanne war auch gut gewesen in ihrem Job. Sie war vorsichtig gewesen. »Ich sehe mal besser nach Suzanne. Sie ist sicher beunruhigt.«

Er wandte seinen Blick ab und sah sie an. »Warum nennst du sie Suzanne? Ich habe bemerkt, dass deine Schwestern sie Mom nennen.«

»Das war meine Art, Abstand zu wahren.«

»Warum hattest du das Gefühl, dass du das tun müsstest?«

Sie setzte sich aufs Bett. Zumindest in dieser Hinsicht konnte sie ehrlich sein. Während der Wind an den Fenstern rüttelte und um das Haus toste, erzählte sie ihm alles. Dass ihr Vater immer ungeduldig mit ihr gewesen war. Dass sie das Gefühl bekommen hatte, dass er sie nicht wollte. Dass sie gewusst hatte, dass sie nicht der Liebling war.

Ich konnte nichts, was sie bewunderten.

Ich hatte nicht das Gefühl, dass sie mich liebten. Und wenn sie mich nicht liebten, warum sollte Suzanne es tun?

Die Worte kamen ihr erstaunlich leicht über die Lippen, und er hörte ihr aufmerksam und ohne Unterbrechungen zu, während der Wind draußen wie ein wildes Tier an den Fenstern rüttelte.

Erst als sie fertig war, ergriff er das Wort.

»Du nennst sie Suzanne, weil du Angst hattest, ihr zu nahe zu sein?«

»Es fühlte sich sicherer an. Jemanden zu lieben, der einen nicht zurückliebt, tut weh. Und man kann niemanden zwingen, einen zu lieben.«

»Und du glaubst nicht, dass Suzanne dich liebt?«

»Ich weiß, dass sie das tut. Aber am Anfang hatte ich das Gefühl, eine Last zu sein. Wenn du dich dein Leben lang selbst schützt, ist es schwer, das zu ändern.«

»Mir gegenüber schützt du dich ebenfalls. Und indem ich herkam, habe ich den Druck auf dich noch erhöht. Geh und sprich mit Suzanne, Hannah. Sie wird in furchtbarer Sorge sein um Posy und Stewart. Deinen Dad.«

Es gab noch so viel zu sagen, doch sie wusste nicht, wie sie es ausdrücken sollte, und ging stattdessen aus dem Zimmer.

Wenn das Wetter besser war, konnten sie morgen einen Spaziergang machen. Draußen würde es ihr leichter fallen, miteinander zu sprechen.

In der Küche roch es nach Weihnachten. Suzanne eilte in einer Schürze geschäftig hin und her.

Als Hannah hereinkam, lächelte sie. »Wie ich sehe, hast du Zeit mit Melly verbracht.«

Hannah berührte reuevoll die pinkfarbene Schleife. »Was hat mich verraten – der Glitzer oder die Schleife?«

Suzanne holte einen Laib Brot aus dem Ofen. »Ich glaube, du hast deine Nichte sehr glücklich gemacht. Ich habe inzwischen zwei Suppen gekocht und eingefroren und bin jetzt gerade beim zweiten Laib Brot.«

»Wobei kann ich dir helfen?«

»Bei nichts. Das ist nur meine Strategie, um mich zu beruhigen, während dein Vater und deine Schwester draußen in den Bergen sind. Wenn ich beschäftigt bin, grüble ich nicht.« Suzanne holte das Brot aus der Form. »Ich sollte nicht besorgt sein, aber dort draußen herrscht Sturm. Es ist unmöglich, sich keine Gedanken zu machen. Aber ich versuche, sie nicht damit zu erdrücken. Meistens gelingt mir das. Bei ihnen zuletzt besser als bei dir.«

»Was meinst du?« Hannah holte einen Lappen und nahm Suzanne die leere Backform ab und stellte sie zum Auskühlen in die Spüle. Dann setzte sie sich an den Küchentisch.

»Ich mache mir Sorgen um dich.«

»Was an jenem Abend geschah, hat uns alle auf unterschiedliche Weise verletzt.«

»Ja, aber wir wissen beide, wie viel schon vor jenem Abend

angerichtet wurde.« Suzanne siebte Mehl in eine Schüssel. »Wir haben nie über dein Verhältnis zu deinem Vater gesprochen.«

Hannah war nicht sicher, ob sie jetzt darüber sprechen wollte. »Was gibt es da zu besprechen?«

Suzanne griff nach einer Flasche Olivenöl. »Er war kein umgänglicher Mann. Es gefiel mir nicht, dass du das Gefühl hattest, so angestrengt um seine Liebe kämpfen zu müssen. Du hattest so viele Talente, und seinetwegen wusstest du sie nie zu schätzen. Das hat mich wütend gemacht. Cheryl und ich hatten mehr als einmal Streit deswegen.«

Das war Hannah neu. »Das wusste ich nicht.«

»Ich hatte gehofft, dass es sich ändern würde. Vielleicht hätte es das auch, wer weiß. Doch als sie auf diese plötzliche und tragische Weise ums Leben kamen, machte ich mir Sorgen, dass du mit dem Gefühl zurückbleiben könntest, nicht genug zu sein. Es hat mir fast das Herz gebrochen, dich so misstrauisch gegenüber Menschen zu sehen, weil du glaubtest, es sei sicherer, Abstand zu wahren. Ich wollte dich beschützen und einhüllen, doch der Schaden war angerichtet, und du hast mich nicht an dich herangelassen.«

Hannah spürte, wie sich etwas in ihr regte. »Mom und Dad haben uns euch aufgehalst. Du und Stewart wart jung – ihr hattet euer ganzes Leben vor euch, und dann hattet ihr plötzlich aus dem Nichts drei Kinder. All eure Pläne, Träume und Abenteuer waren plötzlich hinfällig. Es muss so viele Dinge gegeben haben, die ihr gern getan hättet, aber wegen uns nie tun konntet. Du musstest umziehen, weil ihr Hilfe von Stewarts Familie brauchtet, und du hattest wegen uns niemals eigene Kinder. Du hast uns so viel gegeben, und ich habe dir nichts zurückgegeben.« Und diese Schuld war ihr ständiger Begleiter.

»Euch zu haben war ein Geschenk. Daran darfst du niemals zweifeln.« Suzanne wischte sich die Hände ab und setzte sich auf den Stuhl neben Hannah. »Die Wahrheit ist, dass ich Cheryl um euch drei Mädchen beneidete. Ihr wart alles, was ich in meinem Leben haben wollte. Als sie starb, fühlte sich ein Teil von mir schuldig, weil ich euch hatte und sie nicht. Ich war entschlossen, die bestmögliche Mutter zu sein. Nicht weil ich das Gefühl hatte, es ihr zu schulden, sondern weil ich das sein wollte. Ich wollte euch beschützen und euch das Selbstvertrauen geben, eure Liebe weiterzugeben in dem Wissen, dass sie akzeptiert und wertgeschätzt wird. Ich wollte, dass ihr anderen vertraut und euch ihnen nahe fühlt.«

»Ich vertraue dir, Suzanne.« Gefühle, die sie lange in Schach gehalten hatte, brachen aus ihr hervor. »Ich habe dir immer vertraut.«

Es rüttelte an der Hintertür, und sie sahen beide hoffnungsvoll auf, doch es war nur der Wind.

Suzanne blickte Hannah an. »Du sagtest, ich habe mich verantwortlich gefühlt, und natürlich tat ich das. Das wäre jedem unter diesen Umständen so gegangen. Ihr habt einen entsetzlichen Verlust erlitten, und ich hatte Angst, etwas zu tun, das es für euch noch schlimmer machte. Ich konnte euch eure Mutter nicht zurückgeben, also entschied ich mich für das Nächstbeste: die Dinge so zu tun, wie ich glaubte, dass sie sie getan hätte. Am Anfang fragte ich mich immer: Was würde Cheryl tun? Es war, als würde sie mir über die Schulter sehen und mich beobachten. Ich hörte ihre Stimme sagen: ›Entspann dich, Suz, du bist zu verkrampft.‹ Diese Stimme machte mich verrückt, und ich machte Stewart verrückt. Er sagte mir immer, dass wir es auf unsere Weise machen müssen. Wenn ihr unsere Kinder sein solltet, dann mussten wir euch als unsere Kinder aufziehen. Wir mussten entscheiden, was richtig war und wie wir das umsetzen wollen. Ich war überfordert. Die meisten Eltern haben Zeit, sich vorzubereiten, doch wir wurden über Nacht Eltern. Es war weniger eine steile Lernkurve als eine senkrechte Kletterwand.«

Hannah dachte daran, wie viel Angst sie davor hatte, keine gute Mutter zu sein. Wie viel schwerer musste es sein, wenn man plötzlich für drei traumatisierte Kinder verantwortlich war?

»Du hättest uns zur Adoption freigeben können. Du musstest das Ganze nicht auf dich nehmen.«

»Es ist mir nie in den Sinn gekommen, euch nicht aufzunehmen. Ihr brauchtet Sicherheit. Die hatte ich in meiner Kindheit nicht, und das war ein schreckliches Gefühl. Ich wusste nie, ob der Boden, auf dem ich stand, nicht nachgeben würde. Ich war mir keiner Sache sicher, bis ich Cheryl traf. Und dann Stewart. Du solltest wissen, dass Stewart und ich immer für dich da sind, was auch immer passiert.«

»Das habe ich immer gewusst.« Doch zum ersten Mal sprach sie es aus.

Sie wusste, dass es manchmal schwer war, mit ihr auszukommen. Dass sie manchmal nichts zurückgegeben hatte. Letztes Jahr war sie nicht einmal an Weihnachten aufgetaucht. Und hatten Suzanne und Stewart ihr deshalb Schuldgefühle gemacht? Nein. Sie hatten sie weiterhin geliebt und akzeptiert, wie sie es immer getan hatten.

»Mit den Jahren wurde es einfacher«, sagte Suzanne. »Ich entschied, dass es mehr als einen Weg gibt, eine gute Mutter zu sein. Vielleicht machte ich es nicht so, wie Cheryl es gemacht hätte, aber dafür so, wie ich es für richtig hielt. Ihr wart meine Mädchen. Und gelegentlich fühlte ich mich schuldig, weil ich diese wunderbare Familie bekommen habe, die Cheryl nicht mehr genießen konnte.«

»War es schwer, nach Schottland zu ziehen?« Auch das hatte sie sich oft gefragt.

»Nein. Es war das Beste, was wir tun konnten. Zu Hause wusste jeder Bescheid über Cheryl und Rob. Ihr wart immer ›diese armen Kinder‹. Wenn wir geblieben wären, hättet ihr nie die Chance gehabt, das hinter euch zu lassen. Das Unglück hätte euch immer belastet, und mich auch. Ich konnte sehen, wie die Leute sich fragten, ob ich der Grund war, warum sie gestorben waren. Ich habe mich das selbst eine Million Mal gefragt. Da brauchte ich nicht noch andere Menschen, die das fragten. Stewart sagte, wir würden umziehen, damit wir näher an seinen Eltern wären und sie teilhaben könnten, doch er tat es auch, damit wir neu anfangen konnten.«

Hannah hatte immer gewusst, dass sie ein Opfer gebracht hatten. Doch sie hatte nicht gewusst, wie tapfer sie gewesen waren. Suzannes Aufrichtigkeit in Bezug auf die Probleme, vor denen sie gestanden hatten, war beeindruckend.

»Ich glaube, ich habe dir noch nie richtig gedankt für alles, was du getan hast. Ich bin sehr dankbar, wirklich.«

Sie hätte es früher sagen sollen. Sie hätte ihnen jeden einzelnen Tag sagen sollen, wie wunderbar sie waren.

»Ach, Liebes, das weiß ich. Du bist eine kluge, starke, wunderbare Frau, und ich bin so stolz auf dich.« Sie drückte Hannahs Hand. »Ich bin immer für dich da, wenn du mich brauchst. Ich hoffe, das weißt du.«

Hannah erkannte, dass ihre Mutter – und sie dachte an sie als ihre Mutter – die Interessen der Familie über ihre eigenen stellte. »Hat es dich mitgenommen, mit Luke zu sprechen?«

»Ganz im Gegenteil. Er führt ein gutes Leben. Das zu wissen tut mir gut. Zu wissen, dass er noch immer in die Berge geht, dass er mir nicht die Schuld an dem Tod seiner Eltern gibt. Er trägt natürlich die Last der Vergangenheit, doch sie hat ihn nicht geprägt.«

Mich hat die Vergangenheit geprägt, dachte Hannah. Und sie hatte es zugelassen. Sie hatte zugelassen, dass sie ihre Entscheidungen dominierte. Dabei ging es nicht nur um das Unglück, sondern auch um die Beziehung zu ihrem Vater.

Das würde sich ändern. Sie wusste nicht, wie man ein Kind aufzog, aber sie wusste, dass es keine Angst vor der Welt haben sollte. Sich selbst zu schützen verhinderte zwar die meiste Zeit den Schmerz, doch es hielt auch die guten Dinge fern.

»Es ist schön, zu Hause zu sein, Mom.« Sie fühlte sich auf eine Weise entspannt und behaglich wie nie zuvor.

Ein Schimmer lag in Suzannes Augen. »Es ist schön, dich hier zu haben.« Sie räusperte sich und stand auf. »Ich koche uns einen Tee. Es wird ein langer Abend. Ich dachte daran, für die Kinder Pizza zu backen. Sie können bei dem Belag helfen. Das wird sie eine Weile beschäftigen.«

»Ich suche Sachen für den Belag zusammen.« Hannah ging zum Kühlschrank und holte Käse, Oliven, Champignons und Schinken heraus.

»Es wäre toll, wenn du es klein schneidest und in Schüsseln verteilst. Ruby belegt ihre Pizza gerne selbst.«

Hannah fand ein Messer und ein Schneidebrett. Noch nie zuvor hatte sie Seite an Seite mit ihrer Mutter gearbeitet.

»Du wunderst dich vermutlich wegen Adam.« Hannah schnitt Schinken klein und legte die Streifen in eine Schüssel. »Ich habe nichts von ihm erzählt, weil ich – na ja, meine Beziehungen funktionieren meist nicht, und dann fühle ich mich schlecht, weil ich dich enttäusche.«

»Mich enttäuschen?« Suzanne ließ von dem Teig ab. »Du könntest mich nie enttäuschen. Das habe ich hoffentlich heute Abend klargestellt.«

»Aber ich weiß, dass du dir das für mich wünschst.«

»Ich möchte nur, dass du glücklich bist. Das ist alles, was ich immer wollte.« Suzanne wischte sich das Mehl von den Händen. »Ich möchte, dass du das bestmögliche Leben hast.«

Hannah lächelte. »Du möchtest mich verheiratet und mit zehn Kindern sehen.«

»Das stimmt nicht.« Suzanne lächelte ebenfalls. »Gut, vielleicht stimmt es ein bisschen. Zehn Kinder könnten zu viel sein. Aber ich mag Adam. Er war bereit, seine Chance zu nutzen. Mir gefällt ein Mann, der keine Angst hat, um der Liebe willen ein Risiko einzugehen. Das setzt eine gewisse Unerschrockenheit voraus, und das bewundere ich.«

Hannah bewunderte das ebenfalls. Vielleicht würde es sie sogar inspirieren.

»Ich bin schwanger, Mom.« Sie suchte im Gesicht ihrer Mutter nach Anzeichen von Überraschung, fand aber keine. »Du wusstest es? Ich habe es Dad gesagt, ich nehme an, dass er …«

»Dein Dad würde mir nie etwas erzählen, was ihr zwei unter dem Siegel der Verschwiegenheit besprochen habt.«

»Aber wie …«

»Ich habe gehört, wie du dich übergeben hast. Posy schloss die Badezimmertür und fing an, Weihnachtslieder zu trällern. Gott weiß, dass ich deine Schwester liebe, aber ihren Gesang liebe ich nicht. Und da ich ziemlich sicher bin, dass sie es nicht zu meiner Unterhaltung getan hat, nehme ich an, dass sie es ebenfalls weiß.«

»Sie hat mich nach meiner Ankunft am Flughafen zu einer Apotheke gefahren, wo ich einen Test kaufen konnte. Ich hätte es zuerst dir sagen sollen.« Und nun wünschte sie, sie hätte es getan. Sie wünschte, sie hätte um Rat gebeten, statt alles für sich zu behalten. »Adam weiß es nicht. Ich überlege immer noch, wie ich es ihm am besten sage.«

Suzanne nickte. »Du bist die klügste Person, die ich kenne. Du wirst es herausfinden. Und wenn du reden möchtest, ich bin für dich da. Es freut mich, dass du mit deiner Schwester und deinem Dad sprechen konntest.«

Der Gedanke an ihren Dad veranlasste sie, auf die Uhr zu sehen. »Macht es Sinn, sie beide anzurufen?«

Beth hatte den gleichen Gedanken. Mit besorgter Miene kam sie in die Küche und fragte: »Sollten wir Dad und Posy anrufen?«

Suzanne schüttelte den Kopf. »Dad meldet sich, wenn es möglich ist. Ich möchte nicht, dass er von seinem Job abgelenkt wird.«

Beth setzte sich auf den nächstbesten Stuhl. »Ich finde es furchtbar, sie mir in diesem Sturm vorzustellen. Ich weiß nicht, wie du das erträgst. Die ganze Zeit versuche ich, mir keine Katastrophe auszumalen, doch das ist nicht einfach.« Sie griff nach einem Stück Schinken aus der Schüssel und knabberte daran. »Ihr zwei seht ernst aus. Habt ihr über Dad gesprochen?«

Suzanne sagte nichts, und Hannah wusste, dass sie ihr die Entscheidung überließ, wie viel sie sagen wollte.

Sie setzte sich ebenfalls. »Ich bin schwanger.«

Beth gab einen kleinen Aufschrei von sich. »Bist du? Das ist wunderbar. Seit wann weißt du es? Warum hast du es mir nicht gesagt?«

Hannah errötete. »Weil du glaubst, dass ich nicht mit Kindern umgehen kann, und im Moment brauche ich keine weitere Erschütterung meines Selbstvertrauens.«

»Aber das stimmt doch gar nicht.« Beth wirkte entsetzt und dann zerknirscht. »Liegt es daran, dass ich wegen Ruby und dieser Weihnachtsmann-Sache überreagiert habe? Das hat nichts mit dir zu tun, sondern nur mit meinem neurotischen Naturell. Es tut mir leid, dass ich so reizbar bin. Verzeih mir. Wie geht es dir?«

»Es geht mir gut.« Es fühlte sich merkwürdig an, endlich darüber zu sprechen. »Ein bisschen Übelkeit, aber die ist vielleicht nur psychisch. Ein bisschen müde, aber das liegt vermutlich daran, dass ich nicht gut schlafe.«

»Freut sich Adam?«

»Er weiß es nicht. Ich habe es ihm noch nicht gesagt.« Sie wartete darauf, dass Beth ihr alle Gründe aufzählte, warum sie das sofort tun solle, doch das tat sie nicht.

Stattdessen nickte sie. »Die Müdigkeit kann von der Schwangerschaft kommen. Als ich mit Melly schwanger war, erinnere ich mich, war ich ungefähr sieben Wochen lang ständig erschöpft. Damals habe ich natürlich gearbeitet, wie du. Das macht es schwerer. Ich bin jeden Tag nach der Arbeit auf dem Sofa eingeschlafen. Jason musste mich zum Abendessen wecken. Es war schrecklich. Dann ging es vorbei, und einige Monate lang war ich voller Energie, bis kurz vor der Geburt.«

»Daran erinnere ich mich.« Suzanne stellte Teebecher vor ihnen auf den Tisch. »Du hast mich häufig angerufen und davon erzählt.«

Hannah umschloss ihren Becher mit den Händen. »Du meinst, es geht vorbei?«

»Ich bin sicher, dass es das tut. Bei mir war es um die dreizehnte Woche herum, glaube ich.« Beth runzelte die Stirn. »Oder vielleicht die zwölfte. Ich weiß es nicht mehr genau. Ich werde dir den Kontakt meiner Ärztin zumailen, denn sie war großartig. Man möchte ja nicht, dass sie eine Tonne Tests machen, die man nicht braucht.«

Bisher hatte Hannah noch gar nicht an eine Ärztin oder Tests gedacht.

Sie fühlte sich ein bisschen überwältigt davon, wie wenig sie wusste, und begriff dann, dass Beth alles zu wissen schien.

»Ich tausche Karriereberatung gegen Babyberatung.«

Beth grinste. »Abgemacht.«

»Hast du Bücher, die du mir leihen kannst?«

»Ja, aber ich habe sie alle gelesen und habe zwei Kinder, also kannst du mich fragen. Das Einzige, wobei ich dir nicht helfen kann, ist die Herausforderung, dich nicht zu sorgen. Damit stehst du allein da. Du wirst eine wundervolle Mutter, Hannah. Es gibt nichts, worin du nicht gut bist.«

»Klettern.« Hannah lächelte schwach. »Ich bin furchtbar schlecht im Klettern.«

»Ich auch.« Beth mopste eine Olive aus der Schüssel. »Und es ist die Hölle für die Fingernägel.«

Suzanne lachte. »Du hast damals vor allem den Helm gehasst. Weil er deine Frisur zerstört hat.«

Beth strich sich über ihr glattes, seidiges Haar. »Es geht eben um Prioritäten. Ich möchte gern bestmöglich aussehen, und wenn ich schreiend vor Angst an einem Felsen hänge, sehe ich nicht bestmöglich aus.« Sie beugte sich vor. »Wenn du Begleitung bei deinem ersten Termin brauchst, ruf mich an. Ich komme mit.«

Dieses Angebot ließ Hannahs letzte Vorbehalte dahinschmelzen.

Was hatte sie nur denken lassen, dass sie mit all dem allein umgehen müsste?

Was auch immer mit Adam weiter passierte, sie hatte ihre Schwester. Beide Schwestern. Sie hatte ihre Familie.

»Danke.«

»Ich sollte dir danken! Ich kann kaum glauben, dass Ruby und Melly einen Cousin oder eine Cousine bekommen. Und Jason wird ein sehr engagierter Onkel sein, was sein Bedürfnis nach einem weiteren Kind der Familie zufriedenstellen sollte.

Wartet.« Sie blickte zur Tür. »Ich höre die Schritte von nicht ganz kleinen Füßen.«

Sekunden später kam Melly in die Küche und hielt Betsy umklammert, Beths alte Puppe.

»Ich mag den Wind nicht, Grandma. Wird das Dach wegwehen? Wird es sein wie bei *Der Zauberer von Oz*?«

»Nein, Liebling. Bleib in der Küche. Hier ist es nicht so laut. Möchtest du Pizza mit uns machen?«

Ruby kam hinter ihrer Schwester in die Küche. »Ich will kuscheln.« Doch statt zu Beth ging sie zu Hannah.

Hannah zögerte kurz. Dann beugte sie sich vor, um ihre Nichte hochzuheben.

Sie rieb Rubys Rücken und sprach mit ihr, wobei sie sich an all die Male erinnerte, die sie das Gleiche mit Posy getan hatte.

Suzanne hatte recht. Es gab mehr als einen Weg, eine gute Mutter zu sein.

Sie musste nur den Weg finden, der für sie der richtige war.

Sie würde nicht zulassen, dass die Vergangenheit ihre Zukunft prägte.

Morgen früh würde sie mit Adam sprechen.

Sie hatte lang genug gewartet.

Kapitel 27

Posy

Posy kam um drei Uhr morgens durchfroren und müde nach Hause.

Sie schälte sich aus ihrer Outdoor-Kleidung, schleppte sich zum Bett und döste noch halb angezogen ein. Sie schlief wie eine Tote, bewegungslos, und wachte dann um acht Uhr morgens auf, weil sie fror und ihr alles wehtat. Bonnie lag noch schlafend zusammengerollt neben dem Ofen, wo sie die Restwärme genoss.

Posy schleppte sich ins Badezimmer und trat unter die heiße Dusche, um sich aufzuwärmen. Sie hatte einen Bluterguss auf ihrem Oberschenkel, weil sie ausgerutscht und hingefallen war. Außerdem verlief ein Kratzer über ihre Wange. Er stammte von einem Stein, der sich durch Schritte gelöst und sie getroffen hatte.

Als sie aus der Dusche trat, musterte sie sich im Spiegel.

Sie sah schlimm aus. Wenn sie sich Beths Make-up lieh, konnte sie es vielleicht vor ihrer Mutter verbergen.

Bonnie trottete zu ihr hinüber und wedelte besorgt mit dem Schwanz.

»Mach dir keine Gedanken. Und du siehst übrigens auch nicht so toll aus«, sagte Posy zu ihr. »Eindeutig ein Bad-Hair-Day.«

Die Rettung hatte sich als lang und schwierig erwiesen, und das Unwetter war eins der schlimmsten gewesen, die sie je erlebt hatte.

Sie zog sich einen warmen, trockenen Pullover über und föhnte gerade ihr Haar, als es an der Tür klopfte.

»Du kannst reinkommen. Normalerweise wartest du doch nie, dass du hereingebeten wirst.« Sie schaltete den Föhn aus und ging zur Tür. Sie hatte Luke erwartet, doch es war Hannah.

Ihr Herz wurde schwer.

Seit Hannah sie angeschrien hatte, hatten sie nicht mehr richtig miteinander gesprochen.

Mussten sie das ausgerechnet jetzt tun?

Ja, sie fühlte sich schuldig, doch gerade fehlte ihr die Energie, Prügel von ihrer Schwester einzustecken. Sie war körperlich und seelisch erschöpft.

Auf der anderen Seite hatte sie einen Fehler gemacht. Hannah durchlebte eine schwere Zeit, und sie hatte die Dinge aus Versehen noch schwerer gemacht.

Sie rieb sich den Schlaf aus den Augen und betrachtete ihre Schwester näher. »Du siehst müde aus. Ist es spät geworden gestern?«

»Ich bin zur gleichen Zeit schlafen gegangen wie du.«

»Was?« Posy band ihr noch feuchtes Haar zu einem Pferdeschwanz. »Warum?«

»Ich habe Mom Gesellschaft geleistet, bis ihr zwei nach Hause gekommen seid.«

Mom.

Posy fragte sich, ob ihrer Schwester bewusst war, was sie da gesagt hatte. »Das war nett von dir.«

Hannah schauderte. »Posy …«

»Geht es hier um Luke? Wollt du und Beth euch einmischen?«

»Nein, ich …«

»Wenn es nicht um Luke geht, bist du hergekommen, weil du mir immer noch die Schuld für Adams Anwesenheit gibst.«

»Das ist nicht …« Hannahs Blick fiel auf Posys nackte Beine, woraufhin sie erschrocken aufschrie. »Dein Bein ist purpurrot. Was ist passiert?«

»Ich bin gefallen. Erzähl Mom nichts, sonst macht sie sich Sorgen. Und sag den anderen aus dem Team auch nichts, sonst lachen sie.«

»Solltest du nicht in die Notaufnahme gehen?«

»Das ist ein Bluterguss.« Posy zog die Tür weiter auf. »Komm rein, bevor er zu einem Bluterguss mit Erfrierungen wird.«

»Hast du Eis daraufgelegt?« Mit entsetzter Miene eilte Hannah zum Kühlschrank und holte eine Tüte gefrorener Erbsen aus dem Gefrierfach, die sie in ein Handtuch wickelte. »Drück das hier dagegen.«

»Als ob mir nicht schon kalt genug wäre. Und seit wann bist du Erste-Hilfe-Expertin?« Doch Posy war gerührt und sehr erleichtert, dass ihre Schwester nicht länger wütend auf sie zu sein schien. Sie drückte die Erbsen gegen ihr Bein. »Ich schulde dir eine Entschuldigung. Ich wollte gestern mit dir reden, aber wir wurden zum Einsatz gerufen, bevor ich dich unter vier Augen sprechen konnte. Bist du wirklich mit Mom aufgeblieben?«

»Ja. Keine von uns konnte schlafen, also saßen wir am Kamin und haben uns ewig lang über alles Mögliche unterhalten. Es war gemütlich.« Sie rieb sich die Arme, und Posy legte die Erbsen beiseite.

»Ich mache Feuer im Ofen. Dir ist kalt, weil du kein Gramm Fett an dir hast.«

»Wenn du einen Witz über Pizza machen willst …«

»Will ich nicht. Nach dieser Nacht hat sich mein Sinn für Humor verflüchtigt. Ich brauche Kaffee.« Posy entzündete ein Feuer im Ofen und lief hinüber zur Küchenzeile. Irgendetwas stimmte mit ihrer Schwester offenbar nicht, und sie suchte nach der richtigen Frage.

Sie kochte Kaffee und reichte ihrer Schwester einen Becher. »Hör mal, wegen dem, was ich getan habe …«

»Es spielt keine Rolle.«

»Doch, spielt es. Was ich zu Adam am Telefon gesagt habe, hätte nicht über meine Lippen kommen dürfen, nicht einmal im Scherz. Ich hätte nicht so lange mit ihm sprechen sollen, ohne an die Badezimmertür zu hämmern. Doch er klang nett, und er sagte, dass er dich liebt und …« Posy schüttelte den Kopf. »Und jetzt klinge ich wie Mom. Tut mir leid. In Zukunft werde ich mich nie wieder in das Liebesleben von jemand anderem einmischen. Ich spende Mitgefühl und sonst nichts. Es tut mir jedenfalls leid, dass ich für dich alles schwerer gemacht habe. Es muss wirklich unangenehm sein.«

»Es ist nicht unangenehm.« Hannah schloss die Hände um den Becher, um sich zu wärmen. »Er ist fort.« Sie ging zum Fenster und drehte Posy den Rücken zu. »Von hier aus kann man kilometerweit sehen. Als ob man in den Baumwipfeln wohnt.«

»Warte – hast du ›fort‹ gesagt? Du hast ihn weggeschickt? Bist du verrückt?«

»Was ist aus dem Vorsatz geworden, dich nicht einzumischen oder auch nur eine Meinung abzugeben?«

»In der Theorie klingt das gut, aber in der Praxis stelle ich fest, dass ich hier nicht herumsitzen kann, während du mir erzählst, dass dieser perfekte Vertreter der männlichen Spezies fort ist. Was genau suchst du? Ich meine, er sieht fantastisch aus, er war reizend zu den Kindern, und offensichtlich liebt er dich. Warum solltest du ihn fortschicken?«

»Das habe ich nicht.« Hannah drehte sich um. »Als ich heute Morgen aufwachte, war er fort. Er hat einen Wagen zum Flughafen genommen.«

»Wie? Wurden die Straßen geräumt?«

»Ich weiß nicht, wie, aber Adam wird einen Weg gefunden haben. Er findet immer einen Weg. Er ist ein Macher. Wenn eine Sache gelöst werden kann, dann findet Adam die Lösung. Er ist so ein Mensch.«

Posy stellte ihren Kaffeebecher auf der Küchentheke ab. »Du wusstest nicht, dass er abreist? Ist das seine Antwort darauf, dass du ihm von der Schwangerschaft erzählt hast? Denn ich schwöre, ich werde …«

»Ich habe es ihm nicht gesagt.«

»Er ist nicht wegen des Babys abgereist?«

»Nein. Er ließ eine Nachricht zurück, dass er nicht hätte kommen sollen. Dass es nicht fair von ihm gewesen sei, mich so unter Druck zu setzen. Er dachte, ein Gespräch darüber würde mich noch mehr unter Druck setzen, sodass er eine Entscheidung traf.«

»Warum hast du mir das nicht gleich gesagt?«

»Ich habe es versucht, aber du schienst zu glauben, dass ich hergekommen bin, um dir ein blaues Auge zu verpassen.«

»Also ist er abgereist, um rücksichtsvoll zu sein.« *Dummer Mann.* Posy hatte sich nie im Leben ratloser gefühlt. Sie konnte nichts Kluges oder Vernünftiges zum Thema Beziehungen sagen. Lieber hatte sie jeden Tag eine senkrechte Eiswand vor der Nase. »Und du bist erleichtert, dass er fort ist.«

»Ich bin nicht erleichtert.« Hannahs Augen füllten sich mit Tränen. »Ich habe die halbe Nacht überlegt, wie ich es ihm sage, und als ich endlich bereit war, es ihm zu verkünden, wache ich auf, und er ist nicht da.«

»Du wolltest ihm von dem Baby erzählen?«

»Von allem. Dass ich ihn liebe. Dass ich schwanger bin ...« Sie schluchzte. »Mom und ich haben gestern Abend auch über Luke gesprochen.«

»Luke?«

»Darüber, dass er es nicht zugelassen hat, dass das Unglück sein Leben beeinträchtigt. Und da habe ich begriffen, dass ich es sehr wohl zugelassen habe, dass das Unglück und meine Beziehung zu meinem Vater fast alle meine Entscheidungen beeinflussen. Beth ist überfürsorglich mit ihren Kindern, Mom ist überfürsorglich mit mir, und ich bin überfürsorglich mit mir selbst. Ich schütze mich durch Distanz, und das muss aufhören.«

Posy konnte kaum glauben, dass gerade ihre starke, sichere, abgeklärte Schwester vor ihr stand. »Ich verstehe das, doch du gehst davon aus, dass er dir wehtun wird. Vielleicht wird er das nicht.« Sie wünschte, sie würden dieses Gespräch nicht nach nur fünf Stunden Schlaf führen. »Es gibt keine Weisheit oder Erfahrung, die ich hier anbringen kann. Auch wenn ich wünschte, ich könnte es. Aber ich weiß, dass Adam anständig ist. Ein guter Kerl. Und ich denke, dass du ihn bereits liebst, wie soll es weniger schmerzen, wenn ihr nicht zusammen seid?«

Hannah schniefte. »Seit wann bist du so gut in Logik und Argumentation?«

»Seit ich Zeit mit meiner außergewöhnlich klugen älteren Schwester verbringe«, sagte Posy.

»Ich glaube nicht, dass ich mutig genug bin für die Liebe. Du wirfst dich hinein. Sieh nur, wie du es mit Luke angehst, ganz nach dem Motto: Wir werden sehen, wie es läuft. Du versuchst nicht, dich zu schützen. Du machst dir keine Sorgen, was passiert, wenn es schiefgeht. Du gehst an die Liebe mit der gleichen Einstellung heran wie an die Berge – du wagst es einfach und genießt jeden Moment.«

»Weil ich Glück habe. Ich habe nie daran gezweifelt, dass ich geliebt werde, Hannah. Ich hatte nie das Gefühl, ich müsste mich verändern oder dass ich nicht gut genug bin.«

Posy legte die Arme um ihre Schwester und spürte, wie sie sich anspannte.

»Was tust du da?«

»Ich umarme dich. Ich möchte dich daran erinnern, dass du nicht allein bist, egal, was passiert. Wenn du mich fragst, wie man liebt, ohne verletzt zu werden, kenne ich die Antwort nicht. Aber wenn du mich fragst, ob es das wert ist, um der Liebe willen Schmerz zu riskieren, dann lautet meine Antwort Ja.« Sie hoffte, dass sie nicht zu unbedacht war. Würde sie noch das Gefühl haben, dass es das wert war, wenn Luke ihr am Ende das Herz brach?

Einen Moment lang stand sie da und fragte sich, ob sie das Falsche gesagt hatte, doch dann erwiderte Hannah die Umarmung.

»Ich habe dich vermisst.«

Posy merkte einen Kloß im Hals. »Ich hab dich auch vermisst. Du konntest mich damals nicht trösten in meinem Leid, aber sieh mich jetzt an.« Sie drückte ihre Schwester fest an sich. »Ich erinnere mich nicht an den Schmerz, Hannah. Ich erinnere mich nur an die Liebe. Und das ist dir zu verdanken. Du hast mich mit Liebe umhüllt. Das ist meine erste Erinnerung. Wenn ich vertrauensvoll bin und mich sicher fühle, dann liegt es an dir.«

Hannah löste sich so abrupt von ihr, dass Posy fast die Balance verlor. »Du musst etwas für mich tun, bevor ich es mir anders überlege.«

»Sag mir, was.«

»Du musst mir sagen, welches Taxi-Unternehmen mit diesen Wetterbedingungen zurechtkommt. Ich könnte selbst fahren, doch das dauert zu lange. Ich will zum Flughafen fahren. Ich möchte Adam folgen, und ich möchte es sofort tun, bevor ich meine Meinung ändere.«

Posy griff nach ihrer Jeans, die über einem Stuhl hing, und zog sie an. »Ich bin dein Taxi. Und ich koste nichts. Du willst ihm sagen, dass du schwanger bist? Auf geht's.« Sie schüttete den Rest ihres Kaffees hinunter und griff nach ihrem Mantel. »Ruf ihn an und halte ihn davon ab, in das Flugzeug zu steigen. Wir brauchen Verstärkung. Wo ist mein Handy?« Sie fand es in ihrer Jackentasche und hatte ausnahmsweise mal guten Empfang. Schnell rief sie Beth an, die sich mit schläfriger Stimme meldete. »Wach auf! Wir treffen uns in fünf Minuten am Wagen. Ich weiß, dass du normalerweise mehr als fünf Minuten brauchst, um dich fertig zu machen, aber bitte zeig dich diesmal der Situation gewachsen. Es handelt sich um ein Unwetter.« Sie benutzte ihr Codewort aus Kindertagen. »Hörst du mir zu? Du kannst dich im Wagen schminken.«

Hannah schüttelte den Kopf. »Warum hast du Beth aufgeweckt?«

»Weil wir dich auf dieser Mission vielleicht zu zweit begleiten müssen. Eine, die fährt, und eine, die dich davon abhält, deine Meinung zu ändern und aus dem Wagen zu springen. Außerdem wird Beth an dieser Sache teilhaben wollen. Du solltest ihr vermutlich sagen, dass du schwanger bist. Sie könnte dir vielleicht helfen.«

»Ich habe es ihr gestern Abend gesagt. Und ich habe es Mom gesagt.«

Posy war erleichtert, dass sie nicht länger aufpassen musste, nichts auszuplaudern, und freute sich zugleich für Hannah, dass sie sich in der Lage gefühlt hatte, es ihnen zu sagen. »Da bin ich froh.«

»Nur Adam habe ich es noch nicht erzählt. Vielleicht ist das hier eine schlechte Idee. Der Flughafen ist nicht der beste Ort für ein solches Gespräch.«

»Ruf ihn an.« Posy fühlte sich fast genauso verzweifelt wie ihre Schwester, weil sie wusste, dass ein Teil dieser Situation ihre Schuld war. »Bitte ruf ihn an.«

Hannah griff nach ihrem Handy. »Der Empfang ist wieder weg.«

»Dann hoffen wir mal, dass die Flugzeuge vereist sind und verspätet fliegen. Los!« Posy nahm ihre Schlüssel und rannte aus der Wohnung hinaus zum Wagen.

Dort stand bereits Beth mit zerzaustem Haar und ungeschminktem Gesicht.

»Was ist passiert?« Sie unterdrückte offensichtlich ein Gähnen. »Zum ersten Mal schlafen die Kinder länger, und da weckt mich meine Schwester.«

»Hör auf zu jammern. Das ist ein Notfall.«

»Und ich bin hier, als Reaktion auf dein SOS. Ich wünschte nur, dein Notfall wäre zu einer zivilisierteren Zeit eingetreten.«

»Das ist nicht mein Notfall. Steig ein.« Posy setzte sich hinters Steuer, und Hannah stieg hinten ins Auto. Beth ließ sich auf den Beifahrersitz gleiten und hatte kaum die Autotür geschlossen, als Posy schon Gas gab.

Der Wagen schoss quietschend aus der Auffahrt und holperte über Schlaglöcher und Eisrillen.

»Wir werden sterben«, sagte Beth, »und ich darf nicht sterben, ohne mich bei Hannah zu entschuldigen.« Sie drehte sich auf ihrem Sitz um. »Ich wollte dich wirklich nicht anschreien bei dieser ganzen Weihnachtsmann-Sache. Ich fühle mich furchtbar deswegen.«

»Ist schon in Ordnung«, sagte Hannah, doch Beth schüttelte den Kopf.

»Das ist nicht in Ordnung. Ich habe die ganze Nacht darüber nachgedacht. Es tut mir aufrichtig leid. Du bist so reizend zu den Mädchen, und sie verbringen so gerne Zeit mit dir. Und Posy hat recht. Sie müssen lernen, dass sie nicht alles haben können, was sie wollen. Und ich muss mich mehr entspannen und lernen, sie nicht die ganze Zeit glücklich machen zu wollen. Ich versuche es, das tue ich wirklich, aber es ist ein mühsamer Weg. Falls wir diese Fahrt überleben, dann strenge ich mich noch mehr an, das schwöre ich.«

»Falls wir diese Fahrt überleben?« Posy legte einen höheren Gang ein, und Beth stöhnte.

»Ich tue es schon wieder, oder? Katastrophen ausmalen?«

»Du tust es schon wieder.«

»Ich bin einfach nicht so mutig, das ist alles. Ich bin die Schwester, die gerne mit Puppen gespielt hat, nicht mit Messern. Und wo wir schon beim Thema sind: Ich möchte lieber nicht mit blutverschmiertem Gesicht am Flughafen ankommen. Das ist kein attraktiver Look. Könnte mir irgendjemand wenigstens sagen, warum ich mein Leben riskiere? Und es ist hoffentlich ein guter Grund.«

Kurz zuvor hatte Posy sich noch erschöpft gefühlt, doch jetzt war sie voller Energie. »Wir jagen die Liebe. Oder um genauer zu sein: Wir fangen Adam ab, bevor er ins Flugzeug steigt.«

»Warum habt ihr das nicht gleich gesagt?« Beth strahlte. »Das ist so romantisch. Ich liebe es.« Sie streckte den Arm nach hinten aus und tätschelte Hannahs Bein. »Das ist wie im Film. Wir alle brauchen Make-up. Gut, dass ich für den Fall der Fälle ein Notfall-Set dabeihabe.«

Posy grinste. »Weil eine Make-up-Katastrophe die schlimmste aller Katastrophen darstellt, nicht wahr?« Sie blickte auf die Tuben und Fläschchen, die ihre Schwester aus der Handtasche holte. »In meinem Notfall-Set ist Verbandsmaterial enthalten, Fäden, eine Aderpresse …«

»Wir werden mit verschiedenen Arten von Notfällen konfrontiert.« Beth trug ihr Make-up mit der Geschwindigkeit eines Profis auf. »Versuch, ruhig zu fahren.«

Posy überlegte, ob sie mit Absicht einmal ausscheren sollte, entschied aber, dass die Reaktion darauf wohl den Spaß nicht wert wäre. »Ich weiß nicht, warum du dir die Mühe machst. Schließlich bist nicht du diejenige, die ihre Liebe gesteht.«

»Ich bin eine Statistin. Statistinnen kommen auch in die Maske.« Sie klammerte sich an der Tür fest, als Posy beschleunigte. »Und wenn mich die Rettungssanitäter aus dem Wagen schneiden, möchte ich möglichst gut aussehen. Soll ich dir meinen Lippenstift leihen, Hannah? Ein bisschen Farbe? Du siehst aus, als hätte ein Vampir dich leer gesaugt.«

»Im Gegensatz zu dir kann ich mich nicht in einem fahrenden Wagen schminken.«

»Sagt mir, wie spät es ist. Wie lange haben wir noch?« Posy blickte im Rückspiegel zu Hannah, die blass und angespannt aussah. Beth hatte recht: Sie brauchte Farbe auf den Wangen.

»Ich habe nach den Abflügen geguckt, und da ist einer in einer Stunde. Ich schätze, den wird er nehmen. Ich bin nicht mal sicher, ob ich das hier möchte. Ich weiß nicht mal, was ich sagen soll.«

»Du wirst ihm die Wahrheit sagen. Du wirst ihm sagen, dass du ihn liebst. Du wirst ihm sagen, dass du schwanger bist.« Posy bog ab, und Beth hielt sich wieder an der Tür fest.

»Ich freue mich übrigens darauf. Mir gefällt der Gedanke, Tante zu sein. Dann bekomme ich all das Schöne an einem Baby ohne den anstrengenden Kram.«

»Sei still«, sagte Posy, »oder ich öffne bei der nächsten Kurve die Wagentür.«

»Ich sage nur, dass es wunderbar wird. Das ist eine aufregende Neuigkeit.«

Hannah schloss die Augen. »Ich würde es eher eine furchterregende Neuigkeit kennen.«

»Wir müssen alle mutiger sein.« Posy umklammerte das Lenkrad fester, als die Räder durchdrehten und der Wagen ins Schleudern geriet. »Okay, festhalten, ich hab das im Griff – keine Panik.«

»Es ist ein bisschen zu spät dafür.« Beth reichte Hannah das Make-up nach hinten. »Du bist der mutigste Mensch, den ich kenne. Ich könnte nicht zu all diesen Angst einflößenden CEOs in einen Raum gehen und ihnen sagen, was sie tun sollen, und du machst das andauernd. Du betrachtest eine Tabelle, und diese ganzen Zahlen sagen dir etwas. Und du kannst dich mit jedem unterhalten, weil du so belesen bist und bei jedem Thema mitreden kannst. Ich weiß, dass es nicht das Gleiche ist, und vermutlich lachst du mich aus, aber ich hatte Angst vor meinem Treffen mit Corinna. Ich fühlte mich wie eine Hochstaplerin. Deshalb habe ich einen Trick, den ich immer einsetze, wenn ich Angst habe.«

Hannah wühlte in dem Make-up-Täschchen herum und holte einen Lippenstift hervor. »Und der lautet?«

Beth errötete. »Ich tue so, als wäre ich in einem Film.«

»Einem Film?« Posy blinzelte nach vorn in den Schnee und fragte sich, wie schnell sie fahren konnte. »Welchem Film? Etwas Gruseliges und Angsteinflößendes, hoffe ich. Am liebsten mit Dinosauriern.«

»Irgendeinem Film, der zum Szenario passt. Bei dem Vorstellungsgespräch mit Corinna fühlte ich mich wie eine Hochstaplerin. Also zog ich mich der Rolle entsprechend an, wobei mich die Stiefel übrigens fast umgebracht hätten. Und bevor ich den Fahrstuhl betrat, sagte ich mir, dass ich mich in einem Film befände und das clevere junge Ding spiele, das die Firma nach oben bringt.«

Hannah musterte die Straße vor ihnen und ergriff dann die Gelegenheit, um den Lippenstift über ihre Lippen zu streichen. »Also sollte ich an einen Film denken, in dem eine Frau durch den Flughafen jagt, um einem Mann zu sagen, dass sie ihn liebt?«

»Du kannst deinen eigenen Film schreiben«, sagte Beth. »Aber die Rolle, die du spielst, ist die einer schönen, selbstbewussten Frau mit tollen Beinen und unglaublichem Haar.«

»Das ist zu seicht«, murrte Posy. »Ein großes Herz sollte sie haben.«

»Zum Beispiel«, sagte Beth, »wirkst du nach außen gefasst und kühl. Niemand würde vermuten, dass du überlegst, wie du deine jüngere Schwester aus dem Weg räumst.«

»Achtung, ich bin es, die sie zum Flughafen fährt.«

Hannah gab Beth das Make-up zurück. »Also bin ich eine Figur, die durch den Flughafen irrt, um einem Mann zu sagen, dass sie ihn liebt. Warum habe ich ihm das nicht zuvor gesagt? Warum habe ich das bis zur letzten Minute aufgeschoben? Vielleicht ist meine Figur ein Feigling, so wie ich.«

»Deine Figur ist eine Spionin.« Beth fand etwas Rouge und reichte es nach hinten zu Hannah. »Nimm das. Du bist eine schöne Spionin, und er ist auch ein Spion, aber für die Gegenseite, weshalb ihr beide gegen eure Gefühle angekämpft habt. Du heißt Hannahskya oder Hannahova.«

»Hannah Over klingt wie eine Meldung über Funk.« Posy schnaubte vor Lachen. »Hannah, *over and out*. Den Film würde ich übrigens auf keinen Fall anschauen. Er wird an den Kinokassen floppen.«

Beth ignorierte sie. »Man schickt euch beide auf eine gefährliche Mission, und du hast nur diese eine letzte Chance, ihm zu sagen, was du fühlst, bevor du über den Bergen von Kasachstan aus einem Flugzeug springst.«

»Es gibt ein paar großartige Berge in Kasachstan«, sagte Posy. »Mich könntest du jederzeit dort absetzen.«

Keiner hörte ihr zu.

Doch Hannah schien Beth gehört zu haben.

»Was, wenn er mich zurückweist?«

Posy registrierte die Verletzlichkeit in ihrer Stimme.

»Das wird er nicht tun.«

Hannah schwieg einen Moment. »Ich wünschte, ich hätte euer Selbstvertrauen. Wir gehen davon aus, dass wir ihn erwischen, bevor er abfliegt. Dabei reagiert er nicht auf meinen Anruf. Vielleicht will er nicht mit mir sprechen.«

»Vermutlich ist er bereits in einem Gespräch. Du bist doch ständig am Telefon, und ihr zwei scheint gut zusammenzupassen. Falls ihr jemals heiratet, könnt ihr das in euer Ehegelübde aufnehmen: Nimmst du diese Frau und ihr Telefon …«

Posy hupte, als ein Fahrzeug vor ihnen ausscherte. »Was glaubt der, was er da tut?«

»Du bist es, um die ich mir Sorgen mache.« Beth hielt sich die Augen zu. »Achterbahnfahrten sind weniger Angst einflößend als das hier. Und das ist eine Tatsache und kein Katastrophendenken.«

»Ich tue so, als wäre ich in einem Film. Ich spiele die Rolle der Fluchtfahrerin nach einem Raubzug.« Posy bemerkte, dass Beth etwas in ihr Handy tippte. »Wem schreibst du?«

»Jason. Falls mir irgendwas zustößt, soll er wissen, dass ich ihn und die Mädchen liebe.«

»Betrachte die gute Seite: Dank dir weiß er jetzt wenigstens, wie er sich um die Kinder kümmert.«

»Wenn es dir nichts ausmacht, wäre es mir lieber, er müsste darauf nicht zurückgreifen. Und übrigens wird es Moms Weihnachten nicht gerade verschönern, wenn wir alle drei bei einem Unfall ums Leben kommen.«

»Katastrophendenken!«, kreischten sie alle und brachen in Gelächter aus.

»Wir sind da!« Posy konnte in der Ferne die Lichter des Flughafens erkennen. »Ich werde draußen halten, und ihr rennt in den Flughafen. Versuch noch mal, ihn anzurufen.«

»Ich habe es gerade versucht. Es meldet sich gleich die Mailbox.«

»Dann hinterlass eine Nachricht. Versuch es noch einmal. Die Spannung bringt mich fast um. Ich weiß, dass das alles zum Teil meine Schuld ist.«

»Es ist nicht deine Schuld.« Hannah versuchte, mit den Fingern ihr Haar zu kämmen. »Es ist meine Schuld. Wenn ich in Sachen Beziehung nicht so verkorkst wäre, hätte ich ihm schon in Manhattan die Wahrheit gesagt, statt nach Hause zu fahren.«

»Hinterlass die verdammte Nachricht!« Posy scherte aus, um zwei Wagen zu überholen, und lenkte dann wieder auf die alte Spur.

Hannah gehorchte. »Adam, ich bin es. Wenn du das hier rechtzeitig hörst … Ich dachte … ich wollte nur sagen …«

»Steig nicht in das Flugzeug! Sie liebt dich!«, schrien Posy und Beth durcheinander, worauf Hannah auflegte.

»Das war peinlich. Ihr wisst schon, dass er das irgendwann tatsächlich abhören wird, oder?«

»Ja, und wir hoffen, dass dies lieber früher als später geschieht. Und jetzt raus aus dem Wagen und lauf. Dies ist nicht der richtige Zeitpunkt, dich vor Zurückweisung zu fürchten.« Posy hielt quietschend vor dem Abflugterminal, und Hannah stolperte aus dem Wagen.

»Wo werdet ihr sein? Wie soll ich euch finden?«

»Wir finden dich.« Posy sah zu, wie ihre Schwester in den Terminal eilte, und fragte sich, ob sie selbst vielleicht noch nervöser war als Hannah. Adam war vermutlich schon fort. Vielleicht hatte er es auch satt, Hannah dazu zu bewegen, sich zu öffnen.

»Lauf ihr nach, Beth.« Sie schob ihre Schwester aus dem Wagen. »Ich parke und treffe dich dann drinnen.«

»Ich möchte ihnen nicht in die Quere kommen! In einer Liebesszene kann man keine dritte Person gebrauchen.«

»Dann tu so, als wärst du Statistin! Spiel die Rolle einer interessierten Zeugin oder so etwas, aber behalte sie im Auge. Wenn diese Sache schlecht ausgeht, wird sie zusammenbrechen. Dann müssen wir sie wieder aufrichten.«

Vielleicht war sie nicht immer die beste Schwester gewesen – sie wusste, dass sie das nicht gewesen war –, doch es war nicht zu spät, das wiedergutzumachen.

Kapitel 28

Hannah

»Entschuldigung, es tut mir leid ...« Hannah schlängelte sich rennend durch die Menge an Menschen und Gepäck.

Der Flughafen war voller Leute, die in den Weihnachtsurlaub flogen, was das Vorwärtskommen sehr behinderte. Immer wieder stieß sie jemanden an, wich Trolleys aus und hüpfte über Taschen und Koffer. Ihre übliche Zurückhaltung hatte sie aufgegeben, was für jeden, der ihr im Weg stand, nichts Gutes bedeutete.

Sie prallte mit einem vollbepackten Mann zusammen und stieß eine kurze Entschuldigung hervor, bevor sie weitereilte und jemand anderem ihren Ellenbogen in die Seite rammte. »Tut mir leid, das ist ein Notfall!«

Eltern griffen nach ihren Kindern und zogen sie aus ihrem Weg. Ihre Blicke hätten ihr Haar versengt, wenn sie nicht so schnell gelaufen wäre.

Sie war verzweifelt und wild entschlossen, Adam zu finden, bevor er abflog. Entschlossen, mit ihm zu sprechen, bevor sie der Mut verließ.

Sie musste ihm sagen, dass sie ihn liebte. Sie musste alles erklären, auch wenn er sie danach zurückwies. Sie musste es wissen.

Wie der Blitz raste sie durch die Sicherheitszone und überflog die Menschenschlangen, die darauf warteten, zu den Abflug-Lounges durchzugehen. Sie erblickte erschöpfte Eltern, ein paar müde wirkende Geschäftsfrauen, ungeduldige Männer, aber keinen Adam.

Dann hörte sie den letzten Aufruf für seinen Flug und begriff, dass er schon in der Abflug-Lounge sein musste.

Die Enttäuschung traf sie wie ein Schlag in den Magen. Sie hielt abrupt an und beugte sich keuchend vor.

Sie war zu spät.

Sie wartete, bis ihre Seitenstiche nachließen und ihr Atem sich allmählich beruhigte, und hob dann den Kopf.

Tränen brannten in ihren Augen. Sie drehte sich um und wollte zurück zum Wagen gehen, als sie einen großen dunkelhaarigen Mann mit Tasche entdeckte, der auf sie zukam.

»Adam!«

Ihre Beine zitterten plötzlich, und dann erreichte sein Lächeln ihr Herz, und in ihr brach Freude aus.

Sie rannte ihm entgegen, und er fing sie mit seinem freien Arm auf und zog sie fest an sich.

»Ich dachte, du wärst fort.« Sie klammerte sich an ihn, verbarg ihr Gesicht an seiner Schulter. »Ich dachte, ich bin zu spät.«

»Ich wollte gerade an Bord gehen, als ich deine Nachricht abhörte.« Er stellte seinen Koffer ab und umfasste ihr Gesicht mit seinen Händen. »Diese Sache, die du da gesagt hast – könntest du das noch mal wiederholen?«

Was hatte sie gesagt? Die ganze Autofahrt war wie im Nebel an ihr vorbeigegangen. »Ich sagte, dass du nicht an Bord …«

»Nicht den Teil.«

»Meine Schwestern sagten, dass ich dich liebe.«

»Genau den Teil.« Seine Augen verdunkelten sich. »Ich nehme an, du möchtest es nicht selbst sagen, oder? Ich ziehe es vor, mich für meine Recherche direkt an die Originalquelle zu wenden.«

»Ich liebe dich.«

Er zog sie an sich, bedeckte ihr Haar und ihr Gesicht mit Küssen. »Weißt du, wie lange ich gewartet habe, dass du das sagst?«

»Eine ganze Zeit, schätze ich. Du bist ein geduldiger Mann.«

»Verzweifelt wäre ein besseres Wort.« Wieder küsste er sie. »Fast hätte ich mein Handy nicht eingeschaltet. Kannst du dir vorstellen, wie ich mich fühlen würde, wenn ich deine Nachricht erst in New York gehört hätte? Du weißt, wie man einen Mann in Atem hält. Warum hast du gewartet, bis ich fortgehe, bevor du es sagst?«

»Weil ich dumm bin und feige. Die Leute halten mich für reserviert und unnahbar. Sie denken, ich hätte keine Gefühle.«

»Ach, Liebling.« Er legte seine Stirn an ihre. »Du bist nicht kalt. Und du hast jede Menge Gefühle. Du bist nur nicht so gut darin, sie auszudrücken.«

Sein Verständnis trieb ihr Tränen in die Augen. »Ich werde mich mehr bemühen.«

»Tu es nicht. Unsere Beziehung ist keine Prüfung, die du bestehen musst.« Er wischte ihr mit dem Daumen die Tränen aus dem Gesicht. »Ich möchte nicht, dass du dich änderst. Wann habe ich je angedeutet, dass du dich ändern sollst?«

Das hat er nicht, dachte sie. Niemals. »Ich habe mich nie besonders liebenswert gefühlt.«

»Dann muss ich härter daran arbeiten, dir zu zeigen, dass du es bist.«

Sie klammerte sich wieder an ihn und spürte seinen harten Bizeps durch die weiche Wolle seines Mantels. »Da ist noch etwas, das ich dir sagen muss.«

»Du kannst es so oft sagen, wie du es möchtest. Ich werde dich nicht aufhalten, aber wir könnten irgendwo hingehen, wo es etwas privater ist.«

»In einer Minute.« Sie musste es jetzt tun, bevor sie ihre Meinung änderte. Sie bemerkte vage, dass Menschen auf ihrem Weg zur Passkontrolle in ihre Richtung sahen. »Du hast mich gefragt, warum ich früher nach Hause geflogen bin …«

»Du warst in Panik. Du hattest Angst vor meinen Gefühlen, und auch Angst vor deinen eigenen.« Er strich ihr sanft das Haar aus dem Gesicht.

Sie spürte ein schmerzhaftes Ziehen in der Brust. »Das ist nicht der Grund.« Sie sprach weiter, bevor sie an all die Gründe denken konnte, warum sie es lieber nicht tun sollte: »Ich bin schwanger, Adam. Ich werde ein Baby bekommen. Und ich weiß, dass das ein Schock ist. Ich meine, wir benutzen immer – Ich habe darüber nachgedacht, und ich glaube, da war dieses eine Mal …«

Er erstarrte. Seine Hand fiel nach unten. »Schwanger?«

»Ja.« Sie wartete und hoffte das Beste, auch wenn ihr zerbrechliches Herz das Schlimmste befürchtete. »Es muss keinen Unterschied machen. Ich möchte nicht, dass du dich unter Druck gesetzt fühlst. Ich kann damit umgehen. Es gibt viele Möglichkeiten, wie wir … Und wenn du nicht willst, kann ich …« Warum war sie so schlecht darin?

»Druck?« Er wirkte verblüfft. »Das ist der Grund, warum du an jenem Tag weggelaufen bist? Der Grund, warum du früher nach Hause geflogen bist?«

»Ich wusste es damals nicht sicher. Ich hatte den Test noch nicht gemacht. Das tat ich erst, als ich hier ankam. Ich schätze, du fühlst dich …«

»Warum hörst du nicht auf, dir vorzustellen, wie ich mich fühle, sondern fragst mich danach?«

Ihr Herz schlug bis zum Hals. »Wie fühlst du dich damit?«

»Ich bin geschockt, ganz klar, aber nicht im schlechten Sinne. Ich wünschte, du hättest es mir gleich gesagt. Das ist eine verdammt große Sache, um damit allein umzugehen. Kein Wunder, dass du so gestresst warst.«

»Ich bin nicht so weit wie du. Ich brauchte Zeit, um herauszufinden, wie es mir damit geht.« Sie nahm ihre Umgebung kaum wahr, die Durchsagen und den Strom von Menschen um sie herum.

»Ich finde es furchtbar, mir vorzustellen, dass du allein und in Panik warst.«

»Ich bin es gewohnt, mit den Dingen allein umzugehen. Dabei war ich diesmal nicht wirklich allein. Ich hatte Posy und dann Beth und meine Mom.«

Adam sah sie aufmerksam an. »Du hast sie Mom genannt.«

Hannah spürte, wie sie rot wurde. »Ja.«

»Ich dachte, du stündest deiner Familie nicht so nah.«

»Stand ich auch nicht, aber …« Sie zuckte mit den Schultern. »Wir haben in letzter Zeit ziemlich viel miteinander geredet, und wie sich herausstellte, stehen wir uns viel näher, als ich dachte.«

Er lächelte. »Das ist gut.«

»Ja. Ja, das ist es, aber …«

»Aber?«

»Die Beziehung, die ich wirklich klären muss, ist die mit dir. Und ich habe keine Ahnung, was jetzt geschieht. Du warst nie an etwas Langfristigem interessiert.«

»Das war, bevor ich dich kennenlernte. Bevor ich mich in dich verliebte. Klingt das nach einem Klischee? Falls ja, tut es mir leid. Brauchst du einen Beweis, dass ich dich liebe?« Er fuhr sich mit den Fingern durchs Haar und atmete tief durch. »Bevor ich dich kennenlernte, habe ich nie Schach gespielt.«

Sie starrte ihn an. »Du sagtest, dass du spielst.«

»Weil du mich zu einem Spiel herausgefordert hast und ich so verrückt nach dir war, dass ich zu allem Ja gesagt hätte. Alligatoren-Wrestling, Schlangenbeschwörung, Balletttanzen – vielleicht nicht gerade Balletttanzen, aber zu so ziemlich allem anderen.«

Sie erinnerte sich zurück: »Aber wir haben zusammen gespielt. Du hast zweimal gewonnen.«

»Ich werde so tun, als hätte ich nicht bemerkt, dass du dich an die Anzahl meiner Siege erinnerst.« Er zog sie zur Seite, als eine fünfköpfige Familie mit Koffern an ihnen vorbeidonnerte. »Ich habe es mir mithilfe von YouTube beigebracht. Und mit einem entsetzlich frustrierenden Programm, das einen gegen einen Computer antreten lässt, was ich übrigens nicht empfehlen kann. Du bist genauso gut wie der Computer und sehr viel attraktiver.«

»Du hast Schach gelernt, um mit mir spielen zu können?«

»Ja. Und ich habe mich für den Carlton-Myers-Auftrag eingetragen, damit ich einen Vorwand habe, mit dir zu arbeiten und lange im Büro zu bleiben.«

»Du sagtest, du hättest ein großes Interesse an ihrem Geschäftsmodell.«

»Das war gelogen. Ich hatte nur ein großes Interesse an dir.«

Sie starrte ihn an. Sie wusste, dass sie starrte. »Ich hatte keine Ahnung.«

»Ich weiß. Ich habe dein Vertrauen schamlos missbraucht.« Er senkte den Kopf und küsste sie. »Ich bin hierhergeflogen, ohne dich vorher anzurufen, weil ich dir nicht die Gelegenheit geben wollte, mich abzuweisen. Und ich bin gegangen, auch wenn es mich fast umgebracht hat, weil ich dachte, dass du genau das wolltest. Weinst du? Oh Gott, jetzt habe ich dich zum Weinen gebracht, und das ist wirklich das Letzte, was ich wollte.« Bestürzt strich er ihr die Tränen aus dem Gesicht.

»Das sind Tränen des Glücks.« Sie legte den Kopf an seine Brust. Ihr Herz quoll beinahe über. Er hatte Schach gelernt, um mir ihr spielen zu können. Hatte den Account gewechselt. Hatte einen Ozean überquert. »Ich wünschte, ich hätte vorher mit dir gesprochen.«

»Ich auch, denn dann hättest du mir vielleicht eine entsetzliche Fahrt mit einem Taxifahrer erspart, der das Eis auf den Straßen offenbar nicht bemerkt hatte.«

Er umarmte sie und presste sie an sich. Es fühlt sich gut an, dachte sie. *Sich an ihn zu lehnen fühlt sich gut an.*

Sie hob den Kopf und sah ihn an. »Das ist ein ziemlicher Sprung vom Lebemann zum Daddy.«

»Ich war schon immer ziemlich sportlich.« Sein Lächeln war verflogen und seine Miene diesmal ernst. »Ich schaffe diesen Sprung, Hannah. Wir schaffen ihn gemeinsam.«

Sie lächelte durch ihre Tränen hindurch. »Ich weiß nicht viel über Babys.«

»Dann ist es gut, dass wir zu zweit sind, um mehr herauszufinden.«

Sie schlang die Arme um seinen Hals. »Was machen wir jetzt?«

Er neigte den Kopf und lauschte der Durchsage. »Es wurde gerade offiziell bestätigt, dass ich meinen Flug verpasst habe, also werde ich wohl heute Nacht irgendwo bleiben müssen. Und morgen ist Weihnachten, sodass ich dann wohl kaum einen Flug bekommen werde. Ich fürchte, du hast keine Vorschläge?«

»Ich habe da vielleicht ein paar Ideen.« Sie hielt ihn fest, hatte zu viel Angst, ihn loszulassen. »Kannst du meine Familie aushalten, oder möchtest du lieber im Pub bleiben?«

»Das hängt davon ab«, sagte er. »Glaubst du, dass dein Vater mich schlagen will, weil ich dich geschwängert habe?«

»Ich glaube, er wird dir eher einen Whisky einschenken und dir die Hand schütteln.«

»Na dann – worauf warten wir?« Er nahm ihre Hand und hob den Koffer hoch. »Wie bist du hergekommen? Bist du etwa gefahren auf diesen gefährlichen Straßen?«

»Posy ist gefahren. Sie ist der Adrenalin-Junkie in der Familie. Sie könnte definitiv als Rennfahrerin anfangen. Ich hatte solche Angst, dass ich dich verpassen könnte. Ich weiß nicht, was ich getan hätte, wenn du schon fort gewesen wärst.«

Er hob den Kopf und lächelte. »Ich habe den Verdacht, dass man sich um dich gekümmert hätte.«

Sie folgte seinem Blick und entdeckte Posy und Beth in angemessener Entfernung. Beide standen Arm in Arm da und sahen besorgt herüber.

Als Hannah lächelte, jauchzten beide auf und liefen zu ihnen.

»Auf keinen Fall fährt Posy uns nach Hause«, sagte Beth. »Ich habe eine zweite Chance in meinem Leben bekommen, und die will ich nutzen. Und das hat nichts mit Katastrophendenken zu tun.«

Kapitel 29

Suzanne

Am Weihnachtsmorgen war Suzanne früh aufgestanden, um mit ihren Enkelinnen Pancakes für das Frühstück vorzubereiten.

Der Sturm war vorbei. Frischer Schnee lag auf den Wegen und den Bäumen, die weiße Oberfläche glitzerte im Sonnenlicht. Bis Stewart Zeit zum Schneeschippen hatte, waren sie eingeschneit. Was, wie sie fand, die perfekte Art war, Weihnachten zu verbringen.

Sie wusch frische Beeren und genoss einen Moment die Aussicht aus dem Fenster. Es war ein Bilderbuch-Tag, an dem die Gipfel der Berge sich scharf und klar im frühen Sonnenlicht abzeichneten. Der Himmel leuchtete in einem Mittelmeerblau, auch wenn die Temperaturen wohl eher an die Arktis erinnerten.

Es war ein idealer Tag, um dicke Socken und weiche Pullover anzuziehen, um sich um den Weihnachtsbaum zu versammeln und vor dem flackernden Kaminfeuer an heißen Getränken zu nippen.

Als sie heute Morgen aufgewacht war, hatte sie sich besser gefühlt. Ihre Kopfschmerzen waren verschwunden, ihre Glieder schmerzten nicht mehr, und sie fühlte sich endlich wieder voller Energie.

Noch besser, die Anspannung, die so oft ein Teil von Weihnachten war, blieb aus.

Sie hatte die Weihnachtsstrümpfe fertig gestrickt, doch es gab Dinge auf ihrer Liste, die sie nicht erledigt hatte. Normalerweise würde sie das unter Stress setzen, doch dieses Jahr schien es keine Rolle zu spielen. Es spielte keine Rolle, dass sie nicht wie geplant die Extrapuddings gemacht hatte und dass sie keine Zeit gehabt hatte, Kastanien zu rösten.

»Grandma?« Rubys Stimme erklang hinter ihr. »Der Teig ist klumpig.«

Sie richtete ihre Aufmerksamkeit wieder auf ihre Enkelinnen.

Ruby hatte einen Pullover und Socken über ihren Schlafanzug gezogen, und ihr Haar war zu Zöpfen gebunden, die Melly sorgfältig mit karierten Schleifen versehen hatte.

Sie ähnelte Posy so sehr, als die im gleichen Alter gewesen war, dass es Suzanne den Atem verschlug.

»Rühr weiter. Diese Pancakes werden köstlich.«

Sie hatten es weit gebracht. So weit.

Sie drehte das Gas unter der Pfanne auf, und Melly kletterte auf einen Stuhl, um zu helfen.

Suzanne stand dicht genug bei ihr, um beim ersten Anzeichen von Gefahr einzuschreiten, doch Melly war vorsichtig und hatte die Zunge zwischen die Zähne geklemmt, während sie sich konzentrierte und jeden Pancake sachte wendete.

Der Stapel von weichen, luftigen Pancakes auf dem Teller wuchs. Als der Teig verbraucht war, stellten sie den gefüllten Teller auf den Tisch, dazu noch die Beeren und ein Glas schottischen Heidehonig, den Suzanne im Café verkaufte. Melly rannte hinaus, um jeden an den Tisch zu holen.

Gestern hatte sich der Wind gelegt, und seitdem war es still und ruhig.

»Granny, meinst du, ich darf heute auf Socks reiten?«

»Wir fragen Tante Posy, wenn sie aufgewacht ist.«

»Wird sie bald aufwachen? Ich bin um fünf aufgewacht, aber Melly hat noch geschlafen, deswegen habe ich dagelegen und mich nicht bewegt.«

»Du bist ein sehr rücksichtsvolles Mädchen.«

Stewart kam herein, das Haar noch feucht vom Duschen. »Ich muss die Wege räumen. Posy und Luke werden Schwierigkeiten haben, von der Scheune herüberzukommen.«

»Sie gehört zum Bergrettungsteam. Wenn sie keinen Weg

durch den Schnee findet, gibt es für uns alle keine Hoffnung. Setz dich eine Minute.« Suzanne kramte in ihrem Schrank nach einem Glas ihrer Whisky-Marmelade, von der sie wusste, dass Jason sie liebte. Sie hatte so viele verschenkt, dass sie nur noch ein Glas vorrätig hatte. »Die Pancakes sind warm, und der Kaffee kocht. Frohe Weihnachten.«

Stewart küsste sie ausgiebig. »Frohe Weihnachten. Du wirkst ungewöhnlich entspannt. Normalerweise rennst du um diese Zeit herum und schiebst Truthähne in Öfen.«

»Ich fühle mich auch ungewöhnlich entspannt.«

»Das liegt daran, dass ich ihr helfe.« Ruby kletterte auf einen Stuhl. »Fröhliche Weihnachten, Grandpa. Der Weihnachtsmann war da.«

»Das sind gute Neuigkeiten. Ich bin froh, dass sein Schlitten nicht in dem vielen Schnee stecken geblieben ist.«

Ruby sah ihn mitleidig an. »Die Rentiere können doch fliegen.«

»Ja, natürlich. An manchen Tagen wünschte ich, ich könnte auch fliegen.«

»Musst du heute wieder gehen und Menschen retten, Grandpa?«

»Ich hoffe nicht.« Er setzte sich neben sie. »Ich habe vor, mit meinen Enkelinnen zu spielen und mein Weihnachtsessen zu genießen. Wollen wir hoffen, dass alle anderen das Gleiche machen und heute niemand in Not gerät.«

»Warum sind diese Leute in Not geraten? Waren sie ungezogen?«

»Die Leute neulich Nacht? Nein, sie waren nicht ungezogen. Doch sie hatten nicht das Wissen, das sie gebraucht hätten, um den Weg zu gehen, den sie sich ausgesucht hatten. Weißt du, was ein Kompass ist?«

»Ich weiß es.« Melly setzte sich ihm gegenüber. Sie trug ein neues Prinzessinnenkleid, von dem Suzanne annahm, dass es ein Weihnachtsgeschenk war. »Das ist etwas, das einem sagt, in welche Richtung man geht.«

»Das ist richtig. Aber diese Leute ...« Stewart servierte den Mädchen Pancakes und legte dann zwei auf seinen eigenen Teller. »Diese Leute haben ihren Kompass in die gleiche Tasche gesteckt wie ihr Handy.«

»War das schlecht?« Ruby löffelte Honig auf ihren Pancake, wobei das meiste auf dem Weg vom Glas zum Teller auf den Tisch tropfte.

»Wie sich herausstellte, war das schlecht, weil die Hülle für dieses Handy einen Metallverschluss hatte, und das hat die Pole umgedreht.«

Suzanne schenkte sich Kaffee ein. »Grandpa meint, dass der Kompass ihnen so falsche Informationen gab und sie in die falsche Richtung gegangen sind.«

Jason kam gähnend herein. »Das ist passiert? Ernsthaft?«

»Ja. Norden wurde zu Süden, und das war ihre Richtung. Unglücklicherweise war der Süden nicht da, wo die Straße war, und so verirrten sie sich.«

»Und du hast sie gerettet«, sagte Ruby, die vom Stuhl kletterte und zu ihrem Vater rannte. »Frohe Weihnachten! Der Weihnachtsmann war da.«

»Natürlich war er da.« Jason hob sie hoch und setzte sich mit ihr zusammen hin. Er nahm das Glas, das neben ihm auf dem Tisch stand. »Mhmm. Whisky-Marmelade. Meine Lieblingssorte. Der ganze Raum riecht nach Weihnachten.«

»Wir haben Zimt in die Pancakes getan«, sagte Melly.

»Esst sie lieber schnell auf, bevor alle aufwachen und auch welche wollen.« Stewart nahm sich einen Nachschlag, als im selben Moment die anderen in die Küche kamen.

Beth trug einen hellblauen Pullover und große silberne Ohrringe.

»Du siehst hübsch aus.« Melly strahlte. »Grandma hat den Pullover gestrickt.«

»Das hat sie, und ich liebe ihn.« Beth küsste ihre Mutter. »Du hast es weit gebracht seit jenen kratzigen, juckenden Pullovern damals.«

Suzanne versetzte ihr einen kleinen Schubs. »Ich hatte ein bisschen Übung. Setz dich und iss.«

Hannah und Adam erschienen mitten im allseitigen »Frohe Weihnachten«. Suzanne fiel auf, dass Hannah anders aussah. Ihr Haar fiel offen um ihr Gesicht. Sie lächelte und redete entspannt mit Adam.

»Ich habe ihm gesagt, dass er deinen Honig probieren muss, Mom.«

»Nimm dir Pancakes, Adam, oder wenn du es vorziehst, mache ich dir ein köstliches warmes Porridge.«

»Haferbrei«, übersetzte Hannah, und Adam hob eine Augenbraue.

»Meinst du, ich wüsste nicht, was Porridge ist? Ich habe recherchiert, bevor ich hergekommen bin. Ich weiß alles, was man wissen kann, über Bonnie Prince Charlie und wie man einen guten Scottish Malt Whisky brennt.«

»Die Highlands sind die größte Whisky produzierende Gegend in Schottland«, sagte Stewart. »Das ist eine jahrhundertealte Tradition. Das Quellwasser kommt hier aus vulkanischem Gestein. Wenn du eine Weile bleibst, nehme ich dich zu einer Besichtigung der Destillerie mit. Ich bin mit Tom Mackay zur Schule gegangen, also werden wir eine Vorzugsbehandlung bekommen.«

Adam legte eine Hand auf Hannahs Bein. »Das klingt nach einem ziemlich guten Grund, um zu bleiben.«

Die beiden Männer waren rasch in ein Gespräch vertieft, in dem sie Bourbon und Whisky verglichen, und Suzanne verdrehte die Augen, als sie begannen, eine Reise nach Kentucky zu planen, wo es laut Adam mehr Bourbon-Fässer als Einwohner geben sollte.

»Wir werden mehr Pancakes brauchen, Grandma«, sagte Melly, und Suzanne griff nach dem Mehl und der Milch.

»Da hast du recht. Hilfst du mir?«

Ruby hielt mit der Gabel auf halbem Weg zu ihrem Mund inne. »Ich höre Glocken. Was sind das für Glocken?«

»Ich höre auch Glocken.« Jason nahm sie auf den Arm und ging mit ihr zum Fenster. »Oh, schaut euch das an.«

»Es ist Socks! Und er zieht einen Schlitten.«

Suzanne lächelte. Das war eine Methode, wie man über den verschneiten Weg von der Scheune zum Haus kam.

Ein Chaos brach aus, als alle vom Tisch aufstanden und Ruby darum bettelte, im Pferdeschlitten fahren zu dürfen.

Suzanne überließ den Pancake-Teig sich selbst, als Posy zur Tür hereinkam und Schneeflocken von ihr herabrieselten.

Ihre Wangen waren pink, und sie sah verfroren aus.

»Kalt da draußen. Frohe Weihnachten.«

Stewart erhob sich halb. »Ich habe mich schon gefragt, ob ich den Schnee räumen müsste, bevor du rüberkommst.«

»Er ist weich.« Posy hängte ihren Mantel auf und zog Luke in den Raum.

Ruby hatte die Pancakes vergessen. »Darf ich mit dem Schlitten fahren?«

»Das darfst du auf jeden Fall.« Posy küsste sie. »War der Weihnachtsmann da?«

»Wir haben unsere Strümpfe ausgepackt«, sagte Ruby, »aber Bugsy hat er nicht gebracht.« Ihre Unterlippe zitterte. »Aber man kann nicht alles haben, was man möchte.«

Suzanne spürte ein Ziehen in der Brust. Das war die schwerste Lektion von allen.

Man konnte nicht alles haben, was man wollte, aber mit Glück hatte man alles, was wichtig war.

Beth lächelte entschlossen. »Aber du hast viele andere schöne Geschenke.«

»Das stimmt. Und ich habe Pancakes mit Grandma gemacht.« Ruby aß ihren Pancake auf. Kaum war das Frühstück vorbei, raste sie ins Wohnzimmer, wo sich kurz darauf alle versammelten, um die verbliebenen Geschenke auszupacken.

»Das hier ist für Mommy.« Sie gab Beth ein Geschenk. »Von Daddy.«

Jeder suchte sich einen Platz, quetschte sich mit auf die Sofas oder setzte sich auf den Boden. Die Kinder kauerten dicht nebeneinander neben dem Baum.

Schwestern.

Suzanne bemerkte, wie Beth Jason einen neugierigen Blick zuwarf und dann ihr Geschenk auspackte. Es war eine Laptophülle aus weichem Leder.

»Wenn du wieder arbeiten gehst, musst du deiner Rolle entsprechend aussehen«, sagte er, und Suzanne sah, wie Beths Augen feucht wurden.

»Ich habe Corinna gesagt, dass ich den Job nicht will.«

Posy lehnte sich zurück. »Na, halleluja.«

»Da bin ich froh«, sagte Jason. »Das war eine gute Entscheidung. Aber es wird andere Jobs geben.«

»Es wird definitiv andere Jobs geben. Hoffentlich welche, bei denen man nicht für eine irre Psycho-Tante arbeiten muss.« Hannah rückte dichter an Adam heran. »Wir helfen dir. Sobald wir in Manhattan sind, kommen wir zu dir und machen einen Plan.«

Melly kam mit einem weiteren Geschenk zu ihnen. »Dieses ist für Adam, von Hannah.«

Adam hob eine Augenbraue. »Du hast mir ein Geschenk besorgt, obwohl du gar nicht wusstest, ob ich hier sein würde?« Er öffnete die kleine Schachtel und grinste. »Ist es das, was ich denke?«

»Das ist der Schlüssel zu meinem Apartment.« Hannah wurde plötzlich wieder unsicher und sogar ein bisschen schüchtern. »Ich dachte, du könntest vielleicht einziehen. Weil meine Wohnung ein bisschen größer ist als deine, aber …«

»Kein Aber. Ich ziehe ein.« Adam nahm ihr Gesicht in seine Hände und küsste sie.

Suzanne hielt den Atem an. Sie spürte die Emotionen zwischen ihnen. Kein Film und kein Buch, das sie je gelesen hatte, hatte sie so berührt, wie es diese beiden taten. Es ging weniger darum, dass Adam Hannah küsste, als vielmehr um die Art, wie er sie küsste und wie sie den Kuss erwiderte. In diesem Moment gaben sie sich einander hin.

Das war das, was sie sich für Hannah gewünscht hatte: Liebe. Eine Liebe, der sie trauen konnte. Eine Liebe, an die sie glaubte und von der sie fühlte, dass sie sie verdiente.

Sie wandte den Kopf und sah zu Stewart, der sie anlächelte und offenbar ihre Gedanken las.

Melly legte ihre Hand über Rubys Augen.

»Für mich ist Küssen in Ordnung«, sagte Ruby. »Mich stört Küssen nicht. Küssen ist etwas Fröhliches. Bin ich jetzt dran, ein Geschenk auszupacken?«

»Ich denke ja.« Hannah löste sich von Adam, damit sie unter dem Baum suchen konnte. »Hier ist eines mit deinem Namen darauf. Es ist vom Weihnachtsmann.«

»Aber ich habe meine Geschenke vom Weihnachtsmann alle schon geöffnet.«

»Vielleicht hat er das hier auf dem Weg fallen lassen, bevor er deinen Strumpf vollgepackt hat. Oder vielleicht hatte er es vergessen und kam ein zweites Mal zurück.«

»Es ist anders eingepackt als die anderen«, sagte Ruby. »In anderem Papier.«

Kluges Mädchen, dachte Suzanne, doch Hannah war ihrer Nichte einen Schritt voraus.

»Vielleicht hat ein anderer Weihnachtself es eingepackt.«

Beth und Posy tauschten Blicke. Suzanne sah, dass sie sich fragten, was mit ihrer Schwester geschehen war, doch sie wusste, dass sie einfach ein bisschen von ihrem Selbstvertrauen wiedergefunden hatte.

Mit der Zeit würde sie hoffentlich noch mehr davon zurückerobern.

Ruby zog an dem Band und riss das Papier auf. »Es ist eine Schachtel.«

Hannah setzte sich neben sie auf den Boden. »Das Geschenk ist vermutlich in der Schachtel. Du musst sie öffnen.«

Bonnie kam angesprungen, um an dem Geschenk zu schnüffeln, sodass Posy schon halb auf den Beinen war, um den Hund zurückzuhalten. Doch Hannah schlang den Arm um Bonnie und streichelte sie abwesend, während sie zusah, wie Ruby die Schachtel öffnete.

Das kleine Mädchen kreischte auf. »Oh!« Und dann brach Ruby in Tränen aus.

Beth sah alarmiert aus, und Melly beugte sich vor, um den Grund für diese Emotionen zu begutachten. »Es ist Bugsy!«

»Was?« Jason erhob sich vom Sofa und griff in die Schachtel, doch Ruby schnappte sich Bugsy und presste ihn an ihre Brust.

»Er ist zu Hause. Er gehört mir.«

»Er gehört dir.« Jason blickte ungläubig auf das vertraute Kaninchen. »Wo hat er …«

»Ich habe an den Weihnachtsmann geschrieben.« Ruby zerquetschte Bugsy fast, während Tränen über ihre Wangen liefen. »Eigentlich hat Tante Hannah für mich an den Weihnachtsmann geschrieben, doch ich habe ihr gesagt, was sie sagen soll, und den Brief unterschrieben.«

Auch in Beths Augen standen Tränen, als sie ihre Schwester ansah.

»Wie … Ich weiß nicht …«

»Es ist Weihnachten«, sagte Hannah weich. »Zu Weihnachten geschehen viele gute Dinge.«

Das stimmt, dachte Suzanne und blickte zu Adam und dann zu ihren drei Töchtern.

Sie hätte nie gedacht, sie jemals so entspannt und fröhlich miteinander zu sehen.

Die nächste Stunde verging mit einer unaufhörlichen Abfolge von Geschenken und Gelächter.

Luke schenkte Posy einen wunderschönen Fotoband über die Berge Nordamerikas und Alaskas.

Suzanne blätterte ihn still durch und hielt inne, als sie die Bilder vom Mount Rainier sah. Die Fotos zeigten den Berg bei Sonnenuntergang und Sonnenaufgang, Sonnenschein und Sturm.

»Du musst das nicht anschauen, Mom.« Posy wollte ihr das Buch aus der Hand nehmen, doch Suzanne schüttelte den Kopf.

»Es ist ein schöner Berg.«

Ihr Leben hatte sich an jenem Tag verändert, und jahrelang hatte sie das mit schlechten Dingen in Verbindung gebracht. Sie hatte sich selbst mit meist irrationalen Gedanken bestraft.

Sie hatte sich vorgestellt, wie Cheryl sie von einem fernen Ort beobachtete und über sie urteilte.

Ich habe dir meine Kinder anvertraut.

Sie hatte immer geglaubt, dass die Verantwortung für jedermanns Wohlbefinden bei ihr lag. Dass jeder Streit zwischen den Mädchen ihre eigene Unzulänglichkeit spiegelte.

Nun erkannte sie, wie absurd das gewesen war.

Dies war nicht Cheryls Familie, dies war ihre Familie.

Und sie machten großartige Fortschritte.

Sie spürte, wie die Gefühle sie übermannten, und ging in die Küche, um nach dem Truthahn zu sehen.

Posy folgte ihr.

»Kann ich mit dir sprechen, Mom?«

»Natürlich.« Suzanne kehrte ihr weiter den Rücken zu. Als sie den Truthahn aus dem Ofen geholt hatte, hatte sie ihre Fassung wiedergewonnen. »Ich muss anfangen, ins Fitnessstudio zu gehen. Dieses Ding wiegt eine Tonne.«

»Es riecht wunderbar.« Posy beugte sich vor und schnüffelte. »Du bist eine unglaubliche Köchin.«

»Du bist auch gut darin. Im Café machst du einen tollen Job. Deine Brownies sind so gut wie meine.« Suzanne bestrich den Truthahn und bemerkte dann, dass Posy nicht antwortete. »Worüber wolltest du mit mir sprechen?«

Posy lächelte sie an. »Nichts. Vergiss es. Bist du fertig? Ich hebe den Truthahn an. Sich an einer Felswand nach oben zu ziehen baut Muskeln am richtigen Ort an.« Mühelos hob sie den Truthahn hoch und schob ihn zurück in den Ofen. »Wenn es dir recht ist, hole ich Ruby und mache mit ihr eine kleine Fahrt auf meinem improvisierten Schlitten. Es ist ziemlich kalt draußen, insofern wird es nicht lange dauern. Und ich werde darauf aufpassen, dass wir Bugsy nicht verlieren.«

Suzanne lehnte sich gegen die Küchentheke. »Du bist mir hierher gefolgt, weil du etwas sagen wolltest. Ich möchte wissen, was das war.«

Posy schüttelte den Kopf. »Es ist Weihnachten – es ist der falsche Zeitpunkt, um darüber zu sprechen.«

»Hat es etwas mit Luke zu tun?«

»Nicht wirklich. Na ja, ein bisschen schon, denke ich …« Posy ging zum Fenster. »Es ist heute schön draußen.«

»Liebst du ihn?«

»Ich weiß es nicht. Vielleicht. Vermutlich.« Sie schluckte. »Er hat mich gefragt, ob ich nächsten Sommer mit ihm den Denali besteige.«

Suzanne spürte, wie ihr Herz schneller schlug. Eine reflexhafte Reaktion, die sie ignorierte. »Das klingt nach einem wunderbaren Abenteuer. Ich habe ihn niemals bestiegen, aber Stewart. Du solltest mit ihm sprechen.«

Posy drehte sich um und fragte abwartend: »Es würde dir nichts ausmachen, wenn ich gehe?«

Sie würde sich zu Tode ängstigen, doch diese Angst würde sie in Schach halten.

Suzanne verbarg ihre Reaktion und ging zu ihrer Tochter. »Wolltest du darüber mit mir sprechen? Hattest du Angst, es mir zu sagen? Wie lange denkst du schon daran?«

»Eine Weile. Ich wusste nicht, wie ich es ansprechen sollte. Ich wollte dich nicht beunruhigen. Und du brauchst meine Hilfe hier. Im Sommer ist unglaublich viel zu tun und …« Sie breitete hilflos die Hände aus. »Nun, du bist immer davon ausgegangen, dass ich eines Tages das Café übernehme, und …«

»Und das möchtest du nicht.«

Eine lange Pause entstand.

»Ich glaube nicht.« Posy sah so zerknirscht aus, dass es Suzanne in der Seele wehtat.

»Das geht dir offenbar schon eine ganze Weile durch den Kopf. Warum hast du nicht früher etwas gesagt?«

»Weil du mich hier brauchst.«

»Ach, Liebes.« Suzanne zog sie an sich und umarmte sie. »Liebe ich es, dich hier zu haben? Natürlich. Du bist meine Tochter, und noch dazu eine großartige Gesellschaft. Aber wenn du nicht hier wärst, würde ich jemand anderen finden, der die Arbeit macht. Zufällig würde Vicky gern ihre Stundenzahl erhöhen, also ist das ein perfektes Timing.«

Posy schniefte. »Will sie das?«

»Ja. Und auch wenn dich das vielleicht überraschen wird: Stewart und ich sind in der Lage, Martha zu füttern. Wir werden sogar Eric gießen, auch wenn ich nicht versprechen kann, dass wir so mit ihm reden, wie du es tust.«

Posy lachte erstickt. »Ich möchte euch nicht unglücklich machen. Das will ich niemals.«

»Und ich möchte dich glücklich sehen, möchte, dass du tust, was du liebst. Wenn es Dinge gibt, die du erleben möchtest, solltest du sie tun.« Suzanne begriff, dass sie das schon lange zuvor hätte sagen sollen. »Besteig den Denali. Reise mit Luke herum. Geh Risiken ein. Erlebe Abenteuer. Sieh nach vorn und bedaure nichts. Ich möchte nicht, dass du dich irgendwann fragst, ob du etwas hättest tun sollen oder hättest tun können. Geh und mach es einfach. Leb ein erfülltes Leben.«

»Ich war noch nie weit von zu Hause fort. Ich habe euch nie verlassen.« Tränen rollten über Posys Wangen, und Suzanne wischte sie weg.

»Dein Zuhause wird immer hier sein. Wann immer du zurückkommen willst, werden wir hier sein. Und die Welt ist inzwischen ein kleiner Ort. Wir können telefonieren, per Skype sprechen, und wer weiß – vielleicht ist es an der Zeit, dass Stewart und ich abenteuerlichere Reisen machen. Wir sollten selbst ein paar Risiken eingehen. Wir könnten uns alle irgendwo treffen.« Während sie es aussprach, bemerkte sie, wie gut das klang.

Auch sie und Stewart mussten nach vorn sehen.

Posy küsste sie auf die Wange. »Du bist großartig – weißt du das?«

»Sie ist wirklich großartig.« Stewart kam in die Küche. »Ich unterbreche euer Tête-à-Tête nur ungern, aber Ruby und Melly wollen unbedingt mit dem Schlitten fahren, wenn ihr fertig seid. Beth hat ihnen so viele Schichten Kleidung angezogen, dass sie sich vermutlich kaum noch bewegen können.«

»Das klingt nach meiner Schwester. Garantiert hat sie alle mit Lawinenpiepsgeräten ausgestattet.« Posy putzte sich die Nase und ging, um ihren Mantel zu holen. »Mädels, eure Kutsche wartet.«

Trubel brach aus – Geschrei und Gelächter, alle redeten durcheinander, und Bonnie bellte.

In der einen Minute füllte sich die Küche, und im nächsten waren alle in einer Wolke kalter Luft und Lebensfreude zur Hintertür hinaus verschwunden.

Beth und Hannah gingen als Letzte hinaus, und Suzanne hörte die beiden miteinander sprechen.

»Wo hast du Bugsy gefunden?«

»Ich weiß nicht, wovon du sprichst. Ich habe Ruby ein Feuerwehr-Kostüm geschenkt.« Hannah zog ihre Stiefel an. »Der Weihnachtsmann hat Bugsy gefunden.«

»Im Ernst.«

»Ich bin ernst.« Hannah sah ihre Schwester mit demonstrativ unschuldigem Augenaufschlag an. »Willst du mir sagen, dass du nicht an den Weihnachtsmann glaubst? Bethany McBride Butler, ich bin schockiert.«

»War es auf Ebay? Jason und ich haben überall gesucht. Und wie hast du ihn rechtzeitig hierherbekommen?«

»Ich weiß noch immer nicht, wovon du sprichst, aber ich bin sicher, dass der Weihnachtsmann beste Verbindungen zu einem weltweiten Kurierunternehmen hat, wenn er eines braucht. Und außerdem eine exzellente persönliche Assistentin, die es immer schafft, das Unmögliche möglich zu machen und höchstwahrscheinlich einen hübschen Bonus als Belohnung für ihre Fähigkeiten erhalten wird.«

»Es muss dich ein Vermögen gekostet haben.«

»Ich weiß noch immer nicht, wovon du redest.«

Damit gingen beide nach draußen und schlossen die Tür hinter sich.

Ich habe zu viel Zeit damit verbracht, mir Sorgen zu machen, dachte Suzanne. Zu viel Zeit mit dem Versuch, Dinge zu klären, die sich mit der Zeit von selbst klären würden. Zu viel Zeit mit dem Versuch, ihre Familie so zu formen, wie sie sich das vorstellte, anstatt sie ihre eigene Form finden zu lassen.

Sie wusste nicht, was aus Posy und Luke werden würde, doch wenn das, was sie teilten, stark genug war, würde es funktionieren. Und wenn nicht, würden sie damit klarkommen.

Jedes der Mädchen konnte in Zukunft Probleme bekommen, und wie das Leben so spielte, würden sie das vermutlich auch, doch sie waren stark genug, diese Probleme zu überstehen.

Und sie hatten einander.

Sie waren nicht nur die Weihnachtsschwestern. Sie waren die McBride-Schwestern.

Stewart legte einen Arm um ihre Schultern. »Worüber wollte Posy mit dir sprechen?«

»Sie will im Sommer den Denali besteigen.« Da war natürlich noch mehr gewesen, doch das würde sie ihm später erzählen.

Stewart sann darüber nach. »Sie hat gute Alpinerfahrungen, und sie hat letztes Jahr dieses Gletscherspaltentraining absolviert. Sie hat die nötigen Fähigkeiten dafür. Welche Route? Die West Buttress?«

»Ich weiß es nicht. Über die Details haben wir nicht gesprochen.«

»Und du kommst damit zurecht?«

»Ich werde einen Weg finden, damit zurechtzukommen. Ich werde lernen, ebenso mutig zu sein wie unsere Mädchen.« Sie lehnte den Kopf an seine Schulter. »Und da wir schon bei dem Thema sind, dachte ich, dass du mich vielleicht eines Tages mit zum Klettern nehmen könntest.«

»Ernsthaft? Das würde dir gefallen?«

Seit ihrem Gespräch mit Luke hatte sie darüber nachgedacht.

Das Unglück hatte nicht nur ihre Freunde getötet, sondern auch ihre Abenteuerlust.

Sie hatte es zugelassen.

»Das würde mir gefallen. Vielleicht keine allzu schwierige Route, zumindest nicht am Anfang. Aber ich würde gerne wieder nach dort draußen gehen.« Wenn Hannah ihren Ängsten entgegentreten konnte, dann konnte sie das auch. »Ich habe mich immer schuldig gefühlt, dass diese Kinder meine sind. Dass dieses Leben meins ist.«

»Und jetzt?«

»Jetzt fühle ich mich nicht mehr schuldig. Der Winter war immer eine schlimme Jahreszeit. Ich hatte immer das Gefühl, etwas ersetzen zu müssen, das fehlte, eine Leere zu füllen. Doch die Dinge, die Weihnachten perfekt machten, sind nicht der Truthahn oder die Dekoration oder die selbst gebackenen Plätzchen.«

»Das sagst du mir, nachdem ich Hunderte von Lichterketten aufgehängt habe?«

Sie lächelte. »Ich habe nicht einmal die Hälfte meiner üblichen Vorbereitungen geschafft, und trotzdem fühle ich mich glücklicher als je zuvor. Frohe Weihnachten. Ich liebe dich, Stewart McBride.«

»Ich liebe dich auch. Frohe Weihnachten.« Er zog sie an sich und hielt sie in seinen starken, beschützenden Armen.

Die einzige Sache, die im Leben wirklich zählt, dachte sie, sind die Menschen, die man liebt. Auch wenn diese Menschen kreischten und sich gegenseitig Schneebälle in den Nacken steckten, wie Posy, Beth und Hannah es gerade dort draußen taten.

Familie war das, was zählte.

Sie war dankbar für ihre.

– ENDE –

Danksagung

Die Idee für dieses Buch hatte ich während eines Griechenlandurlaubs, auch wenn ich mich frage, was es über mein Denken aussagt, dass ich von einem verschneiten Weihnachten träume, während ich in der Sonne brate.

Von Anfang an ging mir die Geschichte gut von der Hand. Die Charaktere schienen real zu sein, und ich fühlte mich als Teil der McBride-Familie. Aber wie immer gelangte das Buch in meinem Kopf nicht ohne Hilfe auf die Seiten. Zum Glück vollbrachte meine Lektorin Flo ihren üblichen Zauber, indem sie prüfende Fragen stellte, meine Gedanken sortierte und Vorschläge machte, die die Geschichte erheblich verbesserten. Sie weiß vermutlich, wie sehr ich sie schätze, doch ich halte es hier zur Sicherheit schriftlich fest.

Ich danke meiner Literaturagentin Susan Ginsburg für ihre hilfreichen Gedanken zu der frühen Manuskriptversion und die Großzügigkeit, mit der sie mir Zeit und Rat schenkte.

Außerdem möchte ich Lisa Milton und Manpreet Grewal vom britischen Team danken für ihren frischen Blick, den sie im Endstadium auf das Buch warfen. Ihre Anmerkungen waren unglaublich hilfreich, und ich danke ihnen für ihre Begeisterung und ihr Engagement für meine Bücher und mein Schreiben.

Besonderer Dank geht an Dianne Moggy und Susan Swinwood, dass sie mich bei jedem Schritt meiner Karriere ermutigt und unterstützt haben. Ich weiß, wie viel Glück ich habe, mit euch zu arbeiten.

Man braucht ein ganzes Dorf, damit ein Buch in die Hände der Leserinnen gelangt, und ich bin jedem Mitglied des Verlagsteams von Harlequin in den USA und in Großbritannien dankbar. Ohne die großartige Arbeit des Vertriebs, des Marketings und der PR-Abteilung würde niemand meine Bücher lesen. Besonderer Dank geht an Sophie Calder in Großbritannien und Lisa Wray in den USA, die hart arbeiten und sehr einfühlsam meine Termine in der Öffentlichkeit mit meinen Abgabeterminen koordinieren. Ich möchte außerdem Anne Sharpe danken, die das hochwichtige Textlektorat dieses Buches so rasch erledigte, dass wir die engen Produktionstermine einhalten konnten.

Dieses Buch zu schreiben war ein intensiver, alles verschlingender Prozess. Ohne meine Familie, die mir Essen und Trinken hinstellte, wäre ich vielleicht verhungert oder verdurstet. Mit einer Autorin zusammenzuleben erfordert eine besondere Art von Geduld. Meine Familie hat diese glücklicherweise.

Mein größter Dank geht an meine Leserinnen und Leser, die meine Bücher kaufen, mir freundliche Mails schicken, mich auf Instagram und Facebook kontaktieren und mich einfach ermutigen. Ich schätze mich glücklich, so eine fantastische, begeisterte und freundliche Leserschaft zu haben. Ich hoffe, dieses Buch bringt Sie zum Lächeln und gibt Ihnen jenes Gefühl von Behaglichkeit, das Sie verdienen.

Manhattan-Serie 4-6

Sarah Morgan

Sarah Morgan
Verliebt bis über beide Herzen
€ 9,99, Taschenbuch
ISBN 978-3-95649-778-0

Ganz New York verehrt Molly als Ratgeberin in Liebesfragen. Nur hält sie sich selbst nie an das, was sie anderen empfiehlt. Wozu auch? Ihre große Liebe hat sie bereits gefunden. Er ist treu, sportlich, und seine dunklen Augen sind von betörender Schönheit: ihr Dalmatinerhund Valentine. Doch als sie im Central Park den zynischen Scheidungsanwalt Daniel trifft, bringt er ihre Expertise ganz schön durcheinander.

Sarah Morgan
Verliebt bis in die Fingerspitzen
€ 9,99, Taschenbuch
ISBN 978-3-95649-785-8

Eines hat Hundesitterin Fliss schon als Kind gelernt: Zeig niemandem, wie verletzbar du bist. Als sie erfährt, dass ihr Ex Seth als Arzt in der örtlichen Tierklinik anfängt, brennen Erinnerungen wie die Sonne auf ihrer Haut: die zärtlichen Stunden am Strand, der Geruch des Meeres. Prompt flüchtet sie aus New York in die Hamptons. Doch dort trifft sie ausgerechnet auf Seth. Verwirrt schlüpft sie in die Rolle ihrer Zwillingsschwester …

Sarah Morgan
Verliebt für eine Weihnachtsnacht
€ 9,99, Taschenbuch
ISBN 978-3-95649-786-5

Als Harriet die Hundesitterin ihren neusten Klienten kennenlernt, gerät sie mächtig ins Stottern: Viele Frauen würden dem attraktiven Arzt Ethan wohl nach der Pfeife tanzen, aber an der Erziehung des unbändigen Spaniels Madi scheitert er kläglich. Um dem Hundbzu helfen, bleibt Harriet nichts anderes übrig, als den Winter in seinem Apartment in Manhattan zu verbringen – und sich Hals über Kopf in Ethan zu verlieben.

www.mira-taschenbuch.de

Puffin-Island-Trilogie

Sarah Morgan

Sarah Morgan
Einmal hin und für immer
€ 9,99, Taschenbuch
ISBN 978-3-95649-567-0

Puffin Island vor der Küste Maines ist der perfekte Ort, um abzutauchen – und der denkbar schlechteste, wenn man sich wie Emily panisch vor dem Ozean fürchtet. Doch um ihre kleine Nichte vor dem Hollywood-Wahnsinn zu schützen, stellt sie sich ihrer größten Angst. Bald verfällt sie selbst dem Charme der Insel. Insbesondere dem Jachtclub-Besitzer Ryan Cooper. Ob er alle Frauen so verführerisch küsst?

Sarah Morgan
Für immer und ein Leben lang
€ 9,99, Taschenbuch
ISBN 978-3-95649-592-2

Die Archäologin Brittany Forrest ist ein echtes Inselkind. Mit stürmischen achtzehn heiratet sie den Insel-Bad-Boy Zachary Flynn – und schon in den Flitterwochen fliegen die Fetzen. Scheidung inklusive. Und wäre da nicht ein Unfall, der sie Jahre später in ihre Heimat zurückführt, bestimmt hätte sie den Draufgänger für immer vergessen ...

Sarah Morgan
Für immer und einen Weihnachtsmorgen
€ 9,99, Taschenbuch
ISBN 978-3-95649-602-8

Skylar hat noch nie verstanden, warum der TV-Historiker Alec von allen verehrt wird. Schließlich macht er keinen Hehl daraus, dass er sie nicht mag. Doch als das Schicksal ihr am Ende des Jahres dazwischenfunkt, muss sie Heiligabend ausgerechnet mit ihm verbringen. Und bald stellt Skylar fest: Nicht nur seiner Familie gelingt es, ihr Herz zu berühren ...

www.mira-taschenbuch.de

Snow-Crystal-Trilogie

Entdecken Sie die Vielfalt von Sarah Morgan

Sarah Morgan
Winterzauber wider Willen
€ 9,99, Taschenbuch
ISBN 978-3-95649-076-7

Dezember und Kayla Green hat nur einen Weihnachtswunsch: dass das »Fest der Liebe« möglichst schnell vorbeigeht! Da kommt der PR-Expertin der Auftrag von Jackson O'Neil sehr gelegen. Als der Hotelier sie bittet, die Feiertage im Snow Crystal zu verbringen und dort eine Kampagne für das Skiresort seiner Familie zu entwickeln, kann Kayla nicht Nein sagen. Immerhin ist Jackson ein attraktiver Auftraggeber!

Sarah Morgan
Sommerzauber wider Willen
€ 9,99, Taschenbuch
ISBN 978-3-95649-177-1

Lieber würde Sean O'Neil sich freiwillig selbst den Blinddarm rausnehmen! Keine zehn Pferde bringen den ehrgeizigen Chirurgen normalerweise in die Einöde in den Bergen. Doch wegen eines Notfalls hat er zugestimmt, im Hotel seiner Familie mit anzupacken. Dort erwarten ihn jede Menge Erinnerungen … und die französische Küchenchefin Élise Philippe. Ihre Lippen sind noch immer so süß und zart …

Sarah Morgan
Weihnachtszauber wider Willen
€ 9,99, Taschenbuch
ISBN 978-3-95649-244-0

Als Skifahrer war er unschlagbar – aber als Dad ist Tyler O'Neil weit von einer Goldmedaille entfernt. Um seiner 13-jährigen Tochter zu beweisen, wie sehr er sie liebt, will er ihr das schönste Weihnachtsfest aller Zeiten in Snow Crystal bereiten. Wer könnte ihm besser beibringen, was zum Fest der Liebe gehört, als seine alte Schulfreundin Brenna, die die weihnachtlichen Bräuche perfekt zu beherrschen scheint …

www.mira-taschenbuch.de